KARL MAY'S GESAMMELTE WERKE IM TASCHENBUCH

BAND 24

WEIHNACHT

KARL-MAY-VERLAG
BAMBERG · RADEBEUL

WEIHNACHT

REISEERZÄHLUNG
VON
KARL MAY

KARL-MAY-VERLAG
BAMBERG · RADEBEUL

INHALT

Die vorliegende Erzählung spielt Mitte der 60er-Jahre
des 19. Jahrhunderts.
Herausgegeben von Dr. Euchar Albrecht Schmid
Der Inhalt dieses Buches entspricht dem Band 24
der echten grünen Bände „Karl Mays Gesammelte Werke".

Taschenbuchausgabe 2019

Deckelbild: Klaus Lehmann nach Claus Bergen

Druck: CPI
ISBN 978-3-7802-1124-8
www.karl-may.de

1. ‚Aus der Jugendzeit'

Weihnacht!

Welch ein liebes, inhaltsreiches Wort! Ich behaupte, dass es im Sprachschatz aller Völker und aller Zeiten ein zweites Wort von ebenso tiefer wie beseligender Bedeutung weder je gegeben hat noch heute gibt. Dem gläubigen Christen ist es der Inbegriff der heiß ersehnten Erfüllung langen Hoffens auf die Erlösung aller Geschöpfe und auch für den Zweifler bedeutet es eine alljährlich wiederkehrende Zeit allgemeiner Festlichkeit, einer Zeit der Familienfreude und der strahlenden Kinderaugen. Dem einen leuchtet in der tiefsten Tiefe seines Herzens der Wahrspruch: „Jesus Christus gestern und heut und derselbe in alle Ewigkeit!", der andere stimmt wohl unwillkürlich mit ein oder lässt wenigstens seine Kinder einstimmen in den Frohgesang

„Welt ging verloren,
Christ ward geboren;
freue dich, o Christenheit!"

Unter Palmen sprosste der längst erwartete Zweig Isais des Bethlehemiten, und über Bethlehem strahlte der Stern, der die Weisen aus dem Morgenland zu der Weihnachtskrippe leitete. „Ehre sei Gott in der Höhe!", sangen die himmlischen Heerscharen über dieser Stadt, von der ein Strahl des Lichts ausgegangen ist, das alle Welt erleuchten und beglücken soll. „Friede auf Erden!", erklang es nach dem himmlischen Gloria, und der Friede, dessen Sinnbild noch heute die Palmen sind, hat sich von dorther ausgebreitet über alle Länder und in alle Herzen, die seinem Einzug offen standen. Und im Norden, wo keine Palmen wehen, da haben ihre Wedel sich in Tannenzweige verwandelt, die Sterne und Lichte tragen in der schönen seligen Zeit, der die Worte des Propheten gelten: „Mache dich auf und werde Licht, denn dein Licht kommt und die Herrlichkeit des Herrn geht über dir auf!“ Da glänzt der Weihnachtsbaum im Palast und in der Hütte; da schallen Glockenklänge durch die stille Nacht, um die Geburt des Erlösers zu verkünden, und von allen Kanzeln und Altären, von Mund zu Mund erklingt der Engelsruf: „Siehe, ich verkündige euch große Freude, die allen Völkern widerfahren wird, denn euch ist der Heiland geboren, welcher ist Christus, der Herr in der Davidsstadt!“

Zwei Bibelworte sind es vorzugsweise, die, als ich noch ein kleiner Knabe war, aus dem Mund der alten, frommen Großmutter einen unauslöschlichen Eindruck auf mich machten. Lag es an der Erzählerin oder am Inhalt dieser Worte selber, ich weiß es nicht, aber Tatsache ist, dass diese Verse noch heute zu meinen Lieblingsbibelsprüchen zählen. Der eine Spruch lautet Hiob 19,25: „Ich weiß, dass mein Erlöser lebt, und er wird mich aus dem Grab auferwecken“, und der zweite ist eben die Verkündung des Engels: „Siehe, ich verkünde euch große Freude – denn euch ist heute der Heiland geboren.“ Der Eindruck dieser Stellen auf mich war so groß, dass ich – in noch ganz unreifem Alter – beide vertont und über die zweite auch noch ein Gedicht – fast möchte ich sagen, verbrochen habe.

Dass ich das hier nicht etwa erwähne, um mich zu brüsten, habe ich durch die Altersangabe und das Wort ‚verbrochen‘ bewiesen, und meine lieben Leserinnen und Leser werden bald merken, dass diese Erwähnung einen ganz anderen, und zwar tieferen Zweck verfolgt. Einstweilen sei nur gesagt, dass die Worte „Ich verkündige euch große Freude“ mir damals auch in ganz besonderer Beziehung zu einer wahren Weihnachtsbotschaft wurden.

Ich, der Ärmste unter den Schülern meiner Klasse, liebte die Musik glühend und nahm außer dem gewöhnlichen Unterricht noch Einzelstunden in der Harmonielehre, was mich auf trockenes Brot setzte, denn ich ernährte mich durch Unterrichtgeben, bekam für die Stunde fünfzig Pfennig und musste die gleiche Zeit der erhaltenen Nachhilfe zu einem Taler mit sechs Stunden meiner Freizeit bezahlen. Das tat ich aber gern und der Hunger von damals hat mir bis heute nichts geschadet.

In der Theorie – nicht etwa praktischen Komposition – bei der Motette angelangt, setzte ich mich eines Tages hin, um über meine Lieblingsworte „Ich verkündige euch große Freude" eine Weihnachtsmotette zu verfassen. Ich weiß heute, dass nur die Besessenheit der Jugend mein Beginnen entschuldigt. Das Opus operatum sollte tiefes Geheimnis bleiben, war aber schon bald nach seiner Vollendung aus meinem Kasten verschwunden. Später erfuhr ich, dass es ein mir übel wollender Mitschüler wegstibitzt und, um mich lächerlich zu machen, meinem Lehrer, einem alten, braven Kantor, durch die Post zugeschickt hatte. Ich suchte lange nach der verlorenen Schöpfung, gab dann aber die Hoffnung auf, sie jemals wieder zu finden.

Wie nun selten ein Unglück allein kommt – und das eigenmächtige Überschreiten der einem Schüler gezogenen geistigen Grenzen kann leicht zum Unglück für ihn werden –, kam mir gerade zu jener Zeit ein Unterhaltungsblatt zu Gesicht, worin sich ein Preisausschreiben für ein Weihnachtsgedicht mit drei Preisen zu dreißig, zwanzig und zehn Talern befand. Mein Lieblingstext, meine Armut und wer weiß was sonst noch für Gründe, ‚drückten mir', wie berufene Dichter zu sagen pflegen, ‚die Feder in die Hand'; ich setzte mich abermals hin und brachte ein Gedicht von vierundzwanzig, sage und schreibe: vierundzwanzig vierzeiligen Strophen zu Papier. Es ist jedermann, besonders aber jedem Schriftleiter bekannt, dass ein Gedicht, je länger es ist, desto schneller in den Papierkorb wandert, und auch ich wusste wenigstens, dass der Wert einer Dichtung nicht mit ihrer Länge zu wachsen pflegt; aber nach der Anordnung, die dem Ganzen zu Grunde lag, hatte es eben nicht kürzer werden können; im Gegenteil, wenn ich alle Gedanken, die mir gekommen waren, niedergeschrieben hätte, wären es wohl tausend Zeilen geworden. Ich fertigte also den verlangten Kennspruch an, steckte ihn mit dem Gedicht in einen Umschlag für drei Pfennig, siegelte es mit dem Rotlack für fünf Pfennig zu, klebte mein letztes Geld in Gestalt von Briefmarken in die Ecke rechts über der Anschrift der Schriftleitung und trug das Schreiben in feierlicher Stimmung bis zur übernächsten Straße, wo der Briefkasten hing. Als es mit hohlem Geräusch hineingefallen war, sah ich den Kasten noch lange an. Er kam mir jetzt ganz anders vor, als er früher ausgesehen hatte. Das war aber auch leicht zu erklären, denn vierundzwanzig Strophen auf einmal zu verschlingen, das hatte wohl noch kein vernünftiger Mensch von ihm verlangt.

Aber auch mit mir ging eine Veränderung vor. Wer mich beobachtete, der musste mir anmerken, dass ich ein schlechtes Gewissen hatte. Meine Haltung kam mir unmännlich und mein Gang schlottrig vor; die Augen verloren ihre Richtung nach vorn und begannen verstohlen bald nach rechts und bald nach links zu blinzeln, ob mir die vierundzwanzig Strophen vielleicht anzusehen seien. Kein Brot wollte mir mehr schmecken; der Schlaf streikte, und wenn er seine Pflicht einmal tat, so träumte ich von allerlei Ungeheuerlichkeiten, z. B. von einem großen Briefkasten, der in Gestalt einer blauen Riesenkröte auf mein Bett gekrochen kam und mich so lange drückte, bis ich mit einem Schrei erwachte.

Meine Arbeiten fertigte ich mit derselben Gewissenhaftigkeit wie vorher, aber sie wurden mir schwerer als früher. Meine roten Wangen wurden blass; ich magerte ab und wurde wortkarg wie eine Stimmgabel, die auch nur dann erklingt, wenn man ihr einen Stoß versetzt. Es war eine schlimme Zeit. Und sie dauerte übermäßig lang. Ende Juli hatte ich dem Briefkasten mein Schicksal vorzeitig anvertraut und die ‚Galgenfrist' ging erst am 1. Oktober zu Ende. Am 1. November sollte die Entscheidung fallen.

Wenn ich doch meine ‚Vierundzwanzig' wieder hätte; ich wollte nicht nur auf jeden Preis verzichten, sondern das heilige Versprechen ablegen, nie wieder einen Reim zu schreiben. Das war viel gesagt, weil Reime mir nicht die geringste Schwierigkeit bereiten und mir auch der dritte Preis, zehn blanke Taler, als ein kleiner Schatz erschienen wäre.

Dass mir nichts beschieden wäre, davon war ich vollständig überzeugt, aber diese Angelegenheit konnte auch eine sehr unangenehme Wirkung für mich haben. Ich vermochte nämlich den Gedanken nicht loszuwerden, dass die ‚löbliche' Schriftleitung mein Gedicht nicht an mich zurücksenden, sondern es mit einigen besonderen Randbemerkungen unserem strengen ‚Alten' zur Nachachtung zustellen würde. Ein jeder weiß aus seiner Schulzeit, wen ich mit diesem ‚Alten' meine, und wird mein heimliches Grauen ahnen. Seine Gestrengen hatten mir zwar immer wohl gewollt und manche Härten meiner Lage zu mildern gesucht; er ließ mich sogar seinem Sohn wöchentlich zwei Stunden Nachhilfeunterricht erteilen, wofür ich sonnabends in der Küche Reis mit Rindfleisch bekam und dann als Nachgenuss der Lieblingskatze seiner Frau den Rücken krabbeln durfte; aber falls die ‚Löbliche' meine Befürchtung Wahrheit werden ließ, so war für nichts mehr einzustehen, weder für den Reis noch für die Katze.

Also türmten sich die Wetterwolken immer schwärzer und drohender über mir zusammen, und als der 1. November kam, war er, wie ich heute noch weiß, ein zwar kalter, aber sonniger Herbsttag, in meinem Innern aber schneite es schwere, große Flocken; nicht heller Schnee, sondern es war ein ganz anderer und viel dunklerer Stoff. Nun konnte ich die Tage, nein, die Stunden zählen; sie wurden mir zu Ewigkeiten. Doch irdische Ewigkeiten gehen vorüber, diese also auch.

Es war am 6. November, nach der letzten Vormittagsstunde, als ich zum ‚Alten' gerufen wurde. Zwei Treppen hinauf, jede zwanzig Stufen, auf jeder zwanzig Schläge meines Herzens, macht in Summa achthundert; weniger sind es wahrscheinlich nicht gewesen. Ich klopfte an, trat ein und – erblickte nichts, weil es vor meinen Augen nebelte. Es vergingen einige Augenblicke, der Nebel teilte sich und ich sah den Gewaltigen mit Augen vor mir stehen, die mich durchbohren wollten.

„May!“, erklang es im tiefsten Bass.

Ich verbeugte mich.

Was ich für ein Gesicht gemacht habe, weiß ich nicht, denn nur er hat es gesehen und mir nichts darüber angedeutet.

„May!!“

Ich verbeugte mich wieder.

„May!!!“

Dritte Verbeugung, aber nun war ich entschlossen, mich nicht mehr zu bücken.

„Sie – sind – ja – ein – ganz...“

Ich sah ihn so scharf an, dass er innehielt; beleidigen wollte ich mich auf keinen Fall lassen. Da lachte er und fuhr in einem ganz anderen Ton fort:

„Geht mich eigentlich nichts an, ist nur Ihre eigene Sache, wenn Sie sich Reinfällen aussetzen. Warum auch nicht? Sie sprechen ja stundenlang in Knittelversen und Ihr Deutsch – hm! Aber Sie hätten es mir doch wenigstens vorher zur Durchsicht geben können.“

„Das Gedicht?“, fragte ich.

„Natürlich! Ich hätte die Fehler angestrichen, die noch drinstecken und von der Schriftleitung nicht bemerkt worden sind. So ein Mensch weiß ja nicht, was zu einem guten Gedicht gehört; woher sollte er es auch wissen? Kuh – Muskate...!“

„Es ist also zurückgeschickt worden?“

„Ja, im Probedruck, so was man ‚Korrektur‘ nennt. Dabei ein Brief, nicht an Sie, sondern an mich. Sie bekommen ihn natürlich nicht zu lesen – fällt mir gar nicht ein!

Ich werde antworten, dass zwar Ihr Name, aber sonst weiter nichts unter das Gedicht gesetzt werden darf; Sie verfallen sonst dem Tintenteufel, der der schlimmste von allen bösen Geistern ist. Haben mehr zu tun, als Gedichte zu machen! Junges Bürschchen!"

Ich holte tief Atem. Also meine ‚Vierundzwanzig' waren angenommen worden! Dritter Preis: zehn Taler. – Mir wollte es wieder vor den Augen nebeln. Da fuhr er fort:

„Was ich sagen wollte: Werde Ihnen die Nachhilfestunden von jetzt an bar bezahlen, zweimal fünf, also zehn Groschen. Den Sonnabendtisch behalten Sie trotzdem. Werde Sie Ihrer Kühnheit und des Gedichtes wegen später noch eigens vornehmen; habe jetzt keine Zeit, muss zu Tisch. Hier ist das Geld. Nun gehen Sie!"

Er gab mir den Umschlag in die Hand. Ich bedankte mich mit heiserer Stimme und schoss nach einer ganz besonders tiefen Verbeugung zur Tür hinaus, obwohl ich vorhin fest entschlossen gewesen war, keine mehr zu machen.

Wie ich die Treppe hinunter und dann in meine ‚Bude' gekommen bin, weiß ich heute noch nicht. Ich öffnete den Umschlag. Er enthielt ein kurzes Schreiben der Schriftleitung und – drei Zehntalernoten. Die schreckliche, große, blaue Kröte hatte, wie jede Kröte im Märchen, Geld für mich bedeutet – nicht den dritten, sondern den ersten Preis.

Was ich tat, als ich wieder ruhig geworden war? Die Antwort ist nicht nötig! Ich habe weder in guten noch in schlimmen Lagen jemals vergessen, dass das Gebet eine heilige Pflicht ist und Erleichterung bringt.

Und wie es – wenigstens dem Sprichwort nach – mit dem Unglück ist, so ist es auch mit dem Glück: es kommt niemals allein. Als ich am Nachmittag zum Unterricht bei meinem alten Kantor erschien, zeigte er sich außergewöhnlich aufgeräumt. Er war zwar stets ein lieber, alter Herr, heute aber erschien er besonders heiter und gesprächig und ließ einige Andeutungen über ‚gute Arbeit' und ‚Buchhändlergeld' fallen, sodass ich mir im Stillen sagte, dass er mit dem ‚Alten' über meinen Glücksfall gesprochen haben müsse. Als ich nach der Stunde den Taler auf die gewohnte Stelle legte, meinte er:

„Ist nicht nötig, lieber May! Sie können Ihren sauer verdienten Taler behalten."

„Dieser hier ist nicht sauer verdient, Herr Kantor. Ich habe dreißig Stück bekommen; das wissen Sie doch!"

Er sah mich erstaunt an.

„Dreißig Stück, dreißig Taler? Sie Krösus. Und ich soll es wissen? Keinen Laut habe ich davon gehört!"

„Aber Sie haben doch vorhin von Buchhändlergeld gesprochen."

„Ja, das habe ich freilich getan; aber das ist etwas, wovon Sie noch gar nichts wissen. Was hat es denn für eine Bewandtnis mit Ihren dreißig Talern? Oder dürfen Sie es nicht erzählen?"

„Natürlich darf ich es! Und gerade Sie, Herr Kantor, sind der, dem ich es am liebsten mitteile."

Er lief bei meinem Bericht aufgeregt in seinem kleinen Zimmer hin und her und rief, als ich zu Ende war:

„Dreißig Taler für ein Gedicht, für – – wie viele Strophen hat es?"

„Vierundzwanzig vierzeilige."

„Auch noch vierzeilig bloß! Das macht siebenunddreißigundeinhalb Groschen für die Strophe und fast zehn Groschen für jede Zeile, für jeden Vers! Dazu die Ehre, den ersten Preis errungen zu haben! Und ich habe Wunder gedacht, was ich da – – na, warten Sie noch! Haben Sie Ihr Gedicht im Kopf?"

„Ja."

„Her damit! Ich will einmal ein Preisgedicht hören!"

Während er immer noch lebhaft hin und her wanderte, stellte ich mich in die einzige freie Ecke und begann:

„‚Ich verkünde große Freude,
die euch widerfahren ist,
denn geboren wurde heute
euer Heiland Jesus Christ!‘

Jubelnd tönt es durch die Sphären,
Sonnen künden's jedem Stern;
Weihrauch duftet auf Altären,
Beter knien nah und fern.

Taghell ist es in den Räumen,
alles atmet Lust und Glück,
und an bunt geschmückten Bäumen
hängt der freudetrunkne Blick.

Und es ist..."

„Halt, halt!", unterbrach er mich eifrig. „Das Gedicht scheint gut zu sein, aber vierundzwanzig Strophen, das ist mir viel zu lang. Ich muss Ihnen etwas sagen und kann damit nicht warten, bis Sie zu Ende sind. Da, schauen Sie sich einmal das hier an! Kennen Sie das?"

Er hielt mir ein gedrucktes Notenheft hin und sah mir dabei mit dem Ausdruck größter Spannung ins Gesicht. Es war der Spielsatz meiner Motette, worin die einzelnen Stimmen lagen. Ich las den Anfang des Textes: „Siehe, ich verkündige euch große Freude..."

„Nicht hier lesen, nicht hier, sondern nur die Überschrift, die Überschrift!", drängte er ungeduldig.

Ich tat es und erschrak, aber in freudiger Weise, denn es war meine Motette, die mir auf eine so unerklärliche Art abhanden gekommen war.

„Nicht wahr, das ist etwas, das ist auch etwas?", fragte er freudestrahlend. „Eine gedruckte Vertonung ist viel mehr wert als ein gedrucktes Gedicht. Ein Gedicht kann jeder machen, der die Reime dazu aus der Luft greift, aber eine

Vertonung, dies ist etwas anderes; das kommt nicht aus der Luft. Dazu muss man etwas gelernt und einen tüchtigen Lehrer gehabt haben. Und gute, tüchtige Lehrer können nur die Herren Kantoren sein, von denen die Orgel geschlagen und der Kirchengesang geleitet wird. Der Kirchengesang ist die oberste..."

„Aber bitte, Herr Kantor", unterbrach ich seinen Redefluss. „Sie sehen mich im höchsten Grad erstaunt. Diese Motette habe ich nicht vertont, damit sie gedruckt werden soll; sie ist eine Übungsarbeit, die im Kasten liegen bleiben sollte; plötzlich aber war sie weg. Wie ist sie in Ihre Hände gekommen und woher wissen Sie, dass sie von mir ist? Auf der Handschrift hat mein Name nicht gestanden."

„Das ist freilich wahr", lachte er. „Aber denken Sie denn wirklich, dass ich Ihre Handschrift nicht kenne und auch die von Krüger nicht?"

„Krüger?", fragte ich. „Welchen Krüger meinen Sie?"

„Dumme Frage! Natürlich Krüger, der Ihnen damals wegen Ihrer Arbeit über die Quintseptakkorde die erste Note abtreten musste. Er hat sich rächen wollen, wird aber nun dadurch bestraft, dass er sich blau ärgern soll."

„Ich verstehe Sie nicht."

„Immer noch nicht? Sie sind doch sonst nicht so schwer von Begriff. Da muss ich Ihnen zweierlei zeigen, worüber Sie sich wahrscheinlich wundern und auch ärgern werden. Zunächst: Wessen Handschrift ist das?"

Er gab mir einen großen, abgestempelten Briefumschlag, worauf sein Name stand. Ich brauchte nur einen Blick darauf zu werfen.

„Das hat Krüger geschrieben, man sieht es sofort."

„Ja, der Kerl hat sich nicht einmal die Mühe gegeben, seine Hand zu verstellen. Er hat wahrscheinlich gedacht, ich würde den Umschlag wegwerfen, ohne ihn anzusehen. Nun aber das! Schauen Sie sich's genau an!"

Es war der Spielsatz meiner Motette. Indem ich die

Noten nur flüchtig überblickte, fand ich nicht, was er meinte; da machte er mich darauf aufmerksam:

„Halten Sie das Papier gegen das Licht, so werden Sie die radierten Stellen finden."

„Was? Er hat radiert?"

„Ja, um Fehler hineinzubringen; den Grund seiner Handlungsweise können Sie sich wohl denken."

„Das wäre eine Gemeinheit, die..."

„Lassen Sie das!", unterbrach er mich. „Ich habe die Sache schon von selbst in die Hand genommen. Ich habe ihn vorgehabt und er hat es eingestehen müssen; er wird noch vor den Lehrerrat kommen. Inzwischen habe ich eine Abschrift, natürlich ohne die hineingeschmuggelten Fehler, angefertigt und die Motette dann dem Buchhändler eingeschickt, Ihnen zuliebe und diesem Krüger zum Ärger. Der Verleger hat sie angenommen; und wissen Sie, welche Vergütung er Ihnen zahlt?"

„Vergütung? Auch hier Geld?"

„Natürlich! Geschriebene Noten gegen Banknoten, anders tu ich es nicht. Er hat einstweilen fünfhundert gedruckt und dafür fünfundzwanzig Taler bezahlt. Sie bekommen also zwar bloß fünfzehn Pfennig für das Stück, aber das ist doch immer besser, als wenn die Motette in Ihrem Kasten läge und gar nichts brächte. Er schickte Papiergeld, ich habe es aber umgewechselt, weil Silber besser klingt. Es ist ein großer Haufen. Da haben Sie den Reichtum! Lassen Sie nichts davon fallen!"

Er zog den Tischkasten auf, griff mit beiden Händen hinein und hielt sie mir dann, gefüllt mit Talerstücken, hin. Ich war beinahe bestürzt über diese zweite, so ganz unerwartete Gabe des Glücks. Er schob mir das Geld lachend hüben und drüben in die Hosentaschen und rief dabei:

„Nehmen Sie nur, nehmen Sie! Wer weiß, ob Ihnen in Ihrem ganzen Leben wieder einmal eine Vertonung auch nur einen Groschen einbringt; darum greifen Sie jetzt zu, Sie können es brauchen! Übrigens wird die Motette eingeübt und in der Kirche gesungen; der Krüger muss platzen vor Ärger, das heißt, wenn er nicht schon vorher fort muss, denn die Gemeinheit, die er hier bewiesen hat, verdient eine so strenge Bestrafung, dass ich überzeugt bin..."

„Bitte, Herr Kantor", fiel ich ihm in die Rede. „Sie sind mir immer freundlich gesinnt gewesen und ich denke, dass Sie mir auch jetzt die Erfüllung eines Herzenswunsches nicht abschlagen werden."

„So? Was für ein Wunsch ist das?"

„Bringen Sie Krüger nicht vor den Lehrerrat! Ich bin heute so glücklich und würde die ganze Freude an diesem Glück verlieren, wenn er in Strafe käme. Er ist ja die eigentliche Ursache der frohen Überraschung, die Sie mir bereitet haben. Sie hätten gewiss keinen Verleger für die Motette gesucht, wenn er sie Ihnen nicht eingeschickt hätte, um mich in Ihrer Meinung herabzusetzen."

Da gab er mir die Hand und lachte:

„Sie machen mir große Freude, dass Sie für Krüger bitten. Ich habe ihn noch nicht zur Anzeige gebracht, um ihn womöglich mit meinem Verweis und einem tüchtigen Ärger davonkommen zu lassen. Er soll noch einen kräftigen Rüffel unter vier Augen erhalten und dabei erfahren, dass er die übrige Straflosigkeit nur Ihrer Fürbitte verdankt. Er wird sich schwarz darüber ärgern, dass die Motette im Druck erschienen ist, dass sie Ihnen Geld eingebracht hat und dass er sie nun sogar mitsingen muss."

„Wird er das?"

„Ja, anders tu ich es nicht; er hat eine gute Stimme und soll sogar, gerade zu seinem Ärger, ein Solo bekommen, nämlich den dreistimmigen Satz in As-Dur mit dem Text ‚Drum gehet hin nach Bethlehem; da werdet ihr finden das Jesuskind in einer Krippe liegen.' Das war der erste Punkt, über den ich mich um Ihretwillen freue. Der andere bezieht sich auf Ihre Einsicht, dass ich Ihre Vertonung ohne den angegebenen Grund wohl keinem Verleger angeboten hätte."

„Natürlich! Eine Schülerarbeit, mit vielen Unterlassungsfehlern, weiter nichts."

„Richtig, sehr richtig! Das Wort Unterlassungsfehler ist gut gewählt und bezeichnet genau das, was ich sagen will. Da Sie die Musik nicht als Beruf treiben wollen, werden Sie zwar vom Vertonen so viel lernen, wie man für Haus und Küche braucht, mehr jedoch nicht; das genügt für Sie. Aber auch so weit sind Sie jetzt noch lange nicht. Sie haben zwar mit dieser Motette aus Zufall einen Treffer gemacht, aber ob Sie jemals wieder einen erzielen werden, das lässt sich jetzt nicht sagen, denn Sie haben noch sehr viel zu üben und zu lernen. Ich meine, dass Ihnen ernste, fromme Stoffe am besten glücken werden; das liegt überhaupt in Ihrem ganzen Wesen. Eigentliche Fehler, sogenannte Begehungssünden, kommen in Ihrer Motette nicht vor; sie ist sauber geschrieben. Aber die Übung fehlt, die Gewandtheit, die Eingebung. Denken Sie sich einen guten Sonntagsreiter und dann einen Schulreiter im Zirkus! Der Sonntagsreiter in der Vertonung sind Sie, es fehlt Ihnen die hohe Schule, Sie kennen Ihr Pferd nicht und auch nicht die verschiedenen Hilfen, die Sie ihm geben müssen. So etwas will nicht nur angeboren, sondern auch gepflegt und geübt sein. Ein geübter Reiter der hohen Schule würde Ihre Motette ganz anders ein- und zugeritten haben. Verstehen Sie mich?"

„Ja, Herr Kantor. Ich sitze zu steif im Sattel und habe zwar körperliche, aber nicht auch geistige Fühlung mit dem Pferd."

„So ist es. Darum habe ich, wie Sie später wohl bemerken werden, einigen Ihrer steifen Figuren mehr Gewandtheit verliehen. Sie werden mir das, wenn Sie die Motette erst singen hören, nicht übel nehmen."

Dann reichte er mir die Hand zum Abschied.

„Ich würde Ihnen, dem armen Teufel, den Unterricht gern umsonst erteilen, aber Sie wissen ja, dass ich das bei meinen Gehaltsverhältnissen nicht kann. Sie werden das überstehen und vielleicht einst wohlhabender werden, als ich bin. Denken Sie dann an Ihren alten Kantor, der Ihrer ersten Motette auf die Beine geholfen hat! Nehmen Sie das Leben auch fernerhin so ernst wie jetzt, und nun genug für heute, leben Sie wohl!“

Dieser brave Kantor, der mir stets mit gleichem Wohlwollen entgegenkam, gehört zu den Menschen, denen ich noch jetzt, nach langen Jahren, eine unverminderte Dankbarkeit widme. Man wird später erkennen, warum ich diesen freundlichen Auftritt von ihm erzählt und dabei keinen Namen genannt habe. Er war ein Ehrenmann, verlegte aber seine Welt nur in das kleine Notenzimmer, weil er auf Familienglück hatte verzichten müssen. Man kannte seine Frau als arge Xanthippe, die, wie man sich erzählte, ihren einzigen Sohn durch ihre Härte nach Amerika getrieben hatte. –

Ich war also im Besitz von fünfundfünfzig Talern. Welch ein großartiger Reichtum für mich! Es war mir zu viel, ich war ja gesund und konnte arbeiten. Dreißig schickte ich meinen armen Eltern; zwanzig legte ich für unvorhergesehene Bedürfnisse zurück und fünf bestimmte ich zu einer Weihnachtsreise, auf der ich mich ausnahmsweise einmal freigebig verhalten wollte. Fünf Taler zu einer Reise von höchstens einer Woche, die konnten gar nicht alle werden! Mehr als zwanzig Groschen für einen Tag, das musste ja das reine Schlaraffenleben werden! Ich munkelte sogar heimlich schon davon, natürlich nur zu mir selber, dass ich mir unter Umständen eine halbe Flasche Wein, natürlich so billig, aber auch so gut wie möglich, gestatten würde. Welche Sorte ich wohl wählen und wie hoch im Preis ich gehen dürfe, das beschäftigte mich täglich in der halben Viertelstunde, die dem Einschlafen voranzugehen pflegte. Du glückliche Zeit, wie lange bist du vorüber!

Der Kantor machte sein Versprechen wahr, die Motette wurde eingeübt und Krüger musste das dreistimmige Solo mitsingen, wofür er mich mit einem Hass bedachte, der mir manchen Ärger bereitete.

Dann erschien mein Weihnachtsgedicht, jeder Mitschüler wollte es haben; die betreffende Nummer des Blattes wurde infolgedessen in zahlreichen Stücken von unserer Buchhandlung bezogen, und als nachher das allmonatliche Freiaufsagen stattfand, so genannt, weil jeder sein Gedicht sich selber wählen konnte, leiteten meine dreiundzwanzig Klassengefährten ihre rednerische Betätigung folgendermaßen ein: „Weihnacht, Gedicht von Karl May." Ich war der Einzige, der einem unserer Klassiker die Ehre erwies. Es wurde Brauch, mein Gedicht im Notizbuch mit herumzutragen, um es bei jeder unpassenden Gelegenheit hervorzunehmen, und ich hatte das zweifelhafte Glück, monatelang mit Fragen bestürmt zu werden, warum ich gerade diese und nicht jene Wendung gebraucht oder gerade diesen und keinen anderen Reim gewählt hatte. Es wurden Verse über Verse geschmiedet, bis die ganze Lehrerschaft sich endlich über die ‚Katheten und Moneten', ‚Verbalien und Australien', ‚Romulus und Fidibus', ‚Multiplikand und Elefant' so erbost fühlte, dass unter dem Vorsitz des ‚Alten' beschlossen wurde, gegen diesen Unfug ohne Nachsicht vorzugehen. Die nun folgenden Verweise und anderen Strafen erreichten zwar ihren Zweck, hatten aber leider für mich die Folge, dass ich, der vorher so Vielumworbene, nun wie eine Selters- unter lauter Sektflaschen gemieden wurde, was den ebenso wohlbegründeten wie unerschütterlichen Vorsatz in mir wachrief, meine etwaigen Gedichte auf alle Fälle erst nach meinem Tod erscheinen zu lassen.

Doch nun die erwähnte Weihnachtsreise! Ich pflegte in allen Ferien eine längere Fußwanderung vorzunehmen. Ich lag zufolge meiner Neigung, meiner Zukunftspläne und aus noch anderen Ursachen mehr über den Büchern als meine Mitschüler und musste mich darum von Zeit zu Zeit einmal körperlich tüchtig ausarbeiten, was durch einen weiten Marsch am besten geschehen konnte. Dabei schloss sich mir meist ein mir sehr lieber Mitschüler an, der, wenn auch nicht so arm wie ich, doch ebenfalls zur Sparsamkeit veranlasst war. Er war ein fleißiger und ernster Junge und pflegte, außer mit mir, nicht viel zu sprechen und wurde deshalb Cyprinus carpio[1] oder kurzweg Carpio genannt, weil Karpfen bekanntlich auch nicht gern viel Worte machen. Wir pflegten unsere beiderseitige Barschaft zwar nicht zu einer gemeinsamen Reisekasse zu verschmelzen, doch es war uns zur Selbstverständlichkeit geworden, dass der eine mit den Mitteln des anderen rechnete. Dies hatte zur Folge, dass der, der mehr besaß, sich stets heimlich dafür zu sorgen bemühte, dass der gegenwärtig Ärmere nicht unter seinem augenblicklichen Geldmangel leiden musste. Es kamen da Beispiele von Selbstlosigkeit und Aufopferung vor, die wirklich rührend waren, obgleich es sich dabei nur um geringe Beträge, um Groschen oder gar nur um Pfennige handelte. Das natürliche Ergebnis dieses Verhaltens war, dass am Schluss jeder solchen Reise bei beiden der Rest des Geldes genau derselbe war. Wenn einer unserer heutigen Finanzminister dabeigestanden und gehört hätte, mit welch einer weisen und bedachtsamen Wichtigkeit wir über die geringste Ausgabe verhandelten, er hätte von uns lernen können. Wir sind sogar einmal über den Fluss geschwommen, um zwei Kreuzer Fährgeld zu sparen.

Dieser prächtige Junge wollte die von mir geplante Weihnachtsreise zu gern mitmachen, glaubte aber, dass ich ihn dieses Mal nicht mitnehmen wolle, weil er nicht mehr als zwei Taler zusammenbringen konnte; da war ich gegen ihn doch der reine Millionär! Ich machte ihn aber durch die Versicherung glücklich, dass es einem solchen Millionär ein Leichtes sei, einen armen Teufel mit durchzuschleppen. Er musste mit! Wir konnten die Wanderung nicht gleich mit dem Beginn der Weihnachtsferien antreten, denn es verstand sich von selbst, dass wir die Feiertage bei unseren Eltern verlebten, und als wir dann am

[1] Karpfen

bestimmten Ort zusammentrafen, teilte er mir mit strahlenden Augen mit, dass sein Vater ihm einen Taler zugelegt hätte. Wir standen also 3 zu 5 und er hatte sich meiner Million bedeutend genähert.

Und wohin sollte unsere Reise gehen?

Gewöhnlich marschierten wir auf dem Gebirge zwischen Sachsen und Böhmen hin. Wir konnten uns da einbilden, die Pyrenäen zwischen Frankreich und Spanien oder gar den Himalaja zwischen Tibet und Indien zu durchwandern. Wir hatten dort Städte und Dörfer, Berge und Täler, Felsen und Wiesen, Flüsse und Bäche, Sonnenschein und Schnee, kurz alles, was unser Herz begehrte. Mehr konnten wir nicht verlangen und auch in keiner anderen Gegend finden. Dieser Schauplatz unserer Weltreisen war uns lieb geworden und es gehörte schon ein ungewöhnlicher Entschluss dazu, wenn wir einmal einen anderen wählten.

Eigentlich hatte die treue Anhänglichkeit auch einen geschäftlichen Grund, den ich, nachdem wir ihn so lange geheim gehalten haben, heute doch einmal verraten will. Ich kann das nun ohne größere Gefahr tun, weil wir jetzt doch nicht mehr da oben herumsteigen und somit andere, ebenso würdige Menschen an den Vorteilen unseres Geheimnisses teilnehmen lassen können.

Es gab nämlich für uns eine wichtige Ursache, die uns stetig zwischen Österreich und Sachsen hin und her pendeln ließ. Diese Ursache hieß: Kurs, der Geldkurs nämlich. Man glaube ja nicht, dass sich nur wirkliche Millionäre mit den Geldkursen zu beschäftigen brauchen, o nein; je weniger man besitzt, desto wichtiger wird der Kurs, das haben wir beide an uns selbst erlebt. Damit soll freilich nicht etwa gesagt sein, dass der Kurs für den am allerwichtigsten wäre, der gar nichts besitzt, sondern es müssen zwei tüchtige Geldleute zusammentreten, die gewisse sichere Bestände besitzen, z. B. der eine drei und der andere fünf Taler; die machen eine Reise, eine so genannte

Kursreise, von der sie, besonders wenn sie dem auserwählten Stand buntbemützter Schüler angehören, ganz ungeahnte Vorteile ziehen können. Aber pfiffig muss man sein und Schüler muss man sein! Warum, das werde ich gleich erklären.

Wie steht heute der Gulden? So und so. Hm! – Wenn der gewöhnliche Sterbliche mit Talern zahlt und Gulden heraus haben will, dann stehen die Taler schlecht. Zahlt er Gulden und will Groschen haben, so stehen die Gulden schlecht. Und will er sich überzeugen, so ist kein Kurszettel zu haben. Tritt aber ein ungewöhnlicher Sterblicher, also etwa ein Schüler herein, so traut man ihm kein Geld zu, obgleich er entweder drei oder gar fünf Taler in der Tasche hat. Man sagt ihm ganz ehrlich, wie heute der Gulden steht, und wenn man das nicht weiß, so zieht er selbst einen für ihn vorteilhaften Kurszettel hervor, von dem leider das Datum abgerissen ist. Er isst und trinkt, bezahlt und geht dann fröhlich von dannen. Wohin? Ja, darin liegt das großartige Geheimnis. Nämlich: Steht der Gulden schlecht, so kehrt der Schüler auf sächsischer Seite ein und lässt sich für einen Taler österreichisches Geld geben; steht der Gulden hoch, so kehrt er auf böhmischer Seite ein und wechselt die Kreuzer in Groschen und Pfennig um. Wenn der Schüler ein bedeutender Geldmann ist und es lange genug aushalten und durchführen kann, so ist es ihm nicht schwer, Gewinne von solcher Höhe einzustreichen, dass ein gewöhnlicher Sterblicher ihn beneiden würde. Carpio und ich haben bei einem Reisegeld von zusammen vier Talern in acht Tagen böhmischerseits elf Kreuzer und auf der sächsischen Seite sechzehn Pfennig gewonnen, was unserem Reiseunternehmen einen vorher ungeahnten Schwung verlieh. Es gehörte aber auch ein großartiger Aufwand von Scharfsinn und Unternehmungsgeist dazu, die Kursverwicklungen zu durchschauen und jede Gelegenheit augenblicklich zu benutzen. Wir sind z. B. in strömendem Regen stundenweit von Sachsen hinüber nach

Böhmen oder in umgekehrter Richtung gerannt, um uns für fünfzig Kreuzer Pfennige oder für fünfzig Pfennig Kreuzer geben zu lassen. Der Gewinn wurde in Powidl[1], sauren Gurken oder anderen nahrhaften Dingen angelegt, und reichte er nicht aus, so war die Barschaft ja auch nur da, um nach und nach verbraucht zu werden. Auf diese Weise kam man im Zickzack zwischen Sachsen und Böhmen herüber und hinüber immer vorwärts, hatte geistige und geschäftliche Anregung in Menge, beherrschte alle Kurse des Landes und fühlte eine wahre Protzenseligkeit, weil man alle Tage von früh bis zum Abend mit Geld nur um sich warf, was man dann nach den Ferien leider nicht mehr konnte. Wir haben da köstliche Zeiten verlebt, in denen uns kein Talken[2] und kein Zwetschgenbrötchen zu teuer war, die Bauerngüter gar nicht mitgerechnet, in denen man umsonst mitessen und so viel Milch trinken durfte, dass die Kuh hätte brummen mögen.

Im Winter, wo der Schnee da oben im Gebirge zuweilen haushoch liegt, war es freilich schwieriger, dem Kurs hinüber und herüber nachzusteigen; aber wir hatten uns, wie man weiß, mit beträchtlichen Mitteln versorgt und konnten nun auch einmal als Geldleute reisen, denen der Kurs von Zeit zu Zeit mal gleichgültig ist.

Ausgerüstet waren wir in jeder Weise so vorzüglich, dass wir sofort eine Besteigung des Montblanc hätten vornehmen können. Regenschirme gab es natürlich nicht, das wäre unmännlich gewesen; Spazierstöcke auch nicht, unsere Wanderstäbe wuchsen, ihrer Erlösung harrend, in irgendeinem Busch. Überröcke? Pfui! Wir waren deutsche Jünglinge! Handschuhe? Wenn der Mensch welche tragen sollte, wäre er mit Handschuhen geschaffen worden. Aber eine gemeinschaftliche Zeichenmappe hatten wir uns aus fünf Bogen Konzertpapier zusammengeheftet, Carpio trug sie in einem alten, verwalsten Fernrohrbehälter auf dem

[1] Mundartlich für Pflaumenmus [2] Böhmisches Gebäck

Rücken. Es ist leider nichts hineingekommen, denn stets, wenn wir einen des Abzeichnens werten Gegenstand fanden, waren unsere Finger vor Kälte so steif, dass wir den Bleistift nicht handhaben konnten. Ich hatte eine Botanisiertrommel umhängen, sie enthielt unser Reisegepäck.

Zwei Landkarten hatte Carpio auch besorgt, eine von Sachsen und eine von Böhmen, weil wir doch zwischen beiden lust- und schneewandeln wollten; aber schon am ersten Tag stellte es sich heraus, dass sie, wie er behauptete, von seiner Schwester verwechselt worden waren; die eine war von Schweden und Norwegen, die andere von Algier, Tunis und Tripolis. Wir beschlossen einstimmig, sie nicht wegzuwerfen, sondern für spätere Reisen nach diesen Ländern aufzubewahren. Auch Nähzeug war da. Man braucht das auf Reisen, der abgerissenen Knöpfe wegen; aber was eine Häkelnadel dabei wollte, war mir ein Rätsel.

Mit Zigarren waren wir sehr gut versehen. Jeder hatte zwei Stück zu je drei Pfennig. Sie waren nur für besonders festliche Gelegenheiten bestimmt und wir fassten den kühnen Plan, sie nicht zu verzollen, sondern nach Österreich einzuschmuggeln. Wir steckten sie also in die Stiefelschäfte. Als wir sie am Abend hervorholen wollten, waren sie zu Mehl zerrieben: Sic transit gloria mundi!

Die übrigen Ausrüstungsgegenstände waren mehr persönlicher Natur, je nach den besonderen Neigungen des Besitzers: Bindfaden, Feuerschwamm, ein Eissporn Carpios zum abwechselnden Gebrauch für beide Füße, ein Fläschchen Fischtran als Stiefelschmiere – er, oder vielmehr seine Schwester wieder, hatte aber Terpentin erwischt –, ein Brennglas, das ein Erbstück von seinem Großoheim war. Als ich ihn fragte, wozu es jetzt im Winter dienen solle, warf er alle meine Kenntnisse durch die herablassende Bemerkung über den Haufen, dass man im Winter ebenso wie im Sommer den Meridian von Komotau berechnen könne. Noch andere Dinge anzuführen, wäre unzart. Höchstens darf ich erwähnen, dass Carpio ein hölzernes Sicherheitsschloss eigener Erfindung bei sich trug. Es sollte zur Sicherstellung unseres Lebens und mehr noch unserer Gelder dienen, falls wir gezwungen sein sollten, in einem fragwürdigen Haus zu übernachten. Als er es gleich am ersten Gasthaus an der Tür befestigen wollte, hatte er, oder vielmehr seine Schwester, wie er behauptete, die dazu nötigen vier Schrauben daheimgelassen.

2. Eine Studentenwalz

Unser Treffpunkt war das Städtchen Rehau in Oberfranken. Von da an wanderten wir, die vier Zigarren schmuggelnd, nach Asch und dann ging es auf Eger zu. Mit dieser für unsere Geldmittel bedeutenden Großstadt konnten wir uns nicht abgeben, wanderten also hindurch und noch einige Kilometer weit nach Tirschnitz, wo wir nach langem, anstrengendem Marsch abends ermüdet ankamen. Wir bestellten jeder ein Bier, für zwanzig Kreuzer Kartoffeln mit Quark und ließen uns dann unseren Schlafraum anweisen, der die Summe von fünfzig Kreuzern kostete. Hier war es, wo uns die Zigarren die größte der Enttäuschungen bereiteten und dann das Sicherheitsschloss den Dienst versagte. Wir steckten unsere Gelder also in den Ofen, aus dem Carpio aber nach einigem Überlegen seine Einlage wieder herausnahm, um sie in seinem Bett zu verbergen. Er meinte, es wäre nicht vorteilhaft, beide Beträge an ein und demselben Ort aufzubewahren, wo dann, falls ein Einbrecher käme, alles verloren sei; man müsse sie vielmehr trennen, damit der Spitzbube nur den einen Teil bekäme, der andere aber gerettet würde. Ich fügte mich seiner überlegenen Weisheit, legte mich nieder und schlief rasch ein, wurde aber bald wieder durch ein Geräusch geweckt. Es wurde von Carpio verursacht, der mir auf mein Befragen mitteilte, dass er vorhin beim Schein unserer Zündhölzer ein Stück Ziegelstein hinter dem Ofen habe liegen sehen. Dieses hatte er hervorgeholt und in sein Taschentuch geknotet, wodurch ein höchst brauchbarer Totschläger entstand, womit er jedem Einbrecher den Kopf behämmern wollte. Tief getröstet und beruhigt durch diese Maßnahme meines Busenfreundes schlief ich wieder ein und wachte nicht eher auf, als bis mich Carpio an den Armen emporriss und mir im höchsten Zorn die Entdeckung zuschrie:

„Höre, mein Geld ist weg, mein ganzes Geld mitsamt

dem Beutel! Der Totschläger ist unnütz gewesen, es ist doch so ein Halunke hereingekommen und hat in den Ofen gegriffen. Aber warum er nur mein Geld genommen und das deine liegen gelassen hat, das wird mir ein ewiges Rätsel bleiben. Ich laufe hinunter, sofort! Der Wirt muss alles ersetzen!"

„Warte noch! Dein Geld hat im Ofen gelegen?"

„Natürlich!"

„Du hast es doch selber wieder herausgenommen und in dein Bett versteckt. Suche nach!"

Er suchte, fand es und holte erleichtert und tief Atem.

„Das ist ein Glück für den Wirt! Ich hätte ihn nötigenfalls bis zur Auspfändung getrieben. Weißt du, was der Kaffee kosten wird?"

„Zehn Kreuzer ohne Brot."

„Und das Brot?"

„Zehn Kreuzer ohne Kaffee."

„So bestellst du Kaffee für dich und ich lass' mir Brot für mich geben, dann teilen wir und zahlen bloß zwanzig Kreuzer. Was wir hier sparen, können wir dem Mittagessen zulegen. Bist du einverstanden?"

„Ja. Vornehm ist das zwar nicht, aber wir machen dann schnell, dass wir fortkommen und nicht lange bekrittelt werden."

„Bekrittelt? Willst du dich nicht eines besseren Ausdrucks für gebildete Geldleute bedienen? Diese Böhmen werden alles, was wir tun, für vornehm halten, wenn sie es auch nicht begreifen können."

Wir frühstückten also für zwanzig Kreuzer, ließen uns für vornehm halten und reisten dann ab. Unser heutiges Ziel war Falkenau, wo wir gegen Abend glücklich ankamen, obgleich mein Freund das Unglück gehabt hatte, seinen Eissporn zu verlieren; wie das zugegangen war, das wusste er selber nicht und ich noch viel weniger. Er war tief betrübt über diesen unersetzlichen Verlust und ich gab mir ihm zuliebe den Anschein, als wäre der Eisenstachel auch meinem Herzen teuer gewesen. Wir blickten ihm voll Trauer in die Vergangenheit nach und wandten uns dann mit männlicher Fassung einer einfachen Herberge zu, deren Aussehen mit unserem Beutel übereinstimmte.

Eben wollten wir eintreten, da kam ein Landjäger heraus, der sich darüber zu wundern schien, dass wir da hinein wollten. Er grüßte höflich und fragte:

„Sie sind doch wohl Studenten, meine Herren?"

Ich nickte, Carpio aber zog seinen Schülerpass aus der Brusttasche und schob ihn dem Sicherheitsbeamten in die Hand.

„Ja, wir sind Studenten. Bitte, überzeugen Sie sich!"

Der Landjäger öffnete den Pass, las ihn und gab ihn mit einem eigentümlichen Lächeln zurück:

„Wenn Sie das alles sind, was hier verzeichnet steht, so sind Sie ein gemachter Mann, lieber, junger Herr!"

„Das alles bin ich allerdings!", versicherte mein Busenfreund in stolzem Ton. „Es ist sogar der Schulstempel da aufgedrückt."

„Den sehe ich nicht!"

Carpio betrachtete den Pass nun selbst und fand, dass das, was er in der Hand hatte, ein Verzeichnis der Regierungsjahre der deutschen Kaiser von Karl dem Großen bis auf Franz den Zweiten war. Er suchte eine ganze Zeit nach dem Pass und zeigte sich, als er ihn nicht fand, heftig entrüstet.

„Das ist nun wieder einmal ein Versehen von meiner Schwester, die mir diese Liste anstatt des Passes in die Tasche gesteckt hat. Solche Tollheiten können doch unbedingt nur bei Personen vorkommen, die keine Maskulina, sondern entweder Feminina oder Neutra sind!"

„Machen Sie sich darüber keine Sorgen!", tröstete ihn der Polizist. „Ich habe nicht nach Ihrem Pass gefragt; man sieht es Ihnen ja an, dass Sie das sind, wofür Sie sich ausgeben, und wenn es unter besonderen Umständen nötig sein sollte, so wird Ihr Freund seinen Pass besitzen, der Sie dann beide ausweist."

„Hast du denn deinen?“, fragte mich Carpio.

„Ja, denn ich verlasse mich nicht auf meine Schwestern, die übrigens ihre Sinne stets beisammen haben. – Kann vielleicht unsereins hier in diesem Haus wohnen, Herr Wachtmeister?“

„Hm“, brummte der Mann. „Ich wunderte mich schon darüber, dass Sie hineinwollen, denn es ist eine Herberge für Handwerksburschen. Kommen Sie lieber mit zum Franzl! Ich gehe eben hin und werde Sie führen.“

Diese Aufforderung war jedenfalls recht gut gemeint, aber Carpio fiel schnell ein:

„Hat er ein Hotel, einen Gasthof? Ist es teuer bei ihm?“

Da stieß der Beamte ein breites, behäbiges Lachen aus.

„Der Franzl! Teuer? Zumal gegen die Herren Studenten? Hahahaha! Da müssen Sie ihn kennen lernen! Er ist auch Student gewesen; er hat auf Schulmeister studiert, die Sache aber aufgegeben, weil ihn die reiche Wirtin zum Mann genommen hat. Nun spricht er von nichts lieber als von seinem Studium und hat keine größere Freude, als wenn Studenten bei ihm einkehren. Wenn Sie ihm gefallen, so ist es dann sein Vergnügen, dass er sich nichts bezahlen lässt. Kommen Sie nur, die Sache wird sich wohl machen.“

Er ging voran und wir beide folgten ihm, dabei hielt mich mein Freund ein wenig zurück und fragte besorgt:

„Du, ob wir diesem ausgezeichneten Franzl wohl gefallen werden?“

„Warum sollten wir denn nicht?“

„Weil jeder Mensch einen besonderen Geschmack hat. Wenn er seinen Narren an uns frisst, so ist es wohl möglich, dass wir nichts zu bezahlen brauchen; aber wenn er uns erst fein und teuer aufwartet und uns hinterher nicht leiden mag, so können wir leicht mit einem einzigen Schlag um dein und mein ganzes Vermögen kommen.“

„Das steht nicht zu befürchten. Man bezahlt doch nichts, was man nicht selber bestellt hat, und wir werden uns wohl hüten, eine große Rechnung auflaufen zu lassen. Es gibt derartige Menschen, wie der Landjäger den Franzl beschreibt. Sie sind stolz darauf, sich zu etwas Höherem vorbereitet zu haben, und glauben nun, wirklich etwas zu können. Wenn man sie bei ihrer Meinung lässt, fließen sie vor lauter Freundschaft über. Dieser Franzl ist vielleicht ein hübscher, junger Mensch gewesen und hat nur aus diesem Grund eine reiche Frau bekommen. Wir werden ja sehen!"

„Höre, Sappho, du sprichst ja wie ein Buch! Das hast du während unserer jetzigen Reise noch nicht getan."

Sappho! Da kommt es doch ans Tageslicht, was ich verschweigen wollte! Man weiß, dass fast kein Schüler ohne Spitznamen bleibt. Ich war bis vor kurzem so glücklich gewesen, nur bei meinem gewöhnlichen Namen genannt zu werden, aber das war seit meinem Weihnachtsgedicht anders geworden. Man hatte nach einem Dichternamen für mich gesucht, und da dieser doch einen scherzhaften Anstrich haben musste, war man auf den sonderbaren Gedanken verfallen, mich nach einer Dichterin zu nennen. Man hängte mir den Namen Sappho an, und als ich mich sträubte, das zu dulden, bewies man mir, dass es keinen bezeichnenderen geben könne, weil Sappho die berühmteste Dichterin des Altertums und durch die unübertreffliche Reinheit und Schönheit ihrer Verse ausgezeichnet sei. Was konnte ich dagegen tun? Ich musste mich fügen.

Wenn Carpio sagte, ich hätte während unserer Reise jetzt zum ersten Mal wie ein Buch gesprochen, so hatte er wohl Recht. Damit er sich auf unserer Wanderung wohl befinden sollte, gab ich mich ganz so, wie er war; ihm war das nur nicht aufgefallen, weil er keine Spur von Beobachtungsgabe besaß. Der liebe, immer ernste und fleißige Freund besaß einige Eigenschaften, die leicht seine ganze Zukunft in Frage stellen konnten. Er war zunächst von jener geradezu kindlichen oder gar kindischen Harmlosigkeit, die keine Tatkraft aufkommen lässt und alles möglichst verkehrt anfasst. Dabei liebte er es, der einfachsten Sache größere Bedeutung, als sie besaß, beizulegen und besonders auf unseren Wanderungen dem nüchternsten Gegenstand oder Vorkommnis eine romantische Färbung zu geben. Daher der Eissporn, das Sicherheitsschloss, das Brennglas und andere Gegenstände, die er mitgenommen hatte.

Eine weitere Eigentümlichkeit an ihm war eine Zerstreutheit, der man bei seinem jetzigen Alter zwar nur die heitere Seite abzugewinnen brauchte, die aber doch schon versprach, später für ihn verhängnisvoll zu werden. Ich hatte mir, so viel es mir möglich war, Mühe gegeben, ihn zur Sammlung anzuspornen, aber leider nicht den kleinsten Erfolg gehabt. Im Gegenteil, wenn er auf seine Zerfahrenheit aufmerksam gemacht wurde, steigerte sie sich nur, er wurde dann ängstlich und beging in seiner Befangenheit noch viel größere Fehler als vorher. Ich gab es also auf, ihn zu ändern, suchte seine Eulenspiegelstreiche so viel wie möglich zu vertuschen und stellte mich, wenn ich mit ihm allein war, ebenso kindlich unbeholfen wie er. Dadurch hatte ich ihn wahrscheinlich besonders fest an mich gekettet. Wir schienen zwei unbedachtsame Kinder zu sein; er war auch eins, ich aber wachte heimlich über ihn und hielt, indem ich mir den Anschein gab, ganz in seinem Willen aufzugehen, die Unannehmlichkeiten möglichst von ihm fern. Er glaubte, selbständig zu handeln, in Wirklichkeit aber war ich es, nach dem er sich richtete, ohne es zu wissen.

Zuweilen aber tauchte doch eine Ahnung in ihm auf, dass ich der Bestimmende und er der Geleitete sei. So auch jetzt, wo ich meine Meinung über den Wirt Franzl äußerte, ohne ihn gesehen zu haben. Ich fügte meiner Weisheit sogar noch eine Ergänzung hinzu:

„Weißt du, Carpio, wenn jemand nicht bei seinem Familien-, sondern bei seinem Vornamen genannt und dieser sogar in Koseform Franzl gebraucht wird, so ist mit

Sicherheit anzunehmen, dass er ein so genannter guter Kerl ist. So stelle ich mir den Wirt vor und als einen solchen guten Kerl müssen wir ihn behandeln, dabei aber auch ein bisschen Eindruck auf ihn machen."

„Womit? Lateinisch reden?"

„Nein, das würde ihn abstoßen, weil er es wahrscheinlich nicht versteht. Er scheint ein lebenslustiger Mann zu sein; da müssen wir, so was man sagt, feuchtfröhlich auftreten, so tun, als ob wir Seinesgleichen und schon längst mit ihm bekannt wären. Und was das Eindruckschinden betrifft, so – ah, da denke ich an das, was mir der ‚Alte' sagte, nämlich, dass es mir keine Mühe macht, stundenlang in Reimen zu reden. Du bist ja auch nicht auf den Kopf gefallen und hast mir schon öfters mit ganz annehmbaren Knittelversen geantwortet. Wollen wir diesen Franzl mit Reimen anulken?"

„Der Gedanke ist nicht schlecht, ich werde mein Möglichstes tun. Aber wenn er es sich nun nicht gefallen lässt?"

„So halten wir inne und werden rasch vernünftig. Also los! Wir scheinen hier am Ziel zu sein."

Der Landjäger hatte uns durch einige Gassen geführt und lenkte nun zu einem Einkehrhaus, zu dessen Tür einige Stufen emporführten. Das Gebäude machte mit der Umgebung, die zu ihm gehörte, einen stattlichen Eindruck. Wir schritten die Stufen hinan und kamen in einen nach Stallduft riechenden Flur, wo der Polizist eine Tür öffnete, einen forschenden Blick in die Gaststube warf und dann heiteren Tones rief:

„Grüß Gott, Franzl! Da bin ich schon wieder und bring' feine Gäste mit."

„Wen denn?", fragte eine fette Stimme.

„Zwei Studenten aus Bayern oder anderswoher, die für die Nacht gern ein warmes Nest haben möchten."

„Studenten? Hallo, herein mit ihnen! Für solche Herrschaften habe ich so viele Nester, wie sie sich nur wünschen können. Ubi bene, ibi patria!"

Wir traten in die Stube, die groß, aber niedrig war. Links stand eine Frau beim Butterfass. Sie war beschäftigt, Buttermilch – meine Wonne! – durch ein Seihtuch zu gießen. Das war die Wirtin. Rechts von der Tür saßen einige Männer gewöhnlichen Schlags beim billigen böhmischen Schankbier. Aber der Tür gegenüber gab es einen großen runden Tisch, an dem die besseren Gäste Platz genommen hatten. Einer von ihnen war aufgestanden und sah uns erwartungsvoll entgegen. Ich konnte nicht bezweifeln, dass es Franzl selber war. Er musste vor Jahren ein fescher Bursche gewesen sein, noch jetzt trug er sein eingefettetes dunkles Haar in verlockend gelegten Ringeln. Eine weiße Schürze bedeckte den Schmerbauch; über ihrem Latz thronte eine sanft quatschelige Unterkehle, die in ein glattrasiertes, rotwangiges Gesicht überging, in dem wohlwollende Heiterkeit ihren Wohnsitz aufgeschlagen hatte. Als der Blick der freundlichen Augen kurz auf uns geruht hatte, kam der Mann vollends hinter dem Tisch hervor und streckte uns die Hand zum Gruß entgegen.

„Ja, man sieht es der vornehmen Haltung an, dass Sie Studenten sind. Seien Sie uns willkommen, setzen Sie sich hier bei uns an diesem Tisch nieder und sagen Sie, worauf Sie Appetit haben!“

Ich schüttelte ihm die Hand und antwortete mit dem ernstesten Gesicht der Welt:

„Ich bitte, nicht verkehrt zu fragen, – und will die Wahrheit Ihnen sagen: – Wir haben, wie ein jeder sieht – nicht Appe-, sondern Trinketit!“

Franzl fuhr zwei Schritte zurück, riss die Augen weit auf und fragte ganz erstaunt:

„Wie – wa – was? Appe – Trinke – tit – tit? – Sie meinen, dass Sie nicht essen, sondern trinken wollen? Gut! Was darf ich bringen?“

„Es läuft aus diesem großen Fass – hervor ein ganz vorzüglich Nass, – das in der Stadt und auf dem Land als Buttermilch ist wohl bekannt; – wir wollen weder Bier noch Wein, – schenkt von der Milch zwei Gläser ein!“

„Fass – Nass – Land – kannt – Wein – ein? – Hören Sie, sagen Sie: Sie sind wohl gar ein Dichter, ein wirklicher, ausgebildeter Dichter?"

„Ich bin ein Dichter, aber nicht – für jeden mach' ich ein Gedicht – doch unsres guten Franzls wegen – kann man sich schon aufs Dichten legen, – denn er ist ein gar kluger Mann, – der diese Kunst begreifen kann; – drum gebt das Glas mit Milch jetzt her, – auf Franzls Wohl trink ich es leer."

Zu meiner Freude fiel auch Carpio schnell ein:

„Auch ich trink bis zum Boden aus, – zum Gruß dem Wirt und seinem Haus, – und tu ich das um seinetwillen, – so mag er es auch wieder füllen!"

Wir tranken und gaben ihm die Gläser zurück. Er schien das Glück, unsere Bekanntschaft machen zu dürfen, immer noch nicht begreifen zu wollen; dann aber warf er die leeren Gläser plötzlich in die Ecke auf das Kanapee, nahm uns bei den Händen und zog uns zum Tisch hin.

„Ach was, Buttermilch! Wein her, Wein! Wir haben da nicht nur einen, sondern gleich zwei Dichter! Fama crescit eundo! So eine Überraschung, so eine Freude! Hole Wein, Anna, Wein! Ich weiß, was man so geistreichen Herren bieten muss! Setzen Sie sich nieder, immer nur nieder, denn wissen Sie, habenti dabitur et abundabit!"

Ich setzte mich zwar, wehrte aber ab:

„O nein, bringt ja noch keinen Wein, – es darf nur Buttermilch jetzt sein; – doch ist der erste Durst gestillt, – dann sind wir auch zu Wein gewillt."

„Na, dann meinetwegen Buttermilch, wenn es denn nichts anderes sein darf; aber später müssen Sie mir erlauben, Sie als meine ganz besonderen Gäste zu betrachten. Zu bezahlen haben Sie natürlich nichts."

Carpio warf mir einen Blick zu, und als ich diesen nicht beachtete, versetzte er mir einen kräftigen Fußstoß, der freilich deutlicher war. Und nun folgte eine sehr bewegte Szene. Die Gäste, denen vorhin vor Verwunderung die

Sprache ausgegangen zu sein schien, fanden sie jetzt wieder; die vom andern Tisch kamen herbei und reichten uns ihre Biergläser, die wir jedoch zurückwiesen. Alle sprachen auf uns ein und jeder wollte von uns gehört werden. Die an uns gerichteten Fragen wurden von uns mit Reimen beantwortet, was auf Franzl einen solchen Eindruck machte, dass er seiner Frau die Weisung erteilte:

„Höre, Anna, diese hoch geehrten Herrn bekommen keine gewöhnlichen Gastbetten, sondern sie schlafen in der guten Stube, wo der Glasschrank steht. Ich weiß, was Bildung heißt: Corvus corvo nigredinem obicit!“

Dieses Latein machte mir riesigen Spaß. Da er nur Sprichwörter brachte, hatte ich ihn sehr stark in Verdacht, sie irgendeinem alten Verzeichnis entnommen und sich eingeprägt zu haben, um sie gelegentlich loszulassen und als Lateiner zu gelten. Den lateinischen Text hatte er sich gemerkt, aber nicht seinen Sinn, und so durfte man sich nicht darüber wundern, dass er sie meist gerade so anwandte, dass ihr Gebrauch zum Unsinn wurde.

Die nun folgende Unterhaltung wurde von uns mit Reimen und von dem Wirt mit den tollsten Lateinbrocken gespickt, wodurch er bei den meisten Gästen außerordentlich Eindruck zu machen schien. Welche Schule er besucht und welchen Bildungsgang er hinter sich hatte, das konnten wir nicht erfahren; er schien Gründe zu haben, nicht davon zu sprechen, und wir waren nicht so rücksichtslos, ihm Fragen darüber vorzulegen.

Eine kleine Unterbrechung darf ich nicht übergehen. Mein Carpio hatte unterwegs bemerkt, dass ihn ein durch die Stiefelsohle gedrungener Nagel in den Fuß stach, und den Stiefel ausgezogen, um ein zusammengefaltetes Stück Papier unterzulegen. Jetzt bemerkte er, dass der Nagel auch in dieses Papier ein Loch gemacht hatte und ihm nun neue Schmerzen bereitete. Er vertraute diese schmerzliche Angelegenheit einem mitanwesenden Schuhmacher an, und da dieser sich bereit erklärte, die vorwitzige Nagelspitze abzustumpfen, so zog er den Stiefel aus, um ihn dem Helfer in der Not zu überreichen. Dabei fiel das Papier heraus, das durch die eingedrungene Feuchtigkeit des Schnees sehr unscheinbar geworden war. Als ich es aufhob, bemerkte ich, dass es Schriftzüge enthielt, die freilich nicht mehr zu enträtseln waren; aber der noch ziemlich erkenntliche Schulstempel belehrte mich, welch eine wichtige Urkunde ich in den Händen hatte. Ich gab sie dem Freund mit den Worten:

„Hier ist die Ehrenrettung deiner Schwester; ich hoffe, dass du ihr den schnöden Verdacht, den du ausgesprochen hast, nach unserer Heimkehr abbittest."

Er faltete den Zettel auseinander, schüttelte den Kopf, gab den Fund dem noch anwesenden Polizisten hin und sagte:

„Sie sehen, dass ich meinen Pass sehr gut aufgehoben hatte; kein Spitzbube hätte ihn finden können. Ich bitte, sich nun zu überzeugen, dass Sie es wirklich mit Schülern einer königlichen Bildungsanstalt zu tun haben!"

Als der Beamte sah, in welchem Zustand sich der Ausweis befand, wies er ihn mit den freundlichen Worten zurück:

„Oh, bitte, zweifeln Sie doch nicht an meiner Menschenkenntnis, die mir gleich beim ersten Blick sagte, dass ich es mit geistig hochstehenden Personen zu tun hätte."

„Schön!", nickte Carpio. „Wir erkennen Ihren Scharfsinn an und werden jenseits der Grenze an geeigneter Stelle erzählen, dass die Bewohner der österreichischen Länder auf ihre Polizeimacht stolz sein können."

Indem er den wieder zusammengefalteten Pass in die Westentasche steckte, nickte er dem Landjäger so gönnerhaft zu, als bekleide er eine der höchsten Stellen im Wiener Justizministerium.

Als wir jeder drei Glas Buttermilch getrunken hatten, wurde uns Schankbier vorgesetzt und wir bekamen dazu Zigarren angeboten, die der Wirt als zur besten Sorte Österreichs gehörig bezeichnete. Wenn ich mich nicht irre, waren es Virginias, die man zuweilen auch mit dem poetischen Namen ‚Giftnudeln' zu beehren pflegt. Als Carpio die seinige anbrannte und den lächelnden Ausdruck bemerkte, mit dem er dabei von rundumher beobachtet wurde, machte er eine hoheitsvolle Handbewegung und sagte in geringschätzigem Ton:

„Ich will Ihren Kaiserstaaten gewiss nicht zu nahe treten, aber was Zigarren betrifft, so sind wir Ihnen bestimmt über. Diese hier zum Beispiel, die von vorzüglicher Güte sein soll, wäre mir für den täglichen Gebrauch viel zu schwach. Es gibt bei uns eben ganz andere Raucher als hier bei Ihnen, meine Herren."

Leider aber ließ er seine ‚Nudel' so oft ausgehen, dass er mit den Zündhölzern immer zwischen ihr und dem Asbestgläschen unterwegs war – es stand nämlich ein so genanntes Tunkfeuerzeug auf dem Tisch. Da ihm dabei der Geruch des Schwefels so oft in die Nase fuhr, zog er, ohne dass ich weiter darauf achtete, ein Papier aus der Tasche, zerriss es in lange, schmale Streifen, um Anzünder daraus zu machen, und holte sich nun mit ihrer Hilfe das nötige Feuer von der in seiner Nähe qualmenden Öllampe. Damals gab es bekanntlich weder Gas- noch elektrisches Licht.

Trotz dieser immer währenden Unterbrechungen war er, als ich die erste Zigarre geraucht hatte, schon mit seiner zweiten fertig. Man bot uns eine neue an, und als ich für uns beide ablehnte, wies Carpio diese Anmaßung in empörtem Ton zurück:

„Misch dich nicht in meine Angelegenheiten, Sappho! Eine Mondscheinnatur, wie die deinige ist, kann freilich nichts vertragen; ich aber bin aus Stahl und Stein gebaut und möchte den Glimmstängel kennen lernen, der meine Verfassung erschüttern könnte!"

„So ist es recht!", stimmte Franzl bei. „Ein guter Student muss ausgepicht und gegen Nikotin und Spiritus unempfindlich sein. Nummus ubi loquitur, Tullus ipse tacet. Nehmen Sie also immer noch eine!"

Und der Busenfreund nahm noch eine und hatte sie noch nicht aufgeraucht, als seine Anzünder zu Ende waren. Ich sah, wie er, wie ein Orientale sich ausgedrückt hätte, die Morgenröte seines Angesichts verlor, sagte aber nichts, weil ich ihn nicht beleidigen wollte.

Dann brachte die Wirtin das Abendessen herein. Es bestand in einer mächtigen Schüssel Fisolen[1] und einer ebenso großen Schüssel mit geräuchertem Schweinefleisch. Beim Anblick der großen, appetitlichen Fleischstücke lief mir, wie es später dem persischen Schah in London ergangen sein soll, das ‚allerhöchste Wasser seiner Majestät' im Mund zusammen; den Busenfreund aber schien die Üppigkeit dieses Nachtmahls kalt zu lassen, wenigstens lag, während meine Augen höchstwahrscheinlich vor Freude leuchteten, in den seinen ein entsagungsvoll nach innen gerichteter Blick und in seinen wehmutsvoll zusammengezogenen Mundwinkeln der Ausdruck jener schmerzlichen Verzichtsleistung, mit der ein sonst sehr vernünftiger Bettler einst behauptet haben soll, dass es ihm niemals einfallen würde, einen Hunderttalerschein anzunehmen.

Wenn man bedenkt, dass zu diesen Fisolen und zu diesem Fleisch nicht Bier, sondern Wein getrunken wurde, so wird man mir glauben, dass ich mich nicht allzu sehr nötigen ließ. Mein guter Carpio aber wollte gar nicht ‚anbeißen' und erklärte schließlich, als er sich durch teilnahmsvolle Fragen in die Enge getrieben sah, er hätte heute Mittag zu viel gespeist und infolgedessen jetzt noch keinen Hunger. Dabei richtete er sein Auge mit der stummen Bitte um Verschwiegenheit auf mich. Ich gewährte sie ihm, wurde aber dafür mit dem schwärzesten Undank belohnt, denn als man ihn darauf aufmerksam machte, dass doch ich nicht so ganz ohne Esslust wäre, antwortete er wie aus einer Wolke der Erhabenheit herab:

„Es sind nicht alle Menschen gleich besaitet. Während

[1] Österreichische Bezeichnung für weiße Bohnen

der eine den Genüssen des Geistes und des Gemüts den Vorzug gibt, liebt es der andere, in irdischen Dingen zu schwelgen und schrickt am Ende sogar davor nicht zurück, seine Seele in Fisolen und Selchfleisch zu versenken. Weiter brauche ich wohl nichts zu äußern; Sie wissen ja: De gustibus non est disputandum, wie der Lateiner sagt."

„Ja, ja", nickte der Wirt, entzückt über die Gelegenheit, wieder einen Beweis seines Wissens geben zu können. „Es freut mich natürlich riesig, dass es Ihrem Kollegen so vortrefflich schmeckt, doch weiß ich die Vorzüge des Geistes zu schätzen und sage mit den Gelehrten des Altertums: Omne nimium nocet."

O Franzl, Franzl, wüsstest du, was du mir soeben gesagt hast! So dachte ich, aß aber trotzdem ruhig weiter, denn ich hatte mich nun einmal so tief in das Stoffliche versenkt, dass man mir eine schnelle Umkehr aus dieser geistigen Verfisolung nicht zutrauen durfte. All mein geistiges Können und Wollen war, wie ich zu meiner Schande gestehen muss, in diesem Augenblick so verlottert, dass ich, wenn ich überhaupt beim Essen etwas sagte, schon längst nicht mehr in Reimen sprach; ich kann aber zu meiner Ehrenrettung den sehr wichtigen Grund hinzufügen, dass ich den Wirt des vorzüglichen Geselchten weder durch trockene Jamben und Trochäen noch durch Daktylen unvorteilhaft beeinflussen wollte.

Die Stube war bis zum Essen voller Gäste gewesen; nun, da ich mich aber mit solcher Schweigsamkeit den beiden Schüsseln widmete und mein Busenfreund ebenso still in sein geistiges oder, was wahrscheinlicher war, in sein körperliches Innere hinunterstieg, stockte die Unterhaltung, und der Fleiß, mit dem wir in diesen Richtungen tätig waren, legte die Vermutung, dass wir so bald nicht wieder genießbar sein würden, in einer Weise nahe, dass sich einer nach dem anderen entfernte.

So kam es, dass wir noch vor Beendigung des Abendessens mit den Wirtsleuten allein waren, doch nicht lange, denn es stellten sich neue Gäste ein, die meine Aufmerksamkeit sofort in Anspruch nahmen.

Es war ein alter Mann mit einer jüngeren Frau und einem vielleicht dreizehn Jahre alten Knaben. Sie mussten sehr arm sein, wie ihre Kleidung bewies, die keinen Schutz gegen die Kälte des Winters bieten konnte. Der weißhaarige, tief gebückte Alte kam mit wankenden Schritten herein und ließ sich vor Ermüdung gleich auf den nächsten Stuhl niederfallen. Da schloss er, ohne uns zu beachten, die tief liegenden Augen und holte in einer Weise rasselnd Atem, dass ich glaubte, er müsse vollends zusammenbrechen. Der Knabe legte liebevoll und besorgt den Arm um seine Schulter und streichelte ihm mit der anderen Hand die zum Erschrecken hagere Wange. Beide hatten, der eine vor Ermüdung und der andere aus kindlicher Unkenntnis, keinen Gruß gesagt. Die Frau aber grüßte, legte das Bündel, das sie trug, neben den Alten nieder, faltete die Hände und fragte in flehendem Ton:

„Haben Sie vielleicht einen Platz für uns im Stall?“

„Bettelvolk, das sich verstellt und vielleicht nur stehlen will“, flüsterte die Wirtin ihrem Mann zu.

Sie war nicht so gutmütig wie er, der gar nicht auf diese Worte hörte, sondern die drei Personen mit mitleidigen Augen betrachtete und sich dann erkundigte:

„Warum im Stall und nicht im Bett?“

„Weil wir nicht bezahlen können“, antwortete die Fremde mit einem schweren Seufzer.

„Warum kommt ihr da zu uns? Hier ist keine Herberge für Handwerksburschen und Leute, wie ihr seid!“, fiel die Wirtin schnell ein.

„Wir haben nach der Herberge gefragt, aber wir konnten nicht weiter, mein Vater fiel vor Müdigkeit um.“

Die Wirtin wollte noch etwas sagen, aber Franzl winkte ihr zu schweigen und forderte die Fremde auf, ihm die Papiere zu zeigen. Sie zog einen sorgfältig in ein Tuch gewickelten Pass hervor, den sie dem Wirt gab. Er las ihn, schüttelte den Kopf, musterte die drei Personen noch einmal und sagte dann im Ton des Erstaunens:

„So weit her kommt ihr – in diesem Schnee und dieser Kälte! Und nach Amerika wollt ihr – in diesen Kleidern und ohne Geld! Entweder ist das eine Lüge oder ihr seid nicht bei Trost!"

„Es ist keine Lüge", versicherte sie, „der Pass beweist es ja."

„Aber wer nach Amerika will, muss Geld haben. Die Fahrt auf dem Schiff hat kein Mensch umsonst."

„Mein Mann hat uns die Schiffskarten geschickt."

„Ihr Mann? Ist der schon drüben?"

„Ja. Er ist vor drei Jahren hinübergefahren und hat gearbeitet und gespart, bis er uns die Schiffskarten schicken konnte."

„Nur die Karten? Man braucht doch auch Geld, um bis zur Hafenstadt zu kommen!"

„Das hatten wir, denn wir haben alles, was wir besaßen, verkauft. Viel war es freilich nicht, denn wir sind arme Leute und die Käufer waren ebenso arm wie wir; aber bis nach Bremen hätte es gereicht, wenn mein Vater nicht krank geworden wäre. Er bekam einen Blutsturz und es dauerte fast zwei Monate, ehe wir weiterkonnten; da ist das bisschen Reisegeld alle geworden."

„Aber, mein Gott, da hättet ihr doch wieder heimgehen sollen!"

„Heim? Was wollten wir dort, wo wir nichts mehr besaßen und wo es uns schon vorher schlecht gegangen war? Wir haben doch die Schiffskarten und drüben wartet mein Mann auf mich."

„Ja, richtig! Aber es ist ein Elend, sich ohne Geld und in einer solchen Kälte bis nach Bremen durchzubetteln. Ich weiß gar nicht, wie lange man da zu laufen hat. Wisst ihr denn den Weg?"

„Wir werden uns schon durchfragen."

„Na, weit werdet ihr wohl nicht kommen, wenn der alte Mann so bleibt, wie er jetzt da auf dem Stuhl sitzt."

„Wir werden uns ausruhen, wenn er es nur noch einen oder zwei Tage aushalten kann. Wir haben droben in Graslitz einen Verwandten, einen Blasinstrumentenmacher, der uns bei sich behalten wird, bis sich der Vater erholt hat."

„Nach Graslitz wollt ihr? So hoch hinauf, bei diesem Schnee? Leute, ihr seid verrückt!"

„Oder auch sie sind nicht verrückt", sagte seine Frau. „Man soll nur Mitleid haben. Der Pass wird wohl richtig sein; aber ob sie wirklich nach Amerika oder nur so herumzigeunern wollen, das ist eine andere Frage."

Da begann die Frau zu weinen, wickelte noch einen Briefumschlag aus dem Tuch, gab ihn dem Wirt und schluchzte:

„Wir sind keine Landstreicher. Wenn Sie sich überzeugen wollen, so machen Sie diesen Umschlag auf, die Schiffskarten liegen drin!"

„Nein, behalten Sie ihn nur, ich brauche ihn nicht zu sehen", wehrte Franzl, den die Tränen der Frau rührten. „Wollen schauen, was wir mit euch machen! Vor allen Dingen werdet ihr Hunger haben. Setzt euch also dort an den Tisch."

Die Frau warf ihm einen innigen Blick des Dankes zu und folgte seiner Aufforderung, die Wirtin aber stand unwillig brummend von ihrem Stuhl auf und verschwand in der Küche. Als sie hinaus war, raunte uns Franzl in vertraulichem Ton zu:

„Jetzt ist sie wild, aber ich tu doch, was ich will. Mann ist Mann und wenn er tausend Weiber hat, annus producit, non ager, und in den Stall werde ich diese armen Teufel auch nicht weisen."

Auch wir zwei fühlten Mitleid mit den Leuten. Ich trug mein volles Weinglas dem Alten hin, um ihn trinken zu lassen, und Carpio, dessen Teller noch unberührt war, gab ihn dem Knaben, der sich mit wahrem Heißhunger über das Essen machte.

Es verging eine geraume Weile, ohne dass die Wirtin wiederkam; da wurde nun auch der Franzl wild, er stand vom Tisch auf und ging in die Küche, aus der dann die unterdrückten Töne eines sehr unregelmäßig vertonten Zwiegesangs zu uns drangen. Im ersten Teil hatte die erregte Oberstimme die Führung, während der Bass nur zuweilen in besänftigender Weise einfiel; dann aber änderte sich die Stimmführung allmählich, bis sich der Bass in sehr kräftigen Läufen erging und der Sopran sein Dasein in einem verschwindenden Triller aushauchte, dem wir es deutlich anhörten, dass die Wirtin der Küche durch eine zweite Tür Lebewohl sagte. Dann kam Franzl strahlenden Gesichts wieder.

„Sie ist zur Nachbarin gegangen, wo nun weitergeblasen wird", gestand er uns. „Inzwischen können wir hier machen, was wir wollen. Nun passen Sie einmal auf!"

Er nahm die große, noch halb volle Fisolenschüssel und trug sie den Leuten hin; er nahm die ebenfalls noch halb volle Fleischschüssel und trug sie den Leuten hin; er nahm noch eine ganz volle Weinflasche und alles, was auf unserem Tisch stand und lag, und trug es zu den Leuten hin, setzte sich selbst zu ihnen und forderte auch uns auf:

„Kommen Sie auch her, meine Herren Studenten! Wir wollen uns mit diesen guten Leuten über Amerika unterhalten. Vielleicht können wir Neues von drüben erfahren, da der Mann der Frau geschrieben hat."

„Beschäftigen Sie sich mit Amerika?", fragte Carpio.

Er besaß nämlich eine große Vorliebe für das Land jenseits des Atlantischen Ozeans, denn es wohnte ein Verwandter von ihm drüben, von dem seine Eltern zuweilen einen Brief bekamen. Welchen Grades die Verwandtschaft war, hatte ich nie von ihm erfahren können. Er liebte es, den amerikanischen Vetter so tief wie möglich zu verschleiern, und ließ aus diesem Dunkel nur zuweilen drei einzelne Blitze hervorschießen: Erster Blitz – El Dorado! Zweiter Blitz – Millionär! Dritter und hellster Blitz – Alleinerbe! Ob er diese Blitze auch jetzt erscheinen lassen würde, darauf war ich gespannt.

Franzl gestand aufrichtig, dass ihm die Gegend von Eger bis nach Karlsbad viel bekannter sei als die Gebiete der United States of America, und so ließ mein alter und sein neuer Busenfreund denjenigen Abschnitt unseres ‚Lehrbuchs für höhere Schülerklassen' los, der von den Vereinigten Staaten handelte. Er hatte ihn nämlich wegen der oben erwähnten drei Blitze auswendig gelernt und fand für seinen Vortrag in Franzl einen sehr aufmerksamen, in mir einen sehr zerstreuten und in den drei Fremden gar keinen Zuhörer; denn diese waren zu sehr mit der Bekämpfung ihres Hungers beschäftigt, als dass sie auf die trockenen Einwohnerzahlen der verschiedenen See-, Fluss- und anderen Städte hätten achten können.

Es war rührend anzusehen, welch liebevolle Sorgfalt die Frau ihrem Vater widmete und wie auch der Knabe ihm das Beste von dem anbot, was er auf seinem Teller liegen hatte. Der Greis war so schwach, dass er sich kaum aufrecht halten konnte und wie ein Kind gespeist werden musste. Der Wein tat ihm gut, doch essen konnte er nur wenig; er schien vor allem des Schlafes zu bedürfen, und wenn ich ihm so in das abgemagerte Gesicht blickte, war es mir, als ob dieser Schlaf sein letzter sein würde.

Die Frau hatte, bevor sie nach dem ersten Bissen langte, laut gebetet und man sah ihr dabei an, dass sie das aus Gewohnheit und Überzeugung tat; am Schluss des Mahls betete sie wieder und bat dann den Wirt, ihren Vater zur Ruhe bringen zu dürfen. Da aber schüttelte der Alte den Kopf und sagte mit seiner müden, hohl klingenden Stimme:

„Nein, lass mich noch sitzen, meine Tochter! Wir sind durch Schnee und Frost gewandert, als überall in den warmen Stuben die Weihnachtsbäume brannten. Wir mussten weiter, immer weiter, ohne uns auch mitfreuen zu dürfen. Ich habe euch kein Licht anzünden und nichts schenken können; ihr musstet während der heiligen Tage frieren und hungern, und da ich euch nicht auch noch mit Tränen betrüben wollte, weinte ich sie in mich hinein. Hier aber ist mir wohl, hier sind wir freundlich aufgenommen worden, hier ist es warm und wir sind satt, hier wollen wir unser Weihnachtsfest feiern."

Seine Worte waren oft durch einen trockenen, quälenden Husten unterbrochen worden. Jetzt, als er schwieg, faltete er die Hände und bewegte leise betend die Lippen. Die Frau legte ihre Hände auch zusammen und weinte leise vor sich hin. Der Knabe biss die Zähne aufeinander und sah uns an, im Zweifel darüber, wie wir uns verhalten würden, wenn er sein gewaltsam unterdrücktes Schluchzen nicht mehr niederhalten könnte. Er war ein wackerer kleiner Kerl.

Der betende Greis kam mir jetzt nicht mehr wie ein Bettler vor. Wenn die Berge hoch zum Himmel steigen, bedecken sie ihre Häupter mit Schnee, und wenn der Schnee des Alters den Scheitel krönt, ist der Mensch dem Himmel nah; Himmelsnähe aber erweckt Ehrfurch in jeder fühlenden Brust. Der mit zitternden Lippen um Einlass in den Himmel bittende Alte, die still weinende Frau und der mit seinen Tränen kämpfende Knabe, sie waren für mich ihrer Bettlerschaft entkleidet und zwangen mich, an die Schriftworte zu denken: „Wo zwei oder drei versammelt sind in meinem Namen, da bin ich mitten unter ihnen." Welchen Eindruck machte die jetzige Stimmung gegen die kindische Heiterkeit, die vorher hier geherrscht hatte! Während draußen in der Abendkälte das Elend sich mühsam durch die verschneiten Wege geschlichen hatte, waren wir beschäftigt gewesen, die Zeit mit schülerhaften Witzen totzuschlagen. Ich schämte mich.

Der Wirt schien etwas Ähnliches wie ich zu fühlen; er räusperte sich einige Male, wie um aus einer inneren Verlegenheit herauszukommen, und sagte dann:

„Ja, ihr sollt hier Weihnachten feiern, Ich tue es, ich hole ihn herein!"

Er ging in den Flur hinaus und dann hörten wir ihn

jenseits des Gangs eine Tür öffnen, die, wie wir später erfuhren, ins Wohnzimmer führte. Wer es war, den er holen wollte, sahen wir, als er einen buntbehängten Christbaum getragen brachte, dessen Lichte noch nicht abgebrannt waren. Er stellte ihn auf den Tisch, forderte uns auf, die Lichte anzuzünden, und entfernte sich wieder. Der fremde Knabe sprang auf und bat mit strahlenden Augen, uns helfen zu dürfen.

Dann kam Franzl wieder. Er brachte einige Kleidungsstücke von sich und seiner Frau, auch einen Kuchen und eine Wurst, die er unter den Baum legte; dazu fügte er fünf blanke Gulden und sagte:

„Hier, das beschert euch das heilige Christkind, das eure Tränen gesehen und euer Gebet gehört hat. Bedankt euch bei ihm und nicht bei mir!"

Welch eine Freude gab es jetzt! Die Augen des Greises öffneten sich weit, um das Licht der Weihnachtskerzen in sich aufzunehmen, die Frau weinte jetzt nicht mehr Schmerzens-, sondern Freudentränen und der Knabe schlang seine Arme um ihren Hals, um das Schluchzen, das ihn von neuem übermannen wollte, an ihrer Brust zu verbergen. Ich konnte nicht anders, ich musste in die Tasche greifen und einen Gulden herausnehmen, den ich zu den fünfen des Wirts legte. Als Carpio das sah, meinte er leise zu mir:

„Ja, ihr könnt geben, ihr! Der Franzl hat reich geheiratet und du hattest fünf Taler, ich aber nur drei; ich bin der Ärmste und kann nichts – und doch, doch, ich kann auch etwas geben; pass nur auf!"

Er bat um Schweigen, stellte sich neben den Baum und begann vorzutragen:

„Ich verkünde große Freude,
die euch widerfahren ist,
denn geboren wurde heute
euer Heiland Jesus Christ."

Wie kam es nur, dass mein eigenes Gedicht mir so fremd erschien, so, als ob es nicht von mir, sondern von einem ganz anderen Verfasser, einem ganz anderen Wesen stammte? Je weiter Carpio sprach, desto fremder kam es mir vor und desto tiefer griff es mir in die Seele. Auch die anderen hörten voll Andacht zu. Der Greis verwendete keinen Blick von dem Sprecher, seine Augen bekamen Glanz, es tauchte ein seltsames Licht darin auf. War das der Widerschein des brennenden Weihnachtsbaums? Oder war es der Schein einer höheren Klarheit, die jetzt sein Herz erleuchtete? Er breitete die auf dem Tisch liegenden Hände auseinander und öffnete sie, als ob er, sich aus seiner zusammengesunkenen Haltung aufrichtend und den vorher so müden Kopf hochhebend, eine unsichtbare, von oben kommende Gabe ergreifen und festhalten wollte. Er reckte sich, als Carpio geendet hatte, langsam auf, bis er kerzengerade am Tisch stand, und bat:

„Noch einmal das letzte! O bitte, wiederholen Sie es von da an, wo der Priester spricht!"

Carpio kam diesem Wunsch nach und es war mir auch jetzt wieder, als spräche er die Worte eines anderen:

„Und der Priester legt die Hände
segnend auf des Toten Haupt:
‚Selig, wer bis an das Ende
an die ew'ge Liebe glaubt!

Selig, wer aus Herzensgrunde
nach der Lebensquelle strebt
und noch in der letzten Stunde
seinen Blick zum Himmel hebt!

Suchtest du noch im Verscheiden
droben den Erlösungsstern,
wird er dich zur Wahrheit leiten
und zur Herrlichkeit des Herrn.

Darum gilt auch dir die Freude,
die uns widerfahren ist,
denn geboren wurde heute
auch dein Heiland Jesus Christ!"

Da legte der Alte die ausgebreiteten Hände wieder ineinander, sank auf den Stuhl zurück, schloss, indem ein seliges Lächeln über sein Gesicht ging, die Augen und wiederholte leise, doch so, dass wir sie hörten, die Worte:

„Darum gilt auch dir die Freude – die uns widerfahren ist – denn geboren wurde heute – auch dein Heiland Jesus Christ! Das gilt auch mir – mir! Ich habe ihn gesucht – gesucht – und heute ist er gekommen! Ich sehe ihn, ich sehe seinen Stern, ich sehe das Licht, das da leuchtet auf den Feldern von Bethlehem. Und wie war das, wie? Ich meine das, was der Sünder sagte, als er den Heiland erblickte."

Carpio antwortete:

„Herr, nun lässest du in Frieden
deinen Diener zu dir gehn,
denn sein Auge hat hienieden
deinen Heiland noch gesehn!"

„Ja, ja, so ist es, ich sehe ihn!", fuhr der Alte fort, noch immer geschlossenen Auges. Er bewegte die Lippen wieder wie früher, jetzt aber nicht betend, das sah man deutlich; er schien nach Worten zu suchen, die er gehört hatte und in ihrem Zusammenhang nicht wieder finden konnte. Dann fragte er: „Und wie, wie sagt in dem Gedicht der Sünder, als er um Erbarmen fleht?"

Carpio fiel wieder ein:

„Betend faltet er die Hände,
hebt das Auge himmelan:
,Vater, gib ein selig Ende,
dass ich ruhig sterben kann!

Blicke auf dein Kind hernieder,
das sich sehnt nach deinem Licht;
der Verlorne naht sich wieder;
geh mit ihm nicht ins Gericht!'"

„Blicke auf dein Kind hernieder", wiederholte der Greis, – „das sich sehnt nach deinem Licht – der Verlorne naht sich wieder – geh mit ihm nicht ins Gericht! – Nicht, nein, nein! – Nicht ins Gericht!", rief er laut aus, indem er die Augen weit aufriss und mit einem angstvollen Blick rund um sich starrte. Dann schloss er sie wieder, ein leises, zu Herzen gehendes Lächeln breitete sich über sein Gesicht und darauf kam es flüsternd über seine Lippen: „Suchtest du noch im Verscheiden – droben den Erlösungsstern – wird er dich zur Wahrheit leiten – und zur Herrlichkeit des Herrn! – Wahrheit – Herrlichkeit! – Ich bin müde, ich will schlafen gehen – schlafen gehen!"

Er legte den Kopf hinüber und ließ ihn dann zur Seite nach der Schulter fallen.

„Mein Gott, er stirbt!", rief der Wirt besorgt.

„Nein, er stirbt nicht", beruhigte ihn die Frau. „Er ist nur erschöpft von dem weiten, schweren Weg. Aber schlafen muss er jetzt. Bitte, sagen Sie mir, wohin ich ihn bringen soll!"

„Bringen? Sie werden ihn tragen müssen."

„Halb geht er, halb halte ich ihn."

„Ich werde Ihnen helfen. Wir haben oben eine Stube mit drei Betten. Ihr Sohn mag dort das Licht nehmen!"

Sie griffen dem Alten unter die Arme und zogen ihn empor; er kam wieder zu sich und schritt, von ihnen unterstützt, doch ohne die Augen zu öffnen, zur Tür hinaus. Als ich nun mit Carpio allein war, meinte dieser:

„Das war eine unerwartete Weihnachtsfeier, unerwartet und ergreifend, wie ich noch keine erlebt habe. Aber, Sappho, was sagst du dazu? Diese Armen sind keine gewöhnlichen Leute; ich glaube nicht, dass sie dem Arbeiterstand angehören. Der Alte hat den Gedankengang deines Gedichts so schnell begriffen und sich einzelne Strophen so leicht gemerkt, dass ich darauf schwören möchte, er hat es früher mehr mit geistiger als mit körperlicher Arbeit zu tun gehabt. Bist du auch meiner Meinung?“

Ich wunderte mich, dass mein allzeit zerstreuter Freund diese Beobachtungen gemacht hatte, stimmte ihm aber zu.

„Ja. Ich vermute sogar, dass diese Familie unter einem sehr schweren Schicksal gelitten hat. Ob verdient oder nicht verdient, das kann ich natürlich nicht wissen. Der angstvolle Blick, mit dem der Greis so plötzlich aufgerissenen Auges um sich schaute, gibt auch keinen Anhalt. Diese Angst kann sich sowohl auf begangene wie auf erlittene Missetaten beziehen.“

„Die Leute gehen uns eigentlich nichts an, aber ich möchte doch gar zu gern wissen, wer oder was sie früher gewesen sind.“

Jetzt kam der Wirt, um die bescherten Gegenstände zu holen und hinaufzutragen. Als er dann wieder zurückkehrte und sich zu uns setzte, meinte er:

„Der Abend hat so lustig angefangen und so ernst aufgehört, für uns drei aber darf er noch nicht zu Ende sein. Ich freue mich, solche Leute, wie Sie sind, einmal bei mir zu haben. Wir trinken noch eine Flasche Wein und bleiben so lange wie möglich auf. Und morgen lasse ich Sie erst recht nicht fort.“

„Aber Ihre Frau?“, fragte ich.

„Oh, die hat Verstand! Nämlich, was gebildete Menschen, besonders Studenten betrifft, weil ich auch einer gewesen bin. Da schwelgt sie auch gern mit in meinen Erinnerungen. Das alte, gute Wort Multis ictibus dejicitur quercus ist ihr ebenso gut bekannt wie mir. Aber Bettler und sonstiges Gesindel mag sie nicht leiden, da schimpft sie über jeden Kreuzer, den ich gebe; ich aber schenke gar zu gern, weil ich nämlich früher auch nichts gehabt habe, meine klassische Bildung abgerechnet.“

„Wird Ihre Frau, wenn sie von der Nachbarin zurückkehrt, hier hereinkommen?"

„Nein."

„So kann der Baum, der zum Verräter würde, hier stehen bleiben?"

„So lange wir aufbleiben, ja, dann trage ich ihn hinüber."

„Aber sie wird morgen sehen, dass die Lichte vollends abgebrannt sind."

„Alle Bomben! Ja, das ist wahr!", rief er aus. „Das gibt dann eine Hetz, die ich vermeiden möchte. Was ist da zu tun? – Halt, ich hab' es! Ich stecke nachher neue Lichte in die Dillen; die brennen wir an und löschen sie wieder aus, wenn sie halb herunter sind. Da denkt sie, es sind die alten. Pfiffig muss man sein, pfiffig, sag ich Ihnen, Herr – Sa – Saff – Wie heißen Sie eigentlich? Ich kann mir diesen Namen gar nicht merken. Karb – und Saff –!"

Ich erklärte ihm, dass Carpio und Sappho nur unsere Spitznamen seien, und nannte ihm unsere richtigen. Mein Freund nahm daraus die Veranlassung, seine Gründlichkeit zu zeigen, und erklärte:

„Ich kann Ihnen sogar schwarz auf weiß beweisen, dass ich den genannten Namen mit voller Berechtigung trage. Hier ist mein Reisepass!"

Er griff in die Westentasche, wo er den Ausweis in sichere Verwahrung gebracht hatte, zog aber die Finger leer zurück. Nun suchte er in der anderen Westentasche, dann in allen Rock- und Hosentaschen, vergeblich, der Pass war wieder einmal nicht da.

„Wohin er nur gekommen sein mag?", fragte er bestürzt. „So ein Papier kann doch nicht so mir nichts, dir nichts verschwinden."

„Sollte etwa wieder deine Schwester...?", erkundigte ich mich zart andeutungsvoll.

„Die?", antwortete er, ohne meine arglistige Verworfenheit zu ahnen. „Diesmal ist sie wirklich unschuldig, denn ich habe den Pass ja im Stiefel gehabt. Alle Wetter, sollte ich ihn etwa wieder hineingesteckt haben? Das wäre eine Zerstreutheit und die kommt bei mir niemals vor. Der Schuster hat die Nagelspitze doch abgezwickt! Aber besser ist besser, ich werde nachsehen. Welcher Stiefel war es denn? Weißt du es, Sappho?"

„Nein", erwiderte ich, den ewigen Gesetzen der Wahrheit leider ganz zuwider.

„So muss ich in alle beiden Stiefel gucken, dann ist der richtige auf alle Fälle dabei."

Er zog einen nach dem anderen aus, der Pass war nicht da. Er zog der Sicherheit wegen dann auch die Strümpfe aus, überzeugte sich aber, dass auch sie dem Papier keinen Unterschlupf geboten hatten. Nun war guter Rat teuer. Wir suchten schließlich unter dem Tisch, an dem wir vorhin gesessen hatten, und da sah ich die weggeworfenen Reste der Anzünder, mit denen er sich seine Zigarren so oft in Brand gesteckt hatte. Ich wickelte sie auf, und richtig...!

„Hier, lieber Carpio, schau her!"

Als er die Überbleibsel seiner polizeilichen Daseinsberechtigung in Augenschein genommen hatte, wurde sein Gesicht länger und länger.

„Hier ist noch ein Viertel vom Schulstempel!", rief er aus. „Das stammt von meinem Pass! Wer hat die Anzündung gemacht?"

„Du selber."

„Wirklich? Aber mir ist ganz so, als ob du mir den Fidibus gegeben hättest!"

„Fällt mir nicht ein. Ich bin keine Schwester – eine Behauptung, der du wohl zustimmen wirst."

„So bleibt freilich nichts anderes, als dass ich es selber gewesen bin, der in meine Westentasche gelangt hat. Unbegreiflich! Eine solche Gedankenlosigkeit ist mir in meinem ganzen Leben noch nicht vorgekommen! Jetzt ist der Pass futsch! Wenn es nun der Polizei einmal einfällt, mich mit einem gesuchten Raubmörder oder mit einem durchgegangenen Bankdirektor zu verwechseln, so kann ich mich nur ruhig einsperren lassen, bis mich mein lieber Vater wieder holt."

„Mach dir darüber keine Sorge! Solange ich bei dir bin, reicht mein Pass für uns beide aus, denn erstens habe ich keine Schwester, die Dummheiten begeht, zweitens dringt mir kein Nagel durch die Stiefelsohle und drittens habe ich es auch noch nicht zum Verfertiger von Anzündern im Großen gebracht. Übrigens hast du weder mit einem Raubmörder noch mit einem Bankdirektor die geringste Ähnlichkeit. Du wirst also einstweilen noch nicht eingesperrt werden."

Diese Ausführungen waren von solcher Beweiskraft, dass er sich beruhigte.

Unser guter Franzl wurde durch die Verknüpfung der Begriffe von den Anzündern auf die Zigarren geleitet, er bot uns von neuem welche an. Ich griff zu, warnte aber Carpio, es auch zu tun, denn die Wirkung der mit dem Reisepass genossenen war noch nicht vorüber. Er warf die Oberlippe verächtlich auf und würdigte mich keiner Antwort. Gegen den Wirt aber wurde er umso zutraulicher, was so weit ging, dass er ihm versprach, ihn zu den Osterferien, wo wir wiederkommen würden, mit gepaschten Zigarren zu versehen. Als Franzl das hörte, machte er ein höchst begehrliches Gesicht und fragte:

„Gepaschte? Hm! So etwas raucht man freilich lieber als diese hier; aber verstehen Sie sich denn auf dieses Geschäft?"

„Na und ob!", entgegnete Carpio, indem er eine Miene zog, als ob er schon Wagenladungen von Zigarren über die Grenze geschmuggelt hätte. „Wir sind ja diesmal auch nicht so ganz ohne gekommen."

„Wirklich? Wo haben Sie denn abgeladen?"

„Gleich hinter Eger. Am ersten Abend, nachdem wir über die Pfähle waren."

„Bei wem denn?“

„Geschäftsgeheimnis!“

„Viel?“

„Will ich meinen!“

„Auf welche Art haben Sie das fertig gebracht?“

„Auf eine höchst – höchst...“

Da der Schmugglerhauptmann Carpio vor Verlegenheit ins Stocken kam, fuhr ich an seiner Stelle fort:

„Auf eine höchst lederne Art und Weise. Es hängt das mit dem vorübergehenden Aufenthaltsort seines Passes eng zusammen.“

„War es viel?“

„Vier.“

„Viertausend oder Zentner?“

„Wir paschen nicht nach dem Tausend und auch nicht nach dem Zentner, sondern nach der Güte, und die war ausgezeichnet, so ungefähr wie ungarisches Weizenmehl Nummer Null. Wenn es uns auf unserer Osterreise in derselben Weise wieder glückt, werden Sie große Augen machen. Mehr kann ich noch nicht sagen.“

Der jetzige Gesprächsgegenstand hätte auch ohnedies nicht weitergeführt werden können, weil wir unterbrochen wurden. Die fremde Frau kam wieder zu uns. Sie brachte ihren Knaben mit und sagte, da ihr Vater nun eingeschlafen sei, würde es sie glücklich machen, hier im warmen Zimmer noch ein Weilchen bei uns sitzen zu dürfen. Es wurde ihr gern erlaubt. Franzl gab ihr noch ein Glas Wein und beschloss, um den Knaben zu erfreuen, die gegen seine Frau geplante Kriegslist schon jetzt in Ausführung zu bringen. Er holte neue Lichte, die aufgesteckt und angezündet wurden. Dann saß die Frau, ihr Kind zärtlich an sich gedrückt, im Glanz des Weihnachtsbaums mit wehmütigem Lächeln da, ohne an unserem Gespräch teilzunehmen.

Carpio war infolge des ungewohnten Weines überaus mitteilsam geworden; er erzählte seinen ganzen Lebenslauf oder vielmehr alles nach seiner Ansicht Merkwürdige, das ihm begegnet war. Diese Merkwürdigkeiten bestanden meist darin, dass ihm durch die unbegreifliche Zerstreutheit anderer Leute die mannigfaltigsten Drangsale bereitet worden waren; besonders spielten seine Schwestern dabei eine verhängnisvolle Rolle, und wenn seine Erlebnisse wirklich so geschehen waren, wie er sie berichtete, so hatte er alle seine Geisteskräfte anwenden müssen, die Gedankenlosigkeit dieser jungen Damen für sich unschädlich zu machen. Als er dann auch auf unsere innige Freundschaft zu sprechen kam, hatte er die freundliche Gewogenheit, meine jungen Vorzüge mit einigen gütigen Streiflichtern zu berühren. Er erwähnte dabei, dass ich ein nur mit Sappho zu vergleichender Dichter sei und dass das vorhin vorgetragene Weihnachtsgedicht aus meiner berühmten Stahlfeder stamme. Als die Frau das hörte, fragte sie:

„Ist das wahr? Sind Sie wirklich der Verfasser dieses Gedichtes, junger Mann?"

Ich bejahte diese Frage mit dem bekannten, sanften Erröten, das ein Zeichen jener verdienstvollen Bescheidenheit ist, die jeden zeitgenössischen deutschen Dichter ziert.

„Wie mich das freut! Denn eigentlich bin ich dieses Gedichtes wegen noch einmal heruntergekommen. Es hat auf mich und meinen Vater einen tiefen Eindruck gemacht, ja, es schien, als ob es gerade nur für uns gedichtet worden sei. Ich möchte es darum gern besitzen und wollte Sie fragen, ob Sie mir es wohl aufschreiben möchten."

Die letzten Worte waren an Carpio gerichtet, der denn auch sofort aufsprang und sein Notizbuch hervorzog. Ich habe bereits erwähnt, dass es eine Zeit gab, in der jeder Mitschüler mein Gedicht bei sich trug. Carpio war diesem Brauch treu geblieben. Der Busenfreund nahm es aus dem Buch und reichte es der Frau mit jener wundervoll abgerundeten Armbewegung hin, die nur jungen Schülern eigen ist, dabei lächelte er.

„Ich besitze es zweimal, nämlich im Kopf und hier auf

dem Papier. Nehmen Sie bitte die Abschrift und lassen Sie mir den Kopf, so ist uns beiden geholfen."

Sie zögerte nicht, sein Geschenk anzunehmen, und die Art und Weise, wie sie es tat und sich bei ihm und mir bedankte, bestätigte aufs neue unsere Ansicht, dass sie früher in besseren Verhältnissen gelebt haben müsse. Das brachte auf meinen Freund eine so gute Wirkung hervor, dass er ihr in geheimnisvoller Weise andeutete, es wäre ihm auch noch anderweit möglich, ihr einen Dienst zu erweisen, und zwar noch einen größeren.

Als sie ihn hierauf stumm fragend anblickte, brannte er sich eine Zigarre an und begann dann, von Christoph Kolumbus und Amerigo Vespucci zu erzählen. Er durchflog die Zeit von Ende des fünfzehnten bis zum Beginn der zweiten Hälfte des neunzehnten Jahrhunderts mit feierlicher Gründlichkeit, überging nichts von alledem, was während dieser Zeit in Amerika Wesentliches geschehen war, brachte dann seinen geheimnisvollen Verwandten zur Sprache und ließ endlich die drei bekannten Blitze los – El Dorado, Millionär und Alleinerbe. Als er glaubte, sie nun gehörig vorbereitet zu haben, machte er ihr das Anerbieten, ihr ein Empfehlungsschreiben an diesen Verwandten mitzugeben.

Ich war starr vor Erstaunen. Mir, seinem Busenfreund, hatte er ein solches Empfehlungsschreiben noch niemals angeboten, was er doch ganz gefahrlos hätte tun können, weil er mein Herzensziel, ein ‚Weltenbummler' zu werden, nicht kannte und also annehmen musste, dass ich nie in die Lage kommen würde, dieses Schreiben abzugeben. Und hier, wo er hundert gegen eins wetten konnte, dass es abgegeben würde, versprach er es einer ganz fremden Person!

Und die Frau? Sie ging auf seinen Vorschlag ein, vielleicht nur, um ihn nicht zu beleidigen; denn auf das Empfehlungsschreiben eines Schülers war wohl nur wenig Wert zu legen. Er bat den Wirt um Schreibzeug und Papier und erklärte, als er es bekommen hatte, der Frau, dass er nun freilich ihren Namen wissen müsse. Sie nannte ihn und so erfuhr ich, dass sie Elise Wagner hieß. Indem er schrieb, setzte er sich so, dass mein Blick das Papier nicht erreichen konnte. Also eine Fremde durfte die Anschrift seines einstigen Erblassers wissen, ich aber nicht. Doch ich fühlte mich dadurch nicht beleidigt, denn ich war gewohnt, seinen Eigenheiten Rechnung zu tragen, und wandte mich ganz von ihm ab, damit er sicher sein konnte, dass ich nicht in sein Geheimnis eindringen wollte. Er vollendete, während ich mich mit dem Wirt unterhielt, den Brief, den er dann der Frau mit der bescheidenen Andeutung überreichte, dass ihr dieses Schreiben von ungeheurem Nutzen sein würde.

Gerade als er das tat, wurde die Tür geöffnet und die Wirtin trat herein. Der liebe Franzl mochte darüber wohl ein wenig erschrecken, beherrschte sich aber unseretwegen so, dass ihm nichts anzumerken war. Mein Freund duckte sich zusammen, als wäre er der Schuldige. Die fremde Frau sah dem Kommenden mit sichtlicher Bangigkeit entgegen. Franzl brannte sich, um sich für den Kampf zu stärken, eine neue Zigarre an.

Die Wirtin kam langsam näher, bis sie vor ihrem Mann stehen blieb.

„Was brennst du denn da, Franzl?“, fragte sie ihn in einem eigentümlich freundlichen Ton, dessen Bedeutung ich nicht kannte.

„Den Baum“, antwortete er mit ganz derselben Liebenswürdigkeit.

„Warum?“

„Weil es Weihnacht ist.“

„Für wen?“

„Für mich.“

„Seit wann?“

„Seit kurzer Zeit.“

„So, so, schau, schau! Seit kurzer Zeit! Da sind die Lichter ein Viertel abgebrannt und vorher waren sie schon halb. Woher mag das wohl kommen?"

„Weil es wahrscheinlich eine Sorte ist, die vom Verbrennen länger wird."

„So eine gute Sorte kenne ich nicht, die möchte ich mir auch gleich kaufen. Es wird aber wohl so sein, dass du erst die halben verbrannt und dann noch neue aufgesteckt hast, damit ich nichts merken soll. Du hast gedacht, ich würde wie gewöhnlich nicht wieder hereinkommen. Ist es so oder nicht, Franzl?"

„Es ist schon so."

„Es ist gut, dass du es wenigstens zugibst. Für wen brennst du den Baum?"

„Für mich und diese Herren Studenten."

„Für sonst weiter niemand?"

„Nein."

„Schön! Jetzt sagst du mir die Wahrheit nicht. Du magst für dich und die Herren Studenten anbrennen, was und wann du willst, Wein trinken und Zigarren rauchen, so viel du willst, aber – aber", und jetzt stieg ihre Stimme plötzlich um eine Septime höher und sie stemmte die Hände in die Hüften, „für wen, frage ich, hat er denn vorhin gebrannt, als die Wurst und der Kuchen und die Kleider und das Geld darunter lagen und dieser Herr Student ein so schönes Gedicht aufgesagt hat, von dem ich jedes Wort verstanden habe?"

Jetzt sprang Franzl auf.

„Weib", rief er, „du hast gehorcht?"

„Ja, gerade dort am Fenster, wo der Laden ein großes Astloch hat."

„Du, das machst du mir nicht wieder!"

„Nicht? Warum sollte ich es nicht wieder machen? Das Haus ist mein, der Laden ist mein und das Astloch ist also auch mein; ich kann hindurchgucken, wann es mir beliebt. Von dem ganzen Haus gehört dir nicht einmal dieses Astloch; und du verschenkst mein Geld und meine Sachen und willst auch noch befehlen?"

„Höre, beleidige mich nicht in Gegenwart von Studenten, sonst zeige ich dir, was Sapienti pauca heißt!“

Er wusste höchstwahrscheinlich ebenso wenig wie sie, was diese beiden Worte bedeuteten, dennoch verfehlten sie den Zweck nicht, Eindruck auf sie zu machen. Er wollte ihr durch sein Latein nur zeigen, dass er ihr geistig überlegen sei. Mochte sie das nun anerkennen oder dem Wort pauca einen etwas gewalttätigen Sinn beilegen, kurz und gut, sie entgegnete:

„Einverstanden! Pauke jetzt deine Sapienti, aber morgen früh sehen wir uns wieder!“

Sie drehte sich um und ging hinaus.

„Bei allen Heiligen“, seufzte er, indem er sich wieder niedersetzte, „sie hat gelauscht, sie hat alles gesehen und gehört! Dieses verteufelte Astloch! Na, morgen nehme ich das dickste Brett und schlage es drauf.“

Die Wirtin aber hatte die Tür nur angelehnt, sie war draußen stehen geblieben und hatte seine Worte gehört. Jetzt trat sie wieder herein, ging auf ihn zu, legte ihm die Hand vertraulich auf die Schulter und sagte lachend:

„Franzl, ich weiß ein Brett, das so dick wie kein anderes ist; du hast es vor deinem Kopf. Nimm das und nagele es vor das Loch, dann geht keine Kanonenkugel durch. Kennt dieser Mann seine Frau noch nicht! Bin ich etwa eine Geizkatze, he? Sehe ich dir auf die Finger, wenn du Geld ausgibst? Ist nicht alles, war wir verdienen, ebenso gut dein wie mein? Aber es ist mir nicht gleichgültig, wer in meinem Haus wohnt, und wenn du eine Christbescherung machst und meine Kleidungsstücke verschenkst, so will ich auch dabei sein und vorher erst gefragt werden. Den Kuchen habe ich gebacken und die Wurst habe ich mir langsam und mit saurer Mühe, weil das Schwein durchaus nicht fett werden wollte, heranfüttern müssen. Da will ich wenigstens wissen, wenn du etwas davon verschenkst. Also, so etwas nicht wieder hinter meinem Rücken machen! Man muss nicht nur geben, sondern auch sparsam sein können! Und nun komm her, du alter offenhändiger Student, du! Da will ich dir nun auch etwas schenken, wenn es auch keine Speckwurst ist. Hier! Und damit gute Nacht!“

Sie nahm ihn beim Kopf und gab ihm einen Kuss von solcher Kraft, dass er eigentlich eine volkstümlichere Bezeichnung verdiente.

Dann ging sie wieder und machte die Tür nun wirklich hinter sich zu. Franzl sah ihr schmunzelnd nach, wischte sich den Mund mit dem Ärmel ab und schlug mit der Faust auf den Tisch.

„Habe ich es nicht immer gesagt, was für eine kreuzbrave Frau ich habe? Das ist eine, die sich gewaschen hat! Es gibt Ihresgleichen nicht im ganzen, weiten Böhmerland. Wie hat sie mich geheißen? Du alter offenhändiger Student, du! Ja, die weiß, was für einen Mann sie an mir hat! Nicht so einen, der den Schnitt eines Buches nicht vom Rücken unterscheiden kann, sondern einen gebildeten und gelehrten Mann, der sein Latein versteht. Qui tangit picem, contaminabitur; so ist die Sache. Was sagen Sie dazu, meine hoch geehrten, jungen Freunde?“

Bevor einer von uns beiden antworten konnte, stand Frau Wagner von ihrem Stuhl auf und sagte, indem sie sich mit der Hand über das schmerzlich verzogene Gesicht strich:

„Auch ich habe gehört, was für eine brave Frau Sie haben, und es tut mir leid, dass Sie sich meinetwegen beinahe mit ihr überworfen hätten. Müsste ich nicht Rücksicht auf meinen armen Vater nehmen, so würde ich noch diese Nacht Ihr Haus verlassen; aber er muss heute schlafen, wenn er morgen nicht im Schnee liegen bleiben und erfrieren soll. Dann werden wir Sie keinen Augenblick länger belästigen. Nehmen Sie meinen herzlichsten Dank und leben Sie wohl, meine Herren!“

„Aber, was fällt Ihnen ein?“, versuchte Franzl, sie zu halten. „Sie haben ja gehört, dass meine Frau nichts dagegen hat, wenn Sie hier bei uns bleiben und... – Da ist sie fort, hinaus mit ihrem Knaben! Klang das, was sie sagte, nicht etwas stolzer, als so ein nicht bezahlender Gast eigentlich sein darf, meine Herren?"

„Sie tut mir leid", antwortete ich. „Ich wollte, ich wäre wohlhabend genug, ihr helfen zu können. Sie wird früh, wenn wir aufstehen, mit ihrem Vater und ihrem Kind verschwunden sein."

„Fällt Ihr nicht ein! Sie wird ausschlafen und dann Kaffee trinken, hernach werden wir sehen, ob der Alte fortkann oder nicht."

„Haben Sie nicht gehört, dass sie Lebewohl und nicht Gutenacht gesagt hat?"

„Das ist gewiss nicht so wörtlich zu nehmen, wie Sie denken. Aber, Herr Capp – Carpio! Was machen Sie denn für ein Gesicht?"

Mein Busenfreund hatte die Ellbogen auf den Tisch gestemmt und das Gesicht in die Hände vergraben. Als er auf die Frage des Wirts die Hände entfernte, bemerkten wir, dass seine Wangen bleifarben und seine Augen matt waren. Die Unterlippe hing ihm weit herab.

„Ihre – Frau!", seufzte er. „Sie ist schuld!"

„Woran?"

„Mir ist, als – als ob ich – sterben müsste!"

„Unsinn! Daran ist die Zigarre schuld, die Virginias sind für Sie zu schwer gewesen."

„Nein – nein! Über Ihre Frau bin ich – so sehr erschrocken."

„Erschrocken? Warum denn eigentlich?"

„Sie kam – herein wie eine – Furie!"

„Ach, was, Furie! Meine Frau ist keine Furie. Da, nehmen Sie ein volles Glas und trinken Sie es aus! Das ist das beste Mittel, wenn einen der Zigarrenteufel in den Magen beißt."

„Nein, nicht beißt, sondern hebt – hebt und sogar um – umwenden will."

„Trinken Sie nur! Es hilft, ich kenne das."

Ich wusste nicht, ob das empfohlene Mittel wirklich

anzuraten sei, denn meine Bekanntschaft mit dem Wein und seinen Wirkungen war damals genauso umfassend wie die Kenntnisse eines Eskimos über Datteln und Bananen; aber weil Franzl mit solcher Überzeugung zuredete, unterstützte ich seinen Rat, worauf mein Freund das Glas leerte und dann wie ein Seekranker zum Sofa wankte, um sich auszustrecken. Ich bat den Wirt, uns schlafen gehen zu lassen, er aber erklärte lachend:

„Fällt mir gar nicht ein! Wir bleiben noch recht hübsch beisammen. Ich muss die Gelegenheit ausnützen, denn an Ihr Wiederkommen darf ich doch nicht glauben. Das mit dem Paschen war doch bloß ein Märchen?"

„Ja, es ist klar, dass wir keine Schmuggler sind. Wir haben jeder zwei Zigarren in die Stiefel gesteckt, obwohl ich wusste, dass man mehr mitnehmen darf. Ich wollte Carpio nicht um das Vergnügen bringen, sich für einen staatsgefährlichen Menschen zu halten."

Da richtete sich der Genannte kerzengerade vom Sofa auf und sprach mich mit hohler Grabesstimme an:

„Ich staatsgefährlich? Ja! Wenn es mit mir so bleibt, wie es mir jetzt ist, so – kann es schrecklich werden, denn da – da falle ich gleich wieder um!"

Er tat, was er gesagt hatte. Franzl lachte lustig auf, ich aber hatte Sorge um den Freund und drang so lange in den unermüdlichen Wirt, bis er darauf einging, uns unser Zimmer zu zeigen. Ich zog Carpio vom Sofa auf und umfasste ihn, um ihn zu führen, er aber riss sich hastig los.

„Ich brauche keine Stütze. Ich bin nur drehend von den starken Zigarren, die – ich habe ja gar nichts gegessen."

„Ich glaube, der Wein ist auch mit schuld."

„Möglich! Doch darüber später, wenn wir allein sind. Komm!"

Er nahm mich bei der Hand und wankte, während Franzl uns leuchtete, die Treppe hinauf, wo unsere ‚gute Stube' lag. Als uns der Wirt hineingeführt hatte, sagte er uns Gutenacht und ging. Das Licht ließ er zurück. Wir sahen uns um.

‚Gute Stube!' Jawohl, das war sie allerdings. Man weiß, was für einen Raum der Bürgersmann mit diesem Ausdruck zu bezeichnen pflegt, nämlich eine Stube, in der alle möglichen und unmöglichen so genannten ‚besseren' Möbel und sonstigen Herrlichkeiten vom Urgroßvater her aufgestellt und zusammengeschachtelt werden, wobei auch der unvermeidliche Glasschrank nicht fehlen darf. Dieser Raum wird selten betreten, noch seltener gelüftet, gilt als Familienheiligtum und darf nur alle Jahrhunderte einmal einem Gast, den man besonders ehren will, als Schlafzimmer dienen. –

3. Nächtliche Abenteuer

Das Zimmer, in dem wir schlafen sollten, war nach unsrer Ansicht eine gute Stube im wahrsten Sinne des Wortes. Es standen da zwei Betten, so breit, dass jedes davon drei Personen genügend Platz geboten hätte, der schon erwähnte Glasschrank, ein Tisch, ein Sofa und zwei Stühle. Mehr als diese Möbel aber fesselte uns ein dreibeiniger hölzerner Schragen, der wohl ein Dutzend Äpfel-, Käse-, Quark- und andere Kuchen barg. Noch entzückender war der Anblick des Himmels über uns. In diesen, nämlich in die hölzerne Zimmerdecke, waren zahlreiche Haken eingeschraubt, woran Schinken, Räucherspeck, sonstiges Fleisch und alle möglichen Sorten von Würsten hingen. Diese Herrlichkeiten erfüllten die Stube mit einem kräftigen Duft, dessen Wirkung sich auf alle Nerven erstreckte. Carpio, der eben noch so Hinfällige, richtete sich zu seiner vollen Länge empor, sog den Geruch mit Wohlbehagen ein und schmunzelte:

„Freund Sappho, ein gütiges Geschick hat uns ins Elysium geführt; Franzl ist das Geschick, und wo sich das Elysium befindet, das brauche ich dir wohl nicht zu sagen. Es weht ein Odem überirdischen Behagens hier, dem jede Krankheit weichen muss. Ich werde die letzten zwei Stunden in meinem ganzen Leben nicht vergessen; es war mir unbeschreiblich schauderhaft zu Mute: Ich kam mir wie ein großer, dicker Sack voll Jammer und Elend vor. Alle zehntausend Niederträchtigkeiten des Erdenlebens habe ich in diesen beiden Stunden durchgemacht und bin davon so vollständig befriedigt worden, dass ich satt genug für immer bin. Das Nikotin ist ein Drache, der mich niemals wieder in seine Krallen bekommen soll, und der Alkohol eine Schlange, die ich zähmen werde, weil man doch nicht für immer von ihr loskommen kann. In meiner höchsten Qual und Not nahm ich mir vor, dir, meinem Freund, an Eides statt ein heiliges Versprechen abzulegen, nur wusste ich noch nicht, in welcher Form. Nun, da ich aber hier in dieser guten Stube die verloren gegangenen Leibeskräfte wieder finde und auch fast wieder folgerichtig denken kann, verspreche ich dir bei diesen Schinken und Würsten, die die erlaubten, die wahren Genüsse des Lebens darstellen, dass ich mich niemals wieder verlocken lassen werde, auf meine Menschenwürde, und sei es auch nur für eine Stunde, zu verzichten. Nie wieder soll der Tabak meine Lippen berühren und jedes Getränk, das Alkohol enthält, sei mir fortan nur als Arznei erlaubt. Ich habe mein Versprechen bei diesen ehrlichen Schinken und hochachtbaren Würsten abgelegt; du bist mein Zeuge und sollst mich vor jedermann für einen ehrlosen Menschen erklären, wenn du mich jemals wieder rauchend oder gar berauscht zu sehen bekommst. Hier, meine rechte Hand darauf!"

Der sonst so wortkarge Freund hatte jetzt eine lange Rede gehalten, was mir als unumstößlicher Beweis dafür diente, dass es ihm völliger Ernst mit seinem Versprechen war. Ich will übrigens gleich im Voraus bemerken, dass er sein Versprechen stets gehalten hat.

Ich nahm die mir dargereichte Hand, schüttelte sie herzlich und sagte:

„Es freut mich, dass du die Lehre, die du erhalten hast, beherzigen willst. Die Virginias wachsen nicht für Knaben, nur für erwachsene Männer auf den Tabakbäumen Österreichs."

„Du nennst mich, deinen Busenfreund, einen Knaben?"

„Ja."

„Und denkst wohl, du selber wärst ein Mann?"

„Gewiss!"

„Etwa nur darum, weil die Zigarren dich nicht so elend gemacht haben wie mich?"

„Ja, denn es war eine höchst männliche Selbstbeherrschung von mir, dass ich dieses Kraut des Teufels mäßig genossen habe, während du gerade wie ein Kölner Funke geräuchert und gestopfholzt hast."

„Dafür hast du aber mehr Wein getrunken als ich."
„Weil ich merkte, dass ich ihn vertragen konnte."
„Ja, leider bist du im glücklichen Besitz eines Magens, dem es gleichgültig ist, ob er jetzt drei Tage hungern und gleich darauf einen ganzen Berg Kieselsteine, Beißzangen und Ofengabeln verdauen muss. Das ist aber kein Beweis der Männlichkeit, mit der du dich brüstest. Wer einen Knaben seinen Busenfreund nennt, ist selber noch ein Knabe; das merke dir! Nur dein Magen ist besser als der meinige, das ist die ganze bevorzugte Stellung, die du in der heutigen Weltgeschichte einnimmst."
„Mein Sohn, ich habe dich vor den Folgen des Tabaks gewarnt, und wer einen anderen Menschen warnt, der beweist damit, dass er ihm überlegen ist. Ich habe sogar jetzt wieder eine sehr eindringliche und berechtigte Warnung auf den Lippen."
„Welche?"
„Sage mir: Wie lautet das siebente Gebot, mein lieber Sohn?"
„Du sollst nicht stehlen", entgegnete er so ernsthaft, als ob er eine Prüfung zu bestehen hätte. „Hältst du mich etwa für fähig, ein Dieb zu werden?"
„Ja. Wer sittlich so heruntergekommen ist, dass er bayerische Zigarren nach Böhmen schmuggelt, der ist jeder Schandtat fähig."
„Also du auch, mein ehrwürdiger Vater! Kannst du mir beweisen, dass ich schon einmal gestohlen habe?"
„Ob ich das kann, ist hier gleichgültig; die Hauptsache ist, dass du höchstwahrscheinlich heute in der Nacht gestohlen haben wirst, ehe der Hahn zum dritten Mal kräht."
„So sage mir doch endlich, was mich reizen soll, eine solche Sünde gegen dein bescheidenes Eigentum zu begehen!"
„Ich spreche nicht von meinem, sondern von dem Eigentum unseres hochherzigen Gastgebers Franzl. Schau um dich und schau über dich!"

„Ach, jetzt verstehe ich!“, lachte er.

„Lache nicht! Wer bei dem Gedanken an die Sünde so fröhlichen Herzens sein kann wie du, der ist ihr bereits verfallen. Du hast weder am Mittag noch am Abend etwas gegessen, es wird die Pein des Hungers über dich kommen und dich aus dem Schlaf wecken. Wenn du dann den erquickenden Duft der Fleischer-, Schlächter-, Selcher- und Wurstler-Gilde verspürst und dein geistiger Blick zu gleicher Zeit nach jenem lieblichen Kuchenschragen gerichtet wird, so steht dir die schwerste Versuchung bevor; denn in jeder Wurst wohnt ein Satan und der oberste der Teufel hat die Gewohnheit, gerade die frömmsten Herzen mit geräuchertem Schinken zu bestürmen. Es ist meine Pflicht, dich zu warnen. Bleibe ein ehrlicher Mensch! Und nun gute Nacht, mein teurer Sohn!“

„Gute Nacht, lieber Urgroßvater! Willst du dich wirklich schon schlafen legen?“

„Ja, denn es ist für die Gesundheit stets besser, der Nachtwächter zu sein, der die Nachtwache in der Vormitternacht gehabt hat, als der, dem die Nachtwache in der Nachmitternacht zufällt. Auch das kannst du dir merken.“

„Ich wollte dich noch fragen, ob ich unseres Geldes wegen die Tür verriegeln soll.“

„Tu es oder tu es nicht, das ist ganz gleich, da wir nicht wissen, ob sich hier im Zimmer oder außerhalb die gefürchteten diebischen Gelüste regen werden.“

„Hast du Zündhölzer bei dir?“

„Ja, ein ganzes Päckchen und das Fläschchen dazu.“

„So lege sie dir zuhand! Ich werde zwar zuschließen, aber man weiß nicht, ob es fest genug ist. In welchem Bett willst du schlafen? Ich möchte das hier rechts nehmen.“

„Über dem gerade die schönsten Würste hängen? Nein, das nehme ich. Lege du dich in das andere, da ist der Himmel leer.“

„Höre, Sappho, ich glaube, dass du mich vor dem Diebstahl gewarnt hast, nur um ihn selber zu begehen.“

„Das beweist, dass du mit Mohammed, der auch einen falschen Glauben gepredigt hat, auf der gleichen Stufe stehst. Nun aber lass mich ruhen! Nochmals gute Nacht!"

„Gute Nacht, edler Meergreis, schlafe wohl!"

Ich löschte das Licht aus, setzte es auf meinen Stuhl und legte mich nieder. Als ich gerade am Einschlafen war, hörte ich Carpios Stimme:

„Höre, ob sie es wohl abgeben wird?"

„Was?"

„Nun, mein Empfehlungsschreiben."

„Ach so! Ja, wo lebt denn dein Verwandter?"

„Das weiß ich nicht."

„Wie heißt er?"

„Das weiß ich nicht."

„Höre, lieber Freund, wenn dein Verwandter etwa nur in deiner Einbildung zu suchen ist, so war es Schlechtigkeit von dir, dieser armen Frau weis zu machen, dass..."

„Schweig!", unterbrach er mich. „So ein Halunke bin ich nicht. Mein Verwandter lebt wirklich, aber nur für solche Leute, für die ich ihn leben lassen will."

„Also für mich nicht?"

„Nein."

„Danke!"

„Bitte! Fühlst du dich etwa beleidigt?"

„Natürlich! Das nennt sich Busenfreund!"

„Hm! Sappho, ich will dir etwas sagen: Ich habe einen guten Grund, gewisse Menschen nicht über diesen Verwandten aufzuklären."

„Wer sind die gewissen Leute?"

„Alle Personen männlichen Geschlechts, die ungefähr in meinem Alter stehen."

„Warum gerade diese?"

„Das ist tiefstes Geheimnis, dir aber will ich es enthüllen. Ich hoffe, dass du das für einen unanfechtbaren Beweis meiner Freundschaft halten wirst."

„Selbstverständlich! Also...?"

„Kein Maskulinum meines Alters erfährt etwas über meinen Verwandten, weil – weil – hm, weil…"

„Nun – weil…? Heraus damit!"

„Weil – weil – na, ich will es dir also sagen: Weil der Kerl dann hinüberfahren und sich für mich ausgeben könnte, um an meiner Stelle zu erben."

„Alle Donner! Carpio! Wer das täte, der wäre ein Halunke!"

„Halunken gibt es genug!"

„Er müsste falsche Papiere haben!"

„Falsche Papiere gibt es genug!"

„Und ein ungeheurer Lügner sein!"

„Lügner gibt es genug!"

„Er müsste dich und eure Verhältnisse kennen!"

„Solche Kenner gibt es genug! Du siehst, dass du mich mit deinen Gegengründen nicht zu schlagen vermagst. Nein, nein, eine solche Erbschaft lass' ich mir nicht wegschnappen. Du musst nämlich wissen, dass mein Verwandter in einer Gegend wohnt, die ein wahres El Dorado ist."

Aha! Das war ja der erste Blitz! Ich war überzeugt, dass er nun nicht eher einschlafen könne, als bis er auch die beiden anderen losgelassen hatte.

„Hast du es gehört?", fragte er.

„Ja."

„Ein wahres El Dorado ist es."

„Falsch!"

„Falsch? Wieso?"

„Es muss heißen: ein wahres Dorado. El ist das Geschlechtswort."

„Was geht mich das Geschlechtswort an, wenn nur die Sache richtig ist. Du weißt doch, was El Dorado bedeutet?"

„Ja."

„Ein Land voll lauter Gold und Edelsteinen. Da kannst du dir denken, dass mein Verwandter Millionär ist."

Millionär – zweiter Blitz!

Da ich nicht antwortete, fragte er nach einer Weile:

„Schläfst du schon?"
„Nein, aber ich möchte schlafen."
„So warte nur noch einen Augenblick! Ich muss dir nämlich sagen, dass mein Verwandter keine Angehörigen hat."
„Nicht? Wenn er dein Verwandter ist, hat er doch welche?"
„Wen denn?"
„Dich und deine Familie."
„Ach so – richtig! Wir sind aber auch seine einzigen Verwandten. Weißt du, was daraus folgt?"
„Nun was?"
„Dass wir uns als seine alleinigen Erben betrachten dürfen. Hast du das verstanden?"
Alleinerben – dritter Blitz. Jetzt waren alle drei heraus und nun ließ er mich wahrscheinlich in Ruhe.
„Das habe ich verstanden", erwiderte ich. „Aber etwas anderes kann ich nicht begreifen."
„Was?"
„Dass du mich als deinen einzigen wahren Freund betrachtest und doch gegen mich dasselbe Schweigen bewahrst wie gegen alle anderen männlichen Personen deines Alters."
„Das tu ich nur dir zuliebe."
„Wieso?"
„Du bist ein braver, ehrlicher Kerl und gerade darum möchte ich dich vor Versuchungen bewahren."
„Unsinn!"
„Höre, das ist kein Unsinn! Wenn in einem El Dorado ein Millionär wohnt, dessen Alleinerbe man werden kann, so ist das eine so ungeheure Versuchung, dass selbst der treueste Busenfreund in Gefahr ist, ihr zu erliegen. Du bist mir lieber als alle anderen Menschen, die ich kenne; aber eben diese Liebe ist der Grund, dass ich dich auch vor der kleinsten Versuchung bewahren will."
„So bewahre mich also und sei still! Gute Nacht!"
„Schlaf wohl!"

Es verging wieder eine Weile, da fragte er:

„Bist du noch wach?“

„Nein, ich schlafe!“

„So muss ich dir noch eins sagen. Es ist mir nämlich eben jetzt eingefallen, dass...“

„Du sollst dir jetzt gar nichts mehr einfallen lassen!“, unterbrach ich ihn. „Ich will schlafen!“

„Aber es ist ganz kurz!“

„Kurz oder nicht, das ist mir gleichgültig! Wenn du mich nicht in Ruhe lässt, so lange ich mir einen Schinken von da oben herunter und werfe ihn dir an den Kopf!“

„Tu das, lieber Sappho! Ich hänge ihn gewiss nicht unangeschnitten wieder hinauf, denn ich habe riesigen Hunger. Er ist gekommen wie ein gewappneter Mann und geht wie ein brüllender Löwe in meinem Bett um.“

„Ach, wenn du brüllende Löwen im Bett hast, so bin ich ja gerettet.“

„Gerettet? Wie meinst du das?“

„Da hast du so mit diesen Bestien zu tun, dass du dich nun wohl nicht mehr mit mir beschäftigen wirst.“

„Na, wenn dich ihr Gebrüll nicht aufweckt, so magst du ruhig schlafen. Ich werde dich nicht mehr belästigen.“

Er hielt Wort, ich schlief ein, wurde aber nach ungefähr einer halben Stunde wieder aufgeweckt, denn ich hörte ihn ängstlich rufen:

„Sappho, Sappho, wach auf! Wach auf und nimm mich herunter! Schnell, schnell!“

Die Stimme kam nicht von seinem Bett, sondern klang wie von oben herab.

„Wo bist du denn?“, fragte ich.

„Ich hänge hier oben. An der Wurst. Mach nur Licht! So lange kann ich mich halten. Der Stuhl ist umgestürzt.“

Er hing an einer Wurst! Ich musste lachen.

„Aber Mensch, wenn man des Lebens auch noch so überdrüssig ist, braucht man sich doch nicht gerade an eine Wurst zu hängen.“

„Mach keine dummen Witze, sondern beeile dich, sonst reißt die Schnur."

Jetzt brannte das Licht und ich konnte die Lage überblicken. Er hing wirklich an einer Wurst oder vielmehr nicht an, sondern neben ihr. Unter ihm lag das ausgebreitete Deckbett und darauf der umgefallene Stuhl.

Es muss bemerkt werden, dass das Zimmer höher als gewöhnliche Bauernstuben war und dass die meisten der eingeschraubten Haken die Stärke von Lampenhaken besaßen. An einem hing die dicke Magenwurst, auf die Carpio es abgesehen hatte; der Haken trug zu gleicher Zeit die vierfach zusammengelegte Schnur, die Carpio in beiden Händen hielt, während er sich das andere Ende unter der Achselhöhle durchgezogen hatte. Er hing an ihr höher, als der umgefallene Stuhl gewesen war, was ich zunächst nicht begreifen konnte. Übrigens war er kein schlechter Turner, sonst hätte er es nicht so lange, bis ich ihm zu Hilfe kam, aushalten können.

Ich nahm Kniebeuge und ließ ihn auf meiner Schulter Halt fassen, von wo er dann auf das Bett heruntersprang. Die mit herabgezogene Schnur noch in den Händen haltend, warf er einen bedauernden Blick nach oben und erklärte wehmütig:

„Sie war die größte und verlockendste von allen, nun stehe ich wieder hier unten und sie hängt noch oben!"

„Dieb! Wurstspitzbube! Schinkenräuber! Ich habe dich gewarnt. Du konntest Hals und Beine brechen", fuhr ich ihn ernsthaft an, obgleich ich, wie ich zu meiner Schande gestehe, innerlich lachen musste.

„Was geht es mich an, ob mein Hals und meine Beine ganz bleiben oder nicht, da ich die traurige Gewissheit habe, dass ich diese Nacht nicht überleben werde."

„So groß ist dein Hunger?"

„Schauderhaft! Du hast mir gerade das Bett geraubt, worüber der Himmel das Aussehen einer voll gestopften Räucherkammer hatte, während über dem meinigen alles leer ist. Auf dein Bett konnte ich nicht treten, weil dich das geweckt hätte; darum suchte ich mir, ehe du das Licht auslöschtest, da vorn die Wurst aus, die in Beziehung auf ihre Größe und Wohlgestalt meinem heimlichen Zweck entsprach. Um jedes, auch das leiseste Geräusch zu dämpfen, legte ich meine Decke unter, auf die ich den Stuhl stellte. Aber das reichte, wie ich bald merkte, leider nicht aus, denn ich durfte die Wurst nicht abschneiden, sondern ich musste sie aus dem Haken heben. Eine Unterlage auf dem Stuhl konnte ich im Dunkeln nicht finden, und so..."

„Hättest du doch ein paar Käsekuchen von dort untergelegt!", fiel ich ihm in die Rede.

„Schweig, gefühlloser Mongolenhäuptling!", murrte er. „Durch diesen hochverräterischen Vorschlag bekennst du, dass du von tungusischen oder ostjakischen Urahnen stammst. Also – ich konnte nicht hoch genug steigen, darum nahm ich mir vor, mich hochzuziehen. Du weißt doch, dass ich stets eine Anzahl von Reiseschnuren bei mir führe?"

„Reiseschnuren! Dieser Ausdruck ist gut, sehr gut!"

„Wieso? Spottest du?"

„Nein. Ich denke dabei an ungarische, russische und andere Pferdediebe, die auf ihre Reisen Halfter mitzunehmen pflegen, in denen dann, ehe man die Hand umdreht, fremde Pferde stecken. Also wie war es mit deinen Reiseschnuren, die eigentlich verkappte Wurstschnuren zu sein scheinen?"

„Ich legte sie, damit sie mich halten können, vierfach zusammen und band mir das Ende unter der Achsel fest, weil man da am wenigsten empfindlich ist, wie beispielsweise das Turnen an den Ringen beweist. Dann stieg ich wieder auf den Stuhl und warf die vierfache Schnur so in die Höhe, dass sie sich in dem Haken fing."

„Ein Kunststück ohne Licht!"

„Es gelang freilich nur nach wiederholtem Versuch. Ich hing also an der Achsel und die Schnuren liefen oben über den Haken. Indem ich sie um die eine Hand wickelte und mit der anderen weiter höher griff, konnte ich mich emporziehen und dann die Wurst aus dem Haken heben. Ich zog und zog; es ging, denn ich half unten dadurch nach, dass ich den Fuß auf die Querleiste der Stuhllehne setzte. Dabei aber stieß ich den Stuhl um, die Nachhilfe fehlte nun und ich kam nicht weiter, ich musste dich um Hilfe rufen."

„Das war nicht notwendig."

„O doch!"

„Nein. Du brauchtest doch nur die Schnur fahren zu lassen und herunterzuspringen."

„Kann man eine fest um die Hand gewickelte Schnur an der man hängt, so leicht fahren lassen? Übrigens konnte ich nicht sehen, wo der Stuhl lag. Nein, ich musste dich rufen. Schau meine Hand! Sieh diese blauen Streifen! Wärst du nicht gleich erwacht, so hätte mir die Schnur das Fleisch bis auf den Knochen durchschnitten."

Er hatte recht, ich zog es aber vor, ihm ohne Bedauern zu sagen:

„Das hast du verdient! Ein Pferdedieb wird in Amerika am Hals, ein Wurstdieb in Böhmen aber an der Achsel und den Händen aufgehängt. Und Mensch, sage wie hast du dir das denn eigentlich gedacht? Der Wirt oder seine Frau hätten morgen früh doch gleich mit dem ersten Blick bemerkt, dass gerade ihre schönste Wurst den Weg aller Würste..."

„Nichts hätten sie gesehen!", fiel er schnell ein.

„Du wolltest ein Stück abschneiden?"

„Nein."

„Sie ganz aufessen?"

„Nein, obgleich mein Hunger so groß ist, dass ich mich anheischig mache, zwei solche Magenwürste verschwinden zu lassen."

„Nicht abschneiden, aber auch nicht ganz verzehren? Ein drittes ist doch gar nicht möglich."

„Für ein so harmloses und wohlgenährtes Wickelkind, wie du bist, freilich nicht. Aber der hungrige Löwe, der vorhin in meinem Bett brüllte, macht erfinderisch. Ich hatte mir das ganz schön ausgedacht. Sieh die Wurst an! Sie ist nach allen Seiten mit einer Schnur umwickelt, jedenfalls deshalb, dass sie beim Kochen im Wurstkessel nicht zerplatzen sollte. Ich wollte nun diesen Faden vorsichtig heruntermachen und dann ein Dreieck in die Wursthaut schneiden. Das hätte ich geöffnet und dann aus dem Inneren der Wurst soviel herausgeholt, wie nötig war, den Löwen zu füttern, der meinen Magen jetzt als Raubtierkäfig benutzt. Wenn er dann satt war, wollte ich – hm!"

„Was wolltest du? Heraus damit!"

„Lieber Mongole, du siehst doch ein, dass die Wursthaut wieder gefüllt werden musste!"

„Natürlich musste sie das! Aber womit? Ich bin neugierig, was du dazu nehmen wolltest."

„Na, etwas Essbares, was ich erreichen konnte, gab es nicht, nur die Kuchen dort. Hätte ich ein Stück abgeschnitten und in die Wurst gestopft, so wäre es bemerkt worden. Nicht?"

„Freilich. Die Kuchen sind leider alle ganz. Es ist keiner angeschnitten."

„Hm, weißt du, Sappho, wer sich über den Kuchen machen will, der muss gleich einen ganzen essen. Das wird nicht so leicht entdeckt, als wenn man ein Stück herausschneidet."

„Du, Carpio, du hast doch nicht etwa in dieser Beziehung Gedanken, die mir schrecklich wären?"

„Fällt mir gar nicht ein. Ich bin ein Ehrenmann, das weißt du doch!"

„Ja, ein Ehrenmann, der Dreiecke in fremde Würste schneidet. Also womit wolltest du sie füllen?"

„Mit – mit – ich habe nämlich bemerkt, dass mein Kopfkissen ein Loch hat. Am Überzug scheint eine Naht aufgegangen zu sein, denn die Federn kommen unten heraus. Ahnst du es nun, Sappho?"

„Carpio, Mensch-, Wurst- und Federdieb! Welch ein Gedanke! Du hast die Wurst mit Bettfedern ausstopfen wollen?"

„Ja, mit Bettfedern", entgegnete er stolz.

„Welch verderbte, lasterhafte Welt! Ich sage dir, dass dieser Gedanke von einer Bosheit ist, die mich schaudern lässt. Ich sehe im Geist den guten Franzl mit seiner Frau am Tisch sitzen und die Magenwurst anschneiden. Da quellen die Federn heraus! Welche Gesichter! Welch ein Aufwand an Geist und Scharfsinn, um dem Wunder, dass ein Schwein keine Borsten, sondern Federn hat, auf die Spur zu kommen!"

„Sie hätten die Lösung des Rätsels, nämlich das hineingeschnittene Dreieck, bald gefunden, aber wohl schwerlich die Schuld auf uns geworfen."

„Auf uns! Das ist es ja, was mich so empört, nämlich, dass ich, der Unschuldige, bei der Entdeckung auch in Gefahr käme, als Dieb betrachtet zu werden."

„Beruhige dich, hochverehrter Busenfreund! Dein sittlicher Widerstand ist nur deshalb so groß, weil du keinen Hunger hast. Also ich hätte die Federn in die Wurst gestopft, die Haut an den Schnitten etwas übereinander gelegt und die Schnur wieder darumgewickelt. Hing sie dann oben an ihrem heimatlichen Haken, so wäre beim hellsten Tag nicht zu erkennen gewesen, dass ich bei nachtschlafender Zeit allhier die Fütterung meines Löwen vorgenommen habe. Leider ist nichts daraus geworden und es bleibt ihm nichts anderes übrig, als weiterzuhungern."

„Es ist schon drei Uhr nachts, du wirst es bis zum Kaffee aushalten müssen. Hättest du es Franzl noch vor dem Schlafengehen gesagt, so lägst du jetzt als gesättigter und zufriedener Bürger in den Armen des Traumgottes. So aber wirst du unter den Geißelhieben der Furien nicht einschlafen können bis zum Grauen des Morgens, was heut in doppeltem Sinn richtig ist, weil es ihm vor dir ‚graut'!"

„Ich wollte, diese Hiebe bekämst du! Ich verzichte auf deine Furien, denn ich habe an meinem Hunger genug. Komm, wollen uns wieder niederlegen!"

„Ja, stecke deine berühmten Reiseschnuren ein, lass den Stuhl auf seinen eigenen Füßen stehen und lege das Bett dahin, wohin es gehört. Und das sage ich dir noch: Wenn du mich wieder wecken solltest, um dich vom Haken herunterzuholen, so erlebst du eine Enttäuschung; ich lasse dich hängen und gehe an meinem Wanderstab ohne deine hungrige Begleitung weiter."

Ich blies das Licht aus und kehrte zu Morpheus zurück, dem mich der Busenfreund so rücksichtslos entrissen hatte. Als ich erwachte, war es zehn Uhr vormittags. Carpio lag mit offenen Augen im Bett; er stöhnte leise vor sich hin und war vor Hunger bleich wie weißes Papier.

„Aber, Carpio, was liegst du noch?", fragte ich erstaunt. „Du scheinst schon längst wach zu sein? Warum bist du bei deinem Hunger nicht aufgestanden und hinuntergegangen, um zu essen?"

Er holte tief Atem und seufzte:

„Ich – habe keinen Appetit!"

Diese unerwartete Antwort veranlasste mich, sofort aufzuspringen, um sämtliche Räuchersachen einer gründlichen Untersuchung zu unterwerfen. Ich fand nichts, was meinen Verdacht bestätigte.

„Du denkst wohl, ich bin noch einmal aufgestanden und habe mich mit den Sachen da oben beschäftigt?", fragte er mich in müdem Ton. „Ist mir nicht eingefallen! Ich sage dir, Sappho, der Geruch dieser Würste und Schinken ist mir jetzt zuwider."

„Wirklich?", fragte ich erstaunt.

„Ja. Auf Ehrenwort, ich könnte keinen einzigen Bissen davon essen."

„Das begreife ich nicht."

„Weil du meine Verfassung nicht kennst. Weißt du denn nicht, dass es Menschen gibt, die, wenn sie den Hunger einmal übergangen haben, dann für lange Zeit nicht im Stande sind, auch nur die geringste Kleinigkeit zu genießen? Sie sind wie voll gestopft."

„Mit Bettfedern?"

„Mach keinen dummen Witz! Zu diesen Vollgestopften gehöre auch ich. Dass ich heute Nacht den Hunger übergehen musste, wird mir nicht gut bekommen; glaube mir, ich bin innerlich wie zugeleimt! Wer weiß, wie lange ich nichts essen kann. Mein Leib ist hart, ich kann kaum Atem holen."

„Das sind aber doch Anzeichen des Gegenteils vom Hunger."

„Das verstehst du nicht. Es sind die Anzeichen eines sehr stark übergangenen Hungers."

„Ich habe doch schon oft gehungert, aber davon nie einen harten Leib und Atembeschwerden gehabt."

„Das kommt davon, dass deine Verfassung eine andere ist als die meinige. Mein Hunger ist ein Löwe, der deinige ein Rhinozeros, also zwei Tiere, die zu verschiedenen Klassen gehören: Ich habe jetzt..."

Er wurde unterbrochen, denn Franzl klopfte an die Tür und forderte uns auf, endlich herunterzukommen, sonst würde der Kaffee so dick wie Pflaumenmus.

„Ich bliebe am liebsten liegen", seufzte mein Freund. „Es ist mir wie Blei in den Gliedern. Komm, ziehe mich in die Höhe!"

Ich tat es. Er sah wirklich elend aus. Seine Wangen waren jetzt aschfahl und eingefallen, die Augen hatten einen stieren Blick.

„Du, Carpio, wir wollen doch zu einem Arzt gehen", schlug ich vor. „Das kann unmöglich vom übergangenen Hunger sein; das sieht ganz so aus, als ob eine Krankheit im Anzug wäre."

„Unsinn!", lächelte er matt. „Den Anzug ziehe ich selber an, da lasse ich keine Krankheit hinein."

„Na, wenn du noch im Stande bist, solche lebensgefährlichen Witze loszulassen, dann darf man ja alle Hoffnung haben, dass du noch nicht ganz tot bist."

„Es wird schon wieder werden, ich kenne mich. Hilf mir nur, ich kann mich nicht gut bücken."

Ich war schnell mit mir fertig, bei ihm aber ging es langsam; es war, als ob er sich gar nicht mehr drehen und wenden könne. So schwerfällig wie heute hatte ich ihn noch nie gesehen. Auch die Treppe hinunter ging es so langsam, als wären ihm die Kniegelenke eingefroren.

4. Ein Blick ins tiefste Elend

Unser Franzl saß mit seiner Wirtin im Gastzimmer beim zweiten Frühstück. Sie blühte wie eine Rose und begrüßte uns mit einer Freundlichkeit, die bewies, dass ihr die Gastfreundschaft aus dem Herzen kam. Von Abreise durften wir nicht sprechen. Wir erfuhren, dass Franzl mit dem Schlitten nach Maria Kulm müsse, und beide hielten es für selbstverständlich, dass wir mitfuhren. Es fiel uns auch nicht ein, eine Einwendung dagegen zu machen. Was gern gegeben wird, nimmt man auch gern an, und wir freuten uns, den berühmten Wallfahrtsort kennen zu lernen.

Mein kranker Freund war leider nicht im Stande, dieser Freude einen so lebhaften Ausdruck zu geben wie ich. Er trank nur einen einzigen Schluck Kaffee und nahm keinen Bissen zu sich. Franzl beobachtete ihn unter wiederholtem Kopfschütteln, er wollte nicht glauben, dass ein übergangener Heißhunger die Esslust so gründlich verderben könnte.

Ich erkundigte mich nach den drei Fremden von gestern Abend.

„Undankbare Gesellschaft!“, antwortete die Wirtin kurz.

Auf mein Warum erklärte Franzl:

„Sie sind schon fort, ehe wir aufgestanden waren; der Knecht hat sie hinauslassen müssen.“

„Also doch, wie ich dachte! Ich habe es Ihnen gestern vorausgesagt, als die Frau nicht mit Gutenacht, sondern mit Lebewohl grüßte.“

„Warten Sie nur, die Hauptsache kommt erst noch: Als meine Frau in der Stube, wo sie übernachteten, nachsah, lagen die geschenkten Kleidungsstücke, der Kuchen, die Wurst und sogar meine fünf Gulden auf dem Tisch. Sie haben das alles nicht mitnehmen wollen.“

„Fünf Gulden? Nicht sechs?“

„Nur meine fünf, den Ihrigen haben sie behalten. Was sagen Sie zu so einer Undankbarkeit und Schlechtigkeit?“

Ich war damals noch sehr jung und durfte von Menschenkenntnis nicht sprechen, aber dennoch kam mir der Gedanke, dass ich an der Stelle der Frau wahrscheinlich nicht anders gehandelt hätte. Ich hütete mich, meine Meinung zu äußern, musste aber während des ganzen Tages an die armen Menschen denken. Am liebsten wäre ich ihnen nachgegangen, um ihnen zu sagen, wie sehr sie mir durch das Zurücklassen der Geschenke gefallen hatten. Bei ihrer traurigen Lage war dieser Verzicht ein Opfer, dessen Größe unsere Gastfreunde leider nicht begriffen.

Wir saßen bis Mittag mit Franzl allein beisammen, weil seine Frau das Essen zubereitete und auch sonst in der Wirtschaft zu tun hatte. Einmal rief sie ihn in die Küche. Wir hörten sie draußen laut und herzlich lachen, und als er dann wiederkam, kniff er das eine Auge zusammen und fragte mich:

„Heute gibt es Kartoffelklöße, so groß wie mein Kopf, das stopft! Essen Sie mit?"

„Das ist mein Leibessen!", entgegnete ich.

„Und Sie?"

Er richtete diese Frage offenbar mit größter Spannung an Carpio, der aber schüttelte sich.

„Sappho mag nur nicht von Leibessen reden, denn er hat lauter Leibessen; alles, was gegessen werden kann, ist sein Leibessen. Aber ich, mit meinem zarten Magen! Klöße! Brrr!"

„Jaja, Klöße!", nickte jetzt der Franzl mit komischem Ernst vor sich hin. „Aber könnten Sie Quark mit Kartoffeln essen?"

„Quark? Keine Spur! Keine Messerspitze! Ich müsste ausreißen!"

„Schauen Sie an! Aber früher konnten Sie Quark essen?"

Ich wusste nicht, warum er so fragte, und antwortete an Carpios Stelle schnell:

„Gleich mit Löffeln hätte er ihn vertilgt. Noch vorgestern haben wir welchen gehabt."

„Schau, schau! Da muss ein übergangener Hunger freilich eine schlimme Sache sein. Ich habe das noch nicht erlebt und mag es auch gar nicht kennen lernen."

Ich fühlte es wohl heraus, dass diese Worte irgendeine besondere Bedeutung hatten, fand aber keine Zeit, weiter danach zu forschen, weil Franzl gleich von etwas anderem zu sprechen begann.

Die Klöße mundeten mir vortrefflich, Carpio aber setzte sich gar nicht mit an den Tisch. Er erklärte, seinen Appetit nur durch die allergrößte Enthaltsamkeit wiederherstellen zu können, Similia similibus curantur, Ähnliches mit Ähnlichem, Gleiches mit Gleichem, Hunger mit Hunger!

Nach Tisch begann die Fahrt, die mir große Freude bereitete. Ich wusste, dass es auch für Carpio kein größeres Vergnügen geben konnte als eine Schlittenfahrt, und bedauerte es herzlich, dass sein Unwohlsein ihn hinderte, dieses Vergnügen so vollauf wie ich zu genießen. Franzl aber, der doch sonst so menschenfreundliche Mann, schien das Leiden seines Gastes mehr scherzhaft als ernst zu nehmen, was den Freund so verstimmte, dass er zuletzt kein Wort mehr sprach und nur kurz erklärte, er werde sich nach der Heimkehr sofort schlafen legen.

Das ging jedoch nicht so schnell, wie er gedacht hatte, obgleich wir so spät ankamen, dass schon alle Gäste fortgegangen waren. Die Wirtin berichtete uns nämlich, dass sie unter dem Kopfkissen des Bettes, in dem die fremde Frau geschlafen hatte, etwas Wichtiges gefunden habe, und gab es ihrem Mann. Wir sahen sogleich, dass es der Briefumschlag mit den Schiffskarten war. Dieser Verlust konnte unschwer erklärt werden: Sie hatte dem Wirt den Pass vorzeigen müssen und ihn dann wieder in ihr Tuch gewickelt. Später war uns von ihr der Briefumschlag gegeben worden, den sie dann jedenfalls nicht so sorgfältig wie vorher in den Pass eingeschlagen hatte. Beim Schlafengehen war sie so vorsichtig gewesen, das Tuch mit den beiden wichtigen Gegenständen unter ihr Kopfkissen zu legen. Dabei oder während ihrer Bewegungen im Schlaf war der Umschlag herausgerutscht und war dann unbemerkt unter dem Kissen liegen geblieben.

Jetzt wusste der Wirt nicht, was er mit dem Fundgegenstand anfangen sollte, während ich sofort entschlossen war, ihn der Eigentümerin zuzustellen.

„Ich werde den Umschlag morgen früh der Polizei übergeben", meinte er.

„Nein, das werden Sie nicht", sagte ich.

„Warum nicht?"

„Weil es so blutarmen Leuten, die von der Mildtätigkeit anderer leben müssen, jedenfalls sehr unangenehm ist, wenn sie mit der Polizei in Berührung kommen. Sie würden fürchten, als Landstreicher behandelt zu werden."

„Aber was soll ich sonst tun? Den Umschlag mit der Post nach Graslitz schicken? Denn dorthin wollten sie."

„Das geht auch nicht, denn Sie kennen ihre dortige Anschrift nicht und die Karten dürfen nicht allen möglichen Zufällen ausgesetzt werden."

„Aber nach Graslitz müssen sie doch!"

„Allerdings. Ich schlage vor, sie sicheren Leuten anzuvertrauen, die nach diesem Ort gehen und Frau Wagner dort aufsuchen werden."

„Das würde allerdings das Klügste sein; aber ich weiß keinen Menschen, der gerade jetzt die Absicht hat, nach Graslitz zu gehen."

„Ich kenne zwei Personen, die bereit sind, diesen Botengang zu übernehmen."

„Sie? Wer ist das?"

„Carpio und ich."

„Sie selbst? Sie wollen nach Graslitz? Ich denke, Ihr Weg führt Sie nach Karlsbad und weiter?"

„Wir haben eigentlich keine festgelegte Richtung. Wir wandern ohne eigentliches Ziel. Das Einzige, was wir dabei zu beachten haben, ist, dass bei uns der Unterricht am

7. Januar wieder beginnt; bis dahin müssen wir daheim sein. Ob wir nach Karlsbad oder nach Graslitz wandern, ist gleichgültig."

„Schade, jammerschade! Sie gefallen uns und wir rechneten darauf, dass Sie noch einen oder zwei Tage bei uns weilen würden. Wenn Sie wenigstens morgen noch blieben, ist es leicht möglich, dass Sie der Frau die Karten hier geben können."

„Wieso?"

„Weil sie, wenn sie ihren Verlust bemerkt, schnell wieder zu uns kommen wird, um die Karten zu holen."

„Das bezweifle ich, denn sie wird glauben, sie unterwegs verloren zu haben. Wenn sie nicht die feste Überzeugung hätte, sie von hier mitgenommen zu haben, wäre sie wahrscheinlich jetzt schon wieder da."

„Es ist möglich. Also sind Sie wirklich entschlossen, diesen Leuten trotz ihrer Undankbarkeit nach Graslitz nachzulaufen?"

„Ja. Was Ihnen als Undank erscheint, ist vielleicht eine Folge von Gründen, die Sie und wir nicht kennen. Also, wir machen einen Ausflug, weil wir Bewegung brauchen; wohin wir fliegen, das ist, wie schon gesagt, gleichgültig; fliegen wir daher nach Graslitz!"

„Na, vom Fliegen wird da wohl keine Rede sein können. Es fängt an zu schneien, und wenn es in dieser Nacht so fortweht, sind für Sie morgen früh alle Weg versperrt."

„Das macht uns heute noch keinen Kummer; unsere einzige Sorge ist jetzt nur die, ob Sie uns den Umschlag mit den Karten anvertrauen werden."

„Warum denn nicht? So braven Burschen, wie Sie sind, wird man doch Vertrauen schenken und ich bin überhaupt froh, dass ich diese Sache loswerde."

„So brechen wir morgen früh auf, sobald es hell geworden ist. Wir werden wohl jemand finden, der uns den Weg beschreiben kann."

„Da brauchen Sie nicht weit zu suchen, denn ich stam-

me aus Bleistadt und kenne ihn genau. Ich werde ihn nachher auf ein Papier zeichnen, das Sie mitnehmen können."
„Abgemacht!"
„Nur langsam!", sagte Carpio. „Du tust doch, als ob du dich allein auf der Erde befändest! Ich bin aber auch noch da, verehrter Sappho!"
„Das weiß ich. Ich glaubte, allein sprechen zu müssen, weil du die Sprache verloren zu haben scheinst, und war überzeugt, dass du einverstanden bist, wenn es gilt, armen, unglücklichen Menschen zu ihrem Eigentum zu verhelfen."
„Dass ich gern dabei bin, versteht sich von selbst, nur weiß ich nicht, ob mein übergangener Heißhunger mir morgen schon erlauben wird, einen so beschwerlichen Weg zu machen."
„Gerade darum brauchen Sie nicht zu sorgen", fiel Franzl heiter ein. „Ich kenne ein sicheres Mittel, Sie bis morgen früh wieder gesund zu machen. Sie müssen dieses Mittel noch heute Abend zu sich nehmen."
„Was ist es?", fragte Carpio neugierig.
„Vier oder fünf Stückchen Quarkkuchen."
„Quark – ku – chen?", dehnte der Freund schaudernd. „Ich würde auf der Stelle sterben, wenn ich meinem Magen das Herzeleid antäte, auch nur ein einziges zu essen."
„Aber ich bin überzeugt, dass Sie doch früher dieser Sorte von Kuchen nicht abgeneigt gewesen sind."
„Früher und jetzt, das sind zwei sehr verschiedene Zeiten. Sie kennen doch das lateinische Sprichwort von den Zeiten und den Menschen, die sich ändern?"
„Gewiss kenne ich es. Es heißt: Saepe luet porci facinus porcellus adulti. Und wenn Sie heute nichts genießen wollen, so werden Sie mir erlauben, dafür zu sorgen, dass Sie wenigstens unterwegs nicht Hunger leiden. Jetzt will ich Papier holen, um Ihnen den Weg aufzuzeichnen."
Als er das getan und uns die Richtung eingehend erklärt hatte, gingen wir schlafen. Oben bemerkte ich, dass der Schragen mit den Kuchen nicht mehr in der guten Stube

stand. Dieser Umstand fiel mir keineswegs auf, denn Kuchen hebt man doch nicht in einem Raum auf, in dem geschlafen wird, und auch der Busenfreund meinte:

„Lass ihn fort sein; ich werde umso besser schlafen, wenn ich diesen Quarkkuchen nicht riechen muss, der mir so unsagbar zuwider ist."

Als wir am anderen Morgen zeitig Kaffee getrunken hatten, brachte die Wirtin ein großes, schweres Paket Lebensmittel, das wir mitnehmen sollten. Franzl gab uns den Umschlag mit den Schiffskarten und noch einen zweiten kleineren.

„Den Abschied wollen wir uns nicht schwer machen", sagte er, „denn ich bin überzeugt, dass Sie auf dem Rückweg wieder bei mir einkehren werden. Bis dahin gebe ich Ihnen ein kleines Andenken an mich mit. Sie haben uns bei Ihrem Kommen so mit Reimen überschüttet, dass ich mir gegen Sie wie ein Schuljunge vorgekommen bin. Da habe ich denn gestern Abend, als Sie schliefen, mir Mühe gegeben, auch einen Reim zu machen. Es hat wohl an die zwei Stunden gedauert, bis er fertig war. Sehen Sie, ob er etwas taugt; aber öffnen Sie das Papier nicht eher, als bis Sie aus der Stadt hinaus sind! Darf ich Ihnen noch ein paar Virginias und einige Stücke Quarkkuchen mitgeben?"

Da streckte Carpio, der sich heute wieder wohl fühlte, beide Hände abwehrend aus und rief:

„Ich rauche im Leben niemals wieder, und wenn Sie wollen, dass ich Ihnen ein dankbares Andenken bewahren soll, so sprechen Sie das andere Wort, solange wir noch da sind, nicht wieder aus!"

Der Abschied war kurz, aber herzlich. Wir mussten versprechen, auf dem Rückweg, wenn nur irgend möglich, wieder einzukehren und noch einen Tag zu bleiben; dann wanderten wir zur Stadt hinaus. Am Weg stand ein Wirtshaus. Als ich dort vorüber wollte, hielt mich Carpio an.

„Lieber Wanderer, gehe nicht weiter! Da drinnen lächelt wieder edle Gastlichkeit!"

„Schon einkehren? Wir machen doch keine Bierreise und haben kaum erst zweihundert Schritte getan."

Aber der Busenfreund wusste mich zu überreden. Er bewies mir, dass wir das mitbekommene Paket untersuchen müssten, was doch unmöglich im Freien geschehen könne. Auch müssten wir das Gedicht lesen, ein Bier koste nur sechs Kreuzer und reiche für uns beide – ergo!

Die Stube war leer, dann kam eine Frau, schenkte uns den Gerstensaft ein und ging wieder hinaus. Wir waren allein. Nun wurde das Paket mit großer Feierlichkeit göffnet. Es enthielt ein Stück Butter, einen Käse, Schinken, eine halbe Magenwurst, einige Stücke Rosinenkuchen und etwas in Flanell gewickelt. Als wir das öffneten, fielen zehn Gulden und ein Papier heraus, auf dem zu lesen stand:

„Für die Visite schulden
wir Ihnen diese Gulden.
Ihr treuer Franzl."

Wir ließen unserer frohen Überraschung freien Lauf; als Carpio dann allerlei Vorschläge machte, wie dieses Geld unterwegs zu verwenden wäre, sagte ich:

„Es wird nicht ausgegeben, sondern aufgehoben. Unser Reisegeld muss langen."

„Was hast du da?", fragte mein Begleiter, als er den Lederbeutel sah, den ich auf meinem jungen Herzen trug und jetzt unter der Weste hervorzog.

„Das ist mein geheimer Geldschrank, worin die zwanzig Taler stecken, die ich mir von meinem Honorar für unvorhergesehene Fälle aufbewahrt habe. Hier hinein kommen die zehn Gulden."

„Denkst du nicht, ein Einbrecher könnte auf den Gedanken kommen, dass du diesen Beutel bei dir hast?"

„Hier unter meiner Weste bricht mir niemand ein, darauf kannst du dich verlassen. Du, steckt nicht da zwischen dem Kuchen auch ein beschriebenes Papier?"

„Es scheint so."

Er zog es heraus und wir lasen:

„Warum es Rosinen- und kein Quarkkuchen ist, wird Ihnen mein Reim sagen."

„Was dieser Franzl nur immer mit seinem Quarkkuchen hat?", meinte ich.

„Ist auch mir ein Rätsel", behauptete der Busenfreund in sehr gleichgültigem Ton, wobei aber eine holde Röte auf den Stellen erschien, wo die Schnurrbartspitzen später auf den Backenbart treffen sollten.

„Gestern", fuhr ich fort, „erwähnte er ihn mehrmals mit besonderer Betonung. Sollte der Umstand damit zusammenhängen, dass abends der Kuchenschragen verschwunden war?"

„Ich bin ohne alle Ahnung."

„Wirklich?"

„Ja. Doch, um von etwas anderem zu reden, was sagst du zu dieser halben Magenwurst? Mir kommt sie außerordentlich bekannt vor."

„So? Ah – ja – es ist möglich, dass es die Hälfte von der ist, von der ich dir heruntergeholfen habe. Wahrhaftig, der vortreffliche Franzl hat unseretwegen seine schönste Wurst zerschnitten! O Carpio, wie wären wir nun bloßgestellt, wenn du deinen Vorsatz ausgeführt hättest!"

„Welches Unglück!", stimmte er tief aufatmend bei. „Denke dir – die Federn!"

„Ja, die – Federn! Mensch, wir wären deinetwegen zur Tür hinausgeworfen worden! Solche Schande kann man erleben, wenn man einen Spitzbuben zum Freund hat."

„Schweig! Es ist alles noch gut abgelaufen. Es war nur eine Absicht, aber zur wirklichen Ausführung würde so etwas bei mir niemals kommen."

„Na, na!"

„Niemals!", beteuerte er. „Du wirst mir doch zutrauen, dass ich den Unterschied zwischen Mein und Dein zu achten weiß?"

„Schon gut! Jetzt wissen wir, was das Paket enthalten hat, nun wollen wir den Reim lesen!"

„Können wir nicht noch warten, lieber Sappho?"

Dieses ‚lieber Sappho' klang diesmal so zuckersüß, dass es mir auffiel. Darum erkundigte ich mich:

„Warum sollen wir noch warten? Hast du etwa einen besonderen Grund?"

„Einen besonderen nicht, aber unsere Spannung würde größer."

„Ich bin kein Freund von übermäßiger Spannung. Sehen wir also nach!"

Ich zog den Umschlag hervor und öffnete ihn. Da legte er seine Hand auf die meinige und fragte:

„Sappho, du bist mein allerbester Freund. Willst du mir einen großen Gefallen erweisen?"

„Welchen?"

„Lies den Reim später, meinetwegen zu Ostern oder zu Pfingsten, nur heute nicht!"

„Höre, Carpio, mit dir ist etwas nicht richtig, du hast kein reines Gewissen. Ich werde lesen."

„Da sage – ich dir – die Freundschaft auf!"

„Gut! Betrachten wir sie schon jetzt als vorüber, denn wenn du zu diesem verzweifelten Mittel greifst, muss ich erst recht wissen, was Franzl geschrieben hat."

Ich zog den Zettel hervor und las ihn. Oh, nun wurde mir freilich alles klar. Armer Carpio! Ich hätte laut auflachen mögen, bezwang mich aber, zeigte meine ernsteste Miene und schob ihm den Reim hin.

„Hier! – Lies!"

Er las und wurde leichenblass dabei.

„Das – hätte er – nicht dichten sollen!", stammelte er.

„Wer sagte denn soeben noch, dass so ein schlechter Gedanke bei ihm niemals zur Ausführung kommen könnte? Wer behauptete, den Unterschied zwischen Mein und Dein stets zu achten? Wer hat mich getäuscht und betrogen? Lies mir den Reim laut vor!"

„Das – das kann ich nicht!“

„Lies! Zur Strafe! Dann verfahre ich vielleicht gelinder mit dir, du – du – du Quarkkuchendieb, du!“

„Versprichst du mir wirklich, nachsichtig zu sein?“, fragte er so kleinlaut wie noch nie.

„Ja.“

Da las er und ich hörte ihm an, wie er sich zwingen musste:

„Hat Carpio mitten in der Nacht
einen Kuchen ganz zu Quark gemacht,
so stöhnt er unter Angst und Bangen:
‚Ich hab den Hunger übergangen!‘“

„Du hast also, als ich schlief, einen ganzen Quarkkuchen aufgegessen?“

„Ja“, gestand er mit einer wahren Armesündermiene.

„Einen ganzen Quarkkuchen von vier Vierteln und acht Achteln! Das bringt doch höchstens ein Elefant fertig! Wie ist es dir denn darauf geworden?“

„Schauderhaft! Ich werde noch auf Jahre hinaus zittern, wenn ich das Wort Quark nur höre. Übriglassen durfte ich nichts, und als ich mit Ach und Weh fertig war, begann der hinterlistige Teig in mir aufzuquellen.“

„Da dauerst nicht etwa du mich, sondern der edle Löwe, der elend hat ersticken müssen. Du konntest dir doch denken, dass die Wirtin ihre Kuchen gezählt hatte.“

„Das dachte ich wohl, aber dass sie dann nachzählen würde, dachte ich nicht. Du kannst mir glauben, lieber Sappho: Wenn du das Quadrat der längsten Hypothenuse samt den Quadraten ihrer beiden Katheten mit einem ganzen Topf voll Gurkensalat und saurer Sahne verzehrst, wird das, was du dann fühlst, gegen das, was ich empfunden habe, als grenzenlose Behaglichkeit bezeichnet werden müssen.“

„Hm.“

„Und“, fuhr er nach einer Weile fort, „der körperliche Jammer war nicht der einzige, den ich empfand, denn wie,

wie habe ich auch seelisch gelitten! Dich zum Beispiel die herrlichen großen Klöße essen sehen zu müssen, ohne mittun zu können, das war eine teuflische Grausamkeit, mit der mein Schicksal mich strafte. Dann die Schlittenfahrt! Deine Fröhlichkeit, deine lachenden Augen, während ich wie ein in der Magengegend harpuniertes Walross dick und angeschwollen hinter dir im Schlitten hockte. Es war mir, als hätte ich hunderttausend Zähne verschluckt, alle mit Zahnschmerzen behaftet, die nun in meinem Inneren zu wüten begannen. Ich gebe dir mein Wort, dass..."

„Halt ein!", musste ich jetzt laut auflachen. „Die Schmerzen von hunderttausend hohlen Zähnen! Dieser Vergleich ist so glänzend und dabei doch so Mitleid erweckend, dass ich dem armen, harpunierten Walross meine Gnade wieder zuwenden muss."

„Was!", rief er da, vor Freude aufspringend. „Du wolltest – wirklich – lieber Sappho? – Da – da könnte ich aus Liebe und lauter Dankbarkeit gleich noch...!"

„Nun was?"

„...gleich noch einen Quarkkuchen essen, hätte ich beinahe gesagt, aber natürlich keinen gestohlenen. Armer Sappho! Auch du hast unter dem Verdacht gestanden..."

„O nein", unterbrach ich ihn. „Franzl war pfiffig genug, deinem übergangenen Heißhunger sofort anzusehen, dass du allein der Schuldige warst. Du hast ihm und seiner Frau heimlich ungeheuren Spaß gemacht."

„Ich danke! Mir war es nicht sehr spaßhaft zu Mute. Also, du denkst nicht, dass sie zornig auf mich sind?"

„Nein! Trotzdem aber können wir nicht wieder hin zu ihnen. Es bleibt an deiner Ehre doch immer ein Stück von dem Quark kleben, das nicht wegzubringen ist. Wollen die Sache auf sich beruhen lassen und machen, dass wir hier fortkommen!"

„Gut, brechen wir auf! Also, du bist nicht mehr böse auf mich?"

„Nein."

Da schob er mir das Bier hin, von dem wir noch keinen Schluck getrunken hatten, und forderte mich auf:

„Trink, Sappho!“

„Warum trinkst du denn nicht, Carpio?“

„Weil ich aus lauter Dankbarkeit das große Opfer bringen und dir alles lassen will.“

„Danke! Ich mag nichts.“

„Warum nicht?“

„Ich rieche schon von weitem, dass es sauer ist.“

„Das rieche ich nicht, aber es ist eine Schabe drin ertrunken. Siehst du sie nicht?“

„Ach, darum deine aufopferungsvolle Dankbarkeit?“

„Ja. Sogar die Schabe wollte ich dir allein lassen. Komm, lass uns aufbrechen!“

Wir banden unser Paket wieder zusammen und entfernten uns, nach kurzer Zeit war Falkenau hinter uns verschwunden.

Es hatte nicht, wie Franzl gestern Abend meinte, die ganze Nacht hindurch geschneit und so gab es für uns, wenigstens zunächst, eine gut gebahnte Straße. Den Weg bis nach Gossengrün legten wir in zweieinhalb Stunden zurück. Auf unsere Erkundigung dort erfuhren wir, dass die Gesuchten gestern um die Mittagszeit hier angekommen und dann von einem mitleidigen Viehhändler in seinem Wagen bis nach Bleistadt genommen worden waren. Unser Weg ging also nach diesem Ort, den wir noch am Vormittag erreichten, obwohl der Schnee hier schon viel höher als in der Falkenauer Gegend lag.

Bleistadt ist nicht groß, darum fanden wir das Schenkhaus sehr bald, bei dem der Händler mit seinem Schlitten angehalten hatte. Ja, wir fanden ihn sogar selber, denn er hatte hier übernachtet, war frühzeitig nach Heinrichsgrün gefahren und soeben von da zurückgekommen. Er sagte uns, dass die Frau ein wahrer Engel an Aufmerksamkeit und Hingebung gegen ihren alten Vater sei, der aber wohl nicht mehr lange leben werde, denn er hatte sich selbst im

Schlitten kaum auf dem engen Sitz aufrecht halten können. Von ihrer Einkehr bei Franzl hatte sie nichts gesagt.

„Ich bin aus Graslitz", fuhr er fort, „und hätte sie gern bis dorthin mitgenommen, aber ich musste hier bleiben, um heute nach Heinrichsgrün zu fahren und die nächste Nacht in Neukirchen zu verweilen. Als sie erfuhr, dass ich alle Leute in Graslitz kenne, fragte sie mich nach einem Instrumentenmacher, der mit ihrem Mann verwandt ist. Sie dachte, bei ihm bleiben zu können, weil sie ihn für wohlhabend hielt; leider konnte ich ihr da keine gute Auskunft geben, denn er war nur Gehilfe und wendete seinen ganzen Verdienst dem Branntwein zu. Wegen dieser Trunksucht fand er nirgends mehr Arbeit und hat sich vor ungefähr einem Jahr auf und davon gemacht, wohin, das weiß ich nicht."

„Ist die Frau von hier weitergegangen?"

„Ja. Der Wirt wollte sie nicht umsonst behalten und Geld hatte sie nicht; sie dachte, unterwegs leichter mitleidige Leute zu finden, und es ist auch wahr, dass einsam wohnende Menschen gastlicher sind als Bewohner von Orten, wo es Einkehrhäuser gibt."

„Da ihre Hoffnung auf den Verwandten nun zunichte ist, hat es eigentlich keinen Zweck mehr für sie, nach Graslitz zu gehen; sie ist aber wohl trotzdem hin?"

„Ja."

„Auf dem gewöhnlichen Weg?"

„Sie wollte sich immer an der Zwoda aufwärts halten, weiter weiß ich nichts. Es ist ein wahres Herzeleid, solche Leute zu sehen. Sie wollen sich nach Bremen durchbetteln, ob sie aber hinkommen, das weiß man nicht; der Alte auf keinen Fall, ich dachte jeden Augenblick, er würde mir im Schlitten sterben. Sie sprach davon, dass sie Schiffskarten hätte; aber wenn es so langsam weitergeht wie jetzt, werden die wohl abgelaufen sein, bevor sie benutzt werden können."

Diese Bemerkung machte mich besorgter um die Frau, als ich bis jetzt gewesen war. Ich nahm, ohne dem Händler zu sagen, was es war, den Umschlag aus der Tasche und öffnete ihn; ich glaubte nicht, ein Unrecht damit zu begehen. Richtig! Die bezahlten Schiffspapiere waren von einem New Yorker Vertreter des damals erst ein Jahr bestehenden Bremer Lloyd ausgestellt und die Fahrt war für die ersten Tage des Februars festgesetzt. Die Frau hatte das nicht lesen können, weil der Wortlaut englisch war.

Wir machten uns wieder auf den Weg, der immer am Flüsschen aufwärts führte und ziemlich beschwerlich war, weil der Schnee stellenweise knietief lag. Überall, wo es menschliche Wohnungen gab, oder wenn uns jemand begegnete, fragten wir und erfuhren so, dass die armen Leute mehrere Male um Nachtlager gebeten hatten, aber immer abgewiesen worden waren. Die Bewohner dieser Gegend waren damals selber so arm, dass sie, zumal im Winter, kaum genug trockenes Brot für sich allein hatten.

Gegen Abend sahen wir eine kleine, ärmliche, halb verfallene Schneidemühle vor uns liegen, deren schadhaftes Räderwerk eingefroren war. Die kaum noch in den Rahmen hängenden Fenster hatten Risse und Löcher, die mit Papier zugeklebt waren. Ein alter, abgemagerter Hund fuhr, als wir uns näherten, unter einer tiefen Schneewehe, wo er sein Lager hatte, hervor und vollführte mit seiner heiseren Stimme einen Lärm, auf den die obere Hälfte der querteiligen Tür geöffnet wurde. Das Gesicht einer alten, abgehärmten Frau war zu erkennen.

„Gott zum Gruß, Mütterchen!“, sagte ich. „Sind Sie die Müllerin?“

„Nein. Die Mühle geht schon längst nicht mehr, denn ihr ist zwar nicht das Wasser, aber das Geld ausgegangen. Ich bin nachher eingezogen, weil die Wohnung nichts kostet. Ich bin nämlich die Botenfrau zwischen Bleistadt und Graslitz.“

„Wir suchen einen alten Mann, eine Frau und einen Knaben, die gestern in Bleistadt waren und nach Graslitz wollten.“

„Du lieber Gott, die suchen Sie? Da kommen Sie zu einer schlimmen Zeit. Mit dem Alten können Sie nicht reden, denn er liegt im Sterben. Was wollen Sie denn von der Frau?“

„Wir bringen ihr etwas, was sie verloren hat.“

„So kommen Sie herein! Schön werden Sie es nicht bei mir finden, sondern traurig, sehr traurig.“

Sie öffnete nun auch die untere Hälfte der Tür und wir traten in einen engen, leeren Flur, dessen Wände im Zerbröckeln waren. Durch eine mangelhaft schließende Tür kamen wir in die Stube, für die der Ausdruck Stall eine unverdiente Ehrung gewesen wäre.

Es gab keinen Ofen, sondern einen aus Feldsteinen lose zusammengesetzten Herd, auf dem ein Holzfeuer brannte, dessen flackernder Schein den sonst auch bei hellem Tageslicht ziemlich dunklen Raum zur Not erleuchtete. Von Wärme war nur wenig zu bemerken. Neben dem Herd ein paar Töpfe und Teller an der bloßen Erde, denn eine Diele gab es nicht. Am Fenster stand ein alter Tisch mit zwei schemelartigen Stühlen und gegenüber der Tür gab es eine Lagerstätte, die unsere Augen sofort auf sich zog. Sie bestand aus einem trockenen Laubhaufen, über den ein altes, schmutziges Betttuch gebreitet war. Einige zusammengerollte Fetzen bildeten das Kopfkissen und die Decke erwies sich als der Rest eines haarlosen Männerpelzes. Auf diesem Bett lag der Greis, zu dessen Füßen der Knabe hockte, während die Frau am oberen Ende auf der Erde kniete und den Kopf ihres Vaters durch ihren untergeschobenen Arm stützte. Sie war so in ihren Schmerz versunken, dass sie sich nicht nach uns umblickte. Der Knabe erkannte uns und nickte uns traurig zu. Bewegungslos lag der Greis ausgestreckt; ob er die Augen offen hatte, konnten wir bei dem ungewissen Schein des Feuers nicht erkennen; er sah aus, als wäre er schon tot.

Der Ort, wo ein Mensch im Verscheiden liegt, ist eine heilige Stätte und wenn er auch der allerärmste Platz der ganzen Erde wäre. Wir wagten nicht, laut Atem zu holen, und schlichen uns auf den Wink der Botenfrau zu den beiden Schemeln, um uns geräuschlos niederzusetzen. Sie folgte uns und flüsterte uns zu:

„Nicht wahr, es ist sehr ärmlich bei mir? Mein Schwiegersohn ist ein schlimmer Mann, der mich, seit meine Tochter tot ist, nicht mehr bei sich leidet; da habe ich mich hierher gemacht. Ich bekomme von der Gemeinde monatlich vierzig Kreuzer Almosengeld, und was ich sonst gegen Hunger brauche, verdiene ich mir durch Botengänge. Sparen oder anschaffen kann man da aber nichts."

„Seit wann sind diese Fremden hier?", fragte ich ebenso leise, wie sie gesprochen hatte.

„Seit Mittag. Sie haben die ganze Nacht im Schnee zugebracht und das muss der Alte nun mit dem Leben bezahlen. Sie baten um ein Plätzchen zum Ausruhen für ihn, da konnte ich nicht nein sagen."

„Haben sie gegessen?"

„Nein, denn sie haben nichts und ich habe heute auch nichts mehr als nur ein Brot, das auch schon fast verzehrt ist. Horch!"

Der Sterbende bewegte sich und sprach halblaut abgebrochene Worte vor sich hin:

„Mich friert – ich muss sterben! – Legt mich ins Himmelbett und – deckt mich mit der weichen Seidendecke zu! – Wenn ich dann tot bin, unterschreibt nichts, nichts – sonst bringt er euch noch an den Bettelstab!"

Der Knabe schluchzte zum Erbarmen, seine Mutter regte sich nicht, sie blieb stumm, wie der Schmerz in seiner größten Tiefe immer ist. Man hörte das Knistern der Flamme, weiter nichts. Nach einer längeren Weile begann der Alte wieder:

„Selig – selig, wer bis an das Ende – an die – die ewige Liebe glaubt –! Suchen – suchen – im Verscheiden – Erlösungsstern – zur Herrlichkeit des Herrn!"

Dann stieß er plötzlich einen überlauten Schrei aus, richtete sich in die Höhe, deutete mit der Hand wie in weite Ferne und rief in angstvoller Hast:

„Er schießt, er schießt – spring weg, spring weg, er schießt!"

Darauf sank er wieder nieder. Nun ging sein Atem laut röchelnd, langsamer, immer langsamer, bis ich glaubte, er sei ganz weggeblieben; da aber hörte ich ihn noch einmal mit ruhiger, deutlicher Stimme sagen:

„Ich gehe jetzt, meine Tochter; aber nur mein Körper scheidet, meine Seele wird bei dir bleiben und dich behüten immerdar. Ich segne dich, ich segne euch. Der Herr sei euer Heil und euer Schirm! An seinem Thron werde ich unaufhörlich für euch beten. Habt Dank – lebt wohl – lebt wohl, ihr lieben – lieben...!"

Das letzte Wort erstarb zur Unhörbarkeit. Völlige Stille herrschte jetzt. Nicht einmal das Feuer schien knistern zu wollen. Da wendete sich die Frau ihrem Sohn zu und sagte in einem Ton, als ob ihr Leben nun auch zu Ende ginge:

„Stephan, dein Großvater ist gestorben, mir und dir ist er gestorben. Weine du, ich kann es nicht!"

Nun erst, nachdem sie sich dem Knaben zugewandt hatte, bemerkte sie uns. Sie stand langsam auf, kam wie eine Traumwandlerin auf uns zu und sagte mit klangloser Stimme:

„Die Schüler von vorgestern. Was wollen Sie?"

„Sie haben Ihre Schiffskarten in Falkenau liegen lassen und wir bringen sie Ihnen nach", antwortete ich.

Ihre Augen waren wie durch die Wand hindurch gerichtet und es war, als spräche sie zu einem Abwesenden:

„Danke, legen Sie sie hier auf den Tisch!"

„Ihre Gültigkeit läuft Anfang Februar ab", fuhr ich fort, da ich es trotz der ganz unpassenden Lage für meine Pflicht hielt, ihr diese Mitteilung zu machen. „Nun, da Ihr Vater gestorben ist, wird Ihnen der Bremer Lloyd den Betrag der auf seinen Namen lautenden Karte zurückzahlen, denn bei Todesfällen verfällt die Summe nicht."

„Ich weiß nicht, ob ich bis nach Bremen komme", erklang es kalt und tonlos.

„Sie müssen hin. Ein Freund von Ihnen hat mir das für Sie gegeben, stecken Sie es ein!"

Es war, als ob ich gar nicht anders könnte, ich musste

diese Worte sagen und meinen ‚Geldschrank' unter der Weste hervorziehen, um ihn ihr zu geben. Sie steckte den Beutel ein, ohne ihn zu betrachten, ja, ohne ihn, wie es schien, eigentlich in der Hand zu fühlen.

„Geben Sie das aber ja nicht für das Begräbnis her!", fügte ich hinzu. „Sie brauchen es zum Fahren unterwegs."

„Ich werde es verstecken", nickte sie unbewusst.

„Und hier in diesem Paket ist für Sie etwas zu essen. Ich habe es mitgebracht. Gute Nacht, Frau Wagner!"

„Gute Nacht!"

Ich gab dem Knaben die Hand und ging mit Carpio hinaus, die Botenfrau folgte uns. Draußen fragte ich sie:

„Haben Sie alles gehört, was ich zu der Frau gesagt habe?"

„Alles", nickte sie, „jedes Wort."

„Sagen Sie ihr alles noch einmal, denn sie scheint nicht darauf gehört zu haben! Sie soll den Beutel verstecken, dass man ihr das Geld nicht nimmt, das sie zur Reise braucht. Für das Begräbnis muss die Gemeinde sorgen, zu der diese Mühle gehört. Und damit Sie etwas für die richtige Ausführung dieses Auftrages haben, halten Sie die Hand auf!"

Sie tat es und ich schüttete ihr mein Reisegeld hinein, dann gingen wir fort, im Halbdunkel des hereingebrochenen Abends den Weg zurück, den wir gekommen waren.

Ich hatte wie unter einer Eingebung gehandelt und bereute es nicht. Der Busenfreund trollte lange Zeit still hinter mir her, bis es ihn doch endlich trieb, das Schweigen zu unterbrechen:

„Du, Sappho, diese alte Mühle und diese Sterbestunde werde ich in meinem ganzen Leben nicht vergessen. Wie viel hast du der Frau gegeben?"

„Alles."

„Deine zwanzig Spartaler und unsere zehn Gulden? Mensch, du bist ein großartiger Kerl! Aber ich nicht minder! Ich hätte es ihr auch geschenkt, gerade so wie du. Und was hat die alte Frau bekommen?"

„Mein Reisegeld."

„Wie viel hattest du noch?"
„Ich weiß es nicht."
„Er weiß es nicht! Prachtvoll! Er gibt seinen letzten Pfennig und Kreuzer weg. Was aber machen wir nun und wovon leben wir?"
„Wie viel Geld hast du noch?"
„Ich weiß es nicht genau."
„Ist auch nicht nötig. Zum Übernachten in Bleistadt reicht es auf jeden Fall für uns beide aus."
„Ja, aber dann?"
„Dann gehen wir wieder nach Falkenau."
„Etwa zum Franzl?"
„Ja."
„Potztausend! Der wird den Quarkkuchen nicht so schnell vergessen haben. Können wir das nicht vermeiden?"
Da blieb ich stehen, nahm ihn beim Arm und fragte in meinem feierlichsten Ton:
„Carpio, habe ich schon jemals einen Menschen angepumpt?"
„Nein – keinen einzigen!"
„So höre, was ich dir sage! Mit unserer Reise ist es aus, denn unser Geld ist alle. Betteln können wir nicht, ich borge also beim Franzl; der muss uns so viel geben, wie wir brauchen, um heimzukommen. Bist du einverstanden?"
„Sage erst, wer es ihm zurückerstatten soll! Du allein oder wir beide."
„Ich allein."
„So erteile ich dir meine volle Genehmigung. Aber du musst ihn selber anpumpen, ich brächte kein Wort über meine Lippen, schon des übergangenen Heißhungers wegen."
„Natürlich tu ich es selber. Jetzt komm!"
„Ich komme schon, ich bin mit allem einverstanden. Aber wenn der Franzl wegen des Pumps wild wird und uns zum Fenster hinauswirft, lasse ich mich niemals wieder hier in Österreich blicken, sondern suche drüben mein El Dorado auf, wo ich so viel Geld bekomme, wie ich nur haben will." –

5. Der Prayer-man

Eine Reihe von Jahren war nach dem bisher Erzählten vergangen, das Leben hatte mich in seine strenge Schule genommen und aus dem unerfahrenen Knaben einen Mann gemacht. Aber die Härte, mit der es mich behandelte, war nur eine scheinbare, denn ich hatte mir meinen Weg selber vorgezeichnet und neben all den Anstrengungen und Entbehrungen, die mich trafen, auch Freuden und Genugtuungen gefunden, die mir bei einem anderen, ruhigeren Lebensgang versagt geblieben wären. Hatte ich doch – und das war eine der reichsten Gaben, die mir geworden sind – meinen herrlichen, unvergleichlichen Winnetou kennen gelernt und mit ihm eine Freundschaft geschlossen, die ich fast als einzig dastehend bezeichnen möchte. Diese Freundschaft allein wäre schon eine vollkommene Entschädigung für alle erlittenen Mühsale und Entsagungen gewesen, aber an dem rauen Pfad, den ich wanderte, standen auch noch andere schöne Blüten und Früchte, die ich mir pflücken durfte. Hierzu gehörte vor allen Dingen die Liebe, die mir von allen meinen braven Bekannten entgegengebracht wurde, während die Leute, die kein reines Gewissen hatten, nichts so fürchteten wie die Namen Winnetou und Old Shatterhand.

Meinen letzten Ritt habe ich mit diesem edelsten der Indianer vom Rio Pecos aus durch Texas und das Indianer-Territorium zum Missouri gemacht, von wo aus er nach den Bergen ritt, um Nuggets zu holen, während ich zurückblieb. Da ich von vielen meiner Leser über die zwischen Winnetou und mir herrschenden Geldverhältnisse gefragt worden bin, benutze ich hier die Gelegenheit, eine Andeutung darüber zu geben.

Man sprach und spricht noch heute sehr oft davon, dass die Indianer große Goldlager kennen, die sie weder selbst ausbeuten noch den Weißen verraten. Auch der qualvollste Tod könne sie nicht bewegen, jemand ihr Geheimnis mitzuteilen. Aber das sind nicht gewöhnliche Männer, sondern sie gehören alten, hervorragenden Familien an, in denen sich derartige Überlieferungen vom Vater auf den Sohn vererbten und niemals einem anderen Familien- oder Stammesmitglied, am allerwenigsten aber einem Weißen mitgeteilt wurden. Man muss nämlich wissen, dass der Sinn für Familienzugehörigkeit, also der Stolz auf eine ungewöhnliche Abkunft, den Indianern nichts Unbekanntes ist. Dieser Sinn wird ihnen allerdings sehr häufig abgesprochen; aber wer das tut, verrät dadurch nur seine Unkenntnis und plappert gedankenlos Behauptungen nach, die von den Unterdrückern der roten Rasse vorgebracht worden sind, um das eigene grausame Vorgehen in einem weniger verwerflichen Licht erscheinen zu lassen. Es gibt unter den roten Stämmen berühmte Familien, denen anzugehören eine große Ehre ist. Es ist damit bei ihnen genauso wie bei gewissen Völkern des Altertums und des heutigen Orients, die auch keine Familiennamen kannten oder kennen und doch Familien aufzuweisen haben, die weltgeschichtlich berühmt geworden sind.

Winnetou konnte eine lange Reihe berühmter Vorfahren aufzählen, die alle Häuptlinge gewesen waren. Er kannte ihre Wirksamkeit und jede einzelne ihrer Taten und hatte von ihnen die Kunde von Goldlagern übernommen, über die ihn selbst die ausgesuchtesten Martern nicht hätten zum Reden bringen können. Ich war der Einzige, dem er eine leise Andeutung darüber machte. Dazu kam, dass sein unvergleichlich scharfes Auge einen ungewöhnlichen Blick für Fundorte edlen Metalls besaß. Ich wusste, dass er auf seinen vielen Wanderungen von einem Stamm zum anderen selber Stellen entdeckt hatte, wo Gold oder Silber zu finden war. Er hatte dann oft Wochen damit verbracht, diese Orte unzugänglich zu machen oder wenigstens so zu verbergen, dass ein anderer sich lange Zeit in unmittelbarer Nähe befinden konnte, ohne zu ahnen, dass er an einer Quelle großen Reichtums saß.

Solche Stellen waren es, die er aufsuchte, wenn er einmal in die Lage kam, Geld zu brauchen. Im Wilden Westen war das nie der Fall, denn da schoss er sich unterwegs das Fleisch, dessen er zur Nahrung bedurfte, und konnte darauf rechnen, in jedem befreundeten Lager oder Zelt als Gast aufgenommen zu werden. Aber wenn er ein Fort oder eine sonstige Niederlassung betreten musste, um Muniton zu kaufen, oder wenn er eine weitere Reise nach den ‚zivilisierten' Gegenden unternahm, dann brauchte er Geld und da versorgte er sich vorher stets mit einem Vorrat von Nuggets, die er gegen geprägte Münzen oder ‚mit Zahlen versehenes Papier' umtauschte.

Dass dann seine Kasse, wenn ich bei ihm war, auch für mich offen stand, brauche ich eigentlich nicht erst zu sagen; aber das kam nicht sehr häufig vor, denn ich gehöre nicht zu der Art von Menschen, die Freundschaft nur schließen, um Nutzen davon zu haben. In der Not würde ich mich um Geld nur an Fremde, nie aber an einen Freund wenden, denn ich weiß aus Erfahrung, die ich an sonst ganz guten Menschen machte, dass das Borgen ein wahrer Freundschaftsmörder ist. Man sage mir dagegen, was man will, ich behaupte doch: Es sei mir jemand noch so wohlgesinnt, er fühle eine noch so große Hochachtung für mich und er sei von meiner Zahlungsfähigkeit auch noch so felsenfest überzeugt, sobald ich mir hundert oder fünfzig oder auch nur zwanzig Mark von ihm borge, fällt ein kleiner Tropfen auf die schönen Schwingen unserer Freundschaft und nimmt, wenn auch nur einige der glänzenden Schuppen weg – der Schmetterling ist von jetzt an beschädigt. Die wahre Freundschaft ist zum größten Opfer bereit, die zwischen Winnetou und mir war es sogar zum Opfer des Lebens. Diese Opferbereitschaft ist etwas Hohes, Heiliges, das Borgen aber etwas so Alltägliches, Niedriges, dass es zwischen Freunden vermieden werden soll und nur – zwischen zwei blutarmen Schülern und dem lieben Franzl in Falkenau vorkommen sollte.

Zwar, wenn Winnetou für mich bezahlte, war das kein Borgen zu nennen und er hatte die Nuggets umsonst; aber auch dieses Wort ‚bezahlen' hat, wenn es für einen anderen, und sei er der beste Freund, geschieht, einen anderen Klang, als wenn man für sich selber bezahlt. Hätte er mich mit an das Placer genommen und mir erlaubt, so viele Nuggets, wie ich brauchte, einzustecken, dann gut. Aber was er in seiner Tasche hatte, das waren für mich nicht mehr herrenlose Nuggets, sondern das war sein Gold, sein Geld; und wenn er das für mich ausgab, so hatte ich immer das Gefühl, als dürfte ich nicht mit dabei sein, als müsste ich hinausgehen, um es nicht zu sehen. Und dieses Gefühl ließ mich dafür sorgen, von seinen Nuggets möglichst unabhängig zu sein.

Sobald wir nämlich in eine bewohnte Gegend kamen, die Postverbindung hatte, verwandelte ich mich aus dem Westmann in den Schriftsteller. Meine Arbeiten wurden von den Zeitungen gern aufgenommen und sofort gut bezahlt. Diese Vergütungen waren es, die mir meine Unabhängigkeit ermöglichten, und diese Zeitungsbeiträge sind es, die den Reiseerzählungen zu Grunde liegen. Winnetou fühlte genau wie ich. Es ist ihm nie eingefallen, mir auch nur die geringste Andeutung darüber zu machen, dass dieses Schreiben für Geld doch ganz überflüssig sei. Er hat sogar oft, wenn die Bezahlung nicht gleich eintreffen wollte, obgleich wir eigentlich keine Zeit dazu hatten, geduldig mit mir gewartet, bis sie kam, und sich dann ebenso darüber gefreut, als wäre er selber der Verfasser, und zwar ein mittelloser Verfasser. Ich erinnere mich noch heute mit Vergnügen einer Zurechtweisung, die ein reicher Pflanzer, dessen Knaben ich aus dem Mississippi gezogen hatte, von ihm erfuhr. Dieser Mann wollte mich, weil er mich wegen meines abgetragenen Prärieanzugs für einen armen Teufel hielt, mit einer Geldsumme belohnen. Winnetou trat aber dazwischen und blitzte ihn mit seinen Augen zornig an.

„Kann man das Leben eines Menschen mit Geld belohnen? Ich bin Winnetou, der Häuptling der Apatschen, und dieser Gentleman ist Old Shatterhand, mein Freund. Er könnte Millionen besitzen, wenn er sie von mir annähme, er mag sie aber nicht. Und du willst ihm diese armseligen Dollars schenken? Steck sie ein, du brauchst sie selber." –

Also, ich war mit Winnetou an den Missouri gekommen, und zwar nach St. Joseph, wo es damals fünf Zeitungen, darunter eine deutsche, gab, und die Verbindungen mit St. Louis, beziehungsweise den Schriftleitern der dortigen Blätter, war so gut, dass ich auf Erfüllung meiner schriftstellerischen Wünsche nicht lange zu warten brauchte. Winnetou hatte sich da von mir getrennt, um, wie bereits gesagt, Nuggets zu holen, denn wir hatten die Absicht, über den Mississippi nach dem Osten zu gehen, wozu wir natürlich Geld brauchten. Das Ziel des Häuptlings kannte ich nicht; er hatte nur gesagt, dass er sich nach Verlauf von zwei Wochen wieder bei mir einstellen werde.

St. Joseph war damals der westliche Endpunkt der Hannibal-St.-Joseph-Eisenbahn und hatte unter seinen 7.000 Einwohnern ungefähr 2.000 Deutsche. Es bedurfte nur der kurzen Benachrichtigung, dass Old Shatterhand da sei, so kamen die Besitzer der Newspapers, um Beiträge von mir zu verlangen. Ich befriedigte sie alle binnen drei Tagen und konnte mir von dem Erlös einen feinen Anzug und Wäsche für unsere Reise nach dem Osten kaufen. Dieses Gewand nahm ich sogleich in Gebrauch, denn mein Anzug aus Elkleder war mir während des Schreibens zu schwer und unbequem. Dann arbeitete ich für St. Louis und erbat mir die Vergütung nach Weston, wohin ich fahren wollte, um mir dort bis zu Winnetous Rückkehr auch etwas zu verdienen.

Diese Stadt, deren Einwohner zum dritten Teil Deutsche waren, liegt in einer wirtschaftlich sehr reichen Gegend und hatte sich durch die Auswandererzüge sehr gehoben. Sie besaß damals fünf Kirchen, darunter zwei deutsche. Die

Deutschen befanden sich in den besten Verhältnissen und hatten mehrere Vereine, sogar eine Jägerkompanie gegründet.

In St. Joseph war ich keine Viertelstunde lang mein eigener Herr. Es regnete Einladungen, und da ich ihnen, um zu arbeiten, nicht folgte, so kamen die Leute zu mir, um mich zur Schilderung unseres Lebens in Wildwest aufzufordern. Das passte mir nicht, und damit es mir in Weston nicht ebenso ergehen möchte, nahm ich mir vor, dort meinen Namen zu verschweigen. Weil mein Pferd, dessen Aussehen überall bekannt war, mich hätte verraten können, gab ich es einem Farmer in Pflege und fuhr mit einem Missouriboot von St. Joseph ab, nachdem ich nur meinen Wirt ins Vertrauen gezogen und ihm gesagt hatte, wo ich vorkommendenfalls zu finden sei.

Ich muss sagen, dass ich seit langer Zeit nicht so anständig ausgesehen hatte wie jetzt in meinem neuen Anzug.

Die Waffen, den Patronengürtel und alle anderen Ausrüstungsgegenstände hatte ich gut verpackt und so konnte man mich eher für alles andere halten als für einen Westmann, der sich soeben erst mit Lebensgefahr durch das Gebiet der feindlichen Komantschen und Kiowas geschlichen hatte.

Als ich mich in Weston nach einer guten Wohngelegenheit erkundigte, wurde ich in ein Hotel gewiesen, das zwar nur nach westlichen Anschauungen diese Bezeichnung verdiente, aber für mich anspruchslosen Mann genügte. Ich verlangte vor allen Dingen Sauberkeit und die fand ich hier, sodass ich beschloss, so lange da zu wohnen, wie ich überhaupt in Weston blieb.

Der Wirt war ein Deutscher, die Wirtin eine freundliche, vor Reinlichkeit glänzende Frau und auch der Kellner redete mich, als ich ins Gastzimmer trat, in deutscher Sprache an; er wurde Oberkellner genannt, obgleich er der einzige war.

Dieser junge, vielleicht achtundzwanzigjährige Mann

war ein überaus schmächtiger Mensch; er reichte mir nur bis an die Schulter, befand sich aber im Besitz eines desto stattlicheren Schnurrbarts, auf den er große Stücke zu halten schien, weil er ihn, wenn er nichts anderes zu tun hatte, keinen Augenblick aus den Händen ließ. Nachdem ich von ihm bedient worden war, kehrte er zu der Zeitung zurück, bei der er vorher gesessen hatte, und während er las, hörte er nicht auf, den Bart nach rechts und nach links zu streichen. Plötzlich stieß er einen lauten Ruf der Überraschung aus, sprang auf und sagte zu dem Wirt, der rauchend und mich still beobachtend in meiner Nähe saß:

„Mylord, ich muss Sie für heute und morgen um Urlaub bitten."

Dass ein Kellner seinen Arbeitgeber mit Mylord anredet, hatte ich noch nicht gehört. War das hier im Haus so gebräuchlich oder geschah es von dem kleinen Mann aus übertriebener Höflichkeit?

„Urlaub, heute?", fragte der Wirt. „Sind Sie des Teufels? Urlaub, wo die Jäger ihr Stiftungsfest feiern und bei uns große Festtafel mit Ball ist!"

„Tut mir leid, Mylord", äußerte sich der Kleine mit einer bedauernden Verbeugung. „Ich bin bereit, Ihnen jedes Opfer zu bringen, nur dieses nicht. Ich muss nämlich mit ihm sprechen!"

„Mit wem?"

„Mit Old Shatterhand."

„Was? Wie?", rief der Wirt. „Old Shatterhand? Ist er etwa hier in Weston?"

„Nein, aber in St. Joseph oben."

„Woher wissen Sie das?"

„Hier steht es in der Zeitung. Er ist vor einigen Tagen dort angekommen und hat sogleich einen Beitrag geliefert, der morgen erscheinen wird."

Ah, der pfiffige Herausgeber des Blattes machte die Leserwelt auf meinen Aufsatz aufmerksam, um möglichst viele Nummern zu verkaufen! Die amerikanischen Zeitungen sind bekanntlich weniger auf die regelmäßigen Abnehmer als vielmehr auf den Straßenverkauf angewiesen.

„Und da wollen Sie nach St. Joseph fahren?", fragte der Wirt.

„Ja."

„Wissen Sie denn, wo er wohnt?"

„Nein, aber ich werde es leicht erfahren."

„Sie werden es nicht erfahren."

„Warum?"

„Weil Sie sich gar nicht danach erkundigen werden, denn ich kann Ihnen die Erlaubnis zu der Reise nach St. Joseph nicht geben."

Da machte der Kellner dieselbe tiefe Verbeugung zum zweiten Mal.

„Ich kenne nicht nur meine Pflicht, Mylord, sondern ich widme Ihnen auch die größte Hochachtung, deren mein Herz fähig ist, aber dennoch muss ich Ihnen durch die Mitteilung wehtun, dass ich diese Reise unbedingt machen werde."

„Aber doch nicht gleich heute?"

„Allerdings gleich heute, denn morgen könnte Old Shatterhand nicht mehr zu haben sein."

„Aber Sie müssen doch einsehen, dass Sie mich in die größte Verlegenheit bringen, wenn Sie gerade jetzt fortgehen."

„Das weiß ich freilich, kann es aber beim besten Willen nicht ändern. Ich habe Ihnen doch gesagt, dass ich nach dem Westen muss, und Sie darauf vorbereitet, dass mir jede Gelegenheit, diesen Vorsatz auszuführen, höher steht als der Dienst in Ihrem Hotel."

„Aber was hat das mit Old Shatterhand zu tun?"

„Bitte gehorsamst, diese Frage doch lieber nicht zu tun, weil sie sich ganz von selber beantwortet. Ich werde Old Shatterhand bitten, mich mit nach dem Westen zu nehmen."

„Wissen Sie denn, dass er dorthin will?"

„Ja. Wohin sollte er sonst wollen? Ein Westmann wie er gehört doch in den Westen."

„Er kann auch von dort kommen."

„Nein. Gestatten Sie, dass eine innere Stimme mir sagt, dass er nicht aus dem Westen kommt, sondern im Begriff steht, dorthin zu gehen. Eine vortrefflichere Gelegenheit, meinen Vorsatz auszuführen, kann ich niemals finden."

„Aber eine bessere Gelegenheit, hier bei mir Geld zu verdienen, haben Sie auch noch nicht gehabt."

„Meine Absicht steht mir höher als alles Geld."

„Und Sie denken, dass Old Shatterhand Sie mitnehmen wird?"

„Ich bin überzeugt davon."

„Mann! Bilden Sie sich das nicht ein!"

„Warum?"

„Old Shatterhand wird sich hüten, sich mit Ihnen abzugeben. Man weiß, dass er am liebsten mit Winnetou allein ist und so viel wie möglich vermeidet, dass sich andere an ihn hängen. Er pflegt da nur mit Leuten von Ruf eine Ausnahme zu machen."

„Er wird sie auch mit mir machen."

„Mit Ihnen, der Sie gar kein Westmann sind?"

„Ja!"

„Das bezweifle ich."

„Gestatten Sie, dass mir meine innere Stimme sagt, dass er diese Ausnahme mit mir machen wird."

„Wird sich hüten! Ich sage Ihnen im Voraus, dass Ihre Reise nach St. Joseph umsonst wäre. Ich begreife überhaupt nicht, dass Sie auf den Westen so versessen sind. Sie haben es doch bei mir so gut, wie Sie es sich nur wünschen können, und verdienen genug, um sich in absehbarer Zeit selbständig zu machen."

Der Kellner verbeugte sich jetzt zweimal anstatt einmal und entgegnete:

„Ich halte allerdings meinen Platz für so vorzüglich, dass ich ihn nicht aufgeben würde, wenn mich mein Beruf nicht geradezu zwänge, den Westen aufzusuchen."

„Ach was, Beruf!", sagte der Wirt jetzt unwillig. „Der Teufel hat den Beruf, nach den ‚finsteren und blutigen

Gründen' zu gehen und sich dort langsam abmurksen zu lassen, aber nicht Sie."

„Ich bitte inständigst, Mylord, haben Sie doch die Gewogenheit, diese Ansicht nicht festzuhalten. Wenn ein Mensch den Drang in sich fühlt, diese Richtung einzuschlagen, so bin ich es. Das habe ich die Ehre gehabt, Ihnen schon des Öfteren auseinander zu setzen, leider aber immer ohne den gewünschten Erfolg."

„Sie werden diesen Erfolg auch niemals bei mir haben. Wie oft sagte ich Ihnen schon, dass Ihnen hier in Weston eine Zukunft offen steht. Sie sind ein belesener, gewandter und sparsamer junger Mann und unsere Stadt blüht einer Zukunft entgegen. Wie lange wird es dauern, so können Sie sich hier selbständig machen!"

„Dazu gehört mehr Geld, als ich habe."

„Nein, denn Sie besitzen Vertrauenswürdigkeit und auch ich werde Ihnen gern behilflich sein, hier ein Hotel, einen ‚Saloon' oder etwas Derartiges zu eröffnen; denn es ist mir lieber, Sie zum Wettbewerber zu haben als einen anderen, der fremd herkommt und keine Rücksicht gegen mich zu nehmen braucht."

„Ihre Güte, Mylord, kann keinen Erfolg haben, weil mein Beruf ein anderer als der eines Wirtes ist."

„Sprechen Sie doch nicht von Beruf! Was Geld einbringt, das ist Beruf."

„Ich werde, wenn ich einst mit erweiterten Kenntnissen und Erfahrungen aus dem Westen zurückkehre, mehr Geld verdienen, als ich in Ihrem Fach jemals erwerben würde; das weiß ich genau. Ein Mann, der den großen, vorderen, gekerbten Muskel so gut vom Kapuzenmuskel zu unterscheiden versteht, wie ich das gelernt habe, der hat andere Ziele vor Augen als durch den Verkauf von geistigen Getränken ein reicher Mann zu werden."

„Von Ihrer Muskelei verstehe ich nichts, ich weiß nur, dass ich Sie heute unmöglich entbehren kann. Fahren Sie doch morgen, wenn der Ball vorüber ist!"

„Das geht nicht, denn da könnte, wie gesagt, Old Shatterhand schon nicht mehr in St. Joseph sein."
„Fragen Sie doch telegrafisch bei ihm an!"
„Ich weiß nicht, wo er wohnt."
„Man wird ihn finden."
„Davon bin ich überzeugt, aber selbst ist der Mann! Er könnte leicht auf den Gedanken kommen, mich durch eine abweisende Antwort von sich abzuschütteln. Ich muss unbedingt selber hin."
Da bat auch die Wirtin den Kellner, doch noch bis morgen zu warten. Sie stellte ihm vor, dass man ihn heute unmöglich missen könnte, doch waren auch ihre Bemühungen umsonst; er antwortete in der höflichsten Weise, nannte sie Mylady und machte eine Verbeugung nach der anderen, ließ sich aber von seinem Vorsatz, die Fahrt nach St. Joseph heute zu unternehmen, nicht abbringen. Dieser junge, entschlossene Mann berührte mich trotz des drolligen Anflugs, den er hatte, angenehm. Was er eigentlich war und was er im Wilden Westen suchte, das wusste ich nicht. Die Erwähnung der beiden Muskeln ließ vermuten, dass er ein Beflissener der löblichen Arztkunst war. In Amerika kann auch ein Mediziner leicht dazu kommen, vorübergehend die Rolle eines Kellners zu übernehmen. Um der Verlegenheit des Wirts zu Hilfe zu kommen, mischte ich mich ins Gespräch:
„Erlauben die Herren eine Bemerkung! Die Reise nach St. Joseph würde erfolglos sein, denn Old Shatterhand ist nicht mehr dort."
„Nicht? Wissen Sie das genau? Wer hat es Ihnen gesagt?", fragten die beiden durcheinander.
„Ich weiß es genau, denn ich habe es von ihm selbst erfahren", antwortete ich.
Im Nu saßen sie rechts und links zu meinen beiden Seiten und der Wirt erkundigte sich:
„Sie haben also mit ihm gesprochen?"
„Ja. Ich komme aus St. Joseph."

„Das ist im höchsten Grade überraschend! Man sagt, dass er ein Deutscher sei. Wissen Sie, ob das wahr ist?"

„Es ist wahr."

„Das freut mich ungemein! Ich bin nämlich ein so guter Deutscher, wie es drüben im alten Land nur irgendeinen geben kann. Wissen Sie, woher er stammt?"

„Ich habe ihn nicht danach gefragt."

„Freilich! Solchen Mann darf man nicht aushorchen wie andere Leute. Also er ist nicht mehr in St. Joseph? Wohin ist er denn?"

„Das weiß wahrscheinlich niemand außer ihm."

„Das ist höchst unangenehm!", rief der Kellner. „Ich hätte viel darum gegeben, wenn ich hätte mit ihm sprechen können."

„Was das betrifft, so kann ich Sie beruhigen. Er hat nämlich nur einen Ausflug vor und will wiederkommen."

„Wirklich? Wann denn, wann?"

„Das ist noch unbestimmt. Er scheint Winnetou in St. Joseph erwarten zu müssen."

„Winnetou? Der kommt auch? Das ist ja alles, was ich mir nur wünschen kann! Ich werde beide sehen, Old Shatterhand und Winnetou! Bitte, haben Sie die freundliche Gewogenheit, uns zu sagen, was für ein Mann er ist, wie lang, wie breit, was für Augen, welche Stimme und..."

„Halten Sie ein, halten Sie ein!", fiel ich ihm lachend in die Rede. „Wer kann sich denn alle diese Fragen merken?"

„Richtig! Ich bin zu hastig gewesen."

Er erhob sich, machte mir eine tiefe Verbeugung und fuhr fort:

„Gestatten Sie, Mylord, dass ich meine Fragen einzeln vorlege. Wie hoch ist er?"

„So hoch wie ich."

„Wie breit?"

„Auch wie ich."

„Hm! Gestatten Sie, dass eine innere Stimme mir immer gesagt hat, dass er viel höher und viel breiter sein muss! Wie ist seine Haltung?"

„Aufrecht."
„Sein Gang?"
„Wenn er läuft, geht er mit zwei, wenn er aber reitet, mit vier Beinen."
„Oh, bitte, nicht solche Scherze. Ich zolle diesem Mann Gefühle, die jeden Witz ausschließen. Was hat er für einen Bart?"
„Schnurrbart und Fliege."
„Also auch wie Sie. Kleidung?"
„Trapperanzug aus Elkleder."
„Mit Menschenhaar?"
„Nein, sondern mit roten Lederfransen."
„Ja. Man weiß, dass er es nicht liebt, sich wie eine Rothaut mit barbarischen Siegeszeichen zu schmücken. Sie haben mit ihm gesprochen?"
„Ja."
„Worüber?"
„Über Verschiedenes."
„Hat er Ihnen von seinen Erlebnissen erzählt?"
„Nein. Aber ich habe mit ihm gegessen und getrunken, mich mit ihm rasieren lassen, in seiner Stube mit ihm geschrieben, bin mit ihm ausgegangen und habe sogar sein Waschbecken, seine Seife und sein Handtuch benutzt."
„Was Sie sagen, Mylord! Das ist ja ein höchst vertrauter Verkehr gewesen, um den ich Sie beneide. Hoffentlich haben Sie die Güte, mir noch mehr über ihn zu erzählen. Kommen Sie vielleicht wieder mit ihm zusammen?"
„Ja."
„Bitte, wann?"
„Ich werde der Erste sein, der seine Rückkehr nach St. Joseph erfährt."
„Und so lange bleiben Sie hier?"
„Ja."
„Dann ersuche ich Sie inständigst, mich mitzunehmen und ihm vorzustellen. Wollen Sie das tun, Mylord?"
„Hm! Er ist kein Freund von neuen Bekanntschaften

und ich weiß, dass er gerade jetzt mit Winnetou allein reisen will."

„Vielleicht überlegt er sich das doch noch anders, wenn er mir Gehör geschenkt hat. Stellen Sie mich ihm nur vor, damit ich mit ihm sprechen kann!"

„Ich habe vorhin gehört, dass Sie den Wunsch haben, sich ihm anzuschließen, gebe Ihnen aber zu bedenken, dass er kein Fremdenführer ist."

„Was denken Sie, Mylord! Ich weiß genau, dass hundert verdiente Westmänner es für die größte Ehre halten würden, ihn und Winnetou begleiten zu dürfen, und ich bin nichts weniger als ein Westmann; aber wenn er hört, was ich will, so wird er mich nicht von sich weisen."

„Nun, was wollen Sie denn von ihm?"

Da stand er auf, verbeugte sich wieder und meinte:

„Gestatten Sie, Mylord, dass ich Sie über meine Person unterrichte. Ich heiße Hermann Rost, bin ein Deutscher und meines Zeichens Barbier. Mein Herzenswunsch war, Medizin zu studieren, aber meine Eltern waren zu arm dazu; darum wählte ich den erwähnten Beruf, den man eine Vorstufe zu dem erstrebten Ziel nennen kann. Ich habe dieses Ziel während meiner Lehrlings- und Gehilfenzeit stets vor Augen gehabt und stets fleißig gearbeitet. Zwei Gymnasiasten, die bei meinem Prinzipal wohnten, unterstützten mich im Latein, das ich jetzt wenigstens soweit kenne, wie ein Arzt es beherrschen muss. Ich verwendete meine geringen Ersparnisse dazu, mir die einschlägigen Werke zu kaufen, und habe alle meine freie Zeit damit zugebracht, mir ihren Inhalt zu eigen zu machen. An den Besuch einer Universität konnte ich freilich nicht denken; dazu fehlten mir die Mittel. Wenn ich eine Hochschule besuchen wollte, so konnte das nur in Amerika sein. Ich ging also nach Hamburg und nahm, um nicht zahlen zu brauchen, Arbeit auf einem nach New York bestimmten Segelschiff. Hier in den Staaten wurde ich wieder Barbier, doch mit dem Unterschied, dass es mir gelang, nebenbei das

Columbia-College zu besuchen. Ich will Sie, Mylord, nicht mit einer langen Erzählung belästigen; es genügt, zu sagen, dass ich vor einem halben Jahr die St.-Louis-Universität mit guten Zeugnissen verlassen habe."

Als er jetzt eine Pause machte, reichte ich ihm die Hand.

„Das ist aller Ehren wert, Herr Rost. Ich gestehe Ihnen, dass ich Ihnen meine Anerkennung zolle. Aber wie sind Sie auf den Gedanken gekommen, hier Kellner zu werden?"

„Sie finden das sonderbar, aber für Amerika ist das nichts Außergewöhnliches. Ich bin Mediziner, mag aber von Medizin, wie sie von unseren Ärzten verordnet wird, nichts wissen. Ich bin vielmehr der Ansicht, dass der kranke Körper, wenn er überhaupt noch Lebensfähigkeit besitzt, keine fremden, wohl gar giftigen Stoffe in sich aufzunehmen braucht, um wieder gesund zu werden. Die durch die Krankheiten verursachten Störungen im menschlichen Körper müssen durch die Natur selbst wieder ausgeglichen werden, wobei ich aber keineswegs behaupte, dass diese Ansicht auf alle Krankheiten und auf alle Arzneimittel anzuwenden wäre. Ich habe mir vorgenommen, auf diesem Weg weiterzugehen, und bin der Meinung, dass die so genannten wilden Völker, weil sie auf die Natur angewiesen sind, meiner Überzeugung anhängen. Darum entstand in mir der Gedanke, nach dem Westen zu gehen, um bei irgendeinem Indianerstamm meine Studien zu treiben. Die Mittel zur Ausrüstung besaß ich zwar nicht, aber ich machte mich doch auf den Weg und kam bis hierher, wo ich diese Stelle annahm, um eine passende Gelegenheit nach dem Westen abzuwarten. Heute las ich, dass Old Shatterhand in St. Joseph wäre, und fasste sofort den Entschluss, mich an ihn zu wenden. Vielleicht nimmt er mich mit, und wenn nicht, so bedarf es nur einer Empfehlung von ihm oder Winnetou an einen befreundeten Stamm, um mir dort eine gute Aufnahme zu sichern. Was sagen Sie dazu, Mylord?"

„Ich betrachte Sie jetzt allerdings mit anderen Augen als vorhin, wo ich Sie sagen hörte, dass Sie Old Shatterhand bitten wollten, Sie mitzunehmen. Ich war überzeugt, dass Ihnen dieser Wunsch nicht in Erfüllung gehen würde, zumal ich weiß, dass er mit Winnetou jetzt nicht nach dem Westen, sondern nach dem Osten will."

„Nach dem Osten? Wie bedaure ich das!"

„Suchen Sie ihn trotzdem auf! Er wird Ihnen wenigstens einen Rat nicht vorenthalten, und wenn Winnetou damit einverstanden ist, halte ich es nicht für unmöglich, dass Sie von ihnen eine Empfehlung in Gestalt eines Totems für einen befreundeten Häuptling bekommen. Am besten wäre es, Sie erbäten sich ein Totem für einen der Winnetou unterstehenden Apatschenstämme. Da könnten Sie nicht nur einer guten Aufnahme, sondern auch aller möglichen Unterstützungen und Auskünfte sicher sein. Das ist so meine Ansicht; was Old Shatterhand dazu sagen wird, ist freilich eine andere Sache."

„Aber Sie kennen ihn. Würden Sie, Mylord, die große Güte haben, mir ein Empfehlungsschreiben an ihn mit nach St. Joseph zu geben?"

„Warum nicht? Ich bin gern bereit, Ihnen diesen Wunsch zu erfüllen, kann Ihnen aber nicht versprechen, dass dieses Schreiben auch wirklich den beabsichtigten Erfolg haben wird."

Da stand er auf, verbeugte sich dreimal und erklärte:

„Ergebensten Dank, Mylord! Der Erfolg wird nicht auf sich warten lassen. Gestatten Sie, dass mir eine innere Stimme sagt, dass ich auf jeden Fall ein Totem bekommen werde. Sie meinen also, ein solches für einen Apatschenstamm würde für mich am vorteilhaftesten sein?"

„Ja. Freilich hätten Sie dann von hier aus eine größere Reise, als wenn Sie sich nördlicher wohnenden Indianern anschließen wollten. Doch das bringt mich auf die Frage, wie es mit Ihren Fähigkeiten für eine solche Reise und einen Aufenthalt in der Wildnis steht."

„Oh, was das betrifft, so bin ich gesund, ausdauernd und habe gelernt, ein Pferd zu meistern. Da ich meinen Zweck bei allem, was ich tat, im Auge behielt, habe ich mich in St. Louis fleißig im Gebrauch der Waffen geübt. Ich bin kein Präriemann, darf aber sagen, dass ich unter zehn Schüssen sechs- oder siebenmal das Schwarze treffe."

„Das ist allerdings hübsch, aber wenn man einen guten Westmann erzählen hört, erfährt man, dass Scheibenschüsse einen richtigen Savannenläufer kalt lassen."

Wir wurden gestört, denn der Kellner hatte einen eben eingetretenen neuen Gast zu bedienen. Der Mann war schwarz gekleidet und glatt rasiert, ähnlich einem Geistlichen, und hatte einen kleinen Handkoffer bei sich. Er gab sich ein frommes, würdevolles Aussehen, zu dem aber, wie ich später bemerkte, sein unsteter Blick nicht recht passen wollte.

„Ah, der Prayer-man[1]", sagte der Wirt, indem er auf ihn zuging, um ihn mit der Hand zu begrüßen.

„Ja, der Prayer-man", näselte der Fremde salbungsvoll. „In dieser sündhaften Welt ist der Prayer-man notwendiger als jeder andere. Die Menschen wollen sich nicht mehr von Gott strafen lassen; sie wandeln die Wege des Verderbens, und wenn nicht eine zweite Sintflut kommen und alles Lebende vernichten soll, müssen die Gott treu Gebliebenen versuchen, die Irrenden auf den Pfad des Glaubens zurückzuführen. Gerade hier an der Grenze zwischen der Gesittung und dem Wilden Westen treffen die Kinder dieser Welt zusammen und verderben durch ihr Beispiel die wankenden Seelen, die vielleicht noch zu retten wären."

„Leider ist das so!", stimmte der Wirt bei. „Können Sie sich besinnen, dass wir bei Ihrer letzten Anwesenheit davon sprachen, dass der Händler, der da gegenüber wohnte, sein Haus und Geschäft verkauft hatte und nach Memphis ziehen wollte?"

[1] Gebetsmann

„Ich kann mich nicht mehr darauf besinnen.“

„Er hatte den Kaufpreis ausgezahlt bekommen; es wurde aber, ich glaube zwei Tage nach Ihrer Abreise, bei ihm eingebrochen, das Geld war fort.“

Da schlug der Prayer-man entsetzt die Hände zusammen, hob die Augen fromm empor und rief:

„Welch eine Sündhaftigkeit!“

„Und drüben in Plattsburg geschah ein ähnlicher Fall, einen oder zwei Tag vorher, wenn ich mich nicht irre. Pretter, der Anwalt, hatte einem Kunden zweitausend Dollar auszuzahlen, konnte das Geld aber nicht gleich an den Mann bringen, weil dieser verreist war; da kamen die Einbrecher und holten es. Sie kennen doch den Anwalt?“

„Nein, denn die Kinder der Seligkeit vermeiden allen Zank und Streit.“

„Ich dachte, Sie wären damals von Plattsburg unmittelbar nach Weston herübergekommen?“

„Ich wandle die Pfade meines himmlischen Berufs und merke mir die irdischen Wege nicht. Kann ich die bescheidene Stube wiederbekommen, die ich damals bewohnte?“

„Ja, sie steht Ihnen zur Verfügung.“

„So will ich gleich einmal versuchen, ob mein heutiger Eintritt in Ihr Haus vom Herrn gesegnet ist.“

Er öffnete seinen Koffer, suchte eine Hand voll Schriften zusammen, kam zu mir, legte sie vor mich hin und fragte:

„Verstehen Sie Deutsch, mein werter Herr?“

Ich nickte.

„So habe ich wahrscheinlich die Freude, in Ihnen einen Landsmann zu begrüßen, der das Bibelwort kennt: Der Teufel geht wie ein brüllender Löwe umher, um zu suchen, wen er verschlinge. Noch ist es Zeit, ihm auszuweichen. Erfassen Sie die Gelegenheit und greifen Sie nach dem Rettungsanker, der sich Ihnen hier in diesen frommen Werken bietet, deren geringer Preis auf den Titelblättern zu lesen ist!“

Mit einer Bewegung, als ob er mich segnen wollte, wendete er sich von mir ab und seinem Tisch wieder zu, wo er sich niedersetzte, um zu sehen, ob ich lesen und auch kaufen würde.

Der Amerikaner hält sehr viel auf Religiosität, darum werden in den Vereinigten Staaten mehr fromme Bücher gekauft als in anderen Ländern. Umherziehende Händler machen mit Erbauungsblättchen kein übles Geschäft. Ein solcher Händler war dieser Prayer-man. Ich gehöre zu den Menschen, denen ihr Glaube höher steht als alle irdischen Angelegenheiten; aber das zudringliche Zurschautragen der Frömmigkeit ist mir verhasst, und wenn jemand vor Salbung überfließt wie dieser Mann, so zuckt es mir in der Hand und ich möchte ihm am liebsten mit einer Salbung anderer Art antworten. Ich kann mir da nicht helfen: Ich muss dabei stets an die Fabel vom Wolf im Schafspelz denken. Es widerstrebte mir, die Schriften anzufassen, aber ich tat es doch, denn auch der Wirt und der Kellner blickten zu mir her. Ich wollte nicht in den Verdacht kommen, ein Verächter der Religion zu sein, und sah die Sachen durch.

Es waren Predigten und fromme Abhandlungen in englischer und deutscher Sprache; auch kleine Gebetbücher und Liedersammlungen gab es dabei, doch stießen mich schon die meisten Überschriften ab. Da stand zu lesen: ‚Himmelsrettung eines räudigen Erdenschafs', ‚Psalterklänge auf fünf Seelensaiten', ‚Kanzeldonner für verfluchte Seelenschlangen', ‚Religiöses Fernrohr zur Entdeckung des Weges zur Seligkeit'. Ich mag vielleicht Unrecht haben, aber solche Bezeichnungen empören mich.

Die Sprache soll für das Höchste, was der Mensch besitzt, die edelsten ihrer Worte leihen, hier aber war sie zur Geschmacklosigkeit erniedrigt. Ein einziges kleines Heftchen hatte einen Titel, der mir wenigstens nicht widerwärtig war, er lautete: ‚Sechs ergreifende Festgedichte für Weihnachten, Ostern und Pfingsten'. Es kostete fünfundzwanzig Cent, war also teuer genug. Ich behielt es, ohne hineingesehen zu haben, schob die anderen Sachen fort und legte das Geld darauf. Da kam der Prayer-man wieder, nahm die Münzen und die Hefte an sich und sagte:

„Mein Freund, Ihre Auswahl ist sehr bescheiden. Es ist die Pflicht eines guten Christen, die heilige Religion zu unterstützen; Sie aber scheinen mehr an irdischen Gütern als an den himmlischen zu hängen, darum gebe ich Ihnen zu bedenken, dass einem jeden dereinst mit demselben Maß gemessen wird, mit dem er hier gemessen hat. Ihre Sparsamkeit wird Ihnen keinen Lohn im Himmel bringen."

Ich hatte mit dem Mann nicht sprechen wollen, konnte mich aber jetzt nicht enthalten, ihm zu antworten:

„Das lassen Sie meine Sorge sein! Behalten Sie Ihren geistlichen Rat für sich!"

Er wollte etwas erwidern, aber die Veränderung, die in meinem vorher gleichgültigen Gesicht vorgegangen war, schien ihn zu belehren, dass Schweigen jetzt besser sei als Reden; er wandte sich mit einer hochmütigen Handbewegung von mir ab, legte die Drucksachen in den Koffer, zog ein Heftchen der Gedichte, die ich behalten hatte, hervor und gab es dem Wirt mit den Worten:

„Als Gast dieses Hauses kann ich von Ihnen keine Bezahlung fordern. Ich verehre Ihnen diese sechs ergreifenden Festgedichte unentgeltlich zum Heil Ihrer Seele. Ich erweise Ihnen diese fromme Aufmerksamkeit auch deshalb, weil ich eins dieser Gedichte hier in Weston erhalten habe."

„Hier? Von wem?", fragte der Wirt und schlug das Heft auf.

„Von einer sehr frommen Dame, die mir schon öfters etwas abgekauft hat. Es ist die Frau des Pelzjägers, der seit einer Reihe von Monaten zurückerwartet wird und nicht kommt. Ihr Sohn, der bei ihr wohnt, ist Lawyer[1], nimmt aber keine Stelle an."

„Ah, Sie meinen Frau Hiller?"

[1] Anwalt

„Ja, Hiller ist ihr Name, ich besinne mich jetzt. Als ich zum letzten Mal bei ihr war, las sie mir ein Weihnachtsgedicht vor und es gefiel mir so, dass ich sie bat, es mir abschreiben zu dürfen. Ich habe es drucken lassen und verkaufe es nun."

„Welches ist es?"

„Gleich das erste."

„Also das mit der Überschrift ‚Weihnachtslust am Kindleinsstall zu Bethlehem'?"

„Ja. Das müssen Sie unbedingt lesen oder vielmehr ich selber werde es Ihnen vorlesen, denn um das richtig zu können, muss man eine auserwählte Gabe besitzen, den Sinn des Gedichtes zu erfassen und das Herz des Zuhörers zu ergreifen. Erlauben Sie mir also!"

Er nahm dem Wirt das Heft wieder aus der Hand, schlug es auf und stellte sich an, das Gedicht vorzutragen.

„Weihnachtslust am Kindleinsstall zu Bethlehem!" Wieder eine so gassenfromme Überschrift! Jedenfalls war der Wert des Gedichts dem Titel angemessen. Ich mochte es nicht hören und erhob mich, um hinauszugehen. Schon war ich fast an der Tür, als der Prayer-man begann:

„Ich verkünde große Freude,
die euch widerfahren ist,
denn geboren wurde heute
euer Heiland Jesus Christ."

Man kann es sich denken, dass ich vor Erstaunen stehen blieb. War es denn möglich, dass ich mein Gedicht, wirklich mein eigenes Gedicht da vernahm? Ich horchte weiter, ja, es war Wort für Wort das meinige, das er mit näselnder Stimme vortrug. Ich kehrte an meinen Tisch zurück, auf dem das von mir gekaufte Heft lag, schlug es auf und las: ‚Weihnachtslust am Kindleinsstall zu Bethlehem – Reuegedicht eines verlorenen, aber durch das Lesen unserer Schriften wiederbekehrten Sünders'.

Ich war sprachlos! Sollte ich lachen oder sollte ich mit den Fäusten dreinschlagen? Da hörte ich, noch bevor ich einen Entschluss fassen konnte, die Worte des Prayer-man:

„Wenn Sie sich von der Wirkung des Gedichts überzeugen wollen, so sehen Sie sich den Fremden dort an!"

Er zeigte mit der Hand auf mich und fuhr fort:

„Er war zu sparsam, sich den Quell der Gnade ganz zu kaufen; er hat nur einen Tropfen davon bezahlt, aber dieser eine Tropfen schon hat ihn so ergriffen, dass er in seinen Busen greift und auch die anderen Hefte verlangen wird. Ich eile, seine arme Seele vom ewigen Tod zu erretten!"

Dabei holte er auch schon die von mir zurückgewiesenen Hefte wieder aus dem Koffer, legte sie mir abermals vor und hielt mir die Hand hin, um das Geld in Empfang zu nehmen. Ich fühlte mich durch diese Frechheit in jenen inneren Zustand versetzt, den Winnetou mit den Worten zu bezeichnen pflegte:

„Mein Bruder wird gleich losschießen, er hat die Patronen schon im Mund und auch in den Fäusten."

Ich pflegte dann gewöhnlich im freundlichsten Ton zu beginnen, aber was dann folgte, war nichts weniger als Freundlichkeit. So fragte ich auch jetzt den Prayer-man mit gutmütigem Lächeln:

„Das Gedicht hat allerdings einen tiefen Eindruck auf mich gemacht. Ist Ihnen der Verfasser bekannt?"

„Ja", antwortete er.

„Wer und was ist er?"

„Er war ein berüchtigter Pferdedieb. Das Lesen unserer Schriften hat ihn zu solcher Reue geführt, dass er sich kurz vor seinem Tod noch hinsetzte, um diese Verse zu dichten."

„Er lebt also nicht mehr?"

„Nein. Oder wissen Sie nicht, dass Pferdediebe hier in den Staaten gehängt werden?"

„Ah, gehängt worden ist er also! Das wissen Sie genau?"

„Ja, ich war es ja, von dem er die Schriften bekam, die ihn zur Reue führten, und bin bei seinem seligen Verscheiden zugegen gewesen."

„Er war ein Deutscher?"

„Was denken Sie, Herr! Hat es jemals einen Deutschen gegeben, der zum Pferdedieb geworden ist? Nein, er war ein Irishman."

„Ich hörte aber doch, dass Sie das Gedicht bei einer Frau Hiller abgeschrieben und dann erst in Druck gegeben haben?"

„Ja, das ist richtig", gestand er zu. Er merkte, dass er sich verschnappt hatte, und fuhr nach einer Pause der Verlegenheit fort: „Diese Dame hat eine Abschrift des Gedichts von dem betreffenden Gefängnisbeamten bekommen."

„Stand der Name des Dichters dabei, als Sie es abschrieben?"

„Ja, ich habe ihn aber nicht verzeichnet, um den armen Teufel, der so selig ins Jenseits gegangen ist, nicht im Diesseits bloßzustellen."

Ich hatte meine Fragen einander immer schneller folgen lassen und sie in einem stetig steigenden Ton ausgesprochen. Er beachtete das nicht und war jetzt sogar so unverfroren, mich aufzufordern:

„Sie haben die Macht der wahren Reue erkannt, lieber Herr, und werden nach dieser Erkenntnis zu handeln wissen. Hier nehmen Sie nun auch die anderen Schriften! Ich werde Ihnen nur zwei Dollar und fünfzig Cent dafür berechnen."

Jetzt war es mit meiner Zurückhaltung zu Ende. Ich prasselte ihn an:

„Schwindler, der Sie sind! Sie wären der Kerl dazu, meine arme Seele vom ewigen Tod zu erretten! Bekümmern Sie sich um Ihre eigene Seele, die Ihnen wohl noch genug zu schaffen machen wird! Der Dichter dieser Strophen soll ein Pferdedieb gewesen sein, der an seinem Strick selig ins

Jenseits hinübergeschieden ist, weil Sie, Sie unverschämter Lügner, ihn durch Ihre Schriften von ewiger Verdammnis errettet haben? Sie wagen, mir zu sagen, dass ein Irländer ein solches Gedicht in deutscher Sprache schreiben kann? Sie wagen es, auch mir die in Ihren Druckwerken enthaltene Seligkeit für zwei und einen halben Dollar anzubieten? Hier haben Sie den Rummel. Lesen Sie ihn selbst, denn Sie bedürfen der Reue und Buße mehr als der schlimmste Pferdedieb."

Bei diesen Worten warf ich ihm die Schriften ins Gesicht. Er stand vor Erstaunen und Zorn eine Minute bewegungslos, dann trat er hart an mich heran und hielt mir die geballten Fäuste vors Gesicht.

„Was haben Sie getan? Und wie haben Sie mich genannt? Einen Schwindler und einen unverschämten Lügner? Ich soll schlimmer sein als ein Pferdedieb? Sagen Sie nur noch ein solches Wort, so haue ich Sie zu Staub!"

Er tat, als ob er ausholen wollte.

„Nieder mit den Händen!", befahl ich ihm. „Weil Sie auch einer sind, schäme ich mich in meinem Leben zum ersten Mal, ein Deutscher zu sein. Der Dichter dieser Strophen soll gehängt worden sein? Wissen Sie, wer er ist? Er steht hier vor Ihnen und Sie werden mir den Vorrat, den Sie haben, ausliefern, damit ich ihn verbrennen lasse!"

„Sie – Sie – Sie wollen der Dichter sein?", lachte er höhnisch auf. „Ihr Gesicht ist ja ein so ausgesprochenes Schafs..."

Weiter kam er in seiner Rede nicht, denn ich gab ihm eine solche Ohrfeige, dass er, zwei Stühle mit sich niederreißend, zu Boden stürzte. Er sprang aber schnell wieder auf, riss ein langes Messer aus der Tasche und drang auf mich ein. Ich empfing ihn mit dem emporgehobenen Fuß und versetzte ihm einen so kräftigen Tritt gegen den Leib, dass er wieder niederstürzte. Noch hatte er sich nicht halb aufgerafft, so stand ich bei ihm, nahm ihn mit der linken Hand beim Genick, riss ihn vollends empor, schlug ihm mit der Rechten das Messer aus der Hand, gab ihm noch zwei schallende Ohrfeigen, schleifte ihn zu seinen Koffern und befahl:

„Heraus mit den Gedichten! Sie müssen verbrannt werden! Wenn du nicht sofort gehorchst, helfe ich nach!“

Der fromme Mann hatte mehr als genug. Er schien sich zwar weigern zu wollen, aber ein vermehrter Druck an seinem Hals brachte ihn zum Gehorsam. Er warf die Heftchen mit den Gedichten aus dem Koffer auf den Tisch und grinste dabei drohend:

„Mir kann es recht sein, denn wenn sie gegen meinen Willen verbrannt werden, muss ich sie bezahlt bekommen; es gibt noch Gerechtigkeit hier im Westen!“

„Jawohl, die gibt es hier noch! Das habe ich dir schon gezeigt und bin bereit, es dir auch noch weiter zu beweisen. So, jetzt bist du fertig und ich bin es einstweilen mit dir auch. Nimm dich in Acht, dass wir nicht noch einmal in dieser Weise zusammentreffen! Man kommt nicht immer so gut aus meinen Händen. Merk dir das, frommer Augenverdreher!“

Ich gab ihn frei und nahm die Schriften, um sie selber in die Küche zu tragen, wo ich mich überzeugte, dass sie alle in den Ofen gesteckt und verbrannt wurden. Als ich dann ins Zimmer zurückkehrte, war der Prayer-man nicht mehr da.

„Er ist auf seine Stube gegangen“, sagte der Wirt im Ton des Bedauerns, indem er mich halb vorwurfsvoll, halb prüfend mit dem Blick maß. „Das kam so schnell, so unerwartet! Sie sprachen so freundlich zu ihm und plötzlich bekam er die Schriften ins Gesicht! Und dann die gewaltige Ohrfeige, dieser Tritt in den Leib und dieser Griff ins Genick – so etwas habe ich noch nicht gesehen. Das ging so rasch wie das Brezelbacken.“

„Ja, so etwas habe ich noch nicht miterlebt“, stimmte der Kellner bei. „Das war alles in zwei kurzen Augenblicken fertig, als wäre es vorher geübt. Gestatten Sie, Mylord, dass mir eine innere Stimme sagt, dass Sie diesen gewaltigen Griff ins Genick wahrscheinlich von Old Shatterhand gelernt haben! Da muss ja jedem gewöhnlichen Menschen sofort der Atem ausgehen!“

„Haben Sie die Gedichte wirklich alle verbrannt?“, erkundigte sich der Wirt.

„Alle“, nickte ich.

„Da werden Sie sie wohl bezahlen müssen.“

„Pshaw! Es wird diesem Kerl nicht einfallen, mich dafür zur Rechenschaft zu ziehen.“

„So sind Sie also wirklich der Verfasser des Gedichtes?“

„Ja.“

„Sonderbar! Er sagte doch – hm! Er ist ein frommer und ehrenwerter Mann.“

Es war dem Wirt anzumerken, dass er diesem frommen und ehrenwerten Mann mehr Glauben schenkte als mir. Ich fühlte keinen Beruf, ihn von dieser Ansicht zu bekehren, und erkundigte mich:

„Sie kennen diese Frau Hiller, von der gesprochen wurde?“

„Ja.“

„Ist sie auch eine Deutsche?“

„Ich glaube eher, dass sie eine Deutschösterreicherin ist. Man hat nicht oft Gelegenheit, mit diesen Leuten zu sprechen.“

„Sie leben einsam?“

„Sehr. Der Mann ist Pelzjäger für ein bedeutendes Geschäft in St. Louis und meist nur zwei oder drei Monate während des ganzen Jahres daheim. Da pflegt er sich, widmet sich der Frau und seinem Sohn und lässt sich wenig blicken. Sie werden die jetzigen Verhältnisse des Fell- und Pelzhandels wohl schwerlich kennen; denn ein Mann, der Gedichte macht, hat für so nüchterne Sachen keine Zeit: Er ist lange nicht mehr so in Blüte wie ehemals, weil das Wild immer seltener wird. Der Jäger, der Geschäfte machen will, muss jetzt mehr wagen als früher und in die gefährlichsten Gegenden der Rocky Mountains[1] vordringen, wo zwar noch gute Beute zu holen ist, wo aber auch gefährliche Zusammenstöße mit Indsmen nicht zu vermeiden sind. Es ist da schon mancher hinaufgegangen und nicht wiedergekommen, Hiller aber hat stets Glück gehabt. Er pflegt alljährlich eine Gesellschaft von Jägern und Fallenstellern anzuwerben, deren Master er in jeder Beziehung ist. Diese Leute werden von ihm nach der Zeit, nicht nach der Menge der Beute bezahlt, gleichviel, ob er gute Geschäfte macht oder nicht; er scheint aber dabei doch seine Rechnung gefunden zu haben, denn es sind von ihm stets ganze Massen von Pelzwerk nach St. Louis geliefert worden. Die Jäger drängen sich dazu, von ihm angeworben zu werden, und die Indsmen scheinen Achtung vor ihm zu haben, dass sie ihm einen Kriegsnamen gegeben haben, was sie doch bei keinem gewöhnlichen Mann zu tun pflegen."

„Kennen Sie diesen Namen?"

„Ja, er lautet Nana-po. Was das heißt und aus welcher Sprache es ist, das weiß man nicht. Hiller selbst spricht nicht darüber."

„Das Wort ist abgekürzt, lautet vollständig Nana-popahwitsch und gehört den Mundarten der Utahs und Schoschonen an, die miteinander verwandt sind. Dieser Ausdruck bedeutet so viel wie ‚mein älterer Bruder' und ist nach Indianerbrauch eine ehrende Bezeichnung. Da die Utahs nicht in einer an Pelztieren reichen Gegend wohnen, so vermute ich, dass es die Schoschonen sind, die ihm diesen Namen gegeben haben. Er muss auf freundschaftlichem Fuß mit ihnen stehen und sich durch seine Eigenschaften ihre Achtung erworben haben, sonst würden sie ihn nicht ihren ältesten Bruder nennen. Ich bin überzeugt, dass die Bewohner von Weston stolz auf diesen Mitbürger sein können."

[1] Felsengebirge

„Davon haben wir keine Ahnung gehabt“, gestand der Wirt. Und während er mich mit erstaunten Augen musterte, fuhr er fort: „Aber Sie zeigen da Kenntnisse, die man bei Ihnen nicht vermuten konnte. Ein Westmann sind Sie nicht, denn ein solcher hat kein Geschick, sich in einer Kleidung wie der Ihrigen zu bewegen; aber die Sprachen der Roten sind Ihnen bekannt und Sie machen Gedichte. Wahrscheinlich gehören Sie dem studierenden Stand an?“

„Sie haben Recht, ich bin ein Federfuchser.“

„Und bitte, wie heißen Sie? Sie entschuldigen diese Frage. Man muss doch wissen, wie man Sie zu nennen hat.“

Da ich verschweigen wollte, wer ich war, und mein richtiger Name möglicherweise auch hier als der Old Shatterhands bekannt sein konnte, legte ich mir in der Schnelligkeit einen ähnlich klingenden bei:

„Mein Name ist so selten, dass Sie ihn wahrscheinlich noch niemals gehört haben, ich heiße nämlich Meier.“

„Meier?“, lachte er. „Allerdings höchst selten! Aber kennen tu ich ihn doch, denn ich muss Ihnen gestehen, dass ich auch so heiße. Hatten Sie eine bestimmte Absicht, sich nach der Familie Hiller zu erkundigen?“

„Ja. Es ist des Gedichtes wegen, das vor einer Reihe von Jahren verfasst wurde. Wer es sich so lange aufgehoben hat, der muss einen besonderen Grund dafür haben, und so ist es verständlich, dass ich wissen wollte, wer diese Frau Hiller ist.“

„So besuchen Sie sie doch einmal! Sie hält sich zwar, ebenso wie ihr Mann, sehr zurück, wird aber doch wohl nicht so unhöflich sein, Sie abzuweisen.“

„Es ist, wie ich höre, auch ein Sohn da?“

„Ja. Er hat, wie bereits gesagt, auf den Lawyer studiert, nimmt jedoch keine Stelle an, sondern sitzt zu Haus bei einer Menge von Büchern, mit denen er sich den ganzen Tag beschäftigt, als wolle er sie auswendig lernen. Sonst aber ist er, wenn man ihm ja einmal begegnet, ein freundlicher junger Mann.“

Es war so, wie ich gesagt hatte: Der Umstand, dass diese Frau mein Gedicht besaß, fiel mir auf. Woher hatte Sie es? Sie war eine Deutschamerikanerin. Stammte sie aus meiner Heimat? Hatte sie es mit herübergebracht oder war es ihr von einem Verwandten geschickt worden? Es fiel mir nicht ein, das Gedicht für so wertvoll zu halten, dass sie es nur der dichterischen Vorzüge wegen so lange aufgehoben hatte; ich sagte mir vielmehr, dass es damit eine andere Bewandtnis haben müsse, und bin aufrichtig genug, zu gestehen, dass mich die Neugier trieb, diese Frau kennen zu lernen. Ich ließ mir also ihre Wohnung beschreiben und ging, sie aufzusuchen.

6. Ein erfolgreicher Goldsucher

Das hübsche Häuschen hatte einen Seitengarten, in dem eine Frau beschäftigt war, Spätrosen abzuschneiden. Ihr Kopf war zum Schutz gegen die Sonne mit einem Tuch bedeckt, sodass ich ihr Gesicht nicht vollständig sehen konnte.

Als ich mich bei ihr erkundigte, ob Frau Hiller zu sprechen sei, fragte sie, wer ich sei und was ich wolle. Ich nannte mich Meier, erklärte, dass ich nur eine kurze Erkundigung beabsichtige und nicht lange stören würde.

„Gehen Sie hinein, ich komme gleich“, beschied sie mich und wandte sich dann wieder ihrer Arbeit zu.

Im Flur gab es rechts und links eine Tür; die links war verschlossen, ich trat also rechts ein und befand mich in einem zwar kleinen, aber eigenartigen Empfangszimmer, das mit Waffen und indianischen Beutestücken ausgestattet war. Ich hatte keine Zeit zu einer langen Betrachtung, denn die Frau, die ich im Garten erblickt hatte, kam bald nach und sagte, indem sie auf einen Stuhl zum Niedersetzen deutete:

„Ich selber bin Frau Hiller. Womit kann ich Ihnen dienen, Mr. Meier?“

Sie nahm das Tuch vom Kopf und legte es beiseite, ich bekam ihr ganzes Gesicht zu sehen und behielt vor Überraschung die Antwort auf den Lippen.

War es Wirklichkeit oder irrte ich mich infolge einer Ähnlichkeit, die allerdings auffällig gewesen wäre? – Nein, ich irrte mich nicht! Und nun war es mir freilich klar, warum diese Frau mein Gedicht aufgehoben hatte, denn es bildete ein Erinnerungszeichen an die vielleicht trübsten Tage ihrer Vergangenheit.

„Sie wollten sich nach etwas erkundigen…?“, fragte sie, als ich noch immer mit der Antwort zögerte.

„Allerdings“, ließ ich mich endlich hören. „Diese Erkundigung wird nun, da ich Sie sehe, freilich anders ausfallen, als ich vorher beabsichtigte; sie ist der Art, dass ich alle Ursache zu der Bitte habe, sie mir nicht übel zu nehmen."

„Sprechen Sie nur!", forderte sie mich erwartungsvoll auf.

„Haben wir uns nicht schon einmal getroffen, Mrs. Hiller?", forschte ich.

Sie wurde blass und ihre Stimme klang unsicher, als sie erwiderte:

„Ich gestehe, dass mir Ihr Gesicht nicht ganz fremd vorkommt. Wahrscheinlich sind wir uns hier in den Staaten einmal flüchtig begegnet."

„Nein, nicht hier, sondern drüben jenseits des Meeres. Wenn ich mich nicht irre, wurden Sie damals nicht Hiller, sondern Frau Elise Wagner genannt."

Da verwandelte sich die liebliche Blässe ihres Gesichts in vollständige Farblosigkeit; sie sank auf einen Sessel nieder, schlug die Hände zusammen und seufzte, indem sie mit angstvollen Augen zu mir aufblickte:

„Mein Gott! Ist denn diese Zeit noch immer nicht versunken und vergessen? Geht die Grausamkeit des Schicksals so weit, uns selbst hier, an der Grenze des Wilden Westens, noch zu verfolgen? Haben wir nicht genug unschuldig gelitten, dass sich selbst nach so langer Zeit noch das Gespenst der Vergangenheit aus dem Grab erhebt und uns wieder drohend entgegentritt?"

Sie wollte noch weitersprechen, ich fiel ihr aber rasch in die Rede:

„Ich bitte dringend, sich keine Sorgen zu machen. Die Absicht, die mich zu Ihnen führt, ist durchaus freundlich, und ich beeile mich, Ihnen vor allen Dingen zu sagen, dass ich Sie nur zweimal ganz kurz gesehen habe und dass mir Ihre Verhältnisse vollständig unbekannt sind."

„Ah!", holte sie tief Atem. „Ihre Absicht ist keine böse! Wie bin ich erschrocken! Bitte, wollen Sie mir sagen, wo Sie mich getroffen haben?"

„Es ist kein Wunder, dass Sie mich nicht erkennen, denn es sind seitdem Jahre verflossen und ich war damals nur ein Knabe. Ich habe eigentlich keinen Grund, Sie in Ihrem hiesigen Heim zu stören, doch muss ich bekennen, dass ich Ihnen stets ein treues und teilnahmsvolles Andenken bewahrt habe. Als ich heute hier von Ihnen hörte, hatte ich keine Ahnung, dass Mrs. Hiller jene Frau Wagner ist, der ich für ihr ganzes Leben alles Gute wünsche."

Es war wieder Farbe in ihr Gesicht und Glanz in ihre Augen gekommen.

Sie stand langsam auf.

„Aber wenn Sie nicht wussten, wer ich bin, welche Ursache hatten Sie, mich aufzusuchen? Sie haben allerdings nicht das Aussehen eines Mannes, dem es Vergnügen bereitet, der Bedränger anderer Leute zu sein."

„Es ist eigentlich eine – wenn ich mich so ausdrücken darf – eine literarische Veranlassung, die mich zu Ihnen führt. Ich bin Schriftsteller und reise viel, um dann über meine Reisen Bücher zu schreiben. Einst habe ich als Schüler eine kleine dichterische Sünde begangen, von der ich glaubte, sie wäre mir längst vergeben; aber heute erfuhr ich, dass solche Sünden niemals vergessen werden. Die Rache hat mich vorhin hier in Weston ereilt, wo ich mit einem frommen Mann zusammengeriet, der mir mein Verbrechen für fünfundzwanzig Cent ans Gewissen legte und mir dabei durch die Überschrift erfreulicherweise den Beweis lieferte, dass ich wenigstens kein verlorener, sondern ein bekehrter Sünder bin."

Ich zog das Heft aus der Tasche und reichte es ihr hin, nachdem ich die erste Seite aufgeschlagen hatte. Sie warf einen Blick darauf und stand überrascht.

„Mein Gedicht – wollte sagen, mein Lieblingsgedicht. Es ist abgedruckt worden. Wer hat das getan?"

„Ein sehr frommer Prayer-man, der es vor einiger Zeit bei Ihnen abgeschrieben hat."

„Der? – Ich entsinne mich seiner. Ich kaufte ihm einige

Sachen ab, deren Stil sehr fromm-schwülstig war, und ich glaubte, ihn darauf aufmerksam machen zu müssen, dass man durch diese übertriebene Ausdrucksweise der guten Sache mehr Schaden als Nutzen bringt. Er behauptete dagegen, dass es keine andere Behandlungsweise dieser Art von Stoffen gebe, und ich holte also dieses Gedicht, um ihn zu überführen. Es gefiel ihm sehr, und als er mich bat, es abschreiben zu dürfen, sah ich keinen Grund, ihm die Erlaubnis zu verweigern. Ich ahnte freilich nicht, dass er es drucken lassen würde. Dazu hatte er doch ganz bestimmt auch gar kein Recht! Hätte ich ihm doch die Erlaubnis nicht gegeben! Was ist denn das für eine entsetzliche Überschrift? Der Mann kann nicht bei Sinnen sein."

„Er erzählte mir sogar, dass der Dichter ein Pferdedieb gewesen sei, der, kurz bevor er für seine Taten aufgehängt wurde, aus Reue das Gedicht verfasst habe. Doch lassen wir das! Es genügt für jetzt, dass diese Strophen die Veranlassung meines Besuches bei Ihnen sind. Ich glaube annehmen zu müssen, dass jemand, der sich für ..."

„Ah, bitte!", unterbrach sie mich. „Wir waren ganz davon abgekommen. Die Hauptsache ist doch – sagten Sie nicht, Sie wären der Verfasser dieses Gedichts?"

„Ja."

Ihre Augen öffneten sich weit, als ob sie meine Gestalt mit einem Mal umfassen wollten; sie hob die Arme gegen mich und fragte schnell weiter:

„Dann sind Sie also der junge Schüler, den wir damals mit noch einem in – in – in Falkenau in Böhmen trafen?"

„Der bin ich", nickte ich.

„Sie kamen uns dann in die Mühle nach, wo mein guter, alter Vater starb?"

„Ja."

„Und gaben uns – oh, ich war damals vor Herzeleid nicht bei mir selbst, sonst hätte ich – erlauben Sie! Ich muss ihn rufen! Das ist einer meiner schönsten Lebenstage! Sie haben uns durch Ihr Kommen eine unbeschreibliche Freude bereitet, denn Sie wissen nicht, nein, Sie können keine Ahnung haben, wie oft wir an Sie, an den jungen Mann gedacht haben, der uns damals eine Wohltat erwies, die wir ihm niemals vergelten können."

Sie wollte eine Nebentür öffnen, ich hielt sie aber zurück.

„Bitte, wenn Sie nicht wünschen, dass ich sofort wieder gehe, so erwähnen Sie nicht wieder, dass mein Mitgefühl mich damals zu einer Handlung hinriss, die..."

„Was, die...?", unterbrach sie mich, indem sie sich mir rasch wieder zuwandte. „Die Sie wohl lieber nicht getan hätten? Das ist nicht wahr! Wenn Sie das behaupten wollen, so kennen Sie sich selbst nicht! Ich weiß, dass Sie ein armer Teufel waren. Wer trotz seiner Armut und ohne sich zu besinnen, all sein Geld einem noch Bedürftigeren gibt, der bereut das nie, der wird stets mildtätig bleiben. Sein offenes Herz ist eine herrliche Gottesgabe, um die ihn die größten Härten des Lebens nicht zu bringen vermögen. Und weil wir einmal davon sprechen, bevor mein Sohn bei mir ist, will ich Ihnen Folgendes sagen: Ich bin recht wohl in der Lage, Ihnen das Geld, das Sie mir damals gaben, zurückzuerstatten, aber ich tu das Ihnen und auch mir nicht an. Das Scherflein der Witwe oder in diesem Fall das ganze, ganze Vermögen des armen Schülers, das er auf dem Altar der Liebe, des Erbarmens opferte, darf nicht zu einem mit Zinsen zurückgegebenen Darlehen herabgewürdigt werden; es soll und muss ein Opfer bleiben, das Gott, der gerechte Zahlmeister von Ewigkeit zu Ewigkeit, zurückerstatten wird. Vielleicht hat er das schon getan, denn aus dem Schüler, der sogar dann noch der Botenfrau seine letzten Kreuzer in die Hände schüttete, scheint ein Mann geworden zu sein, der seinen Reichtum nicht allein in Gold und Silber sucht. Und mit jenem Geld, das mir und meinem Knaben die Reise nach Bremen ermöglichte, habe ich von Ihnen eine andere, unendlich wertvollere Gabe empfangen, die ich Ihnen mit allen Schätzen der Erde nicht vergelten könnte. Sie haben mich damals vor der Verzweiflung gerettet. Hungernd und frierend schleppten wir uns bettelnd von Ort zu Ort, und je weiter wir kamen, desto elender wurden wir äußerlich und auch innerlich. Da leuchtete plötzlich mitten in all diese unbeschreibliche körperliche und seelische Armseligkeit hinein die Kerzen des Tannenbaums in Falkenau und wie vom weihnachtlichen Himmel herab erklangen uns die Worte Ihres Gedichts:

,Ich verkünde große Freude,
die euch widerfahren ist,
denn geboren wurde heute
euer Heiland Jesus Christ.'"

Jetzt machte sie eine kurze Pause und stand mit leuchtenden Augen und glühenden Wangen vor mir. Ihr Blick war, wie damals in der Mühle, wie durch die Mauer ins Weite gerichtet, aber mit einem so ganz anderen Ausdruck. Damals war er seelenlos, stier und leer, heute besaß er Leben, Licht und Tatkraft. Damals war er auf eine trostlose Wüste des Elends und der Erbärmlichkeit gerichtet, jetzt sah er die Errettung aus diesem Jammer hinter sich und vor sich vielleicht immer noch die Strahlen des kleinen Weihnachtsbaums, der sein Licht so unerwartet auf den mühseligen Pfad der Unglücklichen geworfen hatte.

Nun fuhr sie fort:

„Wir waren während der nächsten Nacht dem Erfrieren nahe. Dann nahm uns die arme Botenfrau mitleidig auf und ich kniete am Sterbebett meines Vaters, dem es nicht an der Wiege gesungen worden war, dass er einst in Lumpen von der Erde scheiden würde. Als ich von seinem Lager aufstand, kämpfte in mir der Jammer, der mich wieder niederreißen wollte, mit der Pflicht, mich um meines Sohnes willen zusammenzuraffen und aufrechtzuerhalten. Hinter mir gähnte die klaffende Tiefe des überstandenen

Elends und neben mir lag der Tote, von dem ich noch nicht wusste, wo er seine letzte Ruhestätte finden würde. Vor mir stiegen steile, kahle, unbekannte Felsen auf, die kommenden Tage, die ich in meiner grenzenlosen Müdigkeit erklimmen sollte, und welche Mittel hatte ich dazu? Eine trockene Brotrinde war alles, was ich besaß – alles! Es wurde mir leer vor den Augen, ich sah die Leiche nicht mehr, nicht mehr die Frau, deren jämmerlicher Gast ich war, nicht mehr meinen Sohn und auch nicht – Sie, der Sie sich bei uns befanden, ohne dass ich es beachtet hatte. Aber indem ich in eine endlose, leere Öde schaute, hörte ich Ihre Stimme. Ich antwortete, ohne zu wissen, was, und dann waren Sie fort. Dann saß ich auf dem Schemel und strengte mich an, mich zurückzufinden. Mein Sohn schmiegte sich an mich und sagte mir, es sei etwas in meiner Tasche, was Sie mir gegeben hätten. Ich nahm es heraus und hörte den Klang von – Geld! Herr, das Wort Geld ist ein gemeines, hässliches Wort, aber ich sage Ihnen: Als ich die Silberstücke zählte, wurde es bei jedem einzelnen lichter in mir. Ich dachte in diesem Augenblick nicht an die Größe Ihres Opfers, sondern nur daran, dass es mir Rettung brachte. Es kam wie eine Erlösung über mich, ich konnte weinen – weinen – weinen. Wie es dann kam, weiß ich nicht, aber ich hatte Ihr Gedicht in den Händen, kniete am flackernden Herdfeuer und las unter Tränen Ihre Mahnung:

‚Hat der Herr ein Leid gegeben,
gibt er auch die Kraft dazu.
Bringt dir eine Last das Leben,
trage nur und hoffe du!‘

Das hatte ein Schüler, ein armer, vielleicht fünfzehnjähriger Knabe gedichtet! Und ich? Es war fast wie Scham, was ich empfand. Ich ging hinaus vor die Mühle und betete. Herr, mein Gott, ich konnte wieder beten. Als ich dann in die Stube zurückkehrte, hatte alles ein ganz anderes Aussehen. Das Elend war verschwunden und dafür war ein stiller, weher Ernst zurückgeblieben. Die Botenfrau sagte mir, dass auch sie Geld von Ihnen bekommen hätte und sich nun morgen einmal richtig satt essen wolle. Mein Knabe sah mich mit so liebevollen Augen an und über das Gesicht des Toten hatte sich ein ruhiger, seliger Hauch des Friedens ausgebreitet. – Ich war damals nicht in der Lage, mich nach Ihnen zu erkundigen, und es dann durch Briefe von Amerika aus zu tun, verboten uns gewisse Gründe, über die ich nicht sprechen kann. Höchstens darf ich sagen, dass der Name Wagner falsch war und dass wir verschwunden sein mussten, ohne eine Spur zurückzulassen. Wir hätten zwar vielleicht erfahren können, was Sie geworden sind, denn wir wussten Ihren Namen und…"

„Nein, den wussten Sie nicht", fiel ich ein.

„Er steht doch unter dem Gedicht!"

„Nicht ganz, es fehlt eine Silbe. Ich heiße Meier."

Als sie bemerkte, dass ich dabei lächelte, fragte sie:

„Darf ich vielleicht annehmen, dass es eine Silbe zu viel ist? Ein Schüler setzt, wenn ein Gedicht von ihm veröffentlicht wird, wohl keinen falschen Namen darunter; ich meine vielmehr, dass er stolz sein wird, sich gedruckt zu sehen!"

„Wie es scheint, sind Sie in die tiefsten Tiefen der deutschen Schülerseele eingedrungen; dennoch muss ich dabei bleiben, dass ich hier in Weston Meier heiße."

„Darf man die Gründe erfahren?"

„Jetzt noch nicht. Sie haben Ihre Geheimnisse und ich besitze auch welche; jedenfalls aber werden die meinigen noch vor meiner Abreise offen vor Ihnen liegen."

„So sollen Sie jetzt meinen Sohn sehen. Ich wollte ihn rufen, denke aber, dass wir ihn lieber in seinem Zimmer überraschen. Bitte, kommen Sie!"

Sie führte mich durch eine Tür in ein einfaches, aber sehr trauliches Wohnzimmer, dessen Ausstattung ebenso wie der Empfangsraum einen Westmann als Besitzer verriet. Von hier aus ging es in eine kleinere, einfenstrige Stube, wo an einer Wand ein voller Bücherständer und gegenüber ein Schreibtisch stand, an dem ein junger Mann saß, der bei unserem Eintritt aufstand und uns fragend anblickte. Man sah seinen feinen Zügen die geistige Arbeit an; ich erkannte ihn trotz seines Schnurrbarts sofort.

„Sieh dir diesen Herrn an!“, sagte seine Mutter. „Ich bin begierig zu erfahren, ob du erraten kannst, wer er ist.“

Er betrachtete mich eine Weile und schüttelte den Kopf.

„Ich sehe ihn heute auf jeden Fall nicht zum ersten Mal, aber erraten, wer er ist, das vermag ich nicht. Möglich, dass die dunkle Gesichtsfarbe schuld ist. Der Herr ist von der Sonne verbrannt und vom Wetter mitgenommen wie ein Fallensteller.“

„Fallensteller!“, lachte sie. „Um braun zu werden, braucht man nicht auf der Prärie oder im Urwald herumzulaufen. Herr Meier hat den Westen jedenfalls noch nie gesehen, denn er ist – ich will dir einhelfen: Er ist ein Dichter.“

„Dichter? – Meier – Mei – Mei...“

Da flog ein Strahl freudigen Erkennens über sein Gesicht, er streckte mir beide Hände entgegen.

„Unsinn – Meier! Welch eine Überraschung! Eine größere Freude konnte uns gar nicht werden! Jetzt erkenne ich Sie und bin darüber verwundert, dass es nicht sogleich geschehen ist, obgleich Sie damals ein kleines, schmales Kerlchen waren und jetzt fast wie ein Indsman aussehen. Da muss ich doch gleich auch einmal zum Dichter werden, wobei ich mir aber gestatte, die Reime von Ihnen zu entlehnen:

Ich verkünde große Freude
grade wie zum heilgen Christ,
denn gekommen ist uns heute
einer, der uns teuer ist!“

Er schüttelte mir dabei die Hände so anhaltend, dass die Aufrichtigkeit seiner Freude keinem Zweifel unterliegen konnte, und schob uns dann ins Wohnzimmer zurück.

„Hier ist kein Platz für ein frohes Wiedersehen. Meine Bücherrücken machen ein so ernstes Gesicht, dass wir uns ihren Augen unbedingt entziehen müssen."

Es waren fast lauter juristische Werke und ich bekam später Gelegenheit, zu bemerken, dass sie sich meist auf die in Österreich geltenden Rechte bezogen. Den Grund sollte ich dann auch erfahren.

Die beiden guten Menschen wollten vor allen Dingen möglichst viel über mich und meine Verhältnisse wissen. Ich konnte ihnen nur kurz sagen, dass ich Reiseschriftsteller sei und über meine Vermögenslage nicht zu klagen hätte. Damit mussten sie sich einstweilen zufrieden geben. Sie baten mich, während meines Aufenthalts in Weston bei ihnen zu wohnen, und ich war überzeugt, dass ihnen das Eingehen auf diese Einladung große Freude gemacht hätte; aber ich schlug es ihnen höflich, doch bestimmt ab, denn meine Erfahrungen auf diesem Gebiet lassen sich mit wenigen Worten ausdrücken: Ich habe zwar gern Gäste, bin aber nicht gern selber Gast. Ich entschädigte sie durch das Versprechen, am Abend wiederzukommen. Sie meinten, dass ich heute im Gasthof doch nicht arbeiten könne, weil der Lärm des Festmahls und des Balls mich um die nötige Sammlung bringen würde. –

Die Jägerabteilung zog mit Musik durch die Stadt und dann nach dem Platz, auf dem die Schießübungen stattfanden. Ich ging auch hin, um zuzusehen. Die Herren schossen für ihre Zwecke gut, ein Schütze nach Westmannsart war aber nicht dabei. Auch den Prayer-man erblickte ich, der auf dem Platz umherging, um seine Schriften feilzubieten; er schien gute Geschäfte zu machen. Der Festplatz zeigte genau das Bild einer deutschen Vogelwiese und konnte mich daher nicht lange fesseln. Als es dunkel zu werden begann, suchte ich mein Gasthaus auf, wo die

Herrichtung der Festtafel alle Hände in Anspruch nahm. Der Wirt hatte sich einige Aushilfskellner von auswärts kommen lassen, weil unter den durchweg wohlhabenden Bewohnern dieser Stadt keiner zu finden gewesen war, der sich zu diesem Dienst herabließ.

Da ich Durst hatte, setzte ich mich, ohne zuvor auf mein Zimmer zu gehen, an einen Ecktisch und ließ mir ein Glas Bier geben. In der gegenüberliegenden Ecke saß ein Mann auch beim Bier. Wir waren vorläufig die einzigen Gäste. Er sah gelangweilt vor sich hin und blinzelte zuweilen forschend zu mir herüber. Wahrscheinlich sehnte er sich nach Unterhaltung und schätzte mich heimlich darauf ab, ob ich die Person wäre, bei der er das Gewünschte finden könnte. Nach einiger Zeit stand er auf, schlenderte durch die Stube und kam dabei so nebenher an mir vorbei.

Er blieb stehen und grüßte:

„*Good evening, Sir!* Schöner Tag heute, nicht?“

„*Well!*“, nickte ich.

Er sprach englisch, also tat ich es auch.

„War Festtag für die Jäger. Wisst Ihr das?“

„*Yes!*“

„Feine Schützen! Nicht?“

„Leidlich!“

„Wie? Nur leidlich?“

„*Yes!*“

„Versteht Ihr denn etwas davon?“

„*Yes!*“

„Seid wohl selber ein guter Treffer?“

„*No!*“

„Nicht! Und wollt doch etwas davon verstehen?“

„*Yes!*“

„Wie reimt sich das zusammen, Sir? Ihr scheint überhaupt ein sehr gesprächiger und unterhaltender Mann zu sein, ich aber langweile mich dort an meinem Tisch. Darf ich mein Bier holen und mich zu Euch setzen?“

„*Yes!*“

Ich hatte seine Fragen immer nur mit einem einzigen Wort beantwortet und doch nannte er mich einen gesprächigen und unterhaltenden Mann! Jedenfalls war er das mehr als ich. Als er sich bei mir niedergelassen hatte, nahm er den zerrissenen Faden wieder auf:

„Also, wie reimt sich das zusammen? Ihr meint wohl, dass man, ohne selber schießen zu können, zu beurteilen vermag, ob jemand ins Schwarze getroffen hat?"

„*Yes!*"

„Das ist nicht ganz falsch gedacht; aber zuschauen oder selber schießen, das ist ein Unterschied. Und das Schwarze nur einmal zu treffen oder alle Kugeln nacheinander hineinzujagen, das ist auch nicht ein und dasselbe. Meint Ihr nicht?"

„*Yes!*"

„Solltet einmal mich schießen sehen! Möchtet das wohl gern, Sir?"

„*Yes!*"

„Könnt das Vergnügen einmal haben, wenn Ihr einige Tage hier bleibt. Wann wollt Ihr wieder fort? Morgen?"

„*No!*"

„Nicht! Ich schätze nämlich, dass Ihr auch fremd hier seid wie ich. Habe ich Recht?"

„*Yes!*"

„Schön! Wir sind also in dieser Beziehung Kameraden und Kameraden müssen zusammenhalten. Stellen wir uns darum einander vor! Kennt Ihr mich?"

„*No!*"

„Ich heiße Watter. Jedenfalls habt Ihr diesen Namen schon oft gehört?"

„*No!*"

„Nicht? Das wundert mich. Ist Euch etwa auch der Name Welley unbekannt?"

„*Yes!*"

Jetzt fiel ihm meine Wortarmut doch endlich auf, er murrte:

„*Yes – no, no – yes!* Tut doch den Mund etwas weiter auf! Ihr könnt das ruhig wagen, denn Ihr verschwendet Eure Worte an keinen Unwürdigen. Werdet es sofort erfahren. Sagt mir nur vorher, wie Ihr heißt!"

„Meier."

„Meier? Schöner Name, so schön, dass sich ein paar Millionen Menschen friedlich darein geteilt haben. Nicht?"

„*Yes!*"

„So ein Friedlicher scheint auch Ihr zu sein. Wenigstens kann man bei Eurer kurzen Ausdrucksweise keinen großen Streit mit Euch anfangen. Sagt doch einmal, Mr. Meier, was habt Ihr eigentlich für ein Geschäft?"

„*Writer.*"

„*Writer?* So, so! Also Tinte und Feder! Das reicht freilich nicht aus zu einem guten Schuss. Der Wilde Westen ist Euch wohl gerade so unbekannt wie mein Rücken dem Bauch, zwei ganz entgegengesetzte Seiten! Aber nun sollt Ihr erfahren, was ich bin. Ich bin nämlich ein Westmann. Wisst Ihr, was das ist?"

„*Yes!*"

„Ja, aber verstehen werdet Ihr nichts davon. Und ich bin nicht nur ein Westmann, sondern sogar ein berühmter. Und Welley ist auch so einer. Wir sind nämlich stets beisammen, nur heute nicht, er ist noch unterwegs, kommt aber nach. Er kann jeden Augenblick da zu der Tür hereintreten. Ihn müsst Ihr auch die Büchse handhaben sehen, ihn und mich. Welley sollte morgen schon da sein; würde mich freuen, sehr freuen, des Wettschießens wegen."

„Wettschießen?", fragte ich.

„Ja, Mr. Meier. Ich war da draußen auf dem Platz, gleich als das Schießen begann. Da gab es so ein paar Jäger, die groß taten; habe über sie gelacht und bin eine Wette mit ihnen eingegangen. Das müsst Ihr morgen sehen! Werde mir da einige Pfunde Dollar verdienen. Brauche es zwar nicht, denn ich habe genug, Welley auch. Wir sind nämlich ungeheuer reich an Staub und an Nuggets. Wisst Ihr, was das ist, Nuggets?“

„Yes!“

„Ja, wissen werdet Ihr es, aber gesehen habt Ihr wohl noch keine. Will Euch mal welche zeigen. Da, schaut her!“

Er griff in die Tasche und brachte eine halbe Hand voll Goldkörner hervor, die alle Erbsen- bis Haselnussgröße hatten. Das waren natürlich ausgelesene Nuggets, die er stets bei sich trug, um sie vorzuzeigen und damit zu prunken, der unvorsichtige Mensch! Er fuhr fort:

„Habt Ihr eine Ahnung, wie viel das in Geld ist? Sagt es mir einmal!“

„Fünf Dollar“, antwortete ich, obwohl ich wusste, dass die Nuggets einen Wert von wenigstens fünfundzwanzig hatten.

„Fünf – Dollar!“, lachte er. „Ihr seid fünfmal verrückt, Mr. Meier! Wenn Ihr mir dreißig geben wollt, so bekommt Ihr das Gold noch lange nicht. Und nun hört, was ich Euch sage!“

Er bog sich über den Tisch herüber und flüsterte mir in wichtigem Ton zu:

„Ich habe wenigstens einen halben Zentner solcher Nuggets, das sind also über vierzehntausend Dollar. Versteht Ihr mich wohl?“

„Yes!“

„Und Welley hat noch viel mehr. Habt Ihr eine Ahnung, woher wir diese Menge von Goldstaub und Körnern haben?“

„No!“

„Wollt Ihr es wissen?“

„Yes!“

„Seid Ihr aber auch verschwiegen, Mr. Meier?“

„Yes!“

„Gut, so will ich es Euch sagen.“

Er ließ die Nuggets wieder in die Tasche gleiten und sprach weiter:

„Ihr wisst natürlich, was man unter einer Bonanza, einem Placer oder einem Finding-hole[1] versteht. Eine Bonanza ist eine Stelle, wo das Wasser einen mächtig großen Goldklumpen aus dem Gestein gewaschen hat; solche Orte sind aber außerordentlich selten; es sollen Klumpen von mehr als Zentnerschwere gefunden worden sein. Ein Placer ist überhaupt eine Stelle, wo Gold in irgendeiner Form gefunden wird. Mit den Finding-holes aber hat es eine eigenartige Bewandtnis. Wenn nämlich das Wasser das Gold aus den Bergen herausgeschwemmt hat, nimmt es dieses je nach der Schwere langsamer oder schneller mit sich fort und schleift die Stücke rund ab wie Steine, die man in einem Flussbett findet. Gibt es nun unten auf dem Grund des Wassers ein Loch oder sonstige Vertiefung, so wird alles Leichtere darüber hinweggerissen, während die größeren Goldstücke ihrer Schwere wegen in das Loch fallen und es nach und nach ausfüllen. So eine mit Gold ausgefüllte Stelle wird ein Finding-hole genannt. Solange es sich unter Wasser befindet, kann man es nur durch irgendeinen Zufall entdecken; aber es kommt auch nicht selten vor, dass das Wasser plötzlich einmal einen anderen Lauf nimmt und sich ein neues Bett gräbt; dann wird das vorige bloßgelegt und trocknet aus, sodass Gold zu sehen ist. Allmählich wehen die Winde von Staub, Laub und anderen Dingen eine Decke darüber, unter der das Finding-hole wieder verschwindet, aber das Auge eines guten Goldsuchers ist scharf und weiß den Ort trotz der daraufliegenden Erdschicht zu entdecken. Habt Ihr das verstanden, Sir?“

„Yes!“

„Schon wieder nur *yes!* Mr. Meier, ich sage Euch, wenn Ihr es Euch nicht angewöhnt, den Mund mehr aufzutun, werdet Ihr es im Leben nicht weit bringen. Denn wer nicht mit seinem Mundwerk umzugehen weiß, der bleibt immer auf derselben Stelle sitzen.“

[1] Fundloch

„Auch wenn er auf einer Bonanza oder einem Finding-hole sitzt?"

„Auch dann! Was nützt ihm das Gold, wenn er darauf hocken bleibt und nicht fortgeht, um es zu verkaufen? Übrigens habt Ihr jetzt zum ersten Mal ein paar Worte mehr gesprochen und ich will hoffen, dass Ihr bei dieser besseren Art bleibt. Ihr seid sonst ein ganz angenehmer und freundlicher Gesellschafter, aber ich gebe Euch den guten Rat, nicht so wortkarg zu bleiben wie bisher."

„Danke, Mr. Watter."

„Bitte, bitte! Nun möchtet Ihr wohl wissen, ob ich meine Goldkörner in einer Bonanza, an einem Placer oder in einem Finding-hole aufgestöbert habe?"

„Yes!"

„Eine Bonanza habe ich natürlich nicht gefunden, denn solche große Klumpen fallen einem nicht so ins Maul."

„Würde auch einen tüchtigen Knacks geben und schade um die Zähne sein."

„Richtig! Da macht Ihr schon einen Witz, wenn es auch ein herzlich schlechter war. Über ein Finding-hole sind wir auch nicht gestolpert, denn so ein Glück ist nur dummen Kerlen beschert und nicht so klugen Menschen, wie ich und Welley sind. Aber ein Placer, ein sehr gutes Placer haben wir entdeckt und – was nicht immer vorkommt – wir haben Muße gehabt, es bis zum letzten Körnchen auszubeuten. Dann aber war es auch gleich die höchste Zeit, denn es kamen allerlei Lumpenkerle dazu, vor denen sich jeder ehrliche Mensch in Acht nehmen muss. Ihr würdet das doch nicht begreifen, denn Ihr seid ja nicht einmal ein Greenhorn, sondern der reine Garnichts im Wilden Westen. Es ist ein reines Elend, wenn man es mit Leuten zu tun hat, die nur immer in ihrer Tinte sitzen und mit der Schreibfeder auf dem Papier Windmühle spielen; aber weil Ihr sonst ein leidlich guter, gebildeter Gesellschafter seid, soll es mir wenigstens auf einige Andeutungen nicht ankommen."

Er tat einen tiefen Zug aus seinem Glas und fuhr dann fort:

„Seid Ihr vielleicht im schönen Staat Wyoming geboren?"

„*No!*"

„Nicht? Das ist sehr gut und doch auch wieder sehr schade für Euch, Mr. Meier. Gut, weil man Euch da für einen Menschen halten kann, mit dem man umgehen darf, denn da oben habe ich fast nur Gesindel gefunden. Schade, weil dort das Gold nur so aus der Erde strebt und Euch, wenn Ihr dort das Licht der Welt erblickt hättet, vielleicht zwei große Klumpen des schönen Metalls über Eurer Wiege zusammengewachsen wären. Ich sage Euch, man hat von da oben Millionen an Gold und Silber heruntergeschleppt. Ich wollte natürlich auch mein Teil davon haben und bin also mit meinem Genossen Welley und einigen anderen unternehmenden Männern hinauf. Habt Ihr vielleicht schon einmal im Stihi Creek gebadet?"

„*No!*"

„Hört, in solchen Fällen will ich Euer *No* gelten lassen, sonst aber nicht! Ihr seid ein vortrefflicher Mensch und darum gönne ich es Euch, dass Ihr nicht so dumm wart, darin zu baden. Der Stihi Creek ist nämlich wegen seiner sogar im Sommer ganz unbegreiflich großen Kälte berüchtigt. Man sagt, dass selbst die Fische darin erfrieren. Ob sein Name in irgendeiner Beziehung zu dieser Kälte steht, kann ich nicht sagen, weil man nicht weiß, was Stihi heißt."

„Stihi ist ein Schoschonenwort und bedeutet eiskalt."

Es machte mir heimlich Spaß, dass er mit einem schnellen Ruck emporfuhr und mich mit großen Augen maß.

„Wie – was?", stieß er erstaunt hervor.

„Und unbegreiflich kann ich diese Kälte ganz und gar nicht finden, denn der Stihi Creek wird von den Eiswassern des Fremont-Park gespeist."

„Auch das wollt Ihr wissen? Will dieses Küchlein schoschonisch gackern und wirft mit Schneebergen um sich, als ob sie Gummibälle wären!“ Er setzte sich wieder nieder und lachte: „Aber ich gestehe, dass dieser Witz besser ist als der, den Ihr vorhin gemacht habt. Ich sehe, dass trotz Eurer frühen Wortkargheit noch ein ganz vernünftiger Mensch aus Euch werden kann, mein lieber Mr. Meier. Also, vom Stihi Creek muss ich sagen, dass er goldreich ist. Ich weiß es aus Erfahrung, denn an seinem Ufer lag das Placer, dem wir unsere Nuggets entnommen haben. Wir hatten eben alles eingepackt und wollten am nächsten Tag an den Rückweg denken, als vier Kerle geritten kamen und sich an uns machten. Sie gaben sich alle Mühe uns auszufragen, erhielten aber keinen Bescheid. Sie ärgerten sich darüber umso mehr, als sie an der weithin aufgewühlten Erde sahen, dass wir dort gearbeitet und wohl auch gute Geschäfte gemacht hatten, denn sie mussten die festen Ledersäcke bemerken, in denen die kleineren Nuggetbeutel steckten. Ich glaube, sie hätten uns am liebsten ermordet; aber wir legten die Revolver nicht aus den Händen und brachen, um aus ihrer Nähe zu kommen, noch am gleichen Tag auf.“

„Sie sind Euch aber wohl gefolgt?“

„Hm! Diese Frage trifft das Richtige. Wir sind nämlich den Green-River hinab. An der Mündung des New Fork hielten wir eine längere Rast und merkten da, dass sie hinter uns her waren. Wir machten uns also schnell weiter fort, erblickten sie aber, als wir über den South Pass gingen, wieder auf unserer Fährte. Am Sweetwater hätten sie uns beinahe des Nachts überrumpelt. Das wurde uns denn doch zu gefährlich und wir beschlossen, uns zu trennen, um sie irrezuführen. Wir warfen das Los zwischen uns, es entschied so, dass Welley den Platte hinabfuhr, während für mich der Landweg blieb.“

„Und die anderen?“

„Welche anderen?“

„Ihr sagtet doch, dass außer Welley noch einige unternehmende Männer bei Euch gewesen wären.“

„Ja, richtig! Ich habe vergessen zu erwähnen, dass wir uns von diesen losmachten, als wir, ohne dass sie es ahnten, das Placer am Stihi Creek entdeckt hatten. Pfiffig muss man sein! Es fiel uns gar nicht ein, mit ihnen zu teilen."

„Habt Ihr, als Ihr dann allein wart, die Verfolger wieder bemerkt?"

„No!"

„Hattet Ihr mit Welley eine Zeit und einen Ort festgesetzt, wo Ihr Euch wieder treffen wollt?"

„*Yes,* hier in Weston in diesem Gasthof."

„Hm! Ihr sagtet, dass die vier Männer euch am Sweet-water beinahe des Nachts überrumpelt hätten. Wie ging das zu?"

„Wir rochen ihr Lagerfeuer und schlichen uns hin. Dort sahen wir nur zwei von ihnen, aber die Gewehre der beiden anderen lagen auch da. Das war genug für uns."

„Ihr hattet auch ein Feuer?"

„Natürlich! Die Nächte da oben sind kühl und wir brauchten es außerdem, um unser Fleisch zu braten."

„Wann seid ihr von dort fortgegangen?"

„Als der Tag graute."

„Ihr erzähltet, dass Welley mehr Gold bei sich habe als Ihr. Warum das? Hattet ihr nicht geteilt?"

„Welche Frage! Welley ging auf einem Floß den Platte hinab und ein Floß trägt doch mehr, als ein Pferd tragen kann. Das wenigstens solltet Ihr wissen. Ich wiege anderthalb Zentner und meine Nuggets sind einen halben Zentner schwer; stellt Euch da vor, was mein Tier zu schleppen hatte. Ich möchte fast sagen, dass ich geschlichen anstatt geritten bin, so langsam kamen wir fort."

„Wie lange habt Ihr vom oberen Platte bis hierher gebraucht?"

„Fast vier Wochen."

„Habt Ihr die Nuggets schon verkauft?"

„Nein. Damit muss ich warten, bis Welley eintrifft; dann tun wir die beiden Lasten zusammen und schaffen sie nach St. Louis."

„So habt Ihr das Gold gar hier im Haus?“

„Wo sollte ich es sonst haben? Aber erst hattet Ihr nur ein *Yes* und ein *No* und jetzt fragt Ihr mich so ausführlich aus. Gefällt Euch etwas nicht von dem, was ich erzählt habe?“

„Es gefällt mir mehreres nicht; ich will aber nicht viele Worte machen, sondern Euch kurz heraus Folgendes sagen: Ihr wartet vergeblich auf Euren Freund Welley, denn er ist ermordet und beraubt worden, und wenn Ihr Euch nicht bald von hier aus dem Staub macht und gegen andere ebenso mitteilsam seid wie gegen mich, wird es Euch wahrscheinlich ähnlich ergehen wie ihm.“

Er warf den Kopf zurück und fragte dann in überlegenem Ton von oben herab:

„Wie war das? Ermordet – ausgeraubt? – Bei Euch ist wohl der Kopf mit Luft gefüllt? Wie ist es nur möglich, auf einen so unbeschreiblich verrückten Gedanken zu kommen? Oder habt Ihr Euch nur einen dummen Spaß erlaubt?“

„Mr. Watter! Gerade die Menschen, die ‚in der Tinte sitzen‘, wie Ihr Euch auszudrücken beliebtet, müssen an ihr Gehirn noch andere Ansprüche stellen als zum Beispiel Leute, die da oben am Plattefluss ein Feuer riechen und dennoch nicht auf den nahe liegenden Gedanken kommen, dass das ihre auch gerochen wird.“

„Das klingt ja genauso, als ob Ihr mir eine Lehre erteilen wolltet.“

„Nehmt das, wie es Euch beliebt! Wenn man die Verfolger so dicht hinter sich hat, dass man sie erblicken kann, brennt man überhaupt kein Feuer an. Als Euch der Geruch des Feuers der vier Männer, die keine klugen Westleute waren, in die Nase kam, hättet Ihr diese Nase nur hinter Euch ins Gebüsch zu stecken brauchen, um die zwei Personen zu bemerken, von denen Ihr dann nur die Gewehre saht. Sie belauschten euch, noch bevor ihr das fremde Feuer entdecktet, und dann auch nachher, als ihr das

Los warft, um euch zu trennen und verschiedene Wege einzuschlagen. Sie hörten alles, was ihr miteinander spracht, und erfuhren euren Plan, euch hier in diesem Gasthaus zu treffen. Sie merkten, dass Euer Genosse den größten Teil des Goldes zum Fortschaffen bekam, und folgten ihm, während sie Euch einstweilen laufen ließen, um Euch das übrige hier in Weston abzunehmen. So ist die Sache!"

„Hört, Mr. Meier, Ihr habt ja eine geradezu großartige Einbildungskraft, um die man Euch beneiden müsste, wenn man ihre Erzeugnisse in Goldklumpen verwandeln könnte. Ich will einmal annehmen, dass Ihr im Ernst gesprochen habt, und mir da erlauben, Euch mit einer einzigen Frage zu schlagen: Warum haben diese Kerle uns nicht niedergeknallt, als sie, wie Ihr annehmt, hinter uns lagen und uns belauschten? Mit zwei Kugeln wäre alles abgemacht gewesen und sie hätten unser ganzes Gold gehabt. Nun, was sagt Ihr jetzt, Ihr unvergleichlich kluger Mann?"

„Sie hätten über einen Zentner Gold zu schleppen gehabt. Was das heißt, habt Ihr ja selber erfahren. Sie ließen euch lieber noch leben, um es von euch so weit bringen zu lassen, dass sie mühelos zugreifen konnten. Man kann auch noch andere Gründe vermuten. Denkt nur an euer eigenes Verhalten droben am Stihi Creek! Ihr habt dort eure Gefährten fortgeschickt, weil ihr das Placer nur für euch behalten wolltet. Vielleicht gab es unter den vier Männern auch einen, den man erst beseitigen wollte, bevor man zugriff. Bei mir steht es bombenfest, dass man Eurem Genossen auf dem Fluss gefolgt ist. Er müsste längst vor Euch eingetroffen sein. Oder habt Ihr Grund anzunehmen, dass er sich, um besser wegzukommen als Ihr, aus dem Staub gemacht hat?"

„Nein. Er ist ehrlich gegen mich, denn wir sind schon über zwanzig Jahre lang gute Kameraden gewesen und einander so treu – wie – na, wie zum Beispiel Winnetou und Old Shatterhand. Habt Ihr schon einmal von diesen beiden gehört?"

„Yes!"

„Gott sei Dank, dass ich endlich wieder einmal bloß ein *Yes* zu hören bekomme! Nämlich seit Ihr gesprächiger geworden seid, gefallt Ihr mir nicht mehr; Ihr kommt mir wie ein Waschbär vor, der sich einbildet, Präsident der Vereinigten Staaten zu sein."

„So kann ich mich ja von jetzt an wieder auf ein *Yes* und *No* beschränken."

„Tut das immerhin! Ich werde es Euch gewiss nicht wieder vorwerfen."

„*Well!* Aber vorher will ich noch eine kurze Warnung aussprechen: Nehmt Euch hier in Acht und sagt zu keinem Menschen, dass Ihr so viel Gold bei Euch habt! Ich an Eurer Stelle würde es gleich morgen schon in Geld umtauschen und sofort nach Plattsmouth fahren."

„Warum dorthin?"

„Weil dort der Platte in den Missouri mündet und Euer Genosse unbedingt dort gewesen sein muss, wenn er die Fahrt auf dem Platte River glücklich vollendet haben sollte. Ich würde dort die sorgfältigsten Erkundigungen einziehen und, falls diese ergebnislos wären, den Platte aufwärts gehen, um weiterzuforschen. Das seid Ihr Welley schuldig, der so lange Zeit ein treuer Freund von Euch gewesen ist."

Sein Gesicht, das sich nach und nach verfinstert hatte, nahm jetzt einen zornigen Ausdruck an, er polterte:

„Hört einmal, macht mir das Bild nur nicht zu bunt! Ihr bildet Euch ein, dass er tot ist, und ich behaupte, dass er lebt und bald kommen wird. Ihr wisst weder Gix noch Gax vom Wildwestleben, ich aber bin ein Westmann, der sich in jeder Lage auskennt, ja, ich kann dreist behaupten, dass ich mich selbst vor Leuten wie Winnetou, Old Shatterhand, Old Firehand und anderen nicht zu verstecken brauche; und da setzt Ihr Euch her und sprecht von Fehlern, die ich gemacht haben soll. Welche Verrücktheit liegt allein in der Behauptung, dass ich hier beraubt und ermordet werden soll!"

„Ich habe gesagt, dass es Euch ähnlich gehen kann wie

Eurem Freund. Das braucht kein Raub und kein Mord, sondern das kann auch ein Diebstahl sein."

„Auch das ist lächerlich. Mein Gold steckt tief im Kasten und dieser ist nicht nur gut verschlossen, sondern ich habe ihn sogar fest angeschraubt."

„Wo?"

„In meiner Stube. Nehmt dann mich dazu, das Gewehr, das Messer, meine Revolver, so möchte ich den Dieb sehen, dem es gelingen könnte, den Kasten leer zu machen."

„Seid Ihr denn stets in der Stube?"

„*Pshaw!* Sie ist fest verschlossen und ich habe den Schlüssel in der Tasche. Übrigens klingt es sehr komisch, wenn die Maus dem Löwen Ratschläge erteilt. Ich muss Euch sagen, dass nicht einmal Winnetou es gewagt hätte, mich ungebeten mit einem Rat zu belästigen."

„Winnetou? Kennt Ihr den?"

„Und ob! Ihn und Old Shatterhand, der von ihm unzertrennlich ist. Ich bin mit beiden eng befreundet."

„J-a-a, Mr. Watter, da habe ich mit meinen Ratschlägen freilich einen Bock geschossen. Sind diese beiden wirklich so unvergleichliche Westmänner?"

„Unvergleichlich? Hm!", brummte er, selbstgefällig schmunzelnd, indem er langsam an sich herabblickte. „Ich kenne wenigstens eine Person, die diesen Vergleich recht gut aushielte. Aber andere können sich keinesfalls an sie wagen. Winnetou ist ein wahrer Riese, der sich getrost für Geld sehen lassen könnte, und Old Shatterhand ist noch größer."

„*Good luck!* So eine Gestalt ist an sich schon viel wert."

„Nicht wahr? Und denkt Euch dazu eine ungeheure Körperkraft, eine fabelhafte Gewandtheit und Schlauheit, kurz und gut, das genaue Gegenteil von Euch, so habt Ihr Old Shatterhand vor Augen."

„Ihr seid um diese Freundschaft zu beneiden."

„Das gebe ich gern zu, besonders da sie schon so alt und innig ist, dass man sich die beiden ohne mich fast gar nicht denken kann."

„Das sagtet Ihr aber schon von Welley. Wie stimmt das überein?“

„Sehr einfach, wir sind fast immer zu vieren gewesen!“

„Ah – so!“

Ich dehnte, ohne es zu wollen, diese beiden Worte in einer Weise, die ihm nicht gefiel, denn er fragte mich:

„Wollt Ihr mir etwa nicht glauben, Sir?“

„Oh, mir fiel nur auf, dass man Euch niemals erwähnt, wenn man von diesen beiden spricht.“

„Das ist es ja, was mich stets geärgert hat. Auf sie fällt aller Ruhm, ihre Begleiter aber bekommen nichts davon, obgleich sie ihn ebenso verdienen.“

„So? Ich könnte Euch eine ganze Reihe von Westmännern nennen, die mit den beiden geritten sind: Old Firehand, Sam Hawkens, Dick Stone, Pitt Holbers, Dick Hammerdull, der lange Davy mit dem dicken Jemmy und noch viele andere mehr. Von denen spricht man. Die Namen Watter und Welley aber hat man nie dabei gehört. Wie das wohl kommen mag, Sir?“

„Hört, das sagt Ihr in so einem Ton! Sprecht gerade heraus! Meint Ihr, dass Ihr alle Begleiter dieser beiden berühmten Jäger kennt?“

„Nichts anderes, Mr. Watter!“

„Das heißt mit anderen Worten, dass ich geflunkert haben soll? Das ist eine Beleidigung für mich, Mr. Meier. Wenn Ihr ein Westmann wärt, würde ich Euch auf Messer fordern; dankt also Gott, dass Ihr ein reiner Garnichts seid! Darum will ich so tun, als ob ich die Beleidigung nicht gehört hätte, und Euch laufen lassen. Aber dass ich noch länger bei Euch sitzen bleibe, das dürft Ihr nicht von mir verlangen.“

„Tu ich auch gar nicht.“

„So? Nicht? So steht gefälligst auf und setzt Euch fort!“

„Aaaaaah!“, staunte ich.

„Ja – jawohl!“

„Wer hat zuerst hier gesessen?“

„Ihr, aber das geht mich nichts an. Ihr werdet Euch doch nicht einbilden, dass ich, der Westmann, vor Euch, dem Garnichts, zurückweiche?"

„Von einer Einbildung ist hier gar keine Rede."

„Wovon denn?"

„Von dem, was ich für richtig halte."

„Ach, also was Euch beliebt?"

„*Yes!*"

„Und was beliebt Euch denn?"

„Dass Ihr Euch wieder dorthin begebt, wo Ihr vorher gesessen habt."

„Nun, so wollen wir doch einmal sehen, wie weit Ihr es mit diesem Bleiben bringt. Ich bleibe hier sitzen, so lange es mir gefällt. Jetzt bin ich neugierig, was Ihr machen werdet."

„Das sollt Ihr sofort erfahren."

Es waren inzwischen mehr Gäste gekommen, die unsere anfangs halblaut geführte Unterhaltung nicht beachtet hatten; Watter aber hatte allmählich seine Stimme erhoben und sprach schließlich so laut, dass es über das ganze Zimmer schallte, wodurch die allgemeine Aufmerksamkeit auf uns gelenkt wurde. Ich bin durchaus kein Freund von Kneipenauftritten, aber die Überheblichkeit, mit der er meinen begründeten und wohl gemeinten Rat zurückgewiesen hatte, verdiente eine Zurechtweisung, mit der ich auch nicht zögerte. Während er mich bei seinen letzten Worten in überlegener Weise anlächelte und ich ihm sagte: „Das sollt Ihr sofort erfahren", stand ich rasch auf, hob seinen Stuhl mit ihm selber in die Höhe, trug ihn durch die Stube hinüber und stellte ihn dort nieder, wo er sich vorher befunden hatte. Als ich wieder zurückging, erscholl ein allgemeines Gelächter, untermischt mit Bravorufen.

Watter sprang sofort wieder auf, kam hinter mir her und schrie, als ich mich niedergelassen hatte:

„Ihr habt es gewagt, mich anzufassen! Eure Albernheiten habe ich ruhig ertragen, denn sie waren so dumm, dass Ihr mich nur erbarmen konntet; aber tätliche Angriffe kann ein Westmann auf keinen Fall dulden. Wisst Ihr, was ich tun werde?"

„Nun, was?", fragte ich, ihn ruhig anlächelnd.

„Ich werfe Euch hinaus auf die Straße."

„Schön! Tut es, Mr. Watter! Seht, ich stehe auf: Hier habt Ihr mich! Ich werde mich gar nicht wehren."

Ich erhob mich wieder und stellte mich vor ihn hin.

„Gut, gut!", rief er. „Soll sofort losgehen! Also hinaus, hinaus!"

Er fasste mich bald rechts, bald links, bald oben, bald unten, bald hüben und drüben oder hinten und vorn zu gleicher Zeit und brachte mich doch nicht um einen Zentimeter von der Stelle, denn ich hatte die Beine ausgespreizt und die Knie ein wenig gebogen und schob jedem Druck von ihm den Schwerpunkt meines Körpers entgegen. Wer diesen Kniff gut eingeübt hat, den bringt selbst ein ungewöhnlich starker Mann nicht von der Stelle. Die Hauptsache ist, dass man nicht den Bruchteil einer Sekunde zögert, sich auf die Absichten des anderen umzustellen und seinen Schwerpunkt sofort dem Druck des Gegners entgegenzuschieben. Man muss diesen Druck, ich möchte sagen, vorherahnen, man darf nicht warten, bis man ihn fühlt. Versäumt man nur einen Augenblick, so ist es zu spät und man hat das Gleichgewicht verloren.

Es lässt sich denken, dass alle Gäste ihre Plätze verlassen hatten, um uns zuzuschauen. Es war ein Vernügen für sie, zu beobachten, welche Mühe sich Watter gab, seine Drohung wahr zu machen.

„*Lo, lo! Up!* Greift zu! Fester! *Come on!* Hebt, schiebt, schiebt! *Huzza, huzza!*", erklang es aufmunternd von allen Seiten. „Wer wettet mit? Ich sage, er bewegt ihn nicht! Einen Dollar, zwei Dollar, fünf Dollar! Jetzt, jetzt! Ach, wieder nichts! Der Mann steht fest wie ein Fels, wie ein Gebirge! Zehn Dollar setze ich, zehn! Wer wagt sich dagegen?"

Diese Rufe spornten meinen Gegner zur größten Anstrengung an, er tat, was er konnte, doch ohne jeden Erfolg. Endlich ließ er ab, holte tief Atem und schrie erbost:

„Dieser Kerl hat entweder den Teufel oder er ist an die Diele festgenagelt! So etwas hat man noch nie erlebt."

„Ich will Euch gleich etwas zeigen, was Ihr wohl auch noch nicht erlebt habt", lachte ich. „Ihr wolltet mich auf die Straße werfen, ich will es feiner mit Euch machen; Ihr müsst zwar auch hinaus, aber ich werde Euch nicht werfen, sondern tragen. Passt auf!"

Um seine Arme und Hände für mich unschädlich zu machen, drehte ich ihn, bevor er es vermutete, schnell um, fasste ihn oben am Rock- und Westenkragen, unten am Gesäß, hob ihn mit einem Ruck in die Höhe, schüttelte ihn einige Male derb auf und nieder, was ihm für den Augenblick die Widerstandskraft nahm, ging zur halb offenen Tür, schob sie vollends auf und trug ihn durch den Flur hinaus auf die Straße. Alles, was sich im Zimmer befand, kam unter hellem Gelächter hinterhergelaufen.

„Wohin soll ich ihn tun, Mesch'schurs?", fragte ich.

„Steckt ihn wieder zum Fenster hinein, damit wir ihm drinnen Beifall spenden können!", schlug er vor.

„Gut! Bitte sehr!"

Bei diesen Worten schob ich den ‚berühmten Westmann' durch das Fenster, mit dem Kopf voran, und gab, als der Oberkörper drin war, den Beinen einen Stoß, sodass er nieder auf den Boden fiel. Allgemeines Händeklatschen und Bravorufen begleitete diesen leichten Erfolg, dann kehrten wir in die Stube zurück. Kein Watter war zu sehen. Rost, der einstweilige Oberkellner, beantwortete die erstaunten Fragen, indem er lustig lachend auf ein offenes Fenster an der anderen Wand deutete:

„Dort ist er gleich wieder hinausgesprungen, als er schnell aufgestanden war. Das ging so im Nu, dass man ihn gar nicht deutlich sehen konnte."

Das Gelächter verdoppelte sich. Übrigens hatte der tüchtige Westmann klug daran getan, sich sofort aus dem Staub zu machen, denn er hätte nach dieser Zurechtweisung doch nur eine jämmerliche Rolle gespielt. Was mich betrifft, so wollte man mich in Beschlag nehmen; man schlug vor, dass alles sich an einem Tisch zusammensetzen möchten, ich brachte aber irgendeine glaubhafte Entschuldigung vor und ging auf mein Zimmer, um dort den Tisch zur Arbeit herzurichten, denn ich hatte vor, trotz des Ballgeräuschs die Nacht hindurch zu schreiben.

Meine Stube hing durch eine Tür mit der nebenan liegenden zusammen, der Schlüssel steckte auf meiner Seite. Ohne irgendein Misstrauen zu hegen, folgte ich nur der alten westmännischen Gewohnheit, meine Umgebung genau kennen zu lernen, und schloss die Tür auf. Man hatte drüben einen Schrank vorgesetzt, der so breit und so hoch war, dass er nicht nur die Tür, sondern auch ihre Einfassung vollständig verdeckte. Wer als Fremder jenseits wohnte, konnte also leicht der Meinung sein, dass der Schrank an der Mauer stände und kein Durchgang vorhanden sei.

Nun kam die Zeit, der Einladung von Frau Hiller zu folgen. Das Abendbrot war zubereitet und wir setzten uns, als ich eintrat, sofort zu Tisch. Man schien erwartet zu haben, dass ich jetzt erzählen würde, weshalb ich nach Amerika gekommen war und was ich bis zu diesem Tag erlebt hatte; ich wies das aber von mir, selbstverständlich in einer Weise, die sie nicht beleidigen konnte. Hierauf erfuhr ich, warum sich im Arbeitszimmer des Sohnes fast nur Bücher juristischen Inhalts befanden.

Den eigentlichen Grund, weshalb die Familie die Heimat verlassen hatte, wo diese Heimat lag und welchen Stand Hiller angehört hatte, erzählte man nicht. Aber ich merkte, dass es ein Band gab, das sie mit der Heimat zusammenhielt und nicht zerrissen werden sollte. Es war ihnen ein großes Unrecht geschehen, dem sie wehrlos gegenüberstanden. Man hatte eine, wie es schien, sehr schwere Schuld auf sie geworfen und sie waren geflüchtet, um der Bestrafung zu entgehen. Die Ehre der Familie war vernichtet und sie schienen bis heute ihr ganzes Bestreben darauf gerichtet zu haben, diese Ehre wiederherzustellen, um in die Heimat zurückkehren zu können. Es galt, Beweise ihrer Unschuld zu erbringen, wozu es guter gerichtlicher und wahrscheinlich auch polizeilicher Kenntnisse bedurfte; und weil sie sich keinem Fremden anvertrauen wollten, war der Sohn Jurist geworden und hatte sich, ohne nach einer Anstellung in den Vereinigten Staaten zu trachten, ausschließlich darauf gelegt, die einschlägigen Gesetze seines Vaterlandes zu studieren. Sobald er sich dazu reif fühlte, sollte an die Lösung der schwierigen Aufgabe gegangen werden.

Die Ausbildung des Knaben und die Hingabe an diesen großen Lebenszweck hatten Opfer gefordert, vor allen Dingen geldlicher Art. Hiller hatte verdienen müssen und doch zu keinem erwerblichen Beruf Kenntnisse oder Geschick besessen, was mich auf die Vermutung brachte, dass die Familie eigentlich von Adel sei und ihr Haupt bis zum Hereinbruch des Unglücks nur den gesellschaftlichen Verpflichtungen gelebt hatte, eine Art der Lebensführung, die ein großes Vermögen erfordert, was zwar in den heimatlichen Verhältnissen möglich ist, aber im Land der rastlosen Arbeit jenseits des Ozeans mit keinem einzigen Cent bewertet wird. Zu seinem und der Seinen Glück war Hiller ein guter Jäger gewesen und es gelang ihm, bei einem der großen Pelzgeschäfte Anstellung zu finden. Er arbeitete sich mit der Zeit in diesem Fach so empor, dass er ein hinreichendes Einkommen erzielte. Freilich konnte er nur kurze Zeit im Jahr daheim sein und Frau und Sohn mussten sich in steter Sorge um ihn befinden; aber die Macht der Gewohnheit blieb auch hier nicht ohne Wirkung, zumal ihm auf seinen Jagdzügen nie ein Unglück widerfahren war.

Jetzt aber waren die beiden Personen, bei denen ich saß, in großer Sorge um ihn. Er war, wie schon oft, im zeitigen Frühjahr aufgebrochen, um bei den Indianern, mit denen er in Geschäftsverbindung stand, die Erträgnisse der Herbst- und Winterjagd einzuhandeln, und bis heute nicht zurückgekehrt, obgleich er seine Heimkehr auf spätestens Anfang Juli festgesetzt hatte. Auf ihre wiederholten, ängstlichen Erkundigungen war Frau Hiller aus St. Louis nur immer der unzulängliche Bescheid zugegangen, dass man selber noch keine Kunde von ihm oder einem seiner Begleiter bekommen habe und den erwarteten großen Pelzlieferungen schon längst mit Ungeduld entgegensehe. Das Geschäft schien sich also auch in Sorge zu befinden; dazu kam, dass seit einiger Zeit ein dunkles Gerücht über die Feindseligkeiten zwischen den Indianerstämmen in den nordwestlichen Bergen aufgetaucht war. Ich hatte davon noch nichts gehört, weil ich mit Winnetou aus dem Süden gekommen und durch Gegenden geritten war, in denen es keine Weißen gab und wo wir jedes Zusammentreffen mit den Roten hatten vermeiden müssen.

Ich suchte, um Frau Hiller und ihren Sohn zu beruhigen, alle möglichen Gründe zusammen, die sein langes Ausbleiben erklären konnten, brachte aber damit nicht die beabsichtigte Wirkung hervor. Als ich mich erkundigte, welche Indianerstämme es wären, die er hatte besuchen wollen, antwortete sie:

„Er pflegt das aus Geschäftsgründen immer geheim zu halten; gegen mich zwar braucht er nicht verschwiegen zu sein, aber es würde doch zu nichts führen, Ihnen die Namen alle zu nennen, die Ihnen ja doch unbekannt sind."

„Sie irren. Ich kenne die Verhältnisse aller Stämme der Vereinigten Staaten besser, als Sie denken."

„Aus der Ferne ja, aus Zeitungen und aus Büchern. Sie sind uns ein lieber, hoch geehrter Freund und in Ihrem Fach jedenfalls ein tüchtiger Mann; aber in unserer Sorge um meinen Mann ist es Ihnen unmöglich, uns auch nur einen kleinen Teil der Last zu nehmen. Dazu gehören Männer, die den Westen kennen und kühn und erfahren genug sind, sich hinauf in die Felsenberge zu wagen, um nach den Vermissten zu forschen. Ein deutscher Schriftsteller, und wenn er der berühmteste wäre, wiegt da auch nicht ein Gramm. Sie verzeihen diese Worte, aber es ist wirklich so. Ich werde nach St. Louis fahren, um dort den Vorschlag zu machen, dass man einige tüchtige Jäger hinaufschickt; aber mutig und klug müssen sie sein und die Verhältnisse genau kennen, nicht solche unbewanderte Leute wie alle die, die nicht wussten, was das Leder zu bedeuten hatte."

„Leder?", fragte ich.

„Ja. Da kann ich Ihnen gleich den Beweis liefern, dass die überlegene Klugheit des Europäers an einem Stückchen Leder scheitert."

„Hm! Gestatten Sie, dass ich mich vor diesem Beweis nicht fürchte! Ich bin nämlich Fachmann."

„Oh, in der Weise, wie Sie es meinen, bin ich auch bewandert. Hier aber handelt es sich um die Beantwortung der wichtigen Frage: Welche Bedeutung hat es, wenn ein Indianer zu Ihnen kommt und Ihnen ein Stück Leder gibt?"

„Das ist ein Brief oder hat sonst irgendeinen Sinn, der auf eine Mitteilung abzielt."

„Das hat bis jetzt ein jeder gedacht, aber keiner hat mir Genaueres darüber sagen können. Ich habe mich hier erkundigt und bin überall herumgefahren; ich bin auch in St. Louis gewesen, wo es bei den Handelsgeschäften doch Leute gibt, von denen man Aufschluss erwartet; es sind hundert und noch mehr Westmänner, Jäger, Trapper und sonstige Kenner gefragt worden, alle haben das Leder untersucht, aber die Antwort hat stets in einem Kopfschütteln und dem Geständnis bestanden, dass dieses Fell ein gewöhnliches Stück Leder wäre und nichts zu besagen hätte. Und doch muss es eine Bedeutung besitzen, denn ein Indianer hat es gebracht und dabei gesagt, dass es für die Squaw von Nana-po, so wird mein Mann genannt, bestimmt sei."

„Sie äußerten doch, dass Sie keine Nachricht von Ihrem Mann hätten. Warum haben Sie diesen Besuch nicht schon längst erwähnt?"

„Weil das keinen Zweck gehabt hätte. Was hundert Westmänner nicht sagen können, können auch Sie nicht wissen. Die Bedeutung des Leders wird mir ein Rätsel bleiben, bis einmal so ein Mann wie Old Firehand oder Old Shatterhand in diese Gegend kommt, den ich dann aufsuchen werde, um es ihm zu zeigen."

„Da können Sie jahrelang warten, bevor so einer zufälligerweise einmal nach Weston oder in die Nähe gerät."

„Leider! Aber in Jefferson City soll Old Shatterhand und sogar auch Winnetou schon einmal gewesen sein."

„Sie haben das Leder noch?"

„Ja."

„Vielleicht genügt es, dass Sie es mir einmal zeigen."

„Ihnen? – Meinetwegen! Sie sollen es sehen, nur damit Sie mir später sagen können, dass Sie ein indianisches Totem in der Hand gehabt haben. Ich hole es."

Sie brachte es und gab es mir. Es war ein vierfach zusammengelegtes Lederstück von der Größe eines Papierbogens. Man konnte auf keiner Seite ein Zeichen bemerken, was darauf hätte schließen lassen, dass es irgendeine Bedeutung besaß. Und doch wusste ich sofort, woran ich war.

„Nun?", fragte sie lächelnd. „Nicht wahr, es ist ein Stück Leder wie jedes andere?"

„Nein."

„Nicht? Da bin ich wirklich neugierig, was Sie denken. Natürlich wird es ein Irrtum sein."

„Ich denke, dass einmal ein deutscher Schriftsteller einer ganzen Reihe von Westmännern beweisen kann, dass er ihnen in diesem Fall überlegen ist. Dieses Leder ist ein Brief."

„Was? Sie irren sich! Sie täuschen sich!", rief sie schnell. „Es ist ja ganz und gar nichts darauf zu erkennen."

„Nicht darauf, sondern darin."

„Darin? Kann ein Lederstück hohl sein?"

„Es sind eigentlich zwei Stücke."

„Unmöglich! Das hätte man doch fühlen und auch an den Rändern sehen müssen."

„Pah! Wir haben da zwei sehr fein zubereitete Waschbärfelle vor uns, die zusammengeklebt sind. Das eine ist der Brief und das andere die Decke."

„Warum hätte man eine Decke auf den Brief geklebt?"

„Um die Schrift zu schonen."

„Das hätte man auf einfachere Weise erreichen können, zum Beispiel durch Einwickeln."

„Die Decke hat noch einen zweiten Zweck, der mir Besorgnis einflößt."

„Warum?"

„Der Indianer, der den Brief gebracht hat, ist ein Feind von Ihnen, also auch von Ihrem Mann gewesen. Auf welche Weise hat er Ihnen eigentlich das Leder gegeben?"

„Ich war nicht daheim. Er hat es gebracht und gesagt,

das sei für die Squaw von Nana-po, dann ist er schnell wieder fortgegangen. Ich habe mich nach ihm erkundigt, aber er ist keinen Augenblick in der Stadt geblieben."

„Also habe ich Recht. Der Brief ist so beschaffen, dass Sie Zeit brauchten, ihn zu öffnen und zu lesen, und während dieser Frist konnte der Überbringer flüchten. Der Inhalt der Botschaft ist nicht günstig für Sie."

„Um Gott! Wenn Sie ihn doch öffnen könnten!"

„Ich vermag es!"

„Das wäre ein unbegreifliches Wunder, nachdem so viele Kenner nichts herausgebracht haben."

„Das waren Pfuscher. Wissen Sie, was der Lederarbeiter unter ‚Leder schärfen' versteht?"

„Nein."

„Die Ränder sind mit einem sehr scharfen Messer verdünnt worden, damit sie besser zusammenkleben, sodass man nicht leicht bemerkt, dass das Leder aus zwei Stücken besteht. Der Kenner aber fühlt sofort, dass die Ränder dünner sind."

„Aber man müsste doch in der Mitte merken, dass es doppelt ist."

„Es ist auch da zusammengeklebt."

„Geht so nicht die Schrift beim Auseinanderreißen verloren?"

„Wir reißen nicht, sondern wir weichen auf."

„Da weicht doch auch die Schrift auf."

„Nein, denn die ist nicht mit Wasserfarbe geschrieben. Bitte, geben Sie mir eine Schere und bringen Sie eine Schüssel voll Wasser!"

Als sie beides geholt hatte, schnitt ich auf allen vier Seiten den Rand des Leders weg und legte es so in die Schüssel, dass das Wasser darüber stand; dann mussten wir warten, bis der Klebstoff aufgelöst war. Inzwischen hatten wir Zeit, die eiserne Herdplatte durch ein gelindes Feuer zu erwärmen, um den ‚Brief' darauf trocknen zu lassen.

Es ist eigentlich überflüssig, zu betonen, dass die zwei

Personen sich in einer außergewöhnlichen Spannung befanden. Es wollte ihnen nicht einleuchten, dass ein ‚deutscher Schriftsteller' nun doch mehr wüsste als alle Westmänner, an die sie sich vorher gewandt hatten; aber die Sicherheit und Überzeugung, die ich zeigte, brachten ihre Zweifel bald ins Wanken. Zu ihrer Spannung gesellte sich Unruhe, eine Folge meiner Behauptung, dass der Indianer ein Feind gewesen und der Inhalt des Briefes daher nicht erfreulich wäre.

Nach einer halben Stunde nahm ich das Leder aus dem Wasser und konnte die beiden Teile wie zwei aufeinandergeklebte Papiere auseinander ziehen; Mutter und Sohn vermochten sie nicht zu unterscheiden, ich aber sah trotz der Nässe, welcher Teil die Decke und welcher der Brief war; diesen breitete ich, die Schriftseite nach oben, auf die warmen Ofenplatten aus, musste aber sehr aufpassen, dass die Schrift nicht durch die Wärme zum Zerfließen kam. Dann wurde das Leder zwischen zwei Lampen auf den Tisch gelegt.

Die beiden beugten sich schnell darüber, um zu lesen, richteten sich aber enttäuscht wieder in die Höhe.

„Das sind ja keine geschriebenen Buchstaben, sondern eingeschnittene rote Punkte, Striche und Bilder!“, sagte die Frau.

„Es ist eine wunderbar ausgeführte indianische Zinnoberschrift“, antwortete ich.

„Die nun wahrscheinlich kein Mensch entziffern kann. Wie froh ich war, als Sie behaupteten, es sei ein Brief! Und nun fallen wir in die frühere Ungewissheit zurück.“

„Beruhigen Sie sich, Mrs. Hiller. Ich lese ihn.“

„Wirklich? Wo haben Sie denn das nur gelernt?“

„Bei den Indianern.“

„Was? Wie? Sie wären bei den Indianern gewesen? Davon haben Sie doch kein einziges Wort gesagt.“

„Man soll sprechen, wenn es notwendig ist, sonst nicht. Erlauben Sie, dass ich mir erst still die Bedeutung der Bilder überlege! Das nimmt mehr Zeit in Anspruch als das Lesen eines Briefes in gewöhnlicher Schrift."

Es dauerte zehn Minuten, bis ich fertig war. Der Inhalt war, wie ich vorausgesagt hatte, nicht erfreulich. Ich fragte mich im Stillen, ob es nicht besser wäre, ihn zu verschweigen, kam aber doch zu dem Entschluss, aufrichtig zu sein. Ich durfte der Frau nicht vorenthalten, wie es mit ihrem Mann stand. Wenn sie es erfuhr, war es ihr mit Hilfe des Pelzgeschäfts möglich, ihn zu retten. Ich bereitete sie durch eine kurze Einleitung auf die betrübliche Mitteilung vor und erklärte dann:

„Sie erkennen zunächst hier oben einen mit Federn geschmückten Indianer und von dessen Mund eine dünne Linie, gewissermaßen den Hauch einer Gestalt, zu dem Viereck mit vier Cowboys. Das ist der Name des Schreibers und Absenders dieses Briefs, des Häuptlings der Kikatsas, die eine Abteilung der Krähenindiander, also der Crows oder, wie sie sich selbst nennen, Upsarokas sind. Er heißt Yakonpi-Topa, das ist zu deutsch: Vier Hirten, womit Cowboys gemeint sind. Er hat nämlich damals, als er auszog, um sich einen Namen zu holen, was jeder junge Indianer tun muss, vier Cowboys getötet und ihre Skalpe mit heimgebracht; daher sein Name."

„Aber wie kommt dieser grausame Mörder dazu, mir einen Brief zu senden? Mein Mann hat doch mit ihm und den Kikatsa nie etwas zu tun gehabt", fragte die Frau.

„Bitte um Geduld, Sie werden es schnell genug erfahren. Weiter sehen Sie fünf Schlangen mit Menschenköpfen; vier von diesen Köpfen sind barhaupt und haben langes Haar, wie es die Indianer tragen, der fünfte hat einen Hut auf, was stets einen Weißen bedeutet. Die Schlangen sind Schlangenindianer, also Snakes, die sich Schoschonen nennen. Ich weiß jetzt, dass Mr. Hiller mit diesen Schoschonen in Geschäftsverbindung steht."

„Das ist richtig, er wollte auch zu ihnen. Woraus entnehmen Sie das?"

„Die Schlange mit dem Hut ist Ihr Mann, die vier anderen Schlangen sind Schoschonen. Unter ihnen erblicken Sie sechs verkehrte Vögel, das heißt, sie liegen auf dem Rücken und haben die Beine an den Leib gezogen, sie sind also tot. Von den Schlangen führt eine Linie aus roten Punkten, die Flintenkugeln bedeuten, zu den Krähen herunter, das heißt: Vier Schoschonen und Ihr Mann haben sechs Kikatsas erschossen. Die Vögel sollen nämlich Krähen, also Crow- oder Kikatsasindianer bedeuten."

„Das ist unmöglich! Es kann meinem Mann nicht einfallen, einen Indianer zu töten."

„Was ich hier lese und Ihnen sage, ist zweifellos Tatsache. Der größte Indianerfreund kann, zum Beispiel, wenn er von Roten überfallen wird, in die Lage kommen, einige zu erschießen."

„Das ist dann aber Notwehr und nicht Mord."

„Ganz recht, leider aber erkennen die Indsmen diese Unterscheidung niemals an. Weiter! Sie erblicken hier eine Menge von Krähen, sie bilden einen Kreis um die Schlangen, die zusammengebunden sind. Das heißt, die Kikatsas haben die Mörder gefangen genommen."

„Himmel! Meinen Mann auch?"

„Leider!"

„Was wird mit ihm geschehen? Sagen Sie es mir!"

„Bleiben Sie ruhig! Es ist ihm nichts zugestoßen. Er lebt noch."

„Jetzt noch? Aber später? Sie wollen ihn töten, ja?"

„Bitte, Mrs. Hiller, regen Sie sich nicht auf, es wird wahrscheinlich alles gut. Hier sehen Sie einen Berg gezeichnet, um den Felle hängen; das bedeutet einen großen Haufen von Fellen, die Westleute pflegen zu sagen: einen Berg von Fellen. Die Kikatsas haben Ihrem Mann also sein ganzes Pelzwerk, das er bei sich führte, geraubt."

„Das Unglück wird immer größer. Was soll man in St. Louis dazu sagen, wo man erwartet, dass..."

„Klagen Sie jetzt nicht, sondern hören Sie mich an! Zunächst ist ein Menschenleben mehr wert als der größte Haufen von Häuten, wir wollen uns also einstweilen nur um Mr. Hiller kümmern. Und sodann hat er natürlich nicht alle seine Einkünfte mit sich geschleppt, sondern sie von Zeit zu Zeit auf den Weg gegeben. Diese Sendungen werden schon noch in St. Louis ankommen. Ferner sehen Sie hier vier Schlangen an einen Pfahl gebunden; ihre Köpfe liegen unten, aber glücklicherweise kein Hut dabei. Das heißt: Die vier Schoschonen sind wegen des Mordes von den Kikatsas zu Tode gemartert worden! Ihr Mann war aber nicht mit dabei. Von ihm lesen wir jetzt weiter: Es folgen, wie Sie sehen, zwei Figurenreihen. Von der ersten führt ein Faden nach der oberen Außenecke des Vierecks im ersten Bild und von der zweiten einer nach der unteren. Das bedeutet: entweder – oder; das heißt: Entweder geschicht das, was auf der einen Reihe oder das, was auf der anderen Reihe steht!"

„Und was steht da? Sie spannen mich auf die Folter."

„Haben Sie doch nur Geduld! Hier erblicken Sie ein Leder und unten auf der anderen Reihe auch. Das ist der Brief, den Sie bekommen haben. Wann wurde er Ihnen gebracht?"

„Vor noch nicht ganz vier Wochen."

„Gut, so haben wir noch drei Monate Frist."

„Wieso Frist? Wozu?"

„Ihren Mann zu retten. Schauen Sie her! Da liegt die Schlange gebunden, mit einem Hut auf dem Kopf; das heißt: Ihr Mann ist gefangen, lebt aber noch. Hierauf sind vier Monde nacheinander abgebildet, das bedeutet die Zeit von vier Monaten. Dann folgt diese Schlange am Pfahl und der Kopf mit dem Hut liegt unten. Der Sinn dieser Zeichnung ist: Der Weiße lebt noch, wird aber vier Monate nach Abgabe des Briefes am Marterpfahl sterben; ich will aber..."

„Das ist doch schrecklich!", unterbrach sie mich, indem sie die Hände zusammenschlug. „Gibt es denn nicht..."

„Hören Sie nur weiter!“, fiel ich ihr in die Rede. „Auf der anderen Reihe folgt nach dem Brief die Schlange mit dem Hut; sie hat jetzt Hände, in denen sie zwei Gewehre hält, mit denen andere Gewehre mittels einer Schnur verbunden sind; das bedeutet eine Vielzahl von Gewehren. Dahinter kommt das Zeichen des Häuptlings mit den vier Cowboys oder Hirten. Dieses Zeichen hat zwei Hände, die es den Gewehren entgegenstreckt. Von der Schlange bis zum Häuptling hin ziehen sich oben wieder vier Monde und darunter erkennen Sie zwei Hände mit ausgespreizten Fingern, an die sich ein einzelner Finger legt; das ist die Bezeichnung, die Gebärde des Zählens; zwischen diesen Händen steht eine Sonne, das Zeichen des Jahres, die sich auf die Anzahl der Gewehre bezieht: also 365 Stück. Der Häuptling hat diese und nicht eine nach unseren Begriffen ‚runde Summe‘ gewählt, weil die Sonne für ihn die einfachste, kürzeste und darum bequemste Zahlenzeichnung war. Hinter dieser Gruppe erblicken Sie die Schlange mit dem Hut auf einem Pferd, das davongaloppiert, sich also schnell entfernt. Diese ganze Figurenkette bedeutet demnach: Wenn die gefangene Schlange, also Ihr Mann, binnen vier Monaten 365 Gewehre an den Häuptling zahlt, erhält er die Freiheit und kann fortreiten. Ganz unten entdecke ich zu meinem Erstaunen zwei wirkliche Buchstaben, nämlich ein kleines v und ein großes lateinisches H. Was das zu bedeuten hat, kann ich leider nicht sagen.“

„Aber ich, ich!“, rief sie schnell und froh. „Zeigen Sie, zeigen Sie! Ja, hier steht es: v. H. Das ist das adlige ‚von‘ mit dem Anfangsbuchstaben unseres Namens, also ein Lebenszeichen meines Mannes.“

„Und zugleich das Zeichen, dass er mit dem Brief einverstanden ist. Haben Sie diesen erfasst oder soll ich ihn wiederholen?“

„Ja, bitte, sagen Sie mir den Inhalt noch einmal!“

„Gern! Also: Mr. Hiller ist mit vier Schlangenindianern

beisammen gewesen und wird darum der leichteren Bezeichnung wegen von dem Häuptling auch als Schlange abgebildet, aber von ihnen durch einen Hut unterschieden. Diese fünf Schlangen haben sechs Krähenindianer getötet, die zum Stamm der Kikatsas gehörten, und sind dafür von den Kikatsas gefangen genommen worden. Die vier roten Schlangen, mit denen man wenig Federlesens machte, wurden am Marterpfahl umgebracht; mit der fünften weißen Schlange aber, Ihrem Mann also, hat man etwas anderes vor, vielleicht ist er bei der Tötung der Krähenindianer nicht so beteiligt gewesen wie die Schlangenindianer; vielleicht auch ist die Rachsucht des Häuptlings weniger groß als seine Klugheit, die sich in den Besitz einer hinreichenden Anzahl von Gewehren zu setzen wünscht, womit er diejenigen seiner Krieger, die noch keins besitzen, bewaffnen kann. Wenn sich das Gerücht, von dem Sie vorhin sprachen, bestätigt, so bereiten sich da oben in den Bergen Feindseligkeiten vor, bei denen die bessere Bewaffnung leicht den Ausschlag gibt. Der Häuptling sendet also einen Brief an die Frau des Gefangenen und sagt ihr darin: Schickst du binnen vier Monaten nach Empfang dieses Schreibens 365 Gewehre an mich, so gebe ich deinen Mann frei und er kann reiten, wohin er will; tust du das aber nicht, so muss er geradeso am Marterpfahl sterben wie die vier Schoschonen. Mr. Hiller hat den Brief gesehen und unterzeichnet, er ist also damit einverstanden, dass er an Sie gesandt wurde."

„Auch mit der Lieferung der Gewehre?"

„Das will ich nicht behaupten. Wenn er ein Westmann ist, wie Sie ihn beschreiben, ist er dagegen."

„Aber da müsste er doch sterben."

„Nicht so unbedingt, wie Sie annehmen. Kein Jäger wird es für seinen Vorteil erachten, dass die Indianer ihm in Beziehung auf Bewaffnung gleichgestellt werden, und vier Monate sind eine lange Zeit, in der viel geschehen kann. Das wäre mir ein Westmann, der binnen hundertundzwanzig Tagen keine Gelegenheit zur Flucht fände! Ich bin oft Gefangener der Indianer gewesen, ohne eine viermonatige Frist zu..."

„Sie, Sie waren auch schon gefangen?", fiel sie ein.

„Ja, und zwar wiederholt. Ich habe da in der Hitze des Gefechts mehr gesagt, als ich sagen wollte; das tut aber nichts, denn wie die Sachen stehen, werden Sie auch noch mehr über mich erfahren. Also, man braucht diesem Häuptling Yakonpi-Topa nicht gleich so viel Gewehre, wie das Jahr Tage hat, hinzuwerfen, um Mr. Hiller frei zu machen; er wird auch mit sich handeln lassen, wenn Ihr Mann nicht inzwischen schon entkommen ist. Übrigens müssten, falls man die Waffen doch schicken will, die Boten tüchtige Kerle sein, die sich nicht fürchten und sich nicht betrügen lassen, sonst nimmt er die Gewehre und gibt den Gefangenen doch nicht frei. Ich kenne das."

„So steht mein Entschluss fest: Ich werde morgen früh nach St. Louis fahren und den Brief wieder mitnehmen, um mit den Herren wegen der Gewehre zu sprechen."

„Übereilen Sie nichts! Es gibt da noch wichtige Punkte zu überlegen."

„Welche?"

„Yakonpi-Topa hat mitgeteilt, dass er Ihrem Mann einen ganzen Berg von Pelzen abgenommen hat; aber ob er sie ihm wiedergeben will, davon schreibt er nichts."

„Das ist doch selbstverständlich!"

„O nein! Wollte er sie ihm ausliefern, so hätte er im Brief den Berg hinter das fortgaloppierende Pferd gemalt. Auch schreibt er nur von Ihrem Mann, nicht aber von dessen weißen Begleitern. Mr. Hiller ist doch nicht allein fort?"

„Er hat noch sechs Mann mitgenommen."

„Sehen Sie! Die sind auch Gefangene der Kikatsas oder vielleicht gar schon am Marterpfahl gestorben."

„Ist es denn nicht möglich, dass sie gar nicht mit ergriffen wurden?"

„Möglich ist es wohl, aber nicht wahrscheinlich. Ich

nehme an, dass sie mit ihm bei den Schlangenindianern gewesen sind?"

„Gewiss."

„Wenn Ihr Mann ohne sie den Kikatsas in die Hände gefallen wäre, so hätten das seine Gefährten unbedingt erfahren und Ihnen oder auch nach St. Louis so schnell wie möglich Nachricht gegeben. Auch wären, wenn sie noch frei wären, längst Pelzsendungen angekommen."

„Das leuchtet mir ein."

„Nicht wahr? Und sodann: Fünf Schlangen, dabei Ihr Mann, sollen sechs Krähen ermordet haben! Mr. Hiller war ein Indianerfreund, der auch aus geschäftlichen Gründen wohl alles versucht hätte, um eine solche Tat zu verhüten. Die Sache ist nicht ganz richtig, wenigstens ist sie nicht so, wie sie von Yakonpi-Topa in seinem Brief dargestellt wird. Man muss da vorsichtig sein und nicht vorschnell handeln. Warum haben die Krähenindianer die vier Schoschonen so schnell hingerichtet, den einen Weißen aber leben lassen? Hat Yakonpi-Topa Ihren Mann mit allen sechs Begleitern gefangen und spricht in seinem Brief nur von einem unbestimmten Weißen, so gibt er für die 365 Gewehre einen von ihnen frei und behält Ihren Mann mit den anderen fünf doch zurück, um neue und noch größere Forderungen zu stellen. Sie sehen: Einen solchen Indianerbrief zu lesen, ist das Wenigste, man muss ihn auch überlegen. Diese roten Herren sind pfiffig und ich sage Ihnen, dass das Schreiben, das hier vor uns liegt, ein kleines diplomatisches Meisterstück ist. Selbst Ihre Westmänner würden sich durch diesen Brief wahrscheinlich auf falsche Wege locken lassen."

„Sagen Sie, Mr. Meier, könnten Sie morgen mit mir nach St. Louis fahren?"

„Zu den Herrschaften vom Pelz?"

„Ja."

„Danke! Ich bin nicht gewohnt, solchen Leuten nachzulaufen."

„Oder soll ich telegrafieren, dass man mir einen Bevollmächtigten schickt, mit dem ich verhandeln kann?"

„Das wäre schon etwas anderes."

„Ich möchte nämlich gern, dass Sie mit dabei sind."

„Ich? Der deutsche Schriftsteller?"

Sie blickte eine Weile still vor sich hin, reichte mir dann die Hand hin und meinte:

„Verzeihen Sie! Ich weiß nicht, woran ich mit Ihnen bin und was ich tun und sagen soll. Das Unglück, das meinen Mann getroffen hat, lässt mich nur an ihn denken, und darum wirken Sie nicht so auf mich, wie es sonst der Fall wäre; aber es ist mir dennoch so, als ob ich an Ihnen immer neue Entdeckungen zu machen hätte. Sie lesen einen Indianerbrief, den andere Westmänner für ein wertloses Stück Leder hielten, Sie lesen sogar zwischen den Zeilen dieses Briefes und dringen dann in einer so selbstverständlichen Weise in die schwierigsten Verhältnisse ein, dass ich gleich bitten möchte: Gehen Sie hin und holen Sie meinen Mann! Ich glaube, ich würde fast ohne Besorgnis warten, bis Sie wiederkämen, denn ich habe das sichere Gefühl, dass Ihnen kein Unfall zustieße, dass Sie alle Schwierigkeiten überwinden und ihn mir heimbringen würden. Wie kommt das nur? Vorhin kam mir der Gedanke an die Hilfe Old Shatterhands, jetzt nicht mehr."

„Ist auch nicht nötig, Mrs. Hiller."

„Ich dachte nur, wenn der hier wäre und die Sache in die Hand nehmen wollte! Ja, wenn er sich nur herbeiließe, einen guten Rat zu geben."

„Das hat er schon getan."

„Getan?", fragte sie verwundert.

„Ja."

„Wann?"

„Jetzt eben."

„Ich – verstehe Sie nicht. Sie geben mir Rätsel zu lösen, die ich – ich..."

Sie vollendete den Satz nicht und sah mit furchtsam fragenden Augen zu mir herüber. Ich brach in ein herzliches Lachen aus und half ihr aus der Verlegenheit:

„Ja, Sie haben mit dem Mann, dessen Namen Sie erwähnten, gesprochen. Ich habe nämlich die eigentümliche Gewohnheit, eigentlich ein deutscher Schriftsteller, nebenbei aber auch Old Shatterhand zu sein."

Sie brachte vor Erstaunen keinen Laut hervor. Ihr Sohn aber, der sich nur zuweilen mit einem kurzen bescheidenen Wort an unserem Gespräch beteiligt hatte, sprang so rasch auf, dass er den Stuhl hinter sich umwarf und rief:

„Old Shatterhand? Sprechen Sie die Wahrheit?"

„Gewiss."

„Ich glaube es, ich glaube es! Aber bitte, beweisen Sie es dennoch – meiner armen Mutter wegen, die so schwere Sorge um den Vater hat!"

„Gern! Welchen Beweis fordern Sie?"

„Old Shatterhand hat von Winnetou einen Stich in den Hals bekommen...?"

„Hier, sehen Sie – da ist die Narbe! Stimmt es?"

Da fasste er seine Mutter, zog sie vom Stuhl auf, drückte sie an sich und frohlockte:

„Er ist es, er ist Old Shatterhand! Nun brauchen wir keine Sorge zu haben, er wird uns den Vater bringen, und wenn er ihn aus der Mitte von tausend Rothäuten herausholen müsste!"

„Sachte, sachte!", warnte ich lachend. „Sie sprechen ja von mir wie von einem Dollarstück, das Sie schon in der Tasche haben! Hinauf zu den Kikatsas zu reiten, ist keine Kleinigkeit. Das erfordert Zeit und wir haben keine."

„Nicht? Warum nicht?"

„Weil wir nach dem Osten wollen."

„Nach dem Osten? Was wollen Sie dort? Etwa Gedichte machen oder Kalender schreiben? Bei einer solchen Arbeit kann ich mir Old Shatterhand gar nicht denken."

„Ich auch nicht, Verehrtester! Aber wenn ich die Feder in die Hand nehme, so bin ich nicht mehr Old Shatterhand, sondern – ein gewisser Mr. Meier, der zum Beispiel heute die ganze Nacht hindurch schreiben wird, bis es morgen Mittag schlägt. Und unsere Reise nach dem Osten ist so fest beschlossen, dass uns nur ein ungewöhnlicher Grund veranlassen könnte, sie aufzuschieben."

„So ein Grund ist doch nun da. Oder ist es vielleicht etwas Gewöhnliches, meinen Vater aus der Gefangenschaft und vom Tod am Marterpfahl zu erretten?"

„Ja, wenigstens für uns, denen derartige Aufgaben schon längst nichts Neues mehr sind."

„Uns – wir? – Wen meinen Sie damit noch?"

„Erraten Sie das nicht?"

„Etwa Winnetou?"

„Ja."

„Wirklich? Winnetou ist auch hier?"

„Hier noch nicht, aber er wird bald eintreffen."

„Hurra, hurra! Winnetou kommt auch! Winnetou und Old Shatterhand! Mutter, heute ist ein Tag, wie ich noch keinen erlebt habe! Mein heißer Wunsch ist stets gewesen, den guten, lieben Schüler, den wir in Falkenau trafen, einmal wieder zu sehen. Da steht er, er ist heute erschienen! Und dann weißt du, wie ich Tag und Nacht gearbeitet habe, um euren Wunsch zu erfüllen und ein guter Jurist zu werden. Ich habe weder nach rechts noch nach links geschaut und mir keine andere Erholung gegönnt als nur die, dass ich die Blätter las, in denen von Winnetou, dem Häuptling der Apatschen, und seinem weißen Freund und Blutsbruder die Rede war. Oder ich ging hier zu Bekannten, bei denen man von diesen zwei Westmännern und ihren Gefährten erzählte. Da habe ich oft gedacht, was für Freude es mir wäre, wenn ich das Glück hätte, einen von ihnen oder gar alle beide einmal zu sehen. Und nun ist er in unserem Zimmer, dieser Old Shatterhand, der zugleich unser kleiner Schüler ist, und Winnetou, der Herrliche, den alle Welt bewundert, bei dessen Namen jedes Herz begeistert schlägt, wird auch kommen!"

Der vorher so stille, junge Mann schien ganz außer Rand und Band geraten zu sein, denn er tanzte jubelnd um den Tisch herum. Wäre ich nur sein ‚kleiner Schüler' gewesen, so hätte er mich gewiss ebenso umarmt wie seine Mutter; da in mir aber zu gleicher Zeit auch Old Shatterhand mit steckte, so wagte er sich nicht an mich heran.

Jetzt wussten die beiden, warum ich vorher so schweigsam über mich gewesen war. Sie gaben zu, dass ich recht getan hatte, mich hier in Weston nicht zu nennen, weil ich sonst keinen Augenblick für mich hätte allein sein können und gezwungen gewesen wäre, nur immer zu erzählen und Tausende von Fragen zu beantworten. Einen kleinen Vorgeschmack eines solchen Fragensturmes bekam ich übrigens auch schon hier, denn Mutter und Sohn schienen ihre eigenen Verhältnisse ganz vergessen zu haben und wollten immer nur von mir und Winnetou hören.

Ganz sonderbarerweise stand es bei beiden fraglos fest, dass wir ihnen nicht bloß mit unserem Rat, sondern auch durch die Tat helfen würden. Sie sprachen von Winnetous und meinem Ritt hinauf zu den Kikatsa-Indianern wie von einer selbstverständlichen Angelegenheit, über die es keinen Zweifel geben könnte. Das war, wie ich wohl wusste, nicht etwa rücksichtslose Anmaßung, sondern eine unausbleibliche Folge des Rufs, in dem wir standen, oder vielmehr der schwärmerischen Legenden, die sich besonders über Winnetou gebildet hatten, den man sich nicht anders als den stets bereiten Rächer allen Unrechts und Schützer der Bedrängten denken konnte. Nach der Beschreibung, die von ihm und seinen hochherzigen Eigenschaften im Schwang war, durfte man allerdings erwarten, dass er die wichtigste Sache, falls sie ihn selber betraf, fallen ließ, wenn es galt, sich der Nöte eines anderen anzunehmen.

Um die Wahrheit zu sagen, war ich, ohne dass ich es verriet, gar nicht abgeneigt, diese braven Leute zu unterstützen, denn erstens reizte mich das Abenteuer an sich schon und zweitens schien es mir eine Folgerung der Ver gangenheit zu sein, meine Teilnahme für sie aus dem Wort in die Tat zu übersetzen; aber ich durfte auf meine Gefühle allein hin keinen Entschluss fassen, ohne vorher Winnetou um seine Ansicht zu fragen. Darum hielt ich es für angebracht, so zu tun, als ob wir wohl mitraten, jedoch keinesfalls mittun könnten.

Das glaubten sie aber nicht; sie waren vielmehr vom Gegenteil so überzeugt, dass der Sohn die Absicht aussprach, sich uns anzuschließen, denn wenn fremde Leute ihr Leben wagten, um seinen Vater zu befreien, so könnte er doch unmöglich wartend zu Hause bleiben. Ich hatte meine liebe Not, ihn davon zu überzeugen, dass er sich ganz und gar nicht zur Beteiligung eigne und durch seine Anwesenheit die vorauszusehenden Schwierigkeiten und Gefahren nur vergrößern würde.

Als keiner meiner Einwände im Stande war, die Unerschütterlichkeit, mit der man von unserer Hilfe überzeugt war, ins Wanken zu bringen, gab ich halb ärgerlich und halb lachend schließlich noch einen letzten Grund an:

„Aber was soll mit meinem neuen Anzug werden, in den ich mich mit so ungeheuren Kosten gesteckt habe, um jenseits des Mississippi für einen leidlich anständigen Menschen gehalten zu werden? Nun ich ihn einmal gekauft habe, will ich ihn auch tragen, und für einen so anstrengenden Ritt wäre er doch zu schade."

„Den lassen Sie hier bei uns", sagte Frau Hiller, „und wenn Sie zurückkehren, bekommen Sie ihn wieder. Sie können dann ebenso Staat darin machen wie jetzt. Und denken Sie, was für ein Zug das werden wird! Sobald Sie bekannt geben, dass Sie und Winnetou dieses Unternehmen beabsichtigen, werden Ihnen so viele Begleiter zuströmen, dass Sie mit einem ganzen Heer droben bei den Kikatsas ankommen und, um des ungefährlichsten und mühelosesten Sieges sicher zu sein, nur über diese Roten herzufallen brauchen."

„Ungefährlich und mühelos? Verzeihung, Mrs. Hiller,

aber wenn Sie das glauben, befinden Sie sich in einem Irrtum, der freilich in diesem Fall verzeihlich ist. Je zahlreicher die Truppe, desto unwahrscheinlicher ist der Erfolg. Vor allem anderen bildet da schon die Ernährungsfrage eine Aufgabe, deren Lösung große Schwierigkeiten bietet. Sie kennen die Gegenden nicht, die man da durchqueren muss. Der Weg ist wenigstens fünfzehnhundert amerikanische Meilen weit und bietet große Strecken, auf denen man kein einziges Pfund Fleisch schießen kann oder wo den Pferden das Wasser und das Futter mangeln. Und gerade an den allerwichtigsten Umstand haben Sie nicht gedacht: Wir haben Herbst und droben in den Bergen tritt der Winter früher ein als hier. Es kann da vorkommen, dass man heute den schönsten Sonnenschein hat und morgen schon im Schnee stecken bleibt. Ein vorsichtiger Mann muss damit rechnen, dass er nicht wieder herunter kann, sondern gezwungen ist, den ganzen Winter in irgendeinem abgelegenen Gebirgswinkel zuzubringen. Was soll da mit so vielen Leuten werden? Ich wiederhole: Sie dürfen durchaus nicht damit rechnen, dass wir unseren bisherigen Plan ändern und nach dem Westen zurückkehren, um die Krähen aufzusuchen; aber wenn wir es ja täten, so können Sie sicher sein, dass wir einen jeden, der sich als Begleiter anböte, abweisen würden."

„Sie wollten den weiten, gefahrvollen Ritt ganz allein unternehmen?"

„Ja."

„Sie zwei gegen einen ganzen Stamm? Das ist doch unmöglich!"

„Es wäre nicht zum ersten Mal, dass wir gerade dadurch unseren Zweck erreichten."

„Ich kann nichts dazu sagen, denn ich verstehe nichts davon; aber ich bin überzeugt, dass das, was Sie für gut halten, auch wirklich gut ist, wenn auch mein Mann seine Wanderungen stets in möglichst zahlreicher Begleitung unternommen hat."

„Das ist etwas anderes. Sein Zweck war die Pelztierjagd und dazu der Handel mit den Indianern. Da brauchte er schon zum Fortschaffen der Felle, das er allein nicht hätte bewältigen können, die ausreichende Beihilfe anderer Leute. Wir aber verfolgen auf unserem Ritt andere Ziele, und wenn es sich gar darum handelt, durch List etwas zu erreichen, was bei Anwendung offener Gewalt große Opfer fordern würde, so müssen wir uns verborgen halten, und das wäre nicht möglich, wenn wir uns in zahlreicher Gesellschaft befänden. Nun aber ist meine Zeit abgelaufen, und wenn sie es gestatten, will ich mich an meine Arbeit begeben."

„Soll ich nach St. Louis telegrafieren?"

„Nein. Warten Sie damit, bis Winnetou kommt! Wir wollen sehen, welcher Meinung er ist."

„Ich bin überzeugt, dass er nicht das Herz hat, uns seine Hilfe zu versagen."

„Na, na! Der Mensch soll niemals mit allzu großer Sicherheit auf die Erfüllung seiner Wünsche rechnen. Und nicht wahr, Sie verschweigen, dass sich Old Shatterhand hier befindet?"

„Wenn Sie es wollen, ja. Lieber aber möchte ich es allen Menschen erzählen, dass er heute mein Gast gewesen und überhaupt ein alter, lieber Bekannter von mir ist. Sehen wir uns morgen wieder?"

„Ich denke es, falls Sie nicht inzwischen Gründe finden, mich abzuweisen, wenn ich komme. Gute Nacht!"

Ich wurde bis vor die Tür begleitet und ging dann zum Gasthof, aus dem mir schon von weitem die Tanzmusik entgegenschallte. Die Fenster des Gastzimmers standen offen und mit dem hellen Licht der Lampen drang das Stimmengewirr der Gäste heraus, die so zahlreich erschienen waren, dass kein Stuhl leer stand.

Einen Augenblick schaute ich hinein und sah Watter, den schwatzhaften Westmann und unverdient glücklichen Nuggetfinder, auch drinsitzen. Er hatte also meine Zurechtweisung schon überwunden. Bei ihm befand sich – der Prayer-man. Sie schienen in ein sehr angelegentliches Gespräch vertieft zu sein. Wenn sich Watter gegen den salbungsvollen Schriftenhändler ebenso mitteilsam verhielt wie gegen mich, so konnte ihm nur angeraten werden, seinen Goldkasten noch mehr in Obhut zu nehmen als bisher.

Eben wollte ich mich zur Tür wenden, um hineinzugehen, da fing ich einen Blick des Prayer-man auf, den er nach einem anderen Tisch warf, einen Blick, der mir sonderbar und auffällig vorkam. Es war ein Wink mit den Augen, der so ungefähr sagen wollte: Sorg dich nicht, ich habe meine Sache gut gemacht und er geht mir sicher auf den Leim.

An dem betreffenden Tisch saßen nicht weniger als sechs Personen, darunter einer, der seinen Stuhl etwas abgerückt hatte und nicht am Gespräch der übrigen teilnahm. Es waren jedenfalls Bewohner von Weston, während ich den einen für einen Fremden hielt. Er hatte seine Augen auf Watter und den Prayer-man gerichtet und ich sah eben jetzt als die Wirkung des ihm geltenden Blicks einen Zug der Befriedigung über sein braun gebranntes Gesicht gleiten. Nach dieser Beobachtung gab es für mich keinen Zweifel darüber, dass er aus irgendeinem Grund mit dem Erbauungsblättchenhändler in heimlichem Einvernehmen stand. War dieser Grund nun ein guter oder ein schlimmer? Sollte ich Watter warnen? Nein, das wäre Unsinn gewesen, denn ich wusste ja nichts. Aber wenn ich nicht den Zusammenstoß mit dem Westmann gehabt hätte, wäre ich jetzt hineingegangen, um mich zu ihm zu setzen und dadurch den Prayer-man von ihm wegzutreiben. Nun aber war mir das nicht möglich. Ich begab mich auf mein Zimmer und brannte die Lampe an, die auf meinen Wunsch hinaufgestellt worden war. Dann machte ich mich an die Arbeit, womit ich bis zum nächsten Tag fertig sein wollte.

Unter mir klang die Musik, noch stärker drang sie zum

offenen Fenster herein; um mir die frische Nachtluft nicht abzuschließen, ließ ich es offen, schloss aber den Laden. Dann zog ich draußen den Schlüssel ab und verriegelte von innen die Tür.

Auch zog ich die Stiefel aus und nahm an ihrer Stelle die bequemeren und geräuschlosen Mokassins an die Füße. Von jetzt ab ging meine Arbeit trotz der unter mir klingenden Musik flott und ohne Unterbrechung vonstatten.

Nach einiger Zeit hörte ich jemand in das Nachbarzimmer kommen und die Tür von innen verschließen. Es gab also einen Gast, der es bewohnte, was mir aber gleichgültig sein konnte. Nur fiel mir auf, dass er nicht schlafen ging, sondern unruhig auf und ab spazierte.

Eben war unten eine Tanzpause eingetreten, die Musik schwieg und so kam es, dass ich ein Klopfen an der Tür der Nachbarstube vernehmen konnte.

„Wer ist es?", fragte der Ruhelose.

„Du weißt es", lautete die Antwort. „Mach schnell, damit ich nicht erwischt werde!"

Erwischt! Dieses Wort musste mir auffallen. Wer befürchtet, erwischt zu werden, der befindet sich nicht auf rechtlichen Wegen. Der Klopfende hatte laut sprechen müssen, um von dem im Zimmer verstanden zu werden, darum hatte auch ich seine Worte gehört. Infolge des Wortes ‚erwischt' stand ich leise auf, schlich an die Verbindungstür und horchte. Der eine ließ den anderen ein, die Tür wurde wieder verschlossen und dann vernahm ich die Frage:

„Können wir belauscht werden?"

„Nein", wurde geantwortet.

„Aber ich sah draußen, dass nebenan noch ein Zimmer ist!"

„Das ist unbewohnt."

„Weißt du das genau?"

„Ja."

„Du hast dich erkundigt?"

„Nein, das wäre vielleicht aufgefallen. Man kann in unserer Lage nicht vorsichtig genug sein. Aber ich bin schon vorhin und auch jetzt wieder im Hof gewesen und habe bemerkt, dass der Laden vor dem Fenster verschlossen ist, es ist also unbewohnt. Und selbst wenn jemand drüben wäre, könnte er uns nicht hören, durch die Mauer dringt kein Wort."

Der Sprecher wusste also nicht, dass sich hinter dem Schrank eine Tür befand.

„Komm her!", sagte er weiter. „Du hast diesen Watter beobachtet. Wie denkst du heute? Noch so wie zuerst?"

„Ja. Wir haben es bei ihm jedenfalls viel leichter als bei seinem vorsichtigen..."

Pum – pum – derum! fiel unten die Musik mit Paukenschlägen ein und ich konnte nichts mehr hören. Wer waren die beiden Männer da drüben? Offenbar der Prayerman und der Fremde, dem er den von mir beobachteten Blick zugeworfen hatte. Und welche Person war mit den Worten ‚seinem vorsichtigen' gemeint gewesen? Da sie Watter erwähnt hatten, so glaubte ich diesen abgebrochenen Ausdruck auf Welley, seinen Freund, beziehen zu müssen. Und wenn ich damit das Richtige getroffen hatte, so war Welley zwar ein vorsichtiger Mann gewesen, aber dennoch tot; meine Voraussage war eingetroffen. Dieser Gedankengang führte aber noch weiter: Wenn nämlich alles so war, wie ich dachte, so befanden sich Welleys Mörder oder doch wenigstens zwei Mitschuldige da drüben in dem Zimmer neben mir.

Dieser Gedanke ließ mich meine Arbeit vergessen und ich ging an meine Tür, um mich zu überzeugen, dass sich das Plättchen auf dem Schlüsselloch befand und infolgedessen von Licht in meiner Stube nichts zu sehen war, falls die beiden Männer beim Verlassen des Nebenzimmers ja auf den Gedanken kommen sollten, einmal hindurchzublicken. Dann schlich ich wieder an die Verbindungstür, drehte den Schlüssel leise auf, hob die Klinke empor und öffnete sie.

Ich habe ein sehr feines Gehör, konnte aber doch nur vernehmen, dass gesprochen wurde. So lauschte ich längere Zeit vergeblich, bis unten die Polka zu Ende war, da hörte ich nun die Worte:

„Du hast ihm die Nuggets gezeigt?"

„Natürlich! Anders ging es doch nicht."

„Was sagte er?"

„Er wurde begierig wie ein Teufel auf die Seele. Der alte Kerl ist habsüchtig wie kein zweiter Mensch."

„Die Hauptsache ist, ob er auf den Handel einging."

„Sofort."

„Wie viel hast du verlangt?"

„Hunderttausend Dollar."

„Ah! Was meinte er zu dieser Summe?"

„Sie war ihm zu hoch, er bot fünfundzwanzigtausend."

„Das war auch genug", erklang es mit einem Lachen, an dem ich den Prayer-man genau erkannte. Der andere fiel in das Lachen ein und fuhr fort:

„Ja, es wäre auch genug für nichts; aber ich versuchte doch, noch mehr herauszuschlagen, und es kam so weit, dass wir auf fünfundsiebzigtausend einig wurden."

„Wann zahlbar?"

„Sofort wenn ich ihm das Finding-hole übergeben habe."

„Mit welcher Münze?"

„Er zahlt mit einer Anweisung. Wir sind sogleich miteinander zum Bankier gegangen, wo er sie geschrieben hat. Dann wurde ausgemacht, dass, wenn ich käme und das Papier brächte, mir das Geld sofort ausgehändigt werden soll. Der Bankier kennt mich persönlich, womit allen späteren Zweifeln vorgebeugt ist."

„Die Anweisung nimmt der Alte mit?"

„Natürlich! Und oben am Finding-hole muss er sie unterschreiben und hergeben."

„Und tauchen?"

„Ja. Er ist ein guter Schwimmer und sein deutscher Neffe hat es auch gelernt. Sie werden gezwungen, die Nuggets aus dem eiskalten Wasser zu holen, und wenn sie das noch nicht das Leben kosten sollte, helfen wir nach."

„Alle Teufel, wird das ein Geschäft! Dann haben wir die Nuggets von jetzt, das Gold aus dem Hole und die fünfundsiebzigtausend Dollar dazu. Wenn dieser Streich gelingt, könnten wir uns zur Ruhe setzen."

„Ich wüsste keinen Grund, weshalb er missglücken sollte."

„Weshalb? Gründe stellen sich oft gerade dann ein, wenn man sie am wenigsten erwartet. Man hat immer Glück gehabt und gerade dann, wenn man den letzten Hauptstreich führen will, geht die Sache den verkehrten Gang. Bei diesem Welley wäre es uns auch beinahe misslungen. Der Kerl war gescheiter als der geschwätzige Watter, der einem seine Nuggets beinahe in die Tasche steckt. Es ist gut, dass wir ihn damals haben reiten lassen. Auf diese Weise hat er das schwere Gold für uns hierhergeschleppt und wir können es uns in aller Gemächlichkeit von ihm holen."

„Was wird er für Augen machen!"

„Die werde ich mir genau betrachten."

„Du, sei ja nicht unvorsichtig!"

„Fällt mir nicht ein! Ich weiß genau, wie weit ich..."

Jetzt begann unten ein neuer Tanz und ich konnte nichts mehr verstehen. Das war ja eine außerordentlich saubere Angelegenheit, die man da vor meinen Ohren besprochen hatte! In ihrem ganzen Umfang kannte ich sie noch gar nicht; aber nach dem, was ich erlauscht hatte und mir dazu dachte, verhielt es sich so, dass der eine dieser Gauner einem Mann, der der Oheim eines deutschen Neffen war, Nuggets vorgezeigt und ihm weisgemacht hatte, dass sie aus einem Finding-hole stammten, das er nicht selber ausbeuten könne und deshalb verkaufen wolle. Der Oheim war auf das Anerbieten eingegangen und hatte fünfundsiebzigtausend Dollar, zahlbar auf eine Anweisung, dafür versprochen, falls sich das Hole als so reichhaltig erweisen wollte, wie es ihm beschrieben worden war. Bis hierher war mir alles klar; aber woher hatten die Halunken die vorgezeigten Nuggets? Waren sie Welley abgenommen worden? Wer war der Oheim und wer war der Neffe? Wo wohnten sie? Von welcher Bank hatte man gesprochen? Der Oheim und der Neffe waren gute Schwimmer. Wozu man das benutzen wollte, hatte ich gehört. Sie sollten nach dem Finding-hole gebracht werden, angeblich um es anzusehen, zu kaufen und zu bezahlen. Aber das war nur Vorspiegelung. In Wahrheit wollte man ihnen die Anweisung abnehmen und das Papier später bei der erwähnten Bank in Geld umsetzen. Die beiden Betrogenen sollten nicht bloß diesen Verlust erleiden, sondern auch noch gezwungen werden, die Nuggets aus dem Finding-hole herauszuholen.

Man muss wissen, was so eine Arbeit zu bedeuten hat! Man nehme an, solch ein Goldfund befindet sich im Bett eines Gebirgswassers, das aus den Eisfeldern quillt. Dieses tiefe Loch wird also von dem darüber wegfließenden Wasser vollständig angefüllt und hat auf seinem Grund die wegen ihrer Schwere da hinuntergespülten Goldbrocken und Körner. Um sie heraufzubekommen, muss man sich ausziehen und auf den Grund des eiskalten Wassers niedertauchen. Das muss so lange geschehen, bis nichts mehr unten liegt; es kann, je nach Menge des Goldes, wochen- und auch monatelang dauern. Wenn man annimmt, dass schon ein einmaliges Tauchen in die eisige Flut genügt, eine schwere Erkältung zu verursachen, so kommt man zu der Überzeugung, dass die vollständige Entleerung des Hole den sicheren Tod nach sich ziehen muss. Und zu dieser schrecklichen Arbeit sollten Oheim und Neffe gezwungen werden! Es gehörte eine geradezu teuflische Gefühllosigkeit dazu, einen solchen Plan nur zu entwerfen, geschweige denn auszuführen. Es stand daher bei mir fest, dass ich dieses Vorhaben verhindern müsse.

Soweit ich es bis jetzt kannte, konnte ich freilich nichts dagegen tun. Hätte ich die Kerle angezeigt, so wäre ich einfach ausgelacht worden, weil ich nichts beweisen konnte. Ich musste Belege haben und hoffte, während des weiteren Verlaufs der Unterhaltung noch so viel zu erfahren, dass ich, wenn ich auch keine unmittelbaren Beweise bekäme, sie mir doch aus dem Erlauschten aufbauen könnte. Ich wartete also mit größter Spannung auf die nächste Tanzpause, während der das Gespräch für mich wahrscheinlich wieder vernehmbar wurde.

Endlich schwieg die Musik wieder einmal und ich schob mich so nahe, wie ich nur konnte, an die Hinterwand des Schranks, der jedenfalls leer war; denn darin befindliche Kleider hätten den Schall so gedämpft, dass selbst mein ausgezeichnetes Gehör nicht scharf genug gewesen wäre, die vor dem Schrank im Zimmer gesprochenen Worte zu verstehen.

Ich lauschte also, hörte aber kein Wort. Ich wartete, doch vergeblich. Ich blieb bis zum Beginn des neuen Tanzes auf meinem Posten, vernahm aber nicht das geringste Geräusch.

Es war gewiss, dass die beiden Männer nicht so lange Zeit wortlos beieinander saßen; sie mussten sich entfernt haben und ich hatte das wegen des von unten heraufschallenden Lärms nicht gehört.

Was nun tun? Mich wieder hinsetzen und weiterschreiben? Dazu fehlte mir die nötige Sammlung. Die Sache ließ mir keine Ruhe, ich löschte meine Lampe aus und ging hinunter, meine Tür von draußen verschließend. Die Gaststube lag rechts. Links war ein kleiner Nebenraum, eigentlich für den Pförtner bestimmt; da aber keiner da war, hatte der Oberkellner diese Obliegenheiten mit übernommen. Dort hingen auch die Schlüssel der Fremdenzimmer.

Eben kam der Oberkellner aus diesem Zimmer heraus und wollte nach der Wirtsstube. Ich hielt ihn an und fragte ihn:

„Sitzt der Prayer-man noch drin, Herr Rost?"

„Ja", antwortete er. „Seit einigen Stunden schon."

„Aber er ist einmal für einige Zeit fortgewesen?"

„Nein."

„Hören Sie, Sie haben keine Zeit, aber meine Sache ist höchst wichtig und ich vertraue sie Ihnen mit der Bitte an, keinem Menschen etwas davon zu sagen. Ich werde Ihnen dafür bei Winnetou und Old Shatterhand nützlich sein. Der Prayer-man muss einmal fortgewesen sein! Sie haben vielleicht nicht Acht auf ihn gehabt?"

„Sie müssen sich irren, Mr. Meier. Gerade auf ihn habe ich mehr Acht als auf jeden anderen Gast, weil er seit einiger Zeit wie ein Kellerloch trinkt. Er und Mr. Watter scheinen es darauf abgesehen zu haben, zu erfahren, wer von ihnen am meisten vertragen kann. Kaum habe ich ihnen volle Gläser gegeben, so muss ich schon wieder hin, um sie von neuem zu füllen. Da müsste ich es bemerkt haben, wenn er einmal auch nur auf fünf Minuten fortgewesen wäre. Er ist nicht aufgestanden."

„Wo hat er seine Stube?"

„Im Hinterhaus über dem Stall."

„Wie? Nicht im Vorderhaus?"

„Nein!"

„Und Watter? Wohnt der vielleicht neben mir?"

„Nein. Er wohnt am anderen Ende des Gangs."

„Wer aber übernachtet neben mir?"

„Niemand."

„Das ist unmöglich. Es waren Leute nebenan im Zimmer."

„Auch da werden Sie sich geirrt haben, Mr. Meier. Ich müsste es doch vor allen Dingen wissen, wenn die Stube neben Ihnen besetzt wäre, denn ich pflege den ankommenden Gästen ihre Räume anzuweisen."

„Hm! Ist der Schlüssel zu dem Nebenzimmer da?"

„Ja, hier!"

Er nahm ihn vom Nagel und zeigte ihn mir.

„Erlauben Sie ihn mir auf eine Minute, ich will einmal hinauf. Aber bitte keinem Menschen etwas sagen!"

„Keinem", nickte er. „Mein Ehrenwort darauf."

Ich begab mich zunächst in mein Zimmer, um meine Lampe wieder anzubrennen, dann trat ich damit auf den Gang, um die Nachbarwohnung aufzuschließen. Der Schlüssel passte. Ich trat hinein, zog die Tür hinter mir zu und ließ das Licht der Lampe in jeden Winkel fallen. Die Sache war mir so wichtig, dass ich so genau wie sonst selten forschte, es durfte mir kein Stäubchen entgehen.

Und richtig, da fand ich eine Spur. Es lagen Schnupftabakskörnchen am Boden und ich hatte heute bemerkt, dass der Prayer-man ein leidenschaftlicher Schnupfer war, denn während der kurzen Zeit, in der es mir möglich gewesen war, ihn zu beobachten, hatte er wenigstens zwanzigmal den Finger in der Schnupfdose gehabt. Ich suchte weiter und fand noch mehr Tabaksbröckchen, die eine allerdings nicht zusammenhängende, aber doch leidlich bemerkbare Linie von der Tür zum Fenster bildeten, also über das ganze Zimmer hinweg. Der Verdächtige war vor dem Erscheinen seines Spießgesellen erregt hin und her gegangen, hatte in der Erregung die Nase in einem fort mit Prisen gefüttert und dabei den Schnupftabak verstreut. Also, der Oberkellner musste sich irren, der Prayer-man war dennoch da gewesen.

Ich trat wieder hinaus, verschloss die Tür, setzte die ausgelöschte Lampe in mein Zimmer, versperrte es und trug den Schlüssel, den ich vom Oberkellner erhalten hatte, an seinen Platz. Der Prayer-man hatte diesen Schlüssel heimlich weggenommen, um in der unbewohnten Fremdenstube seinen Bundesgenossen zu erwarten. Woher aber kannte er diesen Schlüssel und warum hatte er den Verbündeten nicht hinüber nach dem Hintergebäude in seine eigene Stube bestellt? Vielleicht, weil die heimliche Zusammenkunft den dort Bediensteten leichter aufgefallen wäre als den Bewohnern des Vorderhauses, wo man in dem Gedränge des Festabends den Einzelnen nicht beobachtete.

Was sollte ich nun tun? Mich in die Gaststube setzen und den Prayer-man beobachten? Nein, denn das konnte ihm leicht auffallen, und ich liebe nicht den Dunst und Qualm so eng gefüllter Räumlichkeiten. Schreiben? Meine Gedanken waren abgelenkt und ich wusste, dass ich jetzt nichts fertig bringen würde. Ich beschloss also, einen Spaziergang zu machen und währenddessen über die Angelegenheit nachzudenken, die mir nicht die kleinste Handhabe zum Anfassen bot.

Von der Straße aus warf ich einen Blick durch die Fenster in die Stube. Der Fremde, den ich im Verdacht des geheimen Einverständnisses mit dem Prayer-man gehabt hatte, war nicht mehr da; der Verkäufer der unerbaulichen Erbauungsblätter aber saß mit Watter beisammen und erhob eben jetzt sein Glas, um mit ihm anzustoßen. Hatte er vielleicht die Absicht, ihn untern Tisch zu trinken? Ich riss aus einem Notizbuch ein Blatt, worauf ich die Warnung schrieb:

„Betrinkt Euch nicht, Mr. Watter, und gebt heute auf Eure Nuggets Acht!“

Dieses Blatt faltete ich zusammen, gab es einem von den Knaben, die von der Straße aus neugierig in den Gastraum gafften, zeigte ihm den Mann, dem er es zu bringen hatte, und sagte, dass er keine Auskunft über den Absender geben und gleich wieder gehen solle; dann würde er zwanzig Cent von mir erhalten. Er ging hinein und ich sah, dass er den Zettel richtig übergab; es fielen einige kurze Worte und der Empfänger steckte den Zettel, ohne ihn zu lesen, in die Westentasche.

„Nun?“, forschte ich den Jungen aus, als er wieder kam.

„Er fragte mich, von wem es wäre; ich sagte ihm, das würde er schon lesen; da meinte er, übers Jahr würde er antworten, und steckte das Papier ein.“

Der Knabe erhielt seinen Botenlohn und ich ging. Ich hatte meiner Pflicht genügt, mehr konnte ich jetzt nicht tun. Nach einem Spaziergang von einer halben Stunde hatte ich mir die Angelegenheit aus dem Kopf gebracht und ich kehrte nach dem Gasthof und in meine Stube zurück, um die unterbrochene Arbeit wieder aufzunehmen, mit der ich zwar flott vorwärts, aber doch erst um die Mittagszeit zu Ende kam. Den Morgenkaffee hatte ich mir auf mein Zimmer bringen lassen, zum Mittagessen ging ich in die Gaststube hinab, mit deren Wiederherstellung nach der gestrigen Verwirrung man erst jetzt zu Ende war.

Ich war der einzige Gast, sodass sich der Oberkellner ganz der freundlichen Aufgabe widmen konnte, mir das Beste von den übrig gebliebenen Resten des Festmahls aussuchen und wärmen zu lassen.

Später kam Watter hinzu. Er sah angegriffen und übernächtigt aus und ging unsicheren Schrittes auf den Tisch zu, an dem er schon gestern gesessen hatte und dann von mir wieder niedergesetzt worden war, heute würdigte er mich keines Blicks. Von dem Oberkellner gefragt, ob er speisen wolle, wehrte er heftig ab.

„Nein, keinen Bissen! Aber bringt mir eine Flasche Wein, so stark Ihr ihn habt! Wenn man von einem Hund gebissen worden ist, muss man Hundehaare auflegen.“

„Seid Ihr denn auch gebissen worden?“, fragte der Oberkellner lächelnd.

„Nur ein bisschen, aber der Prayer-man war vollständig tot! Wisst Ihr das, Mr. Rost?“

„Ja, die zwei Aushilfskellner, die ihn mit hinaufgeschafft haben, erzählten es mir.“

„Ja, er war so toll betrunken, dass er nicht stehen und gehen konnte. Ich musste mich seiner annehmen und bat die Leute, mir zu helfen. Da haben wir ihn über den Hof hinüber nach dem Hintergebäude und hinauf in seine Stube getragen. Ist er schon da gewesen?“

„Nein.“

„Das lässt sich denken, denn sein Rausch war so gewaltig, dass er leicht vor abends nicht – alle Teufel, er kann ja doch noch gar nicht da gewesen sein, denn er kann nicht heraus und herunter!“

„Warum nicht?“

„Weil ich den Schlüssel zu seiner Stube eingesteckt habe. Er war nämlich trotz seiner Betrunkenheit sehr auf seine Sicherheit bedacht. Zwar konnte er nur noch lallen, aber ich verstand dennoch seinen Wunsch. Durch den Verkauf seiner Schriften hatte er Geld eingenommen, um das er besorgt war. Er befürchtete, man könnte seinen Rausch benutzen und sich bei ihm einschleichen, um es ihm abzunehmen. Darum bat er mich, ihn einzuschließen und den Schlüssel einzustecken."

„Ein sonderbarer Wunsch, den nur ein Betrunkener haben kann", bemerkte der Oberkellner.

„Warum?"

„Er konnte sich doch selber einschließen und den Schlüssel zu sich ins Zimmer nehmen."

„Das ist richtig und das sagte ich ihm auch, aber was kann man gegen die Eingebung eines berauschten Menschen tun? Ich musste ihm seinen Wunsch erfüllen. Er hat eine fürchterliche Schlappe erlitten, denn er behauptete, dass er wenigstens fünfmal so viel wie ich vertragen könne, und wurde doch von mir totgetrunken, obgleich er sich außerordentlich dagegen stemmte. Ich muss doch einmal hinübergehen, um nachzusehen, wie es mit ihm steht."

Er stand von seinem Tisch auf und verschwand.

Dieser Mann freute sich seines Trinkersieges, während ich eine ganz andere Ansicht über diese Sauferei, denn anders konnte man es nicht nennen, hatte. Das Verlangen des Prayer-man an Watter, ihn einzuschließen und den Schlüssel einzustecken, kam mir gar nicht wie das unbegründete Verlangen eines Betrunkenen vor; ich ahnte vielmehr, dass der Schriftenhändler sich nur so berauscht gestellt hatte, um irgendeinen Zweck zu erreichen. Als ich weiter darüber nachdachte, kam ich auf den Gedanken, dass es sich da vielleicht um einen Alibibeweis handle. Hatte ich damit das Richtige getroffen, so war während der vergangenen Nacht das Gold Watters verschwunden. War es da nicht meine Pflicht, ihn, wenn er jetzt wiederkam, aufzufordern, sofort einmal nach seinen Nuggets zu sehen? Eigentlich wohl, uneigentlich aber nein, und ich zog bei dem gespannten Verhältnis zwischen ihm und mir, das er selbst geschaffen hatte, das ‚uneigentlich' dem ‚eigentlich' vor.

Dass ich beschloss zu schweigen, hatte auch noch einen anderen, überaus triftigen Grund. Selbst wenn sich meine Ahnung bewahrheitete und die Nuggets verschwunden waren, durfte ich überzeugt sein, dass alle Nachforschungen danach vergeblich sein würden. Der Prayer-man konnte beweisen, dass er im öffentlichen Gastzimmer gesessen und sich einen so schweren Rausch angetrunken hatte, dass er getragen werden musste, und bis jetzt in seiner Stube eingeschlossen gewesen war. Der Verbündete, mit dem ich ihn im Nebenzimmer belauscht und der die Tat ausgeführt hatte, war mit den Nuggets fort. Niemand kannte ihn. Ich konnte nicht beweisen, dass er mit dem Prayer-man in heimlichem Einvernehmen gestanden hatte. Dass zwei Männer in der Stube neben der meinigen gewesen seien, würde man mir überhaupt nicht glauben, denn schon der Oberkellner hatte es bezweifelt. Sein Zeugnis würde gegen meine Aussage sein und er verwahrte die Schlüssel. Dazu kam, dass Watters Nuggets für mich nicht die Wichtigkeit besaßen wie der von mir erlauschte Plan, der gegen den so genannten Oheim und dessen Neffen ausgeführt werden sollte und den ich, wenn irgend möglich, zunichte machen wollte. Verriet ich aber, dass ich an der Verbindungstür meines und des anderen Zimmers gelauscht hatte, so gab ich unklugerweise eine Waffe aus der Hand und machte es mir dadurch unmöglich, ein Verbrechen zu verhüten, dessen Verhinderung so in meine Hände gegeben war. Darum musste ich jetzt schweigen.

Nach einiger Zeit kehrte Watter zurück, er brachte den Prayer-man mit, der sehr angegriffen tat, obgleich er ein gar nicht katzenjämmerliches Aussehen hatte. Er aß sogar mit großem Appetit, während Watter behauptete, dass es ihm unmöglich sei, einen einzigen Bissen zu genießen. Auch dieser Umstand zeigte, wer von den beiden eigentlich der Betrunkene gewesen sei.

Sie unterhielten sich zunächst über ihre Wette, dann aber auch über andere Dinge, wobei sie jede Gelegenheit benutzten, mir eine Beleidigung zuzuwerfen. Ich stellte mich aber, als ob ich sie nicht höre, und ging fort, um erst einen Besuch bei Frau Hiller und dann einen Spaziergang zu machen, der mir nach der durchwachten Nacht Erfrischung bringen sollte. Als ich bei Mrs. Hiller diesen Spaziergang erwähnte, bat sie mich, mit ihrem Sohn daran teilnehmen zu dürfen, weil sie die Gelegenheit, mit mir zusammen zu sein, möglichst ausnützen möchte. Die Höflichkeit verbot mir, nein zu sagen und sie wissen zu lassen, dass ein Westmann unter ‚spazieren gehen' etwas anderes meint, als neben einer Dame herzuschlendern und sich dabei Mühe zu geben, ein angenehmer Gesellschafter zu sein.

Aus dem ausgiebigen Spaziergang, den ich vorgehabt hatte, wurde also ein langsamer Bummel, der uns zu dem gestrigen Festplatz führte. Wir hatten dort nur vorübergehen wollen, ohne uns aufzuhalten. Weil das Fest vorbei war, glaubten wir, ihn leer zu finden. Es wurde aber heute wieder geschossen und es gab dort eine beträchtliche Anzahl von Leuten, die den Scheibenständen eine solche Aufmerksamkeit widmeten, dass der junge Hiller hinging, um sich nach der Ursache zu erkundigen. Er kam nicht zurück, sondern winkte uns, hinzuzukommen. Wir erfuhren, dass ein höchst spannendes Wettschießen stattfinde, das gestern von einem gewissen Mr. Watter angeregt worden sei und einen größeren Umfang angenommen habe, als vorher beabsichtigt war.

Ich war Zuschauer von hundert Wettschießen unter wohlgeübten Jägern im Wilden Westen gewesen und hatte da wohl auch einmal selber mitgetan; darum lag mir nichts daran, mir meine ohnehin nicht rosige Laune durch das Anstaunen stümperhafter Schießereien noch mehr verderben zu lassen, aber Frau Hiller war nun auch neugierig geworden und so sah ich mich gezwungen, einen unfreiwilligen Zuwachs der Zuschauermenge zu liefern.

Das eigentliche, für heute beabsichtigte Preisschießen war schon vorüber, es hatte über eine Stunde gedauert und einen für die hiesige Jägerkompanie unerwarteten Ausgang genommen, denn Watter war der Sieger gewesen. Man hatte geglaubt, dass die bei jedem Kampf um einen Preis unvermeidliche Aufregung nun vorüber wäre, und sich schon auf den Heimweg begeben wollen. Da aber war Watter im Gefühl seiner Überlegenheit auf den Gedanken gekommen, den gewonnenen Preis von fünfzig Dollar auf hundert Dollar zu verdoppeln und gegen einen gleichen Einsatz auf fünf Schüsse auszubieten. Keiner der Jäger war so mutig gewesen, eine solche Summe gegen den Sieger zu wagen, da aber hatte zum allgemeinen Erstaunen der Prayer-man erklärt, dass er dagegenhalten wolle. Ein frommer Schriftenhändler, der sich erbot, mit einem Westmann für hundert Dollar um die Wette zu schießen! Das hatte ungeheures Aufsehen erregt. Ich sagte mir, dass wohl keiner davon so überrascht gewesen war wie Watter selber, und gestehe zu, dass mir dieses Schießen nun freilich viel spannender vorkam als vorher. Eben, als wir an den Scheibenstand traten, wurden die Bedingungen aufgerufen. Jeder wollte sich seines eigenen Gewehres bedienen und die fünf Schüsse in zwei Minuten abgeben. Die geschossenen Nummern sollten zusammengezählt werden, wer die größte Summe hatte, war der Sieger.

Die Entfernung betrug, so schätze ich, hundertundzwanzig Schritte, das Treffen ins Schwarze war da ein reines Kinderspiel. Wenn es hier etwas zum An- oder Erstaunen gab, so war es der Umstand, dass jeder sein eigenes Gewehr haben sollte. Der Prayer-man besaß also eines, und nicht nur das, sondern er hatte es auch bei sich. Er schleppte es also stets mit sich herum, der Handel mit Erbauungsschriften war mithin nur Mittel zum Zweck für ihn. Er war in die Stadt zum Gasthof geeilt und kam jetzt mit der Waffe zurück.

Ich stand ziemlich weit von ihm, sah aber doch, dass der Lauf mit einer Säure stumpfgebeizt worden war, das machte mich neugierig und ich forderte Hiller auf, hinzugehen, um unauffällig zu erfahren, ob in der Nähe des Schlosses ein Fabrikstempel in den Lauf gestanzt wäre. Es wurde ihm leicht, das zu erfahren, denn es gab mehr Wissbegierige, die das Gewehr in die Hand nahmen und betrachteten. Er kam wieder und teilte mir mit, dass er „Ralling, Shelbyville, Tenn.“ gelesen habe.

Dieser Name machte mich stutzig. Es gibt oder vielmehr es gab im Wilden Westen Jäger, die ihre Gewehre wegen berühmt waren. Wenn so ein Mann irgendwo erschien, ging die Waffe von Hand zu Hand, sie wurde betrachtet und beurteilt, wie ein seltenes Pferd von Kennern in die Augen genommen wird. Jeder, der sie gesehen hatte, erzählte an anderen Orten davon und so kam es, dass der bewanderte Westmann die meisten guten Gewehre, die es jenseits des Mississippi gab, nach ihrem Firmenstempel oder dem Namen des jetzigen Besitzers kannte. Winnetou und ich, die wir so weit herumgekommen waren, konnten mit Recht behaupten, in diesen Dingen besonders Bescheid zu wissen. Nun kannte ich nur zwei Gewehre, die den Ralling-Stempel trugen. Das eine besaß ein Unterhäuptling Winnetous, der Nonton[1] der Pinalenjos war; das andere gehörte Amos Sannel, einem alten, biederen Pelzjäger, den wir bei einer Herbst-Büffeljagd oben in Montana getroffen hatten. Wir waren mehrere Wochen lang mit ihm zusammen gewesen und hatten da mit seiner Erlaubnis manchen Schuss aus seinem vorzüglichen Einläufer getan. Er hatte in die beiden Backen des Schlosses Blumen ätzen lassen, deren Staubfäden rechts am Lauf ein A und links ein S bildeten; doch musste man, um das zu erkennen, überhaupt wissen, dass die Fäden Buchstaben sein sollten. Wir hatten nichts vom Tod dieses braven Alten gehört und ich nahm darum an, dass es sich hier beim Prayerman um ein drittes Gewehr von Ralling handelte. Das war aber auch schon genug, in mir den Wunsch zu erregen, es einmal in die Hand nehmen zu dürfen.

[1] Apatschisch = Anführer

Jeder der beiden Wettenden bekam eine zwölfkreisige Scheibe für sich. Kreis Nummer zwölf war der innerste und schloss das Schwarze ein, der äußerste Kreis hatte die Nummer eins; je besser der Schuss, desto höher war also die Nummer. Es wurde um die Reihenfolge gelost. Watter sollte zuerst schießen. Das Geld war in die Hände einer Dame gelegt worden.

Ich muss sagen, dass ich, als er zum ersten Schuss anlegte, einige Schritte vorwärts tat, um ihm näher zu stehen. Der Westmann in mir machte sich doch geltend. Er schoss eine Acht. Das war, da er schon vorher geschossen hatte, ein schlechter Schuss. Dann kam gar eine Sieben, hierauf aber ein Schwarz, dem eine Elf und eine Neun folgten. Er hatte also zusammen 47 Punkte geschossen. Wenn durch diese Fertigkeit vorher die ganze hiesige Jägerkompanie von ihm besiegt worden war, so war es freilich leicht, ihren Mitgliedern eine Wette anzutragen.

Jetzt trat der Prayer-man vor. Meine Aufmerksamkeit verdoppelte sich, denn wie er jetzt dastand, in dieser Haltung und mit diesem aus halb zusammengekniffenen Augen auf die Scheibe gerichteten Blick, war er kein Erbauungsschriftenhändler mehr. Hätte ich ihn in diesem Augenblick zum ersten Mal gesehen, ich hätte sofort gesagt, dass er ein Westmann, und zwar kein schlechter, sei.

Sich leicht vorbeugend, nahm er das Gewehr in einer Weise in Anschlag, die den guten Westschützen kennzeichnet, zielte kurz und drückte ab.

Er schoss eine Zehn.

„Das war der erste Schuss“, lachte er. „Es wird schon besser werden, Mesch'schurs!“

Der zweite Schuss brachte wieder zehn, auf den dritten und vierten fiel Schwarz und der fünfte traf die Elf. Er hatte also zusammen 55 geschossen.

Watter senkte den Kopf. Er hatte gestern dem Prayerman jedenfalls viel von seinen großen Eigenschaften als Westmann erzählt, weil er des Glaubens gewesen war, der

Schriftenhändler verstände nichts vom far-west, und musste nun erfahren, dass er von diesem vermeintlich Kenntnislosen um acht Punkte und hundert Dollar geschlagen worden war. Der Sieger, dem man zujubelte, verbeugte sich selbstbewusst nach allen Seiten und näherte sich der erwähnten Dame, um den Preis aus ihrer Hand zu nehmen. Aber noch war er nicht ganz bei ihr, so hielt er an, drehte sich um und erhob die Hand zum Zeichen, dass man auf ihn hören solle. Ich ahnte, was für ein Entschluss in ihm erwacht war. Der Wettteufel ist, wo es eine Gelegenheit zum Verlust des Gewonnenen gibt, immer bereit, sein schadenfrohes Spiel zu treiben.

„Ladies and Gentlemen", rief er. „Ich will nicht weniger anständig sein, als Mr. Watter vorhin gewesen ist. Er hat seinen Preis wieder ausgeboten und ich tue das auch. Es stehen zweihundert Dollar auf fünf Schüsse. Wer setzt dieselbe Summe dagegen?"

Kein Mensch antwortete. Ich sah Watter an. Sollte er denn nicht versuchen, wieder zu seinem Verlust zu kommen und noch hundert Dollar dazu zu erbeuten? Er schien mit sich zu Rate zu gehen. Bis jetzt hatte er nur fünfzig Dollar verloren, nun aber handelte es sich um das Vierfache und das schien ihm zu viel zu sein.

Frau Hiller legte ihre Hand an meinen Arm und sagte: „Das wäre jetzt etwas für Sie."

Ihr Sohn hatte das gehört und wies sie zurecht:

„Da müsste er seine Gewehre mithaben, mit einer fremden Büchse schießt selbst der größte Meister keine fünfundfünfzig Ringe auf fünf Kugeln."

Ich antwortete nicht, denn ich hielt es für ausgeschlossen, dass ich hier in irgendeiner Weise in Betracht käme. Mir war es nur darum zu tun, das Gewehr des Prayer-man einmal betrachten zu dürfen. Aber es sollte anders werden, als ich gedacht hatte.

Der Sieger wiederholte sein Angebot noch einige Mal, doch ohne Erfolg. Er blickte dabei im Kreis rundum, wobei sein Auge auch auf mich traf. Sein Gesicht nahm einen höhnischen Ausdruck an, der mir die Überzeugung gab, dass er sich jetzt von seiner Rachsucht hinreißen lassen würde, sich an mir zu reiben. Richtig! Er hob den Arm, zeigte auf mich und rief:

„*Look here!* Da steht ja einer, der so tut, als ob er die Klugheit mit tausend Löffeln gegessen hätte! Er hat gestern Mr. Watter, der doch ein kluger, unvergleichlicher Westmann ist, so mit Gescheitheiten überschüttet, als ob Männer wie Old Firehand oder Old Shatterhand dumme Jungens gegen ihn wären. Seht ihn doch einmal an! Er ist seines Zeichens Schriftsteller, ein Papierfresser und Tintentrinker, tut aber so dick, als ob er die Pfiffe und Kniffe des ganzen Wilden Westens im Leib hätte. Jetzt hat er die Gelegenheit, zu beweisen, dass er nicht bloß Worte zu machen versteht. Ich rufe ihm zu: *Come on!*“

Aller Augen waren auf mich gerichtet, und zwar in einer für mich wenig schmeichelhaften Ausdrucksweise. Frau Hiller und ihr Sohn waren entrüstet darüber, ich blieb aber ruhig und antwortete nicht.

„Da habt ihr es, dass er kein Wort sagen kann!“, fuhr der Prayer-man fort. „Solche Prahlhänse bekommen eine wahre Todesangst, wenn es sich um Taten handelt!“

Da fiel Watter ein, dem das aus der Seele gesprochen war, lachend ein:

„Gebt Euch keine Mühe! Dieser Mensch hat ja in seinem Leben noch kein Gewehr in der Hand gehabt.“

„Oder er hat kein Geld!“, rief der Prayer-man wieder. „Er mag nur hundert gegen meine zweihundert setzen, ja, nur fünfzig! Seht Ihr, wie verlegen er wird? Er schwitzt schon vor Angst.“

„Wenn ich wäre wie Ihr, so ließe ich ihn ohne Einsatz mittun; er trifft doch die Scheibe nicht“, schlug Watter vor.“

„Gut, gut! Also ohne allen Einsatz gegen meine zweihundert Dollar!“, stimmte der Prayer-man mit höhnischem

Grinsen bei. „Ich setze sie gern aufs Spiel, nur um der verehrten Versammlung einmal zu zeigen, wie ein Papierfresser schießt."

Für jeden anderen wäre der Reinfall fertig gewesen, mir machte die Sache großen Spaß. Ich steckte eine sehr verlegene Miene auf und ließ mich von den Umstehenden nach ihrem Belieben vorwärtsschieben und weiterziehen. Das Gefallen an dem Preisschießen war bisher immer lebhafter geworden, hatte aber nun, da es sich um einen solchen Spaß handelte, den höchsten Grad erreicht. Der Sieger, der mit fünf Schüssen eine 55 erzielt hatte, setzte zweihundert Dollar gegen nichts, nur um den Anwesenden eine lustige Unterhaltung zu verschaffen. Man lachte schon im Voraus und drängte mich zu ihm hin. Als er mich bei sich sah, schlug er ein spöttisches Gelächter an.

„Na, da seid Ihr ja endlich, Ihr – Ihr – wie war doch gleich Euer Name?"

„Meier", antwortete ich.

„Ja, Meier – Meier! Jedoch der Meier tut nichts zur Sache, denn nur dort auf die Scheibe kommt es an. Ihr werdet also mit mir um die Wette schießen – was? Heh?"

„Aber", wandte ich zögernd ein, „ich habe – doch keine Flinte!"

„Flinte? Flinte! Das ist gut! Habt ihr es gehört, Mesch'schurs? Er hat Flinte gesagt, Flinte, hahahaha! Diesem Mangel wird gleich abgeholfen sein, Mr. Meier, denn Ihr dürft mit meiner Flinte schießen. Flinte, hahaha! Also, Ihr seid einverstanden?"

„Ja – ja, ich muss doch wohl."

„Ja, Ihr müsst! Ihr kommt nicht los davon! Also ich setze zweihundert Dollar, und wenn Ihr mich überschießt, gehört das Geld Euch, die Lady dort wird es Euch geben. Habt Ihr es verstanden?"

„*Yes!*"

„Wollen wir losen, wer erst drankommt?"

„*Yes!*"

„Oder soll ich gleich schießen?“

„*Yes!*“

Er schien es für seiner unwürdig zu halten, wenn er nach mir schießen musste, nachdem ich nichts getroffen hätte.

„Gut!“, stimmte er bei. „Ich schieße also zuerst. Gebt Raum, Mesch'schurs! Der Spaß wird gleich beginnen.“

Man stand noch immer dicht um uns gedrängt, jetzt schaffte er Platz, die Leute wichen zurück. Die Schusslöcher der beiden Scheiben wurden überklebt, dann stellte sich mein Gegner zum ersten Schuss an. Er hatte das Gewehr schon angelegt, da setzte er es wieder ab und sagte laut, dass alle es hörten:

„Denkt nicht, Myladys und Mesch'schurs, dass ich jetzt wieder eine 55 schieße! Ich würde mich schämen müssen, ihm eine so hohe Ziffer vorzugeben; ich schieße so, wie es gerade kommen will. Also passt auf!“

Er schoss eine Neun, dann eine Acht und wieder eine Neun. Hierauf zielte er vorsichtiger und schoss eine Elf und zuletzt eine Zehn. Er hatte also 47 zusammengebracht.

„Das ist nicht viel, für so einen Dummkopf aber mehr als genug“, lachte er. „Hier ist das Gewehr – die Flinte, hahaha, und da sind die Patronen.“

Ich nahm den ‚Dummkopf‘ ruhig hin und ergriff das Gewehr beim Lauf, den Kolben nach oben, um es zu betrachten.

Ein brausendes Gelächter war die Folge dieses vermeintlichen Ungeschicks und Watter rief:

„Ich setze zwanzig Dollar, dass er auf seine fünf Schüsse keine dreißig macht. Wer hält dagegen?“

Keiner hatte den Mut dazu, nur Hiller meldete sich:

„Ich setze zwanzig dagegen. Wer bewahrt das Geld auf? Meine Mutter hier?“

„Jawohl, ja!“, lachte Watter. „Es ist ganz gleich, wer es einstweilen hält, ich bekomme es nachher doch.“

Mein erster Blick fiel auf die Schlossbacken des Gewehrs, ich sah die beiden Blumen mit dem S und dem A, es war also das unseres alten Amos Sannel. Wie war es in die Hände seines jetzigen Besitzers geraten? Etwa durch ein Verbrechen? Ich hatte jetzt keine Zeit, meine Gedanken mit dieser Frage zu beschäftigen, und fühlte mich zunächst durch das Bewusstsein beruhigt, eine mir bekannte Waffe in der Hand zu haben. Dennoch war ich wenigstens des ersten Schusses nicht sicher, weil die Möglichkeit vorlag, dass das Gewehr inzwischen schlecht behandelt worden war. Der erste Schuss musste ein Probeschuss sein. Aber wohin? Ich wollte meinen Gegner mit achtundvierzig überschießen, dazu genügten vier Schwarze; ich hatte also die erste Kugel frei und beschloss, sie gar nicht nach der Scheibe zu richten.

„Vorwärts, vorwärts!", riefen die Zuschauer ungeduldig. „Schießt doch! Wann geht es denn los?"

Ich nahm das Gewehr so dumm wie möglich in Anschlag, zielte auf einen im Kugelfang befindlichen Ast und drückte los. Ein schallendes Gelächter begleitete diesen Misserfolg, der aber für mich ein sehr beruhigendes Ergebnis hatte, denn der Ast war getroffen.

„Er hat den Kugelfang erschossen", johlte der Prayerman. „Geht weg, Leute, denn es ist gefährlich, seitwärts von ihm zu stehen. Ich bin überzeugt, dass er es noch fertig bringt, gerade längs seiner Ellbogen hinauszuschießen."

Allgemeiner Beifall belohnte diesen Witz. Ich lud wieder und sah dabei, dass Hiller jetzt doch eine besorgte Miene machte. Darum forderte ich ihn laut auf:

„Seid unbesorgt um die vierzig Dollar, Mr. Hiller! Lasst Euch das Geld immerhin schon jetzt von Eurer Mutter geben, denn ich werde gewinnen!"

Hierauf ertönte ein unbeschreibliches Gelächter und Watter rief, als sich der Lärm gelegt hatte:

„Da hört man ja, dass der Kerl verrückter ist als verrückt! Wenn er die vorgelegte siebenundvierzig überschießen wollte, müsste er mit vier Kugeln vier Schwarze treffen!"

„Das werde ich auch“, antwortete ich.

„Hallo! Das kann man gar nicht anders als den reinen Wahnsinn nennen.“

„*Pshaw!* Ihr scheint alle blind zu sein. Ich musste das Gewehr prüfen und hätte das mit einem Zieler in die Zwölf tun können, hielt es aber einem solchen Luftschützen gegenüber, wie der Prayer-man ist, nicht für nötig. Wer wie er, vorhin, wo es ihm ernst war, auf fünf Kugeln nur eine Fünfundfünfzig macht, der mag seine ‚Dummköpfe‘ nur an die eigene Person richten. Also aufgepasst! Von jetzt an geht es schneller als bisher.“

Mein zweiter Schuss krachte, er traf einen Finger breit vom Rand ins Schwarze, die nächste Kugel ging schon mehr in die Mitte und der vierte und fünfte Schuss nahmen grad durch den Mittelpunkt ihren Weg. Ich weiß wohl, dass ich sehr gewagt gehandelt hatte, als ich darauf rechnete, vier Treffer hintereinander zu machen; aber es gibt Schützen, und ich gehöre glücklicherweise zu ihnen, die die Treffer schon vorausfühlen. Das ist ungefähr so, wie ein guter Billardspieler versichert, dass er hundert Punkte hintereinander machen wird. Er weiß, dass er gerade jetzt ruhiges Blut hat und dass auch sonst alle Erfordernisse dazu vorhanden sind – er macht die hundert wirklich.

Jetzt verhielten sich die Zuschauer ganz anders als nach meinem ersten Schuss. Zunächst war alles still, dann brach ein Sturm des Beifalls los. Ich sah, dass Frau Hiller ihrem Sohn die vierzig Dollar gab, und ging zu der Dame, die die zweihundert hielt. Schon wollte sie mir das Geld reichen, da stürzte der Prayer-man herbei und schrie:

„Halt, halt! Das Geld ist mein, es ist ja alles nur ein Scherz gewesen!“

Es bildete sich im Nu ein Kreis von Zuschauern um uns, die neugierig waren, wie diese Meinungsverschiedenheit sich lösen würde. Mein Gegner wollte nach dem Geld greifen, da schob ich meinen Arm vor und warnte:

„Ich habe Euch schon einmal eine Lehre gegeben; versucht es nicht, eine zweite herauszufordern, denn sie würde viel kräftiger als die erste ausfallen. Ihr habt die zweihundert Dollar gesetzt und ich habe sie gewonnen, sie sind mein. Ich rate Euch, diesen Verlust ruhig hinzunehmen, sonst könnte ich Euch noch ganz anders kommen."

„Soll das etwa eine Drohung sein?", fuhr er mich zornig an. „Ihr seid nicht der Mann, der auch nur einem Floh in meinem Rock Angst einjagen könnte."

„Ich habe es weniger auf die Flöhe in Euren Kleidern als vielmehr auf das Ungeziefer in Eurem Gewissen abgesehen."

„Was wisst Ihr von meinem Gewissen? Wenn Ihr wieder eine Verrücktheit loslassen wollt, dann heraus damit!"

„*Well!* Woher habt Ihr Euer Gewehr, Ihr frommer Mann?"

„Woher? Gekauft natürlich!"

„Wann habt Ihr es gekauft?"

„Vor langer Zeit, es ist länger als zehn Jahre her."

„Das ist eine Lüge!"

„Eine Lüge? Herr, wagt nicht, mich zu beleidigen!"

„*Pshaw!* Ich kenne das Gewehr. Habt Ihr schon einmal den Namen Amos Sannel gehört?"

Diese Frage kam ihm so vollständig unerwartet, dass er keine Zeit fand, sich zu beherrschen. Er erbleichte bis in die Haarwurzeln hinauf, riss sich aber schnell zusammen und antwortete in unsicherem Ton:

„Dieser Name ist – ist mir – mir unbekannt."

„So will ich Euch sagen, dass Amos Sannel ein Pelzjäger ist oder vielleicht war, aus dessen Gewehr – Eurem jetzigen, ich oft geschossen habe. Darum die vier sicheren Treffer hintereinander. Bei Lebzeiten verkauft oder verschenkt so ein Mann ein solches Gewehr nie; ich nehme also an, dass es ihm gestohlen wurde oder dass es erst nach seinem Tod in andere Hände gekommen ist. Was sagt Ihr dazu?"

„Nichts, als dass Ihr mir beweisen sollt, dass mein Gewehr das Eigentum dieses Amos Sannel ist."

„Nichts leichter als das! Sein Name ist eingeätzt."

„Schau! Eingeätzt? Meine Damen und meine Herren, seht euch das Gewehr einmal genau an, und wenn ihr einen Namen findet, lasse ich mich auf der Stelle hängen!"

Er gab es zum Betrachten herum. Niemand fand, was ich meinte. Da zeigte ich auf die beiden Backen und erklärte:

„Der Dieb oder gar Mörder wird sich das Gewehr freilich sehr genau betrachtet haben, ist aber ein so großer Dummkopf gewesen, in diesen Blumen nicht die Verschleierungen des Namens zu erkennen. Schaut ihr genauer hin, so werdet ihr bemerken, dass die Staubfäden ein A und ein S bilden, was eben Amos Sannel bedeutet!"

Jetzt freilich fanden sie die Buchstaben leicht, sie wichen von dem Prayer-man zurück. Er zischte mich grimmig an.

„Schwindler, Ihr habt beim Laden zufällig die Ähnlichkeit der Staubfäden mit den beiden Buchstaben bemerkt und Euch schnell eine Lüge ausgesonnen, um Euch an mir zu rächen."

„Den ‚Schwindler' bleibe ich Euch für zwei Augenblicke schuldig und lasse Euch aus guten Gründen auch in Beziehung auf das Gewehr einstweilen laufen. Für jetzt handelt es sich um unser Wettschießen. Ich will den Preis haben und Ihr wollt ihn nicht zahlen. Die Anwesenden mögen entscheiden, ich werde mich genau nach ihrem Urteil richten. Also, *Ladies and Gentlemen!* Gehört das Geld mir?"

„Ja", erklang es rundumher.

„*Well*, so werde ich es nehmen, und wer mich daran hindern will, der hat es mit mir zu tun!"

Ich wandte mich wieder an die Dame, da fuhr der Prayerman schnell dazwischen:

„Halt! Ich dulde es nicht. Es war eine Wette und das Geld ist noch nicht ausgezahlt. Das Gericht entscheidet, dass da kein Mensch zur Zahlung gezwungen werden kann!"

„Papperlapapp! Ihr habt Euch so vor dem Gericht zu fürchten, dass es Euch gar nicht einfallen wird, seine Hilfe in Anspruch zu nehmen. Übrigens Gericht – es gibt auch ein gewisses Gericht, das man selber ausübt, und ich werde Euch sogleich ein solches kennen lehren: Ich bin Euch den ‚Schwindler‘ vorhin schuldig geblieben und will ihn jetzt bezahlen, der heutige Preis dafür sind drei Ohrfeigen, die ich Euch jetzt geben werde. Eine Empfangsbescheinigung brauche ich nicht. Kommt her, Ihr fromm gesalbter Mann!“

Er wollte schnell fort, ich nahm ihn aber beim Genick, drehte ihn herum und verabreichte ihm die erwähnte Zahlung mit solcher Schnelligkeit, dass er gar nicht zu dem Versuch kam, sich ihrer zu erwehren. Dann gab ich ihm einen Stoß, dass er weit fort zu Boden flog, und nahm der Dame endlich die zweihundert Dollar aus der Hand. Das Geld einsteckend, grüßte ich die Anwesenden, deren Gesinnung sich nach den vier Treffern vollständig umgekehrt hatte, und als ich mich mit Mrs. Hiller und ihrem Sohn entfernte, schallte ein vielstimmiges Bravo hinter uns her.

„Das war ein wahrhaft köstliches Abenteuer!“, sagte mein Begleiter. „Sie sind durch unseren Spaziergang um ein hübsches Sümmchen reicher geworden.“

„*Pshaw!* Um das Geld ist es mir wahrlich nicht, ich habe es genommen, um ihn zu strafen. Übrigens ist Ihr Vertrauen zu mir auch belohnt worden, wenn auch nur mit einem kleinen Betrag. Gehen wir heim?“

„Ja, natürlich zu mir!“

„Gestatten Sie mir, dass ich höflich ablehne! Mir ahnt, dass der Prayer-man sich bald aus dem Staub machen wird, und da habe ich Gründe, im Gasthof zu sein. Ich habe ihm einiges gesagt, was ihn hier in Missachtung gebracht hat, und vermute, er fühlt, dass ihm der Boden unter den Füßen zu warm wird. Ich begleite Sie bis an Ihre Wohnung. Vielleicht sehen wir uns am Abend wieder.“

„Ach, erlauben Sie, dass ich bei Ihnen bleibe. Wir trinken ein Bier im Gasthaus. Sie tun mir einen großen Gefallen damit. Ich gehe so wenig aus.“

Es lag mir nichts daran, aber ich konnte nicht unhöflich sein und sagte also zu.

9. Die gestohlenen Nuggets

Wir schritten, nachdem wir die Mutter heimgebracht hatten, zum Gasthof, wo uns der Wirt im Beisein seiner Frau und des Oberkellners mit der verwunderten Frage empfing:

„Was ist denn geschehen, Mr. Meier? Erst kam der Prayer-man gelaufen, schimpfte in allen Tonarten auf Sie und erklärte, dass er abreisen werde, weil Sie ihn aus der Stadt trieben. Als er in sein Zimmer gegangen war, erschien auch Mr. Watter, wetterte ebenso auf Sie und fragte nach dem Prayer-man. Sobald er erfuhr, dass dieser fort wolle, erklärte er, dass auch er das Haus verlassen müsse, denn mit einem Menschen wie Ihnen möchte er nicht unter einem Dach wohnen."

„Sie sind nicht beide miteinander gekommen?", forschte ich.

„Nein."

„Erst der Prayer-man und dann Watter?"

„Ja."

„So weiß der Erste noch nicht, dass auch der Zweite Weston verlassen will?"

„Nein. Warum fragen Sie das?"

Ich hütete mich, ihm den Grund mitzuteilen. Wenn meine allerdings kühnen Schlüsse richtig waren, so musste Watter jetzt beim Zusammenpacken seiner Sachen entdecken, dass – ich kam gar nicht dazu, diesen Gedanken vollends auszuspinnen, denn der Genannte stürzte, bleich vor Schreck, herein und auf den Wirt zu.

„Schickt sogleich nach dem Sheriff und dem Constable! Ich bin bestohlen worden! Man ist in mein Zimmer eingebrochen und hat mir alle meine Nuggets und meinen Goldstaub geraubt!"

Man kann sich denken, welchen Eindruck diese Worte machten. Hier handelte es sich um einen nicht ganz gewöhnlichen Diebstahl, denn auch der Hotelbesitzer wusste, dass Watters Gold einen halben Zentner wog. Er forderte diesen auf, ihm den Hergang der Sache kurz mitzuteilen. Der Bestohlene versuchte, seine Aufregung zu bemeistern, und erzählte:

„Ich eilte auf mein Zimmer, um einzupacken. Der Kasten mit dem Gold steht im Schrank; er kann nicht herausgenommen werden, denn ich habe ihn mit acht Schrauben an dem Boden des Schrankes befestigt. Die Schrauben gehen durch den Boden des Kastens, und wenn man sie aufdrehen will, muss man erst den ganzen Inhalt, also die Nuggets, auspacken. Das macht aber so viel Mühe, dass sich jeder Einbrecher hüten wird, den Kasten mit dem Gold zu stehlen. Dennoch aber ist es fort. Der Kasten war verschlossen und der Schrank auch und ich habe beide Schlüssel bei Tag stets hier in meiner Hosentasche und des Nachts unter dem Kopfkissen gehabt. Jetzt öffnete ich den Schrank und auch den Kasten, um ihn loszuschrauben – er war leer! Schickt also sofort zum Constable und zum Sheriff! Es darf kein Mensch das Haus verlassen! Ich erkläre jedermann, der sich in seinen Mauern befindet, für verhaftet, besonders auch den fremden Deutschen, der sich Mr. Meier nennt."

Diese Worte lenkten alle Augen auf mich.

„Warum gerade diesen Herrn?", fragte der Wirt erstaunt.

„Weil er es wahrscheinlich gewesen ist, denn ich habe ihm alles erzählt. Das war eine großartige Unvorsichtigkeit von mir, die ich schwer bereue."

Ich nahm diese Anschuldigung in Anbetracht der Aufregung, in der sich Watter befand, ruhig hin. Der Wirt achtete nicht darauf und forderte ihn auf, ihn auf das Zimmer zu begleiten, wo der Diebstahl stattgefunden hatte. Als sie gingen, wandte sich Watter an der Tür noch einmal um und rief dem Oberkellner zu:

„Mr. Rost, passt auf diesen Deutschen scharf auf, bis ich wiederkomme! Er darf das Zimmer nicht verlassen!"

Hiller war über meine Gleichgültigkeit sehr erstaunt.

Die Wirtin und der Oberkellner baten mich, die Worte des zornigen Goldsuchers nicht so ernst zu nehmen; er sei noch böse darüber, dass er gestern eine so kräftige Lehre von mir erhalten hätte.

„Ahnen denn auch die Wirtsleute nicht, dass Sie Old Shatterhand sind?", fragte Hiller mich leise.

„Sie befinden sich in voller Unwissenheit darüber", antwortete ich ihm.

„Ich würde es ihnen sagen."

„Warum?"

„Weil man sich dann bezüglich des auf Sie geworfenen Verdachts ganz anders gegen Sie verhalten würde."

„Oh, diese Leute wissen wohl, dass ich der Dieb nicht bin, und wenn es anderen einfallen sollte, auf die alberne Verdächtigung zu hören, so werde ich ihnen meinen Namen nennen, der sie eines Besseren belehren wird."

„Ja, denn der Name Old Shatterhand ist so geachtet, dass er Ihnen als Beweis Ihrer Ehrlichkeit dienen würde."

Der Wirt kam mit Watter zurück. Er hatte einen Boten nach der Polizei geschickt.

„Wenn die Beamten keine Klarheit in die Sache bringen, so bleibt sie ein Geheimnis für alle Zeit. Ich kann nicht begreifen, wie das zugegangen ist!"

„Ich auch nicht", stimmte Watter bei. „Der Vorgang an sich ist mir vollständig unerklärlich, desto besser aber weiß ich, wer der Halunke ist, der mich zum armen Mann gemacht hat oder vielmehr hat machen wollen. Er ist noch da und ich hoffe, man wird ihn zu zwingen wissen, den Ort anzugeben, wohin er meine Nuggets gesteckt hat. Ich bleibe hier sitzen und lasse ihn nicht von der Stelle, bis die Polizei gekommen ist!"

Er setzte sich, mir giftige, hasserfüllte Blicke zuwerfend, zwischen mich und die Tür. Ich schwieg auch jetzt, der Wirt aber sagte zu ihm:

„Ihr habt jetzt schon oben in Eurem Zimmer von mir gehört, dass Ihr mit Eurem Verdacht auf ganz falschem

Weg seid. Der Dieb ist jedenfalls an einem anderen Ort als hier in meinem Haus zu suchen."

„*Pshaw!* Das weiß ich besser!"

„Er würde sich hüten, sich hierher zu setzen!"

„Oh, es gibt freche Gesellen, die gerade dadurch, dass sie bleiben, den Verdacht von sich ab und auf Unschuldige lenken wollen. Ich kenne diese Kniffe, denn ich bin ein alter, erfahrener Westmann, der sich nicht so leicht etwas weismachen lässt!"

Da erschien der Sheriff mit einem Constable, der an der Tür stehen blieb; der Sheriff fragte, wo Mr. Watter, der Bestohlene, sei. Dieser sprang auf und stellte sich vor. Er erzählte, was er vorher dem Wirt mitgeteilt hatte, und sprach dann seinen gegen mich gerichteten Verdacht aus.

Hierauf erkundigte sich der Beamte bei ihm:

„Habt Ihr auch anderen Leuten gesagt, wo sich die Nuggets befunden haben?"

„Nein, keinem Menschen."

„Und Ihr bleibt bei diesem Verdacht?"

„Ja, zumal dieser Deutsche gestern unbedachterweise ein Wort über diesen Diebstahl fallen ließ."

„Ah! Das gibt freilich zu denken!"

Er zog die Stirn in Falten, nahm mich mit einem fast beleidigenden Blick in Augenschein, kam auf mich zu und forschte:

„Ihr seid ein Deutscher?"

„Ja, und Ihr ein Yankee?"

„Hört, Mann, hier habe ich zu fragen und nicht Ihr!"

„Wer will es mir verbieten zu fragen, wer und was jemand ist, der mit mir spricht?"

„Donnerwetter! Ich bin der Sheriff!"

„Schön! Das muss doch gesagt werden, weil wir Menschen nun einmal nicht allwissend sind. Jetzt stehe ich Euch zur Verfügung und werde Eure Fragen, solange sie höflich sind, gern beantworten."

„Ich muss Euch vernehmen und werde Euch verhaften, wenn es mir beliebt."

„Das werdet Ihr nun freilich nicht."

„Wer will es mir verwehren?"

„Ich!"

Er trat einen Schritt zurück, unterwarf mich einer spöttischen Betrachtung und lachte:

„Ihr? Mir verwehren? Sagt mir doch einmal gütigst, wie Ihr das anfangen würdet!"

„Soll ich es Euch nicht lieber zeigen?"

„*Well*", nickte er. „Bin sehr neugierig darauf!"

Ich packte ihn sofort an der Brust und am Oberschenkel, hob ihn hoch empor, trug ihn zum offenen Fenster und erklärte:

„Hier hinaus würde ich Euch werfen, Sir. Da Ihr mir aber die Verhaftung bis jetzt noch nicht angekündigt habt, so werde ich Euch einstweilen wieder dahin tun, wo ich Euch weggenommen habe. So, da steht Ihr wieder."

Ich hatte ihn zurückgetragen und vor meinen Tisch gestellt.

Er hatte vor Überraschung kein Glied bewegt, jetzt aber wurde er umso lebendiger.

„Hört, Ihr habt Euch am Sheriff vergriffen!", donnerte er mich an. „Wisst Ihr, was das heißt?"

„Vergriffen? Dass ich nicht wüsste! Ihr habt mich aufgefordert und ich bin dieser Aufforderung gefolgt, dafür habe ich hier Zeugen."

„Mann, ich werde doch noch anders mit Euch reden, als Ihr zu ahnen scheint. Wenn ich Euch festnehmen will, so stelle ich mich nicht so mundrecht zum Anfassen her, sondern dazu ist der Constable da."

„Es scheint fast, dass ich die Gesetze des Staates Missouri besser kenne als Ihr, der Beamte. Es darf nämlich hier ohne richterlichen Befehl keine Verhaftung vorgenommen werden. Wisst Ihr das? Wo habt Ihr diesen Befehl? Und wenn Ihr ihn hättet, so bin ich ein Ausländer. Ihr müsstet Euch erst an den *Circuit court* oder noch höher wenden."

„Alle Teufel! Das ist ja eine ganze polizeiliche Belehrung,

die Ihr mir da haltet!", rief er aus, bemüht, seine Verlegenheit zu verbergen. „Also höflich und freundlich soll ich mit Euch sein? *Well*, wollen es versuchen! Habt Ihr die Nuggets gestohlen, Mr. Meier?"

„No!"

„Nicht? Also werden wir einmal in Eurem Zimmer nachsuchen."

„Das dulde ich nicht, denn nach den Gesetzen des Staates Missouri bedarf es zu einer Haussuchung ebenfalls eines richterlichen Befehls."

„Ich bin erstaunt! Ihr, der Ausländer, scheint unsere Gesetze ja förmlich bis auf das Tüpfelchen auf dem i ergründet zu haben!"

„Das muss man auch, wie es scheint!"

„Nun, ich verstehe mich ebenso darauf wie Ihr. Ich brauche zu einer Haussuchung hier keinen Befehl, weil der Wirt mir die Einwilligung dazu nicht vorenthalten wird."

„Den Wirt geht mein Zimmer gar nichts an! Nach den Gesetzen des Staates Missouri ist jeder in einem Hotel wohnende Gast der vollberechtigte Besitzer des Zimmers, das er bewohnt und bezahlt. Er würde also nicht seiner, sondern meiner Erlaubnis bedürfen."

Der Sheriff kannte diese Gesetze selbstverständlich auch, nur hatte er geglaubt, dass es einem Fremden gegenüber nicht notwendig sei, sich danach zu richten. Keine Haussuchung – keine Verhaftung – und doch war ich beschuldigt? Dazu die Art und Weise meines Auftretens. Er schluckte seinen Ärger hinunter und sagte:

„Übertreibt es nicht, Sir, und macht mir mein Amt nicht schwer! Es ist auch für Euch besser, wenn Ihr Euch den Umständen fügt."

„Das weiß ich; aber ich bin unschuldig verdächtigt und muss es mir verbitten, in einer Weise mit Ausdrücken angerempelt zu werden, als ob schon hundert Beweise gegen mich vorlägen. Ihr seid belogen worden, Sir. Ich bin nicht der Einzige, zu dem der Bestohlene von seinen Nuggets gesprochen hat. Fragt nur den Wirt und den Oberkellner!"

Diese beiden gaben zu, dass er auch ihnen seine ganze Fundgeschichte aufgezwungen und den Kasten mit den Nuggets sogar gezeigt hatte.

„Und fragt den dort auch!", fügte ich hinzu, indem ich nach der Tür zeigte, durch die der Prayer-man soeben hereinkam.

Dieser wusste noch nicht, dass der Diebstahl schon entdeckt worden war und der Sheriff schon gekommen war. Watter sprang auf, nahm ihn schützend bei der Hand und sagte zu dem Beamten:

„Dieser Gentleman ist ein guter Freund von mir, der allerdings auch alles weiß, aber ich stehe für ihn ein."

„*Well!* Hat er hier gewohnt?"

„*Yes!*"

„So muss ich auch ihn befragen trotz Eurer Bürgschaft. Sagt, Mr. Meier, werdet Ihr so vernünftig sein, mich in Eurem Zimmer nachsehen zu lassen?"

„Ja", antwortete ich. „Doch stelle ich die Bedingung, dass auch das Zimmer und die Sachen des Prayer-man untersucht werden!"

„Einverstanden!"

„Nein, nicht einverstanden!", rief Watter. „Ich lasse meinen Freund nicht beleidigen! Ich kann nachweisen, dass er während der Zeit, als der Diebstahl ausgeführt worden sein muss, bei mir gesessen hat; dann bin ich mit ihm auf sein Zimmer gegangen und habe ihn eingeschlossen und seinen Schlüssel mitgenommen. Nehmt nur dort diesen Mr. Meier tüchtig vor, der doch schon durch seine Gewalttätigkeiten beweist, dass er ein böses Gewissen hat."

Durch diese Wiederholung seiner Beschuldigung nun endlich doch erzürnt, ließ ich mich zu der unbedachten Äußerung hinreißen:

„Was diesen angeblichen Gentleman betrifft, so bin ich über ihn zu Mitteilungen bereit, die Euch wahrscheinlich überraschen werden. Er mag zunächst beweisen, dass das Gewehr des alten Amos Sannel sein wohlerworbenes Eigentum ist, und sodann kenne ich ihn auch in anderer Beziehung besser, als er ahnt. Ich werde nachweisen, dass er sogar den sonst so vorsichtigen Welley mit auf seinem Gewissen hat."

Der Prayer-man wurde leichenblass und starrte mich aus weit aufgerissenen Augen an, als wäre ich ein Gespenst.

„Welley?", fragte mich der Sheriff. „Welche Bewandtnis hat es mit diesem Welley?"

„Das sollt Ihr bald erfahren. Gebt nur vor allen Dingen Eurem Constable den Befehl, sich an die Tür zu stellen und diesen Verkäufer frommer Schriften nicht hinauszulassen! Ich sehe voraus, dass er nicht zögern – halt, halt!"

Der Prayer-man hatte, als ich ihn und seinen Mitschuldigen belauschte, gesagt, dass er der Entdeckung des Diebstahls mit Vernügen beiwohnen würde; jetzt war die Zeit zu diesem Vergnügen da, aber die Verhältnisse waren anders, als er sie sich gedacht hatte. Meine Anschuldigungen kamen für ihn wie ein Blitz aus heiterem Himmel. Der Boden war ihm schon draußen beim Wettschießen unter den Füßen warm geworden; jetzt fühlte er, dass sich diese Wärme zur Hitze steigerte, und als ich nun gar seine Bewachung forderte, riss er sich aus dem Schreck, in den ihn meine Erwähnung Welleys versetzt hatte, heraus, und war mit zwei schnellen Sprüngen durch die Tür verschwunden. Er hatte nichts in den Händen gehabt, seine Sachen befanden sich also noch auf seinem Zimmer; daraus war zu schließen, dass er wenigstens sein Gewehr holen würde, darum forderte ich die Anwesenden auf, mit mir nach dem Hintergebäude zu kommen, um ihn dort festzunehmen. Ich eilte nach dem Ausgang, da stellte sich mir aber der Sheriff in den Weg und mahnte:

„Bitte, zu bleiben, Sir! Ihr seid Angeschuldigter und dürft nicht hinaus."

„Das hieße ja so viel wie Verhaftung und die dulde ich nicht, wie ich schon gesagt habe."

„Missversteht mich nicht! Ihr seid nicht verhaftet, sondern ich bitte Euch, hier zu bleiben, bis ich wiederkomme. Wollt Ihr mir versprechen, das zu tun?"

Das kam mir denn doch so urkomisch vor, dass ich mich laut lachend niedersetzte.

„*Well*, ich werde sitzen bleiben, bis Ihr zurückkehrt. Aber macht jetzt schnell, sonst entflieht der Prayer-man und der kluge Mr. Watter bekommt seine Nuggets niemals wieder!"

Sie rannten alle zur Tür hinaus und ließen mich und Hiller unter dem liebreichen Schutz des Constable im Zimmer zurück. Es war wirklich eine Dummheit von mir gewesen, dem Prayer-man zu verraten, dass ich einen Blick in seine Geheimnisse getan hatte; aber jetzt, da der Sheriff eine noch viel größere beging, konnte ich mich nicht mehr über die meinige ärgern. Mir war es in diesem Augenblick gleichgültig, ob sie ihn entrinnen ließen oder nicht.

Freilich, wenn ich an den belauschten Plan dachte, der sich auf den rätselhaften Oheim und seinen Neffen bezog, wurde mir durch das Entkommen des Schriftenhändlers ein Strich durch meine Rechnung gemacht. Ich hatte gehofft, dass er bleiben und dass sich mir dadurch irgendeine Gelegenheit bieten werde, über diese beiden Personen etwas Näheres zu erkunden. Wenn aber dem Prayer-man die Flucht gelang, konnte mir aller Scharfsinn nichts nützen und ich musste wahrscheinlich darauf verzichten, zu erfahren, wer die Leute waren, die hinauf zu dem Finding-hole gelockt werden sollten.

Hiller war glücklich darüber, dass er mit mir hatte gehen dürfen. Er wollte aber nicht begreifen, dass ich so zögerte, meinen Namen zu nennen.

Es dauerte sehr lange, bevor sich der Sheriff mit seinen Begleitern wieder blicken ließ. Als sie endlich kamen, war der Flüchtling leider nicht dabei.

Der Beamte bemerkte den Blick, den ich auf ihn richtete, und sagte:

„Lacht nicht, Sir!“

„Lache ich denn?“, fragte ich.

„Ihr tut es, wenn auch heimlich, ich sehe es Euch an!“

„Was Ihr seht, ist kein Spott, sondern Neugier, Sir. Darf ich mich vielleicht erkundigen, ob der Prayer-man in sein Zimmer schlafen gegangen ist?“

„Ich verbitte mir derartige Scherze! Der Mensch ist fort und wir sind ihm vergeblich nachgerannt bis weit vor die Stadt hinaus.“

„War er in seiner Stube, als Ihr hinüberkamt?“

„Ja, aber er hatte zugeschlossen.“

„Ihr musstet ihn doch von zwei Seiten nehmen, von der Tür und vom Fenster aus.“

„Das haben wir dann auch getan, aber als wir unter das Fenster traten, stand es offen und er war schon herabgesprungen.“

„Hat er etwas von seinen Sachen mitgenommen?“

„Nur das Gewehr. Mr. Rost ist dann mit Hilfe einer Leiter eingestiegen und hat uns die Tür geöffnet. Wir untersuchten das Zimmer und fanden nichts als seinen Koffer.“

„Was war darin?“

„Fromme Schriften, der Rest von gestern.“

„Hm! Darf ich einmal hinübergehen?“

„Was wollt Ihr drüben? Haltet Ihr Euch für scharfsinniger als einen Polizeibeamten?“

„Nein, aber es kommt vor, dass ein Mensch schließlich doch entdeckt, was andere Leute nicht beachtet haben.“

„Da habt Ihr es wieder“, fiel Watter ein. „Dieser Mr. Meier ist überzeugt, dass es kein Mensch an Klugheit mit ihm aufnehmen kann. Gerade diese eingebildete Gescheitheit befestigt meinen Verdacht. Er ist der Dieb.“

Das war mir nun endlich doch zu viel. Ich stand auf, ging zu ihm und erklärte:

„Mensch, ich habe mit Euch lange Geduld gehabt, nun aber ist sie zu Ende. Wenn Ihr noch ein einziges beleidigendes Wort sprecht, werfe ich Euch an die Decke, dass Ihr da oben kleben bleibt."

Da befahl mir der Sheriff:

„Keine Drohungen! Ich habe hier polizeiliche Ermittlungen zu führen und kann auf keinen Fall dulden, dass der Bestohlene von dem des Diebstahls Verdächtigten in dieser Weise angebrüllt wird. Kommt jetzt mit hinauf! Ich werde den Schauplatz des Verbrechens und dann auch Euer Zimmer untersuchen."

„*Well!* Ich habe versprochen, Euch diese Untersuchung zu gestatten, und halte Wort; dann aber werde ich mir das Vergnügen machen, Euch einmal zu zeigen, wie man es anzufangen hat, Schuld von Unschuld zu unterscheiden und einen Gentleman als Gentleman zu behandeln. Vielleicht kleben nachher zwei an der Decke."

„Hört, Mann, das ist genug gesagt, um Euch die Handschellen anlegen zu lassen! Wir haben sie mit, und wenn..."

Er hielt inne und blickte nach dem Fenster, durch das lautes Pferdestampfen hereinklang. Man sah draußen zwei indianisch aufgeschirrte, prächtige Hengste und einen Indianer, der sich, um hereinzuschauen, aus dem Sattel herabbückte, sodass sein langes niederfallendes, dunkles Haar beinahe die Erde berührte. Der Wirt ging rasch hin und wir hörten die klangvolle Stimme des Roten fragen:

„Dies ist ein Gasthaus? Wohnt mein Bruder Old Shatterhand hier?"

„Old Shatterhand?", fragte der Wirt erstaunt. „Soll er hier in Weston sein?"

„Ja. Er ist gestern hier eingetroffen, und weil dies das beste Haus für Fremde ist, vermute ich, dass er hier eingekehrt ist. Ich bin Winnetou, der Häuptling der Apatschen."

„Winnetou, Winnetou!", erklang es aus jedem Mund und alle eilten nach dem Fenster hin. Ich aber war im nächsten Augenblick draußen bei ihm.

„Winnetou, mein Bruder, sei gegrüßt!"

„Scharlih, mein Bruder, gib mir deine Hand!"

Sein dunkles Auge strahlte lächelnd auf meinen neuen Anzug nieder, indem er weiter sprach:

„Mein Freund Scharlih wird diese Kleidung der Blassgesichter ablegen und sein Leder wieder anziehen müssen, doch heute bleiben wir noch hier. Gefällt es dir in diesem Haus?"

„Das Haus ist gut und seine Bewohner sind es auch, aber soeben befindet sich die Polizei drin, weil Nuggets gestohlen worden sind und ein Bleichgesicht mich beschuldigt hat, der Dieb zu sein."

„Uff! Old Shatterhand ein Dieb! Dieses Bleichgesicht hat dich doch sofort um Verzeihung gebeten?"

Man konnte drin jedes unserer Worte hören, darum zog ich den einen Augenwinkel in Falten, ein Zeichen, das Winnetou sofort verstand, und antwortete:

„Nein, er behauptet trotz aller meiner Versicherungen auch jetzt, ich sei der Dieb, und der Sheriff glaubt es ihm und hat mir soeben gedroht, Eisen um meine Hände legen zu lassen."

„Uff! Mein Bruder gehe voran, ich folge gleich."

Das Zusammenziehen des Augenwinkels war zwischen uns die Andeutung, eine Sache, über die wir innerlich lachten, äußerlich mit Wichtigkeit zu behandeln. Ein heiteres Lächeln ging schnell wie ein Blitz über Winnetous Gesicht, um sich sogleich in den Ausdruck drohenden Zorns zu verwandeln. Ich verstand „ich folge gleich" und kehrte in die Stube zurück, indem ich die Haus- und Zimmertür weit offen ließ.

Die Anwesenden waren von den Fenstern weggetreten. Sie wussten nun, wer ich war, und schauten mich mit ganz anderen Augen an als vorher. Wie staunten sie aber, als sie das Stampfen der Hufe vom Flur her hörten und Winnetou zu Pferd vor der Tür erschien! Er bückte sich, um hereinzukommen, hielt den Rappen an, blitzte mit seinen durchdringenden Augensternen eine Person nach der anderen an und fragte dann:

„Welches von diesen Bleichgesichtern ist der Sheriff?"

„Ich bin es", antwortete der Genannte in einem Ton, als stände er vor einem Herrscher.

„Und du wagst es, Old Shatterhand, meinen berühmten Bruder, der lieber alles, was er besitzt, verschenkt, als dass er einen fremden Grashalm nimmt, einen Dieb zu nennen? *Pshaw!*"

Es lag in diesem *„Pshaw!"* der Ausdruck einer so tief herniedersteigenden Herablassung, eines so hoheitsvollen Erbarmens, dass der, an den es gerichtet war, keine Antwort fand und unwillkürlich einige Schritte zurückwich, als ob er mit dieser nun sehr heikel gewordenen Angelegenheit jetzt lieber gar nichts mehr zu tun haben möchte. Einem jeden, der Winnetou nicht gekannt hat, muss dieser Eindruck seiner Persönlichkeit höchst ungewöhnlich vorkommen, aber der berühmte Häuptling der Apatschen war noch weit mehr als bloß ein ungewöhnlicher Mann. Die Häuptlingsstellung war es natürlich nicht, die solche Achtung vor ihm erzwang, sondern es lag ganz allein in seiner Persönlichkeit, in der Gesamtheit seiner Vorzüge, dass sein Erscheinen überall, wohin er kam, Bewunderung und Ehrerbietung erregte.

Winnetou trug, wie auch ich stets, wenn ich mich im Westen befand, einen aus Elkleder gefertigten Jagdanzug von indianischem Schnitt, an den Füßen leichte Mokassins, die mit Stachelschweinborsten geschmückt waren. Eine Kopfbedeckung gab es bei ihm nicht. Sein bläulich schwarzes Haar war auf dem Kopf zu einem helmartigen Schopf geordnet und fiel, wenn er im Sattel saß, wie eine Mähne fast bis auf den Rücken des Pferdes herab. Keine Adlerfeder schmückte diese indianische Haartracht. Er trug dieses Abzeichen der Häuptlinge nie; es war ihm auch ohne dies auf den ersten Blick anzusehen, dass er kein gewöhnlicher Krieger sei. Ich habe ihn mitten unter Häuptlingen gesehen, die alle mit den Federn des Kriegsadlers geschmückt waren und sich auch sonst mit allen möglichen

Siegeszeichen behängt hatten; seine königliche Haltung, sein freier, ungezwungener und stolzer Gang zeichneten ihn immer als den Edelsten von allen aus. Wer nur einen einzigen Blick auf ihn richtete, der sah sofort, dass er es mit einem bedeutenden Mann zu tun hatte. Um den Hals trug er die wertvolle Friedenspfeife, den Medizinbeutel und eine dreifache Kette von Krallen der Grizzlybären, die er mit Lebensgefahr selbst erlegt hatte. Der Schnitt seines ernsten, männlich schönen Angesichts, dessen Backenknochen kaum merklich vorstanden, war fast römisch und die Farbe seiner Haut ein mattes Hellbraun, mit einem leisen Bronzehauch übergossen.

Dieser herrliche Mann befand sich jetzt, hoch zu Pferd, hier im Zimmer und aller Augen hingen mit Bewunderung an seinem gebieterischen Angesicht und seiner tadellosen Gestalt, die in vornehmer Haltung halb auf dem Sattel, halb in den mit Klapperschlangenzähnen verzierten Bügeln ruhte. Von seinen breiten, kräftigen Schultern hing ein von seiner schönen Schwester Nscho-tschi gefertigtes Lasso in Schlingen über Brust und Rücken herab. Ferner hatte er um die Hüften eine bunt schillernde Saltillodecke als Schal gebunden, die Messer, Revolver und alle die Gegenstände enthielt, die der Westmann in seinem Gürtel zu tragen pflegt. Auf seinem Rücken hing ein doppelläufiges, an den Holzteilen mit silbernen Nägeln beschlagenes Gewehr. Das war die weltberühmte Silberbüchse, deren Kugeln nie ihr Ziel verfehlten. Sein Tomahawk steckte unsichtbar in einer Scheide von Opossumfell.

Er wandte sich, als der Sheriff ängstlich zurückgewichen war, an die übrigen und fragte:

„Und welches ist das Bleichgesicht, dem die Nuggets gestohlen worden sind?“

„Ich“, antwortete Watter.

„Du hast behauptet, Old Shatterhand sei der Dieb!“

Watter wagte nicht, ja zu sagen.

„Und als mein weißer Bruder dich zurückwies, hast du es dennoch weiter behauptet."

Der tadellose Westmann antwortete auch jetzt noch nicht.

„Mensch, ich reite dich nieder! Tschah!"

Dieser Ausruf war für seinen Rappen der Befehl, hochzuspringen. Winnetou nahm ihn mit den Zügeln vorn empor, stemmte die Fersen fest ein und setzte mit dem Pferd über den Tisch hinüber, dass alles vor Schreck laut aufschrie, obgleich der kühne Sprung so wunderbar gelang, dass der Tisch von keinem Haar des Hengstes gestreift worden war. Watter zog sich bis an die Wand zurück. Winnetou riss sein Pferd wieder in die Höhe und ließ es auf den Hinterhufen dem Flüchtling folgen, bis es so nah vor ihm stand, dass er es hätte mit der Hand berühren können.

„Um Gottes willen, tut das nicht, tut das nicht!", zeterte Watter vor Angst. „Ich habe ja nicht gewusst, dass dieser vorzügliche Gentleman der berühmte Old Shatterhand ist!"

„Kojote!"

Kojote ist der Präriewolf, der Aas frisst und sich nicht einzeln an ein lebendes Wild wagt. Dieser Feigheit und seines Gestankes wegen wird er so verachtet, dass sein Name als schwere Beleidigung gilt. Watter wagte es aber nicht, sie zurückzuweisen; er hielt, um sich vor den Hufen zu schützen, die sich vor seinem Gesicht bewegten, die Ellbogen vor und rief:

„Zurück, Mr. Winnetou! Das Pferd schlägt mir ja nach dem Kopf!"

„Wenn du gestehst, dass du ein Kojote bist. Bist du einer?"

„Ja doch, ja! Ich bin alles, was Ihr wollt, sogar ein Kojote!"

Da drehte der Apatsche den Rappen herum, ließ ihn nieder und sagte:

„Und nun hinaus jeder, der Old Shatterhand, meinen

weißen Bruder, beleidigt hat! Hier ist nur Platz für ihn und seine Freunde!“

Er ließ das Pferd zwischen den Tischen hintänzeln, was bei der Lebhaftigkeit des Tieres gefährlich aussah, obwohl es dabei jedem Druck der Schenkel gehorchte. Watter schoss sofort zur Tür hinaus. Ihm folgte etwas langsamer der Sheriff, dem der Constable noch voraneilte. Wir erfuhren später, dass sie sich eine andere Stube genommen hatten, die nicht, wie der Sheriff sich ausgedrückt hatte, „als Reitbahn zum Zureiten von Indianergäulen benutzt wird“.

Zu Pferd in das Gastzimmer eines Hotels zu kommen, konnte nur einem Winnetou einfallen, der so ein Reiter war, dass er nichts beschädigt hätte, selbst wenn die Stühle und Tische von Glas gewesen wären. Unsere Hengste waren Brüder, Pferde edelster Abkunft, vollständig fehlerlos, feurig, mutig, ausdauernd, klug und trotz ihres Feuers lammfromm. Winnetou hatte sie selbst indianisch zugeritten. Der Name seines Hengstes war Iltschi[1], der des meinigen Hatatitla[2], ein Apatschenwort, das auf den beiden letzten a betont und als Hatahtitlah ausgesprochen wird. Mein Tier stand mir, sooft ich kam, zur Verfügung und war, solange ich mich mit Winnetou zusammenbefand, mein Eigentum, das ich ihm zurückgab, sobald ich mich von ihm trennte.

Winnetou stieg, als die erwähnten Personen aus der Stube gegangen waren, ab und führte den Hengst hinaus, um ihn und Hatatitla anzubinden. Die Hufe hatten auf der Diele keine Spur gemacht, weil sie unbeschlagen waren. Der Wirt sagte zu mir:

„Ich habe mir gleich gedacht, dass Sie nicht bloß so ein herumlaufender und zuweilen schreibender Mr. Meier sind; meine Frau wird das bestätigen. Dass ein so bedeutender Diebstahl bei mir stattgefunden hat, ist außeror-

[1] Wind [2] Blitz

dentlich unangenehm. Aber das Missgeschick wird mehr als aufgewogen durch die hohe Ehre, dass Sie und der berühmte Häuptling der Apatschen meine Gäste sind. Ich hoffe, dass auch Winnetou bei mir wohnen wird?“

„Für heute kann ich zusagen, für morgen aber nicht mehr“, erwiderte ich, „denn ich glaube, dass wir morgen nach dem Westen aufbrechen werden.“

Da fragte Hiller schnell:

„Also nicht nach dem Osten, wohin Sie doch erst gehen wollten?“

„Ja. Winnetou kommt jetzt von St. Joseph herab und hätte unbedingt einen anderen, dort gekauften Anzug an und auch die Pferde in Verwahrung gelassen, wenn er die Absicht, nach dem Osten zu gehen, nicht aufgeschoben hätte.“

Das war Wasser auf die Mühlen des Oberkellners, der mit einer tiefen Verbeugung zu mir trat:

„Verzeihen Sie, wenn ich es vielleicht an der nötigen Höflichkeit habe mangeln lassen; ich wusste ja nicht, wer Sie sind! Darum also, weil Sie Old Shatterhand sind, konnten Sie mit so großer Bestimmtheit sagen, dass ich ihn nicht in St. Joseph treffen würde. Ich bin überglücklich über den Vorzug, Sie in unserem Haus bedienen zu dürfen, und bitte um Erlaubnis, dass eine innere Stimme mir sagt, mein Herzenswunsch, indianisch-medizinische Studien machen zu dürfen, könnte jetzt in Erfüllung gehen.“

„Wenden Sie sich an Winnetou!“

„Oh, er wird tun, was Sie wollen, Mylord.“

„Möglich! Aber ich weiß jetzt noch nicht, aus welchen Gründen er unserem Plan eine Änderung gegeben hat, und kann Ihnen erst dann, wenn ich das erfahren habe, eine bestimmte Zusage erteilen.“

Wenigstens ebenso sehr wie Rost freute sich Hiller über die Ankunft meines roten Bruders, denn erstens war er schon darüber glücklich, ihn überhaupt einmal zu sehen, und zweitens glaubte er, dass sich die Hoffnungen, die er in Beziehung auf seinen Vater hegte, nun erfüllen würden. Als der Apatsche wieder hereinkam und sich zu mir und ihm setzte, richtete der junge Mann seinen Körper kerzengerade im Stuhl auf und ließ diese hochachtungsvolle Haltung auch nicht wieder fallen, bis er sich entfernte.

Es wäre ein Irrtum zu denken, dass Winnetou nun von sich, seinem Ritt und seinen Absichten gesprochen hätte. Das tat er nicht und ich erwartete es auch nicht von ihm. In solchen Angelegenheiten war er der schweigsame Mann, der nur dann redete, wenn es notwendig war. Ich hatte gelernt, mehr aus seinen Augen und seinem Gesicht zu lesen als von seinen Lippen zu hören. Als der Oberkellner ihn dienstbereit nach seinen Wünschen fragte, antwortete er nur das eine Wort „Wasser" und richtete dann sein Auge auf mich. Ich verstand diesen Blick und erzählte ihm in kurzen Worten von dem Diebstahl, wobei ich mein Verhältnis zu Watter und dem Prayer-man streifte. Ein treffendes Wort genügte vollständig für ihn. Als ich fertig war, erhob er sich und sagte:

„Mein Bruder mag über die Klugheit dieser Leute nicht lachen, sondern Mitleid mit ihnen haben! – Winnetou will den Stall ansehen. Komm!"

Der Stall war sauber und stand jetzt leer. Wir schafften die Pferde hinein und ließen ihnen Wasser und Futter geben, das wir vorher auf seine Güte untersuchten. Zugleich befahl Winnetou, dass kein anderes Pferd hineingestellt werden dürfe, was uns gern zugesichert wurde.

Der Stall lag, wie bereits erwähnt, im Hintergebäude. Neben seiner Tür führte eine Treppe zu der Stube, worin der Prayer-man gewohnt hatte. Wir sahen den Sheriff mit Watter und dem Constable herabkommen. Seinem bisherigen, unfreundlichen Verhalten entgegen kam der Beamte auf mich zu und meldete mir in einem Ton, als ob ich sein Vorgesetzter wäre:

„Wir sind noch einmal oben gewesen, um nachzuforschen, haben aber nichts gefunden. Auch im Zimmer von

Mr. Watter haben wir nichts entdecken können. Ihr hattet vorhin den Wunsch, einmal hinaufzugehen, Mr. Shatterhand?“

„Diesen Wunsch hatte ich als Mr. Meier, der durch Eure Beschuldigungen dazu gezwungen wurde“, entgegnete ich kalt. „Jetzt geht mich die Sache nichts mehr an.“

„Aber ich dachte – dachte – hm!“

„Was dachtet Ihr?“, half ich ihm aus der Verlegenheit.

„Da Ihr Old Shatterhand seid und dieser vorzügliche Gentleman Winnetou ist und weil man weiß, dass Ihr selbst Spuren, die kein anderer erkennen kann, so meisterhaft zu lesen versteht, so wollte ich – Euch höflichst bitten, doch einmal zu versuchen, ob Ihr vielleicht etwas findet, was wir nicht beachtet haben.“

Ich warf einen schnellen Blick auf Winnetou. Sein Gesicht war unbewegt. Er war also weder dafür noch dagegen und überließ mir die Entscheidung. Darum erwiderte ich, aber nur ganz kurz:

„Kommt!“

Sie stiegen voran, um uns die Stube zu zeigen. Wir folgten ihnen. Der Wirt, der im Hof gestanden hatte, kam nach, als er sah, wer jetzt das Suchen übernahm. Der Sheriff schloss auf und wollte eintreten.

„Halt!“, sagte ich. „Ihr kommt erst hinter uns. Ihr könntet uns die Spuren verderben, wenn Ihr sie nicht schon verdorben habt. Der Häuptling der Apatschen wird zuerst eintreten!“

Winnetou verstand mich, trat einen Schritt hinein und blieb einen Augenblick stehen. Wir konnten sein Gesicht nicht beobachten. Dann ging er bis in die Mitte der Stube, sodass wir folgen konnten. An der rechten Wand stand das Bett, an der linken ein Tisch und ein Stuhl, darauf der Koffer des Prayer-man. Winnetou bückte sich und hob eine Schnur auf, die unter dem Tisch lag.

„Das ist nichts!“, sagte der Sheriff wegwerfend.

„Wartet nur!“, entgegnete ich.

Der Apatsche schritt nach dem offenen Fenster und ließ die Schnur hinab, um zu untersuchen, wie weit sie draußen hinunterreichte. Dann warf er sie herein, behielt aber den Kopf draußen, um etwas zu betrachten. Hierauf schwang er sich auf die Fensterbrüstung und stieg auf die noch anliegende Leiter hinaus. Als er wieder hereinkam, hatte er einen kurzstieligen Hohlbohrer in der Hand.

„Die Bleichgesichter haben keine Augen und keine Gedanken", sagte er. „Der Prayer-man ist nicht betrunken gewesen und hat nicht geschlafen. Er hatte Werkzeuge und er hatte einen Gehilfen, dem er sie an dieser Schnur hinunterließ. Der Gehilfe ging, um die Nuggets zu stehlen; als das geschehen war, brachte er die Werkzeuge wieder, band sie unten an die Schnur und der Prayer-man zog sie herauf; sie waren aber nicht fest zusammengebunden und so fiel eins heraus und blieb draußen im Gezweig des wilden Weins hängen, der an der Mauer wächst. Hier ist es. Solche Werkzeuge steckt man nicht in die Tasche des Anzugs; er hatte sie also nicht bei sich, als er floh, zumal seine Flucht sehr schnell geschah, sie sind noch hier. Die Bleichgesichter mögen noch einmal alles aus dem Bett werfen."

Der Constable nahm ein Stück nach dem anderen heraus. Es lag nichts darin, was nicht hineingehörte, auch nichts darunter.

„Die Bleichgesichter mögen auch den Koffer leeren!", ordnete Winnetou an.

Der Sheriff erklärte, das wäre bereits einmal geschehen und nichts dabei gefunden worden. Als die Papiere herausgenommen waren, war der Koffer leer. Winnetou nahm ihn in die Hand, hielt ihn einen Augenblick, lächelte und gab ihn mir. Ich fühlte sofort, dass er zu schwer war, wenn er wirklich leer sein sollte.

„Mein Bruder Shatterhand messe die Tiefe von außen und von innen!", forderte mich Winnetou auf.

Ich tat es durch die Handspanne und fand, dass der

Koffer einen hohlen Boden haben müsse. Die Untersuchung ergab, dass er einen bis oben reichenden Einsatz hatte, den wir nun herauszogen; dann schütteten wir den geheimen Inhalt heraus, der aus Nachschlüsseln, Bohrern, Feilen und sonstigen Werkzeugen bestand. Sie waren so gearbeitet, dass sie möglichst wenig Platz einnahmen. Von einem Meißel, der so schmal war, dass er als Zieher kleiner Schrauben benutzt werden konnte, war die Spitze abgebrochen. Winnetou betrachtete die Bruchstelle aufmerksam und fragte dann:

„Die Bleichgesichter haben auch in der Stube, wo die Nuggets waren, keine Spur gefunden?"

„Nein, nicht die geringste", entgegnete der Sheriff.

„Sie mögen uns hinführen."

Wir gingen über den Hof zum Vorderhaus und dort in Watters Raum, der ein Eckzimmer wie das meinige war. Hier standen mehr und bessere Möbel als drüben. Der Schrank war offen; der leere, noch angeschraubte Kasten stand offen darin. Winnetou blickte und griff hinein und ließ den offenen Deckel in den Gelenken spielen.

„Das ist alles nutzlos!", erklärte Watter. „Ich selber erst habe ihn aufgeschlossen und der Schlüssel ist nicht aus meiner Tasche gekommen."

Nun langte Winnetou mit der Hand hinter den Kasten und suchte dort.

„Uff!", rief er aus, indem er sich aufrichtete und uns ein kleines scharfes Eisenstückchen zeigte. „Dieser Schrank steht nicht an einer Mauer, sondern an einer Tür."

„Das ist richtig!", sagte der Wirt erstaunt, denn der Schrank verdeckte die Tür so vollständig wie in dem Zimmer neben dem meinigen; Winnetou hatte sie also nicht bemerken können.

„Man öffne die Stube, zu der diese Tür führt!", befahl Winnetou. „Von dort aus ist die Rückwand des Schranks geöffnet worden, und weil der Dieb den Schlüssel zum Kasten nicht besaß, hat er die Gelenke des Deckels aufgeschraubt. Als er sie später wieder zuschraubte, ist die Spitze des Meißels abgebrochen, die ich gefunden habe. Er hat die Stifte nur halb wieder hineingebracht; das fühlte ich gleich, als ich hinter den Kasten griff."

Der Schlüssel wurde geholt, wir gingen in das Nebenzimmer und öffneten die Verbindungstür. Da standen wir vor der Hinterwand des Schranks und sahen sofort, dass ein Teil weggenommen worden war. Der Schrank war ein leicht gearbeitetes Stück, wie sie in Fremdenzimmern zu stehen pflegen; der Tischler hatte die Bretter der Hinterwand nur aufgenagelt und die Nagelkuppen waren von dem Dieb mit dem Hohlbohrer freigelegt worden, sodass er zwei Bretter hatte wegnehmen können. Wir taten das auch, worauf das Innere des Schranks vor uns lag, und nun entdeckten wir auch die halb hervorstehenden Schrauben. Es war genau so, wie Winnetou gesagt hatte: In Ermangelung des Schlüssels hatte der Dieb den Kasten nicht vorn beim Schloss, sondern hinten bei den Gelenken geöffnet.

„Das ist geradezu erstaunlich", rief der Sheriff.

„Wer hätte das gedacht!", stimmte Watter bei.

Der Wirt versetzte dem Goldsucher einen gelinden Rippenstoß und sagte mit einer Anzüglichkeit, die mich schmunzeln ließ:

„Was denkt Ihr nun von Eurer großen Weisheit, Mr. Watter? Wer ist so albern gewesen, sich von dem Prayerman so betrunken machen zu lassen, dass er im Schlaf das Geräusch nicht gehört hat, das hier doch ganz unvermeidlich war? Ihr wollt wegen Mr. Shatterhand mein Haus verlassen, dessen Ruf nur durch Eure Dummheit bloßgestellt werden konnte. Ihr mögt immer gehen, denn solche Gäste mag ich gar nicht haben."

Der Gerüffelte sagte kein Wort. Winnetou aber fuhr in seiner Erklärung fort:

„Der Dieb hat einem Verbündeten, der unten stand, das Gold nach und nach zugereicht, indem er es wahrscheinlich in irgendeinem Gefäß an einer Schnur hinunterließ."

„Eines Gefäßes bedurfte es nicht“, erklärte Watter. „Es waren lauter fest zusammengebundene Pakete. Aber woher kann man wissen, dass es durch das Fenster gegeben wurde?“

Winnetou deutete, ohne ein Wort zu sagen, auf einige am Boden liegende Nuggets und auf verstreuten Goldstaub hin, der nach dem Fenster führte.

„Ah, da ist ein Paket offen gewesen! Ja, das stimmt! Also drei Personen haben mich bestohlen! Dieser Prayer-man, den der Teufel fressen soll, und noch zwei andere, die ich nicht kenne. Ich werde seine Fährte suchen, um ihr zu folgen, und wenn ich ihn erwische, so...“

Mehr hörte ich nicht, denn Winnetou glaubte, genug getan zu haben, und ging; ich folgte ihm. Als er unten nach dem Gastzimmer einbiegen wollte, hielt ich ihn durch eine Handbewegung davon ab und führte ihn wieder nach der Stube des Prayer-man. Er ging schweigend mit. Oben erzählte ich ihm das Gespräch, das ich belauscht hatte. Er hörte mir aufmerksam zu, ließ, als ich zu Ende war, jenes beistimmende Lächeln sehen, das mich stets so sehr befriedigte, und sagte:

„Und nun will mein weißer Bruder wohl diesen Koffer noch einmal untersuchen?“

„Ja, deshalb ging ich hierher, bevor der Sheriff kommt und ihn mit Beschlag belegt.“

Wir suchten die Schriften durch, doch ohne Ergebnis. Dann wurde der Koffer noch einmal vorgenommen. Eine heimliche Tasche, ein verborgenes Fach gab es nicht mehr; aber an einer Stelle war das leinerne Futter losgeweicht und ein Schnitt hineingemacht. Ich griff in den Schnitt und zog drei Papiere heraus, es war weiter nichts darin. Das erste Papier enthielt lediglich untereinander gesetzte Namen. Darüber stand: „To the Finding-hole.“ Die Namen waren folgende:

Kansas City, Kansas River, Republican River, Frenchmans Fork, Pine Bluff, Lodge Pole Creek, Iron Mountain/

Chugwater Creek, Lake Jone/Laramie River, Medicine Bow River, Platte River, Sweetwater River, Pacific Creek, Big Sandy Creek, Fremont Peak, Finding-hole.

Das zweite Papier war ein Wechsel auf Sicht auf fünftausend Dollar, ausgestellt von Frank Sheppard und angenommen von Emil Reiter.

Das dritte Papier war sehr wichtig. Die darauf stehenden Zeilen lauteten folgendermaßen:

„Geständnis.

Ich, Emil Reiter, erkläre hiermit an Eides statt, dass ich vorgestern Nachmittag 3 Uhr den Farmer Guy Finell mit meinem Gewehr erschossen habe, und verspreche, dem Untersuchungsrichter auf Vorzeigung dieses Zugeständnisses den Mord ohne Weigerung einzugestehen.

Emil Reiter, Steelville."

Das unterzeichnete Datum ging auf nicht ganz ein Jahr zurück. Der Name des Täters erinnerte mich an meinen Musiklehrer, jenen alten, lieben Kantor, der meine Motette hatte drucken lassen. Sein Sohn war nach Amerika gegangen und hieß Emil Reiter. Sicherlich war das nur ein Zufall und es gab keinen Grund anzunehmen, dass der Schreiber dieser Zeilen der Sohn jenes Kantors wäre.

Was hatte ihn veranlasst, dieses Geständnis schriftlich niederzulegen? Und was hatte der, für den es geschrieben war, für einen Grund, es sich geben zu lassen und es aufzuheben, ohne den Mord zur Anzeige zu bringen? War der jetzige Besitzer, also der Prayer-man, diese Person? Wenn er es war, so war die Absicht wohl nicht gut. Vielleicht hatte Emil Reiter den Sichtwechsel gutheißen müssen, um das Schweigen des Zeugen zu erkaufen; dann aber musste man annehmen, dass der Aussteller Frank Sheppard und der Prayer-man ein und dieselbe Person seien, der Schriftenhändler jedoch hieß anders – wenigstens jetzt.

Winnetou sah mich forschend an. Als ich die drei Papiere einsteckte, fragte er:

„Wir behalten sie?“

„Ja“, entgegnete ich, „das eine enthält die Reiserichtung zum Finding-hole, ist uns also überaus wichtig und die beiden anderen können uns noch wichtiger werden.“

„Diese Orte – uff! Sie bezeichnen fast genau den Weg, den auch wir jetzt miteinander reiten werden.“

Jetzt also, jetzt brach er das Schweigen!

„Müssen wir auch da hinauf?“

„Ja. Dein Bruder Winnetou hat nicht Zeit gefunden, Nuggets zur Reise nach dem Osten zu holen. Er ist unterwegs wieder umgekehrt, weil er erfuhr, dass die Krieger der Crows gegen die Krieger der Schoschonen den Tomahawk des Kampfes ausgegraben haben.“

„Ich dachte es mir, dass sie das tun würden.“

Meine Worte mussten ihm ganz unerwartet kommen, er fragte aber ohne das geringste Zeichen des Erstaunens:

„Mein weißer Bruder hat es gewusst?“

„Ja. Es sind sechs Crows von den Schoschonen getötet worden, die gerächt werden sollen. Ich habe es hier von einer Squaw erfahren, deren Mann dabei gewesen ist und die von Yakonpi-Topa, dem Häuptling der Kikatsa-Crows, einen Brief empfangen hat.“

„Uff! Winnetou und Old Shatterhand müssen schnell fort, um ihre Freunde, die Schoschonen, zu unterstützen. Es sind auch noch andere Feindseligkeiten zwischen ihnen und ihren Feinden vorgekommen. Yakonpi-Topa ist diesmal von dem verderblichen Brauch der roten Männer, gleich nach geschehener Ursache, ohne gerüstet zu sein, in den Kampf zu ziehen, abgewichen und trifft große Vorbereitungen. Er hat die River- und die Mountain-Crows, die Ahwahaways und die Allakaweahs aufgewiegelt und scheint auch die Krieger der Satsilaa, der Kahnas, Pigans und der Small Robes an sich ziehen zu wollen. Er ist ein alter, listiger Fuchs, während Wagare-Tey[1], der junge

[1] ‚Gelber Hirsch‘

Häuptling der Schoschonen, noch nicht dreißig Winter zählt und mehr Aufrichtigkeit als Klugheit und Erfahrung besitzt."

„Da müssen wir freilich schleunigst fort und auf dem kürzesten Weg hinauf. Der bequemste führt immer am Nord-Platte hin, macht aber so viele Windungen, dass man fast doppelt so lange braucht wie auf dem anderen, der sehr beschwerlich ist und große Ortskenntnisse erfordert. Es ist fast genau der Weg, dessen Verzeichnis wir jetzt auf dem Zettel des Prayer-man gelesen haben, und so dürfen wir hoffen, dass wir ihn trotz seiner Flucht auf dem Hin- oder doch auf dem Rückweg treffen. Ich wünsche das sehr. Und ich habe noch einen zweiten Wunsch, der mir durch deine Absicht, zu den Schoschonen zu reiten, schneller in Erfüllung gehen kann, als ich es bis jetzt für möglich hielt. Die Kikatsas halten nämlich ein Bleichgesicht gefangen, den Mann der Squaw, von der ich dir sagte, ihr Gatte sei bei der Tötung der sechs Krähen zugegen gewesen und sie habe von Yakonpi-Topa einen Brief bekommen. Dieser Gefangene wird trotz allem Lösegeld nicht freigegeben werden und so muss man ihn den Kikatsas entweder durch Gewalt oder mit List entreißen."

„Hat mein Bruder Shatterhand einen Grund, sich seiner anzunehmen?"

„Ja, du sollst ihn erfahren."

Ich erzählte ihm von Frau Hiller und ihrem Sohn, und zwar tat ich das, um seine Teilnahme an diesen beiden Personen zu vergrößern, etwas ausführlicher, als es sonst geschehen wäre. Ich bemerkte zu meiner Genugtuung, dass ich die beabsichtigte Wirkung erzielte. Er hörte sehr aufmerksam zu und erkundigte sich dann:

„Mein Bruder Scharlih hat, wie ich höre, diese Squaw und ihren Sohn lieb gewonnen?"

„Ja. Sie hat so viel Schlimmes erfahren, dass ich ihr die schwere Trübsal, ihren Mann zu verlieren, ersparen möchte."

„Der Mann dieser Squaw wird also Nana-po genannt, ich muss diesen Namen schon einmal gehört haben. Nana-po – ja, jetzt finde ich es. Er nahm sich eines Sambitsche-kriegers an, der vom Felsen gestürzt war, und pflegte ihn so lange, bis er zu den Seinen zurückkehren konnte; dieser Krieger hat es mir selbst erzählt. Wer so an einem Fremden handelt, der ist ein guter Mann und darf nicht am Marterpfahl der Krähen sterben. Wir werden ihn, falls er noch lebt, den Crows zu entreißen versuchen. Jetzt wollen wir gehen, es braucht niemand zu wissen, dass wir noch einmal gesucht und etwas gefunden haben."

Als wir hinunter in den Hof kamen, stand er voll Menschen. Es hatte sich schnell in der Stadt herumgesprochen, wer hier im Hotel zu sehen sei, und nun waren sie gekommen, die lieben, neugierigen ‚Sympathievögel', und wir wussten, dass sie uns nun bis zum Augenblick unserer Abreise umflattern würden. Winnetou schloss sofort den Stall zu und steckte den Schlüssel ein, um wenigstens unseren Pferden die gehörige Ruhe zu sichern.

Wir wollten uns ins Gastzimmer begeben, wo Hiller zurückgeblieben war; er trat eben jetzt heraus, um uns zu suchen. Er meldete uns, seine Mutter habe ihm einen Boten gesandt, er solle sofort nach Haus eilen, es sei etwas Wichtiges geschehen; sie lasse auch mich bitten, mitzukommen.

„Sind Leute in der Gaststube?", fragte ich ihn.

„Alles voll!", lachte er. „Es kann fast kein Apfel zu Boden fallen und vor dem Haus stehen sie auch so dicht. Alles will Winnetou und Old Shatterhand sehen."

„So gehen wir beide mit Ihnen. Führen Sie uns einen möglichst freien Weg, wo wir nicht erblickt werden!"

Es war ihm aber unmöglich, diesen Wunsch zu erfüllen. Man bemühte sich zwar, uns Platz zu machen, aber es waren der Menschen so viele, dass wir nur langsam hindurchkamen. Und als wir die Straße erreicht hatten, warteten da noch mehr, durch die wir uns drängen mussten;

dann liefen sie hinter uns her und blieben, als wir bei Frau Hiller eingetreten waren, dort vor dem Haus stehen.

Sie wusste noch nicht, dass Winnetou gekommen war, und war von seinem Anblick so überrascht, dass sie kein Wort zur Begrüßung fand. Diesen ergreifenden Eindruck seiner Persönlichkeit hatte ich schon oft beobachtet. Als er ihre Sprachlosigkeit bemerkte, reichte er ihr freundlich die Hand mit den Worten:

„Winnetou kommt, um seiner guten, weißen Schwester zu sagen, dass er ihr Freund ist und sich vorgenommen hat, ihr Leid zu stillen, wenn es ihm und seinem Bruder Scharlih möglich ist."

Sie erwiderte auch hierauf nichts. Noch als wir schon im Zimmer waren und er Platz genommen hatte, vermochte sie kaum die Augen von ihm zu wenden und musste von ihrem Sohn darauf aufmerksam gemacht werden, dass sie doch nach uns geschickt habe, weil etwas Wichtiges geschehen sei.

Da röteten sich ihre Wangen und ihre Augen strahlten.

„Ja", sagte sie, „etwas Hochwichtiges, was allem Leid ein Ende machen und uns das verlorene Glück wiederbringen wird. Bitte, lest, Mr. Shatterhand!"

Sie sprach englisch, weil sie annahm, deutsch von Winnetou nicht verstanden zu werden. Dabei gab sie mir eine Zeitung in die Hand und deutete auf die Stelle, die sie meinte. Es war der noch jetzt bestehende[13], in St. Louis erscheinende ‚Anzeiger des Westens', der allen deutschen Lesern warm empfohlen werden kann. Er war das erste auf der Westseite des Mississippi herausgegebene deutsche Blatt, wurde stets in vorzüglicher Weise geleitet, hat bis zum heutigen Tage die Vorteile der Deutschen vertreten und war die einflussreichste landsmännische Zeitung im ganzen Westen. Die betreffenden, sehr groß gedruckten Zeilen lauteten:

[1] Diese Aussage bezieht sich natürlich auf das Jahr 1897, in dem Karl May die vorliegende Erzählung verfasste. (Anm. d. Hrsg.)

„!!! – v. H. – – – v. H. – – – v. H. – !!!

Die Unschuld ist erwiesen! Der Täter wurde entdeckt und hat alles eingestanden! Sie dürfen offen zurückkehren! Geben Sie, falls Sie nicht gleich kommen können, Ihre genaue Anschrift an!

Treuer Nachbar.“

Als sie sah, dass ich fertig war, faltete sie die Hände und sagte, vor Freude weinend:

„Endlich hat sich Gott unser erbarmt, wie danke ich ihm dafür! Wir dürfen in die Heimat zurückkehren, dürfen unseren ehrlichen Namen wieder tragen! Wir bekommen alles wieder, was wir verloren haben. Ja, weine du auch, mein Sohn! Das sind ganz andere Tränen als die bisher vergossenen. Vor ihnen weicht die ganze Last des Jammers von unseren Herzen und die Seele wird ebenso frei, wie wir uns in jeder anderen Beziehung nun frei fühlen dürfen. Wenn doch mein alter, lieber Vater das hätte erleben dürfen!“

Der Sohn hatte sich still in eine Ecke gesetzt und verbarg das Gesicht in den Händen. Niemand konnte ihnen die Freude aufrichtiger gönnen als ich, aber ich war gewöhnt, vorsichtig zu sein.

Wenn diese Mitteilung nicht auf Wahrheit, sondern auf Täuschung beruhte, musste der Rückschlag später umso niederschmetternder sein.

Darum fragte ich:

„Dürft Ihr diesem Aufruf auch wirklich Vertrauen schenken? Handelt es sich nicht vielleicht um eine Falle, die man Euch stellen will, um Euch hinüberzulocken?“

„Nein! Dieser Nachbar ist treu und aufrichtig wie Gold. Mit ihm von hier aus Briefe zu wechseln, wagten wir nicht; aber wir machten mit ihm aus, dass er uns sofort Nachricht geben sollte, sobald die Verhältnisse drüben für uns eine Wendung zum Besseren nähmen. Da wir nicht wussten, wo wir uns befinden würden, wurde für New York, Cincinnati, Chicago und St. Louis je eine Zeitung bestimmt, in der die Benachrichtigung erscheinen sollte; auch über die Form dieser Benachrichtigung wurde ein so genaues Abkommen getroffen, dass wir nicht in Zweifel sein können, ob sie von diesem Freund oder von der Heimtücke eines anderen Menschen stammt. Nein, wir können so fest vertrauen, als ob die Wahrheit in eigener Person diese Bekanntmachung aufgegeben hätte."

„*Well*, so stecke ich sie also ein."

Ich faltete die Zeitung zusammen und schob sie in die Tasche.

„O nein!", rief sie da. „Bitte, nehmt mir dieses Blatt nicht! Es ist mir ein ganzes Vermögen wert."

„Davon bin ich überzeugt. Aber Ihr könnt Euch eine andere Nummer verschaffen, wozu wir wahrscheinlich keine Zeit haben. Wir brauchen es."

„Wozu, Mr. Shatterhand?"

„Um es Eurem Mann zu bringen."

Das hatte sie nicht erwartet. Sie jauchzte vor Freude auf:

„Herrgott! Wollt Ihr ihn wirklich aufsuchen und ihm diese frohe Botschaft übermitteln?"

„Ja. Winnetou ist einverstanden."

„Mein Bruder Scharlih sagt die Wahrheit", bekräftigte der Häuptling. „Meine gute weiße Schwester ist im Unglück eine starke Heldin gewesen, das hat der große Manitou gesehen und sie heute dafür mit seiner Hilfe belohnt. Er will es, dass wir zu Nana-po gehen, um ihn aus der Gefangenschaft zu holen und mit seiner treuen Squaw zu vereinigen. Wir brechen morgen früh von hier auf."

Da sank sie laut weinend vor ihm in die Knie, um ihm für diesen Entschluss zu danken.

Er ließ sie aber nicht zu Wort kommen, sondern zog sie schnell wieder empor.

„Winnetou ist ein Mensch und vor Menschen darf man niemals knien. Wenn meine weiße Schwester nicht wünscht, dass ich mich gleich entfernen soll, so mag sie kein einziges Wort des Dankes sagen."

„Aber wie kann ich schweigen, wenn mir das Herz überfließt! Welch eine Botschaft für meinen armen Mann, wenn Ihr ihm diese Zeitung gebt! Er kennt Euer Gedicht auswendig, Mr. Shatterhand, er weiß, auf welche Weise ich es bekommen habe. Mir klingt der Anfang heute so deutlich in den Ohren wie damals, als ich ihn unter dem Christbaum zum ersten Mal vernahm: ‚Ich verkünde große Freude, die euch widerfahren ist!' Leider aber wird die Freude meines Mannes keine so fromme, zu Gott gerichtete sein, wie die meinige ist. Er ist ungläubig."

Sie machte eine Pause, betrübt durch den soeben ausgesprochenen Gedanken, dann fuhr sie fort:

„Sein krasser Unglauben hat mich im Stillen oft schwer betrübt. Ich habe deshalb täglich gebetet und mit Gott um Erhörung gerungen, aber die Erfüllung dieser Bitten ist bis heute ausgeblieben. Der Umstand, dass wir so schwer und doch so unverschuldet leiden mussten, hat meinen Mann um den Glauben gebracht und ihn vollständig von Gott abgewandt. Es ist mein heißes Flehen, dass er durch das Glück, das uns nun wieder leuchtet, zu ihm zurückgeführt wird."

„Lasst Eure Hoffnung nicht sinken, Mrs. Hiller!", bat ich. „Die Wege des Herrn sind wunderbar, aber herrlich ist ihr Ende. Mir dürft Ihr das glauben, ich habe es schon so oft im Leben erfahren. Der Pfad des Leidens, auf dem ich Euch begegnet bin, wird Euch gewiss zum Segen gereichen."

„Das ist schon jetzt der Fall, Mr. Shatterhand. Ihr traft mich in einer Zeit, als die Flut der Trübsal am reißendsten war. Ich wollte damals nach Graslitz zu einem Mann, den ich aus Rücksicht auf meine Sicherheit als unseren Verwandten bezeichnete; er war es aber nicht, sondern nur der Verwandte eines unserer Beamten. Ich hielt ihn für wohlhabend, hatte mich aber geirrt; auch war er von Graslitz fort, und wenn Ihr Euch nicht meiner erbarmt und mir Euer ganzes Geld geschenkt hättet, so lebte ich heute wohl nicht mehr."

„Hat Euch der Empfehlungsbrief meines damaligen Gefährten Carpio etwas genützt?"

„Nein. Ich nahm ihn nur, um den jungen Mann nicht zu kränken. Kennt Ihr den Empfänger, an den er gerichtet war?"

„Nein."

„Es war ein Mr. Lachner in Pittsburg. Mein Weg führte mich später nach dieser Stadt und ich erkundigte mich nach ihm. Er war wohlhabend geworden durch Gefälligkeiten, für die man ihm zehnfache Zinsen zu bezahlen hatte. Man bezeichnete ihn als einen der schlimmsten von der Art Menschen, die der Engländer *cutpurse*[1] und der Amerikaner *cut-throat*[2] nennt. Ich hütete mich, den Brief abzugeben."

Also ein Gurgelabschneider war jener geheimnisvolle Verwandte meines Carpio! Die drei bekannten Blitze ‚El Dorado – Millionär – Alleinerbe' kamen mir jetzt nicht mehr so leuchtend vor wie in der Jugendzeit.

Was im Laufe der Unterhaltung weiter gesprochen wurde, kann ich übergehen, weil es von keinem Einfluss auf unsere späteren Erlebnisse war. Heute Abend noch einmal mit mir hierher zu kommen, mutete ich Winnetou nicht zu und so bat uns Mrs. Hiller, uns für eine Minute im Gasthof aufsuchen zu dürfen, um uns einen Brief für ihren Gatten zu bringen. Wir gaben die Zeit an, wann wir da sein würden, und verabschiedeten uns.

Das Haus war, als wir dort ankamen, in seinen öffentlichen Räumen gestopft voll Menschen. Watter hatte, auf uns wartend, am Fenster gesessen und kam uns entgegen.

„Mesch'schurs", sagte er. „Ich gehe sofort, um den Prayerman zu verfolgen, während der Sheriff in anderer Weise versuchen wird, seiner habhaft zu werden. Ich habe nur gewartet, um Mr. Shatterhand um Verzeihung zu bitten, dass ich so dumm und grob gewesen bin. Seid Ihr damit zufrieden?"

[1] Beutelschneider [2] Gurgelabschneider

„*Yes!*“, lachte ich.

„Der Teufel selbst wäre nicht klug genug gewesen, in jenem frommen Mann einen solchen Halunken zu vermuten!“

„Oh, was das betrifft, so muss ich Euch fragen, ob Ihr den Zettel gelesen habt, den Euch gestern ein Knabe ins Gastzimmer brachte. Ihr hattet gesagt, dass Ihr ihn in einem Jahr beantworten wollt!“

„Den – den habe ich wohl noch in der Westentasche. Was steht darauf? Wo ist er denn?“

Er brachte ihn heraus, las ihn und sah mich betroffen an.

„Diesen Zettel habe ich geschrieben, um Euch zu warnen“, erklärte ich ihm. „Hättet Ihr ihn gelesen und befolgt! Nun seht Ihr wohl ein, dass es gar nicht der Pfiffigkeit eines Teufels bedurfte, den Prayer-man zu durchschauen. Nur die Augen muss man offen haben; Ihr aber habt sie mit Gewalt zugedrückt.“

Damit ließ ich ihn stehen.

Man hatte für Winnetou das beste Zimmer des Hauses hergerichtet, dahin begaben wir uns, um der Neugier der Leute zu entgehen. Wir befanden uns kaum dort, so kam der Oberkellner, um uns zu bedienen, doch war seine Hauptabsicht, dem Häuptling seinen Wunsch vorzutragen, uns begleiten zu dürfen. Er tat das unter tiefen Verbeugungen in seiner höflichen Weise. Winnetou hatte keine Lust, ich sprach aber für den jungen Mann, der sich so brav bemüht hatte, sein Ziel zu erreichen, und so entschied der Apatsche, dass er eine Ausnahme machen und es wagen wolle, einen Fremden, der zudem gar kein Westmann war, mitzunehmen, nur müsse Rost ein gutes Pferd haben und auch beweisen können, dass er ein leidlicher Reiter sei. Da bat uns der Bittsteller, eine Viertelstunde zu warten und dann in den Hof zu blicken.

Nach der angegebenen Zeit erschien er unten auf einem gar nicht üblen Braunen und ritt die Schule in einer Weise durch, dass Winnetou ihn heraufwinkte, um ihm zu sagen, dass er sich noch heute mit allem zur Reise Notwendigen versehen und dann morgen frühzeitig zum Aufbruch bereit halten solle. Der gute Mensch war außer sich vor Freude und rannte fort, um den Gästen sein großes Glück zu verkünden.

Schon hatte er die Tür hinter sich zugemacht, da öffnete er sie noch einmal und sagte unter einer tiefen Verneigung:

„Mylords, ich versichere noch einmal, dass heute der schönste Tag meines Lebens ist, und bitte dringend um die Erlaubnis, dass mir eine innere Stimme sagt, Ihr werdet die mir erteilte ehrenvolle Erlaubnis nie zu bereuen haben."

10. Old Jumble

Es war drei Wochen später, als wir uns mitten in den Bergen des jetzigen Albanybezirks im Südosten von Wyoming befanden. Im Norden von uns hob sich der Concial Peak und hinter ihm der Squaw Peak empor und weiter entfernt lagen die dunklen Massen des Reeds- und Laramie Peak. Links von uns sahen wir die Höhen der Medicine Bow Mountains am fernen Himmel verschwinden, während rechts davon die Elk Mountains mit einem leisen, kaum wahrnehmbaren Strich angedeutet wurden. Wir befanden uns also auf der weiten, fruchtbaren Laramie-Ebene und hatten für heute den Lake Jone zum Ziel, an dessen Ufer wir übernachten wollten.

Um einen kurzen Blick zurück zu tun, will ich erwähnen, dass ich Frau Hiller beauftragt hatte, die für mich aus St. Louis eingehenden Gelder anzunehmen und ihren Empfang zu bescheinigen. Unser Ritt bis hierher war schnell und daher anstrengend gewesen, hatte uns aber kein besonderes Erlebnis gebracht. Mit Rost waren wir zufrieden. Er hatte sich trotz der scheinbaren Schwächlichkeit seines Körpers als ausdauernder Reiter und aufmerksamer, dienstfertiger Kamerad bewiesen und uns durch seine große Höflichkeit manchen heimlichen Spaß gemacht. Wir wurden auch jetzt noch von ihm Mylords genannt und sehr häufig um die Erlaubnis gebeten, dass ‚eine innere Stimme ihm etwas sagen dürfe'. Wie er sich in gefährlichen Lagen verhalten würde, war abzuwarten, doch hoffte ich, auch dann nicht bereuen zu müssen, dass ich seinen Wunsch, uns begleiten zu dürfen, bei Winnetou befürwortet hatte.

Für unseren eigentlichen Zweck, die Schoschonen aufzusuchen, mussten wir jedenfalls bis zum Schlangenfluss vordringen, um zu erfahren, wo sie jetzt zu treffen waren. Wir kannten zwar ihre Wohnsitze, die oft aus wirklichen Dörfern mit gut gebauten, hölzernen Häusern bestehen, ganz genau, mussten aber annehmen, dass infolge des bevorstehenden Krieges mit den Crows ihre Krieger anderswo zu finden seien.

Es war Nachmittag und wir hatten bis zum Lake Jone noch ungefähr zwei Stunden zu reiten. Wir befanden uns in der Zeit des so genannten indianischen Sommers, in Beziehung auf die Witterung eine wunderbare Jahreszeit, die nur dem amerikanischen Westen eigen ist und sonst in keinem anderen Land der Erde vorkommt. Die Laramie Plains liegen über zweitausend Meter hoch und doch gab es eine so linde, warme Luft hier oben, wie man sie anderswo in derselben Höhe nur im Sommer findet. Und dabei war sie so rein und klar, dass man meinte, auf der weiten Ebene in eine Unendlichkeit schauen zu können.

Diese Ebene war da, wo wir ritten, mit hohem Gras bewachsen, ein Umstand, der uns eine Fährte, die von rechts her in einem spitzen Winkel auf uns stieß, schon von weitem deutlich bemerkbar machte. Als wir sie erreichten, hielten wir an, um sie zu betrachten. Rost sagte zum Beweis, dass er kein für uns unnützer Begleiter wäre:

„Das sind keine wilden Tiere gewesen. Gestattet mir, Mylords, dass mir eine innere Stimme sagt, es sind hier Menschen geritten! Man sieht die Pferdestapfen genau."

„*Well!* Wie viele Reiter waren es?", fragte ich lächelnd.

„Wie viele? Das herauszubringen wäre ein Kunststück, auf das ich mich nicht verstehe."

„Glaube es. Wartet nur einen Augenblick, so wird Euch mein Freund gleich Bescheid sagen!"

Winnetou war nämlich abgestiegen, um die Spuren zu zählen. Nun schwang er sich wieder in den Sattel und sagte in seiner kurzen Art:

„Fünf Weiße – Uff!"

Dass er eine Pause vor dem Uff machte, ließ mich vermuten, dass die Fährte ihm Stoff zum Nachdenken gab. Da er aber weiterritt, ohne etwas hinzuzufügen, war ich still, betrachtete aber die Fährte nun schärfer, als ich es sonst wohl getan hätte.

Wir folgten ihr, weil sie erstens mit unserem Weg jetzt dieselbe Richtung hatte und weil man zweitens im Wilden Westen keine Spur mit Gleichgültigkeit behandeln darf, denn es ist möglich, dass sie von Menschen stammt, die feindliche Absichten haben. Nach einer Weile sah man, dass zwei von fünf Reitern angehalten hatten und abgestiegen waren. Die Eindrücke ihrer Füße entfernten sich nicht von der Spur, sie waren ihr gefolgt; und dann bemerkte man einen Eindruck, der nicht durch einen Fuß verursacht woren war. Als ich mein Pferd einen Augenblick anhielt, um die Stelle in Augenschein zu nehmen, fragte Rost:

„Gibt es hier etwas zu beachten, Mr. Shatterhand?"

„Ja, und zwar etwas sehr Wichtiges."

„Was?"

„Zwei von diesen fünf Reitern haben die Fährte der anderen drei untersucht und einer von ihnen ist dabei niedergekniet."

„Wozu? Ich ersehe keinen Grund. Wenn sie etwas wissen wollten, brauchten sie die anderen doch nur zu fragen."

„Das konnten sie nicht."

„Warum?"

„Weil sie nicht bei ihnen waren."

„Was? Wie? Die zwei sind nicht bei den dreien gewesen? Die fünf sind also nicht zusammengeritten?"

„Nein."

Winnetou, der Schweigsame, warf mir einen beistimmenden Blick zu, um mir ohne überflüssige Worte anzudeuten, dass ich jetzt wusste, warum ihm diese Fährte bedenklich vorgekommen war. Rost erkundigte sich weiter:

„Wie könnt Ihr das so genau wissen, Mylord? Ich bin zwar im Stande, den Kapuzenmuskel vom rautenförmigen Muskel zu unterscheiden, aber hier wüsste ich mir keinen Rat."

„Man muss nur nachdenken und Ihr habt das Rätsel

auch schon gelöst: Eben weil die zwei, wenn sie etwas wissen wollten, die anderen drei nur zu fragen brauchten, hätten sie es nicht nötig gehabt, abzusteigen und deren Spuren zu untersuchen. Dass sie das trotzdem getan haben, ist folglich der Beweis, dass sie nicht bei ihnen gewesen, sondern hinter ihnen hergeritten sind. Seht Euch die Fährte einmal genau an! Hier links zum Beispiel hat sich das Gras beinahe schon wieder aufgerichtet, während es da rechts noch vollständig niederliegt. Diese Stapfen sind also jünger als jene. Ich schätze die links auf fünf, die rechts aber bloß auf drei Stunden; nach dieser Angabe sind die zwei Reiter also zwei Stunden später hier gewesen als die drei."

„Da Ihr mich darauf aufmerksam gemacht habt, erkenne ich diesen Unterschied im Gras nun freilich auch. Ich werde mir dieses Zeichen merken, um vorkommendenfalls auch sagen zu können, wie alt eine Fährte ist."

Ich musste lächeln. Er sah das und fragte mich.

„Ihr lacht, Mylord? Warum?"

„Weil diese Bestimmung nicht so leicht ist, wie Ihr zu denken scheint, Mr. Rost."

„Nicht so leicht? Hm! Man braucht doch nur das Gras anzuschauen."

„*Pshaw!* Wenn es sich nur um den Zustand der Halme handelte, wäre die Sache allerdings leicht, aber es sind da noch ganz andere Dinge in Betracht zu ziehen."

„Welche?"

„Vor allem die Witterung. Hat es geregnet oder schien die Sonne? Woher wehte der Wind? War er stark oder schwach, trocken oder feucht? Sodann muss man wissen, welche Art von Gras es ist, ob es sich leicht oder schwer aufrichtet, worauf seine Länge oder Kürze, die Dicke der Halme, sein Alter, seine Biegsamkeit, seine größere oder geringere Brüchigkeit großen Einfluss hat."

„Hört auf, Mylord! Das ist ja eine ganze Menge von Dingen, die man dabei zu bedenken hat!"

„Oh, das ist noch nicht alles!“

„Was noch?“

„Wie groß war die Last, die auf das Gras drückte, und wie lange währte dieser Druck? Die Spuren eines ledigen und eines berittenen Pferdes sind von verschiedener Deutlichkeit und Schärfe, weil eben die Last verschieden ist; sodann können die Eindrücke beim schnellen Gehen oder Reiten flüchtiger, also weniger deutlich, in anderen Fällen aber, beim gemächlichen Gang, ganz im Gegenteil ausgesprochener und kräftiger sein. Beim langsameren Reiten oder Gehen ruht der Huf oder der Fuß länger auf der betreffenden Stelle als beim schnellen; aber man hat dagegen wieder zu berücksichtigen, dass mit der Schnelligkeit auch die Kraft des Drucks wächst. Ein galoppierendes Pferd tritt mit ganz anderer Stärke auf, als ein langsam schreitendes, es haut förmlich auf, und da es dabei mit der vorderen Schärfe der Hufe fester und tiefer auftritt als mit dem hinteren Teil, lässt sich seine Gangart noch lange Zeit nach der Gestalt der Spuren unterscheiden und bestimmen. Ich könnte noch mehr sagen, was man alles zu berücksichtigen hat.“

„Es ist vollständig genug für mich, Mylord! Ich sehe ein, dass die Sache doch größere Schwierigkeiten hat, als ich dachte, und glaube nicht, dass ich es so leicht lernen werde.“

„Ja, das richtige Spurenlesen im Wilden Westen ist eine Wissenschaft, über die es freilich keine Lehrbücher gibt. Nicht jeder Mensch besitzt die Veranlagung, es in diesem Fach zu guten Erfolgen zu bringen. Wem sie versagt ist, der mag daheim bleiben, wenn er nicht untergehen will, denn es kommt sehr häufig vor, dass von der richtigen Beurteilung einer Fährte das Leben abhängt.“

„Doch nicht etwa auch hier?“

„Das kann man jetzt noch nicht wissen. Die Reiter waren Weiße und das ist beruhigend. Aber es gibt auch Weiße, die mehr zu fürchten sind als feindliche Indsmen, und so haben wir bislang keinen Grund, die nötige Vorsicht in den Wind zu schlagen. Es sind also hier vor fünf Stunden drei Bleichgesichter geritten, zwei Stunden später kamen zwei andere hinterher. Diese fünf bilden eine Gesellschaft, sie gehören unbedingt zusammen, und so fragt es sich, warum die zwei nicht mit den dreien, sondern von ihnen getrennt geritten sind."

„Hm! Mich dürft Ihr da nicht fragen, ich weiß es nicht! Aber wie könnt Ihr so bestimmt behaupten, dass die fünf zusammengehören?"

„Ich ersehe das aus dem Umstand, dass die Hinterherkommenden die Fährte der Voranreitenden so genau betrachtet haben."

„Sonderbar! Ich würde daraus gerade das Gegenteil schließen."

„Wieso?"

„Mir würde eine innere Stimme sagen: Gerade weil sie die Spur so angesehen haben, wussten sie nicht, wer die waren, die sie vor sich hatten."

„Das beweist weiter nichts, als dass Ihr kein Westmann seid. Wenn man auf eine fremde Fährte stößt, so liest man sie und folgt ihr dann so lange, wie sie keine Veränderung zeigt oder es keinen sonstigen Grund zum Aufenthalt gibt. Die zwei Reiter aber sind abgestiegen und haben sich mit der Spur an einer Stelle beschäftigt, wo sie nicht den geringsten Grund zu dieser besonderen Aufmerksamkeit bot, sondern genau dieselbe war wie vorher. Sie haben also nicht nach etwas suchen wollen, was sie noch nicht wussten, sondern sich nur noch einmal überzeugt, dass es die Fährte ist, der sie zu folgen hatten. Die Spuren und folglich auch die drei Reiter waren ihnen also bekannt. Wahrscheinlich wollten sie auch bloß wissen, wie groß die Entfernung zwischen jenen und ihnen war. Der Umstand bringt mich auf eine weitere Frage, die für uns höchst wichtig werden kann: Wollen die zwei die drei einholen oder nicht?"

„Natürlich wollen sie es, da sie doch zu ihnen gehören."

„Das ist nicht mit solcher Sicherheit hinzustellen. Wenn ich von ihrer Zusammengehörigkeit gesprochen habe, so ist die Möglichkeit nicht ausgeschlossen, dass sich das nicht auf den heutigen Tag, sondern auf eine spätere Zeit, auf ein entferntes Ziel bezieht."

„Das ist mir zu verwickelt. Ich kann zwar den Kapuzenmuskel ganz gut von..."

„Von dem rautenförmigen Muskel unterscheiden", unterbrach ich ihn. „Aber für die jetzige..."

„Entschuldigung, Mylord!", fiel er mir schnell in die Rede. „Ich hatte dieses Mal nicht den rautenförmigen, sondern den großen, vorderen, gekerbten gemeint; sie gehören aber alle drei zu der Muskelgruppe der Schulter und des Schlüsselbeins. Ich habe zu ihnen nur noch den Aufheber, der auch der Geduldige genannt wird, den kleinen, vorderen, gekerbten und den musculus subclaveus zu fügen."

„Gut, fügt diese drei noch hinzu, so werden es sechs! Wir können aber alle diese Muskeln ruhig an der Schulter und dem Schlüsselbein sitzen lassen und wollen uns lieber mit der Fährte beschäftigen, die uns doch wichtiger ist."

„Gut, Mylord! Ich folge Euren Worten mit größter Aufmerksamkeit, denn diese Spur ist auf unserem ganzen Ritt die erste, die Eure Aufmerksamkeit so sehr in Anspruch nimmt."

„Mich beschäftigen jetzt vor allen Dingen die beiden Fragen: Warum sind die zwei Reiter zurückgeblieben? Und wollen sie die drei einholen oder nicht? Der Zweck des Rittes ist bei beiden Trupps jedenfalls derselbe, aber die beiden Zurückgebliebenen scheinen dabei irgendeine Absicht zu verfolgen, die geheim bleiben soll; sie haben sich von den anderen getrennt, um über diese Absicht unbelauscht reden zu können. Unter den Verhältnissen, die hier im Wilden Westen herrschen, kann man aber bei neunzig unter hundert Fällen annehmen, dass eine so geheim gehaltene Absicht schlecht ist. Die drei Reiter haben sich also vor den zwei in Acht zu nehmen. Das ist es, was mir diese Spuren sagen."

„Mylord, Euer Scharfsinn ist bewundernswert. Ich muss gestehen, dass ich auf diese Schlüsse nie gekommen wäre."

„*Pshaw!* Es ist nicht bloß der Scharfsinn, der mich darauf bringt, sondern noch etwas anderes, wofür es aber keinen treffenden Ausdruck gibt. Der Westmann eignet sich nämlich nach und nach einen, ich will sagen, sechsten Sinn an, auf den er sich ebenso wie auf die fünf eigentlichen verlassen kann. Es ist eine Art geistiges Sehen oder Hören, eine geheimnisvolle Art der Wahrnehmung, die nicht von Licht- oder Schallwellen abhängig ist. Man möchte ihn den Ahnungs- oder Vermutungssinn nennen, wenn Ahnungen und Vermutungen nicht etwas so Unbestimmtes wären; denn dieser sechste Sinn trifft das Richtige mit derselben Sicherheit, wie das Auge einen Gegenstand vor sich erfasst. Der Westmann muss sich den Gebrauch dieses Sinns genauso nach und nach anüben, wie das Kind auch erst durch lange Übung die Fertigkeit gewinnt, sich seiner Sinne zu bedienen. Dann aber, wenn man ihn einmal besitzt, kann man sich auf ihn ebenso fest wie auf Auge oder Ohr verlassen, ja, es kommt sogar nicht selten vor, dass er den Ausschlag gibt, wenn die Wahrnehmungen von Gesicht und Gehör einander zu widersprechen scheinen. Kein Mensch besitzt diesen Sinn in so hoher Schärfe wie Winnetou. Ich bin doch gewiss kein Neuling, aber es hat Fälle gegeben, in denen selbst ich über die Sicherheit staunte, mit der er Dinge vorhersagte, auf die ich mit all meinem Scharfsinn nicht gekommen wäre. Diese Ankündigungen sind dann stets so genau in Erfüllung gegangen, als ob er die betreffenden Verhältnisse deutlich vor seinen Augen gehabt hätte. Wenn ich diesen Sinn nicht auch besäße, wäre ich da wohl zuweilen versucht gewesen anzunehmen, dass er zu den Menschen gehöre, die mit dem so genannten ‚zweiten Gesicht' begabt sind. Doch Ihr seht, dass er uns weit voran ist. Wollen uns beeilen, ihn wieder einzuholen! Ich vermute, dass wir heute am Lake Jone nicht so unbeschäftigt sein werden, wie wir es an unseren bisherigen Lagerstätten gewesen sind."

„Denkt Ihr etwa an eine Gefahr, Mylord?"

„Nein. Wer Winnetou, den Häuptling der Apatschen, bei sich hat, für den wird manches, was sonst gefährlich wäre, vollständig unbedenklich. Wir werden eine kurzweilige Unterhaltung nach Wildwestart haben, weiter nichts. Kommt, Mr. Rost!"

Wir trieben unsere Pferde an, um Winnetou, der seinen schnellen Schritt beibehalten hatte und uns infolgedessen vorausgekommen war, wieder zu erreichen; dann folgten wir der Spur, die gerade auf den Lake Jone zuführte, so lange, bis sie sich trennte. Drei Pferde waren in der bisherigen Richtung weitergegangen, zwei nach der rechten Seite von ihr abgewichen. Winnetou ritt, ohne sich zu besinnen, auf der zweiten Fährte weiter. Das konnte sich Rost nicht erklären, weshalb er mich fragte:

„Warum reiten wir nicht geradeaus, Mr. Shatterhand? Diese neuen Eindrücke führen doch wohl nicht zum See, wohin wir wollen?"

„Sie führen hin", antwortete ich.

„Wirklich? Sie gehen aber doch von der Richtung ab."

„Nur einstweilen. Später werden beide Fährten wieder zusammenstoßen. Winnetou ist, sobald er merkte, dass sie sich trennten, sofort mit seiner Berechnung fertig gewesen. Ahnt Ihr, was er vermutet?"

„Nein. Ich bin ahnungslos wie ein Kind."

„Beide Abteilungen wollen zum See, die zweite will sich aber von der ersten zunächst nicht erblicken lassen, weil sie wahrscheinlich die Absicht hat, sie zu belauschen. Es kann kein anderer Grund zu dieser Trennung vorliegen."

„Aber hätten wir da nicht Veranlassung, gleichfalls die erste Abteilung zu beschleichen?"

„Allerdings. Wichtiger aber ist es zu erfahren, was die

zweite für einen Grund hat, Personen, mit denen sie zusammengehört, heimlich auszuhorchen. Wir haben hier den Beweis, dass das, was ich vorhin von ihnen gesagt habe, wahr ist: Sie haben etwas vor, was entweder ihre drei Kameraden oder wenigstens einer von ihnen nicht wissen dürfen. Wenn aber Leute, die die Gefahren des Westens gemeinsam tragen sollen, Heimlichkeiten voreinander haben, so mangelt ihrem Verhältnis die Ehrlichkeit. Es ist vorauszusehen, dass wir mit diesen fünf Personen zusammentreffen, und darum ist es vor allen Dingen notwendig, hinter die Schliche der Heimlichtuer zu kommen. Wir reiten also zunächst ihnen nach, um ihnen, wenn es notwendig ist, auf die Finger zu klopfen. Auf den Pfaden, die Winnetou und Old Shatterhand reiten, werden keine Niederträchtigkeiten geduldet."

„So kann es wohl gar zu Feindseligkeiten zwischen ihnen und uns kommen?"

„Ja."

„Das ist höchst reizvoll. Jetzt freue ich mich darüber, dass wir auf diese Fährte getroffen sind."

„Wahrscheinlich gibt es unter den drei Reitern auch jemand, der sich ebenso und noch mehr als Ihr darüber freuen kann. Wir werden das sehr bald erfahren, denn wir haben nur noch eine halbe Stunde zu reiten, bis wir den See erreichen."

Diese Voraussage bewahrheitete sich: Die angegebene Zeit war noch nicht verflossen, so sahen wir im Nordwesten von uns einen dunklen Strich am Himmel, der das Gehölz andeutete, das sich rund um den See zog. Anstatt der Fährte weiter zu folgen, wich Winnetou, noch weiter rechts ausbiegend, von ihr ab. Rost konnte den doch so nahe liegenden Grund dazu wieder nicht einsehen und fragte mich abermals. Ich bin auch kein Freund vom unnützen Sprechen und habe mich, sooft ich mit Winnetou allein war, ebenso schweigsam verhalten wie er; aber ein Neuling wie Rost muss unterrichtet werden, und da die

Rolle des Belehrenden nun einmal mir zugefallen war, konnte ich mich ihr nicht entziehen und gab ihm deshalb die gewünschte Auskunft:

„Die drei sind so geritten, dass sie den See in seiner südlichen Gegend erreicht haben. Die zwei ritten weiter rechts, also nördlich, um an einer Stelle auf ihn zu treffen, wo sie von den dreien nicht erspäht werden können. Von da aus wollen sie sich anschleichen. Da wir sie nun ebenso belauschen wollen, wie sie die anderen, dürfen sie uns auch nicht bemerken. Darum weichen wir nun von ihrer Fährte ab, um von Norden her an das Wasser zu gelangen. Ihr werdet gleich bemerken, dass Winnetou sein Pferd zum Galopp antreiben wird."

„Wozu das?"

„Weil ein galoppierendes Pferd sich schneller und tiefer am Boden bewegt und somit von weitem nicht so leicht erkannt werden kann wie ein langsam gehendes; auch wird dadurch die Zeit, in der man unser Kommen etwa beobachten könnte, bedeutend abgekürzt."

„Aber die zwei können uns doch gar nicht erspähen, weil sie so weit südlich von uns sind."

„Richtig, aber der Westläufer muss mit allen Möglichkeiten rechnen. Wenn sie so vorsichtig sind, wie wir an ihrer Stelle wären, so suchen sie den Wald eine hinreichende Strecke weit ab, um sich zu überzeugen, dass sich niemand in der Nähe befindet, dass sie also sicher sind. Dabei können sie so weit nördlich kommen, dass sie unsere Annäherung bemerken würden, wenn wir nicht so klug wären, ihnen weit genug auszuweichen."

„Schön! Wollen abwarten, ob er wirklich galoppieren wird."

Er hatte diese Worte, die Winnetou nicht hörte, kaum ausgesprochen, so trieb der Apatsche sein Pferd durch ein aufmunterndes Zungenschnalzen an und flog dann in vollem Lauf vor uns her. Wir folgten mit derselben Schnelligkeit.

Der Wald um den See schickte uns einen Buschausläufer entgegen, hinter dem wir anhielten und abstiegen. Die Stelle, an der wir uns befanden, konnte von dort, wo die zwei Männer zu vermuten waren, etwa eine englische Meile entfernt sein. Winnetou gab seinem Pferd das Maul zum Grasen frei und sagte:

„Meine weißen Brüder mögen auf mich warten!"

Mit diesen Worten verschwand er im Gebüsch, nachdem er seine Silberbüchse mir gereicht hatte.

„Wohin will er?", fragte Rost.

„Die Leute suchen, die wir beobachten werden."

„Warum nimmt er sein Gewehr nicht mit?"

„Weil es ihm hinderlich werden kann. Es ist möglich, dass er streckenweit durchs Gebüsch kriechen muss, wobei einem eine so lange Waffe im Weg ist."

„Was tun wir inzwischen?"

„Wir setzen uns nieder und warten. Es kann eine Stunde dauern, bis er wiederkommt. Macht es Euch und den Tieren also bequem; ich will inzwischen nachsehen, ob sich jemand in der Nähe befindet."

Ich suchte den Rand des Waldes sorgfältig ab, fand aber keine Anzeichen von der Gegenwart eines menschlichen Wesens und kehrte dann zu Rost zurück. Die Sonne war wegen des dazwischenliegenden Gehölzes unsichtbar; sie musste fast am Himmelsrand stehen, es war also nach ungefähr einer halben Stunde die Dämmerung zu erwarten.

Die Schatten wurden länger und immer länger, bis sie ihre Spitzen ganz über die östliche Ebene hinauswarfen, worauf es schnell zu dunkeln begann. Gerade als das Licht des Tages im Verschwinden war, kehrte der Apatsche zurück. Er stieg auf sein Ross und ritt, ohne ein Wort zu sagen, am Wald entlang in südlicher Richtung fort; wir folgten ihm. Rost war neugierig. Er hätte gern gewusst, ob Winnetou seinen Zweck erreicht hatte, getraute sich aber nicht, ihn mit Fragen zu belästigen. Ich war auch still, denn ich wusste, dass der Häuptling sprechen würde, sobald er es für nötig hielt. Er hatte die Gesuchten jedenfalls gefunden, denn dass er wusste, wo sie waren, ersah ich aus der Sorglosigkeit, mit der er uns voranritt.

Es mochte eine gute Viertelstunde vergangen sein, da stieg er ab, schlang einen Riemen an die Zügel, um sein Pferd anzupflocken, und erklärte:

„Mein Bruder Rost mag hier bei den Tieren bleiben und sich still verhalten. Wir werden ihm unsere Gewehre geben, um uns leichter an die zwei Bleichgesichter anschleichen zu können. Er soll, selbst wenn wir um Mitternacht noch nicht zurückgekehrt sind, keine Sorge um uns haben und sich nicht von der Stelle entfernen. Jetzt komm, Scharlih!“

„Darf ich wirklich so ohne Sorge um Euch sein, Mr. Shatterhand?“, fragte mich der Angeredete.

„Ja“, nickte ich.

„Auch selbst dann, wenn mir eine innere Stimme sagt, dass Ihr Euch in Gefahr befindet?“

„Auch dann. Ihr habt überhaupt nicht auf diese innere Stimme, sondern auf uns zu hören. Es gibt keine Gefahr für uns, und sollte es eine geben, so würdet Ihr durch Eigenmächtigkeit das Übel nur noch ärger machen.“

Ich reichte ihm meinen Bärentöter und den Henrystutzen und folgte dann dem Apatschen, der sich hier jeden Strauch gemerkt zu haben schien, so groß war die Sicherheit, mit der er mich durch das Gebüsch und dann in den vom Unterholz freien Wald führte. Hier war es finster, darum nahm er mich bei der Hand.

Er bewegte sich in einem Bogen um den Ort, den er erreichen wollte, und wurde dabei immer vorsichtiger. Dann ließ er meine Hand los, legte sich nieder und kroch auf den Händen und Füßen weiter. Selbstverständlich folgte ich ihm in derselben Weise. Bald hörten wir Stimmen. Wir schoben uns geräuschlos vorwärts, erreichten die letzten Bäume am Waldrand und hatten die Gesuchten nahe vor uns im Gras sitzen. Nicht weit von ihnen waren die dunklen Umrisse ihrer angehobbelten Pferde zu bemerken.

Das Glück war uns günstig, denn die beiden Personen sprachen gerade jetzt über einen Gegenstand, der für mich von hoher Bedeutung war. Ich hörte eben die Worte:

„Ja, ich bin auch überzeugt, dass dieser Sheriff sehr fleißig nach uns forschen wird. Gerade weil er einsehen musste, dass er sich auf so falschem Weg befunden hat, gibt er sich nun die größte Mühe, seinen Irrtum wett zu machen. Ich möchte nur wissen, wer dieser fremde Dutchman gewesen ist."

„Ein Zeitungsschreiber, weiter nichts", antwortete der andere, dessen Stimme mir sofort bekannt vorkam, obwohl er in gedämpftem Ton sprach.

„Das bezweifle ich. Der Kerl ist in einer Weise gegen dich aufgetreten, die mehr als einen Tintenkleckser in ihm vermuten lässt."

„Er hat aber doch das Gedicht gemacht und muss also unbedingt ein Federfuchser sein. – Übrigens war das Verbrennen der Schriften ein Unsinn von ihm; denn ich habe das Gedicht, das gar nicht schlecht ist, auswendig gelernt und werde es wieder drucken lassen, wenn ich noch einmal die Veranlassung haben sollte, als frommer Prayerman aufzutreten."

„Das kommt nicht wieder vor, denn unser jetziger Streich bringt uns so viel ein, dass wir uns zur Ruhe setzen können. Es ist nur gut, dass wir die Nuggets dieses albernen Watter so rasch in Geld umsetzen und es hinterlegen konnten und dass die beiden Lachner gleich zum Mitfahren bereit waren."

„Ob es wohl so notwendig war, die Eisenbahn zu benutzen?"

„Ganz gewiss! Wir mussten möglichst schnell aus dem Staat Missouri verschwinden, in dem du es nie wieder wagen dürftest, deine fromme Rolle zu spielen. Man würde den salbungsvollen Prayer-man schnell bei den Haaren nehmen. Du kannst überhaupt von Glück sagen, dass man nicht schon längst auf dich aufmerksam geworden ist. Man hätte unbedingt darauf kommen müssen, dass, wo ein wohlvorbereiteter Einbruch geschah, du stets vorher da gewesen bist."

„*Pshaw!* Es macht mir noch jetzt Spaß, dass der Wirt in Weston von dem Einbruch bei dem dortigen Händler und bei dem Anwalt Pretter in Plattsburg sprach und dabei in seiner Unschuld erwähnte, dass ich kurz vorher in Weston und Plattsburg gewesen wäre. Der dumme Teufel hatte keine Ahnung von dem Zusammenhang."

„Oh, jetzt wird ihm diese Ahnung wohl gekommen sein. In Weston darfst du dich niemals wieder blicken lassen. Wenn dieser verdammte Dutchmann nicht gewesen wäre, dieser – wie hieß er?"

„Meier."

„Also dieser Meier nicht gewesen wäre, hätte die Sache ein ganz anderes Ende genommen und es wäre nicht nötig gewesen, uns in einer Weise zu beeilen, dass das Gelingen unseres herrlichen Planes beinahe unmöglich geworden wäre. Hatte er denn Verdacht gegen dich geschöpft?"

„Es schien so."

„Aus welchem Grund?"

„Das weiß der Teufel! Ich bin ja nicht dabei gewesen, als Watter den Diebstahl entdeckte, und ich weiß also nicht, was alles gesprochen worden ist. Als ich dann kam, hörte ich nur, dass dieser Mann den Sheriff aufforderte, mich festzuhalten. Der Verdacht schien auf ihn gefallen zu sein und er wollte sich offenbar dadurch, dass er ihn auf mich warf, rechtfertigen. Ich suchte sofort das Weite."

„Vielleicht hättest du besser getan, zu bleiben?"

„Nein. Wenn ich einmal verhaftet war, so sprachen alle Verdachtsgründe gegen mich."

„*Well!* Ich bleibe aber dabei, dass dieser Meier nicht das gewesen ist, wofür er sich ausgegeben hat. Für die Wahrheit dieser Vermutung spricht auch der Umstand, dass er so meisterhaft geschossen hat."

„Das war Zufall."

„Nein. Wer bei so wenig Schüssen eine Kugel mit Absicht daneben gehen lässt, der weiß genau, dass er nicht wieder fehltreffen wird."

„Ob es Absicht gewesen ist, das lässt sich nicht behaupten."

„Ich behaupte es aber. Wenn er etwa ein verkappter Westmann gewesen wäre?"

„Pshaw!"

„Dann käme er gewiss auf den Gedanken, sich etwas näher nach uns zu erkundigen. Du hast doch nichts zurückgelassen, was auf unsere Fährte führen könnte?"

„Nein."

„Deine Werkzeuge?"

„Habe ich in den Fluss geworfen."

„Deinen Koffer?"

„Verbrannt."

„Du hattest dir doch auch Aufzeichnungen gemacht. Hast du die noch?"

„Nein, ich habe sie auch verbrannt, weil mich das Ereignis in Weston vorsichtig gemacht hatte."

Der Prayer-man sagte hier die Unwahrheit, denn wir hatten seinen Koffer mit den Werkzeugen und Aufzeichnungen in den Händen gehabt. Er verschwieg jetzt die Wahrheit, um sich keinen Vorwürfen auszusetzen.

Man kann sich denken, dass ich nicht unangenehm überrascht war, hier am Lake Jone auf den Prayer-man zu treffen. Es hätte mir nichts Erfreulicheres geschehen können. Ich wusste nun mit einem Mal genau, wer die fünf Reiter waren. Es war nicht schwer, das zu erraten.

Bei dem Nuggetdiebstahl in Weston nämlich waren drei Personen tätig gewesen: der Prayer-man, der eigentliche Einbrecher und sodann der Kerl, der im Hof gestanden und die Nuggets in Empfang genommen hatte. Einer von den beiden Letztgenannten war der Fremde gewesen, der in der Gaststube mit dem Prayer-man die erwähnten Blicke des Einverständnisses gewechselt hatte. Der jetzt bei ihm saß, schien der Anführer des sauberen Kleeblatts zu sein, wie aus seiner Ausdrucksweise zu vermuten war.

Ich hatte erfahren, dass zwei Menschen, ein Oheim und ein Neffe, in die Berge zu einem Finding-hole gelockt werden sollten. Diese fünf Personen ritten nach dem Gebirge, und zwar auf dem Weg, der auf dem im Koffer des Prayer-man gefundenen Zettel angegeben war. Da lag es sehr nahe, zu erraten, dass wir es mit diesem dunklen Unternehmen zu tun hatten: Es waren die drei Gauner und ihre beiden Opfer, mit denen wir hier zusammentrafen. Und wenn ich mit dieser Vermutung keinen Irrtum beging, so waren die drei, die vorangeritten waren, der Oheim, der Neffe und der Dritte der Diebesbande.

Diese Erwägungen flogen mir nur schnell durch den Kopf, weil jedes Wort, das gesprochen wurde, meine ganze Aufmerksamkeit in Anspruch nehmen musste.

„Es war klug, dass du alles vernichtet hast. War es dir denn möglich, den Koffer auf der schnellen Flucht mitzuschleppen?“, wurde der Prayer-man weiter gefragt.

„Ja, denn die Kerle waren so dumm, mir die nötige Zeit zu lassen. Ich habe dann zwar bemerkt, dass sie mir folgten, hatte aber doch schon einen so großen Vorsprung, dass sie mich nicht einholen konnten.“

„Watter wird sich schleunigst auf deine Spur gesetzt haben.“

„Ganz gewiss, aber ich lache darüber. Dieser Mensch hält sich zwar für einen guten Westmann, wird die Spur aber sofort wieder verloren haben.“

„Hm! Wenn der Teufel will, macht er auch einmal den dümmsten Kerl zum gescheiten Mann.“

„*Pshaw!* Unsere Fahrt auf der Bahn hat der Spur eine so große Unterbrechung gegeben, dass sie selbst von einem Winnetou oder Old Shatterhand nicht wieder gefunden würde.“

„Behaupte nicht zu viel!"

„Das tu ich nicht. Es gibt überhaupt keinen Kopf irgendeines Menschen, der so findig wäre, die Orte zu erforschen, wo wir den Zug bestiegen und ihn dann wieder verlassen haben. Die Entdeckung dieses Nuggetraubes macht mir ebenso wenig Sorge wie der Überfall jenes Welley, dem wir vom Ufer des Platte aus eine Kugel durch die Brust gaben, die ihn von seinem Floß ins Wasser stürzte. Er wird auch nicht davon erzählen können, von wem er die Kugel bekam und wer die sind, die dann das Floß auffischten und mit dem Gold ans Ufer zogen. Das war ein Fang! Fast zwanzigtausend Dollar! Ohne die drei Pfund, die die großen Nuggets wogen, mit denen wir den alten Lachner geködert haben. Wird es nun nicht Zeit, dass wir uns hinschleichen?"

„Ja. Wenn wir so lange ausbleiben, ist es möglich, dass er Verdacht schöpft. Die Reden, die er in den letzten Tagen hören ließ, sind mir aufgefallen. Darum gab ich Eggly den Auftrag, ihn heute Abend zur Aussprache zu bewegen. Er wird sich von unserem Gefährten seine Meinung leichter als von uns entlocken lassen, und da er nicht ahnt, dass wir dabei sind und alles, was er sagt, hören, wird er wahrscheinlich mit seinen Gedanken nicht zurückhalten. Der Neffe ist ein dummer Junge; was der denkt, kann uns gleichgültig sein. Der Alte hat zwar die Klugheit auch nicht zentnerweise hinuntergeschlungen, aber er ist hinterlistig und kann auf den Gedanken kommen, uns um den Erfolg dieses Rittes zu bringen."

„Wenn der alte Halunke Späne machen sollte, so nehmen wir ihn fest an die Leine und zeigen ihm, was er eigentlich von uns zu denken hat."

„Wie aber, wenn er Verdacht geschöpft hat und so klug ist, uns das nicht merken zu lassen; ist dieses Misstrauen vorhanden, so hat er uns durchschaut und muss einsehen, dass wir zu jeder Gewalttat entschlossen sind, er sich also auch nur durch eine Gewalttat retten kann. Es würde für unser Leben ganz und gar nicht förderlich sein, wenn er uns ganz plötzlich einige Kugeln durch die Köpfe jagte und wieder nach Hause ritte."

„*The devil!* Hältst du so etwas für möglich?"

„Ja. Darum soll Eggly ihn ausfragen, während wir dabei lauschen. Verrät er durch ein einziges Wort, dass er uns nicht mehr traut, so müssen wir dafür sorgen, dass er und sein Junge den morgigen Tag nicht erleben."

„Es wäre schade um die Arbeit, die sie uns verrichten sollen. Es wird keinem von uns drei einfallen, einige hundertmal in das Eiswasser des Finding-hole hinabzutauchen, um die Nuggets von da unten heraufzuholen. Das Leben ist einem schließlich doch mehr wert als alles Gold der Erde."

„In Rücksicht auf diesen Grund würde ich mich entschließen, nur den Alten unschädlich zu machen, den Jungen aber leben zu lassen. Wir würden ihn fesseln und ich halte es für gar nicht schwer, ihn als Gefangenen mit uns zu führen. Er ist ja so unerfahren und dabei so wirr im Kopf, dieser Old Jumble[1], wie Eggly ihn immer nennt, dass er, wenn er einmal tüchtig eingeschüchtert ist, nicht auf den Gedanken kommt, sich uns zu widersetzen. Dass ihn dann das kalte Wasser vollständig kalt machen wird, kann uns nur lieb sein, denn das erspart uns die Mühe, ihm eine Kugel in sein vergessliches Gehirn zu geben."

„Besser ist es aber doch, der Alte bleibt auch leben. Es sollte mich ärgern, wenn er uns nicht mehr traute."

„Mich auch. Wir werden ja in kurzer Frist erfahren, wie es in dieser Beziehung mit ihm steht. Es wird jetzt Zeit, dass wir uns auf die Beine machen. Gut, dass ich Eggly befohlen habe, sobald er den Wald erreicht, gleich zu lagern und ein Feuer anzuzünden. Auf diese Weise ist der Platz leicht zu finden. Wir brauchen nur immer hier am Rand hinzugehen, bis wir das Feuer erblicken, das Eggly

[1] Wirrkopf

auslöschen wird, sobald er mein Zeichen hört. Haben wir dann erfahren, was wir wissen wollen, so kehren wir hierher zu unseren Pferden zurück, reiten auf einem Umweg nach ihrer Spur und tun, als ob wir erst jetzt über die Prärie herübergekommen wären."

„Was sagen wir aber von unserer Jagd?"

„Dass wir keinen Elk getroffen haben. Dieser Alte glaubte wirklich, dass die Bockfährte eine Elkspur wäre. Hahahaha! Und als ich ihm sagte, dass es außerordentlich gefährlich sei, einen Elk zu schießen, ritt er gern mit seinem Old Jumble und Eggly weiter. Da sieht man wieder, dass die Pfiffigkeit eines einzigen Westmanns ausreicht, um zehn der klügsten Ostmänner aufs Glatteis zu führen. Komm jetzt, es ist Zeit!"

Sie erhoben sich aus dem Gras und gingen fort. Wir standen ebenfalls auf.

„Uff! Gehen wir ihnen nach!", flüsterte Winnetou.

Wir traten in das weiche Gras hinaus und huschten längs des Waldrands hin, stets bereit, den Schritt anzuhalten, falls wir den beiden Vorangegangenen zu nahe kämen. Das dauerte wohl eine Viertelstunde, bis wir vor uns ein Feuer erblickten, das uns hell und groß entgegenleuchtete. Da der Prayer-man und sein Genosse sich zwischen ihm und uns befanden, konnten wir ihre Gestalten erkennen und uns nach ihren Bewegungen richten. Als sie so nahe an die Lagerstätte ihrer Gefährten gekommen waren, dass sie nun bald befürchten mussten, erspäht zu werden, verschwanden sie im Wald. Da huschten auch wir unter die Bäume und griffen uns zwischen ihnen so rasch wie möglich fort. Es war nun stockdunkel, doch ließen unsere geübten Augen uns auch hier nicht im Stich. Dann sahen wir das Feuer uns zwischen den Stämmen entgegenblinken, wodurch uns das Vorwärtskommen wieder erleichtert wurde.

Als wir uns auf ungefähr sechzig Schritte genähert hatten, erkannten wir die beiden Lauscher, die am Boden lagen und zum Feuer krochen. Wir ließen uns auch auf unsere

Hände nieder und folgten ihnen in einiger Entfernung nebeneinander. Indem ich mich so, mit dem Gesicht dem Boden nahe, fortbewegte, war es mir, als ob ich ein ganz geringfügiges metallisches Blinken im Moos bemerkt hätte. Ich griff hin und fand – zwei Reitsporen, ein Fund, der mich in Staunen versetzen musste. Die Sporen waren blank, konnten also nicht lange hier gelegen haben. Wahrscheinlich gehörten sie einer von den drei Personen, die dort am Feuer saßen. Welch eine Unvorsichtigkeit! Man kann zwar unter Umständen Veranlassung haben, die Sporen abzunehmen; aber sie im Gras oder im Moos liegen zu lassen, das ist ein so unerhörter Leichtsinn, dass ein erfahrener Westmann darüber vor Zorn außer sich geraten kann. So eine unverzeihliche Nachlässigkeit ist geeignet, die Sicherheit, ja, unter Umständen vielleicht sogar das Leben einer ganzen Reisegesellschaft in Frage zu stellen. Wer sie sich zu Schulden kommen ließ, hatte noch viel mehr verdient als nur den Beinamen Old Jumble. Denn nur der Neffe, der Wirrkopf, von dem vorhin gesprochen worden war, konnte diese Unachtsamkeit begangen haben. Eine solche Zerstreutheit...

Zerstreutheit!!! Als ich an dieses Wort dachte, ging es mir wie ein Schlag durch die Seele.

Und warum?

Es war der Name Lachner genannt worden und Lachner war der Familienname meines einstigen Freundes und Reisegefährten Carpio. Er hatte einen Verwandten in Amerika und war stets ein Wirrkopf, ein Old Jumble, gewesen. Ich fand keine Zeit, diesen Gedanken weiter zu spinnen, denn Winnetou war mir vorangekommen und ich musste mich beeilen, ihn einzuholen. Ich steckte die Sporen ein und kroch schnell weiter.

Das Feuer brannte noch so hoch und hell wie vorher, es beleuchtete die ganze Umgebung des Lagerplatzes. Er bildete den Endpunkt eines schmalen Grasstrichs, der sich, von zwei Buschreihen eingefasst, aus der offenen Prärie bis an den Rand des Waldes zog. Die nördliche Reihe war von Lücken durchbrochen, durch die der Schein hinaus in die Ebene drang. Diesem Umstand war es zuzuschreiben, dass wir das Feuer bemerkt hatten.

Der Prayer-man und sein Gefährte bewegten sich auf diese Sträucherreihe zu, weshalb wir die südliche für uns wählen mussten. Wir waren dadurch gezwungen, einen Umweg zu machen, und erreichten unseren Standort erst, als es sich die anderen schon bequem gemacht hatten. Nachdem wir uns unter die bis auf die Erde niederhängenden Zweige hineingebohrt hatten, warteten wir auf das Zeichen, dass gegeben werde sollte. Worin es bestand, wussten wir nicht.

Es war uns nicht schwer geworden, an Ort und Stelle zu kommen, denn die drei am Feuer Sitzenden führten ein so lautes Gespräch, dass ein von uns vielleicht doch verursachtes, geringfügiges Geräusch gar nicht gehört werden konnte. Schwieriger schon war es gewesen, die Zweige beim Drunterkriechen so langsam und gleichmäßig emporzuheben, dass man ihre Bewegung nicht bemerkte. Glücklicherweise hatten die beiden Lauscher gegenüber so mit sich selber zu tun, dass sie nicht auf die Büsche achteten, unter denen wir steckten.

Die drei saßen in der Weise am Feuer, dass die nach der Prärie gekehrte Seite offen war. Das hatte jedenfalls der mit dem Namen Eggly bezeichnete Gefährte so veranstaltet, damit seine beiden Spießgesellen das Lager leicht finden konnten. Er hockte mit dem Rücken gegen den Wald und schielte, während er sprach, sehr fleißig ins Gebüsch – nach den beiden Lauschern natürlich.

Uns gegenüber, also mit dem Gesicht nach Süden, ruhte jenseits des Feuers ein alter, hagerer, runzliger Mann dessen Knochenbau Kraft und noch Ausdauer verriet. Er besaß ein starkes Gebiss, das ebenso wie das breite massige, unten weit vorgebogene Kinn auf wenig hohe Triebe schließen ließ. Die Lippen waren schmal und hatten keine Farbe, wie man es bei ausgesprochen geizigen Leuten zu beobachten pflegt. Die scharf gekrümmte Habichtsnase hätte einem armenischen Wucherer alle Ehre gemacht. Unter der von einem spärlichen, ergrauten Haarwuchs weit eingeengten Stirn blickten ein Paar kleine, fast wimpernlose Augen in steter Unruhe hin und her und der ärmlich gewachsene, ungepflegte Vollbart bemühte sich vergeblich, dem hässlichen Gesicht ein ehrwürdiges Aussehen zu verleihen.

Der alte Mann war in einen graubraunen Stoff gekleidet, trug lange Sporenstiefel, dazu einen breitkrempigen Hut und hatte ein Gewehr neben sich liegen, das nicht seine einzige Bewaffnung bildete, denn in dem breiten Gürtel erblickte ich ein Messer und zwei Revolver. Er war jedenfalls der Oheim, während der Neffe uns den Rücken zukehrte, sodass wir sein Gesicht nicht sehen konnten. Ganz ebenso gekleidet und bewaffnet wie sein Verwandter, zeigte er mir bei den Wendungen seines Kopfes nur einen jungen Stoppelbart, der ihm erst während des Rittes gewachsen war.

Eggly trug Lederhosen und ein dickes Wams über einer ebenso dicken Weste. Auch er besaß ein Gewehr, ein Messer und zwei Revolver und an seinem Gürtel hingen mehrere Beutel, die wahrscheinlich mit allen einem Westmann notwendigen Kleinigkeiten gefüllt waren. Ich erkannte in ihm jenen fremden Gast, den ich im Hotel zu Weston beobachtet hatte. Während ich ihn betrachtete, ließ sich ein heiseres Krächzen hören, das ein Unerfahrener einem Geier oder einem Raben zugeschrieben hätte, dem ich aber anhörte, dass es aus dem gegenüberliegenden Gebüsch kam. Eggly machte eine Gebärde der Besorgnis.

„Ein Geier, der noch wach ist? Oder ist er aufgestört worden? Von wem? Das kann ein Mensch gewesen sein. Aber wir haben doch die ganze Gegend abgesucht und keine Spur gefunden. Dennoch wollen wir vorsichtig sein und das Feuer auslöschen!“

Diese Worte hätten einen erfahrenen Mann gegen den Sprecher misstrauisch gemacht. Ein Geier, dessen Stimme man hört, ist nahe und so kann der, der ihn aufgestört hat, auch nicht so weit entfernt sein, dass er das Lagerfeuer nicht schon entdeckt hätte. Das Verlöschen wäre also eine unnütze, viel zu spät getroffene Maßregel gewesen. Ein Westmann hätte es nicht getan, er wäre schnell auf- und in den Wald gesprungen, um sich keiner Kugel auszusetzen, sondern im Schutz der Dunkelheit nach der Ursache der Störung zu forschen. Eggly aber tat von alledem nichts, sondern brachte die brennenden Holzstücke durch Auseinanderschieben zum Verlöschen und meinte dann:

„So! Jetzt bemerkt uns kein Mensch mehr und wir können ruhig weiterreden."

Das Krächzen war das verabredete Zeichen gewesen und nun sollte das Ausforschen des Alten beginnen, der keine Ahnung davon hatte, dass sein Leben von den Antworten abhängig war, die er jetzt gab.

„Kann es wirklich ein Mensch sein, der den Geier gestört hat?", erkundigte er sich.

„Ja, möglich ist es wohl, aber wahrscheinlich ganz und gar nicht. Wer sollte noch so spät in diese abgelegene Gegend kommen? Jeder sucht seinen Lagerplatz, solange es noch Tag ist. Ich habe nur ausgelöscht, weil es so eine Gewohnheit von mir ist, vorsichtig zu sein. Wir können das Feuer später wieder anzünden. Ich glaubte, der Geier, oder was es eigentlich war, hat bloß im Traum gekrächzt."

„Mir ist es nur um Mr. Sheppard und Mr. Corner zu tun."

„Warum?"

„Weil die nun, wenn sie nahen, in der Dunkelheit umherirren, ohne uns finden zu können."

„Das ist freilich wahr. Wir werden also doch bald wieder anbrennen müssen."

„Ich bin neugierig, ob sie den Elk gefunden haben."

„Ich bezweifle es. So ein Wild läuft meilenweit, ehe es

einmal Halt macht, und dabei ist es noch die Frage, ob es in einer Gegend steht, wo man unbemerkt herankommen kann. Unsere Gefährten haben nur wenige Stunden erübrigen können, um uns nicht zu weit vorankommen zu lassen. Ich bin fast überzeugt, dass sie nichts geschossen haben."

„Ist eigentlich auch nicht nötig, denn wir haben ja noch Fleisch genug. Sie hätten den Elk laufen lassen sollen. Man sitzt dadurch ohne Unterhaltung da."

„Habe ich nicht immerfort mit Euch gesprochen? Ist das keine Unterhaltung gewesen?"

„Ja doch! Aber ich will nun einmal vom Finding-hole reden. Mr. Corner und Mr. Sheppard wissen mehr davon als Ihr."

„Sie wissen auch nicht mehr als ich. Ihr scheint aber zu ihnen mehr Vertrauen zu besitzen als zu mir."

„Mehr Vertrauen nicht, denn das besitzt ihr alle gleich. Aber Mr. Sheppard war es, der zuerst von dem Finding-hole gesprochen hat, und mit Mr. Corner habe ich den Vertrag abgeschlossen. Da ist es verständlich, dass ich mich an diese beiden mehr halte als an Euch. Es ist eine große Summe, die ich geboten habe."

„Habt Ihr Sorge darum?"

„Sorge? Nur in der Beziehung, dass Ihr Euch getäuscht habt, dass das Goldloch also kein Gold enthält."

„Sonst nichts?"

„Nein."

„Wirklich nicht?"

„Warum fragt Ihr so? Welche Sorge sollte ich sonst haben?"

„Hm! Ich will Euch einmal etwas sagen; aber wollt Ihr mir versprechen, dass Ihr mich nicht verraten werdet?"

„Ja. Was ist es? Ihr macht mich neugierig."

„Ist Euch mein Abkommen mit Sheppard und Corner bekannt?"

„Ich weiß nur so viel, dass Ihr an der Summe, die ich bezahle, teilhaben sollt."

„*Well!* Aber Ihr wisst, dass ich noch nicht mit oben am Hole gewesen bin?“

„Nein, das ist mir neu.“

„Ich bin nur zur Begleitung gedungen worden, weil ihr beide keine Westleute seid und es doch immer besser ist, wenn sich mehr erfahrene Männer bei einer solchen Gesellschaft befinden. Ich bekomme für meine Begleitung eine gewisse Summe, vielleicht auch eine besondere Zulage, wenn alles glücklich abläuft, mehr aber nicht. Die Nuggets, die da oben liegen, gehen mich also gar nichts an.“

„So, so ist es?“

„Ja. Und da habe ich so meine Gedanken gehabt. Ist es nicht möglich, dass Corner und Sheppard unehrliche Absichten gegen Euch haben?“

„Unehrliche? Wieso?“

„Nun, so, dass – dass sich im Hole gar keine Nuggets vorfinden?“

„Seid Ihr des Teufels, Sir? Wozu sollten diese beiden Männer das Geschäft mit mir abgeschlossen haben, wenn es dort keine Nuggets gäbe?“

„Um zu Euerm Geld zu kommen.“

„Haltet Ihr mich für so dumm, dass ich einen Vertrag unterschreibe, ohne dabei sicherzugehen?“

„Das freilich nicht.“

„Ich habe die Nuggets gesehen. Es waren welche von der Größe eines Taubeneies dabei.“

„Wirklich? Also doch!“

„Ja. Gold gibt es im Hole, und zwar genug. Und ich zahle nicht eher, als bis ich mich überzeugt habe, dass das Gold noch da ist. Kann ich da überhaupt betrogen werden?“

„Nein. Aber warum verkaufen Sheppard und Corner das Hole, warum fischen sie die Nuggets nicht selbst heraus?“

„Weil sie vom Wilden Westen nichts mehr wissen und sich zur Ruhe setzen wollen. Übrigens wundert es mich, dass Ihr als Westmann die Gepflogenheiten der Goldsucher nicht kennt."

„Welche Gepflogenheiten?"

„Dass sie oft Fundorte verkaufen, um neue zu suchen."

„Ja, ja! Auch das ist richtig!"

„Ihr scheint Misstrauen gegen die beiden Gefährten zu hegen?"

„Ich? Ich dachte vielmehr, Ihr hättet es."

„Warum glaubtet Ihr das?"

„Weil ihr gestern und vorgestern Worte fallen ließet, die wie Argwohn klangen."

„Ist mir nicht eingefallen! Ich bin meiner Sache gewiss. Und wenn Ihr dumme Gedanken habt, so lasst sie beiseite! Mr. Corner und Mr. Sheppard sind Gentlemen, für sie stehe ich ein. Ich sage Euch, dass ich Menschenkenner bin und mich, was Geldsachen betrifft, nie habe täuschen lassen. Eigentlich ist es meine Pflicht, ihnen mitzuteilen, dass Ihr mich habt warnen wollen."

Da stellte sich Eggly erschrocken und rief:

„Das werdet Ihr doch nicht tun, Mr. Lachner!"

„Ich sollte es."

„Ich bitte Euch zu schweigen. Bedenkt doch, was Ihr mir dadurch für Schaden machen würdet!"

„Ja, Ihr würdet fortgejagt."

„Und ich habe es doch nur gut mit Euch gemeint."

„Das ist Euer Glück! Ich will also schweigen und bin sogar bereit, Euch noch in anderer Weise für Euer Gutmeinen dankbar zu sein."

„In welcher?"

„Ihr erhaltet, wie Ihr gesagt habt, eine Bezahlung bloß für Eure Begleitung und die Nuggets gehen Euch sonst nichts an. Ich will aber dafür sorgen, dass sie Euch doch etwas angehen, und zwar meine ich es folgendermaßen: Ihr begleitet uns hinauf und dann wieder zurück, lernt also das Hole kennen. Sobald ich heimkomme, dinge ich die nötigen Kräfte und kaufe Werkzeuge oder Maschinen, um das Placer auszubeuten. Ich möchte Euch da auch mit übernehmen. Habt Ihr Lust dazu?“

Der alte Geizhalz wusste wohl, warum er dieses Angebot gemacht hatte. Eggly lernte das Finding-hole kennen. Er konnte es andern verraten oder sich auch selbst darüber hermachen, und wenn dann der wirkliche Eigentümer kam, der es bezahlt hatte, war das Nest leer. Um das zu verhüten, sah sich Lachner gezwungen, Eggly an sich zu binden, und konnte das auf keine für ihn weniger kostspielige Weise tun, als dass er ihn anstellte. Der Alte war schlau, Eggly aber noch viel schlauer. Dieser sagte in einem Ton, als ob er sich außerordentlich freue:

„Ich werde Euch das hoch anrechnen, Mr. Lachner. Denn ich habe das Herumtreiben längst satt und habe mich danach gesehnt, eine gut bezahlte Stelle zu finden. Nun ist mir mit einem Mal geholfen. Was ich zu leisten habe und wie viel Ihr mir dafür bietet, das können wir ja später besprechen.“

„Ja, später. Erst wollen wir hinauf, um zu untersuchen, wie groß das Loch ist und wie viel Nuggets es enthält. Nicht wahr, Hermann? Wie?“

Diese Frage war an den Neffen gerichtet. Ich strengte mein Gehör doppelt an, um mir keinen Laut von seiner Antwort entgehen zu lassen.

Es kam mir darauf an, ob ich die Stimme an ihrer Klangfarbe erkennen würde. War es Carpio oder war er es nicht?

„Ja“, erwiderte der Angeredete tonlos.

Diese kurze Wort war leider nicht im Stande, mir Aufklärung zu geben. Das Ja klang wie aus jedem anderen Mund und genügte nicht für mich, eine Stimme, die ich so lange Zeit nicht mehr gehört hatte, jetzt gleich wieder zu erkennen.

„Höre, was hast du schon wieder für Grillen?“, forschte der Alte. „Du bist nie bei der Sache. Woran hast du jetzt gedacht? Ich will es wissen.“

Das klang streng. Wenn das der Ton war, in dem er stets

mit dem Neffen verkehrte, so konnte das Verhältnis zwischen ihnen nicht sehr erfreulich sein.

„Ich dachte an meine Sporen“, lautete die Antwort. „Sie sind weg.“

„Weg? Wieso? Wie meinst du das?“

„Sie sind weg.“

„Von den Füßen?“

„Ja.“

„*Damned!* Es ist doch unmöglich, dass die Sporen von den Stiefeln verschwinden. Greife doch an die Fersen, sie werden schon noch dran sein.“

„Das habe ich schon getan, soeben erst, und da fühlte ich gleich, dass die Sporen weg sind. Ich muss sie heruntergemacht und dir zum Aufheben gegeben haben. Du bist aber so außerordentlich vergesslich, lieber Oheim. Fass einmal in deine Taschen, da werden sie sich gleich finden.“

„Den Teufel habe ich in meinen Taschen, aber deine Sporen nicht! Erst vorgestern hat der Kerl mit mir gestritten, dass mein Gewehr das seinige wäre; gestern hat er meinen ganzen Anteil Fleisch nach dem seinigen aufgefressen und sich dann noch darüber beklagt, dass er zu viel erhalten hätte, und heute sind ihm gar die Sporen davongeritten. Wie kommst du denn überhaupt dazu, die Sporen abzumachen?“

„Ich besann mich, dass mein Pferd sehr kitzlig ist. Wenn ich es einmal unsanft berühre, geht es gleich in die Luft. Da habe ich die Sporen lieber gleich ganz abgemacht und sie dir zur Aufbewahrung übergeben. Wenn sie nicht in deinen Taschen sind, hast du sie verloren.“

„Ich? – Da hört nun alles auf! Kerl, es ist nicht mehr zum Aushalten mit dir!“

„Bitte, lieber Oheim, rege dich nicht unnötig auf! Du kannst ja nichts dafür, dass du zuweilen zerstreut bist. Das muss so in der Verwandtschaft liegen, denn meine Schwestern litten an ganz demselben Fehler.“

„Komm mir nicht so oft mit deinen Schwestern! Du hast mir das alles schon hundertmal erzählt und ebenso oft habe ich dir unwiderleglich bewiesen, dass deine Schwestern ganz umsichtige Ladys gewesen sind, während du allein der Hohlkopf warst, der alle die Dummheiten beging, die du von ihnen berichtest. Ich habe eure Schulden bezahlt und dich herüberkommen lassen, um einen brauchbaren Menschen aus dir zu machen: Das ist aber bloß zu meinem Ärger geschehen, weil Hopfen und Malz an dir verloren ist."

„Lieber Oheim, wirf mir doch nicht immer die kleine Summe vor, die du damals meinem Vater schicktest! Du weißt, dass mich das tief betrübt."

„Eine kleine Summe nennst du das? Zweihundert Dollar eine kleine Summe? Ja, freilich, wer so wie du als Habenichts und armer Schüler einer Vagabundin zwanzig Taler und auch noch ich weiß nicht wie viel Gulden schenkt, der kann allerdings vom Wert des Geldes nicht den mindesten Begriff besitzen."

„Das bin ich nicht, sondern mein Freund Sappho ist es gewesen."

„Freund? Ich danke für einen solchen Freund! Die Gulden waren doch auch mit dein Eigentum. Du hast es mir ja wiederholt erzählt, denn du hängst noch heute an diesem Taugenichts, der dein Verführer gewesen ist."

Da fuhr der Neffe zornig auf:

„Höre, Oheim, taste mir meinen Sappho nicht in dieser Weise an! Du weißt, dass ist ein Punkt, den du nicht berühren darfst. Hätte ich länger mit ihm verkehren können, so irrte ich jetzt nicht im Wilden Westen umher, während er daheim jedenfalls eine sehr gute Anstellung bekleidet. Wir haben einander aus den Augen verloren, aber im Herzen halte ich ihn gerade so fest wie in damaliger Zeit, die niemals wiederkommt."

Er sprach in seiner Erregung so laut, dass Eggly jetzt in scharfem Ton erklärte:

„Brüllt nicht in dieser Weise, junger Mann! Ihr befindet Euch hier in keiner Niggerversammlung. Euer Oheim hat Recht. Ihr habt Eure Gedanken niemals beisammen und werdet uns mit Eurer Zerstreutheit noch die größten Unannehmlichkeiten zuziehen. Das Albernste dabei ist, dass Ihr die Schuld stets auf andere werft. Ich habe Euch den Namen Old Jumble gegeben und Ihr verdient ihn auch."

„Ich muss ihn mir aber verbitten. Denn ich nenne Euch Mr. Eggly und verlange die gleiche Höflichkeit von Euch."

„Schweigt, Old Jumble! Ich will Euch jetzt nur das eine sagen, dass uns die Sporen, die Ihr heute verloren habt, vielleicht in die heilloseste Verlegenheit bringen. Wenn sie ein Indsman oder sonst ein Halunke findet und dadurch auf unsere Spur gerät, kann unser ganzer schöner Plan ein schlimmes Ende nehmen. Ihr könnt nicht reiten, könnt nicht schießen, könnt überhaupt gar nichts von allem, was man hier wissen und verstehen muss, und wenn Ihr nun gar noch solche Unsinnigkeiten treibt wie heute mit den Sporen, so werdet Ihr uns geradezu gefährlich, während Ihr uns bisher nur lästig wart. Für ein gefährliches Mitglied aber danken wir. Die Sporen verlieren, so etwas hat man noch nie erlebt! Wenn Ihr Euch nicht besser zusammennehmt, werden wir uns gezwungen sehen, Euch irgendwo sitzen zu lassen und ohne Euch weiterzureiten. Ihr werdet dann ein Fraß für die Geier. Nun wisst Ihr, woran Ihr mit uns seid, weiter braucht kein Wort gesagt zu werden! Wir werden jetzt das Feuer wieder anbrennen, denn wenn das Krächzen des Vogels eine Gefahr für uns bedeutet hätte, wäre sie schon längst eingetreten. Ich bin überzeugt, dass niemand Fremdes in der Nähe ist, und wir müssen nun wieder eine hohe Flamme haben, damit uns unsere Kameraden finden können."

Er beeilte sich aber mit dem Wiederanzünden des Feuers nicht allzu sehr, denn er wollte Corner und Sheppard Gelegenheit lassen, sich im Dunkeln unbemerkt zurückzuziehen. Wir machten von diesem Vorteil ebenso Gebrauch.

Welch ein Zusammentreffen! Mein Carpio, mein alter, guter Carpio hier am Lake Jone, auf der Hochebene des Wilden Westens! Ja, wir hatten uns leider aus den Augen verloren. Er war trotz aller Mühe, die ich mir mit ihm gegeben hatte, nicht vorwärts gekommen, und als ich das Seminar verließ, nahm ich die Überzeugung mit, dass all sein Würgen erfolglos sein würde. Als Handwerker hätte er es wahrscheinlich eher zu etwas gebracht. Aber Carpio war eines der vielen Opfer der landläufigen und doch so falschen Ansicht vieler studierter Väter, dass es eine Schande für sie sei, einen nichtstudierenden Sohn zu haben. Auch Väter, die es zu einer guten Lebensstellung brachten, ohne eine höhere Schule besucht zu haben, und die nun doch wissen sollten, dass es viele Wege gibt, sich zu den so genannten ‚besseren Verhältnissen' emporzuarbeiten, setzen einen Trumpf darauf, wenigstens einen ihrer Söhne dem Lehrberuf oder irgendeiner *Alma Mater* mit Gewalt in die Arme zu treiben. Die Folgen bleiben niemals aus; und wenn man zehn Menschen in die berühmte Klage vom ‚verfehlten Leben' einstimmen hört, so kann man getrost behaupten, dass neun von ihnen Söhne solcher Väter sind.

Carpio war ein ähnliches Unglückskind. Ich hatte das vorausgesehen und aus Freundschaft für ihn einmal das Wagnis unternommen, im Laufe eines Gesprächs mit seinem Vater in unauffälliger Weise eine diesbezügliche Bemerkung zu machen, hatte aber nur den Erfolg gehabt, in einer Weise abgeblitzt zu werden, dass ich still von dannen ging. Ich hatte da Ausdrücke wie ‚knabenhafte Ansichten, unreife Urteile und unerbetene Einmischung in Angelegenheiten, von denen man nichts verstehen kann', zu hören bekommen und später bemerkt, dass mein Umgang mit dem Sohn möglichst verhindert wurde. Das war auch der eigentliche Grund, dass unser schriftlicher Verkehr, den wir nach meinem Weggang noch einige Zeit unterhielten, nach und nach einschlief. Man glaubte, dass ich diesen Verkehr benutzen würde, Carpio zu bewegen, meiner gegen seinen Vater geäußerten Ansicht zu folgen.

Ich wusste also nicht eigentlich, was aus ihm geworden war, und hätte eher alles, aber nur das nicht erwartet, den zerfahrenen und unbeholfenen Freund hier im Wilden Westen wiederzutreffen, wo mit größerer Bestimmtheit als irgend anderswo in der weiten Welt an den Mann die Forderung tritt, ein Mann nicht nur zu heißen, sondern auch wirklich einer zu sein. Hätte er, als von mir gesprochen wurde, gewusst, dass sein Sappho, dieser ‚Taugenichts', hinter seinem Rücken lauschend zwischen den Büschen steckte! Ich kannte schon jetzt sein Verhältnis zu seinem Verwandten so genau, dass er mir später nichts darüber zu sagen brauchte. Der alte Gurgelabschneider hatte ihn als einstigen Seminaristen zu hoch abgeschätzt, ihn für einen recht brauchbaren jungen Mann gehalten und ihn zu sich nach Amerika kommen lassen, um ihn ohne entsprechende Bezahlung gehörig auszunützen. Da er aber bald hinter seinen Irrtum hatte geraten müssen und es ihm ohne weiteres zuzutrauen war, sich von dem unbequemen Neffen einfach loszusagen und ihn hilflos sitzen zu lassen, kam es mir unbegreiflich vor, dass er es nicht getan, sondern ihn bei sich behalten und sogar auf dem jetzigen Ritt mitgeschleppt hatte. Es musste da irgendeine Absicht vorliegen, die ich jetzt noch nicht erraten konnte, hinter die ich aber schon noch zu kommen hoffte.

Am liebsten wäre ich jetzt hervorgetreten, um dem lieben Oheim so recht aus Herzensgrund meine Meinung zu sagen; aber das durfte ich nicht, ich musste Winnetou folgen, der sich schon bei Egglys letzten Worten aus dem Gebüsch zurückgeschoben hatte, um sich zu entfernen, bevor das Feuer wieder hell zu brennen begann. Ich holte ihn bald ein und dann huschten wir so schnell wie möglich zwischen den Bäumen hin, um Corner und Sheppard zuvorzukommen und vielleicht noch einige Worte von ihnen zu erlauschen.

Sie kehrten jetzt zu ihren Pferden zurück.

Wir schlichen möglichst rasch aus dem Wald hinaus,

eilten an seinem Rand hin und duckten uns an einer vorspringenden Ecke des Gebüschs, wo sie vorüber mussten, nieder. Wir waren so weit vom Feuer entfernt, dass man von dort aus nicht gehört werden konnte, und so glaubten wir, dass sie vielleicht miteinander reden und sich keine besondere Mühe geben würden, leise zu sprechen.

Wie gedacht, so geschah es. Sie erschienen bald und wir hörten, dass Corner zu Sheppard äußerte:

„...es also nicht nötig, den Alten umzubringen. Er hat ein unerschütterliches Vertrauen zu uns und hält uns sogar für Gentlemen."

„Aber der Junge! Die Sporen zu verlieren. So etwas ist doch gar nicht zu denken. Was tun wir mit dem Kerl?"

„Haben wir ihn bis hierher geschleppt und uns über ihn geärgert, ohne daran gestorben zu sein, so wird es wohl die wenigen Tage bis hinauf zum Finding-hole auch noch auszuhalten sein."

„*Well!* Aber dann gibt es keine Rücksicht und kein Schweigen mehr. Ich habe es satt, Zeuge von Laffereien zu sein, die in die Kinderstube, aber nicht hier herauf in die Rocky Mountains gehören! Wir reiten jetzt zu ihnen hin, erzählen, dass der Elk uns..."

Weiter konnten wir nichts hören, denn sie waren nun an uns vorüber. Wir warteten einige Augenblicke und gingen langsam hinterher. Nach kurzer Zeit hörten wir an dem dumpf klingenden Hufschlag ihrer Pferde, dass sie ihr Versteck verlassen hatten und ein Stück hinaus in die Prärie ritten, um sich den Lachners gegenüber den Anschein zu geben, als ob sie erst jetzt am See ankämen.

Als wir zu Rost zurückkehrten, freute er sich, uns so bald wieder zu sehen. Nachdem wir die nächstliegende Aufgabe gelöst hatten, galt es, unsere Pferde trinken zu lassen. Wir ritten also eine große Strecke längs des Waldes hin, der sich am nördlichen Seeufer entlangzog, und führten dann die Pferde zum Fluss, der mit dem See in Verbindung stand. Als sie sich satt getrunken hatten, suchten wir eine zum Aufenthalt während der Nacht passende Stelle, hobbelten die Tiere an und breiteten unser Decken aus, um es uns darauf bequem zu machen.

Wir lagen eine ganze Weile, ohne dass einer von uns ein Wort sagte. Das machte mir heimlich Spaß, denn es war zu denken, dass Rost vor Neugier brannte zu erfahren, was wir erspäht und gehört hatten. Er setzte sich bald auf, bald legte er sich wieder nieder, drehte sich mal nach rechts, mal nach links und konnte seine Unruhe immer weniger verbergen. Er wollte aber auch nicht gern für zudringlich gelten. An Winnetou getraute er sich schon gar nicht; darum war ich es, an den er endlich doch das Wort richtete:

„Mr. Shatterhand, Ihr liegt so ruhig. Schlaft Ihr vielleicht schon?“

„Nein“, antwortete ich.

„Gott sei Dank! Ich hätte Euch sonst wahrscheinlich aufwecken müssen.“

„Warum?“

„Weil ich doch, sozusagen, auch ein Geschöpf mit menschlichen Gefühlen bin.“

„Und solch menschliche Gefühle habt Ihr eben jetzt, Mr. Rost? Ihr fahrt fortwährend auf und nieder und wendet Euch hin und her, als ob sie recht schmerzlich für Euch wären.“

„Schmerzlich wohl nicht, aber höchst unangenehm. Hört, Mylord, ich kann gar wohl den rautenförmigen vom Kapuzenmuskel unterscheiden, aber Dinge zu sehen und zu hören, die in der Entfernung von einer englischen Meile von mir geschehen, das kann ich leider nicht.“

„Wird Euch auch nicht zugemutet, Mr. Rost.“

„Doch! Es wird mir zugemutet, denn wenn Ihr diese Zumutung nicht an mich stelltet, so würdet Ihr die Gewogenheit haben, mir zu erzählen, ob und wie Euch das Anschleichen gelungen ist.“

„*Well!* Wenn das Euer einziger Schmerz ist, so kann ich Euch davon befreien. Ihr sollt erfahren, was Ihr wissen wollt. Also ob: Ja, es ist uns geglückt. Und wie: Es ist uns über alles Erwarten gut geglückt."

„Bitte weiter!"

„Was weiter? Eure Fragen sind doch beantwortet."

„Aber in was für einer Weise? Haltet mich nicht für einen gewöhnlichen Neugierigen! Hier oben in den Rocky Mountains, wo die geringste Kleinigkeit zur größten Wichtigkeit werden kann, ist es wohl selbstverständlich, dass ich nicht in Unwissenheit bleiben möchte über das, was Ihr erfahren habt. Ich bitte um Eure freundliche Erlaubnis, Mylord, dass mir meine innere Stimme..."

„Gut! Ich erlaube es Euch", fiel ich ihm in die Rede, „dass Euch Eure innere Stimme alles sagt, was Ihr so gern wissen wollt."

„Ihr seid grausam. Meine innere Stimme ist in diesem Augenblick ebenso unwissend, wie ich selber bin. Darf ich denn nicht wenigstens erfahren, wer jene fünf Personen sind und ob sie auch wirklich, so wie Ihr vermutet, zusammengehören?"

„Ja, Ihr sollt es erfahren. Ich spannte Euch nur ein wenig auf die Folter, weil ich bei guter Laune bin. Ich kann Euch aber durch höchst bedeutsame Neuigkeiten entschädigen. Der Prayer-man ist da!"

„Was? Wer?", fuhr er vor Erstaunen in die Höhe. „Der Prayer-man?"

„Ja."

„Das ist doch – im höchsten Grad bewundernswert!"

„Ich bewundere es nicht, denn ich habe es fast erwartet, ihn hier oben zu treffen. Ferner ist noch jemand da, den Ihr im Hotel bedient habt. Nämlich der Fremde, der mit vier oder fünf Westonleuten am Fenstertisch saß."

„Ich weiß, wen Ihr meint, Mr. Shatterhand. Ich dachte, er würde bei uns wohnen wollen, er tat es aber nicht."

„Das ist ihm nicht zu verdenken. Er wollte nur etwas holen und sich dann schnell aus dem Staub machen."

„Was?"

„Watters Nuggets."

„Was Ihr sagt, Mylord! Ein Helfershelfer des Prayer-man also?"

„Ja. Es ist dieselbe Person, die mit dem Prayer-man im Zimmer neben dem meinigen gewesen ist. Ihr wolltet das nicht zugeben, ich hatte mich aber nicht geirrt."

„Also doch! Wisst Ihr, was diese beiden Männer miteinander gesprochen haben?"

„Das werdet Ihr später erfahren. Es ist noch jemand da."

„Wer?"

„Der Dieb, der – doch, ich will es kurz machen, es sind alle drei Diebe da, der Prayer-man, der die Gelegenheit schaffte, der Einbrecher, der den Goldkasten öffnete, und der Mann, der die Nuggets unten im Hof in Empfang nahm."

„Das ist ja eine Begegnung, wie wir sie uns nicht schöner wünschen könnten. Wisst Ihr, dass mir eine innere Stimme jetzt sagt, dass diese Diebe die Nuggets mithaben?"

„Ah so!"

„Ja. Wir nehmen sie ihnen ab und geben sie dem rechtmäßigen Eigentümer wieder."

„Das klingt wunderbar schön. Nur schade, dass die Nuggets schon längst verkauft sind."

„Wo?"

„Das weiß ich nicht, wahrscheinlich in St. Louis."

„Sie haben sie also nicht mit?"

„Fällt ihnen nicht ein. Wie kommt Ihr überhaupt auf den sonderbaren Gedanken, dass die Diebe das schwere Gold mit hierauf geschleppt haben? Das wäre doch wohl das Allerverkehrteste, was sie tun könnten. Jeder Dieb ist bemüht, seinen Raub zu Geld zu machen, und diese drei durchtriebenen Schurken haltet Ihr für so blödsinnig, einen halben Zentner Nuggets mit sich zu führen, damit man ihnen den Diebstahl beweisen und das Gold wieder abnehmen kann?"

„Ihr habt sehr Recht, Mylord. Ich bin vor Überraschung,

dass wir die drei Kerle hier beisammen haben, ganz verwirrt geworden. Aber was Ihr mit ihnen tun werdet, das weiß ich doch."

„Nun, was?"

„Ihr werdet sie ergreifen und hinunter nach Weston schaffen."

„Fällt uns nicht ein."

„Warum denn nicht?"

„Es gibt mehrere Gründe; der Hauptgrund ist der, dass wir keine Zeit dazu haben, weil wir zu den Schoschonen wollen. Sodann beabsichtigen die drei Personen eine neue Schandtat, die wir zwar durch ihre Festnahme verhüten können, die uns aber, wenn wir es klug anfangen und uns nicht an ihnen vergreifen, zur Entdeckung eines Finding-hole führen wird. Sie haben zwei Männer, einen alten und einen jungen, heraufgelockt, die Ihr morgen bei ihnen sehen werdet."

„Was beabsichtigen sie mit ihnen?"

„Auch das werdet Ihr später erfahren. Für den Augenblick wisst Ihr genug. Ich habe es Euch erzählt, um Euch darauf vorzubereiten, dass der morgige Tag für uns wichtig sein wird. Wie Ihr Euch dabei zu benehmen habt, das werde ich Euch morgen unterwegs mitteilen."

„Unterwegs? Wann geht es fort?"

„Beim Morgengrauen."

„Mit den fünf?"

„Nein."

„Also hinter ihnen her?"

„Nein, vor ihnen."

„Ich denke, Ihr müsst ihnen folgen, um ein Finding-hole zu entdecken?"

„Ja, aber morgen werden wir eine Ausnahme machen und ihnen voranreiten, um sie zu erwarten."

„Kennt Ihr den Weg, den sie einschlagen werden?"

„Ja. Doch nun ist es genug für heute! Versucht es, einzuschlafen! Wir werden Euch früh wecken."

„Kommt heute die Wache nicht an mich?"

„Nein. Wir haben gefährliche Leute in der Nähe, da können wir uns nur auf uns selbst verlassen. Gute Nacht!"

„Gute Nacht, Mylord! Aber schlafen kann ich jetzt noch lange nicht."

Er wickelte sich in seine Decke. Ich begriff es leicht, dass ihn eine Art Lampenfieber gepackt hatte. Es war ja das erste Abenteuer, das wir auf unserem Ritt erlebten; die Aufregung darüber brachte ihn um den Schlaf.

Winnetou hatte kein Wort gesagt. Zwischen uns beiden war eine besondere Aussprache überflüssig. Wir kannten uns genau, und wenn uns bestimmte Verhältnisse gegeben waren, so wusste jeder von uns beiden, was der andere davon dachte und dabei zu tun beabsichtigte. Wir waren durch das lange Zusammenleben einander in unseren Gefühlen, Gedanken und Entschlüssen so ähnlich geworden, dass nur in zweifelhaften Fällen eine Frage nötig wurde.

„Gute Nacht, Winnetou!", sagte ich und stand auf.

„Gute Nacht, Scharlih!", antwortete er. „Mein Bruder wacht zuerst, weil er mit seinen Gedanken sprechen muss."

Das war wieder ein Beweis, wie genau er mich zu beurteilen wusste. Ich entfernte mich eine kleine Strecke und ging dann in der Nähe unseres Lagerplatzes langsam auf und ab. Seit ich Carpio hier wusste, wäre es mir unmöglich gewesen, mich schlafen zu legen. Die arme und doch so schöne Jugendzeit war vor mir aufgestiegen und ließ alle ihre Gestalten, ihre Sorgen und Kümmernisse, ihre Leiden und Freuden an mir vorüberziehen. Der Mensch ist eine Art Pflanze, deren Wurzeln in der Jugendzeit ruhen. Daraus holt er sich noch im spätesten Alter eine Menge geistiger Nahrungsstoffe, ohne die sein Gemüt verdorren müsste.

So schritt ich hin und her bis weit nach Mitternacht, dann weckte ich den Häuptling. Ich legte mich nieder und war dank dem glücklichen Umstand, dass man schließlich doch kann, was man will, bald eingeschlafen. Als ich geweckt wurde, standen die Pferde bereit, obgleich der Morgen nur einen kaum bemerkbaren leisen Schimmer aus dem Osten herüberwarf. Wir stiegen auf und ritten nordwärts am Fluss hin, bis eine Furt kam, die wir genau kannten. Dort ging es ans andere Ufer.

Auf diesem Weg hatten wir uns zwar von der Richtung entfernt, die Corner mit seinen Begleitern jedenfalls einzuschlagen beabsichtigte, aber wir entgingen dadurch der Gefahr, dass unsere Spur von ihnen bemerkt wurde, und waren überzeugt, dass wir diesen Umweg mit Leichtigkeit wettmachen würden.

Uns auch ferner immer nördlich haltend, bis wir uns ungefähr in gleicher Breite mit dem fernen Squaw-Peak befanden, bogen wir nach Westen um und ließen nun unsere Pferde tüchtig ausgreifen, denn es galt, den Rock Creek, einen rechten Nebenfluss des Medicine Bow River, noch vor dem Finding-hole-Suchern zu erreichen. Es war um die Mittagszeit, als wir dort ankamen, und Winnetou lenkte, nachdem wir die Pferde im Creek getränkt und durch ein Bad erfrischt hatten, zu den steilen Höhen des Tu Tsil an.

11. Ein trauriges Wiedersehen

Wir wollten nur so weit reiten, bis wir einen genügenden Ausblick über die weite Ebene hatten; dann stiegen wir ab und gaben die Pferde frei, damit sie nach Belieben weiden konnten. Während ich mich mit Rost unter einen Baum setzte, entfernte sich Winnetou. Er nahm das Gewehr mit und so wusste ich, dass er Fleisch machen wollte. Es dauerte auch gar nicht lange, so hörten wir zwei Schüsse, und als er dann kam, brachte er zwei so stattliche Berghühner, dass wir für einen vollen Tag zu essen hatten. Sie wurden abgezogen und an einem schwachen Feuer gebraten.

Bei der Arbeit versäumten wir aber nicht, fleißig nach den erwarteten fünf Personen auszublicken.

Gerade als wir gegessen hatten, sahen wir sie kommen. Sie befanden sich noch weit draußen auf der Ebene, doch erkannten wir schon nach kurzer Zeit die Richtung, die sie nahmen, und konnten nun nach der Beschaffenheit des Geländes genau den Punkt bestimmen, an dem wir ihnen am besten entgegenzutreten vermochten. Dorthin ritten wir, nachdem wir unsere Pferde erst wieder den Berg hinabgeführt hatten.

Sie kamen den Rock Creek entlang. Wir hatten eine Stelle gewählt, wo sie einen schmalen Rasenstreifen überschreiten mussten, der links vom Fluss und rechts von dicht stehenden Erlenbäumen eingefasst wurde. Winnetou sollte ihnen wie zufällig begegnen, er blieb also zurück; ich aber ritt mit Rost, um im Gras keine Spur zu machen, von hinten in das Erlendickicht hinein und drang darin bis zum vorderen Rand vor. Von hier aus mussten wir das Zusammentreffen Winnetous mit dem erwarteten Trupp gerade vor Augen haben. Während wir warteten, unterrichtete ich Rost, wie er sich zu verhalten hatte. Er war voll Begierde, dem Prayer-man eine Rede zu halten, von der ich annahm, dass sie weniger fromm ausfallen würde, als die

Ausdrucksweise des salbungsvollen Schriftenhändlers in Weston gewesen war.

Hierbei muss ich erwähnen, dass Sheppard gestern Abend, als wir ihn und Corner belauschten, sich nicht etwa der gewählten Redeweise bedient hatte, in der ich den Vorgang berichtet habe; seine Ausdrücke waren im Gegenteil genauso roh wie die Corners, sodass es mir unmöglich ist, sie wiederzugeben. Wer sie hörte, musste schon nach den ersten Sätzen zu der Überzeugung kommen, dass diese beiden Männer auf der niedrigsten Stufe sittlichen Wertes oder vielmehr Unwertes standen.

Wir brauchten nicht lange zu warten, so verrieten uns ihre lauten Stimmen, dass sie nahten. Sie mussten erst um eine Krümmung des Creek biegen, bis wir sie erblickten. Der Prayer-man ritt mit Corner voran, ihnen folgte Eggly mit dem alten Lachner und dahinter kam Carpio allein.

Wenn ich nicht gewusst hätte, wer er war, so glaube ich nicht, dass ich ihn auf den ersten Blick erkannt hätte. Ja, es waren seine Gesichtszüge, aber viel, viel älter, als er jetzt nach seinen Jahren war. Die Augen lagen tief in ihren Höhlen, die Wangen waren eingefallen und seine Haltung war so müde, als wäre er mehrere Tage nicht aus dem Sattel gekommen. Man hatte ihm den schlechtesten Gaul gegeben, bei dessen stoßendem Gang es kein Wunder war, wenn dem ungeschulten Reiter alle Knochen im Leibe schmerzten. Er sah so elend, so Mitleid erweckend aus, dass ich am liebsten hinausgesprungen wäre, um ihn ans Herz zu drücken. Die anderen waren gar nicht übel beritten, zumal Corner saß auf einem Fuchs, den zu besteigen auch ich mich nicht geschämt hätte.

Als sie beinahe in gleicher Linie mit uns waren, stutzten sie. Corner hielt sein Pferd an und rief:

„Hallo, ein Indianer! Passt auf! Ah, es scheint doch nur einer zu sein!“

Die anderen vier hielten ebenfalls an. Ich hatte auch jetzt nur Carpio im Auge und bemerkte, wie der Ausdruck seines Gesichts beim Anblick Winnetous Bewunderung verriet. Der Apatsche kam langsam von rechts her geritten, er hielt sein Tier an, überflog die Weißen mit einem beleidigend gleichgültigem Blick und sagte:

„Fünf Bleichgesichter! Uff! Sie mögen zur Seite weichen, damit ich vorüber kann!"

„Ausweichen?", lachte Corner. *„For shame!* Vor einem roten Halunken im ganzen Leben nicht. Mach dich von dannen, Rothaut, sonst bekommst du die Faust."

„Pshaw!", war die kurze, aber unendlich verächtliche Entgegnung des Apatschen.

„Hund, du antwortest mir mit einem *Pshaw?"*, schrie Corner. „Da hast du deinen Lohn!"

Er gab seinem Pferd die Sporen, um es mit einigen raschen Sätzen an Winnetou vorüberzutreiben, und erhob die Faust zum Schlag.

„Tschah!", rief Winnetou seinem Hengst zu.

Das Tier tat einen mächtigen Sprung zur Seite, prallte mit dem Fuchs zusammen und im nächsten Augenblick wälzte sich dieser mit seinem Reiter auf der Erde. Das Pferd sprang schnell wieder auf, Corner aber kam viel langsamer auf die Beine. Er hatte sein Gewehr verloren und wollte zum Revolver greifen, da aber hatte Winnetou schon sein Schießeisen in der Hand und drohte blitzenden Auges:

„Wer von den Bleichgesichtern die Hand nach einer Waffe bewegt, bekommt sofort eine Kugel!"

Die Weißen kannten die Gesetze und Gebräuche des Wilden Westens: Wer die Schusswaffe am schnellsten in der Hand hält, hat gewonnen. Es fiel Winnetou nicht ein, das gewöhnliche *„Hands up!"* zu befehlen; er war seiner Sache gewiss, auch ohne den gebräuchlichen Ausruf die fünf Weißen zu zwingen, ihre Hände hochzuhalten. Seine gebieterische Haltung wirkte ebenso wie sein Revolver, Corner ließ die Hand vom Gürtel, knurrte aber drohend:

„Mensch, du hast mich umgeritten! Weißt du, was das heißt?"

„Mann, du hast mich schlagen wollen! Weißt du, was das heißt?“, antwortete Winnetou.

„*Pshaw!* Einen Indianer schlagen! Diese Kerle verdienen nichts als Hiebe!“

„Auch Winnetou, der Häuptling der Apatschen?“

Bei diesem Namen horchten alle fünf auf.

„Alle Teufel! Soll das vielleicht heißen, dass du Winnetou, der Apatsche, bist?“, fragte Corner.

„Ich bin es!“

„Wenn das die Wahrheit ist, so lasse ich mich – aber – Donnerwetter! Ja, er ist's! Da ist ja die berühmte Silberbüchse! Und dieses Pferd ist Iltschi, der schwarze Hengst! Ja, das ist etwas anderes, du kannst deinen Weg fortsetzen. Wir tun dir nichts.“

„Uff! Ihr tut Winnetou, dem Häuptling der Apatschen, nichts?“, fragte er mit einer verächtlichen Handbewegung. „Sechs Kugeln sind gegen euch gerichtet und dieses Bleichgesicht ist so gnädig zu versichern, dass mir nichts geschehen soll. Winnetou reitet, wann und wohin er will; jetzt aber bleibt er hier, denn er hat mit euch zu sprechen. Du hast die Hand gegen ihn erhoben und ihn einen Hund genannt. Was bist denn du? Was kann überhaupt ein Bleichgesicht sein, wenn es Corner heißt?“

„Was? Du kennst meinen Namen?“

„*Pshaw!* Winnetou kennt alle fünf! Wer Corner, Eggly und Sheppard heißt, der stiehlt fremde Nuggets und tötet ihre Besitzer. Ihr seid stinkende Kojoten! Für euch sind meine Kugeln nicht, weil ich sie nur für ehrliche Gegner habe. Euch reite ich mit den Hufen meines Rosses in die Erde.“

Er steckte den Revolver in den Saltillogürtel zurück. Nun sie in seiner Hand keine Waffe mehr sahen, bekamen die Kerle Mut.

„Was sollen wir sein und was haben wir getan?“, rief der frühere Prayer-man. „So eine Beleidigung dulden wir selbst von Winnetou nicht! Wir haben auch Waffen.“

Er wollte sein Gewehr von der Schulter nehmen, da deutete der Apatsche mit überlegenem Lächeln zu den Erlen herüber und drohte:

„Das Bleichgesicht Sheppard mag sein Gewehr ruhen lassen, denn dort blickt der Henrystutzen meines Bruders Shatterhand heraus."

Aller Augen richteten sich nach der Stelle, wo ich den Lauf des Stutzens durchs Gesträuch hielt.

„Donner!", schrie Corner. „Das scheint ein regelrechter Überfall zu sein! Winnetou nimmt uns von vorn und Old Shatterhand von der Seite. Sie haben schon lange hier gesteckt, um auf uns zu warten. Was wollt ihr von uns?"

Da trieb auf meinen Wink Rost sein Pferd aus dem Versteck heraus und meldete sich.

„Was wir von euch wollen, brauchen wir euch doch wohl nicht erst zu sagen. Der Prayer-man wird wohl wissen, wer ich bin."

Der Genannte starrte ihn einige Zeit wie abwesend an, schlug dann eine gezwungene Lache an, die sehr verlegen klang und rief:

„Der Kellner aus Weston, wahrhaftig, der Kellner ist's. Was hat Euch hierher in diese Berge getrieben, Mr. Rost?"

„Ich suche Mr. Watters Nuggets", antwortete Rost.

„Sind die hier oben? Er hat sie wohl vergessen gehabt und dann gedacht, dass sie ihm gestohlen worden wären?"

„Lasst Euren Witz! Wir wissen, woran wir sind."

„Wir? Wen meint Ihr da? Etwa Euch?"

„Nein, sich nicht allein, sondern auch mich", mischte ich mich nun ein, indem auch ich die Erlen verließ. „Herunter von den Pferden!"

Ich hatte den Stutzen wieder umgehängt und jetzt die Revolver in den Händen. Es trat eine kurze, tiefe Stille ein, dann schrie der Prayer-man vor Erstaunen mit hoher Fistelstimme:

„Das – ist ja der famose Mr. Meier, der so schöne Weihnachtsverse macht! Und in einem solchen Anzug! Da denkt man doch gleich..."

„Herunter von den Pferden!“, wiederholte ich, ihn unterbrechend.

Corner stand noch unten. Eggly hatte die Lage begriffen und stieg ab. Sheppard aber machte keine Anstalten, meinem Befehl zu gehorchen; da nahm ich meinen Rappen fest zwischen die Schenkel, schoss in zwei schlanken Sprüngen auf ihn zu und an ihm vorüber und schlug ihn dabei mit der Faust an den Kopf, dass er die Bügel verlor. Den Revolver in der rechten Hand hatte ich natürlich in den Gürtel geschoben. Sein Pferd bäumte sich auf und warf den halb Besinnungslosen ins Gras.

Meinen Hengst wieder umdrehend, hatte ich Carpio vor mir. Seine Augen waren unter weit aufgerissenen Lidern auf mich gerichtet, als ob sie aus ihren Höhlen treten wollten.

„Ihr seid – seid Old Shatterhand?“, stotterte er in seinem Schulenglisch.

„Ja, ich bin Old Shatterhand“, antwortete ich, um das, was jetzt vor allen Dingen notwendig war, nicht durch einen Erkennungsauftritt aufzuheben. „Setzt euch ins Gras, ihr drei, und legt die Waffen hinter euch! Schnell gehorcht, sonst reite ich euch zu Brei zusammen!“

Eggly setzte sich nieder und legte sein Messer und die Revolver hinter sich. Corner tat dasselbe, aber zähneknirschend. Dann hinkte auch Sheppard herbei und hockte sich zu ihnen.

„Nun möchte ich aber doch noch wissen, was diese Posse eigentlich bedeuten soll?“, fragte Corner mit jener verwegenen Frechheit, die das letzte Mittel der Verteidigung eines Halunken ist.

„Das werdet ihr sogleich erfahren“, antwortete ich, während ich vom Pferd abstieg. „Ich möchte euch eine Frage vorlegen. Ihr drei habt in Weston Watters Nuggets gestohlen?“

„Fällt uns nicht ein!“

„*Well!* Ganz wie ihr wollt. Ich bin weder der Bestohlene

noch der Sheriff. Behaltet also, was ihr wisst, für euch. Aber mit diesem alten Mr. Lachner habe ich ein desto notwendigeres Wort zu reden."

Der Alte war, ebenso wie Carpio, abgestiegen; ich wandte mich an ihn:

„Mr. Lachner, Ihr befindet Euch in schlechten Händen. Wie kommt es, dass Ihr Euch mit Mördern und Dieben verbündet habt?"

„Mördern und Dieben?", fragte er. „Ihr irrt Euch, Sir. Diese Gentlemen sind die ehrlichsten Leute, die es in den Staaten geben kann."

„Ich kenne sie besser. Diese drei hart gesottenen Sünder, die Ihr Gentlemen zu nennen beliebt, haben, von noch anderen Verbrechen ganz abgesehen, einen gewissen Welley, der für zwanzigtausend Dollar Nuggets den Platte hinunter mit sich führte, erschossen und sich seines Goldes bemächtigt. Sie sind dann seinem Gefährten nach Weston gefolgt und haben ihm einen halben Zentner Gold gestohlen. Sie sind dort auch bei einem Händler und in Plattsburg bei einem Anwalt eingebrochen. Von der Polizei verfolgt, sodass sie sich im Staate Missouri nicht mehr blicken lassen können, führen sie nun Euch in die Berge, um Euch Euer Geld abzunehmen."

Die drei Beschuldigten erhoben laut schreiend Widerspruch, ein ernster, drohender Wink von Winnetou aber brachte sie schnell zum Schweigen.

„Ich rate Euch, von ihnen abzulassen", fuhr ich fort. „Ihr dürft Euch doch nicht mit solchen Halunken abgeben."

„Seid Ihr dabei gewesen, als sie den Mann im Plattefluss erschossen?", fragte der Alte.

„Nein."

„Habt Ihr sie bei den Einbrüchen in Weston und Plattsburg beobachtet?"

„Nein."

„Seid Ihr zugegen gewesen, als ich mein Geschäft mit ihnen abgeschlossen habe?"

„Nein", antwortete ich auch jetzt. Ich durfte ja nicht alles verraten, was ich wusste, weil ich da meine Waffen gegen sie aus der Hand gegeben hätte.

„So ist es Euch also unmöglich, Eure Anschuldigungen zu beweisen. Wenn Ihr Old Shatterhand seid, so seid Ihr ein berühmter Westmann, aber noch lange kein berühmter Geschäftsmann, von dem ich einen Rat annehmen würde. Diese drei Herren sind Gentlemen und ich werde meine Verbindung mit ihnen nicht aufgeben. Wie kommt es überhaupt, dass Ihr glaubt, Euch meiner Sache annehmen zu müssen?"

„Ich bin der Freund Eures Neffen Hermann, da neben Euch."

„Ihr? Sein Freund?"

Bevor ich etwas erwidern konnte, antwortete Carpio an meiner Stelle. Er hatte noch immer kein Auge von mir gelassen und in seinem Gesicht arbeitete es immerfort, der Zweifel stand im Kampf mit der Hoffnung. Als er jetzt meine Worte hörte, schrie er auf:

„Sappho! Du bist es wirklich? Ich habe mich also nicht geirrt?"

„Nein, lieber Carpio, ich bin dein alter, treuer Mitschüler und Ferienkamerad."

Da wankte er auf mich zu, schlang die Arme um mich und weinte bitterlich, als ob ihm das Herz brechen wolle. Aus dem Schluchzen heraus hörte ich die halblaute Bitte:

„Verlass mich nicht, Sappho, verlass mich nicht! Ich gehe sonst zu Grunde. Der Onkel mag mich nicht leiden und die anderen trachten mir gar nach dem Leben."

„Fürchte dich nicht!", beruhigte ich ihn. „Wenn du bei mir bist, befindest du dich in guter Hut."

„Ja, bei dir, wie damals, als ich auch nur immer dich allein hatte."

Der Alte mochte doch einige der halblauten Worte verstanden haben, denn er fragte mich sogleich in giftigem Ton:

„Was hat er gesagt? Was meinte er von nach dem Leben trachten?"

„Euch hat er nicht gemeint."

„Wen denn? Er gehört zu mir. Ich bin sein Oheim und folglich habe ich über ihn zu bestimmen. Auf Eure ‚gute Hut' kann er verzichten. Lasst ihn los!"

„Mr. Lachner, Ihr seid nicht mein Oheim. Ich tue, was ich will. Hermann ist jetzt bei mir, und wo er ist, da wird er bleiben, solange es ihm gefällt."

„Oho! Her mit ihm!"

Er wollte uns auseinander reißen, ich hinderte ihn aber daran, schob ihn von uns ab und erklärte:

„Euer Neffe ist mündig, Ihr habt ihm nichts zu befehlen."

„Ihr mir auch nicht", fuhr er mich grimmig an.

„Hier an dieser Stelle doch, denn da sind wir die Herren, wie wir Euch bewiesen haben. Ich habe Euch vor Euren drei Gefährten gewarnt und also meine Pflicht getan. Wollt Ihr wirklich weiter zu ihnen halten?"

„Ja. Wie ich jetzt vermute, seid Ihr jener Schüler, mit dem mein Neffe eine Weihnachtsreise gemacht hat?"

„Ja."

„Und doch seid Ihr jetzt Old Shatterhand? Hört, einen größeren Bock konnte das Schicksal nicht schießen. Ich habe diesen Old Shatterhand stets für einen tüchtigen Kerl gehalten, jetzt aber bin ich anderer Meinung geworden. Wer schon als Knabe ein so unsinniger Leichtfuß gewesen ist, aus dem kann unmöglich ein Mann geworden sein, der mir gute Lehren geben darf. Nun gerade, weil Ihr sie so verleumdet, werde ich erst recht zu diesen Herren halten."

„*Well!* Wenn Ihr auf Eurem Willen bestehen wollt, so bin ich der Letzte, der etwas dagegen hat. Wir sind fertig miteinander."

„Ja, und zwar für immer! Ich reite fort!"

Er trat von mir zurück. Da rief der Prayer-man:

„Und was wird mit uns? Wir dürfen natürlich mit?"

„Ja, Ihr dürft mit", antwortete ich. „Ich habe gesagt, dass ich nicht Euer Richter bin, und weil ich auch keine Polizeigewalt besitze, so kann ich Euch nicht festhalten."

„Fort also!"

Er wollte aufstehen.

„Wartet noch eine Weile!", hinderte ich ihn. „Wir sind nämlich noch nicht ganz fertig miteinander. Ich habe zwar jetzt keine Gewalt mehr über Euch; aber sobald Ihr nur die geringste Feindseligkeit gegen uns zeigt, treten die Gesetze der Prärie in ihre Rechte und dann sind wir Polizei, Jury und Vollstrecker des Urteils zu gleicher Zeit. Hütet Euch also! Ihr habt mich schon in Weston kennen gelernt. Und nun noch eins. Der junge Mr. Lachner reitet nicht mit Euch, er bleibt bei uns und..."

„Oho!", rief der Onkel. „Er geht mit mir und sollte ich meine alten Fäuste selbst an diesem Old Shatterhand..."

„Schweigt!", fiel ich ihm in die Rede. „Ich habe Euch gesagt, dass wir hier die Herren sind und dabei wird es bleiben!"

„Meint Ihr? Da will ich Euch doch zeigen, wer der Herr ist."

Er drang auf mich ein. Es widerstrebte mir, mit einem alten Mann zu ringen, aber um einen langen Wortstreit zu vermeiden und die Sache kurz zu machen, packte ich ihn hüben und drüben fest, hob den wütend mit Händen und Füßen um sich Schlagenden empor, trug ihn die wenigen Schritte bis hin an den Creek und legte ihn da, so lang er war, ins kalte Wasser, wobei ich seinen Kopf einige Mal untertauchte; dann ließ ich es geschehen, dass er heraussprang und jammernd und schimpfend zu seinem Pferd eilte.

Er nahm die Zügel, zog es mit sich fort und rief:

„Ich gehe weiter. Wir sind jetzt die Besiegten, aber wenn ich diesen Taugenichts, von dem man gar nicht weiß, wie er zu dem Namen Old Shatterhand gekommen ist, wieder einmal begegne, rechne ich mit ihm ab. Hundert Prozent Zinsen wenigstens muss er bezahlen."

Dieser hohe Zinsfuß war ihm, dem Gurgelabschneider, freilich eine geläufige Sache. Ich sagte mir jedoch, dass nicht die Abneigung gegen mich, sondern der Geiz, die Habsucht es war, was ihn bestimmte, den offenbaren Verbrechern treu zu bleiben. Er stand ja in sittlicher Beziehung fast ebenso tief wie sie.

Als er fort war, wandte ich mich wieder zu den anderen: „Winnetou, der Häuptling der Apatschen, ist doppelt beleidigt worden, das darf nicht ungeahndet hingehen; doch soll die Strafe mild sein und zugleich dem, den ihr bis jetzt gepeinigt habt, Nutzen bringen. Auf diese Weise tragt ihr einen Teil eurer Schuld an ihm ab. Mr. Lachner hier hat nämlich kein gutes Pferd, er darf aber kein schlechtes haben, weil er bei uns bleiben soll. Darum wird er von jetzt an Corners Fuchs reiten. Auf seinen bisherigen Klepper kann sich setzen, wer von euch Lust hat. Für solche ‚Gentlemen' ist er gut genug."

Diese Entscheidung rief bei Corner einen rasenden Ausbruch des Zorns hervor. Er schleuderte mit Ausdrücken um sich, für die kein gebildeter Mann eine Wiederholung hat. Der Teufel in ihm zeigte sich in seiner ganzen Gestalt und seine zwei Gefährten stimmten in die Flüche und Verwünschungen ein, die er mir entgegenwarf.

„Mein Bruder Scharlih mache es kurz mit ihm!", rief Winnetou, dem es auch unmöglich war, die Schmähungen länger anzuhören.

„Ja, kurz", sagte ich. „Wenn nicht augenblicklich Stille eintritt, fliegt auch Ihr ins Wasser, kommt aber nicht so leicht wieder heraus!"

„Wirf mich hinein, Schurke, wenn du es wagst!", schrie Corner. „Ein Lump, der die Nuggets in Weston selber gestohlen hat und nun die Schuld auf andere schiebt, hält es freilich nicht für eine Schande, mir mein Pferd zu rauben. Ich speie dich an."

Er führte diese Drohung wirklich aus. Das war mir denn doch zu viel. Ich warf mich auf ihn nieder, um ihn zu fassen; und das war mein Glück, denn in diesem Augenblick krachte ein auf mich gezielter Schuss, der mich getroffen hätte, wenn ich nur einen Augenblick länger stehen geblieben wäre. Das zeigte sich später, als wir bemerkten, dass die Kugel den Hals des hinter mir haltenden Pferdes von Eggly gestreift hatte. Und nun gab es einen kurzen, aber höchst aufregenden Auftritt. Die drei Kerle griffen nach ihren Revolvern hinter sich. Corner hatte ich fest unter mir, doch gelang es ihm auch, seine Waffe zu erfassen. Sheppard und Eggly richteten die Läufe auf mich, Eggly schlug ich die Hand weg und den anderen riss Rost zurück. Winnetou hatte dem alten Lachner nacheilen wollen, denn dieser hatte auf mich aus dem Hinterhalt geschossen. Nun wendete sich der Apatsche schnell um und kam uns zu Hilfe. Er drückte Eggly zu Boden und hielt ihn fest. Ich schlug Corner an den Kopf, dass er wie tot zurückfiel. Sheppard rang noch mit Rost, ich gab ihm meinen Jagdhieb mit demselben guten Erfolg und inzwischen war der Apatsche mit Eggly fertig geworden; er hatte ihm die Luftröhre zusammengedrückt, dass ihm die Besinnung vergangen war. Zwei Minuten später waren alle drei gefesselt.

Carpio stand wie im Traum da, er bewegte sich nicht, klagte aber nun mit bebender Stimme:

„Mein Gott! Ist es denn wirklich möglich, dass solche Dinge geschehen können? Ich habe geglaubt, dass sie nur in blutrünstigen Romanen vorkommen.“

„Im Leben kommen sie so vor, wie sie sich hier ereignet haben“, antwortete ich. „Ein Romanschreiber aber würde von uns acht Personen wenigstens fünf in dieses schöne Gras haben beißen lassen.“

„Uff!“, ließ sich Winnetou hören, indem er flussabwärts zeigte, wo man den fliehenden Alten reiten sah.

„Lass ihn!“, antwortete ich. „Er nimmt die Strafe mit sich fort, sie lässt ihn doch nicht los.“

„Ich sah ihn dort hinter dem Strauch am Ufer stehen und auf Euch schießen", erklärte Rost.

„Er hat mich nicht getroffen, die Folgen aber werden ihn selber desto sicherer ereilen. Ich wiederhole, lasst ihn fliehen!"

Das Zusammentreffen mit diesen Leuten hatte sich ganz anders entwickelt, als von uns beabsichtigt gewesen war. Ich hatte nur Carpio und womöglich auch seinen Oheim retten, nicht aber einen Kampf beginnen wollen; er hatte dennoch stattgefunden, glücklicherweise ohne Blutvergießen, denn die wenigen Tropfen, die aus der leichten Streifwunde des Pferdes rannen, waren nicht zu rechnen. Nun fragte es sich, was jetzt geschehen sollte. Ich warf einen fragenden Blick auf Winnetou. Er deutete stumm auf die Waffen der Überwundenen und dann auf die Männer selbst, wobei er die mit der Fläche nach unten gerichtete Hand schwer niedersinken ließ. Ich verstand dieses Zeichen und sagte zu Rost und Carpio:

„Diese drei bleiben gefesselt hier liegen. Dein Oheim, Carpio, wird sicher wiederkommen und sie losbinden. Ihre Revolver nehmen wir mit, die Messer und Gewehre aber lassen wir ihnen."

„Warum nehmen wir diese nicht auch mit?", fragte Rost.

„Weil wir sie dadurch dem Hungertod überliefern würden, sie könnten sich kein Fleisch verschaffen. Den alten Gaul vertauschen wir gegen den Fuchs, dann reiten wir fort."

„Wohin?", fragte Carpio. „Doch heim?"

„Was nennst du heim?"

„Ich weiß es nicht. Wo aber wohnst du denn?"

„Überall und nirgends."

„Hast du keine Anstellung?"

„Nein."

„Wie jammerschade! Warum denn nicht?"

„Ich mochte keine."

„Du mochtest keine!", wiederholte er. „Und ich armer

Teufel wäre mit der geringsten zufrieden gewesen. Ich glaubte dich in irgendeinem schönen Amt und habe erst gestern meinem Oheim erklärt, dass..."

„Dass du hier im Wilden Westen herumirren musst, während ich daheim jedenfalls eine sehr gute Anstellung bekleide", fiel ich schnell ein.

„Das – ja, so habe ich gesprochen. Aber Sappho, woher kannst du das wissen?"

„Als du es sagtest, lag ich mit Winnetou hinter dir im Gebüsch. Wir belauschten euch."

„Aber – aber, lieber Sappho, das ist doch genau so, wie man es in Indianerbüchern liest."

„Und wie man es noch greifbarer im Wilden Westen selbst erleben kann. Wir werden uns darüber noch mehr unterhalten, als jetzt möglich ist."

„So bist du ein richtiger Westmann geworden?"

„Ja."

„Wie wunderbar! Du warst doch sonst ein so guter mitleidiger Mensch."

„Zunächst diene dir zur Beruhigung, dass ich mich nicht im Blut der Roten bade, ich bin vielmehr als Indianerfreund bekannt. Und sodann bemerke ich, dass der Westmann nur ein Teil von mir ist. Ich bestehe nämlich noch aus einigen anderen Berufen."

„Höre, du bist mir ein großes Rätsel geworden! Du scheinst mitten in lauter Geheimnissen zu stecken."

„Vielleicht ist es umgekehrt: Die Geheimnisse stecken in mir oder vielmehr in meinen Taschen. Da in meiner rechten Jagdrocktasche habe ich zum Beispiel eins, das sich auf dich bezieht. Kennst du das?"

Ich gab ihm die gestern im Moos gefundenen Sporen, er betrachtete sie und sagte:

„Wie kommst du dazu? Ich kenne sie."

„Ich habe sie im Wald, ganz in der Nähe eures Lagerplatzes gefunden."

„Dort? Also habe ich doch Recht gehabt."

„Womit?“

„Mit meiner Behauptung, die der Oheim nicht glauben wollte. Das hier sind seine Sporen.“

„Nicht deine?“

„Ich werde doch meine Sporen von denen meines Oheims unterscheiden können. Ich hatte die meinigen heruntergemacht, weil sie mein Pferd, dessen Seiten sehr gefühlvoll waren, unaufhörlich kitzelten. Ich gab sie dem Oheim, er sollte sie aufbewahren; das ist ihm sehr willkommen gewesen und er hat sie angesteckt, weil er die seinigen verloren hatte.“

„Lieber Carpio, ist das nicht vielleicht eine Verwechslung?“

„Verwechslung? Bitte, wie kannst du eine solche Frage aussprechen? Du kennst mich doch von früher und musst wissen, dass mir dergleichen Unbegreiflichkeiten himmelweit fern liegen. Ich kann mich ohne Überhebung rühmen, dass ich mich einer Verwechslung in meinem ganzen Leben niemals schuldig gemacht habe. Bei mir geht alles seinen richtigen unfehlbaren Gang. Ich bin vielleicht sogar zu logisch für das Leben und habe es nur deshalb noch zu nichts gebracht. Leider hat das Geschick gerade mich dazu ausersehen, immerwährend unter den Gedankenlosigkeiten meiner Mitmenschen zu leiden. Ich mag hinkommen, wo ich will, stets treffe ich eine Person, die eine Verwechslung anrichtet. Sogar dich kann ich davon nicht ausnehmen!“

„Mich?“, fragte ich erstaunt. „Erinnerst du dich eines solchen Irrtums von mir?“

„Eines außergewöhnlichen, unter dem meine Ehre sehr zu leiden hatte. Ich habe aber damals geschwiegen und alles auf mich genommen, um dich nicht zu kränken.“

„Nun bitte!“

„Erinnerst du dich unsers Nachtlagers bei dem Wirt Franzl in Falkenau?“

„Ja.“

„Du hattest damals starke Zigarren geraucht und infolgedessen nichts gegessen. Es kam wohl auch ein kleiner Weinrausch dazu, kurz und gut, du konntest abends nichts genießen und bekamst darum mitten in der Nacht einen solchen Heißhunger, dass du einen ganzen Kuchen aufgegessen hast. Am anderen Tag warst du zum Zerplatzen voll und so magenkrank, dass du dich kaum im Schlitten aufrecht halten konntest. Natürlich wurde das Fehlen eines Kuchens bemerkt, und da ein Schwerkranker unmöglich so viel Kuchen verzehren kann, fiel der Verdacht auf mich und ich habe ihn in stiller Ergebung getragen. Bist du nun überzeugt, lieber Sappho?"

Armer, armer Carpio! Also so weit war es schon mit ihm gekommen! Ich musste mir alle Mühe geben, meinen Blick auf die Erde zu richten, wie einer, der seine Schuld erkennt. Dann antwortete ich:

„Ja, leider war der Heißhunger gar so groß. Ich bin dir heute noch dankbar für deine Aufopferung von damals."

„Sprich nicht von Dank, ich habe es gern getan! – Was will dieser Gentleman? Er greift in meine Taschen."

Rost wollte nämlich den Inhalt von Carpios bisherigen Satteltaschen in die des Fuchses schaffen, ich sagte das Carpio.

„Das muss ich selber machen", meinte er. „Ich lasse nicht gern andere Leute in meine Sachen greifen, sie richten nur Unordnung und Verwirrung an."

Er ging zu dem Gaul, um sich selbst an das Umpacken zu machen. Winnetou untersuchte die Fesseln der drei Männer, die wieder zum Bewusstsein gekommen waren, es aber für geraten hielten, so zu tun, als wären sie noch ohnmächtig; ich hob die Revolver auf, um sie unter uns zu verteilen. Da hörte ich einen Ausruf Carpios. Mich zu ihm wendend, sah ich, dass er eine Tabakspfeife, die die Form eines Kalumets hatte, kopfschüttelnd in den Händen hielt. Als er bemerkte, dass ich ihn beobachtete, kam er zu mir und erklärte:

„Da hast du gleich wieder einen solchen Beweis. Das ist

nämlich die Tabakspfeife meines Oheims. Was hat die in meiner Tasche zu suchen?“

„Gehört sie wirklich nicht dir?“

„Mir? Höre, lieber Freund, du musst dein Gedächtnis besser üben! Es lässt Erinnerungen fallen, die mir für das ganze Leben treu bleiben werden. Als du damals so stark geraucht und getrunken hattest, machte dein beklagenswerter Zustand einen so abschreckenden Eindruck auf mich, dass ich mir vornahm, nie mehr zu rauchen und alle geistigen Getränke nur als Arzneien zu betrachten. Ich habe Wort gehalten, ich rauche nie. Also kann diese Pfeife nicht mir gehören und doch steckte sie in meiner Tasche.“

„Wer hat sie hineingetan?“

„Mein Verwandter. Er rauchte gestern, als wir am Feuer saßen, dann gab er mir die Pfeife mit der Weisung, sie in seine Satteltasche zu stecken, was ich auch sofort getan habe.“

„Nun ist sie aber in der deinigen.“

„Ganz selbstverständlich, weil der Oheim so ein Wirrkopf ist. Er hat dann seinen Sattel für den meinigen gehalten und geglaubt, ich wäre im Irrtum gewesen; um dieses vermeintliche Versehen auszugleichen, hat er die Pfeife aus der Satteltasche genommen und in die andere getan. Nun wird er sie vermissen. Wohin reiten wir?“

„Wenn es möglich ist, werden wir wahrscheinlich die Einmüdung des Medicine Bow River in den Nordplattefluss als Endpunkt des Ritts nehmen. Wir werden gleich aufbrechen. Hast du einen Wunsch?“

„Zunächst nur den einen: Verlass mich nicht in der schrecklichen Lage, in der ich mich befinde! Sei der alte, liebe, treue Kamerad wieder, der du mir in der Jugend gewesen bist.“

„In dieser Hinsicht brauchst du keine Sorge zu haben, Carpio, du bist bei uns gut aufgehoben. Ich bitte dich nur, dich in allen Dingen, die sich ereignen werden, genau nach Winnetou und mir zu richten.“

„Oh, was das betrifft, so wirst du sehen, dass ich meinen Mann zu stehen weiß. Ich habe alle möglichen Indianerbücher gelesen und aus ihnen eine solche Menge von Kenntnissen geschöpft, dass ich getrost behaupten darf, es mit dem besten Westmann aufnehmen zu können."

Wäre er ein anderer gewesen, so hätte ich ihn ausgelacht. Er aber blickte mir dabei mit so kindlich treuherzigen Augen ins Gesicht und stand überhaupt wie die verkörperte Hilflosigkeit vor mir, dass ich nur eine milde Andeutung über die Lippen brachte:

„Lieber Carpio, ich habe wenigstens ebenso viele solche Schwarten gelesen und gar nichts daraus gelernt!"

„Ja, das bist auch du! Du hast stets mit deinen vielen fremden Sprachen zu tun gehabt und nie derartige Unterhaltungsbücher geliebt. Du hast deine freien Stunden damit vergeudet und deinen letzten Pfennig dafür hergegeben, um reiten, schießen, fechten, ringen, turnen und schwimmen zu lernen, ich aber habe alle meine Muße auf diese Bücher verwendet und du wirst sehr bald Gelegenheit finden, dich zu überzeugen, dass mir gerade das jetzt großen Nutzen bringt. Von allen diesen Übungen habe ich es nur mit dem Schwimmen gehalten und du wirst dich erinnern, dass ich dir im Tauchen überlegen war."

Er ahnte natürlich nicht, dass gerade seine Fertigkeit im Tauchen, von der Corner auf irgendeine Weise gehört haben musste, mit zu den Ursachen gehörte, dass man ihn nebst seinem Verwandten in die Rocky Mountains geschleppt hatte. Ich hätte ihm das wohl sagen können, hielt es aber bei seiner Unzuverlässigkeit für besser, darüber zu schweigen. Ich nahm mir überhaupt vor, ihn vollständig in Unkenntnis über die Gefahr zu lassen, der er so ahnungslos entgangen war. Warum sollte ich den lieben Kerl beunruhigen, da sie doch, wie ich hoffte, nun vorüber war!

Die Gefangenen hatten sich still verhalten, als wir uns jetzt aber zum Aufbruch fertig machten und Carpio den Fuchs bestieg, zeigte Corner, dass er nicht mehr bewusstlos war. Er brach in eine Flut von Schimpfworten aus und rief uns drohend nach:

„Wir wünschen euch viel Glück mit Old Jumble! Denkt nicht, dass wir euch nicht wiedersehen! Dann aber rechnen wir ab. Mein Pferd bekomme ich wieder."

Nachdem wir dem Lauf des Creek eine Viertelstunde lang gefolgt waren, sahen wir den alten Lachner, der seitwärts draußen halten geblieben war und beobachtend zurückschaute. Als er bemerkte, dass wir uns nicht um ihn bekümmerten, ritt er nach der Stelle zurück, wo seine Reisegefährten lagen.

Es war natürlich, dass er sie losbinden und uns mit ihnen folgen würde, aber das machte uns keine Sorge.

Der Rock Creek fließt in den Medicine Bow River, der bis zu seiner Einmündung in den North Platte unser Führer bleiben sollte, weil man in einem Flusstal trotz seiner Windungen doch schneller vorwärts kommt, als wenn man in gerader Linie über steile Berge reitet und durch unwegsame Wälder dringen muss. Leider aber mussten wir sehr bald erkennen, dass wir die Mündung dieses Flusses nicht bis zum Abend erreichen würden. Der Fuchs machte Carpio zu schaffen, er war zu feurig für ihn, und als wir Rost veranlassten, seinen Braunen mit ihm zu tauschen, wurde es nicht viel besser.

Winnetou hatte zu meinem Entschluss, den unerwartet getroffenen Jugendfreund mit uns zu nehmen, nichts gesagt. Das immer währende Haltenbleiben musste dem Häuptling aber unbedingt ärgerlich werden, und da er aus Rücksicht auf mich auch dazu schwieg, so konnte ich nicht anders, als nun meinerseits das Wort zu ergreifen, um seine Teilnahme für Carpio in der Weise zu vertiefen, dass er dessen Fehler mit Großmut übersah. Ich erzählte ihm also von unserer Jugendfreundschaft und schilderte den einstigen Genossen mit der innigen Teilnahme, die er wirklich verdiente. Als ich zu Ende war, blieb Winnetou eine Weile in sich gekehrt, dann sagte er:

„Uff! Dein Schützling ist nicht nur krank am Geist, sondern auch krank am Körper. Wir werden ihn vor dem Tod im eisigen Wasser des Finding-hole bewahren, aber dennoch wird er weder das Land seiner Vorfahren noch auch nur die grünen Prärien des Kansas wieder sehen; denn der Schnee des Westens wird auf die Stelle fallen, wo das Erbarmen der Erde ihn willkommen heißt. Mein Bruder Scharlih mag mild und nachsichtig mit ihm verfahren. Wenn die Sonne heruntersinkt, umkleidet sich der Himmel mit Farben von Gold und Silber, so soll der Heimgang deines armen Bruders verklärt und erleichtert werden durch das vor ihm verborgene Mitleid unserer Herzen. Howgh!"

Was Winnetou jetzt aussprach, hatte auch ich gleich beim ersten Anblick Carpios empfunden, über dessen leidendes Aussehen ich schon eine Andeutung gemacht habe. Er war körperlich in so unverantwortlicher Weise übermüdet worden, dass ihn nur die größte Schonung retten konnte; er bedurfte einer langen Ruhe, die wir ihm leider unmöglich bieten konnten. Noch größer als seine körperliche war seine geistige Ermattung. Er hatte die Kraft des inneren Antriebs vollständig verloren und war für die Absichten Corners und seiner Genossen ein Werkzeug gewesen, wie sie es sich gefügiger gar nicht hätte denken können. Es tat mir unendlich weh um ihn, aber ich konnte nicht anderer Meinung sein als Winnetou, nämlich dass es uns bei den jetzt gegebenen Verhältnissen nicht gelingen werde, seinen körperlichen und geistigen Verfall aufzuhalten. Wir hätten ihn der nötigen Ruhe wegen entweder in guten Händen hier zurücklassen oder ihn nach dem Osten bringen müssen, und da beides zu den Unmöglichkeiten gehörte, so konnte es für uns nur die Überzeugung geben, dass ‚das Erbarmen der Erde ihn hier im Wilden Westen willkommen heißen würde', wie Winnetou sich so dichterisch schön ausgedrückt hatte, mit anderen, nicht so blumenreichen Worten gesagt, dass wir gezwungen sein würden, ihn hier auf den Höhen des Felsengebirges zu begraben. Der Häuptling hätte mich nicht erst aufzufordern brauchen, Nachsicht mit meinem armen Carpio zu üben.

Ich hatte ihm natürlich gesagt, wer Rost war und welche Absichten er mit dem jetzigen Ritt verfolgte. Aber weder die Person noch das Vorhaben des neuen Bekannten konnten ihn aus seiner Gleichgültigkeit reißen, er ritt teilnahmslos neben ihm her, ohne auf eine Unterhaltung mit ihm einzugehen. An Winnetou wagte er sich nicht und so war nur ich es, dem es gelang, ihn von Zeit zu Zeit aus seiner Versunkenheit zu reißen. Bei einer solchen Gelegenheit erkundigte ich mich nach einigen Bekannten aus der Jugendzeit. Er antwortete in seiner gleichgültigen Weise:

„Die gehen mich schon seit langer Zeit nichts mehr an. Als du fort warst, hat sich kein Mensch mehr um mich gekümmert und da ist es mir nicht eingefallen, irgendjemand um die Gnade anzubetteln, mit mir zu verkehren."

„Weißt du nicht, wie es meinem alten Kantor geht, der mir Unterricht im Generalbass gab?"

„Ich glaube, einmal gehört zu haben, dass er noch lebt."

„Und Krüger, dem ich es zu verdanken hatte, dass der Kantor meine fehlerhafte Motette drucken ließ?"

„Du, das kann ich dir ganz genau berichten, denn ich habe später einmal mit ihm gesprochen. Denke dir, er war Clown und hat die Schwester eines Zirkusmusikanten geheiratet."

„Hm! Vielleicht willst du sagen, dass er Zirkusmusikant war und die Schwester eines Clowns geheiratet hat?"

„Nein! Beleidige mich nicht! Ich will gar nichts anderes sagen, als was ich sage, und du musst ganz genau wissen, dass ein solcher Irrtum bei mir ein für alle Mal ausgeschlossen ist. Also frage mich nicht nach Leuten, mit denen ich nichts zu tun haben mag!"

„Gut! Wollen wir also von dir reden!"

„Ich kann dir da freilich nicht viel Erfreuliches erzählen. Es muss meinem Vater von einem bösen Geist eingegeben worden sein, dass ich um jeden Preis Lehrer werden sollte, obgleich mir nichts weniger als alles dazu fehlte. Ich wollte Kunsttischler oder auch Kunstschlosser werden, und hätte ich das gedurft, so wäre ich jetzt wohl ein anderer Mensch. Es ist von frühester Kindheit an mein größtes Vergnügen gewesen, zu schneiden und zu schnitzen, und dass ich Geschick dazu hatte, kann dir jenes von mir verfertigte Sicherheitsschloss beweisen, das ich mit auf unserer Weihnachtswanderung nahm. Als ich dich nicht mehr hatte, wurde mir das Lernen doppelt schwer. Ich kam nicht vorwärts und blieb infolgedessen sitzen. Ich bat den Vater oft unter Tränen, dieser Qual ein Ende zu machen; er aber bestand auf seinem Willen, bis er sich schließlich durch die Vorstellungen meiner Lehrer gezwungen sah, mich vom Seminar wegzunehmen, aber vom Erlernen eines Handwerks durfte ich auch jetzt nicht sprechen. Er entschied sich für den Verwaltungsdienst und ich kam als jüngster Schreiber in das städtische Amt, wo ich es wegen der unbegreiflichen Zerstreutheit meiner Vorgesetzten nicht länger als zwei Monate aushalten konnte. Nun wurde ich in die Schreibstube eines Anwalts gesteckt, wo ich von früh bis abends abzuschreiben hatte, dass mich diese ewige Einerlei gewiss verrückt gemacht hätte, wenn ich ein weniger gesammelter Kopf gewesen wäre. Unglücklicherweise hatte der Vorsteher, der überhaupt kein zuverlässiger Mensch war, einmal die Nummern und Aufschriften zweier wichtiger Aktenstücke verwechselt; er schob aber die Schuld auf mich und ich wurde entlassen. Dann kam ich als Schreiber an den Bahnhof, später zu einem Kaufmann, einem Baumeister, in eine Buchhandlung, eine Schokoladenfabrik – kurz, ich wurde von einem Menschen nach Haus und einem anderen wieder zugeschoben, bis die unausbleiblichen Folgen eintreten mussten: Ich hielt es nirgends mehr aus. Nun sagte sich Vater von mir los. Ich versuchte alles, was man versuchen kann, wenn man nichts gelernt hat und nichts ist, und brachte es schließlich bis zum Zeitungsverkäufer. Als solcher fristete ich mein Leben längere Zeit, obgleich es gewiss kein glücklicher Beruf ist, sich immer während mit vergesslichen Lesern darüber herumzustreiten, welches Blatt oder Buch sie zu bekommen haben."

„Aber dein reicher Verwandter in Amerika?", fragte ich, als er jetzt eine Pause machte. „Schriebst du denn nicht an ihn?"

„O doch! Meine Briefe blieben lange ohne Antwort, bis sich auch mein Vater einmal um Geld an ihn gewandt hatte; da schickte er dem Vater zweihundert Dollar und mir den Betrag zur Fahrt nach Pittsburg, wo er damals wohnte. Ich kam herüber und wurde von ihm gegen freie Wohnung und Kost als Schreiber angestellt, Gehalt bekam ich nicht. Das bisschen Englisch, das ich von früher her noch nicht vergessen hatte, kam mir dabei zustatten; was ich nicht verstand, das wurde mir von ihm erklärt. Er ist sehr reich, aber Millionen scheint er doch nicht zu besitzen, das merkte ich mit der Zeit. Ein El Dorado war diese Stellung nicht für mich."

„Was trieb oder treibt er eigentlich für ein Geschäft?"

„Darüber bin ich mir unklar geblieben, es müssen Geldgeschäfte sein. Ich hatte oft längere Zeit gar nichts zu tun und dann gab es wieder Schreibereien, deren Zweck und Inhalt mir nicht verständlich waren. Wir mussten plötzlich schnell von Pittsburg fort und zogen nach St. Louis, wo wir nun seit über zwei Monaten wohnen. Vor einiger Zeit kam erst Sheppard und dann Corner zu uns, es wurden heimliche Verhandlungen gepflogen und dann sagte mir der Oheim, der eigentlich nur ein weitläufiger Vetter ist, dass wir nach dem Westen reiten würden, um eine ungeheure Menge von Gold zu holen."

„Warst du denn gleich bereit mitzugehen?"

„Warum sollte ich nicht? Ich kann weder Corner noch

Sheppard leiden; aber Gold ist's, was ich brauche, und man hat mir versprochen, mein Anteil soll ein ganzes Vermögen betragen. Jetzt freilich traue ich der Sache nicht mehr recht. Ich kann zwar nichts Bestimmtes behaupten, aber ich bin unterwegs wie ein Hund behandelt worden und habe dieses schauderhafte Leben so satt, dass ich es dir gar nicht sagen kann. Wie oft habe ich gewünscht, vom Pferd zu fallen und tot zu sein! Weißt du, wenn ich an meine Jugendzeit zurückdenke, so kommt es mir gerade so vor, als sähe ich in einen regnerisch trüben Tag hinein; es gibt nichts darin, was mich erfreut, nichts als nur eine einzige Gestalt, an die ich gern denke und auch gern denken darf, weil sich an sie kein Leid, kein Vorwurf für mich knüpft. Diese Gestalt ist mein guter Sappho, der sich so viel Mühe mit mir gegeben hat, ohne etwas aus mir machen zu können. Jetzt bist du wieder bei mir und kannst dir wohl vorstellen, was das für mich heißt. Ich frage nicht, ob du es fertig bringen wirst, aber ich weiß, dass meine Erlösung mit dem Augenblick begonnen hat, an dem du mich heute zu dir nahmst. Rette mich, Sappho, rette mich! Ich kann dir dabei freilich nicht helfen, denn ich bin so unwissend und schwach, dass ich nach dir greifen muss, wie sich ein Kind an die Rockfalten seiner Mutter hängt. Wir wollen noch einmal jung sein und miteinander in die Berge wandern!"

Er reichte mir weinend seine Hand, ich drückte sie ihm tief bewegt, versuchte aber, ihn durch einige heitere Worte anzuregen:

„Ja, wir wollen in die Berge wandern! Wir sind ja schon mittendrin. Weißt du vielleicht, welchen Kurs heute der Gulden hat?"

„Gar keinen mehr, denn ich bin der Gulden, für den man keinen Pfennig zahlt. Wenn es dir nicht gelingt, mich wieder in Kurs zu bringen, ist es für immer mit mir aus."

Er ließ den Kopf sinken und fiel in seine frühere Teilnahmslosigkeit zurück.

Ich musste wieder bei mir denken: Armer, armer Carpio! Es hatte während seiner langen Rede geschienen, als ob doch noch ein wenig Tatkraft in ihm vorhanden sei – aber auch nur geschienen! Seine Worte klangen tonlos und seine Augen blieben unbelebt. Sein Leben war ein fortgesetzter Jammer gewesen, ein fortgesetztes Fallen aus einem in den anderen Misserfolg. Und die einst so berühmten drei Blitze – El Dorado, Millionär, Alleinerbe – sie hatten ihm auch kein Heil gebracht; er war das unbewusste und willenlose Werkzeug seines gewissenlosen Verwandten geworden und musste es noch als Glück betrachten, dass dieser Mann, als er in Pittsburg unmöglich geworden war, ihn dort nicht einfach sitzen ließ, sondern mitgenommen hatte, freilich nur, um seine Harmlosigkeit noch weiter auszubeuten.

„Uff!"

Dieser plötzliche Ausruf Winnetous riss mich aus meinen Gedanken. Wir ritten an einem lang gestreckten Waldstreifen hin; ein Indianer war zwischen den Bäumen hervorgetreten und stand in kerzengerader Haltung da, den Blick auf uns gerichtet, doch ohne ein Wort zu sagen.

„Teeh!", rief ich verwundert aus, sobald ich ihn erblickte.

„Teeh sagt Winnetou, dem berühmten Häuptling der Apatschen, und Old Shatterhand, dem unüberwindlichen Krieger der Bleichgesichter, seinen Gruß", antwortete nun der Rote, nachdem er ehrerbietig gewartet hatte, bis er von uns angesprochen worden war. Teeh war einer der verwegensten Schoschonen. Sein Name bedeutete ‚Hirsch', er hatte ihn seiner außergewöhnlichen Schnelligkeit wegen erhalten und es versteht sich von selbst, dass sein unerwartetes Erscheinen hier an dieser Stelle ein Ereignis für uns war. Es konnten ihn nur wichtige Gründe hierhergeführt haben, Gründe, die mit den drohenden Feindseligkeiten zwischen den Schoschonen und den Crows in Verbindung standen.

Ganz offenbar war er als Kundschafter ausgeschickt worden.

Wir hatten angehalten. Winnetou sah ihn mit einem prüfenden Blick an, ließ hierauf sein Auge über den Waldstreifen und die angrenzende Prärie gleiten und forschte dann:

„Mein roter Bruder ist von Avaht-Niah[1], dem tapferen Häuptling der Schoschonen, als Späher gesandt worden, die Absichten der feindlichen Krähen zu erkunden?"

„Winnetou hat das Richtige erraten", entgegnete der Gefragte. „Yakonpi-Topa, der Häuptling der Kikatsas, will den Kampf mit uns beginnen; er hat zu den anderen Krähen vom Stamm der Ahwahaways und der Allakaweahs gesandt, ihm beizustehen, und außerdem wollen die Krieger der Blutindianer vom Volk der Schwarzfüße zu ihm stoßen, um ihm zu helfen. Darum hat Avaht-Niah vier Kundschafter ausgesandt, gegen jeden dieser Stämme einen; ich wurde zu den Blutindianern geschickt."

„Der Häuptling dieser Roten ist Peteh[2], ein Feind von mir und Old Shatterhand. Wir sind gekommen, den Kriegern der Schoschonen unseren Rat zu erteilen. Ist mein Bruder auf seinem Weg glücklich gewesen?"

„Der große Manitou hat meine Augen und Ohren offen gehalten, dass ich unentdeckt geblieben bin und alles gesehen und gehört habe, was ich wissen wollte."

„Teeh mag uns berichten, was er erfahren hat!"

„Winnetou und Old Shatterhand sind Freunde der Schoschonen. Darum darf ich ihnen mitteilen, was ich entdeckt habe. Peteh, der Häuptling der Blutindianer, kommt mit zehnmal zehn Kriegern vom Elk Creek herübergezogen, um zu den Krähen zu stoßen."

„Welche Richtung hat er genommen?"

„Wenn er sie nicht ändert, wird er zur Mündung des Medicine Bow River reiten, wo der Häuptling der Apatschen vorsichtig sein muss, dass er nicht von ihm erspäht wird. Ich bin mehr rechts geblieben, damit Peteh meine

[1] ‚Großer Name‘ [2] ‚Kriegsadler‘

Fährte nicht bemerkt, und werde unterhalb der Seminoleberge durch den Platte schwimmen."

„Mein Bruder hat sein Pferd hier im Wald verborgen?"

„Ja. Ich sah vier Reiter erscheinen, und da ich wissen wollte, wer sie sind, ritt ich in den Wald, band mein Pferd dort an und versteckte mich hinter die ersten Bäume. Als sie herkamen, erkannte ich euch. Meine Freude darüber war groß und ich trat unter den Bäumen hervor, um mich zu zeigen. Werden unsere berühmten Brüder zu Avaht-Niah, unserem Häuptling reiten?"

„Ja, wir wollen zu ihm. Wo befindet er sich?"

„Er will diesseits der Gros Ventre Mountains, da wo das Schwefelwasser in den Hoback River mündet, auf die vier Kundschafter warten."

„Weiß mein Bruder, wo sich die drei Stämme der Krähen vereinigen werden?"

„Nein. Doch als ich unser Lager verließ, wurde angenommen, dass es wahrscheinlich jenseits des South Passes in der Gegend des Pacific- oder Mortonwassers geschehen wird."

„Dann würden die beiden einander feindlich gesinnten Lager drei gute Tagesreisen voneinander entfernt liegen, und da wir nach dem Fremont Peak wollen, wären wir von dort aus nur einen Tagesritt von euch entfernt. Wird mein roter Bruder sich unterwegs verweilen?"

„Nein. Ich werde ohne Aufenthalt zu Avaht-Niah reiten."

„So bitte ich meinen Bruder, unserem tapferen Freund zu sagen, dass er uns hier getroffen hat und dass wir zwar zum Fremont Peak wollen, das aber vielleicht aufschieben werden, um zu ihm zu stoßen. Wenn er uns binnen fünf Tagen nicht bei sich sieht, sind wir entweder von den Feinden abgehalten worden oder wir befinden uns am Stihi Creek, wo wir nicht fortkönnen, weil wir dort eine böse Tat verhüten müssen. Auf alle Fälle werden wir, wenn wir mit den Krähen oder den Blutindianern zusammentref fen, als Freunde der Schoschonen handeln und dann euch aufsuchen. Kommen wir nicht, so befinden wir uns in Not und Avaht-Niah mag uns bei den Feinden suchen oder zum Stihi Creek kommen, um uns beizustehen. Hat sich mein Bruder Teeh alle meine Worte gemerkt?"

„Was Winnetou, der große Häuptling der Apatschen, spricht, kann nie vergessen werden. Es wird kein Wort von seiner Rede fehlen, wenn ich sie meinem Häuptling wiedersage."

Er zog sich in den Wald zurück, kam einige Augenblicke später auf seinem Pferd wieder heraus, grüßte ehrerbietig und ritt im Galopp davon.

Es war für uns ein sehr günstiger Umstand, mit diesem Kundschafter hier zusammengetroffen zu sein; denn erstens hatten wir von ihm erfahren, wo die Schoschonen zu suchen waren und dass sich feindliche Blutindianer hinter uns befanden, und zweitens war diese Gelegenheit von Winnetou in seiner umsichtigen Weise dazu benutzt worden, uns, falls uns eine Gefahr zustoßen sollte, die Hilfe der Schlangenindianer zu sichern.

Als sich der Kundschafter entfernt hatte, setzten wir unseren Weg fort und kamen, als es dunkel zu werden begann, an die Stelle, wo der Tokoavh-Pah[1] in den Medicine Bow River mündet. Die Utah-Indianer pflegen hier ihr auf der westlichen Laramieprärie erjagtes Fleisch zu dörren, woher der Nebenfluss den Namen Fleischwasser erhielt. Das Wort Tokoavh-Pah gehört der Utahsprache an.

Es war Zeit, Lager zu machen. Wenn die Blutindianer die erwähnte Richtung beibehielten, waren wir heute vor ihnen sicher, hatten sie diese aber geändert, so trafen sie auf Corners Fährte oder gar mit ihm und seinen Begleitern zusammen und erfuhren in diesem Fall gewiss, dass wir uns hier am Medicine Bow River befanden. Sie betrachteten Winnetou und mich als Feinde, weil wir uns

[1] Fleischwasser

früher einmal gegen einige von ihnen unserer Haut hatten wehren müssen, und so konnten wir mit Bestimmtheit annehmen, dass sie sich wie Bluthunde auf unsere Spur werfen und uns verfolgen würden. Darum blieben wir nicht diesseits des Fleischwassers, sondern wir gingen an das andere Ufer hinüber, wo wir eine zum Lagern geeignete Stelle fanden, von der aus wir das östliche Ufer, von dem wir herübergekommen waren, zwar nicht überblicken, aber das Geräusch einer dort ankommenden Reiterschar doch hören konnten. Das Wasser begrenzte ein fast undurchdringliches Buschwerk, hinter dem es eine halbkreisförmige Grasstelle gab, wo wir unsere Pferde anhobbelten und uns niederlegten. Die Vorsicht verbot uns, ein Feuer anzustecken, obwohl die Nächte hier oben in dieser vorgeschrittenen Jahreszeit schon recht kalt waren. Carpio war so müde, dass er sofort einschlief, sobald er gegessen hatte.

Wir anderen blieben noch ungefähr zwei Stunden wach, dann mussten wir auch an die notwendige Ruhe denken. Da eine Gefahr jetzt noch nicht zu erwarten war, sollte Rost die erste Wache übernehmen und dann die ganze Nacht schlafen dürfen, in die ich mich mit Winnetou teilen wollte. Wir beide wickelten uns also in unsere Decken und schlummerten schnell ein.

Nach Rost kam ich an die Reihe. Als er mich weckte, sagte er mir, dass er kein verdächtiges Geräusch gehört habe. Ich verließ mich aber nicht auf diese Versicherung und suchte den Umkreis des Lagers sorgfältig ab, leider nur die nächste Umgebung.

Weil es kalt war, setzte ich mich nicht nieder, sondern ging im weichen Gras hin und her. Es mochte eine halbe Stunde vergangen sein, als ich den Klang von Stimmen hörte, die vom anderen Ufer herüberschallten. Ich weckte Winnetou. Wir lauschten. Es waren indianische Laute, doch konnten wir nicht verstehen, welcher Sprache sie angehörten. Es war unbedingt notwendig, uns hinüber zu begeben, um diese Indsmen zu beschleichen. Die Möglichkeit, dass es befreundete Schoschonen waren, durfte nicht als ausgeschlossen betrachtet werden. Hatten wir es aber mit Blutindianern zu tun, so waren wir augenblicklich zum Aufbruch gezwungen.

Da es bei der jetzigen Kälte keine Annehmlichkeit war, bis unter die Arme ins Wasser zu gehen, entschieden wir uns dafür, durch den Fluss zu reiten. Dazu mussten wir eine so weit aufwärts liegende Stelle suchen, dass das von den Pferden verursachte Stampfen und Plätschern nicht gehört werden konnte. Wir weckten also Rost und Carpio, schärften ihnen ein, sich ruhig zu verhalten und sich auf keinen Fall zu entfernen, und führten darauf unsere Pferde leise fort, um erst in sicherer Entfernung aufzusteigen. Dann ritten wir noch eine Strecke weiter, worauf wir sie ins Wasser trieben und glücklich jenseits anlangten. Dort banden wir die Tiere an und schlichen nun längs der Uferbüsche am Wasser wieder abwärts. Ich muss hierbei bemerken, dass wir unsere Gewehre nicht mitgenommen hatten.

Zu unserem Unglück war es so dunkel, dass wir die Spuren unserer eigenen Füße nicht sehen konnten, sonst hätten wir an den zahlreich vorhandenen Eindrücken bemerken müssen, dass unser Lagerplatz schon entdeckt worden war.

Als wir so weit gekommen waren, dass wir die laut sprechenden Roten verstehen konnten, hielten wir um zu lauschen. Es waren nur drei oder vier Personen, die sich unterhielten. Dass sie das so laut taten, gab uns die Überzeugung, dass sie sich unbeobachtet wussten. Sie glaubten sich allein hier am Fleischwasser. So vermuteten wir, leider aber war das eine Täuschung, die sich bitter an uns rächen sollte.

Gerade dieses laute Sprechen war darauf berechnet, uns sicher zu machen.

Wir legten uns nieder und krochen näher. Wir verstanden jedes Wort, konnten aber nicht klug werden, welchem Stamm die Sprechenden angehörten, denn sie sprachen alle möglichen Mundarten durcheinander. Das erregte endlich doch unseren Verdacht. Wenn sie durch diesen Mischmasch ihre Stammeszugehörigkeit verbergen wollten, mussten sie annehmen, dass sie belauscht wurden. Und war das der Fall, so hatten sie Kenntnis von unserer Anwesenheit. Es galt also, doppelt vorsichtig zu sein. Eben wollte ich Winnetou meine Ansicht mitteilen, da stieß er mich an und flüsterte mir zu:

„Wir sind in Gefahr. Mein Bruder Scharlih mag sofort zu unseren Gefährten zurückkehren, um sie zu beschützen, bis ich nachfolge. Winnetou wird diese listigen Männer umschleichen, bis er weiß, wer sie sind und warum sie sich verstellen."

Ich ging zurück, bis ich unsere Tiere erreichte. Winnetous Iltschi musste ich für ihn stehen lassen, meinen Hatatitla band ich los, stieg auf und durchquerte den Fluss. Drüben ritt ich ein Stück abwärts und stieg dann wieder ab, um ihn leise bis dahin zu führen, wo er vorher angehobbelt gewesen war. Die beiden anderen Pferde standen ruhig grasend da und Rost und Carpio saßen an ihren Plätzen, es gab nichts, was mich auf die Vermutung hätte bringen können, dass für den Augenblick eine Gefahr vorhanden sei.

„Ist etwas geschehen?", erkundigte ich mich.

„Nein, nein", antworteten beide.

„Es gab kein verdächtiges Geräusch?"

„Nein", antwortete Rost.

Und Carpio fügte hinzu:

„Setz dich her zu mir! Ich habe dir etwas zu berichten."

„Was?"

„Etwas, worüber du dich freuen wirst. Komm nur her!"

„Gut! Aber vorher muss ich euch sagen, dass diese Gegend nicht so ungefährlich ist, wie wir dachten. Sprecht ganz leise! Also, was hast du mir zu sagen, lieber Carpio?"

Dabei setzte ich mich neben ihn. Kaum aber war das geschehen, so bekam ich einen Hieb auf den Kopf, dass ich hintenüberflog.

„Schi motahr ho tli!", konnte ich noch mit schriller Stimme rufen, dann schwand mir die Besinnung.

Diese Worte aus der Apatschensprache bedeuten ungefähr „Mir naht der Tod!", das war der zwischen Winnetou und mir verabredete Ruf, falls sich einer von uns in Todesgefahr befinden sollte. Er hatte ihn gehört und höchstwahrscheinlich diesem Hilferuf seine Freiheit zu verdanken.

Als ich wieder zu mir kam, sah ich trotz der Dunkelheit eine Menge Menschen um mich her, einige von ihnen waren bemüht, ein Feuer anzuzünden. Ich fühlte, dass man mich an Händen und Füßen gebunden hatte.

Das Feuer flackerte auf und bei seinem Schein bemerkte ich, dass ich zwischen Rost und Carpio lag, die auch gefesselt waren. Wir befanden uns am Rand des Gebüschs. Vor uns saß ein Halbkreis von Indianern. Seitwärts von uns waren noch andere Gefangene, auch Weiße, ihre Gesichter konnte ich nicht erkennen. Neben Carpio sah ich meinen Bärentöter, den Henrystutzen und Winnetous Silberbüchse im Gras, diese Gewehre waren noch nicht beachtet worden. Winnetou war nicht gefangen, hatte aber seine Büchse nicht. Eben dachte ich, wie jammerschade das wäre...

„Uff, uff, uff!", erscholl es da von allen indianischen Lippen. Die Indsmen sprangen auf und wollten zugreifen, kamen aber zu spät. Mein unvergleichlicher Winnetou hatte sich herbeigeschlichen und mit einem kühnen Sprung in den Halbkreis geschnellt. Die drei Gewehre fassen und mit ihnen wieder durch die Roten fort, das war für ihn das Werk eines Augenblicks. Alles schrie und rannte hinter ihm her, doch ohne ihn zu erreichen. Er hatte sein Pferd in die Nähe gebracht, schwang sich auf und jagte, indem er den Siegesruf der Apatschen erschallen ließ, in die westliche Prärie hinein.

12. *‚Kriegsadler'*

Lieber Leser, hast du schon einmal einen Kolbenhieb auf den Kopf bekommen? Nicht? Wohl dir! Oder doch? Dann wehe dir!

Mir wenigstens war es gar nicht wohl, als ich hier am lieben Fleischwasser im Gras lag und meinen Kopf viel deutlicher fühlte, als es eigentlich nötig war. Ich habe schon früher irgendwo einmal das Gefühl beschrieben, das so ein Krafthieb hinterlässt. Da lobe ich mir meinen Jagdhieb mit der Hand! Er erreicht denselben Zweck ohne das beängstigende Gefühl hinterher, als wäre der Kopf ein gewaltiger, mit hunderttausend gefühlvollen Nerven angefüllter Kessel, an dem fünfzig Kupferschmiede die Nieten verhämmern.

Dass ich in diesem Zustand alles um mich her leidlich klar und genau zu erkennen vermochte, wäre fast ein Wunder zu nennen, wenn ich nicht so dicke Schädelknochen und ein so ungewöhnlich starkes Haar besäße. Aber geordnet zu denken wurde mir schwer und um die Ohren summte es mir so arg, dass ich zwar den Siegesruf des Apatschen und das Wutgeheul der Roten hören, aber noch längere Zeit den Sinn dessen, was gesprochen wurde, nicht erfassen konnte. Ich hielt es für das beste, die Augen wieder zu schließen und so zu tun, als ob ich noch in Ohnmacht läge. Nach und nach brachte ich auch die einzelnen Worte auseinander und dann dauerte es auch nicht lange, bis ich mit einiger Anstrengung die Bedeutung der einzelnen Sätze begriff. Sie war keinesfalls beruhigend für uns.

Die Blutindianer waren doch mit Corner und seiner Sippe zusammengetroffen und hatten sie ohne Kampf gefangen genommen. Teils um sich an uns zu rächen, teils auch um die Indianer durch diese wichtige Mitteilung vielleicht milder zu stimmen, hatten die Weißen ihnen gesagt, dass sie uns fangen könnten, wenn sie sich beeilten, unserer

Spur zu folgen. Die Roten waren mit Entzücken darauf eingegangen.

Wir kannten Peteh, den ‚Kriegsadler‘, den gegen Weiße stets unerbittlichen Häuptling der Blutindianer, als einen schlauen Fuchs, gegen dessen List schon mancher pfiffiger Westmann nicht hatte aufkommen können. Er bewährte seine Verschlagenheit auch in dem vorliegenden Fall.

Indem ich mit geschlossenen Augen dalag, hörte ich ihn mit den Roten, die mir gegenüber neben ihm saßen, in frohlockendem Ton den ganzen Vorgang noch einmal durchsprechen. Das eine Augenlid ein wenig hebend, betrachtete ich ihn.

Er machte gleich beim ersten Blick den Eindruck großer Körperstärke. Er trug ein vollständiges Ledergewand, doch verrieten dessen eng anliegende Teile eine Muskelbildung, die einem Preisringer Ehre gemacht hätte. Dass er aber die entsprechende Gewandtheit besaß, glaubte ich bezweifeln zu dürfen. Der Ausdruck seines Gesichts war mit den beiden Worten grausam-listig vollständig gekennzeichnet. Von seinen Waffen fiel mir der Tomahawk besonders auf. Er war von ausgezeichneter indianischer Arbeit und steckte, damit man ihn sehen sollte, neben der mit Skalpen reich geschmückten Scheide. Die Fransen seines Anzugs bestanden aus vierfach nebeneinander liegenden, in Zöpfe geflochtenen Menschenhaaren. Sein Schopf war mit Skalpen geschmückt, seine Brust hing voll Skalpe, aus lauter Skalpen bestand sein Gürtel, auf seinen Schultern und Achseln waren Skalpe gleich Achselstücken angebracht und um die Unterschenkel schlossen sich die Skalpe in Form von Gamaschen. Alle diese Skalpe waren jedenfalls von ihm selbst erbeutet und man sah es ihm auch an, dass sein größter Stolz in diesem Schmuck bestand. Wie anders zeigte sich da mein Winnetou, gegen den dieser Blutindianer eine Fratze war. Und ganz so, wie er aussah, klangen auch die Ausdrücke, in denen er von unserer Überlistung sprach.

Der Rote hatte angenommen, wir wären überzeugt, dass Corner uns folgen würde. Durch diese Erwägung war er auf den Gedanken gekommen, unsere Vorsicht durch eine scheinbare Unvorsichtigkeit zu Schanden zu machen. Er hatte den besten Reiter seiner Truppe mit dem Auftrag, uns zu beobachten, vorausgeschickt. Da unser Ritt durch Carpios Ungeschick verlangsamt wurde, war es diesem Indianer gelungen, uns zu überholen. Er war erst auf unserer Fährte und dann, als er uns von weitem erblickte, neben uns geritten, und zwar in solcher Entfernung von uns, dass wir ihn nicht erspähen konnten. Überzeugt, dass wir am Fleischwasser lagern würden, hatte er seine Vorkehrungen getroffen, uns unbemerkt zu beobachten. Er sah uns kommen und durch das Wasser reiten, er sah sogar die Stelle, die wir als Ruhestätte wählten, und zog sich dann zurück, um dem Häuptling bei dessen Ankunft Bericht zu erstatten.

Von dem Treffpunkt aus hatte Petch dann die geschicktesten Anschleicher seines Trupps beauftragt, zu erforschen, wie wir uns am Lagerplatz eingerichtet hätten. Sie näherten sich uns, als Rost wachte und wir anderen schliefen. Trotz der Kälte des Wassers waren sie durch den Fluss gegangen. Der Rappe des Apatschen und der meinige hatten die Schleicher wohl bemerkt, sie waren unruhig geworden, Rost war aber zu unerfahren, darauf zu achten. Infolge des Berichtes seiner Späher hatte der Häuptling angenommen, dass nun Winnetou und ich die zweite und die nächste Wache übernehmen würden; da hielt er das Gelingen eines Überfalls für zweifelhaft und beschloss, uns fortzulocken und einzeln zu überwältigen. Er führte also seine Schar, als ob er von uns nichts wüsste, bis an den Fluss uns gegenüber, ließ einige in anderen Mundarten bewanderte Männer laut sprechen, damit wir sie wohl hören, aber nicht entscheiden könnten, zu welchem Stamm sie zu rechnen waren, und war nun überzeugt, dass Winnetou und ich uns anschleichen würden, sie zu belauschen.

Hierauf legte er Posten rund um das Lager ins Gras, die uns wohl zwischen sich hindurch, aber nicht wieder zurücklassen sollten. Das konnte nicht misslingen, weil wir von diesen Leuten nur für einen Augenblick festgehalten zu werden brauchten, worauf die anderen alle über uns herfallen sollten.

Trotz der Überzeugung vom Gelingen seines Plans hatte Peteh für den fast undenkbaren Fall, dass einer von uns doch entkommen sollte, eine Maßregel angeordnet, die zum Ziel führte. Er wusste von Corner, dass Carpio und Rost sehr leicht zu übertölpeln waren, und suchte unter seinen Leuten einen aus, der leidlich englisch radebrechte. Ihm erteilte er seine Unterweisung und gab ihm hinreichend Leute mit, sie auszuführen.

Nun kam es fast genauso, wie er gedacht hatte, nur mit der einzigen Abänderung, dass Winnetou nicht ergriffen wurde. Wir kamen zwar herüber, schöpften aber gerade wegen des Sprachgemischs Verdacht. Winnetou schickte mich fort. Inzwischen hatte sich der englisch radebrechende Rote mit seinen Leuten drüben angeschlichen, hatte diese ins Gebüsch gesteckt und war ganz allein vor unsere beiden Gefährten getreten. Was da gesprochen worden war, erfuhr ich freilich erst später.

„Pst, seid still!“, hatte er leise und warnend gesagt. „Ich suche Winnetou.“

„Wer seid Ihr?“, fragte Rost.

„Ich bin ein Krieger der Apatschen und will meinem Häuptling und Old Shatterhand etwas Wichtiges mitteilen.“

„Sind das da drüben lauter Apatschen?“

„Nein“, hatte der Indsman geantwortet. „Es sind Feinde, vor denen ich euch warnen will. Darum sprecht leise, dass sie uns ja nicht hören! Wo sind Old Shatterhand und Winnetou?“

„Hinüber, um zu lauschen, dann kommen sie wieder.“

„Wollen meine weißen Brüder mir und den beiden berühmten Kriegern eine Freude machen?“

„Welche?“

„Ich bin der Liebling von Old Shatterhand und Winnetou, sie werden sich freuen, mich zu sehen. Ich werde mich verstecken, und wenn sie kommen, müssen sie raten, wen ihr ihnen zeigen wollt.“

Die beiden vertrauensvollen Menschen gingen wirklich in diese grob gelegte Falle. Sie halfen sogar dem Roten, sich zu verstecken. Ich kam allein, doch spielten sie ihre Rolle so nach der erhaltenen Vorschrift, dass Winnetou an meiner Stelle dem Kolbenhieb wohl auch nicht entgangen wäre.

Er war, nachdem ich ihn verlassen hatte, mit solcher Vorsicht angeschlichen, dass die Posten seine Annäherung nicht bemerkt hatten, wohl aber hatte er sie entdeckt. Es fiel ihm nicht ein, in ihren Halbkreis einzudringen; er kroch vielmehr außerhalb entlang, um die andere Seite zu erreichen, auf die vielleicht weniger Aufmerksamkeit verwendet wurde. Eben war er dort angekommen, als mein lauter Hilferuf erscholl und das Bild augenblicklich verwandelte.

Winnetou schnellte am Ufer hinauf bis dahin, wo sein Pferd stand, band es los und ritt hinüber auf die Seite unseres Lagers. Das Geschrei der Indsmen, die nur uns drei und nicht auch Winnetou fanden, sagte ihm deutlich, wo sie waren und wie weit er sich ihnen nähern durfte. Dann ließ er sein Pferd stehen und kroch weiter. Man zündete das Feuer an und hatte nur Acht auf uns, nicht aber nach der Seite, wo sich der Apatsche befand.

Dieser sah mich zwar bewegungslos liegen, bemerkte aber kein Blut. Dann entging es seinen scharfen Augen nicht, dass ich die meinigen für kurze Zeit öffnete. Das beruhigte ihn. Mich jetzt zu befreien, war unmöglich, er musste zunächst sich selbst in Sicherheit bringen, um später für unsere Rettung tätig sein zu können. Dazu brauchte er sein Gewehr, das er mit meinen beiden liegen sah.

Er erblickte auch meinen Hengst und fragte sich, ob er

ihn mitnehmen sollte, entschied sich aber doch dafür, ihn hier zu lassen, was ich an seiner Stelle ebenso gemacht hätte. Er durfte mit der Ausführung seines Vorhabens nicht zögern, benutzte den geeigneten Augenblick dazu und sah seine Kühnheit mit dem besten Erfolg belohnt. Es machten zwar einige Rote den Versuch, ihm nachzureiten, kamen aber bald zurück. Die Finsternis der Nacht machte die Verfolgung unmöglich. Winnetou war also glücklich entwischt und ich durfte überzeugt sein, dass er fortan nur auf unsere schleunige Befreiung bedacht sein würde. Auch wenn das nicht so gewesen wäre – mir wäre es dennoch nicht eingefallen, bang um uns zu sein. Es gab für uns zunächst keine Veranlassung, den Mut, der uns so notwendig war, sinken zu lassen.

Peteh sprach also mit den bei ihm sitzenden Roten von unserer Gefangennahme; er war außerordentlich erfreut darüber, mich in seine Hände bekommen zu haben, doch ebenso erzürnt über das Entkommen Winnetous. Ich hörte, dass er die Schuld daran gern einem seiner Leute aufgebürdet hätte, was ihm aber nicht gelingen konnte, weil auf meinen Hilferuf alle zugleich aufgesprungen und über das Wasser gegangen waren, wodurch der Apatsche Zeit gewonnen hatte, sich von da drüben unbeachtet zu entfernen. Waren jemand Vorwürfe zu machen, so hatte Peteh sie selber verdient, weil er es doch an der nötigen Umsicht hatte fehlen lassen. Und dass er sich das sagen musste, schien seinen Ärger zu verdoppeln.

Ich lauschte mit größter Aufmerksamkeit auf seine Reden, um vielleicht einige Worte darüber aufzufangen, was sie über uns beschlossen hatten. Das Glück war mir günstig. Der Häuptling wusste, das Carpio und Rost unerfahrene Leute waren, und nahm deshalb als gewiss an, dass sie die Sprache seines Stammes nicht verständen. Von mir wusste er zwar das Gegenteil, aber er glaubte, ich wäre noch betäubt und hörte also nicht, was gesprochen wurde; darum hielt er es nicht für nötig, seine Stimme zu dämpfen, und so nahmen die anderen an, ebenso laut sprechen zu dürfen. Erwähnen muss ich noch, dass man unsere Taschen geleert und alles, was darin gewesen war, vor den Häuptling hingelegt hatte. Einer der alten, erfahrenen Krieger, die die Auszeichnung erworben hatten, rechts und links von ihm zu sitzen, sprach seinen Grimm darüber aus, dass es Winnetou geglückt war, sich in den Besitz der drei unvergleichlichen Gewehre zu setzen, und schloss hieran die Bemerkung:

„Diese Gewehre sind kostbarer als der Besitz Old Shatterhands. Ich wollte lieber, er wäre auch entflohen und wir hätten sie dafür. Was wird Peteh mit den drei Gefangenen tun? Sollen sie getötet werden, ehe wir diesen Ort verlassen?"

„Nein", antwortete der Häuptling. „Wir behalten sie, um sie den Kriegern der Upsarokas zu zeigen. Oder ist mein Bruder anderer Meinung?"

Die Crow- oder Krähenindianer nennen sich selber – wie bereits erwähnt – Upsarokas.

„Nein", erwiderte der Gefragte. „Aber was soll dann mit ihnen geschehen?"

„Nichts."

„Nichts? Wir nehmen sie also mit, wenn wir als Sieger über die Schoschonen heimkehren zu unserem Stamm?"

„Old Shatterhand führen wir mit, die beiden anderen Hunde taugen nichts, sie mögen bei den Upsarokas am Marterpfahl sterben."

„Werden aber die Upsarokas damit einverstanden sein, dass wir Old Shatterhand behalten? Sie werden ihn für sich haben wollen."

„Uff! Das dürfen sie nicht."

„Peteh, der tapfere Häuptling der Blutindianer, mag bedenken, dass jeder Gefangene als der Gefangene des Stammes gilt, auf dessen heimatlichen Boden er sich befindet."

„Das weiß ich, aber die Upsarokas werden sich trotzdem hüten, Old Shatterhand von mir zu verlangen, denn sie erwarten Hilfe von uns, die ich ihnen versagen würde, wenn sie eine solche Forderung an mich stellten."

„Uff! Es gibt Gesetze, die man selbst unter den besten Freunden und Verbündeten achten muss. Wenn die Upsarokas Old Shatterhand nicht von uns verlangten, wäre es eine Schande für sie. Der Brauch gebietet uns sogar, ihnen diese Bleichgesichter auszuliefern, ohne erst abzuwarten, dass sie es fordern. Mein tapferer Bruder mag meinen Worten nicht zürnen. Ich trage den Schnee des Alters auf meinem Haupt, über das fast siebenmal zehn Sommer und Winter dahingegangen sind."

Es trat eine Pause ein, während der Peteh stumm vor sich niederblickte. Dann hob er den Kopf wieder und meinte:

„Die Wahrheit, die mein Bruder gesprochen hat, erregt meinen Grimm. Ich muss die Gefangenen entweder hier töten oder sie den Upsarokas übergeben. Aber soll ich etwa auf den Ruhm verzichten, mit Old Shatterhand in Fesseln bei ihnen angekommen zu sein?"

„Nein. Wir liefern sie ihnen nur mit der Bedingung aus, dass sie am Marterpfahl sterben müssen."

„Uff, so ist es richtig. Aber unterwegs sollen sie gequält werden, dass sie die Schmerzen des Todes schon beim ersten Schritt fühlen, den wir hier vom Fleischwasser wegtun werden."

„Nein! Will Peteh Schande auf sich und die Häupter seiner Krieger laden? Sollen die Upsarokas uns den Vorwurf machen, dass wir diese Bleichgesichter nur deshalb besiegen konnten, weil sie nicht die Kraft besaßen, sich gegen uns zu verteidigen?"

„Uff!", erwiderte der Häuptling grimmig. „Ich wollte diese weißen Hund hungern und dürsten lassen, ich wollte ihnen unsere Messer in den Leib geben, ohne sie zu töten."

„Das muss Peteh unterlassen. Wenn sie vor Hunger und

Durst matt sind, werden sie sagen, dass es nur wegen ihrer Schwäche gelungen sei, sie zu ergreifen. Und wenn wir sie verwunden, um ihnen Schmerzen zu bereiten, werden sie sich darüber freuen, denn sie können zu den Upsarokas sagen, diese Wunden wären die Beweise der Tapferkeit, mit der sie sich gegen uns verteidigt haben. Peteh, der Häuptling der Blutindianer, mag klug sein."

Der Häuptling konnte einwenden, was er wollte, er musste dem Alten Recht geben. Das erzürnte ihn, den grausamen und blutdürstigen Menschen, sodass er endlich wütend zugab:

„Mein Bruder spricht Worte, die ich nicht hören mag und doch hören muss. Ich bin also gezwungen, diese weißen Kojoten wie Weiber zu behandeln, die um Hilfe rufen, wenn man sie nur berührt."

„Desto mehr können wir dann für ihren Tod am Marterpfahl fordern."

„Uff, das ist richtig. Sie sollen so sterben, dass sie uns ein Schauspiel bieten, als ob hundert Bleichgesichter am Pfahl hingen. Aber wir wollen leiser sprechen, denn sie sollen denken, dass von jetzt an jeder Augenblick ihr letzter sein kann! Old Shatterhand wird bald erwachen. Er versteht unsere Sprache, wir dürfen ihn nicht hören lassen, was wir reden."

Von jetzt an flüsterten sie nur noch und es drang kein Wort mehr zu mir herüber. Dann mochte ihnen meine Betäubung doch zu lang dauern, der Häuptling befahl, mir einige kräftige Stöße zu versetzen. Als dieser Befehl ausgeführt wurde, stellte ich mich, als ob ich nun erst zu mir käme; ich schlug die Augen auf und machte ein erschrockenes Gesicht. Er lachte mich höhnisch an.

„Old Shatterhand hat einen sanften Schlaf getan. Weiß er, wo er sich befindet?"

Ich blieb still.

„Old Shatterhand mag sich nach seinem Freund, dem Apatschenhund Winnetou, umsehen."

Ich drehte den Kopf nach der einen und nach der anderen Seite.

„Er ist nicht da!“, lachte er. „Dieser rote Verräter, der es mit den Bleichgesichtern hält, hat eine Kugel durch den Kopf bekommen und ist ins Wasser gestürzt. Nun schwimmt seine Leiche den Fluss hinab und wird von den Krebsen langsam aufgefressen. Du wirst ebenso wie Winnetou ein Fraß der Krebse werden!“

„So erfahren sie einmal, wie ein tapferer Krieger schmeckt. Einen Feigling, der den Gegner von hinten niederschlägt, würden sie verschmähen.“

„Uff! Wage es nicht, uns zu beleidigen, Hund! Du scheinst nicht zu wissen, mit wem du sprichst.“

„Pshaw!“, lachte ich wegwerfend.

„Ich bin Peteh, der tapfere Häuptling der Blutindianer.“

„Tapfer? *Pshaw!* Hundert Mann von hinten gegen drei.“

„Stinkende Ratte! Vergiss nicht, dass dein Leben in meiner Hand steht!“

„In deiner? Höre, ich habe das Leben nicht von dir erhalten und so hast du auch nicht das Geschick, es mir zu nehmen. Ihr habt mich von hinten niedergeschlagen, ohne dass ich euch etwas zu Leide tat, das ist alles. Was weiter geschieht, das wird sich wohl noch finden.“

„Das ist schon bestimmt: Ihr werdet in dieser Nacht sterben!“

„Ah! Wirklich?“

„Wenn du es nicht glaubst, wird der Tod mit doppeltem Schrecken über dich kommen. Wir haben die größten Martern für dich bestimmt.“

„Gut, ich bin bereit, fangt an!“

„Nicht jetzt. Du sollst erst noch Fragen beantworten.“

„So frag!“

„Wohin wollt ihr?“

„Hinauf in die Berge.“

„Wozu?“

„Gold zu suchen.“

„Wolltet ihr etwa gegen die Krieger der Blutindianer kämpfen?“

„Nein. Wir hatten keine Ahnung, wo sich diese Leute jetzt befinden.“

„Uff! Ihr kamt also nur wegen des Goldes?“

„Frag meine Begleiter!“

„Die sind stumme Hunde, die weder bellen noch beißen können.“

„Ja, ich bin ganz allein zu rechnen und darum ist es eine ungeheure Heldentat, dass hundert auserwählte Krieger unter Anführung des berühmten Häuptlings Peteh mich, den Einzelnen, heimtückisch niederschlugen. Man wird das an allen Lagerfeuern erzählen.“

„Schweig! Der Ruhm unseres Stammes ist so groß, dass man nichts mehr hinzufügen kann.“

„Es hat allerdings den Anschein, als ob es in eurer Absicht läge, ihn zu vermindern. Ihr überfallt Leute, die euch gar nichts getan haben.“

„Old Shatterhand ist unser Feind. Ihr habt vor wenigen Sonnen[1] fünfzehn Krieger von dem Wasser verjagt, das von den Bleichgesichtern der Pulverfluss genannt wird.“

„Uff! Wenn das der Grund ist, uns als Feinde zu betrachten, so muss man Mitleid mich euch haben. Ich lagerte mit Winnetou am Powder River und eure fünfzehn Leute schlichen um uns her, ohne den Mut zu haben, sich uns offen zu zeigen. Wer das tut, der hat Böses im Sinn. Wir ergriffen zwei von ihnen, denen wir freundlich sagten, dass wir auf jeden schießen würden, der sich heimlich in unserer Nähe herumtreibt; wer aber offen zu uns trete, der solle uns willkommen sein. Dann gaben wir sie frei. Sie gingen und waren dann samt ihren dreizehn Genossen nicht mehr zu erblicken. Es ist ihnen nicht das geringste Leid getan worden. Nun frage ich dich, warum du uns hier überfallen hast!“

Da lachte er mich höhnisch an und fragte spottend:

[1] Jahre

„Wünschst du, dass ich euch losbinden und fortreiten lasse?“

„Nein“, lachte auch ich. „Habt ihr mich einmal gefangen, so will ich auch Gefangener bleiben, solange es mir beliebt.“

„Beliebt? Uff, uff! Dein Verstand steht im Begriff verloren zu gehen!“

„O nein! Ich bleibe gern für einige Zeit bei euch, denn ich möchte wissen, was für ein Gesicht du machst, wenn ich von dir Abschied nehme, ohne dass du mich gehen lassen willst.“

Diese edle Dreistigkeit meinerseits versetzte ihn so in Wut, dass er aufsprang, zu mir herüberkam und mir einen Tritt versetzte.

„Hund, ich durchschaue dich. Du fürchtest den Martertod und möchtest gern schnell sterben; darum reizt du mich, damit ich dich im Zorn töte. Denke nicht, dass ich so dumm bin, das zu tun! Ihr werdet langsam sterben, so langsam, dass ihr meinen werdet, es liegen Monde zwischen den Minuten. Jetzt habe ich mit dir gesprochen und will nichts mehr hören. Du schweigst also!“

Nichts war mir lieber als das. Er setzte sich wieder an seinen Platz, konnte aber das Vergnügen, nichts mehr hören zu müssen, nicht lange genießen, denn jetzt ertönte Corners Stimme von der Seite her, wo er mit seinen Genossen ebenfalls gefesselt lag:

„Der Hund da drüben, der sich Old Shatterhand nennen lässt, mag freilich aufhören zu bellen und zu heulen; desto nötiger ist es, dass nun wir mit dir reden. Wann gibst du uns frei?“

„Heute nicht“, antwortete der Häuptling kurz und drohend.

„Wir haben uns freiwillig binden lassen.“

„Ja, ihr wart so dumm.“

„Damit Old Shatterhand und Winnetou, wenn sie euch belauschten, denken sollten, ihr wäret unsere Feinde und also ihre Freunde. Du versprachst, uns sofort freizugeben, sobald ihr diese Männer ergriffen hättet. Willst du das etwa leugnen?“

Da ging ein grausames, ich möchte sagen blutgieriges Grinsen über das Gesicht des Häuptlings und er sagte hämisch:

„Es gibt kein Bleichgesicht, das ein Gehirn unter dem Schädel hat. Der Weiße, der Corner heißt, mag mir doch einmal so antworten, wie es sich gehört. Wann wollte ich euch freilassen?“

„Wenn du sie ergriffen hättest“, entgegnete der Gefragte.

„Wen wollte ich ergreifen?“

„Winnetou, Old Shatterhand und die beiden anderen.“

„Habe ich sie festgenommen?“

„Ja.“

„Winnetou auch?“

„Den freilich nicht.“

„Uff! Nimm also deine Gedanken zusammen! Solange mir der Apatsche noch fehlt, könnt ihr nicht verlangen, freigelassen zu werden.“

Corner schien von dieser Schlussfolgerung überrascht zu sein, er schwieg eine Weile, brauste aber dann umso lauter auf:

„Das ist eine hinterlistige Ausrede! Es handelte sich doch nur darum, Winnetou und Old Shatterhand beim Anschleichen zu täuschen. Dieses Anschleichen ist vorüber, also unsere Gefangenschaft auch.“

„Ja, so legst du es aus, ich aber richte mich danach, wie ich es auslege. Winnetou sollte auch ergriffen werden, er ist entkommen, also sind die Bedingungen nicht vollständig erfüllt.“

„Sind wir schuld an seiner Flucht? Hättet ihr besser aufgepasst!“

Da sprang der Häuptling wieder auf und rief ihm drohend zu:

„Weißer Wurm! Willst du es wagen, uns Vorwürfe zu machen?“

„Nein, aber ich fordere, dass uns Wort gehalten wird. Wenn du das nicht tust, so werden wir...“

„Was werdet ihr?“, unterbrach ihn Peteh mit donnernder Stimme. „Hältst du dich für einen Mann, von dem ich mir vorschreiben lasse, was ich zu tun habe? Es fällt mir gar nicht ein, euch glauben zu lassen, dass ich mein Versprechen habe halten wollen; auch wenn der Apatsche nicht entronnen wäre, hätte ich euch nicht freigegeben. Habt ihr anders gedacht, so lacht euch selber aus!“

„Alle Teufel – das ist ehrlich gesprochen! Nun wissen wir wenigstens, dass wir betrogen worden sind.“

„Ja, betrogen worden!“, lachte er.

„Für den Dienst, den wir dir erwiesen haben.“

„Mir? Euch galt dieser Dienst, nicht mir. Ihr wolltet euch an diesen Hunden rächen und ich sollte das Werkzeug dazu sein. Aber Peteh lässt sich nicht dazu missbrauchen, der gehorsame Nigger eines Bleichgesichts zu sein; er ist ein Bär, der sich zwar gern füttern lässt, aber dabei den, der ihn füttert, auch mit frisst.“

„Welch eine Schlechtigkeit!“

Corner sprach mit einer Kühnheit, die einer besseren Sache würdig gewesen wäre. Freilich war es nur die Aufregung darüber, dass er betrogen worden und in eine Falle gegangen war. Dass er nun in derselben Grube lag, in die er uns hatte stürzen wollen, ließ ihn die notwendige Vorsicht vergessen und mit Ausdrücken um sich werfen, die den Häuptling reizen mussten. Ich hatte ja auch nicht höflich mit ihm gesprochen, stand aber als ehrlicher Mann dem Anführer der Indianer in einer ganz anderen Lage gegenüber als Corner. Die Augen Petehs zogen sich drohend zusammen und es klang wie ein Zischen, als er fragte:

„Wie – wie hast du gesagt?“

„Es ist eine Schlechtigkeit“, wiederholte Corner.

Im nächsten Augenblick stand der Häuptling bei ihm, stieß ihm den Fuß mit aller Gewalt an den Leib und rief:

„Den Lasso! Gebt ihm den Lasso! Er soll ihn so bekommen, bis das Blut an ihm herunterläuft!“

Er war außer sich vor Wut. Seine Gesichtszüge hatten

sich verzerrt und er stampfte immer weiter auf den unvorsichtigen Menschen ein; es sah aus, als wollte er ihm die Eingeweide aus dem Leib treten. Corner stöhnte vor Schmerz und warf sich, um den Tritten zu entgehen, unaufhörlich auf und nieder. Das war falsch, denn dadurch wurde er immer wieder gegen den Unterleib getroffen.

Nun wendete man ihn um, sodass er mit dem Rücken nach oben lag. Ein Roter kniete neben ihm auf den Nacken und zwei hielten seine zusammengebundenen Beine, die Jacke und die Weste wurden ihm gelüftet und dann schlugen ein vierter und ein fünfter Indsman mit ihren zusammengeschlungenen Lassos aus Leibeskräften auf ihn los. Bei jedem Hieb ertönte ein Schrei des Getroffenen und im weiteren Verlauf der Züchtigung vereinigten sich die einzelnen Schreie zu einem Gebrüll, das erst in ein tiefes Ächzen, dann in ein leiseres Wimmern überging und mit einem überlauten Wehruf ein Ende nahm. Es klang, als hätte sich in diesem Heulen die letzte Lebenskraft aufgelöst.

„Herrgott! Nun ist er tot, sie haben ihn erschlagen“, seufzte Carpio neben mir.

Das waren die ersten Worte, die über seine Lippen kamen, seit wir Gefangene waren, er zitterte. Rost flüsterte mir zu:

„Der Häuptling hat ihm gewiss verschiedene Brüche getreten, er ist für immer ein Krüppel, wenn er überhaupt noch lebt.“

„Für immer?“, fragte ich. „Dieses ‚immer‘ hat nach den Absichten Petehs keine sehr lange Dauer, denn Corner ist auch für den Marterpfahl bestimmt.“

„Sie sagten ‚auch‘! Also wir ebenso.“

„Ja, aber ängstigen Sie sich nicht! Wir sterben in dieser Haut noch nicht.“

„In dieser Haut? Wie meinen Sie das?“

„Wenn es wahr ist, was die Physiologen behaupten, dass sich der menschliche Körper infolge des Stoffwechsels im

Verlauf von sieben Jahren vollständig erneuert, so werden wir uns gewiss noch öfters häuten, ehe wir am Marterpfahl sterben."

„Gott sei Dank, Sie können noch scherzen! Wer hätte heute früh gedacht, dass wir schon am Abend für den Marterpfahl bestimmt wären?"

„Das kommt nur Ihnen so ungewöhnlich vor. Hier in Wildwest weiß man des Morgens nie, wo man des Abends sein wird. Verlieren Sie nur nicht den Mut! Das Unglück wird ein besseres Ende nehmen, als Sie denken."

„Das sagen Sie? Sie trösten uns, die wir daran schuld sind, dass es so gekommen ist?"

„Mit Vorwürfen können wir nichts ändern, also sind sie überflüssig. Sie wurden jedenfalls sofort niedergerissen und gebunden, als ich den Kolbenhieb erhalten hatte?"

„Ja. Leider sagte mir da meine innere Stimme viel zu spät, was für eine Dummheit wir begangen hatten. Wäre noch Rettung möglich gewesen, wenn wir Ihnen gleich, als Sie wiederkamen, gesagt hätten, wer sich hier versteckt hatte?"

„Wahrscheinlich! Doch sprechen wir nicht mehr davon! Man wird uns auf die Pferde binden und so werden die nächsten Tage etwas unbequem für uns sein, aber für unser Leben brauchen wir erst dann zu bangen, wenn ich es Ihnen sage. Die Rettung wird nicht lange auf sich warten lassen."

„Ich gestehe aufrichtig, dass ich mir keinen Rat weiß, denn ich kann zum Beispiel wohl den rautenförmigen Muskel..."

„Vom Kapuzenmuskel unterscheiden", fiel ich ihm in die Rede.

„Bitte um Entschuldigung! Ich wollte nicht den Kapuzen-, sondern den großen vorderen, gekerbten Muskel nennen, wenn sie nichts dagegen haben."

„Ganz und gar nichts! Wir werden sämtliche Muskeln, besonders aber das Gehirn anstrengen müssen, um die kurze Gefangenschaft zu ertragen und uns mit Erfolg herauszufinden."

„Sie glauben also wirklich daran?"

„Ja, ich glaube es nicht nur, sondern ich bin davon überzeugt. Zunächst traue ich es mir schon ganz allein zu, uns loszubringen, sodann hoffe ich auf die Upsarokas, denen ich wahrscheinlich eine gewaltige Standrede zu unserem Besten halten werde, und endlich dürfen wir uns auf Winnetou verlassen, der nicht ruhen wird, bis wir wieder frei sind. Bist du sehr niedergeschlagen, Carpio?"

„Nein, ganz und gar nicht", antwortete der liebe Kerl gegen mein Erwarten, denn ich hatte angenommen, dass grad er vollständig mutlos sein würde. Drum fragte ich noch einmal.

„Nicht? Wirklich nicht?"

„Fällt mir durchaus nicht ein. Ich muss dich sehr ersuchen, mich ja nicht für einen gedankenlosen Menschen zu halten. Die fürchterliche Züchtigung Corners hat mich angegriffen, obgleich er sie an sich verdient hat; das gestehe ich, aber um uns ist es mir nicht im Geringsten Angst. Ich weiß genau, woran ich bin, und bin überzeugt, dass du als erfahrener Westmann denselben Gedanken haben wirst. Er ist ja so einfach, dass jedes Kind darauf kommen muss."

„Welchen Gedanken meinst du?"

„Ich bin der Ansicht, dass diese Wilden einen großen Irrtum begangen haben. Wir haben ihnen doch nichts getan, sie verwechseln uns sicher mit gewissen anderen Personen, die sich in irgendeiner Weise an ihnen versündigt haben. Ich würde ihnen das sagen, es ihnen gern in aller Ruhe erklären, aber sie verstehen mich nicht. Du aber sprichst ihre Sprache, wie ich vorhin gehört habe, und so kann es dir nicht schwer fallen, ihnen zu erklären, was für einen gewaltigen Pudel sie geschossen haben. Willst du das tun?"

„Ja, ich will es versuchen. Aber du hast bemerkt, wie

aufgeregt der Häuptling ist; jetzt ist nicht mit ihm zu reden."

„Gut, so warte bis morgen! Vielleicht ist er da ruhiger und für deine überzeugenden Auseinandersetzungen zugänglicher geworden."

„Wollen sehen! Jetzt fragt es sich vor allen Dingen, wie du diese Nacht überstehen wirst."

„Oh, gar nicht übel, denke ich. Die Riemen, mit denen man mich gebunden hat, drücken mich fast gar nicht, und weil ich sehr müde bin, denke ich, dass ich ganz hübsch schlafen werde."

„So versuche es gleich jetzt! Wollen eng zusammenrücken, dass wir einander wärmen."

„Ja, komm heran! Es sollte mir Leid tun, wenn du frieren müsstest."

Armer, lieber Carpio! Der gute Kerl wollte mir die Wohltat erweisen, die ich ihm zugedacht hatte. Es dauerte nicht lange, so schlief er ein. Die Roten waren auch müde und wickelten sich in ihre Decken, nachdem Peteh die Reihenfolge der Wachen bestimmt hatte. Zwei Mann, die stündlich abgelöst wurden, mussten sich zu uns setzen und die andere Gefangenengruppe bekam ebenfalls zwei Wächter. Es war mir sehr lieb, dass man uns in dieser Weise auseinander hielt. So viel ich beim Schein des einzigen Feuers, das die Nacht hindurch unterhalten wurde, erkennen konnte, lag Corner bewegungslos. Dass er tot war, bezweifelte ich, denn es war anzunehmen, dass sie einen für den Marterpfahl bestimmten Gefangenen nicht durch einen vorzeitigen Totschlag von diesem Schicksal befreien würden. Mehr konnte ich allerdings nicht wissen, weil wir zu entfernt von ihm lagen.

Die Nacht war nicht gut für mich. Ich hatte schon oft in Fesseln geschlafen und hätte es, wenn ich allein gewesen wäre, wohl auch heute getan, obgleich man so vorsichtig gewesen war, gerade mich so fest zu binden, dass mich die Riemen schmerzten; aber meine beiden Gefährten wachten immer während auf, die unnatürliche Lage der Hände auf dem Rücken weckte sie ebenso oft aus dem Schlaf wie die Kälte, die sehr fühlbar war. Wenn der eine schlief, wachte der andere, ich hatte nur immer zu trösten und zu beruhigen.

Endlich dämmerte der Morgen, ohne dass ich ein Auge geschlossen hatte. Die Roten standen auf und hobbelten ihre Pferde los, um sie zu tränken; dabei verzehrten sie ihr Frühstück, das aus getrocknetem Büffelfleisch bestand, womit sie für längere Zeit versorgt waren, weil man sich während eines Kriegszugs nicht auf die Jagd verlassen darf. Wir bekamen auch davon, man gab uns aber die Hände nicht zum Essen frei, sondern steckte uns die Bissen wie Kindern, die gefüttert werden, in den Mund.

Carpio bestand jetzt darauf, dass ich mit dem Häuptling sprechen sollte, um ihm die vermeintliche Verwechslung klarzumachen, und ich musste alle möglichen Gründe zusammensuchen, dem ungeduldigen Freund zu beweisen, dass die Zeit dazu noch nicht gekommen wäre.

Es stellte sich jetzt heraus, dass Corner unfähig war, auf ein Pferd gesetzt zu werden. Es wurde eine kurze Beratung abgehalten, deren Ergebnis darin bestand, dass man ein Floß baute, auf dem er fortgeschafft werden sollte. Vier Mann sollten bei ihm bleiben, um ihn aus dem Fleischwasser auf dem Medicine Bow River in den Platte und auf diesem bis an die Mündung des Sweetwater hinabzubringen, dessen Ufer wir dann aufwärts folgen mussten.

Vor unserem Aufbruch gab es mit meinem Pferd einen Auftritt. Es braucht kaum gesagt zu werden, dass die Indsmen sich unsere guten Tiere angeeignet und ihre schlechtesten für uns bestimmten. Wir mussten aufsteigen und wurden dann oben festgebunden. Peteh war hoch entzückt über meinen Rappen und wählte ihn für sich. Hatatitla stand still und ließ den Reiter in den Sattel kommen. Es hätte nur eines Wortes von mir bedurft, um den Hengst zum Gehorsam gegen ihn zu bewegen; da ich mich aber hütete, das Wort auszusprechen, tat er die ihm eingeübten zwei Sprünge und der Häuptling flog herunter. Er war zunächst verblüfft, dann überkam ihn das Gefühl der ihm widerfahrenen Schande und er stieg nochmals auf, um dieses Mal sicher sitzen zu bleiben. Er flog wieder herab und wurde darüber so wütend, dass er das Pferd wohl erschossen hätte, wenn es ein gewöhnliches Tier gewesen wäre. Er hätte den Versuch wiederholen können, er wäre wohl wieder hinauf-, aber noch schneller wieder herabgekommen; um aber die Sache abzukürzen, drängte ich das Pferd, auf dem ich saß, näher hin und sagte, scheinbar nur so für mich, in Wirklichkeit aber, dass Hatatitla es hören sollte, das eine Wort „nehvis".

Der Hengst legte die Ohren nach hinten und nun war es sicher, dass er von jetzt an keinen Menschen mehr hinauflassen würde. Sobald der Häuptling die Hand wieder ausstreckte, biss und schlug er nach ihm; andere traten hinzu, um Peteh zu helfen, da ging der Rappe vorn hoch, auf sie zu und trieb sie auseinander. Er ließ sich auch nicht am Zügel führen. Man versuchte alles mit ihm, doch vergeblich, und so sah sich der Häuptling gezwungen, mich wieder loszubinden und absteigen zu lassen, um mein eigenes Pferd zu reiten. Dann brachen wir auf.

Zu meinem Leidwesen hielt man mich für so gefährlich, dass man mich von Rost und Carpio trennte. Man glaubte, ich könnte mit ihnen einen Plan zur Flucht beraten. Ich bekam je zwei Begleiter rechts und links, die mich keine Minute aus den Augen ließen, was mir sehr gleichgültig gewesen wäre, wenn mir nicht meine beiden Gefährten Leid getan hätten. Sie wurden sogar an die Spitze des Zuges genommen, während man mich ganz hinten führte; da auf übliche Indianerweise, im Gänsemarsch, geritten wurde, so bekam ich sie erst am Abend wieder zu sehen.

Es ging während des ganzen Tages im Tal des Platte abwärts. Kurz nach Mittag kamen wir am massigen Pyramid

Peak vorbei und am Nachmittag erblickten wir an einer Stelle, die der Mündung des Sand Creek gegenüberlag, das Floß mit Corner und seinen Wächtern. Dieser Sand Creek ist nicht mit dem schon einmal erwähnten Big Sandy Creek, der in den Green River fließt, zu verwechseln.

Wir hatten erst bis zur Mündung des Sweetwater gewollt, aber da das Floß dem Häuptling so gelegen kam, ließ er halten, um hier über den Platte zu setzen, was zwar nicht leicht war, aber ohne Unfall vonstatten ging. Auch das Floß landete und Corner, der sich inzwischen etwas erholt hatte, wurde nun auf ein Pferd gesetzt. Dann ritten wir noch bis an den Arkansas Creek, der von den Ferrisbergen herunterkommt, und hielten dort, um Lager zu machen.

Hier erblickte ich, wie bereits erwähnt, Rost und Carpio wieder, wurde aber von ihnen fern gehalten, sodass es mir nur einmal gelang, ihnen beruhigend zuzunicken. Carpio sah sehr angegriffen aus, er dauerte mich unendlich, ich konnte aber nichts für ihn tun.

In dieser Nacht schlief ich trotz meiner Fesseln vom ersten bis zum letzten Augenblick. Früh ging es schon bei Tagesanbruch weiter, und zwar in derselben Reihenfolge wie gestern, ich blieb von den Gefährten getrennt. Der heutige Ritt war sehr anstrengend, weil über mehrere Flüsse gesetzt werden musste. Wir ritten nacheinander über den Angwa-, Cherry-, Whiskey-, Muddy-, Thowau- und Cottonwood Creek und blieben für die nächste Nacht am Crooks Creek liegen, wo wir uns zwischen dem Greengebirge im Süden und den Granitbergen im Norden befanden. An diesem Abend konnte ich meinem Carpio nicht einmal zuwinken, so fern wurde ich von ihm und Rost gehalten, und als ich am anderen Morgen wieder aufs Pferd gebunden wurde, waren die beiden, mit ihren Wächtern schon über den Creek hinaus.

Von hier aus ging es bis zum Nachmittag in fast westlicher Richtung weiter. Da ritten wir zwischem dem Sweetwaterfluss und den Antelope Hills hindurch und kamen dem South Pass so nahe, dass wir an der Stelle Lager machten, wo sich der Willow Creek mit dem Sweetwater vereinigt.

Auch heute war es mir unmöglich, die Gefährten zu begrüßen. Ich wurde sehr besorgt um sie, besonders um Carpio. Es war sehr kalt hier oben, die Berge trugen Schnee. Unter anderen Verhältnissen hätte die überwältigende Landschaft des Hochgebirges einen tiefen Eindruck auf mich gemacht, so aber ging sie ganz für mich verloren. Am nächsten Tag überquerten wir den South Pass und ritten jenseits am Pacific Creek hinab.

13. Bei den Krähenindianern

Schon um die Mittagszeit bemerkte ich, dass irgendetwas Wichtiges im Werk war. Man zog mir die Fesseln noch enger zusammen und ich bekam zu meinen vier Wächtern noch zwei, sodass ich jetzt sechs hatte. Dafür aber entschwanden nun alle, die uns voranritten, meinen Augen. Ich schloss daraus, dass wir uns dem Ziel näherten. Ich war mit den sechs Blutindianern allein, während Peteh mit allen übrigen vorausgeeilt war, um das Lager der Krähen eher als ich zu erreichen und diese auf die Ankunft eines so wichtigen Gefangenen vorzubereiten.

Trotzdem war ich innerlich sehr ruhig. Und wenn ich in besonderer Sorge gewesen wäre, so geschah gerade jetzt etwas, was alle meine etwaigen Befürchtungen sofort behoben hätte. Wir hatten eben einen engen Talkessel durchritten, als ein Schuss krachte; wo, das war nur für mein Ohr zu unterscheiden, denn die Felswände warfen den starken Knall wohl in zehnfachem Echo zurück. Das war mein Bärentöter gewesen, dessen Stimme ich genau kannte. Winnetou hatte diesen Schuss abgegeben, um mich zu benachrichtigen, dass er nicht weit hinter mir sei. Er durfte das jetzt wagen, weil in der Nähe des Lagers der Krähen ein Schuss nicht auffiel, denn diese Indianer durchstreiften doch jedenfalls die Gegend, um zu jagen. Ich war überzeugt, dass der Häuptling der Apatschen alle unsere bisherigen Lagerplätze umschlichen hatte, ohne aber eine Gelegenheit zur Flucht für uns herbeiführen zu können. Das lag wohl daran, dass ich von Rost und Carpio getrennt gewesen war. Winnetou wollte uns drei zusammen haben.

Nun trafen wir, je weiter wir kamen, desto häufiger auf Pferde- und auch Fußspuren, die nicht von den vorangerittenen Blutindianern stammten, es waren Upsaroka-Fährten. Sie kamen schließlich von allen Seiten her, was auf eine größere Nähe des Lagers schließen ließ, und als wir zwischen zwei eng zusammentretenden Höhen hindurchgeritten waren, lag es vor uns, sich über eine kleine, freie Ebene dehnend, die nach allen Seiten einen Durchmesser von höchstens einer englischen Meile hatte.

Ich war erstaunt, kein einziges Zelt zu erblicken. Hier oben zwischen schneebedeckten Bergen, in dieser vorgeschrittenen Jahreszeit, in einer den Krähenindianern fremden Gegend nur rohe Zweighütten, die bereits jetzt nur halben Schutz gewährten. Warum die Krähen diese späte Zeit zu ihrem Kriegszug gewählt hatten, war mir unerfindlich. Der Winter konnte schon heute oder morgen in stöberndem Schnee herniedersinken und den Rückweg zu den Laramie Plains unmöglich machen. Was dann? Hatten diese unvorsichtigen Leute etwa darauf gerechnet, die Schoschonen unbedingt zu besiegen und dann den Winter in deren geschützten Dörfern zuzubringen? Da hatten sie sich in unserem Freund Avaht-Niah, dem Häuptling der Schlangen, unverzeihlich getäuscht.

Auch war keine Spur von Ordnung zu erkennen. Es gab keine Gassen, keine Hüttenreihen. Alles lag regellos durcheinander, wie man Maulwurfshaufen auf einer Wiese liegen sieht. Im Augenblick unserer Ankunft waren alle Hütten und alle Plätze zwischen ihnen leer, denn die Indianer hatte sich vor dem Lager aufgestellt, um mich kommen zu sehen. Sie bildeten zu Pferd und in allem Waffenschmuck zwei Doppelreihen, zwischen denen ich hindurchreiten musste. Am Ende hielt Yakonpi-Topa, der Anführer der Kikatsas, mit den anderen Usaroka-Häuptlingen und Peteh war bei ihnen. Ich überflog diese Indianer alle mit einem prüfenden Blick und glaubte, sie auf wenigstens sechshundert Köpfe schätzen zu müssen.

Man denke nicht etwa, dass ich, als ich zwischen ihnen hindurchschritt, aus Scham über meine Gefangenschaft eine verlegene Miene gezeigt hätte. Im Gegenteil, ich sah ihnen allen offen und mit forschendem Blick in die mit den Kriegsfarben bemalten Gesichter und erlaubte meinem Rappen den zierlichen Tänzelschritt, der ihm so unübertrefflich stand. Die Roten saßen unbeweglich, keiner rührte sich, die Gesichter waren starr, aber in den Augen glühte umso mehr Leben. Es war kein Wort, kein Ruf zu hören, bis wir hindurch waren und nun vor den Häuptlingen hielten. Auch sie waren zu Pferd. Ihre Gesichter glänzten vor Fettfarbe und ihre Federgeflechte hingen von den Köpfen bis auf die Kruppen der Pferde herab.

Als ich meinen Hengst vor ihnen halten ließ und, ohne Peteh der Beachtung zu würdigen, meinen Blick gerade und fest in das Auge Yakonpi-Topas richtete, sagte er im Ton eines Herrschers, der den Geringsten seiner Untertanen vor sich hat:

„Was dachte Old Shatterhand, als er durch die Reihen dieser tapferen Krieger ritt?“

„Ich dachte an die mächtigen Kaiser und Könige meines Vaterlandes, die, wenn sie Einzug halten, ganz ebenso von ihren Kriegern empfangen werden wie jetzt ich.“

„Uff! Old Shatterhand vergleicht sich mit berühmten Herrschern und trägt doch Fesseln an den Händen und Füßen.“

„Ich bin stolz darauf, denn sie schänden nicht mich, sondern sie sind ein Zeichen der Feigheit derer, die, hundert Mann stark, sich nicht offen an mich wagten, sondern mich von hinten aus dem Busch niederschlugen.“

„Uff! Darf ein Gefangener solche Worte sprechen?“

„Ein Gefangener? Yakonpi-Topa, der Häuptling der Kikatsa-Upsarokas, mag mir sagen, wen er mit diesem Wort meint.“

„Dich!“, erwiderte er verwundert.

„Mich, mich hältst du gefangen?“

„Uff, uff! Deine Hände sind auf dem Rücken und deine Füße unter dem Leib deines Pferdes zusammengebunden. Bist du da frei?“

„Ich bin frei!“

„Weih a keh – welch ein Wort! Ich sehe den Stolz auf

deiner Stirn und die Kühnheit im Blick deines Auges, aber die Freiheit, deren du dich rühmst, die sehe ich nicht."

„Ich bin nie ein Feind der Kikatsas gewesen und habe den Kriegern der Upsarokas stets gegen die Sioux, die ihre Verwandten, aber dennoch ihre Todfeinde sind, im Kampf beigestanden. Ist das so oder nicht?"

„Uff! Old Shatterhand spricht mit einer sehr verwegenen Zunge, aber es ist so, wie er sagt."

„Du sagst, dass es so ist, folglich bin ich von dem Augenblick an, wo ich mich bei euch befinde, ein freier Krieger."

„Du bist Gefangener unseres Verbündeten."

„Wer ist das? Ich kenne ihn nicht."

„Es ist Peteh, der Häuptling der Blutindianer."

„*Pshaw!* Hat er behauptet, dass ich sein Gefangener sei?"

„Er sagte es."

„Er log. Ich werde ihm zeigen, ob ich gefangen bin oder frei. Macht eure Augen auf, ihr Krieger der Upsarokas! Tschah!!"

Wer den Indianer kennt, der weiß, wie er ihn zu nehmen hat. Nichts macht mehr Eindruck auf ihn als ein kühner Streich und der begründete Stolz gefällt ihm auch bei seinem ärgsten Feind. Ja, ich war gefesselt. Ich hatte die Hände auf dem Rücken und meine Füße waren unter dem Pferd hinweg durch einen Doppelriemen fest gehalten, aber ich kannte mein Pferd und vertraute meinem Glück. Hinter mir hielten die sechshundert Indianer und vor mir sah ich das verlassene Lager, zwischen ihm und mir befanden sich nur die Häuptlinge, die keines solchen Streiches gewärtig waren. Das Wort „Tschah!" war auch für meinen Hengst die Aufforderung hochzuspringen. Indem ich Hatatitla fest zwischen die Schenkel nahm und mich vorbeugend, dieses Wort ausrief, flog er zwischen Peteh und einem Unterhäuptling hinein, sodass sie mit ihren Pferden auseinandergetrieben wurden; einem zweiten Schenkeldruck und dem anfeuernden Apatschenruf „Atseh!"

folgten einige Sprünge, die mich ganz hindurch und bis an die erste Hütte brachten, nun schoss das herrliche Tier ins Lager hinein. Hinter mir war es für einige Sekunden still, aber dann brach ein Geheul los, für das es kein bezeichnendes Wort gibt. Ich sah es nicht, aber ich erfuhr es dann: Alle sechshundert Indsmen drängten zum Lager, um mir zu folgen, jeder wollte vorwärts und keiner zurückbleiben. Das gab einen unbeschreiblichen Wirrwarr, bei dem einer den anderen hinderte. Viele Pferde wurden reiterlos, es gab einen regelrechten Kampf, bei dem es nicht ohne Verletzungen abging. Hütten wurden beschädigt oder gar niedergerissen, lose Teile der Kleidung, fliegender Federschmuck und ähnliche Dinge gingen verloren; kurz, der eine Mensch, den man einen Gefangenen nannte, hatte das ganze Lager und dessen Bewohner in einen Zustand versetzt, den man für unmöglich halten sollte.

Für mich, der ich die Hände nicht frei hatte, war es keine Kleinigkeit, im Galopp zwischen den regellos liegenden Hütten hindurchzukommen, es gelang mir aber dank meinem Hatatitla, der jeden meiner Gedanken zu erraten schien. Jenseits der letzten Hütte gab es ein niedriges Gebüsch, es ging hinein und hindurch, dass es nur so krachte, dann folgte ein schmaler Streifen Wald, durch den ich langsamer ritt. Hierauf zog sich ein lang gestreckter, freier Grasstreifen bogenförmig nach links, der passte mir. Wir flogen, nun wieder in gestrecktem Galopp, darauf weiter. Jetzt gerieten wir in Geröll, mit Schlinggewächsen bewuchert; ich redete dem Hengst durch einige aufmunternd-freundliche Worte zu – er kam hindurch. Nun noch mehr links wieder Wald, willkommenerweise mit weit auseinander stehenden Bäumen. Es ging hinein, immer weiter und weiter, bis ich annehmen konnte, das Lager im Halbkreis umritten zu haben. Ich erreichte den Rand dieses Gehölzes und sah zu meiner Freude die beiden Höhen, zwischen denen wir bei unserem Eintreffen durchgekommen waren, zu meiner Rechten vor mir liegen. Links dehn te sich das Lager; kein Mensch war dort zu erblicken, denn alle folgten mir. Ich flog hinüber, an den Hütten entlang und blieb dann an derselben Stelle halten, von wo aus der unerhörte, tollkühne Ritt begonnen hatte.

Hatatitla stand so ruhig, als wäre er nicht von diesem Ort weggekommen, nur durch ein mehrmaliges Werfen des schönen Kopfes deutete er an, dass er an der Sache Geschmack gefunden hatte.

Er hatte sich unübertrefflich gehalten. Wie gern hätte ich ihm durch Klopfen oder Streicheln meine Anerkennung bewiesen; ich konnte ihn nur durch Worte liebkosen, er verstand mich aber auch so.

Wer kein solches Pferd besessen hat, der kann es freilich kaum glauben, dass man unter Umständen nicht zögert, sein Leben für ein so edles Tier aufs Spiel zu setzen.

Jetzt hörte ich die Stimmen da drüben im Wald, aus dem ich zuletzt gekommen war. Man schrie so laut, dass ich es hier vernahm. Dann erschienen Reiter, einer, zwei, fünf, zehn, zwanzig und so weiter. Sie folgten meiner Fährte, die wieder zum Lager führte. Sie stutzten, dann sahen sie mich. Immer mehr quollen aus dem Wald hervor, einzeln oder in Trupps. Sie glichen einem zerstreuten Pulk von Kosaken, der seinen Sammelplatz hatte, wo ich mich befand.

Die ersten, die mich erreichten, wussten nicht, wie sie sich gegen mich verhalten sollten. Sie hielten es für das Beste, nichts zu sagen, aber mich so zu umringen, dass mir ein zweiter Durchbruch nicht möglich war. Man drängte sich so eng an mich, dass ich mir mit Worten Luft zu machen versuchte.

„Sind die Söhne der Upsarokas Fleischfliegen, die man aus dem Mund spuckt, oder sind sie Krieger, deren man nicht sechsmal hundert braucht, um einen einzigen Reiter zu bewachen? Wer kein Ungeziefer ist, der mache Platz für Old Shatterhand!"

Das half sofort, der Kreis wurde weiter auseinander gezogen und bot nun auch den Häuptlingen Raum, hindurch- und zu mir heranzukommen. Peteh blitzte mich mit tückischen Augen an, sagte aber kein Wort. Die Unterhäuptlinge waren still, weil sie nicht sprechen durften. Yakonpi-Topa hielt sein vor Aufregung noch schnaubendes Pferd vor mir an und betrachtete das meinige mit bewundernden Blicken. Das Tier war ihm in diesem Augenblick wichtiger als der Reiter.

„Nun, habe ich bewiesen, dass ich frei sein kann, wenn ich will?“, fragte ich.

Er antwortete mir nicht sofort, sondern wendete sich zu Peteh um und richtete das Wort an ihn:

„Peteh, der Häuptling der Blutindianer, befindet sich im Lager der Upsaroka-Krieger. Er hat mir, als er kam, gesagt, dass er Old Shatterhand bringe, um ihn uns als Gefangenen zu übergeben. Ist das sein Wille auch noch jetzt?“

„Ja“, entgegnete der Gefragte. Er beurteilte andere Menschen nach sich selbst und war also wohl überzeugt, dass der Anführer der Upsarokas, wütend über meinen Streich, mich jetzt mit doppelter Strenge behandeln würde. Darum fügte er hinzu: „Er sei euer, damit die Versammlung der Häuptlinge und alten Krieger über die Art seines Todes entscheidet.“

Nun wandte sich Yankonpi-Topa wieder zu mir:

„Ja, Old Shatterhand hat bewiesen, dass er frei sein kann, wenn er will. Wir hätten ihn nicht eingeholt, denn sein Pferd kann nur von dem Hengst Winnetous, des Häuptlings der Apatschen, erreicht werden. Die Riemen wären auch kein Hindernis für ihn gewesen, denn ein Krieger, wie er ist, weiß, wie er sich ihrer entledigt, wenn niemand da ist, der ihn hindert. Hat Old Shatterhand gehört, dass er uns übergeben worden ist?“

„Ja. Aber wer wagt es, mich für einen Gegenstand zu halten, den man geben und nehmen kann wie ein Geschenk?“

„Old Shatterhand mag nicht zürnen, sondern hören, was ich sage! Er wurde gefangen von hundert Feinden und her zu uns gebracht. Hier fand er sechsmal hundert Krieger und hat sich jedes ihrer Gesichter angeschaut. Sein Auge ist offen und sein Mund spricht wahr; er ist stark wie ein Bär, den er von vorn angreift; er ist aufrichtig wie eine Blume, die ihren Kelch nicht verschließt; aber er ist auch klug wie sonst kein Bleichgesicht und wird nicht von mir verlangen, was ich ihm nicht geben darf. Er hat einen kühnen Ritt unternommen und alle hier versammelten Krieger mit Staunen erfüllt. Er hätte sich retten können, ist aber freiwillig zurückgekehrt, weil er weiß, dass die Söhne der Upsarokas mutige Taten anerkennen und einen ehrlichen Feind von einem tückischen zu unterscheiden wissen. Sein Vertrauen zu uns soll nicht getäuscht werden. Er hat gehört, dass die Versammlung über ihn entscheiden wird. Bis dahin sollte er eigentlich gefesselt den Wächtern übergeben werden. Aber wenn er verspricht, bis zur Versammlung dieses Lager ohne meinen Willen nicht zu verlassen und nichts zu tun, was ich verbieten müsste, so nehme ich ihm jetzt die Fesseln ab und er darf in der Hütte wohnen, die ich ihm anweisen werde."

Das war viel mehr, als ich für einstweilen erwartet hatte. Ich zögerte darum nicht, zu erwidern:

„Yakonpi-Topa, der große Häuptling der Kikatsas, ist ein tapferer Krieger, ein weiser Vater seines Volkes und ein gerechter Richter aller Angeschuldigten. Ich bin stolz darauf, in seinem Lager weilen zu dürfen, aber er mag mir einige Fragen beantworten!"

„Old Shatterhand mag sie aussprechen!"

„Darf ich, wenn ich mich ohne Fesseln bewege, mit den beiden jungen Bleichgesichtern sprechen, die mit mir hinterrücks überfallen wurden?"

„Ja."

„Muss ich bei der Versammlung wieder gefangen und gefesselt sein?"

„Ja."

„Gilt das Wort, das ich geben soll, auch über den Tag der Versammlung hinaus, sie mag beschließen, was sie will?"

„Nein."

„So höre, was ich sage! Ich verspreche, bis zum Urteil der Versammlung das Lager nicht zu verlassen und nichts zu tun, was du missbilligen würdest. Ich werde mich bei der Beratung wieder binden lassen. Mehr aber verspreche ich nicht. Wenn die Krieger und Ältesten nicht entscheiden, dass mir und den Bleichgesichtern die Freiheit wiedergegeben wird samt allen Gegenständen, die man uns genommen hat, so werde ich selbst mein Leben daransetzen, mich und sie zu befreien. Ja, ich werde dann keine Upsaroka schonen, sondern ihn, wenn er mir im Weg steht, töten, falls er mich dazu zwingt. Ich habe gesprochen. Howgh!"

„Old Shatterhand hat geredet wie ein Mann", entgegnete der Häuptling. „Gerade die nachfolgende Drohung gibt uns die Sicherheit, dass er das vorher Gesagte halten wird. Er ist ohne Arg und Falsch, er soll ungefesselt sein!"

Er stieg vom Pferd, um mir mit eigener Hand die Riemen abzunehmen. Da aber drängte sich Peteh herbei und rief:

„Warum werde ich, der Häuptling der Blutindianer, nicht auch gefragt? Dieses Bleichgesicht ist der Todfeind meines Stammes. Ich habe ihn euch übergeben, damit er euer Gefangener sei, und du gibst ihn jetzt frei?"

„Mein Bruder Peteh erzürne sich nicht überflüssig", entgegnete Yakonpi-Topa. „Du hast deinen Willen und ich habe den meinen: Du, weil Old Shatterhand gefangen bleibt, und ich, weil er nun nicht mit Riemen, sondern durch sein Wort gefesselt ist. Am Tage der Versammlung werden wir ihm die Riemen wieder umlegen."

„Er wird sein Wort nicht halten."

„Er hält es!"

„Uff! Die Verantwortung falle auf dich!“

Der Häuptling der Kikatsas band mich los und ich stieg vom Pferd. Diesen Anblick konnte Peteh nicht ertragen, er ballte die Faust und warf sie drohend empor.

„Wenn dieser Hund es nur ein einziges Mal wagt, mir im Lager zu begegnen, so schieße ich ihn nieder.“

Ich würdigte ihn keines Blickes, wandte mich aber an Yakonpi-Topa und hielt ihm meine Hand hin.

„Hat der Häuptling der Kikatsas jemals etwas über diese Hand gehört?“

„Ja“, bestätigte er. „Diese Hand tötet selbst den stärksten Krieger mit einem Schlag.“

„Man hat dir die Wahrheit gesagt. Meine Waffen sind mir genommen worden, aber die Faust hat man mir lassen müssen. Und nun hört, ihr tapferen Krieger der Upsarokas: Ich habe jetzt das Wort Hund vernehmen müssen, auch wurde mir mit Niederschießen gedroht. Der Mund, aus dem ich diese Worte oder ein ähnliches nochmals höre, öffnet sich für dieses Leben niemals wieder. Und der Mensch, der, solange ich mich hier befinde, ohne Erlaubnis des Häuptlings der Kikatsas eine Waffe gegen mich erhebt, hat sie zum letzten Mal im Leben in der Hand gehabt. Ich schlage ihn nieder, dass er wie ein Stein zu Boden fällt und da für immer liegen bleibt. Ich habe abermals gesprochen. Howgh!“

Es herrschte tiefe Stille rundumher, plötzlich aber ließ Peteh ein höhnisches Gelächter aufgellen.

„Meinst du, dass ich mich vor deiner Hand fürchte? Erhebe sie doch einmal gegen mich, wenn ich dich jetzt zu Boden reite!“

Es war ihm wirklich Ernst mit dieser Drohung. Um sie auszuführen, spornte er sein Pferd so schnell gegen mich an, dass ich kaum Zeit fand, zur Seite zu springen. Im nächsten Augenblick aber hatte das Tier meinen Zeige- und Mittelfinger in den Nüstern. Sie so weit wie möglich hineinschiebend, griff ich fest zu; ein rascher Schritt zur

Seite, sodass ich neben dem Hals zu stehen kam – ein kurzer Druck des Mauls nach oben, dann ein scharfer, kräftiger Riss nach hinten, den ich mit einem Griff der anderen Hand in die Mähne unterstützte – das Pferd brach hinten zusammen, noch ein Ruck, und es lag auch vorn an der Erde; der Blutindianer flog aus dem Sattel und bekam meine Faust an den Kopf, dass er liegen blieb, während das Pferd sich aufraffte und dann zitternd und vor Angst schnaubend bei ihm stand.

„Uff, uff!“, ertönten rings die Rufe der verwunderten Roten.

„Uff, uff!“, rief auch Yakonpi-Topa. „Er ist tot?“

„Nein, denn er wollte mich nur niederreiten; nun liegt er selber da, er wird wieder zu sich kommen. Hätte er aber ein beleidigendes Wort gesagt oder nach einer Waffe gegriffen, so wäre er jetzt tot. Ich halte Wort.“

„Uff! Ein Pferd so niederzuwerfen, das sah man hier noch nie!“

„Pshaw! Das kann jeder tun. Es gehört mehr Geschicklichkeit als Kraft dazu. Wenn du willst, so werde ich's dich lehren.“

„Ich muss das lernen, ja! Was wollen diese Krieger hier?“

Er richtete die Frage an die Blutindianer, die sich herbeidrängten und Drohungen gegen mich ausstießen.

„Er hat sich an Peteh, unserem Häuptling, vergriffen; das fordert Blut, er muss sterben!“, rief der Alte, der am Fleischwasser neben dem Anführer gesessen hatte.

„Weicht zurück!“, gebot der Kikatsa. „Old Shatterhand steht unter meinem und meiner Krieger Schutz. Wollt ihr uns zwingen, gegen euch zu den Waffen zu greifen? Sollen Verbündete sich morden, weil euer Häuptling vergessen hat, dass hier in diesem Lager nur ich allein zu befehlen habe?“

„So können wir nicht im Lager der Upsarokas wohnen, sondern werden uns ein eigenes errichten. Wir dürfen nur einem Häuptling unseres Stammes gehorchen.“

„Mein Bruder hat klug gesprochen“, antwortete Yakonpi-Topa. „Ein Lager kann nicht zwei Häuptlinge haben, die beide befehlen wollen. Legt euch ein eigenes an!“

Das hatte der alte Fuchs nicht erwartet. Am Fleischwasser war er für unsere Auslieferung an die Krähen gewesen, die freilich kaum umgangen werden konnte. Er hatte wahrscheinlich geglaubt, dass unser Schicksal trotzdem vom Willen Petehs abhängig bliebe, weil ihm die entscheidende Stimme zufallen würde. Jetzt, da die Verhältnisse sich günstig für mich gestalteten, wollte er durch die Drohung, ein abgesondertes Lager zu beziehen, auf den Kikatsa einen Druck ausüben, dessen Wirkung sich gegen mich richten sollte. Dass ihm dieser, allerdings ohne ihn zu durchschauen, Trotz bot, machte seinen Plan zu Schanden und erregte seinen Ärger so sehr, dass er die Unvorsichtigkeit beging, sich zu einer Drohung verleiten zu lassen:

„Wenn Peteh, unser Häuptling, nicht bei den Kriegern der Upsarokas wohnen soll, wird er auch nicht mit ihnen gegen die Schoschonen kämpfen wollen.“

Da nahmen die Züge des Kikatsas jene Starrheit an, die auf einen mühsam unterdrückten Ausbruch deutet.

„Spricht mein Bruder das für sich oder für ihn?“, fragte er.

„Für ihn und für mich, für alle unsere Krieger.“

„Er will also hier befehlen, und wenn er das nicht kann, wird er uns seine Hilfe versagen?“

„Ja. Du wirst unsere hundert tapferen Krieger verlieren, und zwar nur wegen dieses Bleichgesichts hier, das stets euer und auch unser Feind gewesen ist. Und da wir nicht aus weiter Ferne hergekommen sind, um ohne Kampf und Beute wieder heimzureiten, so ist vorauszusehen, wozu sich unser Häuptling dann entschließen wird.“

„Wozu?“

„Er wird euch verlassen und uns zu den Schoschonen führen, um ihnen gegen euch beizustehen.“

„Uff! Der Krieger der Blutindianer beantworte mir einige Fragen! Weshalb haben wir die Beile des Krieges gegen die Schoschonen ausgegraben?“

„Weil die Schoschonen sechs Upsarokas getötet haben.“

„Woher weiß ich das?“

„Ich habe es dir gesagt; ich war dabei, als sie es taten, konnte es aber nicht verhindern, weil ich mich in zu großer Entfernung davon befand.“

„Also dein Mund war es, wegen dessen Rede wir ausgezogen sind, um die Schoschonen zu strafen. Dein Mund war es, der uns zur Rache aufforderte. Dein Mund war es, der die Schoschonen feige, stinkende Mörder nannte und uns den Beistand eurer Krieger zusagte. Dein Mund war es auch, der mir versprach, dass diese Krieger nur meinen Befehlen zu gehorchen hätten. Nun aber kommt Peteh, euer Häuptling, und will, dass ich ihm gehorche, und da ich es nicht tue, drohst du mir, dass ihr euch unseren Feinden, von denen du nicht schlimm genug erzählen konntest, zuwenden wollt.“

„Nur dieses Bleichtgesichts wegen, das du uns nehmen willst.“

„*Pshaw!* Stände euer Häuptling jetzt an deiner Stelle und wären deine Worte aus seinem Mund gekommen, so würde ich ihm mit dem Tomahawk, aber nicht mit den Lippen antworten; da du aber kein Häuptling bist, will ich eine Antwort geben, die nur für dich gelten mag. Also höre: Wenn ihr wegen dieses weißen Kriegers gehen wollt, so geht! Der Kopf und der Arm Old Shatterhands sind mehr wert als die Arme und Köpfe von hundert Blutindianern. Das ist es, was ich dir, nicht ihm sage. Willst du es ihm mitteilen, so tu es! Und nun zieht fort oder baut euch Hütten in unserer Nähe, ganz wie ihr wollt! Aber was mit Old Shatterhand geschehen soll, das wird die Versammlung bestimmen, an der Peteh teilnehmen mag, doch nur dieser allein. Meine Krieger stehen hier, sie werden darauf achten, dass nur Peteh, sonst aber kein Blutindianer unser Lager betritt. Ich habe gesprochen. Howgh!“

Er wandte sich um und winkte mir. Ich nahm Hatatitla beim Zügel und folgte dem Kikatsa, nicht wenig erfreut über diesen weiteren Erfolg meiner Weigerung, mich wie ein Greenhorn behandeln zu lassen.

Er führte mich zum Mittelpunkt des Lagers, wo eine Hütte stand, die größer als die anderen war. Zwei vor dem Eingang in der Erde steckende, mit Federn geschmückte Lanzen verrieten, dass es die seinige war. Ich hobbelte mein Pferd an und trat mit ihm hinein.

Das Innere bot nicht die geringste Bequemlichkeit. Eine auf der Erde liegende Pferdedecke bildete die ganze Ausstattung.

„Old Shatterhand setze sich nieder, bis ich ihm eine Hütte habe bauen lassen!", sagte er, dann ging er wieder.

‚Old Shatterhand!' Wenn ich es so weit bringen könnte, dass er sich statt dieses Namens des Ausdrucks ‚mein Bruder' bediente! Wo steckten Rost und Carpio und wo Corner und seine Spießgesellen? War Hiller mit hier? Besonders die letzte Frage hatte jetzt Wichtigkeit für mich. Hiller war kein Mörder. Falls er bei der Tötung der sechs Krähen beteiligt gewesen war, hatte er jedenfalls nur aus Notwehr gehandelt. Wenn er sich hier im Lager befand, so mochte die Versammlung über mich beschließen, was sie wollte, ich war entschlossen, ihn zu befreien. Jetzt für den Augenblick konnte ich freilich nichts unternehmen, sondern musste geduldig warten, und das tat ich in aller Ruhe, zumal ich neben den rein äußerlichen Vorteilen auch schon einen sehr wichtigen moralischen errungen hatte, indem Yakonpi-Topa die Meinung geäußert hatte, eine Verbindung mit mir wäre der mit hundert Blutindianern vorzuziehen.

Als er nach einer Weile in die Hütte zurückkehrte, kamen zwei Rote mit, die einige lange, aus Decken gewundene Bündel niederlegten und sich dann wieder entfernten. Der Häuptling setzte sich mir gegenüber und betrachtete mich längere Zeit mit unverhohlener Aufmerksamkeit. Er schien zu erwarten, dass ich das Gespräch beginnen würde; ich wusste aber, was ich mir und meinem Namen schuldig war, und schwieg also. Darum fing er endlich mit der Frage an:

„Old Shatterhand ist mit Winnetou beisammen gewesen?“

„Ja“, erwiderte ich.

„Wo hat er sich von ihm getrennt?“

„Das brauche ich dem tapferen Häuptling der Kikatsas doch nicht erst zu sagen, denn er hat es jedenfalls von den Blutindianern und ihren Gefangenen gehört.“

„Uff! Old Shatterhand hat richtig gesprochen. Wo wird sich der Häuptling der Apatschen jetzt befinden?“

„Selbst wenn ich das wüsste, würde ich es dir mitteilen, dessen Gefangener ich bin?“

„Nein. Er wird sich alle Mühe geben, dich aus der Gefangenschaft zu befreien?“

„*Pshaw!* Ich brauche seine Hilfe nicht. Wohl aber hättest du seinen Beistand nötig.“

„Uff! Ich?“

„Ja.“

„Old Shatterhand sagt nie etwas, was er nicht beweisen kann; ich bin bereit, die Gründe dieser Behauptung zu hören.“

„Sie sind sehr einfach. Du willst die Schoschonen bekämpfen und hast sechshundert Mann bei dir, und den hundert Blutindianern darfst du schon jetzt nicht trauen; die Schoschonen aber können über zehnmal hundert Krieger zusammenbringen.“

„Sind sie denn beisammen? Wissen die Schoschonen, dass wir kommen und wo wir uns jetzt befinden?“

„Meinst du, dass sie keine Kundschafter senden?“

„Die schickt man doch nur dann aus, wenn man weiß, dass man bekriegt werden soll.“

„Wissen das die Schoschonen nicht? Meinst du wirklich, dass eine Schar von sechshundert Kriegern durch die Berge ziehen kann, ohne dass sie beobachtet wird? Vor schon fast einem Mond wurde fern von hier in den Städten der Bleichgesichter davon gesprochen, dass die Krähen gegen die Schlangen ziehen wollten; wenn das die Weißen da unten wissen, sollten es die Schlangen nicht auch erfahren haben?"

„Uff!", rief er betroffen aus.

„Du kannst dich darauf verlassen, dass sie euch unter Umständen mit über tausend Kriegern empfangen werden. Darum habe ich gesagt, dass dir der Beistand des Apatschen nötiger wäre als mir."

„Wie könnte er uns beistehen, da er ein Freund unserer Feinde ist?"

„Er ist ebenso wie ich ein Freund aller roten Männer, er bleibt auch dann ihr Freund, wenn sie sich untereinander entzweit haben. Er würde mit Freuden bereit sein, Frieden zu stiften zwischen euch und den Schoschonen."

Da streckte er abwehrend beide Hände aus.

„Frieden? Die Kriegsbeile sind ausgegraben, weil die Schlangen unsere Krieger ermordet haben; nur Blut kann diese Tat abwaschen. Wie kann da Friede zwischen uns und ihnen sein? Und wenn mehr als zehnmal hundert Schoschonen gegen uns gezogen kämen, wir würden uns doch nicht vor ihnen fürchten, denn Wagare-Tey, der Kriegshäuptling dieser Leute, ist ein junger Hund, der noch nicht beißen kann."

„Vergiss nicht, dass Avaht-Niah, der oberste Häuptling der Schoschonen, seines Alters wegen zwar daheim bleiben muss, aber jedenfalls dem jungen Häuptling seinen Rat und seine Erfahrung mitgegeben hat!"

„Was nützen die Erfahrungen anderer, wenn man sie nicht im eigenen Kopf hat? Und dem Häuptling der Apatschen muss ich raten, auch während unseres Kriegszugs das zu bleiben, was er nach deinen Worten ist, nämlich ein Freund aller roten Männer. Wenn er sich auf die Seite der Schoschonen stellte, also gegen uns, wäre er das nicht mehr, sondern unser Feind und hätte also keine Schonung von uns zu erwarten. Wo befand sich Old Shatterhand, als er von unserem Krieg mit den Schoschonen erfuhr?"

„Unten im Land der Bleichgesichter."

„Warum ist er hier heraufgekommen?"

„Um den Schoschonen gegen euch beizustehen."

„Uff!", fuhr er mehr verwundert als erzürnt empor. „Das sagt Old Shatterhand so aufrichtig?"

„Ich bin ein Krieger und du bist ein Krieger. Wir sind beide zu stolz, Lügen zu machen oder anzuhören."

„Uff! Old Shatterhand spricht sehr kühn, aber ich muss ihn darum achten. Weiß er, weshalb wir die Kriegsbeile gegen die Schoschonen ausgegraben haben?"

Um keine Unwahrheit zu sagen, erwiderte ich ausweichend:

„Ich habe die Schoschonen noch nicht getroffen. Vielleicht werde ich es von dir erfahren?"

„Diese Hunde haben sechs meiner Krieger erschossen."

„Ist das wahr?"

„Ja, du hast es ja vorhin von dem alten Krieger der Blutindianer gehört, der es gesehen hat."

„Wer hat es noch beobachtet?"

„Niemand als er und einige seiner Leute."

„Ist er ein Mann, dem man alles glauben darf?"

„Warum hätte ich seine Rede bezweifeln sollen?"

„Jeder Zweifel kann mehrere Gründe haben. Mir kommt dieser Alte nicht wie einer vor, dem man Vertrauen schenken darf. Es ist nicht unmöglich, dass er das, was er selbst tat, dann auf andere schob. Hast du das untersucht?"

„Das war nicht notwendig. Meine sechs Krieger waren ausgezogen, um die Felle zu holen, die wir erbeutet und an verschiedenen Orten versteckt hatten. Wir fanden zuerst ihre Leichen und dann bei den Schoschonen die Felle. Ist das nicht Beweis genug?"

„Hm! Wie viele Schoschonen waren es?"

„Vier, sie sind am Marterpfahl gestorben."

„Waren sie allein?“

„Nein. Es war ein Bleichgesicht dabei.“

„Dieses Bleichgesicht heißt Nana-po?“

„Uff! Old Shatterhand kennt ihn?“

„Ja. Ich weiß noch mehr.“

„Was?“

„Die Felle, die ihr bei den Schoschonen gefunden habt, gehörten ihnen oder auch schon Nana-po, der sie ihnen abgekauft hatte. Es waren nicht die Felle, die deinen getöteten sechs Kriegern abgenommen wurden.“

„Uff!“, rief er wieder.

„Es ist also leicht möglich“, fuhr ich fort, „dass eure Leute nicht von den Schoschonen und von Nana-po erschossen worden sind.“

„Old Shatterhand spricht Unbegreifliches.“

„Du hast an die Squaw von Nana-po einen Brief geschrieben?“

„Ja. Auch das weißt du?“

„Du verlangst in diesem Brief für seine Freilassung binnen vier Monden so viele Gewehre, wie das Jahr Tage hat?“

„So ist es. Wer hat Old Shatterhand das gesagt?“

„Seine Squaw. Ich habe deinen Brief gelesen und bin gekommen, um mit dir über die Gewehre zu sprechen.“

„So bist du der Abgesandte dieser Squaw?“

„Ja.“

„Uff, uff! Wer hätte das gedacht, als man dich als Gefangenen brachte! Ich bin bereit zu hören, was Old Shatterhand mir über die Gewehre, die ich gefordert habe, mitzuteilen hat.“

Er sah mir erwartungsvoll ins Gesicht, ich zeigte ihm mein freundlichstes Lächeln.

„Ich bin allerdings überzeugt, dass Yakonpi-Topa gern wissen möchte, was ich ihm darüber zu sagen habe, aber ich muss ihn leider um Geduld bitten.“

„Warum?“

„Wenn man einen Gefangenen loskauft, muss man erst

wissen, ob er die Gefangenschaft verdient. Du würdest mir also erlauben müssen, die Sache zu untersuchen."

„Uff!", erwiderte er abweisend.

„Und deshalb mit Nana-po zu sprechen."

„Uff, uff!"

„Und höre besonders, was ich dir jetzt sage: selbst wenn ich die Gewehre zahlte, würde – ich – sie – nur – einmal – zahlen."

Ich legte auf jedes der letzten sechs Worte einen besonderen Ton. Er verstand mich, erkundigte sich aber doch:

„Wie meint das Old Shatterhand?"

„Ich würde die Gewehre nur in dem Augenblick geben, wo mir der Gefangene ausgeliefert wird."

„Meint Old Shatterhand, dass ich ihn täuschen würde?"

„Mich gewiss nicht. Es sind noch sechs Bleichgesichter bei Nana-po gewesen. Wo befinden sich die?"

„Das weiß ich nicht."

„Schön! Wenn ich von den Gewehren spreche, meine ich nur immer den Fall, dass Nana-po eine Schuld auf sich geladen hat, die nun mit den verlangten Waffen bezahlt werden muss, und ich sagte bereits, dass das noch nicht erwiesen ist und erst untersucht werden muss. Und nun kommt die Hauptsache: Ein Gesandter ist als freier Mann zu behandeln, ich bin jetzt aber Gefangener. Ich kann also nicht eher von den Gewehren mit dir sprechen, als bis ich frei bin."

„Uff!", rief er aus, von dem Trumpf, den ich so unerwartet ausspielte, im höchsten Grad überrascht.

„Ja", fuhr ich fort, „wenn die Versammlung nicht meine Freiheit beschließt, so kann von den Gewehren keine Rede sein. Howgh!"

Ein Indianer muss seine Gefühle verbergen können, auch Yakonpi-Topa gab sich Mühe, zu verheimlichen, dass ihn meine Bedingung in Verlegenheit brachte. Er nahm einen Gedanken zu Hilfe, der ihm wohl sehr gelegen kam.

„Old Shatterhand darf nicht klagen. Ich habe ihn bereits von seinen Fesseln befreit und kann zwar gegen die Bestimmung der Versammlung nichts tun, werde ihm aber noch weiter beweisen, dass ich ihn nur noch als den Gefangenen der Blutindianer betrachte."

Er öffnete die Bündel. Sie enthielten die Gewehre von Carpio, Rost, Sheppard, Corner, Eggly und dem alten Lachner, ferner ihre anderen Waffen und dazu sämtliche übrigen Gegenstände, die ihnen abgenommen worden waren.

„Die Gefangenen wurden uns übergeben, so mussten wir einstweilen, bis die Versammlung darüber entschieden hat, auch ihr Eigentum bekommen", erklärte der Häuptling. „Old Shatterhand mag sich nehmen, was ihm gehört; es wird beschlossen werden, ob er es behalten darf oder nicht."

Natürlich ließ ich mir das nicht zweimal sagen, ich langte erfreut zu und war nun doppelt überzeugt, dass mir unser Fortkommen keine großen Schwierigkeiten machen würde. Als ich alles in den Gürtel und in die Taschen gesteckt hatte, sagte ich:

„Yakonpi-Topa, der tapfere Häuptling der Kikatsas, tut wohl daran, mir ein solches Vertrauen zu schenken, er wird den Beweis dafür später erhalten. Noch größere Dankbarkeit aber würde er sich erwerben, wenn er die Hütte, die für mich errichtet werden soll, für drei Personen herstellen lassen wollte."

„Welches sind die anderen beiden?"

„Die zwei jungen Männer, die mit mir ergriffen wurden. Sie besitzen keine Kenntnis vom Wilden Westen und sind so krank und schwach geworden, dass sie den Tag der Beratung nicht erleben würden. Außerdem gebe ich für sie mein Wort, so wie ich es für mich selbst gegeben habe, dass sie das Lager bis zum Versammlungstag ohne deine Erlaubnis nicht verlassen werden. Sie sind besondere Bekannte von mir."

„Ich habe sie gesehen und wollte mit ihnen sprechen,

sie konnten aber nicht antworten. Sie sind wie Vögel, die keine Flügel haben. Aber wenn sie mit Old Shatterhand beisammenwohnen und er trägt seine Waffen, so ist es nutzlos, wenn ich ihnen die ihrigen vorenthalte. Sie können ja doch nicht damit umgehen."

„Nein. Stecken sie mit den anderen weißen Gefangenen zusammen?"

„Nein. Peteh, der Häuptling der Blutindianer, hielt sie von ihnen getrennt und so habe auch ich sie abgesondert."

„Will Yakonpi-Topa mir meine Bitte erfüllen?"

„Ja. Old Shatterhand mag mit mir kommen, damit ich ihm zeige, wo sich die beiden Bleichgesichter befinden."

Wir gingen hinaus, wo jetzt zwischen den Hütten reges Leben herrschte. Die Roten sahen, dass ich jetzt das Messer und die Revolver wiederhatte, doch verbot ihnen der Stolz, eine erstaunte Miene darüber zu zeigen. Wir kamen an der Stelle vorüber, wo die für mich bestimmte Wohnung errichtet wurde. Sie war beinahe fertig und so groß, dass sie keiner Erweiterung zur Aufnahme meiner beiden Gefährten bedurfte. Diese befanden sich in einer in der Nähe liegenden Hütte. Der Häuptling ging nicht weiter mit, er zeigte sie mir nur und fügte hinzu:

„Old Shatterhand wird sein Wort halten und nichts tun, was ich nicht gestatten dürfte. Wenn er mich sucht, so weiß er mich zu finden."

Er gab dem Roten, der vor dem ‚Gefängnis' Wache stand, einen Wink, und ich trat ungehindert ein.

Rost und Carpio lagen gefesselt auf der Erde. Es war noch Tag und die Helligkeit drang zwischen dem dünnen Zweigwerk der Wände herein, ich konnte sie also deutlich sehen. Rost sah sehr leidend aus, der mehrtägige Ritt vom Fleischwasser hierher hatte ihn angegriffen; doch als mein Blick auf Carpio fiel, tat es mir weh. Er glich einem Skelett und schon nach wenigen Minuten bemerkte ich den kurzen, trockenen Husten, der sich aus seiner kranken Lunge quälte.

„Sappho!“, rief er mir leise entgegen.

Ich kniete bei ihm nieder und band ihm den Riemen los; er ergriff meine Hände, sah mir liebevoll in die Augen und lächelte froh, mehr konnte er nicht. Auch Rost wurde von den Fesseln befreit.

„Gott sei Dank, dass Sie endlich kommen!“, sagte er. „Die letzten Tage werden wir nie vergessen. Dieser Ritt, diese Anstrengung, die Ermattung, dieser Hunger...“

„Was? – Hunger?“

„Ja, seit vorgestern haben wir nichts erhalten.“

„Da hat man also nur mich kräftig an den Marterpfahl bringen wollen. Wartet, ihr sollt gleich essen!“

Ich rannte fort. Es kostete mich nur ein Wort, zu bekommen, was ich brauchte. Dann kehrte ich zurück, und sie aßen – aßen! Es war eine Wonne, ihnen zuzusehen. Rost erzählte mir dabei von ihren Leiden; dann bat er mich zu berichten, wie es mir gegangen sei. Carpio, der sich nun etwas wohler fühlte, fragte:

„Nicht wahr, es hat sich inzwischen herausgestellt, dass es nur eine einfache Verwechslung war?“

„Ja“, antwortete ich aus Rücksicht auf ihn.

„Dachte es mir doch gleich. Nun wir uns bei den Indianern befinden, wird das nicht wieder vorkommen. Naturvölker kennen die Worte Zerstreuung oder Gedankenlosigkeit nicht. Wir sind also jetzt frei?“

„Die Versammlung der ältesten Krieger hat noch darüber zu bestimmen. Ihr braucht aber nicht die geringste Sorge zu haben, denn es versteht sich von selbst, dass wir freigesprochen werden; es ist das nur noch der Form wegen. Ich kam, um euch in meine Hütte zu holen, wo wir zusammen wohnen werden. Auch eure Waffen und alle eure Sachen bekommt ihr wieder; das muss euch die Überzeugung geben, dass es mit euren Leiden nun zu Ende ist.“

Ich erzählte ihnen so viel, wie ich für gut fand; alles, was sie beängstigen konnte, ließ ich weg. Als sie gegessen hatten, erklärte Carpio, dass er sich viel kräftiger fühle als vorher, und wir gingen zu unserer Hütte, die inzwischen fertig geworden war. Ich holte die Sachen der beiden Kameraden und bekam alles, nur die Pferde nicht, nämlich Rosts Braunen und Corners Fuchs, den ich uns nicht entgehen lassen wollte. Peteh gab sie, wie ich erfuhr, nicht her. Ich hielt es für klug, bis zu einer besseren Gelegenheit zu warten. Umso mehr sorgte ich für meinen Hengst, dem es an nichts mangeln durfte.

Als es dunkel geworden war, brannten wir ein Feuer vor der Hütte an und setzten uns hinaus. Kein gewöhnlicher roter Krieger wagte es, uns zu stören; nur der Häuptling erschien später, um nach etwaigen Wünschen zu fragen. Ich bat ihn, die anderen weißen Gefangenen einmal beschleichen zu dürfen, und als er mich nach dem Grund fragte, entgegnete ich:

„Sie sind Feinde aller braven roten und weißen Krieger, sie haben schon oft gestohlen und gemordet, es ist ihnen das größte Verbrechen zuzutrauen und wahrscheinlich beraten sie jetzt darüber, ob es ein Mittel gibt, euch zu entrinnen. Wenn ich es hörte, würde ich es dir sagen."

„Gut, so mag Old Shatterhand dann, wenn nur noch die Wachtfeuer brennen und es bei ihrer Hütte dunkel ist, versuchen, ob es ihm gelingt, etwas zu erlauschen."

Ich wartete diese Zeit ab. Es leuchtete nur noch einige Feuer im Umkreis des Lagers, im Innern aber war es dunkel. Ich schlich zu der Hütte, wo Corner, Sheppard, Eggly und Lachner gebunden lagen. Ein roter Wächter, der von meinem Kommen unterrichtet war und mich nicht hinderte, saß davor. Es war wohl kaum anzunehmen, dass die Gefangenen seinetwegen schwiegen, denn er verstand auf alle Fälle das Englische nicht so, dass er jedes ihrer Worte zu unterscheiden vermochte. Indem ich mit den Händen leise nachfühlte, fand ich tief unten am Boden eine Lücke, die groß genug war, meinen Kopf hineinzustecken.

Sie schliefen nicht, sie unterhielten sich noch, aber so, dass nur zuweilen einer ein paar Worte sagte. Und was ich hörte, war für mich von keinem persönlichen Belang. Ich lag wohl eine Stunde da, ohne etwas Wichtiges zu erfahren, als dass Corner die Fesseln schmerzten und dem Prayer-man der Schnupftabak, den man ihm abgenommen hatte, fehlte. Schon wollte ich mich zurückziehen, da hörte ich den alten Lachner sprechen:

„Ich kann gar nicht sagen, wie ich mich ärgere, dass es so gekommen ist. Es war alles so herrlich eingefädelt. Der dumme Junge, der sich meinen Neffen schimpft, hätte zwar daran zu Grunde gehen müssen, weil wir ihn gezwungen hätten, die Goldproben aus dem tiefen Wasser zu holen; das hält kein Teufel aus, aber es wäre nicht schade um ihn gewesen, ich habe ihn deshalb mitgenommen. Wären die Proben gut ausgefallen, hätte ich später Maschinenkraft angewendet. Hole es der Teufel! Hoffentlich aber gelingt es uns in der Weise, wie wir es vorhin ausge...“

„Still, kein Wort“, unterbrach ihn Eggly. „Solche Sachen dürfen höchstens geflüstert werden, denn der rote Halunke da draußen könnte doch vielleicht ein Wort auffangen, aus dem Verdacht zu schöpfen wäre. Wollen versuchen, ob wir in diesem erbärmlichen Nest schlafen können!“

Es wurde ruhig und ich entfernte mich.

Also hatte Lachner von Corner und Sheppard doch erfahren, dass man tauchen musste. Und der alte Sünder war so gewissenlos gewesen, Carpio zu diesem Zweck mitzuschleppen. Ich meldete dem Häuptling, dass die Gefangenen allerdings an Flucht dächten, ich aber nichts Näheres darüber hätte erfahren können. Da ich den Blutindianern nicht recht traute, bat ich ihn, seine Wachen während der Nacht ein scharfes Auge auf sie halten zu lassen. Er versprach es mir nicht nur, sondern forderte mich sogar auf, den beabsichtigten Rundgang um das Lager mitzumachen und den Wächtern diese Weisung selber zu erteilen.

Die Blutindianer hatten sich in einiger Entfernung vom östlichen Ende des Lagers ihre Laubzelte errichtet. Wir gingen also erst nach dieser Seite, um die wachhabenden

Kikatsas zu unterweisen. Dann schritten wir an der nördlichen Seite hinunter, wo unfern der äußersten Hütten ein schmaler Bach floss, aus dem die Upsarokas das nötige Wasser holten. Es gab da nur ein Feuer. Als wir uns so weit von ihm entfernt hatten, dass es fast dunkel um uns herum war, hörte ich vom Bach her ein leises plätscherndes Geräusch. Ich blieb stehen und horchte. Es wiederholte sich, aber nur für mein Ohr vernehmlich, denn es war so leise, dass es dem Häuptling nicht auffallen konnte; ich aber kannte es: Es kam von Winnetou. Wir hatten verschiedene solche Zeichen, die wir je nach Umständen anwandten, miteinander verabredet.

Zu ihm hinüber durfte ich nicht, wenigstens nicht allein, denn ich hatte Yakonpi-Topa mein Wort gegeben, das Lager ohne seine Erlaubnis nicht zu verlassen. Sollte ich Winnetou herüberrufen? Während ich noch mit mir zu Rate ging und der Häuptling mich verwundert fragte, warum ich stehen blieb, tauchte der Apatsche gerade vor uns wie aus der Erde auf.

„Uff!“, rief der Kikatsa überrascht.

Ich legte ihm die Hand an den Arm und beruhigte ihn:

„Der Häuptling der Kikatsas mag nicht erschrecken, er hat mich heute unter seinen Schutz genommen und steht jetzt unter dem meinigen. Hier ist Winnetou, der berühmte Häuptling der Apatschen.“

„Uff, uff! Winnetou!!

„Sprich leise, sonst ist es um dein Leben geschehen. Wir werden hören, was Winnetou uns zu sagen hat, und dann kehren wir ins Lager zurück. Ich wiederhole, dass du nichts zu befürchten hast, denn ich erkläre hiermit dem Häuptling der Apatschen, dass ich mit Yakonpi-Topa zufrieden bin.“

Es war eine eigentümliche Lage. Ich war Gefangener des Kikatsas, dieser wurde fünfzig Schritt von seinen Kriegern entfernt von Winnetou überfallen und wäre, wenn ich nicht durch mein Wort gebunden gewesen wäre, gewiss von dem Apatschen gezwungen worden, Carpio, Rost und mich freizugeben.

„Mein Bruder Old Shatterhand hat richtig gesprochen: Dem Häuptling der Kikatsas soll von mir kein Haar gekrümmt werden“, bestätigte Winnetou mit halblauter Stimme. „Ich habe in der Nähe des Lagers gelauscht und alles erfahren. Zuerst wird mir mein Bruder Old Shatterhand und dann soll mir Yakonpi-Topa einige Fragen beantworten. Also mein Bruder Scharlih hat sein Wort gegeben, das Lager nicht ohne Erlaubnis zu verlassen?“

„Ja“, entgegnete ich.

„Wenn er es gegeben hat, wird er es auch halten. Sind die beiden Bleichgesichter Rost und Carpio mit inbegriffen?“

„Ja.“

„Ist dein Hatatitla bei dir?“

„Ja.“

„Hat Peteh, der Häuptling der Blutindianer, auf deinen Tod verzichtet?“

„Nein.“

„Uff! Hast du einen Wunsch an mich?“

„Nein, denn ich weiß, dass du alle meine Wünsche erfüllen wirst, ohne dass ich sie auszusprechen brauche.“

„So wende ich mich jetzt mit meiner Frage an den Häuptling der Kikatsas: Die Krieger der Upsarokas haben das Kriegsbeil ausgegraben, weil sechs ihrer Männer von den Schoschonen erschossen worden sein sollen?“

„Ja“, antwortete Yakonpi-Topa, der sich noch immer nicht in die plötzliche Anwesenheit des Apatschen finden konnte.

„Wo ist das geschehen?“

„Am Salbei Creek, der von Norden her in den Sweetwater mündet.“

„Von wem weiß es der Häuptling der Kikatsas?“

„Von einem alten Krieger der Blutindianer, der es gesehen hat und Innuya Nehma[1] heißt.“

[1] ‚Lange Flinte‘

„Dieser Alte hat gelogen. Winnetou weiß es besser. Bei den Schoschonen, die die Mörder gewesen sein sollen, hat sich ein Bleichgesicht namens Nana-po befunden?"

„Ja."

„Dieser Nana-po wird noch festgehalten, weil seine weiße Squaw ihn mit Gewehren loskaufen soll?"

„Ja."

„So will ich erzählen, wie es sich zugetragen hat. Nana-po hatte von den Schoschonen Felle gekauft, die zum Plattefluss geschafft werden sollten. Er und die sechs Bleichgesichter, die er bei sich hatte, machten Pakete daraus, um sie zu tragen. Avaht-Niah, der große und umsichtige Häuptling der Schoschonen, gab ihnen vier Krieger mit, die ihnen helfen und sie schützen sollten. Sie kamen auf dem Sweetwater bis an die Mündung des Salbei Creek. Dort hielten sie an, um zu der Rattlesnake Range zu gehen. Nana-po wanderte mit den vier Schoschonen und den Packpferden, die die Felle trugen, voraus; die sechs anderen Bleichgesichter waren für kurze Zeit zurückgeblieben, um noch Fische für das Abendessen zu fangen und dann den Gefährten nachzueilen. Da wurden sie von einer Schar von Blutindianern überfallen und ermordet, die in der dortigen Gegend jagten. Als diese den Mord begangen und die Toten ausgeraubt hatten, wollten sie der Fährte der Packpferde nach. Da kamen sechs Upsarokas auf dem Sweetwater herab, die auch Felle auf ihren Flößen hatten, sie stiegen aus und wurden ebenfalls erschossen. Innuya Nehma war der Anführer dieser Mörder. Er tat die meisten seiner Leute auf die Flöße der Upsarokas, damit sie die Felle zur Seminole-Ebene schaffen sollten, wo die Blutindianer damals wohnten. Er selber blieb mit einigen seiner Krieger noch da, um weiter zu jagen. Er gab nicht Acht auf den Fluss und sah also nicht, dass noch mehr Upsarokas kamen. Diese sahen die Ermordeten am Ufer liegen, stiegen aus und überfielen ihn. Er war ein kluger Mann und erklärte, die Schoschonen seien es gewesen, die sich mit Nana-po entfernt hätten; er hätte es auch gesehen, aber nicht helfen können, weil sich alles viel zu schnell für ihn zugetragen hätte. Die Upsarokas glaubten ihm, gaben ihn und seine Leute frei, machten sie zu ihren Verbündeten und jagten den Schoschonen nach. Diese wurden ergriffen und gefangen zu dir gebracht. Sie starben unschuldig am Marterpfahl und Nana-po soll auch noch sterben, sobald seine Squaw die Gewehre ohne Erfolg für ihn bezahlt haben wird."

„Uff, uff!", ließ der Kikatsa sich hören, als Winnetou seinen Bericht beendet hatte. „Wenn es so wäre, wie der Häuptling der Apatschen erzählt, so wären also die Blutindianer, die jetzt meine Verbündeten sind, die Schuldigen?"

„Es ist so. Ja, es ist noch schlimmer. Du hast den Schoschonen den Kampf angesagt, weil du glaubtest, sie hätten deine Leute getötet; nun aber müssen sie sich an dir rächen, weil du ihre unschuldigen Krieger am Marterpfahl hingerichtet hast."

„Uff! Kann Winnetou beweisen, dass alles so ist, wie er mir erzählt hat?"

„Ich lüge nie, aber ich werde es dir dennoch beweisen, weil die Sache wichtig ist. Die Blutindianer haben sich mit dir verbündet, um große Beute bei den Schoschonen zu machen; sie taten das, obgleich sie wissen, dass sie selber die Schuldigen, die Schoschonen aber unschuldig sind. Sie kamen zu dir gezogen und nahmen unterwegs meinen Bruder Old Shatterhand gefangen. Ich ritt hinterher, um ihn zu befreien. Ich beschlich und belauschte sie. Ich hörte ihren Häuptling Peteh mit dem alten Krieger Innuya Nehma von dem Mord sprechen, von dem ich dir jetzt erzählt habe. Sie lachten über dich, dass du sie, die Mörder, für unschuldig hältst und dafür deine Rache auf die unschuldigen Schoschonen lenkst. Ich erfuhr den Ort der Tat und beschloss, ihn aufzusuchen. Während die Blutindianer langsam weiterritten, jagte ich hinüber zum Salbeifluss. Ich fand die Stelle. Noch liegen die sechs erschossenen Bleichgesichter unbegraben und von den Geiern zerrissen da. Warum habt ihr die Leichen nicht beachtet? Sie hätten euch doch sagen müssen, dass die Blutindianer die Mörder waren, nicht aber die Schoschonen, deren weiße Gefährten ermordet worden sind."

„Uff! Sie liegen noch da?"

„Ja. Ich komme deshalb heute zu dir. Du hast das Kriegsbeil gegen die Schoschonen erhoben und diese werden ihre vier am Marterpfahl unschuldig Hingerichteten von euch fordern, ich aber bin der Freund und Bruder aller roten Männer und will Frieden zwischen euch stiften. Sende morgen früh sichere Boten, die gute Augen haben, an den Salbeifluss! Wenn diese zurückkehren und dir sagen, dass sie die toten Bleichgesichter noch liegen sahen, so hast du den Beweis, dass die Schoschonen unschuldig, die Blutindianer aber schuldig sind."

„Uff, uff, das ist richtig."

„Ja, das ist richtig. Ich habe dir gesagt, wie es ist. Howgh!"

„Was wird Winnetou, der berühmte Häuptling der Apatschen, inzwischen tun, bis meine Boten zurückkehren?"

„Das sollte ich dir verschweigen, ich will es dir aber mitteilen, damit du erkennst, dass ich aufrichtig bin. Ich reite zu den Schoschonen und hole sie. Erkennst du ihre Unschuld an und bietest ihnen Ersatz für ihre vier Toten, so werde ich für dich bitten; tust du das aber nicht, so werden sie weit über tausend Mann stark über euch herfallen. In beiden Fällen aber werden die Blutindianer die gerechte Strafe erleiden. Winnetou, der Häuptling der Apatschen, hat gesprochen. Howgh!"

Kaum hatte er dieses Bekräftigungswort ausgesprochen, so war er auch schon verschwunden. Der Kikatsa stand eine lange Zeit stumm und starrte ihm nach, in die Nacht hinaus. Diese Mitteilung war ihm ebenso unerwartet gekommen wie das plötzliche Erscheinen des Apatschen selbst. Was war mein Winnetou doch für ein herrlicher, unvergleichlicher Mensch!

Dann drehte sich Yakonpi-Topa langsam zu mir um und fragte mich:

„Was meint Old Shatterhand dazu?“

„Was Winnetou behauptet, ist nie zu bezweifeln.“

„Uff! So hätte ich die Mörder hier beim eigenen Lager?“

„Ganz recht!“

„Und darf sie doch nicht eher bestrafen, als bis meine Boten zurückgekehrt sind?“

„So sei umso mehr dafür besorgt, dass sie keinen Verdacht schöpfen und sich in Sicherheit bringen.“

„Soll ich sie etwa freundlich behandeln?“

„Freundlich ernst, wie Verbündete es verlangen dürfen.“

„Wenn aber nun Peteh deinen Tod verlangt?“

„So berufst du dich auf die Versammlung.“

„Er wird sie beschleunigen wollen.“

„Wenn du in der richtigen Weise mit diesen Kriegern sprichst, werden sie nur beschließen, was du für gut befindest.“

„Uff! Meine Seele ist in großer Sorge, denn wenn dir etwas zustößt, wird Winnetou Rechenschaft von mir fordern.“

„Das ist zwar richtig, aber du brauchst keine Sorge zu haben, denn ich weiß, dass mir von den Blutindianern nichts geschieht.“

„Ich werde gleich jetzt die ältesten meiner Krieger zusammenrufen lassen, um ihnen zu erzählen, dass der Häuptling der Apatschen hier gewesen ist und was ich von ihm gehört habe.“

„Tu das, doch mögen sie die Blutindianer ja nichts merken lassen.“

„Ich werde ihnen das scharf einprägen. Komm!“

Wir verließen die Stelle, die dazu bestimmt gewesen war, Ort einer so wichtigen Besprechung zu werden. Er ging zu seiner Hütte und ich zur meinen, wo ich gefragt wurde, wo ich so lange gewesen wäre. Wie erstaunten meine Begleiter und wie freuten sie sich, als sie hörten, dass ich mit

Winnetou gesprochen hatte! Ich erzählte ihnen, was uns von ihm mitgeteilt worden war. Als ich fertig war, meinte Carpio:

„Ich habe doch stets Recht."

„Wieso auch jetzt?", erkundigte ich mich.

„Das ist doch sehr einfach. Die Blutindianer sind die Mörder, man hat aber geglaubt, die Schoschonen wären es."

„Nun?"

„Nun – fragst du! Da gibt es eigentlich nichts zu fragen. Da sind wieder einmal so einige zerstreute Kerle hier herumgelaufen und haben in ihrer Kopflosigkeit eine Verwechslung begangen, die gar nicht größer sein kann."

„Ach so! Diese zerstreuten Menschen sind diesmal Indianer gewesen, also Naturmenschen, lieber Carpio. Du behauptest aber, dass diese nie zerstreut sein könnten."

„Ja, da scheinen sie aber doch auch schon von der Kultur angeleckt worden zu sein, denn nur die Kultur ist es, die solche Verwirrungen hervorbringen kann. Der gebildetste Mensch, den ich kenne, bist du, und was hast du damals für eine tolle Verwechslung mit meinem Reisepass angerichtet! Im Stiefel hattest du ihn stecken. Es war geradezu lächerlich. Weißt du es noch?"

„Ja, leider."

„Da wird es zwischen den Schlangen und den Krähen wohl gar nicht zu einem Kampf kommen?", forschte Rost.

„Wahrscheinlich nicht."

„Gott sei Dank! Ich mag vom Blutvergießen nichts wissen, obgleich ich eine Apotheke und Verbandszeug mitgenommen habe. Mir sagt eine innere Stimme, dass ich diese Sachen gar nicht brauchen werde."

„Das wollen wir nicht behaupten. Wenn ich auch einmal eine innere Stimme haben dürfte, so würde sie mir sagen, dass sich für Sie sogar sehr bald die Gelegenheit ergeben kann, Ihre medizinische und chirurgische Geschicklichkeit zu zeigen."

„An wem?"

„An Peteh oder mir, vielleicht auch an uns beiden zu gleicher Zeit."

„Wieso?"

„Es kann einer von uns oder es können auch beide verwundet oder gar getötet werden."

„Warum?"

„Eines Zweikampfs wegen."

„Was Sie sagen! Gibt es hier oben Duelle?"

„Und was für welche!"

„Und Sie denken, dass Sie eines auszufechten haben werden?"

„Für gewiss halte ich es zwar nicht, aber für möglich."

„Sie meinen, Sie werden von Peteh gefordert?"

„Ja."

„Das klingt gefährlich. Weshalb sollte er Sie fordern?"

„Um micht zu töten."

„Alle Wetter! Mit diesem Kerl möchte ich nicht losgehen. Der hat ja Muskeln wie ein Büffelstier. Übrigens habe ich zum Fechten niemals Zeit gehabt. Ich kann also zwar den großen, vorderen, gekerbten Muskel vom Kapuzenmuskel, aber keine Terz von einer Quart unterscheiden."

„Oh, was das betrifft, so brauchen wir keine Sorge zu haben", fiel Carpio ein, „mein Sappho nimmt es mit jedem auf. Dem darf keiner kommen."

„Pah!", lachte ich. „Damals und jetzt! Ihr dürft auch nicht etwa denken, dass da mit gemütlichen Paukwaffen aufeinander losgeschlagen wird. Da geht es ganz anders her."

„Aber wie kann denn dieser Blutindianer auf den Gedanken kommen, mit Ihnen kämpfen zu wollen?", fragte Rost.

„Das ist leicht erklärlich", erwiderte ich. „Sie wissen doch, wie feindlich er uns, besonders mir gesinnt ist. Er will meinen Tod, er wird ihn von den Krähenindianern verlangen. Nach allem, was ich ihnen vorhin erzählt habe, glaube ich nicht, dass sie sich darauf einlassen werden. In diesem Fall nun ist es bei den meisten Indianerstämmen

Gepflogenheit, dass zwischen dem, der sterben soll, und dem, der seinen Tod fordert, ein Kampf stattfindet, der nicht eher aufhören darf, als bis einer von beiden liegen bleibt. Diese Zweikämpfe haben je nach den Waffen und Bedingungen verschiedene Namen. Ich halte es für ganz und gar nicht ausgeschlossen, dass Peteh in seiner Wut, mich schon halb frei zu sehen, einen solchen Kampf fordert, wenn die Krähen nicht darauf eingehen, mich am Marterpfahl sterben zu lassen."

„So, bitte, sagen Sie: Fürchten Sie sich?"

„Nein. Der Mensch soll nur das tun, was nützlich ist, und da es gar nicht nützlich ist, sich zu fürchten, so habe ich mir die Furcht erst gar nicht angewöhnt. Diesen Gegenstand habe ich bloß berührt, um Ihnen den Gedanken nahe zu legen, dass Sie doch vielleicht Ihr Verbandszeug noch in Anwendung bringen können. Jetzt aber wollen wir das Beste tun, was wir tun können, nämlich schlafen."

Es war sehr kalt geworden. Glücklicherweise hatten wir unsere Decken wiederbekommen. Ich wickelte Carpio in die seinige, schlang die meine noch darüber und gab ihm meinen Sattel zum Kopfkissen; das hatte zur Folge, dass er die ganze Nacht hindurch prächtig schlummerte. Ich hatte während des Ritts vom Fleischwasser bis hierher keine richtige Ruhe gehabt und schlief darum ganz leidlich, obgleich ich von der Kälte öfters geweckt wurde.

14. *Auf Leben und Tod*

Als wir aufwachten, war es ziemlich spät und es herrschte schon reges Leben im Lager. Wir gingen zum Bach, um uns zu waschen, und bekamen hierauf unsere Fleischanteile. Dann suchte ich den Häuptling auf, um ihn zu fragen, ob er schon Boten an den Salbeifluss geschickt habe. Er hatte es getan, sie waren zeitig aufgebrochen, konnten aber leider erst in fünf bis sechs Tagen wieder zurück sein.

„So lange müssen wir warten, bevor ich weiß, ob ich Peteh als Feind zu betrachten habe“, sagte er. „Mein Herz sehnt sich nach dieser Gewissheit. Wenn die Blutindianer wirklich die Mörder sind, werden nicht viele von ihnen lebendig heimkehren.“

„Du wirst dich doch wohl damit begnügen, dir die eigentlichen Mörder ausliefern zu lassen. Unschuldige tötet man nicht.“

„Unschuldige? Welcher von den hundert, die gekommen sind, darf unschuldig genannt werden? Sie wissen alle, wer meine Krieger ermordet hat. Sind sie da nicht mitschuldig?“

„Hm! Es ist freilich eine unverzeihliche Schlechtigkeit von ihnen, deine Rache auf die schuldlosen Schoschonen zu lenken und dir bei ihrer Ausführung auch noch behilflich zu sein. Du wirst dich da mit dem Häuptling dieser roten Krieger beraten müssen.“

„So meinst du wirklich, dass sie kommen?“

„Ja.“

„Von Wagare-Tey, ihrem jungen Kriegshäuptling angeführt?“

„Das dachte ich erst. Da aber diese Angelegenheit viel wichtiger ist, als ich glauben konnte, so ist es möglich, dass Avaht-Niah, der alte Häuptling, selber mitkommt, obgleich er schon siebzig Winter zählt.“

„Wie wird er sich verhalten?“

„Wenn du dein Unrecht eingestehst und ihm für seine

Leute, die bei euch am Marterpfahl gestorben sind, Ersatz bietest, wird er auf die Fürbitte des Häuptlings der Apatschen wohl geneigt sind, sich mit dir auszusöhnen. Bist du aber nicht dazu bereit, so wird es zu einem blutigen Kampf kommen, der dich mehr als die Hälfte deiner Leute kosten kann."

„Uff!"

„Ja, ich weiß, was ich sage. Bedenke, dass Winnetou auf der Seite der Schoschonen steht! Seine List und seine Kunst, eine Schar zum Sieg zu führen, wiegen Hunderte von Kriegern auf. Er versteht es, dem Feind Fallen zu stellen, die jeder andere für unmöglich halten würde."

„Das würde aber zu deinem Schaden sein."

„Wieso?"

„Wenn Winnetou feindlich gegen uns aufträte, würden wir dich, seinen Freund und Bruder, natürlich auch als Feind behandeln."

„Pshaw!"

„Uff! Du lachst? Meinst du, dass uns das nicht möglich wäre?"

„O doch! Aber klug wäre es nicht von euch, denn Winnetou würde dann die strengste Rechenschaft fordern. Übrigens ist es jetzt gar nicht an der Zeit, hiervon zu sprechen."

„Ja, denn du hast mir bis zur Versammlung dein Wort gegeben. Dann legen wir dir wieder die Fesseln an und es sollte dir wohl nicht möglich werden, zu fliehen und uns bei den Schoschonen Schaden zu bereiten."

„Was nach der Beratung geschehen wird, darüber können wir jetzt noch nicht sprechen. Es ist für die Kikatsas stets gut, wenn sie Old Shatterhand ebenso wie Winnetou zum Freund haben. Ich weiß, dass du davon überzeugt bist, du brauchst es mir gar nicht zu bestätigen."

„Uff! Old Shatterhand spricht mit zu großer Sicherheit."

„O nein. Wir sind Freunde aller roten Männer, die uns nicht feindlich behandeln; ihr aber habt euch stets als unsere besonderen Freunde und Verbündeten betrachten dürfen."

„Möchte Old Shatterhand mir das beweisen?"

„Warum nicht? Es gibt Indianer, die stets eure Todfeinde gewesen sind..."

„Die Dakotas."

„Ja, die Dakotas. Ihr gehört zum großen Volk der Sioux und sie sind ebenso ein Teil dieses Volkes. Ihr seid also mit ihnen verwandt und dennoch bekriegen sie euch auf eine so beständige und unversöhnliche Weise, dass ihr gegen sie stets das Messer in den Händen haben müsst. Alle Welt weiß nun aber, wen diese Sioux am meisten fürchten. Du weißt es natürlich auch?"

„Ja. Old Shatterhand und Winnetou."

„Richtig! Wir zwei einzelnen Männer haben ihnen, besonders aber den Sioux-Ogellallah, mehr Schaden zugefügt als alle Krieger deines Volkes zusammengenommen. Das brauche ich dir nicht erst zu sagen. Sind wir da nicht die besten Verbündeten von euch?"

„Uff!"

„Wie oft ist es vorgekommen, dass die Dakotas gegen euch ziehen wollten. Da kamen wir und lenkten ihre Schritte von euch ab auf unsere Spuren. Ist das nicht wahr?"

„Es ist wahr."

„Und zwei solche Freunde könnt ihr als Feinde behandeln?"

„Uff!", antwortete er verlegen.

„Du bist ein kluger und tapferer Krieger und wirst einsehen, was euch nützlich oder schädlich ist; ich kann also über diese Zusammengehörigkeit schweigen. Hast du noch gestern Abend mit deinen alten Kriegern gesprochen?"

„Ja."

„Sie wissen also, was Winnetou dir gesagt hat?"

„Nicht nur sie, sondern auch alle anderen Krieger wissen es."

„Ah! Du hast also das Geheimnis allen mitgeteilt?"

„Ja."
„Warum?"
„Sie mussten es alle wissen, damit kein Einziger es an der nötigen Aufmerksamkeit fehlen lässt. Die Blutindianer müssen scharf beobachtet werden, denn wenn es sich herausstellt, dass sie wirklich die Mörder sind, sollen sie alle festgenommen werden."
„Aber bedenke, je mehr Leute es erfahren haben, desto größer ist auch die Gefahr, dass irgendeiner durch eine Unvorsichtigkeit oder auch nur durch eine unbewachte Miene euren Verdacht verrät."
„Ich habe strengen Befehl gegeben, vorsichtig zu sein."
„Dieser Befehl ist nicht leicht zu befolgen. Wirst du mir eine Frage beantworten, die für mich äußerst wichtig ist?"
„Wenn es mir keinen Schaden bringt, ja."
„Du weißt, dass ich der Abgesandte der Squaw bin, der du den Brief geschrieben hast. Ich soll mit Nana-po, ihrem Mann, sprechen. Wo befindet er sich?"
„Wir haben ihn daheim im Lager unseres Stammes gelassen."
„Du täuschst mich nicht?"
„Ich sage die Wahrheit. Oder hält Old Shatterhand mich für so unvorsichtig, einen solchen Gefangenen, zu dessen Bewachung mehrere Krieger gehören, auf meinen Kriegszügen mit herumzuschleppen?"
„Nein. Ich hoffe, dass ich ihn zu sehen bekomme."
„Old Shatterhand soll ihn sehen und mit ihm sprechen."
„Und nicht nur das. Ich muss seine Freiheit von dir fordern."
„Gegen die Zahlung der Gewehre?"
„Nein. Nun, da es sich herausgestellt hat, dass er unschuldig am Tod deiner Leute ist, kannst du kein Lösegeld verlangen. Du musst ihm sogar alles, was du ihm abgenommen hast, auch die Felle, wieder herausgeben."
„Uff! Old Shatterhand gebärdet sich so, als ob nicht ich, sondern er der Häuptling der Kikatsas wäre."

„Ich bin nur dein Freund und verlange nichts als Gerechtigkeit von dir. Ah, dort ist Peteh! Er hat dich erblickt und scheint mit dir sprechen zu wollen."

„Ja, er kommt. Mein Herz sträubt sich dagegen, freundlich mit diesem Hund zu sein. Wirst du bei mir stehen bleiben?"

„Nein, denn wenn ich mit ihm zusammentreffe, könnte es leicht wieder Hiebe geben."

Ich beobachtete, mit welchen hasserfüllten Augen der Blutindianer mich betrachtete, und entfernte mich, aber langsam, damit es nicht aussehen sollte, als ob ich mich vor ihm fürchtete.

Der Häuptling der Kikatsas ahnte nicht, wie willig er sich gegen mich verhalten hatte. Ich hätte ihn in meiner Hand ganz nach Belieben formen können. Er wollte es verschweigen, hatte aber eine heillose Achtung vor uns. Auch war er vollständig davon überzeugt, dass Winnetou gestern Abend die Wahrheit gesagt hatte, denn wenn er auch nur ein wenig noch im Zweifel gewesen wäre, hätte er Peteh jetzt nicht einen Hund genannt. Ich wusste, dass ich von ihm nichts Schlimmes zu erwarten hatte.

Dann saß ich mit Carpio und Rost vor unserer Hütte, doch nicht lange, so kam Yakonpi-Topa zu uns und sagte mir, dass Peteh die Beratung über uns für heute verlangt hätte.

„Was soll ich ihm erwidern?", fragte er mich.

Also, es war schon so weit zu unseren Gunsten gekommen, dass der Häuptling ohne mein Wissen keinen Bescheid geben wollte.

„Erst muss ich erfahren, was du zu ihm gesagt hast", erklärte ich.

„Ich teilte ihm mit, dass ich die Krieger, die an der Beratung teilnehmen werden, fragen und ihm dann eine Nachricht senden würde."

„Das war richtig. Eigentlich müssten wir die Entscheidung so weit hinauszögern, bis deine Boten zurückgekehrt sind."

„Sechs Tage? Das ist unmöglich."
„Leider."
„Er drohte, mit seinen Kriegern fortzuziehen, wenn wir uns weigerten, nach seinem Willen zu handeln."
„Wir dürfen sie nicht fortlassen."
„Nein. Aber soll ich sie mit Gewalt fest halten?"
„Auch nicht. Es ist jeder Zwang, also jeder Kampf, zu vermeiden, wenigstens jetzt."
„Was kann ich da tun?"
„Versuche, Zeit zu gewinnen!"
„Er wartet nicht, er will euren Tod, und zwar so bald wie möglich."
„Versuch es dennoch! Nur wenn er nicht länger hinzuhalten ist, musst du die Versammlung zusammenrufen. Ich werde doch auch geholt?"
„Warum du?"
„Weil ich auch sprechen will."
„Das ist nicht nötig."
„Nicht? Man muss jedem Angeschuldigten die Gelegenheit geben, sich zu verteidigen."
„Ich werde für dich sprechen und das wird so gut sein, als ob du selber redest. Old Shatterhand ist kein gewöhnlicher Krieger, der sich vor so einem Hund, wie dieser Blutindianer ist, zu verteidigen braucht. Howgh!"
Er entfernte sich. Ich musste lächeln, denn ich durchschaute ihn. Es war vorauszusehen, dass er Peteh gegenüber einen schweren Stand haben würde, und ich sollte nicht dabei sein, weil er es mich nicht merken lassen wollte, durch welche Verlegenheiten er sich hindurchzuwinden hatte.
Kurz vor Mittag kam er wieder, um mir zu sagen, dass Peteh nur bis zum Abend warten wollte. Und um diese Zeit erfuhr ich wieder von ihm, dass der Blutindianer nur noch bis morgen früh Geduld haben würde; er habe ein Howgh daraufgesetzt, dass er unbedingt mit seinen hundert Mann fortreiten würde, falls man dann noch länger zögere, sein Verlangen zu erfüllen. Da blieb nun freilich

nichts anderes übrig, als ihm den Willen zu tun. Man konnte immer noch Zeit gewinnen, denn die Entscheidung des Rats der Alten war noch lange nicht gleichbedeutend mit der Ausführung des Urteilsspruchs.

Also stand es nun fest, dass morgen früh über unser Schicksal beschlossen werden sollte. Es war mir zwar gar nicht bang, aber man kann nie wissen, was der nächste Augenblick bringt, und so war es auch nicht unmöglich, dass sich bis dahin für uns ungünstige Wendungen einstellen konnten; ich hütete mich jedoch, meine Gefährten auf dergleichen Zufälle hinzuweisen, sie sollten ohne alle Beunruhigung sein. Der Tag verging, und wenn ich meine Schlüsse aus dem achtungsvollen Benehmen der Upsarokas zog, brauchte ich keine Besorgnis zu hegen. Sie waren alle überzeugt, dass die Blutindianer die Mörder seien, und hielten da natürlich nicht zu ihnen, sondern zu uns.

Carpio hatte sich seit gestern leidlich erholt; er behauptete, bloß meine Gegenwart genüge, ihn wieder gesund zu machen. Es bereitete dem lieben Kerl Spaß, dass die ‚Verwechslung' so weit getrieben werden sollte, dass für morgen eine Beratung über unser Leben auf der Tagesordnung stand. Ich störte diese Fröhlichkeit nicht. Er schlief wieder die ganze Nacht hindurch.

Früh saßen wir, nachdem wir uns gewaschen hatten, so wie gestern vor der Tür, um unser Frühstück zu verzehren und das Treiben des Lagers zu beobachten. Es war den Upsarokas wohl anzusehen, dass etwas Wichtiges im Werk sei, und dass das uns betraf, zeigten die Blicke, die verstohlen auf uns geworfen wurden. Wir aber waren heiter.

Da kam der Häuptling mit zwei Roten und forderte uns auf:

„Old Shatterhand und die beiden Bleichgesichter mögen sich in ihre Hütte begeben."

„Warum?", fragte ich.

„Ihr müsst wieder gefesselt werden, denn die Beratung wird in kurzer Zeit beginnen."

„*Well*, man binde uns."

Ich weigerte mich nicht, denn ich musste mein Wort halten; aber als mir die Hände zusammengebunden wurden, hielt ich sie so, dass, wenn ich sie später fester zusammenlegte, die Riemen nicht mehr schlossen; das gab mir für alle Fälle die Möglichkeit, mich zu befreien. Übrigens verfuhr man gar nicht sorgfältig, wie man es bei gefährlichen Leuten jedenfalls getan hätte. Unsere Waffen wurden uns zwar auch abgenommen, aber nicht fortgeschafft, sondern neben uns hingelegt. Die Art und Weise, wie man sich unserer Personen versicherte, war also nicht trostlos. Als man damit fertig war, sagte Yakonpi-Topa zu mir:

„Ich weiß, was meine alten Krieger denken. Sie sind alle gegen euren Tod, aber Peteh wird darauf bestehen, euch am Marterpfahl sterben zu sehen. Weiß Old Shatterhand, was zu geschehen pflegt, wenn sich zwei solche Meinungen nicht vereinigen lassen?"

„Ja. Das Urteil wird auf Zweikampf gefällt."

„Würde Old Shatterhand damit einverstanden sein?"

„Ja."

Er ließ einen langen, ernsten Blick an meiner Gestalt hinabgleiten.

„Ich weiß, dass dich noch niemand besiegen konnte, und will dich nicht beleidigen, aber hast du den Körper des Häuptlings der Blutindianer gesehen?"

„Ja."

„Seine Arme sind wie Pranken des Bären."

„*Pshaw!* Mir ist noch kein Bär entkommen."

„Und seine Hinterlist ist groß."

„Die List eines Bären macht mir keine Sorge."

„Er wird Waffen wählen, in denen er Meister ist."

„Er wäre dumm, wenn er das nicht täte."

„Und eine Art des Kampfes, der den Bleichgesichtern unbekannt ist."

„*Pshaw!* In Beziehung auf die verschiedenen Arten des Kampfes habe ich auch eine rote Haut."

„Old Shatterhand führt eine sehr zuversichtliche Sprache. Die Krieger der Upsarokas würden sich freuen, wenn er ebenso zuversichtlich kämpfte. Hat er mir einen Wunsch mitzuteilen?“

„Nein. Nur zu eurem eigenen Besten will ich die Bemerkung machen, dass es geraten ist, den Zweikampf, falls er stattfinden sollte, so weit wie möglich hinauszuschieben.“

„Das wird sich Peteh nicht gefallen lassen.“

„So tut, was er will; mir ist es gleich.“

„Uff! Was sollen wir sagen, wenn Peteh fordert, dass diese beiden anderen Bleichgesichter auch kämpfen sollen?“

„Suche es dahin zu bringen, dass ich es für sie tun kann!“

„Ich werde dafür sorgen. Jetzt sind wir fertig. Es wird keine leichte Beratung sein.“

Er ging. Als er fort war, fragte mich Carpio, der unseren Wechselreden nicht hatte folgen können:

„Was sagte er? Denkst du denn wirklich, dass es zu einem Zweikampf kommt?“

„Da die Krähen für unser Leben sprechen werden, bin ich nun überzeugt, dass er nicht zu vermeiden ist.“

„Ein wirkliches Duell?“

„Ja, doch ein indianisches.“

„Auf Leben und Tod?“

„Ja.“

„Und das sagst du mit solcher Ruhe, als ob es sich darum handelte, eine Tasse Kaffee zu trinken? Lieber Sappho, was bist du doch für ein unbegreiflicher Mensch geworden! Denke dir, ein Zweikampf! Wie sind wir früher vor Hochachtung zusammengesunken, wenn von ‚Schmissen‘ die Rede war! Und ein indianischer Waffengang ist doch wohl gefährlicher?“

„Will es meinen!“, lachte ich.

„Bist du ganz sicher, dass du den roten Kerl abführst?“

„Ja.“

Ich stellte mich zuversichtlicher, als ich war, denn ich

durfte ihn doch nicht um mich besorgt machen. Dieses Selbstvertrauen erweckte das seinige in der Weise, dass er sich erkundigte:

„Höre, werden wir vielleicht zusehen dürfen?“

„Nicht nur dürfen, sondern sogar müssen. Die Mitgefangenen sollen alle mögliche Angst durchkosten, so ist es Brauch.“

„Ach, ich habe gar keine Angst um dich. Bitte, tu mir doch den Gefallen, mich als Sekundanten vorzuschlagen!“

„Sekundanten gibt es nicht.“

„Das ist schade. Welche Waffen wird man wohl wählen?“

„Das weiß ich noch nicht, jedenfalls solche, in denen mir Peteh überlegen zu sein glaubt. Lassen wir das für nachher! An den Kampf zu denken, ist noch Zeit, wenn er beginnt.“

„Das ist richtig, machen wir uns also jetzt noch keine Sorgen!“

Rost hatte mehr Verständnis für den bevorstehenden Zweikampf als der ahnungslose Carpio. Er warf mir besorgte Blicke zu, aber ich winkte ihm, still zu sein, und so schwieg er.

Es verstrichen über zwei Stunden. Die Verhandlung verlief sehr stürmisch. Endlich kamen vier Krieger, die mir mitteilten, dass sie mich vor die Versammlung zu bringen hätten. Die Füße wurden mir losgebunden, sodass ich ausschreiten konnte, dann nahmen mich die vier in die Mitte.

Man hatte die Beratung hinaus vor das Lager an den Bach verlegt. Da saß Yakonpi-Topa mit den ältesten seiner Krieger, ihm gegenüber Peteh mit Innuya Nehma, seinem alten Vertrauten. Um diese herum hatte sich ein Kreis hockender Indianer gebildet, der von einem noch weiteren Kreis stehender Krieger eingeschlossen wurde. Ich wurde in den inneren geführt und sah sofort, dass sich Peteh in großer Aufregung befand. In seinen Augen loderte ein Feuer von Hass und Wut. Der Gefangene muss stehen bleiben. Das fiel mir aber nicht ein. Sobald meine Begleiter von mir zurückgetreten waren, schritt ich so weit vor, dass ich die zwei Häuptlinge zu meinen beiden Seiten hatte, und setzte mich da nieder. Kaum war das geschehen, so stieß Peteh einen Schrei des Grimms aus und brüllte:

„Auf mit diesem räudigen Hund, auf mit ihm. Er soll auf seinen Pfoten stehen bleiben!"

Ich tat, als ob ich diese Worte nicht hörte. Der Häuptling der Kikatsas hatte als Vorsitzender die Pflicht, mich auf meine Kühnheit aufmerksam zu machen. Er sagte zu mir:

„Old Shatterhand darf nicht vergessen, weshalb er sich hier befindet. Er muss stehen!"

Ich warf einen prüfenden Blick im Kreis herum und sah, dass die Upsarokas sich über mein Verhalten freuten, weil es den Blutindianer so ärgerte; darum antwortete ich ruhig:

„Wo gibt es einen Menschen, der mir befehlen darf, stehen zu bleiben, wenn ich mich setzen will?"

„Ich befehle es, ich!", schrie mich Peteh an.

Ich ließ ihn unbeachtet, sah den Kikatsa verwundert an und fragte:

„Was ist das für eine Stimme? Ich habe bisher geglaubt, dass nur ernste, bedächtige Männer beim Feuer der Beratung sitzen dürfen; hier aber klingt eine Stimme wie die eines zornigen Büffelkalbs. Duldet Yakonpi-Topa, der Häuptling der Kikatsa-Upsarokas, eine solche Sprache in der Versammlung seiner weisen und erfahrenen Männer? Ob Old Shatterhand sitzen oder stehen will, das kommt doch nur auf ihn allein an. Wie kann man darüber die Ruhe verlieren, die der größte Schmuck im Gesicht eines jeden Kriegers ist?"

Peteh zwang sich, in möglichst ruhigem, stolz klingendem Ton zu erklären:

„Uff! Mag er jetzt sitzen oder stehen, ich sehe es nicht, ich werde ihn dafür dann mit solcher Gewalt niederschmettern, dass er für immer liegen bleibt!"

Nun ergriff Yakonpi-Topa, ohne mich wieder zum Aufstehen aufzufordern, das Wort:

„Old Shatterhand ist uns von den Kriegern der Blutindianer, denen er in die Hände fiel, ausgeliefert worden, damit wir über das, was mit ihm zu geschehen hat, beraten sollen. Die weisen Männer des Stammes sind zusammengetreten und haben Folgendes beschlossen: Old Shatterhand ist stets ein Freund der Upsarokas gewesen, darum darf ihm von ihnen nichts geschehen, er und die beiden Bleichgesichter sind frei, sie können gehen, wohin sie wollen, und sie dürfen alles nehmen und behalten, was ihnen gehört. Aber Peteh, der Häuptling der Blutindianer, der ihn gefangen genommen hatte, fordert sein Leben und ihr Leben und geht nicht von seinem Willen ab. Die Krieger der Upsarokas dürfen ihn nicht hindern, es ihnen zu nehmen, wenn er kann. Darum ist beschlossen worden, dass er mit ihnen kämpft, erst mit Old Shatterhand und dann mit den beiden Bleichgesichtern. Peteh hat verlangt, dass ein Sti-i-pokä stattfinde, ein Kampf auf Leben und Tod, und es ist ihm gestattet worden. Er hat zu bestimmen, welche Waffen genommen werden sollen und aus wie viel Teilen das Sti-i-pokä bestehen soll. Stattfinden wird der Kampf heute, eine Stunde, bevor die Sonne untergeht. Die Bedingungen müssen vorher besprochen werden und die Krieger der Upsarokas werden dafür sorgen, dass nichts gegen das geschieht, was ausgemacht worden ist. Peteh, der Häuptling der Blutindianer, mag bestätigen, ob ich richtig gesprochen habe!“

Nach dieser Aufforderung stand Peteh auf, nahm die stolzeste Haltung an, die ihm möglich war, und machte eine verächtliche Gebärde zu mir hin.

„Ich bin Peteh, der berühmte Kriegshäuptling der Blutindianer, und noch nie von einem Feind überwunden worden. Bisher habe ich nur mit starken, mutigen Feinden gekämpft, heute aber zwingt man mich, mich an einem feigen Kojoten zu vergreifen, denn wenn ich das nicht täte, so würde man ihn laufen lassen. Ich werde ihn darum mit einem einzigen Griff meiner Hand erwürgen und dann seinen Leichnam den Geiern vorwerfen. Seinen Begleitern wird dasselbe geschehen. Ich habe gesprochen. Howgh!“

Er setzte sich wieder nieder und nun richtete Yakonpi-Topa an mich die Aufforderung:

„Old Shatterhand hat die Worte seines Gegners gehört, er mag nun auch sprechen.“

Es ist erwähnt worden, dass mir die Riemen nur locker um die Hände gebunden worden waren. Während Peteh sprach, war es mir geglückt, die eine Hand aus der Schlinge zu ziehen, wodurch die andere selbstverständlich auch frei wurde. Ich nahm also jetzt die beiden Hände vor, stand auf, warf den Riemen weg und sagte:

„Sprechen soll ich? *Pshaw!* Old Shatterhand pflegt in Taten zu reden. Eine Stunde vor Untergang der Sonne werde ich am Platz sein. Howgh!“

Ich wandte mich ab, um den Beratungsort zu verlassen. Da sprang Peteh schnell auf und schrie:

„Wer hat diesem Hund erlaubt, seine Fesseln wegzuwerfen? Er muss sofort wieder gebunden werden!“

Yakonpi-Topa wurde durch die Aufforderung in Verlegenheit gebracht, das sah ich ihm an. Ich hätte eigentlich bis zum Beginn des Zweikampfes gebunden bleiben sollen, er aber getraute sich nicht, mir das zuzumuten, nun da ich mich doch einmal frei gemacht hatte. Ich nahm mich darum seiner Verlegenheit an, indem ich an seiner Stelle entgegnete:

„Es ist von den Kriegern der Upsarokas beschlossen worden, dass ich frei sein soll; nun wohl, ich bin frei! Kein Upsaroka wird die Absicht haben, gegen diesen Beschluss zu handeln. Wenn es aber ein Blutindianer wagen wollte, die Bestimmung der alten, weisen Krieger zu brechen, so komme er heran und versuche, mir die Fesseln wieder anzulegen! Da ist der Riemen und hier sind meine Hände.“

Keiner rührte sich und ich entfernte mich. Der Doppelkreis der Roten öffnete sich mir und niemand machte den Versuch, mich zurückzuhalten. Ich schritt geradewegs zu unserer Hütte, um Carpio und Rost loszubinden, denn wenn ich frei war, durften sie auch nicht gefesselt sein.

Der Vormittag und auch der Nachmittag vergingen, ohne dass der Häuptling sich blicken ließ. Wir spazierten, um uns die Zeit zu vertreiben, im Lager umher und wurden überall wohl aufgenommen. Es bedarf wohl keiner Versicherung, dass aller Gedanken auf den zu erwartenden Kampf gerichtet waren. Es herrschte seinetwegen eine ungewöhnliche Aufregung unter den Leuten.

Wer siegen und wer unterliegen würde, das war nicht vorauszusagen. Da die Krähen mir den Sieg wünschten, so bedauerten sie lebhaft, dass Peteh die Waffen und die Art und Weise des Kampfes zu bestimmen hatte; es verstand sich von selbst, dass er nur zu seinem eigenen Nutzen wählen würde. Man meinte, ich sei, wenn auch zehnmal Old Shatterhand, doch immer nur ein Bleichgesicht und könne in der Führung indianischer Waffen und in der Kampfweise der Roten nicht so bewandert sein wie ein Indsman, dem Pfeile, Messer und Tomahawk förmlich zu Händen und Fingern geworden sind.

Diese Betrachtungen hatten eine Spannung zur Folge, die immer größter wurde und umso peinlicher war, je länger es dauerte, bis Peteh sich herbeiließ, seine Bestimmungen laut werden zu lassen. Was mich persönlich betrifft, so tat mein Herz keinen Schlag mehr als gewöhnlich. In der Führung indianischer Waffen war Winnetou mein Lehrmeister gewesen. Mehr brauchte ich nicht zu sagen. Er hatte mir bisher stets ein gutes Zeugnis gegeben und so fiel es mir gar nicht ein, mich vor irgendeinem Indianer zu fürchten. Mein Kopf war frei, mein Auge klar und meine Stimmung unbeirrt heiter. Diese Kaltblütigkeit, die durch nichts zu erschüttern war, hatte mich schon manchem Gegner überlegen gemacht. Ich besitze sie heute noch in demselben Maße wie früher, es kann mich nichts aus der Fassung bringen.

Die Zeit des Kampfes rückte heran und die Indianer begannen sich allmählich an den Platz zu begeben, der für den Waffengang ausersehen war. Da endlich kam Yakonpi-Topa, er war bei Peteh gewesen und konnte mir nun die Bedingungen mitteilen. Es waren folgende:

Da wir drei Personen waren, nämlich ich, Carpio und Rost, sollten drei Gänge ausgefochten werden. Wenn ich getötet würde, sollten die beiden anderen weiterkämpfen. Würde Peteh getötet, so waren zwei Blutindianer bestimmt, die nach ihm einzutreten hatten. Die Gänge waren bezeichnet als: erstens Faust- und Würgekampf am Baum, zweitens Nahkampf mit je einem Tomahawk, drittens Fernkampf mit je zwei Tomahawks.

Zum Kampf am Baum sollten folgende Vorbereitungen getroffen werden: Auf dem dazu bestimmten Platz standen mehrere einzelne, starke Bäume. An einen davon sollten wir, einer hüben und der andere drüben und mit den Gesichtern gegeneinander, so gebunden werden, dass uns die Riemen oben unter den Armen hindurch und unten über die Hüften gingen. Eine Waffe gab es nicht. Es galt, den Gegner nur mit Händen zu besiegen. Das hatte Peteh sich ausgedacht, weil er überzeugt war, bei seiner Körperstärke wäre es ihm leicht, mich durch einen Griff um den Hals zu erwürgen oder durch das Festpressen an den Baumstamm zu ersticken. Wir hatten ja die Hände frei, wenn er seine Arme um den Baum und um mich schlang, konnte er seine ganze Kraft entwickeln. In dem Augenblick, da ich das durchschaute, wusste ich, dass er mir nichts anhaben würde. Er hatte meinen Jagdhieb nicht mit berechnet.

Die Tomahawks hatte er gewählt, wohl weil er glaubte, mir in dieser Waffe überlegen zu sein; aber Winnetou war ein Meister in allen darauf bezüglichen Feinheiten und hatte nicht eher geruht, als bis sie auch mir geläufig geworden waren.

Hätte mich etwas besorgt machen können, so wäre es der Umstand gewesen, dass ich seit längerer Zeit kein Indianerbeil in der Hand gehabt hatte und daher aus der Übung gekommen war. Als ich die Mitteilung des Häuptlings so ruhig hinnahm, wie er nicht erwartet hatte, erkundigte er sich:

„Old Shatterhand sagt nichts dazu. Ist er nicht besorgt um sich?“

„Nein“, lächelte ich.

„Du bist als Bleichgesicht nicht so fertig in der Handhabung des Tomahawks wie er.“

„*Pshaw!* Er kann noch von mir lernen.“

„Uff! Täuschst du dich nicht?“

„Nein. Freilich dürfte ich keine schlechte Waffe haben.“

„Die Krieger der Upsarokas wollen Old Shatterhand als Sieger sehen, darum sollst du die zwei besten Tomahawks bekommen, die der Stamm besitzt. Weißt du, welche Eigenschaften ein gutes Kriegsbeil haben muss?“

„Ja. Der Stiel muss genauso schwer sein wie das Blatt und dreimal länger als seine Schneide. Ist das richtig?“

„Ja, denn nur wenn die Schwere und die Länge in dieser Weise stimmen, kann man mit dem Tomahawk krumme Bogen werfen, wodurch man den Feind irremacht. Ich höre, dass Old Shatterhand die Verhältnisse des Beils kennt. Wenn er es auch so gut zu handhaben versteht, kann er mit dem Leben davonkommen. Wann hat er zum letzten Mal mit dieser Waffe gefochten? Ist es lange her?“

„Ja.“

„So soll er schnell, ohne dass jemand es sieht, eine Probe machen dürfen.“

„Wo?“

„Er mag sein Pferd nehmen und mich begleiten.“

Yakonpi-Topa holte die beiden Tomahawks und dann ritten wir aus dem Lager fort, durch den Wald und nach dem freien Wiesenstreifen, den ich von meinem Eilritt her kannte. Dort stiegen wir ab. Ich nahm einen Baum als

Ziel und warf erst einige Mal auf gewöhnliche Weise, es gelang aber so, dass der Häuptling ausrief:

„Uff! Besser kann ja ich es nicht! Old Shatterhand kann sich mit dem Tomahawk vor jedem roten Krieger sehen lassen."

„*Pshaw!* Das war bis jetzt keine Kunst. Jetzt aber will ich dir zeigen, wie ich Peteh täuschen und treffen werde. Ich werfe die Tomahawks so schnell hintereinander, dass nur ein Augenblick dazwischenliegt; er wird zur Seite springen, um dem ersten auszuweichen, und gerade dadurch dem zweiten in die Schärfe rennen."

„Und wenn er auf die andere Seite ausweicht?"

„Das tut er nicht, denn ich werfe nicht den hohen, sondern Seitenbogen; dadurch wird er getäuscht und wendet sich nach der Seite, nach der ich ihn haben will. Außerdem werde ich auch noch auf andere Weise versuchen, ihn nach dieser Seite zu zwingen."

„Wie?"

„Es stehen Bäume auf dem Kampfplatz. Wie groß soll der Abstand zwischen uns im Fernkampf sein?"

„Sechzig Schritt."

„So werde ich mich sechzig Schritt weit von einem dieser Bäume aufstellen, sodass Peteh neben ihm zu stehen kommt. Er kann also nicht nach der Seite, wo der Baum steht, sondern nur nach der anderen ausweichen."

„Uff, das ist klug!"

„Und nun pass auf! Diese Lichtung ist hier gegen siebzig Schritt breit, drüben stehen zwei Ahorne fünf Schritt weit nebeneinander. Ich will sie beide treffen, und zwar in der Höhe, wie Petehs Schultern liegen. Jetzt!"

Als der Häuptling vom ‚im krummen Bogen werfen' sprach, meinte er den Drehwurf, der große Übung und Geschicklichkeit erfordert. Man gibt dem Tomahawk durch Drehung mit der Hand den betreffenden Antrieb, wie man beim Kegelschieben eine Bogenkugel dreht; er bekommt dadurch eine Vorwärts- und eine Seitenbewegung, die beide nach dem Ziel abzupassen sind. Wie man es fertig bringt, dass er sich unterwegs nach Belieben hebt und wieder senkt oder gar nach Bumerangart eine rückläufige Richtung nimmt, das kann man nur zeigen, aber leider nicht beschreiben.

Die beiden Tomahawks flogen schnell nacheinander aus meiner Hand und blieben drüben in den Ahornen stecken.

„Uff!", rief der Häuptling, als wir hinüberkamen, um sie herauszuziehen. „Wenn Peteh hier gestanden hätte, wäre er gewiss getroffen worden. Old Shatterhand wirft viel besser als ich. Will er es noch einmal versuchen?"

„Nein, es ist nicht nötig und wir haben auch keine Zeit, länger hier zu verweilen. Ich glaube, man wird schon auf uns warten."

Wir ritten zurück und bemerkten, dass schon fast das ganze Lager leer war. Die Roten hatten sich zu dem Kampfplatz begeben und wer sich noch nicht dort befand, der war wenigstens schon unterwegs. Ich band mein Pferd an und holte Carpio und Rost, die dabei sein mussten, doch sagte ich ihnen nichts davon, dass sie, falls ich besiegt würde, den Kampf fortsetzen sollten.

Die Roten hatten einen weiten Kreis um den Baum gebildet, die alten Mitglieder der Beratung saßen in der Mitte des Rings. Wir setzten uns zu ihnen. Peteh war noch nicht da. Gesprochen wurde bei uns nicht, denn das wäre nicht schicklich gewesen. Aber die gewöhnlichen Krieger unterhielten sich umso lebhafter miteinander.

Endlich erschien Peteh als der Letzte von allen. Er warf den Jagdrock und das Hemd ab, sodass sein Oberkörper und die Arme vollständig entblößt wurden, und hielt eine lange Lobrede über seine Körperstärke, Geschicklichkeit und seine Heldentaten, die darauf berechnet war, mir Angst einzuflößen. Allerdings, wenn man diese gewaltige Brust und diese massigen Arme betrachtete, hätte es einem wirklich angst werden können.

Als Peteh seine Ansprache beendet hatte, erwartete man von mir auch eine Rede nach Indianerart. Ich stand auf und sagte:

„Ich bin bereit. Wie lange soll gekämpft werden?"

„Bis einer von beiden tot ist oder liegen bleiben würde, wenn er nicht an den Baum gebunden wäre", antwortete Yakonpi-Topa.

„So ist es nicht nötig, dass ich mich entkleide. Der Kampf wird beendet sein, noch bevor er angefangen hat. Bindet uns an!"

„Nein" rief Peteh. „Dieser weiße Hund will die Kleidung anbehalten, um dadurch geschützt zu sein. Er muss sie auch ablegen!"

Natürlich musste es nun geschehen. Dann stellten wir uns zu beiden Seiten des Baumes auf, die Gesichter gegeneinander, und hoben die Arme, um die Riemen unter ihnen hindurchziehen zu lassen. Peteh blitzte mich dabei mit wütenden Augen an, ich beachtete es nicht. Da spuckte er nach mir. Ich wandte aber den Kopf, sodass er mich nicht traf. Als wir festhingen, traten die Roten, die uns angebunden hatten, zurück. Aller Augen waren auf uns gerichtet. Wir durften uns nicht eher bewegen, als bis der Häuptling der Kikatsas das Zeichen dazu gab.

Peteh wartete mit größter Ungeduld darauf, ich machte ein sehr gleichgültiges Gesicht. Es war mit größter Sicherheit zu erwarten, dass er beabsichtigte, mir keine Zeit zu lassen, meine Arme zu erheben, sondern die seinigen sofort herüberwerfen und um mich schlingen werde. Ich legte den rechten Daumen als federndes Glied in die Faust und wartete.

Da ertönte der Ruf Yakonpi-Topas und was ich erwartet hatte, geschah: Peteh hob blitzschnell die Arme, aber ebenso schnell bekam er von mir einen von unten herauf geführten Hieb in die linke Achselhöhle, die gerade jetzt ohne Deckung war. Sein Arm sank steif herab und im nächsten Augenblick flog ihm meine Faust an die Schläfe, dass ihm der Kopf auf die rechte Schulter fiel. Ich hörte einen kurzen, pfeifenden Atemzug, die Augäpfel verdrehten sich im Krampf, dann sanken die Lider herab.

„Ich bin fertig, bindet uns los!", rief ich.

Es herrschte tiefe Stille ringsumher, kein einziger Ruf war zu hören. Die Schnelligkeit, mit der dieser erste Gang beendet worden war, hatte alle verblüfft. Der Häuptling der Kikatsas stand auf, kam herbei und untersuchte Peteh.

„Uff!", rief er dann. „Die Faust Old Shatterhands fällt wie ein Fels vom Berg nieder. Der Häuptling der Blutindianer ist tot. Nehmt beiden die Riemen ab!"

„Er ist nicht tot", entgegnete ich. „Hätte ich ihn erschlagen, müsste ich mit gewöhnlichen Blutindianern weiterkämpfen; da sich aber Old Shatterhand nur mit Häuptlingen messen darf, habe ich ihn bloß betäubt, doch nicht erschlagen. Ist die Bedingung dieses Kampfes erfüllt?"

Als die Riemen weggenommen wurden, fiel Peteh wie ein Sack zu Boden, dann antwortete der Häuptling der Kikatsas:

„Ja, sie ist erfüllt, denn Peteh liegt hier und kann sich nicht bewegen. Old Shatterhand hat gesiegt."

„Uff, uff, uff!", klang es aus fünfhundert Kehlen, die Blutindianer aber standen stumm. Ich ging an meinen Platz zurück und setzte mich nieder.

„Gott sei Dank, dass es glücklich vorüber ist!", atmete Rost auf. „Ich habe eine Riesenangst ausgestanden."

„Ich nicht", lachte ich.

„Wirklich nicht? Dieser Mensch hat ja Arme wie Elefantenbeine! Als Sie mit ihm zusammengebunden wurden, Mylord, sagte mir meine innere Stimme, dass wir Sie hier begraben würden. Ist es denn wirklich möglich, dass in Ihrer gar nicht so großen Hand eine so fürchterliche Wucht stecken kann?"

„Diese Kraft hatte er schon früher", erklärte Carpio, „er zeigte sie aber nur selten einem Menschen. Wird weitergekämpft?"

„Ja, mit Tomahawks", entgegnete ich.

„Kannst du das?"

„Ja. Du brauchst keine Sorge zu haben."

Bald kam wieder Leben in Peteh, er stand hinter mir und hielt zu seiner Verteidigung eine prahlerische Rede, in der er erklärte, dass er mir im zweiten Kampf den Kopf bis zur Schulter herab spalten würde, meinen Fausthieb könnte ich zum zweiten Mal nicht bei ihm anbringen, und er verlangte, dass man den zweiten Gang sofort beginnen ließe.

Yakonpi-Topa war damit einverstanden und gab mir seinen Tomahawk. Die Waffe war vorzüglich geschliffener mexikanischer Glasachat von der harten und schwer zerbrechlichen Art, die durch kleine, weiße Sanidinkristalle ausgezeichnet ist. Ich konnte damit einen Krafthieb wagen, ohne befürchten zu müssen, dass der Obsidian in Stücke ginge. Wenigstens konnte ich die beruhigende Überzeugung hegen, dass Petehs Tomahawk nicht besser als dieser war.

Der Platz wurde nun bestimmt, auf dem wir uns einander gegenüberzustellen hatten. Auch jetzt sollte solange gekämpft werden, bis einer von beiden so liegen blieb, dass er nicht wieder aufstehen konnte. Ich war schlimm dran, weil ich das Leben meines Gegners schonen musste und ihn auch nicht so verwunden durfte, dass er kampfunfähig wurde, denn ich hatte gesagt, dass ich nur mit Häuptlingen kämpfen möchte, und sah mich also gezwungen, ihn mir bis zum dritten Gang aufzuheben.

Man zeichnete auf dem Rasen einen drei Meter im Durchmesser haltenden Kreis, aus dem wir nicht heraustreten, innerhalb dessen wir uns aber nach Belieben bewegen durften. Gestattet war beides, der Hieb und auch der Wurf.

Dass der Wurf erlaubt war, machte diesen Gang ungemein gefährlich. Man denke, dass einem ein Schlachtbeil aus einer Entfernung von höchstens drei Meter mit aller

Kraft an den Kopf oder an den Leib geworfen wird, und zwar so, dass es mit einer Ecke der Schärfe oder auch der ganzen Schärfe auftreffen muss! Das kann nur eine fürchterliche Wunde geben. Freilich hat der Wurf den unausgleichbaren Nachteil, dass, wenn ihm geschickt ausgewichen wird, die Waffe dann verloren ist; man wird sich also nur dazu entschließen, wenn man die vollständige Überzeugung des Gelingens besitzt. Ich war entschlossen, darauf zu verzichten.

Peteh sprang in den Kreis, drehte sich mehrere Male um sich selbst, schwang den Tomahawk und schrie, dass ich nur schnell kommen möge, er könne nicht länger warten, mein Blut zu sehen. Ich ging langsam hin und trat über den Strich, der mit Messern gezogen worden war. Gerade weil er geprahlt hatte, dass mir mein Hieb nicht wieder glücken werde, sollte er ihn zum zweiten Mal erhalten. Ich hatte den Tomahawk also in der linken Hand, Peteh sah das und wartete, dass ich ihn in die rechte nehmen werde.

Als ich das nicht tat, stieß er ein lautes Gelächter aus.

„Dieses blasse Stinktier weiß noch nicht, wie ein Tomahawk anzufassen ist! Es wird auch keine Zeit finden, diese Kunst zu lernen, denn ich werde es sofort zu Boden schlagen."

Viele Zuschauer hatten jedenfalls gedacht, dass wir nach Indianerart erst lange Zeit umeinander herumschleichen würden, aber dazu war Peteh zu ungeduldig. Er sprang, noch bevor er das letzte Wort ausgesprochen hatte, blitzschnell auf mich ein, holte zu einem tödlichen Schlag aus und – stürzte zu Boden, denn ich hatte mich ebenso rasch gebückt, war ihm unter dem Arm hindurchgeschnellt und rannte ihm dabei mit der Schulter das eine Bein vom Boden weg. Durch diesen Stoß und die Kraft, die er in den Hieb gelegt hatte, kam er zu Fall, und bevor er nur zu dem Versuch kam, sich wieder aufzurichten, schlug ich ihm die Faust zweimal an den Hinterkopf, sodass er liegen blieb.

Dann trat ich wieder zurück und setzte mich dort, ohne ein Wort zu sagen, nieder.

Wie vorhin war jetzt wieder zunächst alles still. Dass Anfang und Ende eines Kampfes auf kaum eine Minute gefallen waren, das wollten die Roten nicht begreifen, denn der Indianer ist gewöhnt, den Zweikampf so lange wie möglich hinauszuziehen. Als sie aber sahen, dass Peteh sich nicht bewegte, gaben sie ihren Beifall umso lauter zu erkennen; die Blutindianer blieben still. Yakonpi-Topa stand auf, sah mir eine Weile still ins Gesicht und meinte dann:

„Uff! Das ist ja gar kein Kampf mit den Tomahawks gewesen."

„Soll er etwa nicht gelten?", fragte ich schnell.

„Er gilt! Es ist nur noch nie gesehen worden, dass ein Krieger sich in dieser Weise eines solchen Beilangriffs zu erwehren vermochte."

„*Pshaw!* Dieser Häuptling der Blutindianer hat zwar einen großen Mund, alles andere an ihm aber ist klein und schwach. Es ist der Mühe nicht wert, von ihm zu sprechen."

„Ja, wer in dieser Art mit den Fäusten spricht wie du, der braucht keine Worte zu machen."

Er schritt nach der Walstatt, um die sich jetzt so viele Indianer drängten, dass ich Peteh nicht mehr liegen sehen konnte. Da ich von keinem anderen in Anspruch genommen war, ergriff Rost die Gelegenheit, mir kopfschüttelnd zu versichern:

„Mylord, ich komme aus dem Erstaunen nicht heraus. Schon die Lage am Baum sah so gefährlich aus und endete doch auf eine kinderleicht scheinende Weise; als ich Sie beide einander mit den Schlachtbeilen gegenüberstehen sah, war ich überzeugt, diesmal würde eine Menge Blut fließen – aber zwei Fausthiebe, da war auch das vorbei. Da habe ich mein Besteck allerdings umsonst mitgenommen, will aber von Herzen gern hinzufügen – Gott sei Dank!"

„Oh, was Ihr Besteck betrifft, so können Sie bald Gelegenheit finden, es zu brauchen, denn im dritten und letzten Gang werde ich Peteh nicht schonen. Beim Fernkampf ist ein Fausthieb unmöglich, und falls dieser Gang unblutig endete, müsste das ganze Sti-i-pokä von neuem begonnen werden. Aber, wo ist Carpio?"

„Er ist nach dem Lager gegangen, um seinen Revolver zu holen."

„Wozu?"

„Um Peteh zu erschießen, falls Sie unterliegen sollten."

„Das ist ja Unsinn! Wer hat ihn denn auf diesen dummen Gedanken gebracht?"

„Kein Mensch, er ist selbst darauf gekommen. Als Sie in den Kreis getreten waren, sah die Sache außerordentlich gefährlich aus. Da sagte Carpio: ‚Wenn dieser rote Kerl mir meinen Sappho erschlägt, jage ich ihm alle sechs Kugeln meines Revolvers in den Kopf.' Dann rannte er fort. Soll ich ihn holen?"

„Ja. Ich habe keine Zeit dazu, denn da ruft der Häuptling schon. Wie es scheint, soll es losgehen. Ich darf nicht zögern, sonst entgeht mir ein Vorteil, den ich erreichen will."

Peteh war wieder zu sich gekommen. Ich sah ihn zwar nicht, weil eine Menge Menschen ihn umgab, aber ich hörte ihn schreien. Ich kümmerte mich jetzt nicht um seine Person, sondern um den Abstand, den ich zu nehmen hatte, wenn ich meine Absicht, dass er neben einem Baum stehen sollte, erreichen wollte. Ich trat also zu dem Stamm, an dem wir vorhin angebunden waren, und zählte sechzig Schritte von ihm ab. Jetzt öffnete sich der Menschenknäuel und der Blutindianer trat daraus hervor. Er hatte in jeder Hand einen Tomahawk. Ich hatte einen und Yakonpi-Topa kam, um mir den zweiten zu bringen. Er gab ihn mir mit den Worten:

„Damit Old Shatterhand seine Absicht erreicht, werde ich von hier aus sechzig Schritt zählen; das ist keine Unehrlichkeit, denn du hast Peteh bisher mit Willen geschont."

Er schritt in gerader Linie von mir fort und blieb mit dem sechzigsten Schritt kaum zwei Meter weit von dem Baum stehen, ganz so, wie ich es erwartet hatte. Peteh musste sich dorthin stellen und hatte den Baum zu seiner rechten Hand.

Die Lage war nun folgende:

Jeder von uns hatte zwei Tomahawks, konnte aber, wenn nicht getroffen wurde, mehrere Würfe tun; in diesem Fall sollten die Tomahawks zurückgebracht werden. Auch dieser Kampf sollte nur dadurch enden, dass einer von uns liegen blieb. Keiner durfte vor Austrag der Sache seinen Platz verlassen. Es war nur erlaubt, sich zu bücken oder den Körper zu biegen, um nicht getroffen zu werden. Dass mein erster Wurf Peteh, falls er stehen blieb, treffen würde, davon war ich überzeugt, und handelte er gegen das Verbot, indem er auswich, so konnte das nur nach seiner linken Seite hin geschehen, weil auf der rechten der Baum stand. Dorthin, nach links, von Peteh aus gesehen, musste ich also den zweiten Tomahawk schicken, und zwar so weit nach links, wie Peteh in der Zwischenzeit der beiden Würfe kommen konnte. Das war nicht leicht abzuschätzen, aber ich hatte diese Fintenwürfe mit Winnetou so gut eingeübt, dass ich am Gelingen nicht zweifelte.

Die Zuschauer stellten sich zu beiden Seiten der Linie auf, deren Endpunkte wir bildeten, doch nicht zu nah, da sie sonst getroffen werden konnten. Yakonpi-Topa stand, da er das Zeichen zu geben hatte, in der Mitte. Ich spreizte die Beine halbweit auseinander und setzte den linken Fuß etwas vor. Dadurch gewann ich nicht nur den Halt zum Wurf, sondern auch die nötige Festigkeit, den Oberkörper rechts, links oder abwärts zu biegen, ohne meinen Standort zu verlassen.

Jetzt waren wir bereit und der Häuptling der Kikatsas gab durch einen lauten Ruf das Zeichen zum Beginn des

Kampfes; Peteh war als vortrefflicher Beilwerfer bekannt, ich hatte mich vorzusehen. Aber ich war entschlossen, mich lieber treffen zu lassen, als nur einen Zollbreit zu weichen. Ob Peteh ebenso dachte, das musste sich zeigen.

Mein Gegner hielt wieder eine Rede, die voll Beleidigungen für mich war, und forderte mich auf, den ersten Wurf zu tun. Ich stellte mich, als ob ich seine Worte nicht vernommen hätte. Er wartete noch eine Weile, wiederholte seine Spottreden, und als ich auch hierauf schwieg, schwang er endlich sein erstes Beil.

Ich sah es diesem Schwingen an, dass ich in ihm einen tüchtigen Gegner hatte, und verwandte kein Auge von ihm. Da stieß er einen schrillen Schrei aus und der Tomahawk entflog seiner Hand. Er strich wohl den dritten Teil des Weges in ebener Linie hin, dann stieg er aufwärts und senkte sich am Ziel wieder nieder. Ich konnte kerzengerade stehen bleiben, denn das Beil flog wohl einen Meter entfernt, aber doch genau in Kopfhöhe an mir vorüber.

Dieser Wurf war nicht übel und wurde von einigen Roten mit Beifall belohnt. Der Häuptling forderte mich nun wieder auf zu werfen, ich tat es aber nicht. Hierauf erging er sich abermals in Großsprechereien und dann schickte er sich an, das zweite Beil zu schleudern. Er zielte dieses Mal länger, traf aber genauso weit wie vorhin vorüber, nun auf der anderen Seite.

„Uff!“, rief er aus. „Erst so nah links und nun rechts vorbei! Beim dritten Mal werde ich gewiss in die Mitte treffen. Wird der Feigling dort nun nicht bald werfen? Man bringe mir meine Tomahawks wieder her! Ich brauche sie.“

Da verkündete ich laut:

„Man lasse sie liegen, er braucht sie nicht, denn er wird nicht wieder zum Werfen kommen.“

Ich nahm zunächst nicht das Obsidianbeil, sondern das andere. Das gute sollte den Treffer machen. Es galt, einen Gradhochbogen und dann im nächsten Augenblick einen Seitenhochbogen zu werfen. Während der Gegner auf den

Gradhochbogen achtete, musste der zweite Tomahawk von der Seite auf ihn zukommen. Wich er nicht aus, so traf ihn das erste Beil, sprang er zur Seite, so rannte er stracks in das zweite. Um seine Aufmerksamkeit ganz auf das erste zu lenken, musste ich es, so wie er, mit einem Schrei aus der Hand lassen, beim zweiten mich aber still verhalten.

Es war ein Augenblick der größten Spannung; das gab mir das Gefühl, als wäre ich aus lauter gut ineinander greifenden, genau berechneten Spannfedern zusammengesetzt und ein Fehlwurf ganz unmöglich. Diese Zuversicht ist zum Gelingen unbedingt notwendig.

Als ich den Tomahawk jetzt im Schrägbogen um den Kopf wirbeln ließ – es war das eine Erfindung Winnetous – stieß Peteh ein wieherndes Gelächter aus. Peteh hatte es noch nicht gesehen. Er kannte diese Art der Drehung nicht.

„Huuuuuh – – – i!“, rief ich jetzt. Das U dehnte ich lang, und als das kurz abgerissene i folgte, flog der Tomahawk hochsteil in die Luft empor und sauste dann in unfehlbarer Linie schräg abwärts auf Peteh los, wobei er immerfort um sich selbst wirbelte. Während jedes Auge auf dieses Beil gerichtet war, flog auch schon das zweite. Es wirbelte in ebener Linie nach rechts hinaus, als ob sein Ziel nach dieser Seite läge, stieg dann empor und lenkte, je höher es sich hob, desto mehr nach links herüber. Es senkte sich allmählich, um später linker Hand von Petehs jetzigem Standort aufzutreffen.

Als ich das zweite Beil geworfen hatte, blieb ich, beiden Tomahawks mit den Augen folgend, still am Platz stehen. Ich erkannte, dass es glücken würde. Ich war wohl der Einzige, der das zweite Beil sah, denn niemand hatte bemerkt, dass ich schon zweimal geschleudert hatte. Jedes Auge, außer dem meinigen, blickte nach dem ersten Tomahawk; man sah die scharfe Linie, die er genau auf den Punkt nahm, wo der Häuptling der Blutindianer stand. Er musste unbedingt getroffen werden. Er selber erkannte das auch. Sollte er sich retten oder nicht? Diese Frage konnte ihn nur einen Augenblick beschäftigen. Alles schrie, denn jetzt musste der Wurf gelingen – da tat Peteh einen schnellen Sprung zur Seite nach links, um sich zu retten – es erfolgte ein lauter Schlag, den selbst ich auf sechzig Schritt Entfernung hörte; er war dem ersten Tomahawk entkommen, dafür aber von dem zweiten zu Boden geschmettert worden.

Jetzt gab es ein Schreien und Drängen, ein Fragen und Antworten, einen Wirrwarr sondergleichen. Niemand außer mir und Yakonpi-Topa wusste, woher das zweite Beil gekommen war. Man drängte auf den Verletzten ein, man blickte verwundert nach mir – ich bekümmerte mich nicht darum, sondern suchte seine beiden Tomahawks zusammen und schritt mit ihnen langsam auf die wirr bewegte Gruppe zu.

Als ich sie fast erreicht hatte, wandten sich alle mir zu. Ich warf die Beile hin und sagte ruhig:

„Hier sind die Tomahawks. Er braucht sie nicht. Was Old Shatterhand spricht, das geschieht. Wer hat gesiegt?"

Da antwortete der Häuptling der Kikatsas:

„Hier liegt Peteh, der Häuptling der Blutindianer, zum dritten Mal. Der Tomahawk ist ihm tief zwischen Hals und Achsel eingedrungen, seine Augen sind geschlossen, sein Blut strömt von ihm; wer anders soll da Sieger sein als Old Shatterhand, der versteht, einen Tomahawk nach rechts hinauszuwerfen und doch nach links hereinzubringen? Wer von euch hat schon einmal gesehen, dass ein Krieger zwei Kriegsbeile wirft, um mit dem einen das Auge des Feindes zu fesseln und mit dem anderen dann umso sicherer seinen Leib zu treffen? Das Sti-i-pokä ist zu Ende, Old Shatterhand hat gesiegt. Howgh!"

Ich wandte mich ab, um zu gehen, da sah ich Rost sehr eilfertig auf mich zulaufen. Er blieb vor mir stehen, wirbelte seinen Bart zu beiden Seiten erregt in die Höhe und sagte:

„Sie haben ihn getroffen. Ist er verwundet?"

„Ja."
„Darf ich ihn verbinden?"
„Ich habe da nichts zu sagen. Fragen Sie Yakonpi-Topa!"
Er wollte rasch fort, aber ich hielt ihn zurück:
„Ich sehe Carpio noch immer nicht. Wo ist er?"
„Noch im Lager."
„Haben Sie ihn denn nicht geholt?"
„Das Tomahawkwerfen ging ja gleich los. Es war so fesselnd, ich wollte es sehen. Was sollte ihm denn auch im Lager zustoßen?"
„Allerdings. Aber da er jetzt noch nicht wieder da ist, bin ich doch besorgt um ihn. Ich muss wissen, wo er steckt."
Ich ließ Rost also laufen und eilte ins Lager. Es lag kein Grund vor, irgendetwas für den Freund zu befürchten, aber sein langes Wegbleiben beunruhigte mich doch. Zwischen den Hütten war kein Mensch zu erblicken. Ich ging zur unsrigen. Mein Pferd stand angehobbelt da, es zeigte keine Spur von Unruhe. Hier also war alles in Ordnung. Ich blickte in das Innere. Es fehlte nichts. Nun ging ich weiter und kam nach der Hütte der Gefangenen. Da fehlte der Posten. Ich schaute hinein, sie war leer, die Riemen, womit die Gefangenen gebunden gewesen waren, lagen auf der Erde; Corner und seine Gefährten waren entflohen, während die Roten weggewesen waren, um dem Sti-i-pokä zuzusehen. Sogar der Wächter hatte sich durch die Neugier von seinem Posten weglocken lassen. Wo war Carpio? Hatte er das Unglück gehabt, auf sie zu treffen? Hatten sie ihn mitgenommen?
Mir wurde himmelangst um ihn. Ich rannte zu unserer Hütte zurück, hobbelte mein Pferd los und sprang auf. Die Flüchtlinge mussten sofort Deckung gesucht und sich darum nur nach der am nächsten liegenden Waldecke gewandt haben. Dorthin ritt ich in schneller Gangart. Kein Mensch sah mich, denn der Schauplatz des Zweikampfes lag an der anderen Seite des Lagers und es fiel mir nicht

ein, jetzt schon Lärm zu schlagen, denn da wären die Roten alle herbeigekommen und hätten die Spuren der Entflohenen unleserlich gemacht. Ich fand zunächst die Fährte von zwei Reitern. Das war ich mit dem Häuptling der Kikatsas gewesen, als wir die Tomahawks erprobten, also ritt ich weiter. Da kam eine zweite, ich stieg ab und untersuchte sie. Sie war von fünf Pferden getreten worden und wenigstens schon eine halbe Stunde alt.

Nun jagte ich allerdings zurück und schlug Lärm. Eine Verwirrung sondergleichen war die Folge und ich hatte alle Mühe, die Ruhe wiederherzustellen. Dem treulosen Posten wurde von dem Häuptling sofort die Ausstoßung aus dem Stamm angekündigt, das brachte aber die Entwichenen nicht zurück. Yakonpi-Topa war so bestürzt, dass er nicht wusste, was zunächst zu tun sei. Ich erklärte ihm:

„Es gilt vor allen Dingen zweierlei: Verfolgen können wir sie heute nicht mehr, denn die Sonne ist schon fast hinunter; aber welche Richtung sie entscheidend eingeschlagen haben, als sie sich weit genug vom Lager entfernt hatten, das müssen wir bereits jetzt wissen. Ich werde ihnen allein nachreiten, damit mir kein anderer die Spur verdirbt. Du wirst inzwischen das zweite besorgen: Wir müssen erfahren, was sie mitgenommen haben, welche Pferde, was für Waffen, Nahrungsmittel und andere Gegenstände. Lass genau nachsuchen! Erst wenn wir das alles wissen, können wir entscheiden, wie wir uns zu verhalten haben. Jetzt ist nur erst das eine gewiss, dass ich ihnen unbedingt folge. Das kann ich, denn ich denke doch nicht, dass ich noch als Gefangener der Upsarokas gelte?“

„Old Shatterhand ist frei“, antwortete er.

„Gut! Ich kehre zurück, wenn ich nichts mehr sehen kann.“

Ich galoppierte fort, ohne auf das, was er noch sagen wollte, zu warten, ritt bis zu der Stelle, wo ich die Fährte der Entflohenen verlassen hatte, und folgte ihr dann weiter. Sie führte über den Pacific Creek hinüber und dann westlich zum Little Sandy Creek. Ich hatte ihn noch nicht erreicht, als es dunkel wurde; ich musste also umkehren, war aber überzeugt, dass sie ihre alte Richtung zu dem Finding-hole wieder eingeschlagen hatten.

Als ich ins Lager zurückkehrte, erfuhr ich nichts Gutes. Wie diese Menschen von ihren Fesseln losgekommen waren, das wusste niemand. Es war kein einziger Indianer, keine Wache und kein Posten im Lager gewesen, alle hatten den Zweikampf sehen wollen und so war den Weißen Zeit genug zur Flucht geblieben. Sie hatten sich aus dem Häuptlingszelt ihre Waffen geholt und noch Verschiedenes dazu mit fortgenommen. Dann hatten sie sich gerade die allerbesten Gäule ausgesucht. Petehs und Yakonpi-Topas Pferde waren auch dabei, Corners Fuchs und noch zwei andere vortreffliche Tiere. Mehrere Decken fehlten, dazu Pulver, Blei und Fleisch aus der Hütte, worin die Vorräte aufbewahrt wurden. Yakonpi-Topa war wütend. Er hätte sich am liebsten an der Verfolgung beteiligt, konnte aber nicht fort, denn was wäre das für ein Häuptling, der auf einem Kriegszug seine Leute verlässt. Er musste also bleiben, bot mir aber zwanzig Krieger zur Begleitung an. Ich bat nur um fünf. Gern hätte ich Rost zurückgelassen, aber das ging nicht, weil wir nicht wussten, wie die Begegnung der Upsarokas mit den Schoschonen ausfallen würde, und vor allen Dingen fiel es ihm auch gar nicht ein, sich von mir zu trennen. So sorgte ich denn wenigstens dafür, dass er ein besseres Pferd bekam, als sein abgematteter Brauner jetzt war. Auch ein Packpferd wurde ausgewählt; es sollte unsere Lebensmittel und die Decken tragen, die täglich notwendiger wurden, weil da oben nach dem Fremont Peak zu viel größere Kälte zu erwarten war als hier im jetzt noch grünen Tal des Pacific- und Mortonwassers.

Als wir diese Vorbereitungen getroffen hatten, gab es zwischen Yakonpi-Topa und mir noch eine sehr hartnäckige Auseinandersetzung über Hiller. Ich brachte es so weit, dass er mir versprach, ihn freizugeben, falls sich herausstellen sollte, dass die Blutindianer die Mörder der sechs Krähen gewesen seien. Später sollte ich zu den Kikatsas kommen, um ihn abzuholen.

Rost hatte während meiner Abwesenheit dem schwer verwundeten Peteh seine ärztliche Hilfe angeboten, war aber höhnisch abgewiesen worden. Mein Gegner hatte erklärt, er brauche kein Bleichgesicht, das ihn doch nur totbehandeln werde; er verstehe es selbst am besten, wie Wunden zu heilen seien. Da es mir nicht einfallen konnte, ihn aufzusuchen, ich ihm aber noch etwas zu sagen hatte, was zu verschweigen einem solchen Menschen gegenüber dumm gewesen wäre, so ließ ich seinen Vertrauten, den alten, hinterlistigen Innuya Nehma kommen. Als dieser vor mir stand und mich mit feindseligen Augen fragend anblickte, sagte ich:

„Innuya Nehma wird sich besinnen, was am Fleischwasser gesprochen wurde, als ich aus der Betäubung des Kolbenschlages erwacht war. Weiß er es noch?"

Er antwortete nicht.

„Ich äußerte zu Peteh, dass ich sein Gefangener bleiben wollte, solange es mir beliebte. Er lachte mich aus. Dann sagte ich folgende Worte zu ihm: ‚Ich bleibe sehr gern für einige Zeit bei euch, denn ich möchte wissen, was für ein Gesicht du machst, wenn ich von dir Abschied nehme, ohne dass du mich gehen lassen willst.' Er meinte, mein Verstand wäre mir verloren gegangen. Aber er irrte sich. Sieh, jetzt ist die Zeit gekommen, dass es mir gefällt, zu gehen. Morgen früh reite ich fort. Kann er mich halten? Wie steht es mit seiner Geschicklichkeit, Tapferkeit und Stärke? Wenn er nicht an seiner Wunde stirbt, so muss ihn die Scham über seine Unfähigkeit umbringen. Ich verlasse das Lager, ohne von ihm Abschied zu nehmen, denn einen so traurigen Menschen mag ich nicht wieder sehen; ich habe an dem dummen Gesicht, das du jetzt machst, mehr als genug."

„Uff! Wag nicht zu viel!", brauste er jetzt auf.

„Wagen? *Pshaw!* Ihr seid einfältige Menschen, vor denen sich kein Knabe und keine Squaw zu fürchten braucht. All eure vermeintliche Klugheit wird bald zu Schanden werden. Denkt dann an Old Shatterhand, dem ihr es zu verdanken habt. Howgh!"

Damit schritt ich fort und ließ ihn stehen.

Heute aß ich als freier Mann mit dem Häuptling und ging hierauf in unsere Hütte, um mich zeitig schlafen zu legen, weil wir morgen früh noch vor Tagesanbruch fortreiten wollten. Ich hatte den Weg zum Little Sandy Creek kennen gelernt und wollte den Vorsprung, den Corner und seine Gesellschaft hatten, möglichst bald einholen. Heute musste ich mit Rost allein schlafen. Er war ebenso betrübt über Carpios Entführung wie glücklich darüber, dass wir unsere Freiheit wiederhatten. Höchst ärgerlich aber zeigte er sich über Peteh, der seine Hilfe zurückgewiesen hatte.

„Bedenken Sie, Mylord, was für ein prachtvoller Fall das gewesen wäre!", zürnte er. „Das Schlüsselbein scheint zerschmettert zu sein und alle es schützenden Muskeln sind verletzt. Da ist zum Beispiel..."

„Der Kapuzenmuskel", fiel ich ihm in die Rede.

„Entschuldigung! Dieses Mal wollte ich vor allen Dingen den breiten Halsmuskel nennen."

„Bitte, tun Sie das morgen früh, wenn wir ausgeschlafen haben! Mir sagt eine innere Stimme, dass wir uns vor allen Dingen durch Ruhe zu stärken haben."

„Ihnen? So! Dann mir auch. Gute Nacht!"

„Gute Nacht!" –

15. Der verschollene Pelzjäger

Es war um die Mittagszeit des nächsten Tages. Wir befanden uns zwischen dem Big Sandy Creek und dem Green River und wurden von der Fährte, der wir folgten, nach Nordwest in der Richtung zum New Fork geführt. Das erst ebene Gelände war jetzt bergig geworden, aber man sah, dass Corner die Gegend kannte, er hatte sich überall das beste Fortkommen gesucht. Seine Spur war nicht schwer zu lesen, er schien in dieser Beziehung keine große Sorge zu haben und nur auf Eile bedacht zu sein. Leider hatte er da mehr Erfolg, als wir wünschten, seine Pferde waren besser als die unsrigen, meinen Hatatitlas ausgenommen. Aber was nützte mir alle Vortrefflichkeit des Rappen, wenn ich nicht schneller reiten durfte als die anderen?

Wir trabten soeben über eine ausgedehnte, spärlich begraste Hochebene, die uns eine freie Fernsicht bot, als ich weit draußen, rechts von uns, einen Punkt bemerkte, der sich zu bewegen schien. Ich ließ halten, um ihn zu beobachten. Das war kein Wild, das mussten Menschen sein. Wir stiegen ab, um nicht so leicht erspäht zu werden. Nach einiger Zeit konnten wir zwei Reiter unterscheiden, die sich uns näherten. Es waren Weiße. Um sie nicht durch den Anblick von Indianern misstrauisch zu machen, stieg ich allein wieder auf und ritt ihnen langsam entgegen. Als sie mich kommen sahen, stutzten sie erst, dann aber trabten sie weiter. Noch waren sie mir nicht so nahe, dass ich ihre Gesichter deutlich erkennen konnte, da hörte ich den einen in freudigem Ton rufen:

„*O joy!* Wenn mich meine alten Augen nicht täuschen, so ist das Old Shatterhand! Drauf los!"

Sie setzten ihre Gäule in Galopp und nun erkannte ich das alte, bärtige Gesicht, das ich hier nicht vermutet hatte.

„Sannel, Amos Sannel!", rief ich. „Ist es denn möglich, dass Ihr es seid?"

„Warum soll das so unmöglich sein?“, fragte er lachend, indem er sein Tier anhielt und mir die Hand zum Gruß reichte. „Ihr wisst ja, dass hier mein Lieblingsgebiet beginnt. Oder habt Ihr mich für tot gehalten?“

„Allerdings. Zeigt doch einmal Euer Gewehr!“

„Den Schießprügel hier? An dem ist gar nichts zu sehen. Ja, wenn ich meinen alten Einläufer noch hätte! Ihr habt ihn ja gekannt. Ich bin seitdem nur noch ein halber Mann.“

„Wohin ist denn das Gewehr?“

„Wohin? Gestohlen worden!“

„Von wem?“

„Von zwei Halunken, deren Namen Nebensache sind, weil sie doch jedenfalls falsche geführt haben. Ich traf drüben am Belle Fourche River mit ihnen zusammen und ließ mich betören, bei ihnen zu bleiben. In der zweiten Nacht machten sie sich unsichtbar und nahmen mein Gewehr mit. Ich habe bisher vergeblich nach ihnen gesucht, aber wehe ihnen, wenn ich auf ihre Spur gerate! Warum fragt Ihr nach dem Gewehr?“

„Weil – doch, sagt erst, woher Ihr kommt und wohin Ihr wollt!“

„Ich komme diesmal von den Sand Hills herüber, wo ich diesen Gentleman getroffen habe, der gerade dorthin will, wohin auch ich möchte, nämlich zu Avaht-Niah, dem Schoschonen. Wir denken, ihn und seinen Stamm jetzt in der Gegend der Wasatchberge zu finden.“

„Da irrt Ihr Euch. Er ist am Schwefel- und Hobackfluss zu suchen.“

„Das ist ja gar nicht weit von hier. Wir wollen ihn nämlich warnen. Dieser Gentleman weiß, dass die Krähen die Schlangen überfallen wollen; darum reiten wir, was die Pferde nur laufen können, um Avaht-Niah zu benachrichtigen.“

„Das ist nicht nötig. Er weiß es schon. Winnetou ist bei ihm.“

„Unser herrlicher Apatsche? Wie kommt es, dass Ihr nicht beisammen seid, Mr. Shatterhand?“

„Weil ich jetzt hinauf zum Fremont Peak muss, um Euer Gewehr zu holen“, erwiderte ich.

„Mein – mein – welches denn?“, fragte er erstaunt.

„Eure Rallingbüchse.“

„Alle Wetter! Ich begreife Euch nicht. Das ist doch Spaß?“

„Nein, es ist Ernst. Ich habe Euer Gewehr in der Hand gehabt, ich habe daraus geschossen und der, der es jetzt besitzt, der Dieb, reitet da vor uns her. Wir folgen ihm, weil wir eine Rechnung mit ihm haben. Kommt nur mit, Mr. Sannel! Wenn Ihr zu den Schoschonen wollt, ist Euer Weg ja doch der unsrige.“

„Ist – ist es möglich?“, stieß er, vor Freude stockend, hervor. „Mein Gewehr soll in der Nähe sein?“

„Ja. Kommt nur! Ich habe nämlich keine Zeit zu verlieren und werde Euch unterwegs alles erzählen.“

„Schön, gut! Wenn es so ist, so sei der heutige Tag tausendmal gesegnet! Ich soll mein Gewehr wieder haben! Ah! Doch, erlaubt, Mr. Shatterhand, dass ich Euch diesen Gentleman vorstelle! Werdet Euch freuen. Er ist nämlich auch ein Deutscher, heißt Hiller, wird aber Nana-po genannt.“

Der alte Sannel hatte keine Ahnung, wie wichtig mir diese Mitteilung war. Auch Rost stutzte. Ich winkte ihm zu schweigen und erklärte möglichst ruhig:

„Es freut mich, Mr. Hiller, Euch kennen zu lernen, denn ich habe den Namen Nana-po rühmlich nennen hören.“

Er antwortete nicht sogleich. Seine Augen waren finster auf die Upsarokas gerichtet, dann sah er mich forschend an.

„Bemerkt Ihr nicht, Mr. Shatterhand, mit was für Blicken mich diese roten Halunken betrachten? Sie befinden sich bei Euch? Haltet Ihr es mit ihnen?“

„Ich halte es mit allen braven Menschen.“

„*Well*, diese aber sind Halunken! Ich treffe Euch heute zum ersten Mal. Tausendmal habe ich gewünscht, Euch und Winnetou zu begegnen, und nun dieser Wunsch endlich in Erfüllung geht, kann ich mich nicht darüber freuen, weil ich meine Todfeinde an Eurer Seite sehe."

„Sie sind es nicht."

„O doch! Ihr wisst ja gar nicht..."

„Ich weiß alles. Kommt nur jetzt mit. Wir haben keine Zeit zu verlieren. Wir werden unterwegs erzählen, was zu erzählen ist."

„Gut, Ihr werdet Euch aber wundern!"

„Ihr nicht weniger!"

Ich wollte weiterreiten, bemerkte aber, dass die Upsarokas halten blieben. Als ich sie nach dem Grund fragte, entgegnete einer vor ihnen:

„Hier ist Nana-po, der unser Gefangener war. Er wurde zurückgelassen und hat die Flucht ergriffen, als wir fortgewesen sind. Wir dürfen nicht mit Old Shatterhand reiten, wenn Nana-po sich bei ihm befindet."

Sie hatten von ihrem Standpunkt aus Recht. Ich überlegte mir die Sache kurz. Wenn Hiller und der alte wackere Sannel bei uns waren, brauchten wir weiter keine Hilfe. Darum erklärte ich dem Roten:

„Wenn meine roten Brüder umkehren wollen, so mögen sie es tun. Das Packpferd aber müssen sie mir lassen. Yakonpi-Topa bekommt es wieder, wenn wir ihm die Tiere bringen, die die Entflohenen mitgenommen haben."

„Uff! Es mag geschehen, wie Old Shatterhand sagt!"

Ich bat Rost, das Packpferd am Zügel zu nehmen; er tat es und die Upsarokas galoppierten zurück, ohne sich nur einmal umzuschauen. Jetzt ritten wir weiter.

Zunächst nahm Hiller meine Aufmerksamkeit in Anspruch. Seine Gestalt war hoch und kräftig, sein Haar aber grau und sein Antlitz von tiefen Furchen durchzogen. Man sah, dass nicht nur das Alter die Schuld an diesen Falten hatte. Sein Gesicht wäre mir anziehend erschienen, wenn nicht so viel Verschlossenheit und Härte darauf gelegen hätte.

Seine Frau hatte gesagt, dass er seinen Glauben verloren hätte. Ich nahm mir vor, ihm nicht gleich alles mitzuteilen, sondern den Versuch zu machen, auf sein Herz zu wirken.

Da wir uns auf einer freien Ebene befanden, konnten wir nebeneinander reiten und bequem miteinander sprechen. Amos Sannel dachte nur an sein Gewehr und erkundigte sich mit großem Eifer nach der Gelegenheit, bei der ich es in den Händen gehabt hätte. Ich erzählte ihm von dem seltsamen Wettschießen, nannte aber den Namen des Ortes nicht. Sein Gesicht strahlte bis in die Bartspitzen hinein, als er hörte, welche Schüsse ich getan hatte. Dann berichtete ich, ohne auf das Einzelne einzugehen, in kurzen Umrissen, dass ich den gegenwärtigen Besitzer der Rallingbüchse am Lake Jone wiedergetroffen hatte und was dann geschehen war.

„Und dieser Mensch ist also hier auf dieser Spur?", fragte er, als ich fertig war. „Ob er es von dem Dieb gekauft hat?"

„Ich möchte behaupten, dass er der Dieb selber ist."

„So! Wenn es der Fall ist, erkenne ich ihn sofort. Jetzt gehen mich die Schoschonen nichts mehr an, sie mögen stecken, wo sie wollen. Ich muss mein Gewehr wieder haben und werde nicht eher von dieser Fährte lassen, als bis ich mit dem Schurken abrechnen kann. Welch ein Glück ist es, dass ich Euch getroffen habe, Mr. Shatterhand! Wie aber steht es mit Euch, Mr. Hiller? Ihr müsst zu den Schoschonen, bei denen Ihr noch eine Menge Felle liegen habt, und könnt Euch also nicht um mich und mein geliebtes Schießeisen bekümmern."

„Warum nicht? Es handelt sich wohl nur um einen oder höchstens zwei Tage Zeitverlust, wenn ich mit Euch reite. Zu Avaht-Niah komme ich dann immer noch. Habe ich so lange bei den Krähen festgesteckt, so kann es jetzt auf einige Tage mehr oder weniger auch nicht ankommen."

„Danke Euch. Wenn man es mit solchen Schurken zu tun hat, ist es immer besser, man hat einige Fäuste zu viel als zu wenig. Aber sagt, Mr. Shatterhand, welcher Ort war es denn, wo Ihr diese Hauptschüsse aus meiner Büchse getan habt?“

Ich tat gleichgültig, nahm aber Hiller dabei scharf ins Auge, ohne dass er es bemerkte:

„Ihr werdet die Stadt nicht kennen, Mr. Sannel. Es war in Weston, Missouri.“

„Was? Wo? Weston in Missouri?“, fragte Hiller schnell.

„Ja.“

„Wann war das?“

„Es kann stark in den zweiten Monat gehen.“

„Das ist mir bedeutsam. Ich wohne nämlich dort.“

„In Weston? Wirklich? Ah, da fällt mir ein: Es wurde dort von einem Pelzjäger Hiller gesprochen, der sich im Westen sehr verspätet haben soll.“

„Der bin ich. Ich habe mich nicht verspätet, sondern ich war gefangen, bei den Krähen.“

„Das weiß ich. Yakonpi-Topa erzählte mir, dass Nana-po sein Gefangener sei. Aber dass dieser Nana-po und dieser Hiller ein und dieselbe Person sind, wer hätte das gedacht!“

„Das hättet Ihr in Weston bei meiner Frau erfahren können. Sie hat oft gewünscht, Euch oder Winnetou einmal sehen zu können, und mein Sohn ebenso. Ich habe nämlich einen Sohn. Wie sie sich wohl befinden mögen? Sie werden in schwerer Sorge um mich sein.“

„Darüber kann ich Auskunft geben, denn ich habe beide gesehen.“

„Wirklich?“, fragte er schnell. „Wann, wo?“

„Bei dem Wettschießen, von dem ich vorhin erzählte. Sie standen dabei und schauten zu. Ich hörte, dass es Mrs. und der junge Mr. Hiller wären. Sie sahen ganz wohl aus.“

„Das ist eine gute Nachricht, Sir. Aber es wundert mich sehr, dass sie nicht den Versuch gemacht haben, mit Euch zu sprechen, da sie beide doch stets den Wunsch hatten, Euch einmal kennen zu lernen.“

„Ich verschwieg, wer ich bin. Ich wollte mich nicht als Schaustück betrachten lassen."

„Dann ist freilich alles erklärt."

„Aber", fiel da Rost ein, um doch auch etwas zu sagen, „als dann Winnetou kam, wurde es doch offenbar, dass Ihr Old Shatterhand wart, Mylord."

„Auch Winnetou war in Weston?"

„Ja", fuhr Rost fort, ohne mich anzublicken und also meine abwehrenden Winke zu bemerken. „Beide, Winnetou und Mr. Shatterhand entdeckten dann, dass der Prayerman der Nuggetdieb gewesen war."

„Nuggetdieb? Prayer-man? Ich habe, als ich zum letzten Mal daheim war, einen Prayer-man getroffen. Er kam zu uns. Meine Frau kaufte ihm einige Sachen ab und er schrieb sich ein Gedicht auf, ein deutsches Weihnachtsgedicht, das meine Frau aus dem alten Land herübergebracht hat."

„Ja, ja", nickte Rost sehr eifrig. „Es beginnt mit der Strophe:

‚Ich verkünde große Freude,
die euch widerfahren ist,
denn geboren wurde heute,
euer Heiland Jesus Christ.'

Wisst Ihr, wer dieses Lied gedichtet hat, Mr. Hiller?"

Der unvorsichtige frühere Oberkellner stand im Begriff, Dinge zu verraten, die jetzt noch Geheimnis bleiben mussten. Ich ließ mein Pferd einen Seitensprung tun, der den Schwätzer zwang, mich anzusehen, und warf ihm einen so bezeichnenden Blick zu, dass er endlich erkannte, dass er schweigen solle.

„Ja, ich weiß, wer es gedichtet hat", erwiderte Hiller abweisend, „ein unreifer Knabe, der noch voll Ammenmärchen steckte. Diese Redereien vom Heiligen Christ, von Sünde und Vergebung, vom Heiland und sonstigen himmlischen Dingen sind doch nur geistige Jungenstreiche. Kein vernünftiger Mensch kann daran glauben."

„Wirklich?“, fragte ich. „Ich denke, dass ich so ziemlich vernünftig bin, glaube aber dennoch daran.“

„Das meint Ihr doch nur im Scherz?“

„Oh nein, es ist mein heiliger Ernst. Ich kann den Menschen, dem der Glaube an Gott fehlt, nur tief bedauern.“

„Sprecht mir nicht von Eurem so genannten Gott! Mag ich das schon aus jedem anderen Mund nicht hören, so noch viel weniger aus dem Eurigen. Ein Mann wie Old Shatterhand, von dem man weiß, dass er sich selbst vor dem Teufel nicht fürchtet, sollte doch wahrhaftig vernünftiger reden.“

„Die höchste Vernunft ist Gott und nur allein deshalb, weil ich Gott fürchte, habe ich den Teufel nicht zu scheuen.“

„Dann, bitte, wollen wir nicht mehr davon sprechen. Wenn Ihr das durchgemacht hättet, was ich alles hinter mir habe, würdet Ihr anders sprechen. Ich mag das fromme Wimmern nicht hören. Es passt für Knaben und alte Weiber, aber nicht für verständige Männer.“

„Danke für die Zurechtweisung, Mr. Hiller. In dieser Beziehung bin ich Kind geblieben und will es ewig bleiben.“

„Bleibt es, in wessen Namen Ihr wollt, nur nicht in Gottes Namen, denn es gibt keinen Gott! Wenn ich da nicht Recht habe, so mag mir der erste, beste Grizzlybär das Gehirn ausfressen! Ihr wisst doch, Sir, dass der Grizzly stets zuerst nach dem Gehirn trachtet? Es ist ihm der Lieblingsbissen von jeder Beute, die er geschlagen hat.“

Diese lästerliche Vermessenheit empörte mich so sehr, dass ich rücksichtslos antwortete:

„Hört, Mr. Hiller, ich bin kein Bär, der sich um Euer Gehirn bekümmert; bekümmert Euch also auch nicht um das meinige und die Gedanken und Ansichten, die es hegt! Ihr habt mich unvernünftig genannt, weil ich an Gott glaube. Es ist noch keine halbe Stunde her, seit wir uns zum ersten Mal im Leben gesehen haben, da kann ich es nur, gelinde ausgedrückt, eine Voreiligkeit nennen, wenn Ihr schon in dieser Weise an mir herummeistern wollt. Mit Knaben und alten Weibern lässt sich Old Shatterhand nicht kommen. Ihr mögt erfahren und durchgemacht haben, was es sei, ich bin auch nicht auf Rosen gebettet gewesen. Ihr habt dabei verloren, ich habe gewonnen; ich lasse Euch Euren Verlust und muss also bitten, mir meinen Gewinn auch nicht anzutasten."

„*Well!*", lachte er. „Vorhin wart Ihr es, jetzt bin ich es, der für die Zurechtweisung dankt. Wir sind also wett. Doch, schaut da links hinüber! Dort kommt ein Reiter!"

Ja, es war ein einzelner Reiter, der wahrscheinlich erst eine andere Richtung gehabt, uns aber erspäht hatte und nun in schlankem Galopp auf uns zukam. Da wir ihn von vorn sahen, war er in so weiter Entfernung nicht zu erkennen, aber die fliegende Pferde- und Menschenmähne sagte mir dennoch, wer da kam.

„Winnetou!"

Als die anderen den Namen hörten, hielten sie an. Ich ritt einige Schritte weiter und verharrte dann ebenfalls; er erkannte mich, richtete sich im Sattel hoch auf, warf den Arm empor und rief meinen Namen. Er kam wie ein Sturm dahergeflogen. Als er uns erreichte, gab es einen einzigen Ruck, da stand sein Pferd und er saß darauf wie aus Erz gegossen.

„Scharlih!", sagte er, mich mit frohen Augen betrachtend, denn ich war ja frei.

„Winnetou, mein Bruder!", antwortete ich, ihm die Hand hinstreckend, die er herzlich drückte.

Mein Blick suchte natürlich meine beiden Gewehre. Er hatte den Bärentöter über der Schulter, den Henrystutzen und die Silberbüchse am Sattel hängen.

„Uff! Amos Sannel!", lächelte er. „Da ist von dem Wettschießen in Weston gesprochen worden. Wer ist das andere Bleichgesicht?"

„Nana-po", antwortete ich.

„Uff!“

Sein Auge flog prüfend über Hillers Gestalt, doch äußerte er nichts, dann wandte er sich wieder an mich:

„Mein Bruder befindet sich nicht mehr bei den Upsarokas? Ich sehe hier eine Fährte, der er folgt. Carpio fehlt. Sind die gefangenen Bleichgesichter entflohen?“

„Ja, und Carpio fiel ihnen in die Hände, sie haben ihn mitgenommen.“

„So sind sie hinauf zum Finding-hole. Wie alt ist diese Spur?“

Er bog sich herab, um sie zu betrachten, und fuhr dann fort:

„Wir brauchen noch Leute; ich werde welche holen. Avaht-Niah, der Häuptling der Schoschonen, ist selber bei seinen Kriegern. Sie ziehen drüben am Marsh Creek herab. Meine Brüder mögen jetzt dieser Fährte weiterfolgen! Halten sie heute Abend da an, wo der East Fork in den New Fork mündet, werde ich sie einholen. Mein Bruder Scharlih bekommt seine Gewehre wieder.“

Er gab sie mir, wandte sein Pferd und jagte wieder fort.

„Was für ein Mann!“, rief Hiller bewundernd.

Ich wiederholte seine Worte im Stillen, aber in anderem Sinn und anderer Beziehung. Da glaubt man nicht an Gott und hat doch sein herrlichstes Ebenbild vor Augen! So dachte ich, sagte aber nichts. Wir setzten unseren Ritt fort, doch blieben unsere Augen an dem Apatschen haften, bis er ganz draußen am Horizont verschwand.

Wie oft in meinem Leben habe ich jene große Kraft bewundern müssen, die aus unbekannten Gründen und Ursachen Folgen und Ereignisse zieht, die uns überraschend kommen, weil wir eben nichts von der Veranlassung dazu wussten. Diese Macht wird von dem gewöhnlich denkenden Menschen Zufall genannt. Man macht es sich da leicht, man braucht keine Anstrengung dazu, man hat keine Verantwortung, man setzt sich nicht der Gefahr aus, wegen des ‚Ammenmärchens‘ von Gottes Weisheit ausgelacht zu werden. Man sagt eben von jeder auf unerklärliche Weise eingetretenen Tatsache, dass sie dem Zufall zu verdanken sei. Ich beneide die Anhänger dieser Anschauung nicht. Sie beugen ihre Häupter vor dem bloßen Ungefähr, vor einem seelen- und willenlosen Etwas, das ihnen keinen Halt bieten kann, sondern ihnen diesen nur zu rauben vermag. Wie viel glücklicher ist da doch der Mensch, der glaubt, dass Gottes Auge ihn bewacht und Gottes Vaterhand ihn durch das Leben leitet! Für ihn sinken die in sein Leben eingreifenden Ereignisse nicht zu unbegründeten Vorgängen herab, die sich auch ganz anders hätten gestalten können, sondern alles, was geschieht, trägt einen zurückgreifenden Grund und eine weise, in die Zukunft blickende Absicht in sich, der man sich mit beruhigendem Vertrauen hingeben kann, ogleich man sie nicht zu begreifen vermag.

So fiel es mir auch gar nicht ein, meine Begegnung mit Hiller und dem alten Amos Sannel für Zufall zu halten; Gott hatte es gewollt, dass wir uns treffen sollten. Der Weg, den sie zurückgelegt hatten, wäre von keinem nur einigermaßen erfahrenen Westmann eingeschlagen worden; er war so außerordentlich beschwerlich, dass es ein außer ihnen liegender Wille gewesen sein muss, der sie veranlasst hatte, von den entlegenen Sand Hills so schnurgerade über das vollständig pfadlose Gebirge herüberzukommen. Die Verhältnisse lagen so, dass sie gerade in diesem Augenblick und gerade auf diesem Weg hatten kommen müssen, um da zu sein, wo sie gebraucht wurden. Es war, als ob sie uns auf eine besondere Bestellung zugeschickt worden wären.

Da Hiller jetzt nicht gleich alles erfahren sollte, was ich ihm eigentlich auszurichten hatte, führte ich eine Gelegenheit herbei, mit Rost unbeobachtet zu sprechen, um ihm zu sagen, wie er sich in dieser Beziehung zu verhalten habe.

Ich hielt mich im weiteren Verlauf des Nachmittags meist

zu Sannel, der mir erzählte, was er seit unserem letzten Beisammensein alles erlebt hatte. Darüber verging die Zeit schnell und es wollte Abend werden, als wir die Höhen von Fremont Butte rechts von uns auftauchen sahen und uns also in der Nähe unseres heutigen Ziels befanden. Wir erreichten den Zusammenfluss des East Fork mit dem New Fork gerade beim letzten Tageslicht und hatten einen passenden Lagerplatz gefunden, als es vollständig finster geworden war.

Nirgends unterhält es sich besser als in der Einsamkeit der Wildnis, wenn einige Männer beisammensitzen, die etwas erlebt haben. Solche Lagerplätze sind für den Westmann das, was für bewohnte Gegenden die Zeitungen sind, und er versäumt nur ungern eine solche Gelegenheit, Unbekanntes zu erfahren und sich selber gehörig auszusprechen. Heute aber ging es sehr still bei uns zu. Sannel hatte mir gesagt, was er mir mitzuteilen hatte, und Hiller zeigte sich sehr zurückhaltend; er ließ nur dann ein Wort hören, wenn es unumgänglich nötig war. Er hatte mir die Zurechtweisung übel genommen. Überhaupt schien er ein Mann zu sein, dem man nicht widersprechen darf, weil er nicht leicht verzeihen konnte. Vielleicht war diese Eigenschaft nicht ohne Einfluss auf die unglückliche Gestaltung seiner Vergangenheit gewesen. Wer sich nicht belehren lässt und sich gegen andere Meinungen gern nachträglich zeigt, dem fehlt die Biegsamkeit, die zum Ertragen schwerer Schicksalsschläge nötig ist. Wenn es wirklich so ein großer Herzenswunsch von ihm gewesen war, Winnetou und mich einmal zu treffen, so hätte er sich jetzt, wo er ihm in Erfüllung gegangen war, versöhnlich zeigen sollen. Vielleicht hätte ich etwas weniger schroff mit ihm sprechen können, ich gebe das zu, aber ich lasse mir nun einmal gegen meinen Herrgott nichts sagen und hatte ihm gleich beim ersten Versuch klarmachen wollen, dass er damit bei mir an den Falschen geriet.

So saßen wir also schweigsam beisammen und warteten

auf die Ankunft des Apatschen. Wir hatten ein Feuer angebrannt, das auf den Weg, den wir gekommen waren, zurückleuchtete. Das war von mir angeordnet worden, damit Winnetou uns nicht lange in der Finsternis zu suchen brauchte. Freilich hatte ich dabei vermieden, dieselbe Unvorsichtigkeit wie die Begleiter Lachners am Lake Jone zu begehen. Ich hatte erst die Umgebung des Platzes genau abgesucht und dann das Feuer nicht da anbrennen lassen, wo wir saßen, sondern ziemlich entfernt davon an einer Stelle, die wir überblicken konnten. Es ging nur zuweilen einer von uns hin, um neues Holz nachzulegen. Auf diese Weise konnten wir nicht ohne weiteres entdeckt werden, selbst aber jede Person wahrnehmen, die sich etwa heranschleichen wollte.

Es mochten seit unserer Ankunft vielleicht zwei Stunden vergangen sein, als ich bemerkte, dass sich in dem Gebüsch, neben dem das Feuer brannte, einige Zweige leicht bewegten. Das konnte nicht eine Folge des Windes sein, weil sich da die benachbarten, ebenso leichten Zweige mitbewegt hätten. War das Winnetou oder eine Person, die nicht zu uns gehörte? Wenn es so war, so bedurfte es nur jenes Plätscherns, durch das er mich abends am Lager der Upsarokas, als ich mit Yakonpi-Topa den Umgang hielt, auf sich aufmerksam gemacht hatte. Ich flüsterte also meinen Gefährten zu, sich ruhig zu verhalten, und kroch zum Wasser, das sich nur einige Schritte hinter uns befand. Dort schöpfte ich den Hut voll, hielt ihn hoch und ließ den Inhalt laut in den still dahinfließenden Creek fallen. Es brauchte nicht viele Wiederholungen dieses Versuchs, denn schon beim zweiten Mal erklang die Stimme des Apatschen:

„Winnetou hört das Zeichen seines Bruders Scharlih. Wo ist Old Shatterhand?“

„Hier. Wir kommen“, antwortete ich.

Wir schritten nach dem Feuer, an dem zu gleicher Zeit Winnetou erschien. Er ließ einen scharfen Pfiff hören, worauf fünf Indianer nahten, die Iltschi und mehrere Packpferde an den Leitzügeln führten.

„Es ist niemand in der Nähe", meinte er. „Wir können nun an einer besseren Stelle ein größeres Feuer machen, um uns zu wärmen, denn es wird in dieser Nacht sehr kalt werden."

Die Indsmen zerstreuten sich, um Holz zu suchen; sie brachten trotz der Dunkelheit eine solche Menge zusammen, dass sie für die ganze Nacht reichte. Es wurde an einer rundum von Büschen verdeckten Stelle ein neues Feuer angebrannt, um das wir uns lagerten, nachdem die neu angekommenen Pferde gut versorgt waren. Dann warf mir Winnetou einen fragenden Blick zu. Ich verstand ihn und erzählte in kurzen Worten, was geschehen war, seit ich das Unglück gehabt hatte, mit Carpio und Rost am Fleischwasser in die Hände der Blutindianer zu geraten. Sie hörten mir alle mit Spannung zu, besonders auch Hiller.

Als ich geendet hatte, brach er sein bisheriges Schweigen und fragte:

„Aber, Sir, da hat sich ja herausgestellt, dass wir ganz unschuldig an dem Tod der sechs Krähen gewesen sind?"

„Noch nicht ganz", erwiderte ich. „Winnetou hat es entdeckt, Yakonpi-Topa aber will sich erst überzeugen, darum hat er Boten zur Überfallstelle geschickt."

„Die werden ihm schon die Überzeugung bringen, dass die Blutindianer die Schuldigen gewesen sind. Hoffentlich ist man in St. Louis nicht so dumm, ihm die verlangten 365 Gewehre zu schicken."

„Welche Gewehre?", erkundigte ich mich, indem ich mich unwissend stellte.

„Er hat einen Brief an meine Frau geschrieben, den ich unterzeichnen musste. Er schrieb darin, dass er mich nur gegen die Zusendung von so vielen Gewehren, wie das Jahr Tage hat, ausliefern würde."

„Wird sie ihn lesen können?"

„Nein, und auch in St. Louis wird sich wohl niemand

gefunden haben, der es vermochte. Darum habe ich ihn unterzeichnet. Er hätte die Gewehre genommen und mich doch am Marterpfahl sterben lassen wie die vier unschuldigen Schoschonen. Ich weigerte mich nur deshalb nicht, meine Unterschrift zu geben, weil ich dadurch die Wachsamkeit meiner Wächter einzuschläfern hoffte. Das ist mir auch gelungen. Ich bin glücklich entkommen und nicht etwa nach Haus geritten, sondern durch dick und dünn gerade über die Berge gegangen, um die Schoschonen zur Rache aufzufordern."

„Rache? – Hm!"

„Das gefällt Euch wohl nicht?"

„Ich habe das Wort Rache nicht gern."

„Weil es euch noch nicht so ergangen ist wie mir."

„Nicht? Ich glaube, ich bin öfter gefangen gewesen und habe mehr Unrecht erlitten als Ihr. Aber ich habe mich nie selber gerächt, sondern die Bestrafung Gott überlassen."

„Das fällt mir aber nicht ein. Wenn Raub, Mord und Totschlag ungeahndet bleiben sollen, so hört auf Erden alles auf, und wenn man die Bestrafung jemand überlassen soll, den es gar nicht gibt, so mögen die roten und weißen Halunken nur immer drauflos sündigen, weil ihnen nichts geschehen wird. Wie verträgt sich denn diese christliche Barmherzigkeit überhaupt damit, dass Ihr jetzt hinauf zum Fremont Peak wollt, Mr. Shatterhand?"

„Ich will dort ein Verbrechen verhüten, weiter nichts."

„Nicht auch bestrafen?"

„Kann ich es bestrafen, wenn ich es verhütet habe und es also gar nicht geschehen ist?"

„Das sind Wortdrehereien, worauf ich nicht eingehe. Ich bin hierher gekommen, um den Schoschonen zu sagen, dass die Kikatsas vier Leute von ihnen am Marterpfahl ermordet haben, sie sollen sich dafür rächen. Dadurch wird diesen roten Schuften zugleich meine Gefangenschaft vergolten und ich bekomme vielleicht die Felle wieder, die sie mir abgenommen haben."

„Die erhaltet Ihr auch ohne Blutvergießen wieder."
„Wieso?"
„Yakonpi-Topa hat mir versprochen, Euch freizugeben und Euch die Felle auszuliefern; ich soll nur kommen und Euch holen, falls sich herausstellt, dass die Blutindianer die Schuldigen sind."
„Und Ihr seid so dumm, an dieses Versprechen zu glauben?"
„Ja, ich bin so dumm."
„Da tut Ihr mir Leid. Ich habe Euch bisher für klüger gehalten. Ihr scheint zu der Art berühmter Leute zu gehören, die verlieren, sobald man sie persönlich kennen lernt."
„Möglich, ich weiß das natürlich nicht."
„Ja, Eure fromme Denkart passt ganz und gar nicht zu dem Bild, das man sich von Euch macht. Dieses gefühlvolle..."
Er wurde unterbrochen. Winnetou hatte eine Rute vom nächsten Strauch gerissen und schlug damit ins Feuer, dass die Funken hochstoben.
„Uff!", sagte er. „Mein Bruder Scharlih ist ganz genauso wie er sein muss, um Old Shatterhand zu sein. Howgh!"
Er warf Hiller die Rute ins Gesicht und wandte sich dann von ihm ab. Der Zurechtgewiesene aber fuhr den Häuptling der Apatschen an:
„Mit Ruten werfen ist Beleidigung! Ich werde Nana-po genannt, das ist wohl Beweis genug, dass ich eine eigene Meinung haben darf. Ich weiß nicht, was Old Shatterhand drüben in seinem Vaterland gewesen ist, jedenfalls aber nicht das, was ich war. Und ich bin auch heute noch nicht gewöhnt, mir in Beziehung auf das, was ich zu tun habe, Vorschriften machen zu lassen."
Er sah sich herausfordernd im Kreis um. Kein Mensch sprach ein Wort.
„Ich muss um Antwort bitten!", sagte er gebieterisch.
Alles schwieg.
„Nun, so kann ich ja gehen! Ich habe nicht Lust, bei

Leuten zu sein, die nur ihren eigenen Willen kennen. Ich beabsichtige, die Schoschonen aufzusuchen. Wo sind sie jetzt?"

Er richtete diese Frage an die Roten, die mit am Feuer saßen. Bei ihnen befand sich Teeh, der Kundschafter, den wir kurz vor dem Fleischwasser getroffen hatten. Als Hiller auch von ihm keine Silbe zu hören bekam, stand er auf.

„Bleibt Ihr hier oder reitet Ihr mit mir?", fragte er Amos Sannel, seinen bisherigen Gefährten.

„Ich bleibe", antwortete dieser. „Bin froh, Old Shatterhand und Winnetou getroffen zu haben, und werde mich hüten, mir dieses Vergnügen verderben zu lassen."

„So bleibt in drei Teufels Namen! Werde mich auch ohne Euch zurechtzufinden wissen."

Er schritt zu den Pferden und einige Augenblicke später hörten wir ihn fortreiten.

„Fürchterlicher Hartkopf!", meinte Sannel. „Habe mich verschiedentlich über ihn ärgern müssen und bin zufrieden, dass er sich davongemacht hat."

Das konnte er wohl sagen, aber wie stand es da mit mir?

Ich hatte Aufträge an Hiller. Durfte ich es zugeben, dass er sich entfernte, ohne dass ich sie ausgerichtet hatte? Winnetou mochte ahnen, was für Gedanken ich hegte, er legte seine Hand einen Augenblick auf die meinige und beruhigte mich:

„Mein Bruder mag ihn reiten lassen! Wir wollten ihn befreien, er ist frei. Wir sind fertig mit ihm. Howgh!"

Ich musste ihm Recht geben, wenn ich daran dachte, dass ich beleidigt worden war; sah ich aber von dieser Beleidigung ab, so hätte ich ihn lieber zurückgerufen, denn es war doch wohl trotz allem meine Schuldigkeit, ihm mitzuteilen, was mir an ihn aufgetragen worden war. Wohin wollte er, jetzt mitten in der Nacht? Er hatte zwar schon heute Nachmittag von Winnetou gehört, dass die Schoschonen am Marsh Creek herunterkämen, aber da waren sie jetzt nicht mehr. Er kam mir wie ein Knabe vor, der seinen Kopf aufsetzt, mag es biegen oder brechen.

Wir saßen unter dem Eindruck des unangenehmen Auftritts noch eine ganze Weile am Feuer, ohne etwas zu sagen, dann wurden die Wachen ausgelost. Als das geschehen war, erklärte Amos Sannel:

„Aber, Mesch'schurs, so können wir uns doch nicht schlafen legen. Ich wenigstens könnte kein Auge zutun, ohne zu wissen, woran ich für morgen bin."

„Wieso für morgen?", fragte ich.

„Ich reite natürlich mit Euch. Wohin wollen wir? Warum sind diese fünf Schoschonen geholt worden und aus welchem Grund haben sie die beladenen Packpferde mitgebracht?"

Da antwortete Winnetou:

„Amos Sannel soll das alles kurz erfahren. Wir reiten zum Fremont Peak und wissen nicht, wie lange wir da oben bleiben müssen. Wenn uns der Schnee überfällt, können wir nicht herab. Darum hat Winnetou dafür gesorgt, dass wir für alle Fälle gerüstet sind. Die Packpferde sind mit Decken und Nahrung für uns beladen. Sobald wir oben sind, werden diese fünf Schoschonen zurückkehren und unsere Pferde in Sicherheit bringen, die verhungern müssten, wenn die Decke des Schnees vom Himmel stürzt."

„Schöne Aussicht! Aber sehr klug gehandelt. Gut nur, dass es nicht genauso zu kommen braucht. Wir können ja in viel kürzerer Zeit, als wir denken, oben fertig sein. Ich bin bereit, alles mitzutun; lieber wäre es mir aber, wenn wir nicht gezwungen wären, uns einiger Schurken wegen da oben einschneien zu lassen. Einen ganzen langen Winter im Eis zuzubringen, das ist nur für einen Bären angenehm. Wollen es beschlafen. Gute Nacht, Mesch'schurs!"

Er wickelte sich in seine Decke und war nach einigen Minuten eingeschlummert, die anderen außer mir und Rost folgten diesem löblichen Beispiel. Die erste Wache war auf mich gefallen und Rost blieb noch sitzen, weil er etwas auf dem Herzen hatte.

„Mylord, ist das wahr, was Winnetou sagte?", fragte er

mich leise, um die Schläfer nicht aufzuwecken. „Müssen wir den ganzen Winter im Gebirge bleiben?“

„Möglich ist es, aber gewiss noch lange nicht“, antwortete ich. „Winnetou hat sich als vorsichtiger Mann auf alles vorbereitet, damit ist aber nicht gesagt, dass gerade nur die schlimmste Befürchtung einzutreffen braucht.“

„Wäre es da nicht besser, wir kehrten um?“

„Umkehren? Wollen Sie Carpio im Stich lassen?“

„Nein, nein! Daran dachte ich nicht. Den müssen wir auf alle Fälle wieder haben.“

„Schön! Und das Gold dazu!“

„Welches Gold?“

„Haben Sie vergessen, dass die Gesellschaft Corners ein Finding-hole ausnehmen will?“

„Ja, richtig! Aber wir wissen doch nicht, wo es liegt.“

„Die Spuren Corners werden uns hinführen.“

„Und dann gehört es uns?“

„Hm! Eigentlich nicht. Jedes Placer gehört dem Entdecker. Wir werden nur tun, was wir vor unserem Gewissen verantworten können; aber da diese Mörder das Gold auf keinen Fall bekommen dürfen, so wird sich wohl eine Art und Weise finden lassen, es in ehrliche Hände zu bringen, ohne dabei ein Unrecht zu begehen.“

„Hm! Wissen Sie, Mylord, was mir eine innere Stimme sagt?“

„Nun, was?“

„Dass mir ein Teil von diesem Gold sehr willkommen wäre. Ich bin immer ein blutarmer Teufel gewesen und habe mich bis zum heutigen Tag durchhungern müssen. Und meine Verwandten sind noch ärmer als ich. Welch ein Glück und welch eine Wonne, wenn man da einmal eine Tasche hätte, in die man nur zu greifen braucht, um all dieser Not ein Ende zu machen! Meinen Sie nicht, dass so etwas doch vielleicht möglich wäre?“

„Möglich wohl. Hm! Ich will Ihnen einen Rat geben: Bilden Sie sich nichts ein! Wenn man nichts hat, so ist es besser, man behält dieses Nichts, als dass man sich noch eine Enttäuschung dazu holt. Legen Sie sich schlafen!"

„Das werde ich, aber ich will doch versuchen, ob ich es fertig bringe, von Gold zu träumen, wenn auch nur von einem ganz kleinen bisschen. Dann hätte ich mich doch wenigstens einmal im Schlaf gefreut."

Er legte sich um und war auch bald eingeschlafen. Als meine Zeit um war, weckte ich Teeh, der nach mir kam. Dann warf ich mich auch in die bekannten Morpheusarme, die mich erst losließen, als es Tag geworden war.

Als wir unser Morgenbrot verzehrt hatten, das aus Trockenfleisch bestand, stiegen wir auf und suchten eine Furt im New Fork, die Winnetou kannte. Hiller schien sie auch zu kennen, denn seine Spur führte gerade auf sie zu und dann hinüber. Der New Fork machte einen großen Bogen nach Fremont Butte und dem Bouldersee hin. Wir schnitten ihn ab, indem wir jetzt an das andere Ufer gingen und später wieder an das erste zurückkehrten.

Der Ritt ging über ein weites, sich stets aufwärts ziehendes Grasland, das hier und da von einem Wäldchen unterbrochen wurde. Die Luft war kalt und trübe, das Gras hatte ein verfrorenes Aussehen, die Höhen trugen Schnee. Wir ritten den halben Vormittag durch eine feuchte Spätherbstlichkeit und dann gar in Wintersanfang hinein.

Es war eine großartige Natur um uns her. Manchem wird es lächerlich erscheinen, aber ich möchte doch von einer Shakespeare-Landschaft sprechen. Links drohten die finster bewaldeten Vorberge der Salt River Range über den nordsüdlich fließenden Green River herüber. Hinter uns schien die dunkle Tabernacle Butte die Last des schweren Himmels zu tragen; weit draußen, rechts, versammelten sich die Wind-River-Riesen einer nach dem anderen, der Atlantic-, Windriver- und Temple Peak, der Chauvenet, Hooker Bonneville und Geikie, die sich dann in geschlossener Reihe vom New Fork Peak aus über den stolzen und unüberwindlichen Fremont Peak bis hinauf zum Union-

Pass ziehen. Sie blickten Haupt an Haupt, mit schwerem Eis und Schnee bedeckt, bald tiefernst, bald vorwurfsvoll, bald hohnlächelnd auf uns nieder, dass wir kleinen Menschlein es wagen wollten, in eine Welt einzudringen, wo nur das Große, Erhabene Platz zu finden habe, die aber alles Kleine, Gewöhnliche zu erdrücken, zu zermalmen schien.

Ich habe an anderer Stelle[1] den Eindruck der Rocky Mountains zu schildern versucht, und zwar ihr Bild, wenn man sie von weitem erblickt. Hier aber befanden wir uns nicht nur mitten drin, sondern hoch oben zwischen ihren höchsten Höhen. Da gab es nicht jenes überraschende Farbenspiel der Felswände, jene stimmungsvolle Abtönung der sich übereinander aufbauenden und hintereinander zurücktretenden Bergkuppen, sondern da saßen oder lagen die finsteren, drohenden Hünen des Gebirges lang ausgestreckt und weiß bedeckt von Butte zu Butte, von Pass zu Pass und hauchten ihre eisigen, erbarmungslosen Atemstöße durch die Täler, dass sie sich in dichte Nebel ballten oder als glitzernder Reif den Hochwald und das starre, fühllose Gestein überzogen. Da gab es keine Spur von Freude und Scherz, von Frohsinn und Heiterkeit; auch keine Spur von Wehmut, der stillen, stummen Klage war zu entdecken, keine sanfte Höhe weinte ihre Tränen heimlich in das Tal. Nein, hier in dieser sprachtoten, stummen Einsamkeit hatte sich eine erschütternde, unheilvolle Tragödie abgespielt, deren Schauer sich an die hingesunkenen Riesenleiber für immer festgeklammert zu haben schienen. Hier stiegen versteinerte und doch gellende Hilferufe aus den Zwischenklüften, hier lagen die zerschmetterten Laute niedergerungener Todesschreie rings umher, hier war das Ächzen und Stöhnen eines unendlichen, entsetzlichen Schmerzes zu Fels geworden, hier hatte das Fauchen und Zischen eines unsäglich grausamen Hasses eine unzerstör-

[1] Karl May's Gesammelte Werke Band 15, „Old Surehand II"

bare, granitene Gestalt angenommen, und selbst die Sonne, die überall so frohe, lebenswarme, schien hier vor Schreck zu erbleichen und zu erkalten, denn ihre farblosen Strahlen verloren hier ihre Kraft und berührten uns, ohne von uns empfunden zu werden. –

Wir hatten eine Doppelfährte vor uns, nämlich die von Corner und seiner Gesellschaft und sodann noch Hillers Spur, die mit der ersten zugleich nach Norden lief. Hiller wollte zu den Schoschonen. Da er von Winnetou gehört hatte, dass sie den Marsh Creek herabgekommen waren, der sich in den Green River ergießt, so erwarteten wir jeden Augenblick, dass die Stapfen seines Pferdes nach Westen abbiegen würden; er hatte ja im Norden, wohin wir ritten, nichts zu suchen. Aber sonderbarerweise geschah das nicht. Entweder war er sich selbst nicht klar über den Weg oder er hatte einen neuen Entschluss gefasst, der unseren Gedanken so fern lag, dass wir ihn nicht erraten konnten.

Indem wir noch die Gründe seines unerklärlichen Verhaltens vergeblich zu entdecken suchten, bemerkten wir eine neue Fährte, die von rechts herüberkam und dann der alten folgte, nachdem sie mit ihr zusammengetroffen war. Wir stiegen ab, um sie zu lesen. Sie deutete auf zwei Reiter, die ebenfalls halten geblieben waren, um die vorherigen Spuren genau zu betrachten. Hier galt es, uns über die Reihenfolge klar zu werden, also über die Zeit, in der sich die einzelnen drei Gruppen vor uns bewegt hatten. Wir sahen, dass erst Corner gekommen, dann Hiller gefolgt und dann das uns unbekannte Reiterpaar hinterhergeritten war. Corner hatte einen so großen Vorsprung, dass wir ihn heute nicht einholen konnten, zumal er bessere Pferde besaß als wir. Die anderen drei aber waren weniger gut beritten und wir stellten fest, dass wir uns nicht anzustrengen brauchten, um noch vor Abend mit ihnen zusammenzutreffen. Die Fährte zeigte uns nämlich nach einiger Zeit deutlich, dass die zwei Unbekannten auf Hiller gestoßen waren. Sie hatten eine Weile mit ihm an der Stelle des Zusammentreffens gesprochen und dann in seiner Gesellschaft den Ritt fortgesetzt.

Die Sonne hatte soeben ihren Scheitelpunkt verlassen, als wir den New Fork wieder erreichten und hinüber nach seinem linken Ufer wechselten. Hier trennten sich die Spuren. Hiller war mit den zwei Unbekannten an dem Flüsschen aufwärts geritten, das aus dem Fremontsee kommt, Corner aber hatte den New Fork als Wegweiser beibehalten. Natürlich folgten wir ihm. Es war ja unsere ursprüngliche Aufgabe, Carpio zu retten; Hiller und seine zwei Begleiter gingen uns jetzt nichts an. Wir zerbrachen uns auch gar nicht die Köpfe darüber, wer sie waren und was sie oben am Fremontsee eigentlich wollten.

Zwischen dem Boulder Lake und dem Fremont Peak ziehen sich am Fuß der Windriverberge viele liebliche Seebecken hin, die samt ihrer Umgebung gleichsam auf die Schönheiten und Eigentümlichkeiten des nördlich von ihnen liegenden Yellowstone National Park vorbereiten, der nirgends seinesgleichen findet. Die Becken dieser Seen sind teils vulkanischen Ursprungs, teils von den Wasserläufen ausgefressen, fast immer aber deutet ihre Umgebung an, dass sich hier unter der dünnen Erdrinde die vulkanischen Gewalten, die einst die Bergmassen emportrieben, noch immer in Tätigkeit befinden. Schon hier gibt es kalte Wasserbecken, in denen von Zeit zu Zeit heiße Quellen emporsteigen; man trifft auf Stellen, wo die Mächte der Unterwelt plötzlich den Boden gehoben und auseinandergesprengt haben, um einen kochenden Wasserstrahl oder heiße Schlammmassen hoch emporzuwerfen. Es finden sich abgelegene Talwinkel, die keinen Winter kennen, weil der stets erwärmte Boden den Schnee verzehrt und einem üppigen Pflanzenwuchs das Leben gibt, der selbst dann nicht schläft, wenn ringsherum alles Leben im Frost gestorben ist.

Solche warme und von den Felswänden vor Wind und

Wetter geschützte Stellen suchen die Indianer, besonders die dort hausenden Schoschonen, gern auf, um da für den Winter die wenigen Gemüsearten zu ziehen, deren Behandlung sie von ihren Vätern übernommen haben. Sie legen sogar zuweilen Vorratskammern an, zu denen sie im Winter auf Schneeschuhen gelangen und wo sie ihren Bedarf entnehmen.

Zu den größten dieser Seen gehören der schon genannte Fremont Lake und der Lake Amalia[1], der durch den Hauptarm des New Fork gebildet wird. Es hatte den Anschein, als ob dieses letzte Wasserbecken das Ziel Corners wäre, denn seine Fährte blieb dem New Fork bis zum Spätnachmittag treu, wo sie sich dann plötzlich nach rechts wandte und einen schmalen, aber sehr lebhaften Wasserlauf aufwärts folgte.

„Uff!", rief Winnetou überrascht, als er das bemerkte.

Er hielt an, hob den Kopf und schloss die Augen halb, als hätte er über etwas Unangenehmes nachzudenken. Wenn bei ihm, der sich doch wie kein anderer zu beherrschen verstand, ein solches Mienenspiel zu bemerken war, so konnte man überzeugt sein, dass es sich um etwas nicht Unwichtiges handelte.

„Uff!", wiederholte er, und damit nur ich ihn verstehen sollte, fügte er in der Mundart der Mescalero-Apatschen hinzu: „Wenn ich recht vermute, so kenne ich das Finding-hole dieser Bleichgesichter, es gehört nicht ihnen, sondern mir. Mein Vater hat es mir gezeigt, als ich fast noch ein Knabe war und von ihm zum ersten Mal mit nach den Brüchen des heiligen Pfeifentons genommen wurde. Er hat das Geheimnis von einem Krieger des Panashtstammes erfahren, der ihm dankbar sein wollte, weil mein Vater ihm die Medizin gerettet hatte."

„Könnte es nicht ein anderes Placer sein?", fragte ich.

„Möglich, denn da oben liegt an vielen Stellen Gold,

[1] Auch New Fork Lake genannt

aber" – und dabei ging ein wunderliebes Lächeln über sein schönes Angesicht – „mir sagt eine innere Stimme, dass es kein anderes als mein Finding-hole ist. Ich werde voranreiten und mein Bruder Scharlih mag mit den anderen meiner Spur folgen, bis dieses Wasser hier aus einer hohen Felsspalte tritt und es den Anschein hat, als könnte man an ihm nicht weiter. Wer die Gegend aber kennt, der reitet weiter aufwärts, wohl eine Stunde lang, dann kommt er an die Stelle, wo sich dieser Bach vom hohen Berg jäh in eine tiefe Kluft hinunterstürzt, wohin man ihm nicht folgen kann. Dort hinauf werde ich reiten. Mein Bruder aber begibt sich bloß bis unten zu der Felsspalte und in diese hinein. Es scheint, als ob dies unmöglich sei, aber er wird bald merken, dass es geht. Später komme ich auch dorthin."

Er gab seinem Hengst die Fersen und ritt im Galopp fort, obgleich das jetzt ansteigende Gelände dieser schnellen Gangart so ungünstig war, dass ein anderer sich wohl davor gehütet hätte. Wir ritten langsam hinter ihm her.

Wir hatten das Gebiet des Hochwaldes hinter uns, waren aber bisher immer noch von einzelnen Bäumen begleitet worden, das hörte nun auf. Die Stämme verschwanden und es traten niedrige Formen auf; das ging so schnell, dass wir uns nach einer Stunde schon oberhalb des Pflanzenwuchses befanden, gar nicht weit über uns lag Schnee und es war so kalt, dass unser Atem dampfte. Das gab freilich keine gute Aussicht für unser Nachtlager.

Es war alles öde ringsumher. Man sah keinen Vogel, kein anderes Tier, keinen Käfer, keine Fliege. Außer dem Plätschern des Wassers war das Hufgestampf unserer Pferde das einzige Geräusch, das wir hörten. Es wurde den Tieren schwer, vorwärts zu kommen. Auf die einsam großartige Gebirgswelt konnten wir nicht achten. Wir mussten unsere ganze Aufmerksamkeit auf den schlimmen Weg richten.

Da plötzlich hatte der Bach ein Ende oder vielmehr sein

Anfang fehlte, er schoss aus einer schmalen Felsspalte hervor, wo er über gewaltige Steine hoch aufschäumte. Ich stieg ab, um einen Blick hinüberzuwerfen. Wie ich vermutet hatte, so war es: Die Steine waren mit Absicht in das Bachbett geworfen worden, um den Anschein zu erwecken, dass das Durchschreiten der Spalte unmöglich sei. Wir stiegen in das Wasser und wälzten sie heraus, dann konnte der Durchgang versucht werden. Es war anfänglich gerade Platz genug für einen Reiter vorhanden, darum mussten die Saumpferde anders bepackt werden; nachher aber wurde die Spalte breiter und bequemer, bis sie sich zu unserer Überraschung zu einem großen, länglich runden Felsenkessel erweiterte, durch den das Wasser wie ein silberheller Faden floss; es kam hinten aus einem so niedrigen Spalt, dass kaum ein Mensch Platz zum Hineinkriechen hatte. Hier schien ein ganzes Nest von Spalten, Klüften und Kesseln vorhanden zu sein.

Da kein scharfer Wind in diesen Raum treten konnte, herrschte darin trotz des Wassers eine angenehme Wärme. Es war sogar einiges Gesträuch vorhanden und der Boden bestand aus einem saftig grünen Rasen, mit dem sich unsere Pferde sofort zu beschäftigen begannen. Am willkommensten waren uns mehrere hohe Stöße Brennholz, denen man es ansah, dass sie vor Jahrzehnten hier aufgehäuft worden waren. Es musste eine lange Zeit her sein, seit das letzte Feuer hier gebrannt hatte. Wir zündeten eins an und machten es uns rundherum auf unseren Decken so bequem wie möglich. Ich sagte nicht, was ich von Winnetou erfahren hatte, und war selber neugierig zu hören, wohin er seinen einsamen Ritt unternommen hatte.

Wir mochten uns vielleicht drei Stunden lang an unserem jetzigen Aufenthaltsort befunden haben, als er durch die Spalte kam. Schon dass er es in der dort herrschenden Finsternis zu Wege gebracht hatte, war eine Leistung zu nennen; noch erstaunlicher aber war es, dass er in der nächtlichen Dunkelheit die steilen, wilden und pfadlosen

Höhen überwunden hatte, wo jeder unvorsichtige Schritt des Pferdes einen Unfall herbeiführen konnte.

Als er abgestiegen war, beeilten sich die Schoschonen, seinen Iltschi zu versorgen. Er kam zu mir, setzte sich nieder und verzehrte sein Abendbrot, ohne ein Wort zu sprechen, obwohl er es den Anwesenden ansehen musste, dass sie eine Mitteilung von ihm mit Ungeduld erwarteten. Erst als er mit dem Essen fertig war, sah er sich lächelnd im Kreis um und sagte in seiner kurzen, bestimmten Weise:

„Meine Brüder glauben, dass ich ihnen etwas zu erzählen habe, sie irren sich. Ich bitte sie, sich schlafen zu legen, denn morgen früh werden wir einen sehr anstrengenden Weg zu machen haben. Wir werden Corner und seine Bleichgesichter gefangen nehmen. Heute können wir alle schlafen und brauchen keine Wache aufzustellen, denn es gibt außer uns hier keinen Menschen."

Diese Worte brachten eine Enttäuschung hervor, die eine allgemeine Stille zur Folge hatte. Die Leute sagten einander kurz gute Nacht und wickelten sich in ihre Decken. Winnetou verweilte noch. Ich war überzeugt, dass er wohl etwas hätte sagen können, wenn es nicht gegen seine Absicht gewesen wäre, zu sprechen. Dass er sich nicht auch niederlegte, war für mich das Zeichen, dass er mir, und zwar mir allein etwas mitzuteilen hatte; darum blieb auch ich sitzen. Er wartete, bis die anderen alle zu schlafen schienen, und sagte dann in der Mundart der Apatschen, um nicht verstanden zu werden, wenn ja noch einer wachen sollte:

„Es ist so, wie ich dachte: Corner kennt das Findinghole des Panashtindianders. Er oder einer seiner Begleiter kann es nur durch irgendeinen besonderen Glücksumstand entdeckt haben. Als ihre Spur gestern nach hier ablenkte, wusste ich gleich, dass es sich nicht um ein Placer am Stihi Creek handelte. Das, was dort gelegen hat, ist von Watter und Welley ausgenommen worden."

„Da es so steht", antwortete ich, „ist mir folgendes klar:

Corner und Genossen haben erst hier diesen Fund gemacht, den sie nicht augenblicklich ausbeuten konnten, und sind fortgegangen, um es später nachzuholen. Ihr Weg führte sie hinüber an den Stihi Creek, wo sie auf Watter und Welley trafen und bemerkten, dass diese Männer Gold besaßen; sie folgten ihnen, um es ihnen abzunehmen; in welcher Weise sie es taten, das wissen wir. Sie waren der Ansicht, dass ihr neuer Fundort nur durch Tauchen ausgebeutet werden könne, und lockten den alten Lachner herauf, um ihn und seinen Neffen zu dieser Arbeit zu zwingen und zugleich dadurch, dass sie dem Alten seine Anweisung abnahmen, einen doppelten Fang zu machen."

„Ja, so ist es. Mein Bruder hat es erraten. Ich beschloss vorhin, das Placer des Panashtindianers aufzusuchen, und ritt so weit, wie es möglich war; dann hobbelte ich mein Pferd an und stieg zu Fuß weiter. Ich kam unbemerkt hinauf und sah sie neben dem Wasser sitzen, gerade neben der Stelle, wo die Wellen über das verborgene Loch fließen; das gab mir die Überzeugung, dass sie den Fundort kennen."

„Wissen der alte Lachner und Carpio schon, woran sie sind?"

„Nein, denn sie hatten ihre Waffen noch und waren nicht gefesselt. Sie müssen wehrlos gemacht werden, ehe sie erfahren dürfen, was man mit ihnen plant."

„Der arme Carpio muss schlimm ausgesehen haben?"

„Er ist sehr krank. Wenn sie ihn in das kalte Wasser zwingen, wird er gleich beim ersten Mal sterben."

„Um Gott! Dazu dürfen wir es nicht kommen lassen. Wir müssen morgen oben sein, bevor das geschieht."

„Mein Bruder mag sich nicht beunruhigen! So schnell geht es mit dem Zwang nicht, den sie ausüben wollen. Wir werden zur rechten Zeit bei ihm sein."

„Ich hätte noch manches zu fragen, aber ich stelle das dir anheim. Du weißt, was du tust."

„Ich kenne deine Fragen, ohne dass du sie auszusprechen brauchst, und habe alles reiflich überlegt. Einen einzigen Punkt gibt es, in dem ich unentschlossen bin, ich werde da meinen Bruder Scharlih um seinen Rat bitten."

„Ich errate diesen Punkt."

„Uff! Old Shatterhand und Winnetou können niemals einen Gedanken voreinander verbergen."

„Nein. Wir sind zwar zwei Körper, aber eine Seele. Ich werde dir sagen, woran du jetzt gedacht hast, nämlich an die Bewahrung des Geheimnisses dieses Finding-hole des Panashtindianers."

„Uff; es ist richtig! Die fünf Bleichgesichter, die sich jetzt dort befinden, kennen es, es könnte nur durch ihren Tod weiter unbekannt bleiben. Können wir Carpio und seinem Oheim das Leben nehmen? Nein! Dürfen wir Corner, Sheppard und Eggly töten?"

„Wir nicht."

„Nein, wir nicht, denn uns haben sie nichts getan, was nach den Gesetzen, wonach wir beide zu handeln pflegen, mit dem Tod zu bestrafen wäre."

„Hm! Wir könnten den Mord Welleys rächen; aber wie ist er ihnen zu beweisen? Wenn sich kein anderer Richter außer uns findet, so müssen wir sie laufen lassen; wir dürfen sie für ihr Verhalten gegen uns in jeder anderen Weise, doch nur nicht mit dem Tod bestrafen. In diesem Falle kommen sie aber wieder."

„Uff! Dann kehren sie zurück, um sich das Gold noch nachträglich zu holen. Es liegt nicht mehr sicher in diesem Finding-hole."

„Ist es viel?", wagte ich zu fragen.

Er wandte sich mir schnell zu und sah mich mit seinen großen, dunklen Augen an, als wollte mir sein Blick bis in die tiefste Seele dringen. Dann glitt ein mildes Lächeln über sein Gesicht.

„Ja, keiner von uns beiden kann seine Gedanken vor dem anderen verbergen. Mein Bruder Scharlih möchte gern jemand glücklich machen?"

„Ja, so ist es. Mein Bruder Winnetou braucht das hiesige Finding-hole nicht für sich; er kennt außer dieser Stelle noch viele andere, von wo er sich Nuggets holen kann, sobald er welche braucht."

Er blickte eine Zeit lang still und nachdenklich vor sich nieder; dann erklärte er:

„Es ist nicht viel, aber doch genug. Die Panasht, denen diese Gegend früher gehörte, haben auch erfahren müssen, dass es nur Unheil bringt, den Bleichgesichtern Gold zu zeigen. Sie haben sich die Hilfe der weißen Jäger gegen ihre roten Feinde durch das gelbe Metall erkaufen wollen, doch nichts als Undank und Verrat davongetragen. Sie schafften ganze Lasten Gold von hier fort, um es ihren bleichen Verbündeten zu schenken, und die Folge war, dass sie von diesen Freunden zu Tode gemartert wurden, damit der Schmerz sie zwingen sollte, den Fundort zu bezeichnen; sie sind aber als Helden gestorben, ohne ihn zu verraten. Jetzt ist nur noch ein kleiner Rest der früheren Schätze vorhanden."

„Sie waren auch gezwungen, ihr Leben durch das Untertauchen in die kalte Flut aufs Spiel zu setzen?"

„Uff! Mein Bruder hält die roten Männer doch wohl nicht auch für so ungeschickt, wie sie von Leuten geschildert werden, die unsere Rasse gar nicht kennen. Kein Indianer ist so dumm, ein Finding-hole durch Untertauchen auszubeuten. Old Shatterhand wird sehen, wie klug die Panasht es angefangen haben, zu dem Gold zu kommen, ohne nass zu werden."

„Ah, sie haben das Wasser abgeleitet?"

„Ja. Und die Einrichtung dazu ist ganz einfach hergestellt worden und noch heutigentags vorhanden. Es bedarf nur einer ganz geringen Arbeit, um dem Wasser eine andere Richtung zu geben. Einen kleinen Teil des Goldes herauszunehmen, erfordert nicht lange Zeit; aber freilich, wenn man das Hole leeren will, so ist eine Reihe von Tagen erforderlich, damit fertig zu werden."

Jetzt schwieg er längere Zeit. Ich merkte ihm an, dass ihn ein wichtiger Gedanke beschäftigte, und hütete mich, ihn zu stören.

Dann machte er eine entschiedene Bewegung mit der Hand und sagte in einem Ton, der bei ihm stets einen festen Entschluss verkündete:

„Uff! Wir werden länger hier bleiben, als ich dachte. Der Gedanke an den Schnee gebot mir, so kurze Zeit wie möglich zu verweilen, aber wir werden uns zu dem Wagnis entschließen müssen, es mit ihm aufzunehmen. Im schlimmsten Fall können wir uns ja zum Pa Ware[1] der Schoschonen retten. Die Pferde aber dürfen nun nicht bleiben, sie müssen fort. Jetzt mag mein Bruder mit mir die Augen schließen. Gute Nacht!"

Er legte sich nieder und ich folgte seinem Beispiel. Ich war glücklich darüber, dass er sich entschlossen hatte, meine Bitte zu erfüllen. Zwar hatte er mir das nicht mit Worten zugesagt, aber dass er zu einem längeren Bleiben entschlossen war, verriet mir seine Absicht, das Finding-hole zu leeren. Ihn zu fragen, was er mit dem Pa Ware gemeint hätte, fiel mir nicht ein. Er war nicht gewohnt, mich neugierig zu sehen.

[1] Heißes Wasser

16. Das Finding-hole

Am anderen Morgen wurden wir sehr früh von der Kälte geweckt, denn das Feuer war ausgegangen, weil niemand gewacht und es genährt hatte. Wir zündeten ein neues an, um uns bis Tagesanbruch zu wärmen, und merkten nun erst, dass unsere Decken feucht geworden waren. Es wehten feine Flocken, die sich schnell auflösten, in unser abgeschlossenes ‚Heim' herein. Wir aßen, und als der erste Gedanke des Tages am Himmel erschien, hobbelten wir die Pferde ab und machten uns fertig, den Lagerplatz zu verlassen. Da wir heute nicht ritten, mussten wir den durch die Schlucht führenden Bach zu Fuß durchwaten und also unser Schuhwerk ausziehen. Der Durchgang war kalt und wegen der im Wasser liegenden Steine, die wir meist nicht sehen konnten, höchst unbequem. Draußen zogen wir die Stiefel oder Mokassins wieder an und blickten uns dann zunächst hinsichtlich des Wetters um. Es schneite, doch nur fein, und Winnetou, der sich auch in dieser Beziehung nie zu irren pflegt, sagte:

„Das ist nicht der Schnee des hereinbrechenden Winters, sondern der großen Bergeshöhe; er wird aufhören, sobald die Sonne scheint. Meine Brüder mögen mir folgen."

Da keiner von uns zurückgeblieben war, zählten wir mit den fünf Schoschonen neun Mann, die es, wohlbewaffnet, wie wir waren, leicht mit Corner und seiner Sippe aufnehmen konnten. Wir befanden uns trotz unseres gestern so steil berganführenden Rittes noch immer am Fuß eines mächtigen, himmelhoch strebenden Bergkegels, dessen Kuppe mit tiefem Schnee bedeckt war. Dieser Schnee leuchtete uns mehr als das unzulängliche, leichte Tagesgrauen. Wir mussten uns eine Stunde lang durch ein wüstes Felsengewirr bergauf winden und trafen dann an der Stelle wieder auf Wasser, wo es sich tief in die erste Kluft dieses Wirrsals hinabstürzte. Wir hätten uns eigentlich an seinem Ufer halten müssen, da wir aber nicht gesehen werden durften, verließen wir es, um einen bedeutenden Erdrutsch zu überwinden, der uns über eine halbe Stunde lang zu schaffen machte. Er war die Folge der Frühjahrsschmelze. Hierauf folgte eine ermüdende Kletterei über ein ausgedehntes, schräges und sehr schlüpfriges Felsdach, auf dessen oberem Rand wir anhielten, um Rost ausruhen zu lassen.

Hier befanden wir uns nach Winnetous Angaben in gleicher Höhe mit dem Finding-hole, dem wir uns nun mit größter Vorsicht nähern mussten. Dabei war uns der Umstand behilflich, dass hier oben der Schnee viel dichter fiel. Man konnte nicht fünfzig Schritte weit sehen. Es gab eine Menge vom Schneewasser gerissene Gerinne zu durchqueren, Felsen zu umgehen oder zu überklimmen und Schlammstellen zu durchwaten, bis wir an eine vielfach zerrissene Steinwand kamen, hinter der unser Ziel verborgen lag. Links vor uns bemerkten wir einen Einschnitt, der in gerader Linie von oben bis herunter führte. Winnetou deutete mit der Hand darauf und sagte mir:

„Dies ist das Bett, das das Wasser aufnimmt, wenn man es vom Finding-hole ableitet. Weiter unten kehrt es dann zu seinem richtigen Lauf zurück."

Wir kletterten jetzt so leise wie möglich und einer hinter dem anderen an den Vorsprüngen dieser Wand empor, bis wir nur noch den letzten, höchsten Streifen wie eine mannshohe Brüstung vor uns hatten. Es gab da Risse, durch die, und Ecken, um die wir lugen konnten, und wir sahen den Platz des Finding-hole vor uns liegen. Es schneite noch immer so dicht wie vorher, aber wir konnten dennoch alles deutlich erkennen, weil der Teil des Bildes, der unsere Aufmerksamkeit am meisten in Anspruch nehmen musste, mit zehn Schritten von uns erreicht werden konnte.

Man denke sich eine hundert Fuß hohe, senkrechte Felswand, in die eine schmale und nur für Riesenbeine brauchbare Treppe eingeschnitten ist, die von Stufe zu Stufe immer tiefer hinein und immer höher hinauf zum schneebedeckten Scheitel führt. Diese Treppe ist im Laufe von Jahrtausenden von einem Wasser ausgefressen worden, das von Staffel zu Staffel stürzt und dadurch eine Reihe von Wasserfällen bildet, die stufenförmig hinter- und übereinander liegen. Man kann nur die ersten, untersten Stufen erkennen, weil die höher steigenden sich im tiefen, finsteren Hintergrund befinden. Der Fels ist goldhaltig, das Wasser hat ihn zu Mehl erweicht und mit fortgenommen, das schwere, unlösliche Gold aber bot der bewegenden Kraft der Wellen Widerstand. Nicht weit vom Austritt des Baches aus dem Felsen strömte er über ein tiefes Loch in seinem Bett; seine Gewalt war groß genug, den leichten Goldstaub darüber hinwegzureißen, die großen Körner und Nuggets aber fielen, sobald sie diese Vertiefung erreichten, hinein. Dieser Vorgang ging Jahrhunderte, ja Jahrtausende fort, das unter Wasser befindliche Loch füllte sich, es enthielt nur große Stücke gediegenen Goldes – das Finding-hole war fertig.

Da, wo das Wasser aus der Felswand trat, hatte das Gelände rechts einen steilen, mit Steinen brustwehrartig gekrönten Abfall; das war die Seite, auf der wir uns jetzt hinter der Brustwehr befanden. Links und nach vorn war die Höhe mit größeren und kleineren Absturztrümmern bedeckt, zwischen denen sich die Wellen ein vielgeschlungenes Bett gegraben hatten und die sich dann später in kräftigen Schnellen bergab stürzten. Das Finding-hole lag am Rand der erwähnten Trümmer und so nah am Absturz der Höhe, dass wir uns, wie erwähnt, ungefähr zehn Schritte davon befanden.

Wir waren, wie es schien, gerade zur rechten Zeit gekommen, denn Corner, Sheppard und Eggly hatten soeben ihre Masken abgeworfen und ihre wahren Gesichter gezeigt. Carpio und sein Onkel lagen, mit Riemen gebunden, an der Erde und die drei Gauner waren gerade dabei, ihnen zu erklären, wozu der Ritt hierherauf überhaupt unternommen worden sei. Der alte Amos Sannel stand neben mir. Kaum hatte er den ersten Blick hinübergeworfen, so raunte er mir in freudiger Erregung zu:

„Sie sind es, Sir, sie sind es, die ich suche."

„Welche von den drei?", fragte ich.

„Der rechts und der in der Mitte. Der rechts hat mein Gewehr, ich würde es auf hundert Schritt erkennen. Gehen wir hinüber, schnell, schnell!"

Er meinte Corner und Sheppard, dieser hielt die Rallingbüchse in der Hand.

„Wartet noch!", mahnte ich. „Wir wollen uns nicht übereilen, sondern uns ganz nach Winnetou richten. Ihr kommt noch zeitig genug zu Eurer Büchse. Horcht, sie reden eben jetzt!"

Corner war es, der sprach. Wir verstanden jedes Wort.

„Ja, das hast du wohl nicht gedacht, dass du einmal auf so eine Weise überlistet würdest, du alter, grauer Sünder? Wie viele Gurgeln sind es wohl, um die du in deinem Leben die Schlinge gezogen hast? Jetzt steckst du selber in einer, die dir den Garaus machen wird. Deinen Neffen hast du mitgenommen, um ihn hier tauchen zu lassen; nun werden wir dir dasselbe Vergnügen bereiten. Wir ruhen nicht eher, als bis sich kein Gold mehr hier im Hole befindet, und das werdet ihr alles herausschaffen. Wenn du nicht gehorchen willst, so wirst du gehauen, bis das Blut dir von den schäbigen Knochen strömt."

„In das Wasser? Bei dieser Kälte?", wimmerte der Alte. „Das werdet Ihr doch von mir altem Mann nicht verlangen?"

Der Auftritt schien schon längere Zeit gespielt zu haben, sodass Lachners ursprüngliche Überraschung verschwunden war und die unvermeidliche Wut der in seinem Wesen liegenden Feigheit Platz gemacht hatte. Ein laut schallendes, höhnisches Gelächter von allen dreien war die Antwort.

„Jawohl, wir verlangen es von dir!", erwiderte der Prayerman. „Ihr werdet so oft in das Wasser springen, bis das

Hole leer geworden ist. Und damit die Anweisung über die schönen fünfundsiebzigtausend Dollar dabei nicht nass wird, werden wir sie dir aus der Tasche nehmen. Außerdem wirst du uns das Vergnügen machen, sie erst zu unterschreiben, damit wir auch wirklich Geld dafür bekommen."

Lachner stieß einen Schreckensruf aus. Was er dann sagte, verstand ich nicht, denn Winnetou machte mich durch einen Fingerzeig auf ein Felsstück aufmerksam, hinter dem der Kopf eines fremden Mannes hervorlugte. Wir waren also nicht die einzigen Zeugen des Verbrechens, das hier begangen werden sollte. Kaum hatte ich diesen Kopf gesehen, so sprang der, dem er gehörte, hinter dem Felsen hervor und rief:

„Das Ausnehmen dieses Goldnestes werden wir besorgen, Mr. Corner, und Ihr werdet es sein, der in das Wasser taucht. *Hands up*, ihr Schurken! *Hands up!*, sage ich, sonst schießen wir!"

„Ja, Hände in die Höhe!", ertönte eine zweite Stimme. „Wenn ihr nicht sofort gehorcht, bekommt jeder eine Kugel!"

Dem ersten war ein zweiter gefolgt, den ich auch nicht kannte. Beide hielten ihre Gewehre schussfertig in den Händen. Und da kam noch ein dritter, nämlich Hiller, der sein Gewehr gleichfalls angelegt hatte und befahl:

„*Hands up!*, sage auch ich! Also in die Höhe mit den Armen und Händen!"

„Welley!", rief Corner erschrocken.

„Reiter!", rief Sheppard entsetzt.

„Ja, Reiter und Welley", antwortete der zuerst Erschienene. „Ihr hieltet mich für tot, aber ich lebe glücklicherweise noch und werde mit euch abrechnen. Also Hände in die Höhe! Ich zähle nur bis drei. Eins – zwei…!"

Corner, Sheppard und Eggly ließen fallen, was sie in den Händen hatten und hoben sie hoch empor. Den auf sie gerichteten Gewehren gegenüber waren sie wehrlos, sie mussten gehorchen.

„So ist's schön!", lachte Welley. „Jetzt werdet Ihr gebunden. Wer sich nur mit einem Finger dagegen wehrt, wird erschossen. Mr. Hiller, wollt Ihr so gut sein und das besorgen? Reiter und ich werden so lange auf sie zielen, bis Ihr fertig seid."

„*Well*", entgegnete Hiller. „Mit Riemen habt ihr euch ja für diesen schönen Zweck vorgesehen. In zwei Minuten bin ich fertig."

Er band die drei aus ihrer tiefsten Befriedigung gerissenen Kerle so fest, dass sie kein Glied bewegen konnten. Sie lagen jetzt auf der Erde und wagten kein Wort zu sprechen. Jetzt war es Zeit, uns zu zeigen. Wir sprangen vor.

„Hände hoch!"

Das gab eine böse Überraschung in beiden Gruppen. Ich überließ Winnetou das Verhandeln. Er veranlasste Reiter und Welley zunächst, ihre Büchsen beiseite zu tun. Hiller hatte sein Gewehr schon abgesetzt. Er wandte sich zur Seite zum Zeichen, dass er mit uns nichts zu tun haben wollte. Jetzt erhob der Apatsche seine Stimme:

„Die weißen Männer mögen auf mich hören! Ich bin Winnetou, der Häuptling der Apatschen. Ich werde Recht von Unrecht scheiden. Nur der Böse hat mich zu fürchten. Dein Name ist Welley", wandte er sich dann an den Totgeglaubten. „Wir wissen um dein Geschick und wollen dir helfen. Sag uns, wie du dem Tod entgangen bist!"

Welley stand sichtlich unter dem Eindruck der überragenden Persönlichkeit des Apatschen. Halb widerwillig, halb vertrauend gab er Bescheid.

„Ihr sagt, meine Erlebnisse mit diesen Burschen seien Euch bekannt. Ich..."

„Sie sind es."

„Ich weiß zwar nicht, wie Ihr dazu kommt..."

„Mein weißer Bruder soll erzählen. Später wird er alles erfahren. Wie kam es, dass er der Kugel seiner Verfolger entging?"

„Sie glaubten, mich in den Kopf getroffen zu haben; es

war aber nur ein Schuss ins Fleisch, der mich vom Floß hinab ins Wasser warf, weil ich ganz am Rand saß. Ich hatte so viel Überlegung, nicht gleich wieder aufzutauchen, sondern mich unter dem Wasser zu einem angeschwemmten Baum zu retten, an dem ich eben vorüber gewollt hatte. Von da aus beobachtete ich, dass sie bei der nahen Flusskrümmung mein Floß mitsamt dem Gold ans Ufer angelten. Später, als sie fort waren, schwamm ich auch hinüber, hatte aber so viel Blut verloren, dass ich nicht weiter konnte und gewiss zu Grunde gegangen wäre, wenn sich nicht Mr. Reiter meiner erbarmt hätte."

„Verdammt!", knirschte Corner.

„Reiter ist dieser Mann da?", fragte der Apatsche.

„Ja", nickte der Genannte. „Wir sind hinter den Schuften hergeritten. Ich hatte eine alte Rechnung mit ihnen. Ihr müsst wissen, dass sie mich wegen eines gewissen Guy Finell, den ich aus Versehen erschossen habe, in der Hand hatten und mich zwangen, ihr Genosse zu sein. Aus Angst, dass sie mich verraten könnten, bin ich ihnen gefolgt, denn ich habe sie nicht für so schlecht gehalten, wie sie sind. Wir kamen hierher, wo Gabaros als alter, erfahrener Gambusino[1] dieses Finding-hole entdeckte. Entschlossen, es später auszunehmen, ritten wir zum Stihi Creek, wo wir Welley und Watter trafen. Die Schufte merkten, dass die beiden Gold hatten, folgten ihnen und wollten sie berauben. Da waren Gabaros und ich ihnen im Weg. Mit Gabaros fingen sie absichtlich Streit an und gaben ihm eine Kugel in den Kopf. Meinetwegen brauchten sie keinen Mord zu begehen, denn sie hatten meine Unterschrift, dass ich ein Mörder bin, und meinen Wechsel in den Händen. Ich musste tun, was sie wollten, und wurde einfach fortgejagt. Ich bin ihnen aber heimlich gefolgt, um Welley womöglich zu retten. Dass sie auf ihn schossen, konnte ich nicht verhindern. Aber er war nicht tot, und als er

[1] Spanisch: Goldsucher

dann ans Ufer kam, habe ich ihm meine Hilfe angeboten. Er brannte darauf, sich zu rächen, und ich sagte ihm meinen Beistand zu, denn durch diese Tat hatte ich die Halunken erst ganz kennen gelernt. Ihnen nachzufolgen wäre Dummheit gewesen, denn ich wusste, dass sie nach kurzer Zeit wieder hierher gehen würden. Wir sind also miteinander hier herauf und haben auf sie gewartet. Gestern sahen wir eine Fährte und folgten ihr in der Hoffnung, dass sie die ihre sei. Wir trafen auf Mr. Hiller hier, der uns Auskunft geben konnte, weil er bei Old Shatterhand gewesen war, der sie auch verfolgt. Da sie unterwegs anhalten und uns sehen konnten, wichen wir später von ihrer Spur ab und sind auf einem anderen Weg hierher geeilt. Ich habe ja seinerzeit die Gegend kennen gelernt. Wir haben sie schon seit gestern Abend beobachtet und belauscht und wissen alles, auch das, wozu sie diese beiden Personen mitgebracht haben. Nun wird die Abrechnung beginnen. Ich glaube, dass es um die Schufte geschehen ist."

Da lachte Sheppard höhnisch auf.

„Um uns geschehen? Ihr werdet es bleiben lassen, uns auch nur ein Haar zu krümmen. Ich habe Eure Unterschrift."

„Die nehme ich Euch ab."

„Abnehmen? Da müsste ich sie hier haben, das ist aber nicht der Fall."

„Oho! Wir werden sie schon finden."

„Sucht nur! Ich bin nicht so dumm, so etwas mit mir herumzutragen. Ich habe die Papiere in die Hände eines Sheriffs gelegt; sie sind versiegelt, aber wenn ich bis zu einer bestimmten Zeit nicht wiederkomme, liest er sie, und dass Ihr, der Mörder, Euch dann nirgends blicken lassen dürft, das könnt Ihr Euch wohl denken."

„Verdammt!", rief Reiter enttäuscht.

„Ja, so ist es!", lachte der Prayer-man. „Nun macht mit uns, was Ihr wollt!"

Winnetou hatte dieses Zwischenspiel schweigend zugelassen. Er glaubte wohl mit Recht, Vorteil daraus ziehen zu können. Der Prayer-man war überzeugt, dass der ausgespielte Trumpf die beabsichtigte Wirkung haben würde. Da rief Welley:

„Ich glaube von der Drohung dieses Halunken kein einziges Wort. Lasst Euch nicht Bange machen, Mr. Reiter! Wollen einmal sehen, was diese Kerle bei sich haben. Da sind zunächst die Gewehre. Das meinige ist damals auf dem Floß liegen geblieben und ich habe mich mit einem schlechten behelfen müssen; Sheppard aber hat eine gute Rallingbüchse, die werde ich für mich behalten. Da ist sie ja."

Er hob sie von der Erde auf. Das war für meinen alten Amos Sannel zu viel. Er riss Welley das Gewehr aus der Hand.

„Bitte sehr, Mr. Welley oder wie Ihr heißt, diese Büchse ist mein Eigentum. Sheppard hat sie mir gestohlen."

Bei diesen Worten versetzte er dem Prayer-man einen Kolbenstoß, dass der Gefangene laut aufschrie.

„Wer seid Ihr, Mann?", fragte Welley, indem er seinen Revolver zog. „Hier hat kein Mensch ein Wort zu sagen. Gebt das Gewehr her, sonst schieße ich Euch über den Haufen!"

Da machte Winnetou durch eine gebieterische Handbewegung dem Hin und Her ein Ende.

„Diese Gefangenen gehören uns. Ebenso ist auch das ganze Finding-hole unser Eigentum, denn ich habe es eher gekannt als die Bleichgesichter, die es jetzt beanspruchen."

Da trat Hiller schnell wieder vor und rief:

„Was? Das Gold soll uns genommen werden? Winnetou will es schon früher gekannt haben? Das kann jeder behaupten. Ich bin mit hierhergeritten, weil Reiter und Welley mir einen Teil davon versprochen haben, und es kann mir im ganzen Leben nicht einfallen, darauf zu verzichten."

„Mir auch nicht", erklärte Welley. „Ich werde mein Recht verteidigen, selbst gegen Winnetou. Und Ihr, Mr. Reiter?"

„Auch mir kommt es nicht im Traum bei", antwortete dieser, „das Gold, das ich selbst mit entdeckt habe, anderen zu überlassen, seien sie, wer sie seien."

„So ist's recht!", rief Corner, indem er sich trotz seiner Fesseln aufzurichten versuchte. „Ihr habt uns zwar überfallen und gebunden, aber diese Meinungsverschiedenheit wird sich leicht ausgleichen lassen, wenn wir nur in Beziehung auf das Finding-hole fest zusammenhalten. Lasst euch nichts weismachen von früheren Entdeckungen! Das ist nichts als Lüge! Bindet uns nur wieder los, so stellen wir uns an eure Seite und werden unser und euer Recht bis auf den letzten Tropfen Blut verteidigen."

Auf weitere Worte hörte ich jetzt nicht, denn ich beschäftigte mich vor allen Dingen mit Carpio, der das Aussehen einer Leiche hatte und mir matt entgegenlächelte.

„Sappho!", murmelte er. „Endlich! Ich wusste, dass du kommen würdest, aber es hat so lange gedauert. Wenn du noch länger gewartet hättest, wäre ich gestorben."

„Ich konnte nicht eher", antwortete ich, indem ich seine Riemen losband. „Nun ist aber alles gut. Kannst du aufstehen?"

„Ja, halte mich!"

Ich unterstützte ihn, er musste sich aber, kaum dass er auf die Beine gekommen war, wieder niedersetzen.

„Ich bin so matt", klagte er. „Diese Menschen sind sehr schlecht mit mir umgegangen. Denke dir, ich soll hier in das eisige Wasser tauchen, um Gold heraufzuholen!"

„Das habe ich gehört. Hast du Hunger?"

„Eigentlich sollte ich welchen haben, aber ich bin zu müde dazu. Weißt du, lieber Sappho, ich habe solchen Frost; die letzte Nacht war schrecklich, ich möchte am allerliebsten sterben."

„Du sollst bald wieder warm werden und neuen Lebensmut bekommen, lieber Carpio! Jetzt entschuldige mich für einige Augenblicke! Die Sache will sich zuspitzen, es hat den Anschein, als ob es zum Kampf kommen wollte."

Es war so, wie ich sagte. Während ich mit Carpio beschäftigt gewesen war, hatten Hiller, Reiter und Welley sich immer mehr in Aufregung geredet und dem Apatschen drohender gegenübergestellt. Jetzt trat Welley gar mit Hiller zu den Gefangenen heran und sagte in warnendem Ton:

„Nun gut! Da es so steht, geben wir diese Leute, obwohl sie den Tod verdient haben, wieder frei. Sie werden zu uns halten und dann wollen wir sehen, ob es so leicht ist, uns um unser Eigentum zu betrügen."

Er bückte sich nieder, um zunächst Eggly die Fesseln abzunehmen, da aber gebot ihm Winnetou:

„Halt, Welley mag damit warten, bis ich ihm noch ein Wort gesagt habe! Diese Gefangenen gehören uns. Wer sich an ihnen vergreift, um sie zu befreien, ist unser Feind und wird als solcher behandelt. Jetzt tut, was ihr wollt; aber unsere Gewehre werden mitsprechen."

Als ich das hörte, legte ich meinen Henrystutzen an. Die fünf Schoschonen nahmen ihre Gewehre hoch und Amos Sannel zielte mit seiner Rallingbüchse auf Welley. Da zog dieser die Hand von Eggly zurück und stieß einen Fluch aus. Winnetou fuhr jetzt fort:

„Winnetou, der Häuptling der Apatschen, braucht nicht zu versichern, dass er niemals eine Unwahrheit sagt, denn jedermann ist überzeugt davon. Er wird aber dennoch beweisen, dass er das Finding-hole eher gekannt hat als die Bleichgesichter hier und dass es sein Eigentum ist. Sie mögen einige Minuten warten, aber wer mir folgt, bekommt eine Kugel."

Er entfernte sich in der Richtung zu dem Wasserfall in der Felswand. Jetzt waren alle höchst neugierig, in welcher Weise er den beabsichtigen Beweis führen wollte. Infolge des Gesprächs gestern Abend vermutete ich, dass er dem Bach eine andere Richtung geben werde; er hatte ja erzählt, dass die sehr einfache Vorrichtung dazu noch vorhanden sei.

Es waren ungefähr fünf Minuten verstrichen, so hörten wir von der Seite des Abhangs, wo wir heraufgekommen waren, ein Rauschen wie von einem kräftigen Wasserfall und einen Augenblick später wurde der Bach hier bei uns dünner und immer seichter, bis er gar nicht mehr floss. Er war leer und gerade da, wo wir uns befanden, zeigte sich ein tiefes Loch in seinem Bett, aus dem das Wasser nicht verlaufen konnte. Jetzt erschien Winnetou, deutete auf die Vertiefung und sagte:

„Das ist das Finding-hole, das mir gehört. Ich kann den Bach verschwinden lassen. Verlangen die Bleichgesichter einen besseren Beweis?"

Sie schwiegen zunächst, dann knurrte Welley:

„Das Eigentumsrecht eines Indianers geht uns gar nichts an. Wir sind Weiße und haben das Finding-hole auch entdeckt. Wir machen also Anspruch darauf und werden dieses Recht verteidigen."

„Sind Hiller und Reiter derselben Meinung?", fragte der Apatsche, indem in seinen Augen ein Licht spielte, das ich nur zu gut kannte. Ich hielt meinen Blick auf ihn gerichtet, um augenblicklich das Gleiche zu tun, was er unternehmen würde.

„Ja", antwortete Reiter und Hiller fügte hinzu: „Was eine Rothaut machen wird und so ein kindischer Betbruder wie dieser Old Shatterhand, das rührt mich nicht. Ich werde Nana-po genannt, mehr brauche ich nicht zu sagen und werde mein gutes Recht gleichfalls bis auf den letzten Blutstropfen verteidigen!"

„Uff! Verteidigt es!"

Noch schneller, als er das sagte, hatte Winnetou mit dem Kolben seiner Silberbüchse ausgeholt und den Sprecher niedergeschlagen. Sofort krachte mein Kolben auf Welleys Kopf und fast zu gleicher Zeit erhielt Reiter einen Hieb des Apatschen, der ihn fällte. Fesseln waren mehr als genug vorhanden, denn sie selbst hatten sich reichlich mit Riemen versorgt, um sich Corners und seiner Begleiter zu versichern.

Als wir damit fertig waren, machten wir den alten Lachner frei. Ich fragte ihn dabei:

„Seht Ihr nun endlich ein, mit welchen Freunden Ihr Euch gegen uns gewehrt habt? Ihr solltet hier in diesem Wasser untergehen und zu Eurem Leben auch noch die Anweisung auf fünfundsiebzigtausend Dollar hergeben. Was sagt Ihr nun?"

Anstatt sich zu bedanken, warf mir der alte, unverbesserliche Geizhals einen giftigen Blick zu.

„Ich habe dieses Finding-hole gekauft und Ihr wollt es mir nehmen. Ich mag nichts von Euch wissen. Ich habe schon einmal auf Euch geschossen, und da ich nun wieder frei bin, werde ich so lange Kugeln für Euch haben, bis Ihr mir diesen Platz nicht mehr streitig machen könnt."

„Ihr armer Teufel! So ein Schwachkopf, der niemals von seinem Geldschrank fortgekommen ist und sich von diesen Schwindlern hier auf eine ganz unbegreifliche Weise hat übertölpeln lassen, will es mit uns aufnehmen! Ihr seid verrückt!"

„Verrückt?", fuhr er mich an. „Ihr sollt gleich sehen, ob ich verrückt oder bei Überlegung bin."

Er sprang einige Schritte fort, um sein Gewehr aufzuraffen, da war ich aber schon bei ihm, drückte ihn nieder und ließ ihn von Sannel wieder binden.

„So!", sagte ich dann. „Wenn das der Dank dafür ist, dass wir Euch gerettet haben, so verzichten wir darauf und fesseln Euch wieder. Ihr habt auf mich geschossen, Ihr habt Euren Neffen mit Absicht hierher in den Tod geführt, Ihr wolltet jetzt wieder das Gewehr gegen mich erheben, das ist genug. Wir werden uns zwar nicht rächen, aber Euch für so lange, wie wir uns hier befinden, unschädlich machen."

Er wetterte aus Leibeskräften, wir hörten aber nicht darauf. Hiller, Reiter und Welley kamen wieder zu sich, sie hatten ihre Pferde jedenfalls in der Nähe; die Schoschonen wurden fortgeschickt, sie zu suchen. Es dauerte nicht lange, so kamen sie damit. Ich war neugierig, was der Apatsche nun bestimmen würde. Er gab den drei widerspenstigen Bundesgenossen folgenden Bescheid:

„Ihr habt uns mit Kampf und Tod bedroht, wir werden euch das verzeihen. Ich werde euch fortschaffen lassen mit allem, was euch gehört, wir nehmen euch nichts. Aber wenn ihr hierher zurückkehrt, so lange wir uns hier befinden, werdet ihr erschossen. Winnetou schwört nie, sein Wort gilt als Schwur."

Sie wurden auf ihre Pferde gebunden und Teeh, der gewandte Schoschonen-Kundschafter, erhielt mit noch drei Roten den Auftrag, sie bis hinunter zum New Fork zu bringen; dort sollten sie freigegeben werden und ihre Waffen erhalten. Als sie fortritten, schimpfte Welley wie ein Rasender und drohte mit blutiger Rache. Reiter war still. Hiller richtete sein Abschiedswort nur an mich:

„Da habe ich nun wieder einmal einen gottesfürchtigen Menschen kennen gelernt! Diese Heuchler sind doch alle Schurken. Hier nimmt uns sogar der fromme Old Shatterhand unser Eigentum vor der Nase weg und schlägt uns in Fesseln, dass wir uns nicht wehren können. Pfui! Ihr habt mir vorgestern in Eurer heuchlerischen Frömmigkeit mein Wort vom Bären übel genommen. Ich wiederhole heute: Er soll mir das Gehirn ausfressen, wenn ich diese Spitzbüberei nicht sobald wie möglich heimzahle!"

Nach dieser Drohung verschwand er hinter den Felsenstücken. Er verließ uns wieder, ohne ein Wort von dem zu erfahren, was ich ihm zu sagen hatte; er war selber schuld daran. Als ich Winnetou mit einem Wink auf Carpio fragend anblickte, entschied er:

„Die Pferde dieser Gefangenen hier stehen da hinten am Wasserfall. Mein Bruder hole sie und bringe Carpio mit Hilfe des fünften Schoschonen hinunter in das Lager. Der Schoschone muss wiederkommen, mein Bruder aber kann unten bleiben."

Ich ging mit dem Schoschonen zu der Felswand. Da sahen wir die fünf Pferde, Corners Fuchs, Petehs und Yakonpi-Topas Tier und noch zwei vorzügliche Upsarokagäule. Zugleich bemerkten wir nun, in welcher Weise Winnetou das Wasser abgeleitet hatte. Der Bach machte, kurz nachdem er aus der Felswand getreten war, eine scharfe Krümmung rechts zum Felsabsturz, wo wir heraufgeklettert waren. Er kam dem Rand auf höchstens vier Meter nahe, und zwar an der Stelle, wo der Riss hinunterlief, den uns der Apatsche als das Ableitungsbett des Wassers bezeichnet hatte. Die vier Meter Erdraum waren früher einmal aufgegraben worden, um das Wasser nach dem Riss zu führen; dann hatte man den Abzugsgraben in der Weise wieder zugefüllt, dass drei Steinplatten quer gelegt und die Zwischenräume mit loser Erde zugeworfen waren. Wollte man jetzt den Bach ableiten, so brauchte man nur die drei Platten zu entfernen, wozu allerdings ein sehr kräftiger Mann gehörte; dann lenkte der Bach von selber herein, riss die Erde aus eigener Kraft fort und stürzte sich in den Riss hinab.

Wir führten die Pferde zum Finding-hole und setzten Carpio auf Corners Fuchs, den er schon geritten hatte. Dann stiegen auch wir auf, ich hielt mich an Carpios Seite und der Schoschone hatte das vierte und fünfte Tier zu führen. Als wir fortritten, brüllten uns Corner, Eggly und Sheppard nach und nannten uns verfluchte Pferdediebe.

Es ging sehr steil abwärts; deshalb war es nicht leicht, Carpio zu stützen, doch versicherte er auch jetzt, dass ihm die Freude, mich wieder zu sehen, neue Kraft gegeben habe. So kamen wir schließlich wohlbehalten unten an. Das Durchwaten der Felsenenge geschah sehr langsam, dann hatten wir ihn in Sicherheit. Er brauchte nicht mehr aus dem Sattel gehoben zu werden, sondern stieg selber ab, um sich gleich niederzusetzen. Der Schoschone hobbelte die Pferde an, für die Gras genug vorhanden war, und kehrte zum Finding-hole zu Winnetou zurück.

Ich zündete zunächst ein tüchtiges Feuer an und machte

dem Jugendfreund von Decken eine weiche, warme Unterlage. Wir wurden nicht nass, weil es, wie Winnetou vorhergesagt hatte, nicht mehr schneite. Jetzt hatte Carpio Esslust bekommen und ich sah mit Freude, dass es ihm vortrefflich schmeckte. Er fragte mich:

„Wie ist es denn noch mit dem Zweikampf geworden? Du hast doch gesiegt?"

„Ja, sonst wäre ich nicht hier."

„Ja, richtig. Ich ging fort, um meinen Revolver zu holen; denn ich wollte Peteh erschießen, falls er dich überwinden sollte. Noch hatte ich aber unsere Hütte nicht erreicht, so kamen diese entsetzlichen Menschen und schleppten mich fort. Ich durfte nicht um Hilfe rufen. Mein Oheim behandelte mich am härtesten, ich mag nichts mehr von ihm wissen. Ich habe mich schon gefragt, ob er wirklich mein Verwandter ist. Wenn er es wäre, müsste er doch ganz anders sein. Sollte da nicht vielleicht auch eine Verwechslung vorliegen? Es gibt zerstreute Pfarrherren genug, die nicht aufpassen, wenn sie Einträge in die Kirchenbücher machen. Es sollte mich nicht wundern, wenn ich auch hier das Opfer einer Verwechslung wäre; ich bin das ja gewöhnt. Übrigens habe ich es auch deiner Zerstreutheit zu verdanken, dass ich vom Lager der Kikatsas fortgeschleppt worden bin."

„Wieso?", fragte ich, ohne mein Erstaunen über diese Behauptung merken zu lassen.

„Ich brauchte den Revolver gar nicht zu holen, denn ich hatte ja einen in der Tasche, es war der deinige."

„Ist das möglich?"

„Ja! Als du früh von der Versammlung kamst, bandest du uns wieder los. Unsere Waffen lagen dort. Du stecktest deine zwei Revolver ein. Wir saßen so nah beieinander, dass unsere Seitentaschen sich wahrscheinlich berührt haben; da ist einer von den Revolvern in meine Tasche geraten. Hätte ich das gewusst, so wäre ich am Kampfplatz geblieben. Du siehst also, dass ich auch hier durch fremde

Schuld in die Hände dieser Menschenschinder geraten bin. Du bist ja immer zu Verwechslungen geneigt gewesen. Das soll aber kein Vorwurf sein, denn ich möchte dich um alles in der Welt nicht betrüben. Jetzt bin ich vom Essen müde geworden. Darf ich schlafen?"

Ich machte ihm ein bequemes Lager. Er schlummerte, ohne einmal aufzuwachen, bis in die Mitte des Nachmittags. Da erschien Rost. Er war von Winnetou geschickt worden, um mich abzulösen, falls ich zum Finding-hole gehen wollte. Ich tat es natürlich. Oben bot sich mir ein Anblick, der mich überrascht hätte, wäre ich nicht durch Rost vorher darauf aufmerksam gemacht worden. Der Apatsche und Amos Sannel saßen am Finding-hole und Corner, Eggly und Sheppard waren emsig beschäftigt, das Wasser aus dem Loch zu entfernen. Da kein Gefäß vorhanden war, geschah das mit Hilfe ihrer Decken, die eingetaucht und, sobald sie sich vollgesogen hatten, ausgewrungen wurden. Man durfte sie um diese Arbeit, zu der sie nur durch Zwang getrieben wurden, nicht beneiden, denn das Wasser war hier oben dem Gefrierpunkt nah. Winnetou empfing mich, ohne ein Wort zu sagen, mit jenem leisen Lächeln, das bei ihm die Stelle lauter Fröhlichkeit vertrat. Auch der alte Sannel schmunzelte mir lustig zu. Er hatte sein Gewehr in der Hand und half durch kräftige Kolbenstöße nach, wenn die Arbeit einmal nicht schnell genug vonstatten ging.

Was für Gesichter ich von den drei Wasserschöpfern zu sehen bekam, kann man sich denken. Sie waren von kochender Wut erfüllt, wagten aber kein lautes Wort zu sprechen, weil der Kolben Sannels sie belehrt hatte, dass jeder Ausbruch ihrer Gefühle eine sehr schmerzliche Erwiderung nach sich zog. Darum geschah die Arbeit mit einer stillen Geschäftigkeit, über die wir uns nur freuen konnten. Auf der anderen Seite des Hole beaufsichtigte der Schoschone den alten Lachner, der zu meinem heimlichen Vergnügen gezwungen worden war, sich auch an dem lobenswerten Werk zu beteiligen. Er schöpfte mit seinem großen Hut und tat es mit einem Eifer, woraus zu schließen war, dass der Indianer ganz bedeutende Anlagen zur Anfeuerung unlustiger Arbeiter besaß.

Das Loch war tief und weit und obgleich acht Hände so unermüdlich beschäftigt waren, sank der Rand des Wassers doch nur langsam tiefer. Winnetou versicherte, dass es zwei Tage dauern würde, bis man auf den Grund käme. Wenn man den Wasserrand nicht mehr mit den Händen erreichen konnte, mussten die Decken an Riemen hinabgelassen werden, was selbstredend eine Verzögerung mit sich brachte.

Gegen Abend kehrte Teeh mit seinen Schoschonen zurück und meldete, dass die Bleichgesichter sofort weitergeritten seien, wodurch wir uns aber nicht von ihnen täuschen ließen. Dann kam die Zeit, mit der Arbeit aufzuhören. Die Indianer trugen die Waffen der Gefangenen, denen die Augen verbunden wurden. Von je einem Indsman geführt, mussten sie uns zum Lager folgen, was sehr langsam vor sich ging. Im Felsenkessel erhielten sie zu essen und durften sich dann gefesselt schlafen legen, ohne dass ihnen die Binden von den Augen genommen worden waren. Sie sollten nicht wissen, wo sie sich befanden. Während der Nacht wurde bei ihnen gewacht.

Genauso, wie sie abends hergeführt worden waren, wurden sie am nächsten Morgen hinaufgeschafft, um ihre Arbeit wieder aufzunehmen. Das Wetter hatte sich geändert. Es wehte ein scharfkalter Wind, der pfeifend um die Felsenkanten strich. Winnetou wurde sehr ernst. Um die Mittagszeit rief er Teeh zu sich und erklärte:

„Die Pferde müssen fort, doch erst morgen früh. Jetzt aber mag mein Bruder mit noch einem Krieger nach dem Pa Ware reiten, um nachzusehen, wie viel Lebensmittel es enthält, falls wir uns dorthin retten müssen."

Der Kundschafter entfernte sich gehorsam, ohne ein Wort zu sagen, und nahm einen Schoschonen mit.

Unsere unfreiwilligen Arbeiter froren heute so, dass sie doppelt fleißig waren, um sich wenigstens einigermaßen zu erwärmen. Gegen Abend wiederholte sich der gestrige Marsch ins Lager. In der Nacht kam Teeh zurück und meldete, dass sich dort fünf Personen einen Monat halten könnten, länger aber nicht, falls sich ihnen nicht Gelegenheit böte, selbst Fleisch zu machen. Er habe aber die Fährte eines großen Bären gefunden, da sei wahrscheinlich auch anderes Wild vorhanden, das sich hier oben verspätet habe.

„So mag mein roter Bruder bis zum Morgen ausruhen und dann mit den Pferden fortreiten, soll aber in sechs Tagen wieder hier sein, wenn der Winter nicht inzwischen eintritt. Bricht er aber während dieser Zeit herein, so wartet Avaht-Niah, bis der Schnee fest geworden ist, und schickt euch dann mit Schneeschuhen, um uns abzuholen."

Ich hätte Carpio gern mitgeschickt, er war aber zu schwach zu diesem Ritt und wäre auch durch nichts zu bewegen gewesen, uns zu verlassen. Früh brachen die Schoschonen mit allen Pferden auf, für die es auch Zeit war, zu verschwinden, weil es nichts mehr für sie zu fressen gab. Wir waren nun also mit den vier Gefangenen allein und es kam auf jeden von ihnen einer von uns, da Carpio nicht mitgerechnet werden konnte.

Heute wurden wir mit dem Wasser fertig; wir gelangten auf den Grund des Hole, der anscheinend aus steinigem Geröll bestand, das, mit Schlick verbunden, eine dickbreiige Masse bildete. Um sie herauszubekommen, wurden unsere freundlichen Arbeiter abwechselnd hinuntergelassen, eine zerschnittene Decke bildete das Beförderungsmittel für den Brei. Wir blickten der ersten Probe mit großer Spannung entgegen, nur Winnetou nicht. Sie sah aus wie mit körnigem Gestein vermischter Schlamm, war aber sehr schwer. Während Winnetou beim Hole blieb, trugen wir sie ans Wasser, um den Schlamm wegzuwaschen. Als das geschehen war, blieb das reine Gold zurück, Stücke von Erbsengröße bis zur Größe von Lambertsnüssen. Ich freute mich darüber, blieb aber ruhig dabei. Anders war es mit Sannel und besonders mit Rost. Dieser Letzte geriet in eine solche Aufregung, dass ich Mühe hatte, ihn wenigstens zum Schweigen zu bringen. Die Arbeiter durften den Wert des Fundes nicht genau kennen lernen.

Sie glaubten, die eigentliche Goldschicht läge tiefer und der Schlamm führe jetzt nur zuweilen eine kleine Probe. Wir ließen sie dabei und schütteten alles in das Bachbett unterhalb des Loches. Sie arbeiteten jetzt fast mit freiwilligem Eifer, das Goldfieber hatte sie ergriffen. So bekamen wir bis zum Abend eine beträchtliche Menge Schlick heraus und gingen sehr befriedigt ins Lager.

Es hatte den ganzen Tag leise, aber anhaltend geschneit, das Gebirge sah weiß aus, so weit wir blicken konnten. Am nächsten Morgen gab es keine einzige Flocke, aber tief unten lag es wie eine dichte, undurchdringliche Decke aus weißer Watte ausgebreitet.

„Uff!“, sagte Winnetou. „Das ist der Winter! Da unten schneit es, dass man kaum hindurchblicken kann. Wir müssen uns beeilen, sonst können wir das Pa Ware nicht mehr erreichen.“

Das Goldfieber wirkte heute geradeso wie gestern; die vier Männer arbeiteten ohne Unterlass, obgleich sie vor Kälte fast erstarrten. Carpio war allein im Lager geblieben. Am nächstfolgenden Vormittag war nur zwei Stunden geschafft worden, als Corner, der sich im Loch befand, meldete, dass es keinen Schlick mehr gebe und nun die Hauptschicht käme, die viel fester sei als die bisherige. Er musste heraus und Winnetou ließ sich am Lasso hinab. Als er wieder heraufkam, war sein Gesicht unbeweglich. Die Arbeiter wurden gebunden und in einiger Entfernung vom Bach niedergelegt, damit sie nicht bemerken konnten, was in seinem Bett vor sich ging. Dann entfernte sich Winnetou, er nahm Sannel mit, um sich von ihm helfen zu lassen.

Ich ahnte, dass er das Wasser jetzt wieder herüberleiten würde, und hatte mich auch nicht geirrt, denn nach kaum zehn Minuten kam es geflossen, allerdings zunächst noch nicht stark. Es lief in das Loch. Die Gefangenen sahen das und schrien laut auf. Nach und nach kam es stärker, es füllte das Loch und floss dann über den in das leere Bett geschütteten Schlick dahin. Wir standen dort und schauten zu.

Winnetou flüsterte uns zu, still zu sein und das, was wir erblicken werden, nicht zu verraten. Das Wasser spülte den erdigen Schlick fort, das schwere Metall blieb liegen. Der Bach nahm uns die Arbeit des Goldwaschens ab, so hatte Winnetou es gewollt. Nach Verlauf von einer halben Stunde war alles Erdige verschwunden und der Boden des Baches lag drei Meter lang mit Gold bedeckt, das uns verlockend entgegenglänzte. Wir brauchten bloß das Wasser wieder abzuleiten, um den reinen Ertrag des Finding-hole wegzunehmen.

Winnetou wandte sich ab und sagte scheinbar verdrossen, sodass die Gefangenen es hörten:

„Uff! Es ist nichts in diesem Loch. Wir gehen heute noch fort."

Er, der nie eine Unwahrheit sagte, hatte auch jetzt keine Lüge gesprochen; es war ja wirklich nichts im Loch, aber daneben lag das Gold im Wasser des Baches.

„Seid Ihr verrückt!", rief Corner. „Wir haben gearbeitet wie die Tiere, und nun wir auf die richtige Schicht gekommen sind, sollen wir aufhören?"

Winnetou blieb bei ihm stehen, sah ihm nachdenklich ins Gesicht und fragte:

„Und wenn wir Gold gefunden hätten, würden wir euch davon geben? Nein! Der Winter ist da. Wir brechen auf, um dem Tode des Verhungerns und Erfrierens auszuweichen. Wir nehmen euch mit, um euch zu retten."

„Nein, wir wollen nicht fort. Lasst uns hier. Gebt uns unsere Waffen und sagt uns, wie Ihr es gemacht habt, um das Wasser ablaufen zu lassen."

„Wollt ihr das wirklich? Ihr werdet hier umkommen."

„Nein, nein, wir bleiben da!", schrien sie alle vier.

„Uff! Ihr habt den Tod verdient, aber wir wollen nicht eure Richter sein, der große, gerechte Manitou mag euch bestrafen. Ihr sollt morgen früh frei sein und das Finding-hole besitzen. Euer Wille geschieht. Wenn es zu eurem Verderben ist, so seid ihr selber schuld daran. Jetzt kommt mit zum Lager! Und dieses Mal sollt ihr sehen, wo es liegt. Wir verbinden euch die Augen nicht."

Wie gern sie mitgingen, zum letzten Mal als Gefangene! Sie lachten innerlich über unsere vermeintliche Dummheit. Im Felsenkessel wurden sie gefesselt und ihnen auch die Augen wieder verbunden. Der alte, zuverlässige Sannel blieb bei ihnen und Carpio zurück. Wir anderen drei gingen zum Finding-hole. Dort wurde das Wasser nochmals abgelassen und wir sammelten die Nuggets in die Decken. Es gab so viel, dass wir alle drei ziemlich schwer zu tragen hatten. Dann schritten wir, ohne das Wasser zurückgeleitet zu haben, ins Lager zurück. Die Decken wurden dort nicht geöffnet, denn Carpio sollte das Gold noch nicht sehen; er hätte es durch seine Freude den Gefangenen verraten. Dann ging Winnetou wieder fort; er nahm Sannel mit, um so weit wie möglich hinabzusteigen und Holz für einen indianischen Schlitten zu suchen.

Bemerken muss ich, dass es heute ziemlich stark und windlos schneite. Die beiden Weggegangenen kamen erst spät abends wieder. Sie hatten das Gesuchte gefunden und einen Schlitten zusammengesetzt, der draußen vor dem Felsen stand. Wir legten uns schlafen, wachten aber abwechselnd bis früh. Da aßen wir erst und schafften dann alles, was uns gehörte, hinaus auf den leicht, aber doch kunstvoll gebauten Schlitten, dessen Teile nur mit Riemen zusammengebunden waren. Als nur noch Carpio zu holen war, gingen wir wieder hinein und Winnetou wandte sich an die Gefangenen:

„Winnetou, der Häuptling der Apatschen, hält Wort. Wir verlassen den Ort. Wir binden euch los, dort liegt Fleisch für zwei Tage. Eure Waffen nehmen wir eine kleine Strecke mit, damit ihr nicht auf uns schießen könnt. Ihr mögt sie euch nach einer Stunde holen. Geht ihr dann hinauf an das Finding-hole, so ist der Graben leer und ihr werdet sehen, wie man es macht, um das Wasser her oder hin zu leiten. Was weiter mit euch geschieht, darüber mag Manitou entscheiden. Howgh!“

Sannel befreite sie von den Fesseln und sagte zu Sheppard: „Diesmal kommt Ihr gut weg, Halunke! Solltet Ihr mir aber wieder einmal in die Hände laufen, so rechne ich mit Euch ab, Ihr armseliger Gewehrspitzbube. Den Schießprügel, den ich zuletzt hatte, sollt Ihr haben, die Rallingbüchse aber nehme ich mit. Viel Glück, Mesch'schurs, beim Finding-hole!“

Damit Carpio nicht nass werden sollte, trugen wir ihn hinaus und setzten ihn vor die Goldbündel auf den Schlitten, wo wir ihn in Decken wickelten. Dann ging es zunächst langsam den Berg hinab. Nach ungefähr einer Viertelstunde legten wir die Waffen der Zurückgebliebenen auf einem freistehenden Felsstück nieder und setzten darauf unseren Weg fort, die Verbrecher dem Strafgericht Gottes überlassend. Carpio vergoss wegen des Scheidens von seinem geliebten Oheim keine Träne.

Je weiter wir abwärts kamen, desto mehr Schnee gab es. Wir suchten die seichtesten Stellen aus und hatten doch oft Not hindurchzukommen. Unterhalb der Baumgrenze fiel der Schnee so dicht, dass wir kaum zehn Schritte weit blicken konnten; aber es war nicht mehr so eisig kalt wie oben auf den unbedeckten Höhen. Es gab nur diesen einen Weg, und da Welley, Hiller und Reiter ihn auch geritten waren, mussten wir uns hüten, nicht auf sie zu treffen, falls sie uns auflauerten, um uns das Gold abzunehmen.

Übrigens war es nicht unmöglich, dass wir schon in kurzer Zeit von unseren bisherigen Gefangenen verfolgt wurden. Wir hatten uns nicht Zeit genommen, auch die kleineren Goldkörnchen zusammenzulesen. Wenn sie an den Bach kamen und da, wo der Schlick gelegen hatte, dieses Gold im Bett schimmern sahen, mussten sie erkennen, dass im Hole nun nichts mehr zu finden war. Da lag der Gedanke nah, uns nachzueilen, zumal der Aufenthalt dort oben von Tag zu Tag gefährlicher wurde. Wir mussten uns also doppelt in Acht nehmen, und zwar besonders, weil unser Schlitten eine so deutliche Spur hinterließ.

Es wurde mit dem Schnee immer schlimmer, wir steckten oft bis an die Brust darin und mussten für den Schlitten eine Bahn mit unseren Leibern brechen. Das hielt uns ständig auf und strengte uns so an, dass wir, die Unermüdlichen, oft ausruhen mussten. Wo es möglich war, setzte sich auch Rost mit auf den Schlitten, den ich und Sannel zogen, während Winnetou voranschreitend Bahn schuf.

Als wir am Nachmittag das Tal des New Fork erreichten, schien der Schnee haushoch zu liegen und jedes weitere Fortkommen war unmöglich. Aber Winnetou tröstete uns mit der Bemerkung, dass es nun bis zum Pa Ware nicht mehr weit sei. Noch eine Stunde lang in nördlicher Richtung durch dick und dünn, dann wendete er sich rechts in ein schmales Seitental, das, als wir ihm einen Kilometer weit gefolgt waren, plötzlich aufhörte. Es gab rechts und links steile Felshöhen und vor uns eine licht bewaldete, schräg ansteigenden Lehne, die bis in den Himmel zu ragen schien. Da hinauf ging es.

Mussten wir da schwitzen! Ich zog, Rost und Sannel schoben ächzend und stöhnend hinterher. Der kleine, leichte Carpio schien fünfzig Zentner zu wiegen, und während wir drei wie die Braupfannen dampften, fragte er in seiner Harmlosigkeit rührend und freundlich: „Herr Rost, ich höre, dass Ihnen das Steigen schwer fällt; wollen Sie nicht lieber mit aufsitzen?“

Wir brauchten noch drei lange Viertelstunden, ehe wir oben waren. Noch aber hatten wir den Kamm nicht erreicht, so fielen oben zwei Schüsse. Winnetou war uns vorangestiegen. Damit wir jetzt nicht besorgt um ihn sein möchten, rief er herab:

„Itseh, aki begostale-bistscho – Fleisch, zwei Elke!“

Welch eine Seltenheit, jetzt und hier oben, und welch ein Glück für uns! Wenn er zwei Elke geschossen hatte, so gab das eine Menge Fleisch!

Endlich erreichten wir die Höhe. Als wir dort anhielten, um zunächst zu verschnaufen, wurden uns durch den Anblick, der sich uns bot, Ausrufe freudiger Verwunderung entlockt.

Hier, wo wir standen, lag der Schnee stellenweise mannshoch; vor und hinter uns aber war keine Spur vom Winter zu bemerken, da war alles grün. Man denke sich einen sehr tiefen, lang gestreckten Krater, der keinen eigentlichen Zugang hat und dessen Wände auf drei Seiten fast senkrecht abfallen, auf der vierten dagegen allmählich. Den Grund dieses Kraters füllt zur Hälfte ein See, dessen Wasser so warm ist, dass man glaubt, es unter den daraufliegenden Dämpfen brodeln zu sehen. Diese Wärme steigt nach oben, schmilzt im Winter bis fast ganz zur Höhe jede Spur von Schnee hinweg und hat einem reichen, immergrünen Pflanzenwuchs das Leben gegeben, der dem Wild über die kalte Jahreszeit hinweghilft und es veranlasst, hier auf der Höhe auszuhalten. Das war das Pa Ware, was zu deutsch ‚heißes Wasser' bedeutet. Da war es freilich kein Wunder, dass es um diese Zeit hier Elke gab. Wir sahen sie uns schräg gegenüber liegen. Es waren zwei Männchen. Der Elk geht besonders im Winter gern in Rudeln, weil es ihm in Gesellschaft leichter ist, durch den tiefen Schnee zu kommen. Winnetou hatte zwei Kernschüsse getan. Er ließ die Tiere jetzt unbeachtet und stieg zum See hinab. Wir folgten ihm mit dem Schlitten.

Unten schritt er geradewegs auf eine dicht mit Efeu bekleidete Felswand zu und blieb dort stehen, um uns zu erwarten. Als wir ihn erreichten, schob er den Efeu gerade an einer Stelle, wo er am dichtesten zu sein schien, auseinander und verschwand dahinter. Ich folgte und bemerkte, dass hinter dem Pflanzenschleier zwei Elenfelle hingen, die man auf die Seiten schieben konnte. Ich tat dies und gelangte in eine ziemlich große Höhle, die durch die Zwischenräume des Efeus über den Fellen eine halbe Beleuchtung bekam, an die sich das Auge schon nach kurzer Zeit gewöhnte. Hier war eine natürliche Einbuchtung des Felsens durch einfaches, mörtelloses Mauerwerk in eine leidlich bequeme Wohnung verwandelt worden. Der Efeu hatte nach und nach das Äußere überwachsen und das Versteck unsichtbar gemacht und innen hatten sich lichtscheue Pflanzen angesetzt, die dem toten Gestein Leben gaben.

Diese Wohnung bestand aus drei Räumen, dem vorderen, in den wir zuerst getreten waren, einem mittleren, noch größeren, der künstlich erleuchtet werden musste, und einem hinteren, der Kellerwärme besaß und als Vorratsraum diente. Das war die Rettungszelle der Schoschonen für den Fall, dass irgendeiner ihrer Krieger hier oben, wo sie im Herbst zu jagen pflegten, vom Winter überrascht und gezwungen war, Schutz vor der tödichen Kälte zu suchen.

Es gab da Pelzwerk und schöne, weichgegerbte Felle als Sitz- und Lagerstätten, einen Herd mit indianischen Tongefäßen zur Zubereitung der Speisen, Tonlampen, worin Fett zu brennen war, Hirschtalglichte, Kienspäne zum Feueranmachen, getrocknetes Fleisch, aufgestapeltes Brennholz, für mehrere Wochen reichend, kurz eine ganze Auswahl von Dingen, die ein Einsiedler aus Zwang hier während des Winters brauchen konnte. Auch Kürbisse und zwei Ledersäcke voll getrockneter Bohnen waren vorhanden, dazu Zwiebeln, Rettiche und andere Gewächse, die ebenso wie die Bohnen und Kürbisse draußen am warmen Wasser gezogen und im Herbst eingeerntet worden waren. Diese Vorräte hatte Winnetou gemeint, als er Teeh, den Kundschafter, hierhergeschickt hatte, damit er nachsehe, wie lange sie reichen würden.

Als ich die Gefährten hereinholte, staunten sie nicht weniger als ich über den behaglichen Unterschlupf, den wir da mitten in der starren Wildnis gefunden hatten. Da unsere Anzüge nass geworden waren, wurde zunächst ein tüchtiges

Feuer angebrannt, dessen Rauch durch einen natürlichen Kamin in die Höhe zog. Dann bereiteten wir unserem Carpio ein warmes Lager. Die Fahrt hatte ihn sehr angegriffen.

Es hatte während der letzten Stunden nicht mehr geschneit und so war unsere Fährte also nicht zugedeckt worden; sie lag so deutlich da, dass selbst ein Dreiviertelblinder, wenn er auf sie stieß, durch sie zu uns hergeführt werden musste. Es galt also, wenigstens bis zum nächsten Schneefall alles zu vermeiden, wodurch unsere Wohnung hier verraten werden konnte. Wir nahmen den Schlitten auseinander und schafften seine Teile hinein, um sie zum Feuerholz zu werfen. Dann galt es, uns über die beiden Elke zu machen. Der eine war ein mächtiger Kerl, über zwei Meter lang und am Widerrist ebenso hoch; man musste ihn über vierhundert Kilogramm schätzen. Der andere war kleiner. Es war unmöglich, mit ihnen bis zum Abend fertig zu werden und dann die Reste zu verbergen. Wir schafften also, so viel wir konnten, hinab in den Vorratsraum und ließen das Übrige notgedrungen für morgen liegen.

Kurz bevor es ganz dunkel wurde, stieg Winnetou auf die Höhe, von der wir herabgekommen waren, um einen Rückblick auf unsere Spuren zu werfen. Als er wieder eintrat, meldete er:

„Die Bleichgesichter sind da. Sie lagern jenseits am Fuß des Berges und haben, um sich zu erwärmen, ein großes Feuer brennen. Heute ist es ihnen zu spät geworden, morgen aber werden sie gewiss hierher kommen."

Übrigens befanden wir uns schon heute nicht allein am Pa Ware, wir hatten Besuch, und zwar sehr beachtenswerten. Winnetou ging nämlich am Abend noch einmal hinaus, Umschau zu halten, und sagte uns, als er zurückkehrte, dass er ein lautes Krachen zerbissener Knochen gehört habe; es wären jedenfalls Bären bei den Überresten der Elke. Wir hätten uns gern an sie geschlichen, aber das wäre unter den jetzigen Verhältnissen ein großer Fehler gewesen, weil die Grizzlys leicht zu unseren Verbündeten werden konnten.

Wir schliefen in dieser Nacht wie Prinzen, am tiefsten und längsten Carpio, dessen Müdigkeit krankhaft war. Als wir früh vorsichtig hinaus ins Freie blickten, bemerkten wir, dass unsere Gegner eher wach gewesen waren als wir; sie befanden sich bereits hier am ‚heißen Wasser' und schlichen überall umher, uns zu suchen. Unsere Spuren hätte ein Winnetou sofort gefunden, diese Leute aber schritten wiederholt an unserem Versteck vorüber, ohne zu ahnen, wie nah sie uns waren. Die Überreste der Elke entdeckten sie auch. Sie sahen die zersplitterten Knochen und nahmen an, das Wild wäre von dem Bären geschlagen worden. Da es keinen anderen Weg als den, auf dem wir gekommen waren, aus dem Kratertal gab, so konnten sie sich unser spurloses Verschwinden nicht erklären, aber aus ihren lauten Zurufen war zu schließen, dass es ihnen hier ausnehmend gefiel. Sie waren gezwungen, sich zu ihrer Rettung einen Ort zu suchen, der ihnen Schutz gegen die Unbill des Wetters bot, und dazu konnte sich kein anderer besser eignen als das Pa Ware. Als sie den ganzen Talkessel vergeblich nach uns durchforscht hatten, standen sie eine Weile beratend beisammen und suchten dann eine Stelle auf, die ihren Absichten zu entsprechen schien. Dort ragte nämlich ein breites Felsstück dachartig aus der Felswand hervor, das den darunter liegenden Boden trocken hielt; da begannen sie zu bauen. Sie legten Steine aufeinander, um zwei Seitenmauern zu errichten, deren Ritzen sie mit Moos und Erde verstopften. Am Abend waren sie damit fertig und hatten nun eine Schutzhütte, die vorn allerdings offen stand, doch wurde der nächste Tag dazu benützt, auch diese Seite noch zuzubauen, und als sie das getan hatten, befanden sie sich im Besitz eines verhältnismäßig bequemen Aufenthaltsortes für den ganzen Winter – falls es ihnen möglich war, sich durch die Jagd so lange zu erhalten.

Wir hattes es mit beiden Parteien zu tun. Wie wir später erfuhren, hatte sich Welley, um die Schoschonen zu täuschen, mit seinen Begleitern nur scheinbar entfernt; sie waren dann zurückgekehrt, um uns zu überrumpeln. Sie trachteten uns nicht nach dem Leben, aber sie wollten das Gold von uns fordern, auf das sie ein größeres Recht zu haben meinten. Corner hatte, als er nach unserem Weggang hinauf zum Finding-hole gekommen war, sofort die Goldspuren im Bach gesehen und dann das Übrige leicht erraten; er war mit seiner Sippe sogleich zu unserer Verfolgung aufgebrochen, schwer konnte sie ihm nicht fallen, weil unsere Spur deutlich zu lesen war. Unten am New Fork waren die beiden Trupps aufeinander gestoßen und hatten sich dahin verständigt, einstweilen alle persönlichen Feindschaften fallen zu lassen, um ihre vereinten Kräfte gegen uns richten zu können. Nun saßen sie drüben, jenseits des heißen Wassers, in ihrer Schutzhütte beisammen und konnten sich nicht erklären, wohin wir verschwunden waren. Um Fleisch brauchten sie zunächst nicht besorgt zu sein, weil die eine Partei noch ihre Pferde hatte, die nötigenfalls geschlachtet werden konnten.

Wir hielten es eine ganze Woche aus, ohne unseren Zufluchtsort zu verlassen; dann aber beschlossen wir, uns nicht länger mehr wie Gefangene zu verhalten. Wir gingen früh hinaus, ich nahm den Bärentöter mit. Unser Erscheinen brachte zunächst ein stilles Staunen bei unseren Gegnern hervor, dann kam Bewegung in sie, sie rannten hin und her und schrien uns die albernsten Drohungen über das Wasser zu. Winnetou legte die Hände an den Mund und rief ihnen zu, dass auf der halben Länge des Sees die Scheidegrenze zwischen uns und ihnen liegen sollte; wer sie überschritte, würde erschossen.

Von jetzt an brannte des Nachts vor ihrer Hütte stets ein Feuer, damit wir uns nicht etwa unbemerkt anschleichen könnten. Im Übrigen machten wir auf unserer Seite und sie auf der ihrigen täglich Spaziergänge, ohne dass wir uns dabei gegenseitig belästigten. Sie glaubten, uns aushungern zu können, weil sie keine Ahnung von der Beschaffenheit unseres Verstecks und von unseren Vorräten hatten.

Es verging Tag auf Tag, Woche auf Woche, der Dezember war schon da und Weihnachten kam allmählich näher. Wir beschlossen, das Fest nach deutscher Weise durch einen brennenden Lichterbaum zu begehen. Von den vorgefundenen Lichtern waren nur wenige verbraucht worden, weil wir Elktalg gebrannt hatten. Zu erwähnen ist, dass drüben, jenseits des Wassers, schon das zweite Pferd abgschlachtet worden war und der Bär des Nachts das Tal unsicher machte. Er schien seine in der Nähe liegende Einsiedelei in der Hoffnung, doch noch Menschenfleisch kosten zu können, nicht aufgeben zu wollen. Drüben wurde oft auf ihn geschossen, doch vergeblich. Zu uns kam er nicht.

Von den Höhen rundum gingen bedeutende Schneestürze herab und hoch über der Schutzhütte unserer Feinde hingen die weißen Massen so schwer über, dass es mir nicht eingefallen wäre, mich auch nur eine Viertelstunde darin aufzuhalten; sie aber schienen von der drohenden Gefahr keine Ahnung zu haben.

Drei Tage vor dem Fest stieg ich mit Rost zur Schneegrenze hinauf, um eine junge Tanne zu schneiden. Während des Heruntersteigens sahen wir, dass drüben schon das dritte Pferd geschlachtet wurde. Was dann, wenn auch dieses letzte verzehrt war? Sie legten die Knochen als Lockung unter die Bäume; der Bär aber war so klug, sie heimlich fortzutragen, anstatt sie an Ort und Stelle zu verzehren und sich durch das dadurch verursachte Geräusch zu verraten. Hunger aber schien er zu haben, denn er schnüffelte seit einiger Zeit auch bei uns herum; wir störten ihn nicht, denn er war uns später doch sicher, da sich sein Lager in der Nähe zu befinden schien. Für den Winterschlaf schien der muntere Kerl heuer keine Neigung zu besitzen.

Wir füllten diesen Tag noch damit aus, dass wir Dillen

für die Lichte schnitzten und allerlei Schmuck, wie ihn die Wildnis bot, für den Christbaum fertigten. Keiner freute sich mehr darüber als mein guter Carpio. Er hätte zu gern mitgeholfen, aber er war zu schwach. Seit Dezember nahm der Verfall seiner Kräfte rasch zu. Sein Tod war sicher und ich kann nicht schildern, wie weh das meinem Herzen tat. Ob er wusste, wie nahe sein Ende war, darüber schwieg er; er war von einer milden, stets gleich bleibenden Freundlichkeit und schien besonders mir seine Liebe doppelt zeigen zu wollen. Am Abend dieses zweiundzwanzigsten Dezember, als er es nicht hören konnte, sagte Winnetou zu mir:

„Weißt du noch, was unten am Medicine Bow River meine Meinung über ihn war? Jetzt ist die Zeit gekommen, das Erbarmen der Erde will ihn im Wilden Westen willkommen heißen. Wir werden ihm hier am Pa Ware sein letztes Lager bereiten. Howgh!"

Heute hatte ich die erste Wache. Als alle sich zur Ruhe gelegt hatten, fragte mich Carpio, was draußen für Wetter sei. Ich sagte ihm, dass es keinen Schnee, sondern einen schönen, hellen Sternenhimmel gebe. Da bat er mich, ihn hinauszutragen, er wolle so gern mit mir unter diesen Sternen weilen. Ich erfüllte ihm seinen Wunsch. In Decken gewickelt lag er an meiner Brust. Seine Augen waren emporgerichtet, er sagte lange nichts. Dann ergriff er meine Hand und sprach:

„Höre, mein lieber Sappho, wenn du einmal einen Sohn haben wirst, so zwing ihn nicht, etwas zu werden, was er nicht werden will! Es ist so schrecklich, so schrecklich! Mir wurde dadurch meine Jugend geraubt und mein ganzes Leben zur Hölle gemacht. Aber ich klage niemanden an, denn ich bin jetzt so froh, dass es zu Ende ist."

„Wie kommst du dazu, vom Ende zu sprechen, lieber Carpio? Du wirst dich erholen und noch lange leben."

„Sei still! Du weißt ebenso gut wie ich, dass ich höchstens noch zwei oder drei Tage leben werde. Ich habe es dir schon längst angesehen, deine Augen strahlen mich jetzt in doppelter Liebe an. Weißt du, ich habe eigentlich nur gelebt, wenn ich bei dir war, und darum macht es mich so glücklich, dass ich nun auch bei dir sterben darf. Du bist zuweilen ein bisschen zerstreut, ein bisschen vergesslich gewesen, aber doch der einzige Mensch, der mich wirklich lieb gehabt hat. Das vergesse ich dir nicht. Nicht wahr, du weißt, dass ich jetzt sterben muss? Sag mir keine Lüge! Sei auch jetzt bei meinem Scheiden mein wahrer Freund! Ich sterbe, nicht wahr?"

„Ja."

„Ich danke dir. Weißt du, das Sterben ist nicht so schlimm, wie viele denken. Ich sage dir so glücklich Lebewohl und begrüße dich dann bald im Jenseits selig wieder. Höre, Sappho, weine nicht! Tu mir doch den Gefallen und weine nicht!"

„Ich weine ja nicht, lieber Carpio."

„Doch! Es fiel mir eine warme Träne ins Gesicht, die ist von dir. Ich wische sie nicht weg, sondern ich nehme sie mit, um sie dem lieben Gott zu zeigen, damit er sieht, dass es auf Erden noch wahre Freunde und gute Menschen gibt. Aber eher als zum heiligen Christtag möchte ich doch nicht scheiden. Der Baum soll dazu brennen! Wie schön wäre es, wenn mir sein Licht zum Himmel leuchtete! – Jener Baum beim Franzl in Falkenau und dein Gedicht dazu. Ich kann es noch auswendig. Ich möchte es noch einmal vortragen, wie dort den drei armen Leuten und auch so unter dem Weihnachtsbaum! Sappho, bete mit mir, dass unser Herrgott mich noch bis zum Christtag leben lässt!"

Er faltete seine Hände in die meinigen und wir beteten still. Er bewegte sich nicht, auch später nicht, ich fühlte seine leisen Atemzüge, er war in der Andacht eingeschlafen. Ich saß stundenlang, ohne mich zu rühren, um ihn nicht zu wecken. Die Mitternacht ging vorüber, die Sterne sagten mir, dass noch eine Stunde und noch eine verrann, da gab es plötzlich drüben jenseits des Sees ein fürchterliches Getöse, ein Krachen wie von Kanonenschüssen; dann war es wieder still.

Carpio war darüber erwacht. Winnetou, Sannel und Rost kamen heraus.

„Es fiel wieder Schnee von der Felshöhe, offenbar sehr viel", sagte der Erste. „Wo war es?"

„Drüben bei der Hütte, wie es scheint", antwortete ich.

Wir lauschten einige Zeit. Es war kein Hilferuf zu hören. Vielleicht war es also nur in der Nähe der Hütte gewesen.

„Sie trachten uns nach dem Leben, sie sind still", sagte Winnetou. „Wir gehen nicht in der Nacht, wir warten, bis es Tag geworden ist. Ich erkenne am Stand der Sterne, dass mein Bruder Scharlih länger gewacht hat, als er sollte. Meine Zeit ist da, er gehe hinein!"

„Bitte, lass mich mit Carpio hier, er wünscht es so!", erwiderte ich.

Die drei verließen mich und ich war mit Carpio wieder allein. Er hatte die Augen geschlossen und fing an, schwer zu atmen, als ob ihm etwas Böses träume. Dann schlug er sie auf und sagte hastig:

„Sappho, wirst du mir einen Gefallen tun?"

„Ja."

„Du wirst mich auslachen, aber ich habe es jetzt bei geschlossenen Augen deutlich gesehen: Die Hütte drüben ist verschüttet, es sind mehrere Menschen tot, der Bär ist dort und einer wagt es aus Angst vor ihm nicht, um Hilfe zu rufen. Geh hinüber und rette ihn! Willst du?"

„Ja."

Ich lachte nicht über ihn. Es lag in seinem Ton etwas Zwingendes. Es soll vorkommen, dass Sterbende hellsehend werden. Ich trug ihn hinein. Die anderen waren noch nicht wieder eingeschlafen. Rost musste bei ihm bleiben. Winnetou und Sannel waren bereit, mich zu begleiten.

Die Sterne leuchteten uns bei diesem Weg. Das Feuer, das drüben stets gebrannt hatte, war verloschen. Wir schritten an den Felsen hin, wo wir nur schwer entdeckt werden konnten, um die nördliche Seite des Sees herum. Drüben schimmerte uns eine große Schneemasse entgegen, die mit schweren Steintrümmern von der Berghöhe herabgestürzt war und, wie wir nun allerdings bemerkten, die Hütte verschüttet hatte. In dieser Beziehung hatte Carpio richtig geahnt.

Da hörten wir ein Krachen und Prasseln, wie wenn Knochen zermalmt werden. Das musste der Grizzly sein. Wir schlichen vorsichtig näher. Da lag seine vom Schnee abstechende Gestalt am Rand der Lawine und fraß an etwas herum. War es ein Mensch? Wir richteten uns auf und gingen auf ihn zu. Er sah uns und stand im Nu auf den Hinterbeinen. Drei Schüsse krachten, einer von mir und zwei von Winnetou. Der Grizzly drehte sich zur Seite, fiel nieder, kugelte sich einmal um und blieb dann liegen.

„Ist er tot?“, klang da eine vor Entsetzen heisere Stimme. „Holt mich heraus, Mesch'schurs! Ich bitte euch um Gottes willen!“

Wir traten behutsam an den Bären heran. Er war tot. Zwei Menschen ragten, nur drei Schritt voneinander entfernt, unter den Trümmern hervor, der eine mit dem Kopf, der andere mit der Brust; der Kopf fehlte ihm, den hatte der Bär zermalmt. Der noch lebende war Hiller; er war unverletzt, weil der weiche Schnee ihn beschützt hatte, doch lagen auf ihm schwere Steinbrocken, die ihn festhielten. Der von dem Bären angefressene Tote war Eggly. Wir wälzten den Stein fort und brachten Hiller auf die Füße.

„Gott sei Dank!“, stieß er hervor. „Das – werde ich euch nie vergessen! Ich bin kein Hasenfuß, aber in dieser halben Stunde habe ich ein Jahrhundert voll Todesangst durchlebt. Ich wachte mit Eggly vor der Hütte, da stürzte die Lawine und verschüttete uns, nicht ganz, aber wir konnten nicht heraus, die Steine waren zu schwer. Jetzt nahte der Bär. Er wählte eine Ewigkeit, wen er fressen solle, bald beschnüffelte er Eggly, bald mich; ich fühlte seinen heißen, stinkenden Atem, endlich entschied er sich für ihn. Der Schädel krachte und splitterte unter dem fürchterlichen Gebiss, der Grizzly sucht ja stets erst das Gehirn. Ich war noch nicht gerettet; er konnte sich in jedem Augenblick auch mir zuwenden. Es war entsetzlich, ich kann es nicht beschreiben! Da kamt Ihr, Mesch'schurs, und nun bin ich erlöst. Gott sei Dank!"

„Wem dankt Ihr da?", fragte ich. „Gott? Ich denke, der Glaube an Gott ist Kinderei?"

„Schweigt! Ich bitte Euch um Himmels willen! In der fürchterlichen Ewigkeit, die ich jetzt zwischen Leben und Tod zubrachte, bin ich zur Erkenntnis meiner Missetat, meiner Sünde gekommen. Rettet die Verschütteten dort in der Hütte! Ich kann nicht mithelfen, ich zittere noch an allen Gliedern."

Er setzte sich nieder und schlug die Hände vors Gesicht. Die Schnee- und Steinlawine hatte, wie vorauszusehen gewesen war, die Felsenplatte getroffen, die das Dach der Hütte gebildet hatte, und diese eingedrückt. Unter den Trümmern hörten wir dumpfe Stimmen. Wir räumten weg, was wir bewältigen konnten, um nach dem Hohlraum zu kommen, in dem die noch Lebenden stecken mussten. Diese Arbeit war anstrengend und gefährlich, denn es war Nacht und überall stürzten Trümmer nach. Aber gegen Morgen gelang es uns doch, Luft zu schaffen; Hiller half jetzt mit.

Der Erste, der herauskam, war der alte Lachner. Als er sah, wer wir waren, sagte er kein Wort; wir waren in seinen Augen des Dankes nicht wert. Dann krochen Reiter und Welley hervor, auch sie waren unverletzt. Sie schienen alle Feindschaft vergessen zu haben und drückten uns die Hände. Nun drang ein herzzerbrechendes Wimmern und Stöhnen zu uns; aber es war zu gewagt, im Finstern nach der Stelle zu kriechen, von woher es klang. Ich schickte Sannel hinüber zu uns, um einige Kienspäne zu holen. Als er sie brachte, machte ich Licht und schlüpfte hinein.

Erst fand ich Corner, er war tot; die Kante eines Felsstückes hatte ihm die Brust eingedrückt und war dann weitergerutscht, sodass er frei lag. Ich durchsuchte vorsichtigerweise alle seine Taschen und fand nebst anderen, weniger wichtigen Gegenständen, zwei Hinterlegungsscheine. Die steckte ich mir zu, denn sie betrafen die Summen, die die Verbrecher aus dem Verkauf von Watters und Welleys Nuggets gelöst hatten. Dann kroch ich weiter, bis ich zu dem Stöhnenden kam; es war der Prayer-man, der so schwere Verletzungen davongetragen hatte, dass an eine Rettung nicht zu denken war. Er wimmerte in der Bewusstlosigkeit. Es fiel mir nicht ein, ihn zu schonen; ich rüttelte ihn, denn ich wollte ihm eine Frage vorlegen. Ich hatte schon seit langer Zeit einen Gedanken mit mir herumgetragen, über den ich Gewissheit haben wollte. Er kam halb zu sich und stierte mich verständnislos an.

„Sheppard, du hast Guy Finell erschossen?", rief ich ihm zu.

„Finell?", fragte er. „Esel! Warum wollte er mich anzeigen!"

Ein schweres Stöhnen unterbrach sein Geständnis. Sein verzerrtes Gesicht sah beim Licht des neuen Kienspans, den ich angesteckt hatte, wie eine Teufelsfratze aus.

„Und Reiter?", fragte ich.

„Reiter? Dummkopf! Schoss zu gleicher Zeit mit mir los, ich auf Finell, er auf die Spottdrossel, die er fehlte. Das war ein Streich! Du weißt ja, Corner, dass er nun dachte, er sei der Mörder und..."

Ich konnte leider nicht weiter auf seine Worte achten, denn über mir prasselte es, ich fuhr schnell zurück. Kleine Steine fielen herab und raubten einem sehr schweren Stück den Halt, es stürzte und traf die Fratze, die mich soeben noch so spöttisch angegrinst hatte. Der Prayer-man war ebenfalls tot. Gott wollte ihn nicht hier bereuen, sondern im Jenseits büßen lassen. Wer mit dem Heiligsten, was der Mensch besitzt, in der Weise wie Sheppard Lästerung treibt, begeht eine Sünde, die ihm hier nicht vergeben werden kann. Ich rührte ihn nicht an und kroch zurück.

Draußen begannen die Sterne zu erbleichen. Winnetou saß mit Amos Sannel auf den Trümmern, nicht weit von ihnen Hiller, Reiter und Welley, die leise miteinander sprachen, weiter weg davon hockte Lachner für sich allein. Die drei standen auf, als sie mich wieder sahen, und bedankten sich abermals bei mir. Sie baten mir alles ab, was sie uns getan hatten, und wünschten, sich uns anschließen zu dürfen, um uns beweisen zu können, dass sie der Verzeihung nicht unwert seien. Ich wies sie an Winnetou. Als dieser das hörte, sagte er:

„Diese drei Bleichgesichter haben Sünden und Fehler, aber keine Verbrechen begangen. Ihre Strafe soll sein, dass sie hier an dieser Stätte wohnen bleiben, bis wir von hier fortgehen und sie mitnehmen. Sie dürfen unsere Wohnung nicht betreten, aber uns unbewaffnet besuchen und das Fest der Christen mit uns feiern. Dieser Bär gehört uns. Wir werden ihm das Fell und das Fleisch nehmen."

„Dürfen nicht wir das tun?", fragte Hiller. „Wir bringen dann alles hinüber."

„Ja, es mag so sein."

Er winkte Sannel und mir, mit ihm zu kommen. Wir kehrten an unseren Zufluchtsort zurück, wo wir den beiden Zurückgebliebenen erzählten, was sich ereignet hatte. Carpio freute sich darüber, dass sich seine Mitteilung als wahr erwiesen hatte und er durch seine Bitte der Retter Hillers geworden war.

Am Vormittag kam dieser mit Welley und Reiter; sie mussten den Weg zwischen hüben und drüben mehrmals machen, ehe sie das Fell und die Menge von Fleisch ausgeliefert hatten. Wir ließen ihnen einen Teil davon. Bei dieser Gelegenheit sahen sie den Christbaum stehen, der, wenn es ruhige Luft und keinen Schneefall gab, im Freien brennen sollte. Sie freuten sich, dass sie mit dabei sein durften, und Reiter sagte zu mir in deutscher Sprache:

„Ich habe schon früher gehört, dass Old Shatterhand ein Deutscher ist. Vielleicht freut es Sie, dass ich etwas besitze, was auf die deutsche Art und Weise der Weihnachtsfeier Bezug hat."

„Was ist das?"

„Ein Gedicht. Ich bin durch Umstände, die in meiner Familie lagen, aus der Heimat getrieben worden und hatte den äußeren und inneren Halt verloren; ich glaubte nicht mehr an Gott. Mein Vater las das zwischen den Zeilen meiner Briefe und schickte mir dieses Gedicht als Weihnachtsgeschenk. Ich will nicht sagen, dass es mich zum frommen Mann gemacht hat, aber es hat doch bewirkt, dass ich zum Nachdenken gekommen und nicht tiefer gesunken bin."

„Von welchem Dichter ist es denn?"

„Von keinem berühmten, sondern im Gegenteil von einem jungen Gymnasiasten, dem mein Vater damals Unterricht in der Kompositionslehre gegeben hat."

„Ein Schüler?", brummte ich, um ihn meine Überraschung nicht merken zu lassen. „Aber sagen Sie mir lieber, wie konnten Sie an der Gesellschaft Sheppards und Genossen Gefallen finden?"

„Gefallen? Glauben Sie nicht, dass es mir wohl bei ihnen gewesen ist. Ich habe da unter einem Zwang gestanden, von dem ich mich nicht losmachen konnte. Es waltet da ein Geheimnis; aber Old Shatterhand wird mich nicht verraten, wenn ich es ihm mitteile. Ich bin nämlich ein Mörder."

Er sah mich an, als erwartete er, dass diese Mitteilung mir Schreck einjagen würde.

„Unsinn!", lachte ich.

„Ja doch! Das geschah nämlich in Steelville, ich hatte nichts zu leben und sah mich nach Arbeit um, da traf ich auf Sheppard; wir kamen ins Gespräch, ich klagte ihm meine Not und er teilte mir mit, dass er zur Begleitung nach dem Westen einen Boy suche, der leidlich schießen könne. Ich bot mich ihm an und er verlangte eine Probe. Wir gingen vor den Ort hinaus nach Guy Finells Farm hinüber. Dort lagen wir wohl eine Stunde lang am Waldrand, ehe Sheppard ein gutes, ihm genügendes Ziel einfallen wollte. Guy Finell war in seinem Garten. Da kam eine Spottdrossel geflogen und setzte sich auf einen Ast über ihm. Da meinte Sheppard schnell, die sollte ich herunterschießen, sobald er bis drei zählte. Ich ging darauf ein; die Drossel flog unverletzt fort, aber Finell lag in seinem Blut, meine Kugel war ihm durch die Brust gedrungen. Wie das zugegangen ist, das kann ich heute noch nicht begreifen, denn ich war schon damals kein schlechter Schütze. Wir machten uns schleunigst auf die Flucht und seitdem war ich in Sheppards Hand. Er zeigte mich bloß unter der Bedingung nicht an, dass ich ihm ein schriftliches Eingeständnis des Mordes und einen Sichtwechsel über fünftausend Dollar auslieferte, womit er mich in den Händen hatte. Ich bin seitdem sein Sklave gewesen und wagte gegen keine seiner Forderungen einen Widerspruch, bis ich unten am Platte River erkannte, was für ein Halunke er war. Er jagte mich einfach zum Teufel, damit ich nicht Zeuge seines Mordes an Welley werden könnte, mit dem ich mich dann gegen ihn verbündete."

„Wie geschah denn eigentlich der Schuss auf die Drossel? Wo befand sich Sheppard, als Sie losdrückten?"

„Er hatte sich hinter mich gestellt."

„Ah so! Da konnten Sie nicht sehen, was er tat. Er zählte und Sie schossen genau bei drei?"

„Ja."

„Fielen nicht zwei Schüsse?"

„Nein. Wie kommen Sie zu dieser sonderbaren Frage?"

„Davon später. Der Wechsel dürfte Ihnen aber doch keine Angst einjagen."

„Der freilich weniger, weil ich damit nur unter Umständen gefasst werden konnte. Aber das Eingeständnis des Mordes. Es war zwar erzwungen und ich hätte leugnen können, aber es wäre von ihm doch beschworen worden. Am schwersten haben mich jedoch die Selbstvorwürfe gedrückt. Ich habe eine Familie unglücklich gemacht und sehe immerfort das Opfer dieses Schusses blutend am Boden liegen. Sheppard ist zwar nun tot, aber ich weiß, dass er Wechsel und Geständnis irgendwo hinterlegt hat. Sie können sich denken, dass mir das große Sorgen macht."

„Freilich. Aber legen Sie nur alles in Gottes Hand! Der weiß am besten, wie Ihnen zu helfen ist."

Nun zeigte ich Winnetou die Hinterlegungsscheine und erzählte ihm, dass dieser Reiter der Sohn eines früheren Lehrers von mir wäre.

„Ich weiß, weshalb mein Bruder mir diese Mitteilung macht", lächelte er, „sein Wunsch soll in Erfüllung gehen. Dieses Bleichgesicht ist arm und hat geglaubt, sich mit den Nuggets des Finding-hole helfen zu können; der gute, große Christ soll ihm welche bringen!"

Reiter war nicht der Einzige, dem beschert werden sollte, auch mein Carpio musste etwas bekommen – wenn er noch lebte. Es ging zusehends mit ihm bergab, er wurde schwächer, sonderbarerweise blieb seine Stimme kräftig. Als ich ihm sagte, dass dies wohl auf eine Besserung hoffen lasse, antwortete er mit einem matten Lächeln:

„Denk das nicht! Es ist bestimmt, dass ich einstweilen von dir gehe. Ich habe im Stillen schon von der Erde Abschied genommen. Er ist mir nicht schwer gefallen, denn sie hat mir wirklich nicht viel geboten, was mich halten könnte. Sie ist eine sehr harte Stiefmutter gegen mich gewesen. Ich scheide also gern, und wenn meine Sprache noch jetzt kräftiger ist, als ich selbst es bin, so wird das wohl nur wegen des Gedichtes sein. Ich will es noch einmal aufsagen und dann für dieses Leben still sein."

„Hast du denn keinen Wunsch, den ich dir erfüllen könnte, lieber Carpio?"

„Nein, denn was ich wünsche, das wirst du tun, ohne dass ich dich besonders darum bitte. Wenn du in die Heimat kommst, so grüß die Meinen, sage ihnen, dass ich mich den Zerstreutheiten anderer Leute entzogen habe und nun endlich glücklich bin. Jetzt will ich aber wieder schlafen. Verzeih mir, lieber Freund! Ich bin so müde und der Schlaf ist so schön. Wenn der Tod so sanft und freundlich kommt wie der Schlaf, so möchte ich unaufhörlich sterben."

Der Tag und die nächste Nacht vergingen, ohne dass etwas von Bedeutung geschah; aber am Morgen des Vierundzwanzigsten ertönten frohe Rufe von der Höhe herab und wir sahen eine Schar Schoschonen kommen, wohl zwanzig Mann, von Wagare-Tey, dem jungen Häuptling, angeführt; Teeh, der Kundschafter, war auch dabei. Sie kamen, uns zu holen, und hatten Schneeschuhe und alles mit, was für uns nötig war. Unsere erste Frage war die nach den Pferden. Sie waren gut aufgehoben. Dann erkundigten wir uns nach dem Ausgang der Feindseligkeiten mit den Upsarokas. Es hatte sich herausgestellt, dass die Blutindianer die Schuldigen waren. Peteh hatte sogar grimmig eingestanden, bevor er an der von mir erhaltenen Wunde gestorben war. Die Mörder hatten sich alle mit im Lager am Pacific Creek befunden; sie waren, voran der alte, hinterlistige Innuya Nehma, ausgeliefert und am Marterpfahl hingerichtet worden und darüber hatten die Schoschonen mit den Upsarokas Frieden geschlossen. Yakonpi-Topa ließ uns auffordern, ihm später die uns geliehenen Pferde zu bringen, Hiller solle die ihm abgenommenen Felle zurückerhalten.

Die Schoschonen hatten geglaubt, dass wir sofort mit ihnen aufbrechen würden, aber das war wegen Carpio unmöglich. Als sie hörten, ein Sterbender wäre unter uns, zogen sie sich in scheuer Ehrfurcht zurück. Das Fleisch des erlegten Grizzly gab ihnen Beschäftigung genug. Es wurden mehrere Feuer angebrannt und dann verbreitete sich der Bratenduft über das ganze Pa Ware. Als Carpio hörte, dass unsere Erlöser gekommen seien, sagte er:

„Der meinige wird nun auch erscheinen. Ich bin der einzige von euch, der hier im Tal bleibt. Kommst du in deinem Leben nochmals her?"

„Es ist möglich. Selbst wenn ich nur nach einem Tagesreisen von hier entfernten Punkt geführt würde, würde ich doch hierher reiten und dich besuchen, mein Carpio."

„Tu das! Sobald du kommst, bin ich auch da, wenn du mich auch nicht siehst. Wenn es mir möglich ist, werde ich dir ein Zeichen geben, ein freundliches Flüstern in den Blättern oder ein heiteres Kräuseln der warmen Wellen im See. Das soll mein Himmelsgruß für dich sein; dann kannst du wieder fortreiten und dir sagen, dein treuer Carpio hat dir für deinen Besuch gedankt."

Der Abend war wieder sternenhell. Kein Lüftchen regte sich und die dem Wasser entströmende Wärme erlaubte es uns, den Scheidenden hinaus ins Freie zu tragen. Er wurde nahe beim Baum weich gebettet. Die Weißen nahmen ringsum Platz und in einem weiteren Kreis lagerten die Schoschonen, neugierig auf den Christbaum. Nur einer fehlte: der alte Lachner. Ich hatte ihm sagen lassen, dass sein Neffe im Sterben läge, er hatte sich umgedreht und nicht geantwortet. Nun schlich er in der Finsternis umher, allein mit seinem Geiz. Er konnte es nicht verwinden, dass ihm das Gold des Finding-hole entgangen war.

Hierauf wurden die Nuggets herausgeholt und unter dem Weihnachtsbaum nach Winnetous Anordnung in vier gleichgroße Haufen eingeteilt. Dann zündeten wir die Lichter an. Während dies geschah, sagte Carpio zu mir:

„Eigentlich müsste ich das Gedicht gleich anfangs sagen; aber es ist mir, als ob ich beim letzten Wort scheiden werde, darum will ich lieber bis zum Schluss warten. Weißt du, wir haben vorgestern miteinander zum Herrgott gebetet, dass er mich diesen Weihnachtsglanz noch erleben lassen möge. Er hat unsere Bitte erfüllt, dann sterbe ich aber sogleich, das fühle ich. Tu mir noch einen Gefallen und sing mir das Lied ‚Stille Nacht, heilige Nacht'!"

Als alle Lichter brannten, sangen wir das Lied, Hiller, Reiter, Rost und ich, in deutscher Sprache. Hierauf sprach ich einige ernste Worte. Dann bescherte Winnetou die Nuggets an Sannel, Reiter, Rost und Carpio.

Wie glücklich waren die vier! Der alte Amos Sannel konnte sich nun die Ruhe gönnen; Reiter versicherte, dass er die Hälfte des Betrages seinem Vater, meinem alten Kantor, schicken würde; Rost konnte infolge dieses Geschenkes daran denken, nach seiner Rückkehr von den Indsmen sich einen Wirkungskreis zu gründen; und Carpio schob seine kraftlose Hand in Winnetous Rechte, bedankte sich innig bei ihm und sagte dann zu mir:

„Was soll ein Sterbender mit Gold? Aber ich freue mich doch darüber, denn ich weiß, weshalb ihr es mir gegeben habt. Du tust mir doch den Gefallen, lieber Sappho, und nimmst es meinem Vater mit hinüber. Es macht mich so glücklich, zu denken, dass er sich wenigstens das eine Mal über seinen Sohn freuen wird."

Welley und Hiller hatten nichts bekommen, sie mochten sich enttäuscht fühlen, ließen sich aber nichts anmerken. Nun gab ich dem ersten die beiden Hinterlegungsscheine und erklärte ihm, was für eine Bewandtnis es mit ihnen habe und dass dieses Geld für die ihm und Watter geraubten Nuggets sei. Er floss vor Dankbarkeit über.

Dann erhielt Reiter seinen Sichtwechsel und sein schriftliches Eingeständnis des Mordes. Ich musste ihm erzählen, wie wir zu den beiden Schriftstücken gekommen waren. Hierauf sagte ich ihm, dass nicht er, sondern Sheppard der Mörder Finells sei; der Prayer-man hätte sich hinter ihn gestellt und zu gleicher Zeit mit ihm geschossen, aber auf Finell gezielt, um ihn wegen einer zu befürchtenden Anzeige unschädlich zu machen. Ich fügte hinzu, dass ich das von dem sterbenden Mörder selber erfahren hätte.

„Diese Botschaft ist mir kostbarer als alles andere!", rief der Beschenkte. „Gott sei Preis und Dank, denn nun kann ich endlich ruhig und ohne Vorwürfe schlafen! Ich habe kein Menschenleben auf dem Gewissen; das gibt neue Kraft und Zuversicht, ich werde von jetzt an ein ganz anderer Mensch. Und solchen Wohltätern haben wir aufgelauert, um ihnen abzunehmen, was doch nicht uns, sondern ihnen gehörte!"

„Wir haben uns über Ihr Verhalten nicht gewundert", bemerkte ich ihm, „denn wir haben die schädliche Wirkung des Golddurstes auch schon in ganz anderen Fällen kennen gelernt. Der Mensch hat keine schlimmeren Feinde als seine Leidenschaften. Das wird jetzt auch Mr. Hiller erkennen, wenn ich ihm beweise, dass er durch sein unfreundliches Verhalten gegen mich sich selbst am schwersten geschädigt hat. Ich habe ihm nämlich auch etwas zu bescheren. Hier, Mr. Hiller, nehmen Sie!"

Ich gab ihm den Lederbrief, den Yakonpi-Topa an seine Frau geschrieben hatte. Er öffnete ihn, sah bald ihn und bald mich erstaunt an und sagte dann:

„Das ist ja der von mir unterschriebene Indianerbrief! Woher haben Sie ihn, Mr. Shatterhand? Den könnte Ihnen doch nur meine Frau gegeben haben, und ich denke, Sie sind gar nicht mit ihr in Berührung gekommen."

„Das habe ich nicht behauptet, sondern Sie haben es daraus geschlossen, dass ich nicht davon sprach. Ihr Verhalten war nicht geeignet, uns gegen Sie gesprächig zu machen. Es hat niemand diesen Brief lesen können, und erst, als Ihre Frau ihn mir zeigte, erfuhr sie, worum es sich handelte. Wir hatten ganz andere Dinge vor, wurden aber von ihr und ihrem Sohn so gebeten, uns Ihrer anzunehmen, dass wir alle anderen Pläne aufgaben und schleunigst nach dem Westen ritten, um Ihre Befreiung zu wagen. Wir, nämlich Winnetou, Rost und ich, eilten nicht geradewegs zu den Kikatsas, weil wir erfuhren, dass diese gegen die Schoschonen gezogen wären; wir trafen unterwegs mit ihnen zusammen und es gelang uns, bei Yakonpi-Topa nicht bloß Ihre Befreiung zu bewirken, sondern auch das Versprechen zu erhalten, dass er Ihnen Ihr ganzes Eigentum wiedergeben würde. Diese Bemühungen und Erfolge kann der Umstand, dass Sie inzwischen entkommen waren, wohl nicht wertloser machen. Als ich Sie dann traf, verschloss Ihr Benehmen mir den Mund. Hätten Sie mir meinen Glauben nicht in so schroffer Weise angetastet, so wäre Ihnen schon damals die größte Freude bereitet worden. Ihre Frau hat mir nämlich noch einen Brief und eine Zeitung für Sie anvertraut. Ich übergebe Ihnen hiermit beides als ein Weihnachtsgeschenk von den Ihrigen und als einen neuen Beweis, dass Gottes Güte sich selbst des Abtrünnigen erbarmt. Lesen Sie jetzt!"

Ich reichte ihm die Zeitung und den Brief seiner Frau, den sie uns in den Gasthof gebracht hatte. Er las. Als er fertig war, ließ er beides fallen, vergrub das Gesicht in die Hände und weinte laut. Es dauerte lange Zeit, bevor er das Gesicht wieder hob und Winnetou und mir die Hände reichte:

„Welch ein Tor bin ich gewesen, was für ein großer Tor!", sagte er. „Ich will euch gestehen, dass ich seelisch blind war. Meine Frau schreibt mir, dass ihr nicht wisst, welchem Stand ich drüben angehörte, und es würde auch zu nichts führen, wenn ich es euch jetzt mitteilte; aber ich war stolz, eingebildet und oft sogar gefühllos gegen die, die nicht so hoch standen wie ich. Durch meinen Hochmut machte ich mir einen Mann zum Feind, der gewissenlos und dabei mächtiger und klüger war als ich; er beschloss, mich zu stürzen, und dies gelang ihm nur zu gut. Ein einziger Tag genügte, mich zum ehrlosen Bettler zu machen. Nun suchte ich Unterstützung und Hilfe; ich wurde überall mit derselben Verachtung abgewiesen, die ich vorher so reichlich ausgeteilt hatte. Ein Einziger, ein Nachbar, nahm sich unser an, aber nicht meiner-, sondern meiner Frau und ihres Vaters wegen. Ich war, anstatt in mich zu gehen, außer mir und wütete gegen das Gesetz. Die Folge war, dass ich mich nur durch die Flucht den schlimmen Folgen entziehen konnte, ich entkam nach

Amerika. Mein Weib folgte mir später mit unserem Kind, ihr Vater war unterwegs elend zu Grunde gegangen. Ich sah auch jetzt noch nicht ein, dass nur ich allein unser Unglück verschuldet hatte, und haderte gegen das Schicksal; denn mit Gott konnte ich nicht hadern, weil ich den Glauben an ihn längst zu den Kindermärchen geworfen hatte. Ich machte sogar meiner Frau, die mir aufopferungsvoll in die Verbannung gefolgt war, das Leben zur Qual. Ich trachete nur nach Geld, das ich brauchte, um den Prozess, der meine Unschuld beweisen sollte, anstrengen zu können. Darum ging ich hier so schnell darauf ein, das Finding-hole mit auszunehmen, und darum stellte ich mich sofort auf die Seite eurer Gegner, obwohl Winnetou bewies, dass es ihm gehörte. Ich war noch härter geworden, als ich früher war. Alle meine Wünsche und Bestrebungen wurden von dem glühenden Verlangen geleitet, nach dem grausamen Gesetz ‚Auge um Auge, Zahn um Zahn' zu handeln. Da stürzte drüben die Lawine herab und es kam die Ewigkeit jener fürchterlichen halben Stunde, in der Gott mir die Antwort auf meine Lästerungen gab. Man sagt, in der Stunde des Sterbens zöge das ganze Leben mit allen begangenen Fehlern in greller Beleuchtung an dem geistigen Auge des Menschen vorüber; bei mir wurde diese Sage wahr. Im Reichtum und auf hoher Stufe geboren, war ich das ganze Leben hindurch mein eigener Gott gewesen und jetzt, am Ende, bin ich nichts als ein elender, armseliger Raubtierfraß, der nicht einmal nach Hilfe rufen durfte. Ich musste schweigen, denn jeder Schrei hätte den Bären auf mich gelenkt, aber meine ganze Seele war ein einziges Gebet um Rettung aus dieser Todesnot. Und Gott erhörte das Gebet, er sandte in seiner Weisheit gerade die zu meiner Befreiung, deren Feind ich geworden war. Und nun, was tun sie jetzt? Anstatt sich zu rächen, bescheren sie mir, geben mir alles wieder, was ich verloren habe, alles und noch viel mehr dazu. Denn, dass ihr es wisst: Ihr habt mich zu einem anderen Menschen gemacht.

Ich glaube nun an Gott und ich weiß, weshalb mich seine weise Hand in die Tiefe führte. Was ich nie besessen habe, werde ich von heute an besitzen: das wahre Lebensglück! Ich habe eine schwere Schule durchgemacht; ein anderer an meiner Stelle wäre wohl zu Grunde gegangen, aber Gott wusste gar wohl, dass es bei mir so starker Mittel zur Heilung bedurfte, und Ihr, Mr. Shatterhand, habt ja schon als Knabe richtig gesagt:

Hat der Herr ein Leid gegeben,
gibt er auch die Kraft dazu!
Bringt dir eine Last das Leben,
trage nur und hoffe du!"

Er hatte, wohl damit Winnetou alles verstehen sollte, englisch gesprochen; diese Strophe aber sagte er deutsch. Als Reiter sie hörte, fiel er in froher Überraschung schnell ein:

„Was – was bringen Sie da für Verse? Die sind ja aus dem Gedicht, das mir mein Vater geschickt hat. Es stammt von einem seiner früheren Schüler. Woher haben Sie es denn?"

Hiller sah erst ihn, hierauf mich an und fragte ihn dann:

„Kennen Sie diesen einstigen Schüler? Wissen Sie, was aus ihm geworden ist?"

„Nein."

„Auch ich habe bis zu dieser Stunde keine Ahnung davon gehabt, aber hier im Brief meiner Frau wird es verraten. Sie brachte das Gedicht mit von drüben herüber und es ist ihr eine feste Stütze in jedem Leid gewesen. Ich lachte darüber, habe es aber doch sooft von ihr und meinem Sohn gehört, dass ich es wohl auswendig kann. Es ist, als ob jener Schüler die Worte

‚Blicke auf dein Kind hernieder,
das sich sehnt nach deinem Licht;
der Verlorne naht sich wieder,
geh mit ihm nicht ins Gericht!‘

nur auf mich gedichtet hätte. Meine Frau hörte es einst unter einem Weihnachtsbaum von einem Mitschüler des Verfassers. Wir sitzen auch hier, im Wilden Westen, unter dem Christbaum, und nichts gehört so zur heutigen Feier wie dieses Gedicht. Ich werde zwar verschiedene Male stocken, aber ich denke doch, dass ich nichts auslassen werde, also will ich jetzt..."

„Halt, halt!", unterbrach ihn Reiter. „Ich kann es auswendig und werde keine Fehler machen. Erlauben Sie also, dass ich es vortrage!"

Da erklang die Stimme Carpios:

„Nein, nur ich darf das tun! Old Shatterhand will es so und er hat das Recht, zu bestimmen! Denn er ist der Dichter und ich bin jener Mitschüler, von dem Mr. Hiller gesprochen hat."

Er hatte das langsam und müde gesagt, Reiter wollte seiner Verwunderung Worte geben, ich winkte ihm aber, still zu sein.

„Komm, lieber Sappho!", bat Carpio. „Richte mich auf und nimm mich an deine Brust! Ich weiß, dass ich jetzt zum letzten Mal im Leben sprechen werde, und das sollen deine Weihnachtsworte sein."

Ich erfüllte seinen Wunsch und hielt ihn fest an meinem Herzen. Über uns leuchteten die Sterne Gottes, vor uns brannten die Lichtreste des Christbaums, sie waren abgebrannt und begannen, nacheinander zu erlöschen. So verlischt das Menschenleben hier im Erdental, aber droben am Himmelszelt leuchten die Wahrzeichen des ewigen Lebens weiter und jeder Strahl von dort soll uns sagen, dass der Tod nichts anderes als die Pforte des Paradieses, der Anfang einer herrlichen Auferstehung ist. Der Sterbende faltete die Hände und ließ sein Auge stumm auffordernd rund im Kreis gehen; er wurde verstanden und jeder legte die Hände zusammen. Ein milder, frommer Gotteshauch schien durch das abgeschlossene Tal zu wehen; es lagerte ringsum jetzt in Wahrheit das, wovon das liebe Christkind singt: eine stille, eine heilige Nacht.

Mit einem seligen Lächeln auf dem todbleichen, eingefallenen Angesicht begann Carpio:

„Ich verkünde große Freude,
die euch widerfahren ist,
denn geboren wurde heute
euer Heiland Jesus Christ!

Jubelnd tönt es durch die Sphären,
Sonnen künden's jedem Stern;
Weihrauch duftet auf Altären,
Beter knien nah und fern.“

Er hatte laut angefangen, aber seine Stimme verlor von Strophe zu Strophe mehr an Stärke, doch hörte man bei der rundum herrschenden tiefen Stille deutlich jedes einzelne Wort. Ich sah, dass er die Augen schloss, dennoch sprach er weiter, langsamer und immer langsamer. Es klang so fremd, so sonderbar, wie aus einer anderen, unbekannten Welt herüber. Ich war tief erschüttert. Bei der Stelle:

„Und der Priester legt die Hände
segnend auf des Toten Haupt“

breitete er die Arme aus und fuhr mit erhobener Stimme fort:

„Selig, wer bis an das Ende
an die ew'ge Liebe glaubt!“

Damit war aber seine Kraft erschöpft, denn nun klang es, nach und nach ersterbend:

„Selig, wer aus Herzensgrunde
Nach der – Lebensquelle – strebt
und – noch in der – letzten – Stunde
seinen – – Blick – – zum Himmel...“

und das Wort „hebt" verhauchte in einem fast unhörbaren Seufzer. Carpio war tot. Der Himmel hatte ihn selbst emporgezogen. Das letzte Licht am Baum verlosch; es war, als ob das ganze Tal und jeder von uns stumm geworden wäre. Ich hielt den Toten noch fest an der Brust. Da bog Hiller sich von seinem Platz weit herüber, legte ihm die Hand auf das niedergesunkene Haupt und vollendete mit zitternder Stimme das Gedicht:

„Suchtest du noch im Verscheiden
droben den Erlösungsstern,
wird er dich zur Wahrheit leiten
und zur Herrlichkeit des Herrn.

Darum gilt auch dir die Freude,
die uns widerfahren ist,
denn geboren wurde heute
auch dein Heiland Jesus Christ!"

*

Wir bauten aus Steinen, Ästen und Zweigen eine Bahre, über die das Bärenfell gebreitet wurde, und betteten Carpio darauf. Dann wurden rechts und links Feuer angezündet, bei deren Flackerschein Winnetou und ich dem Toten die letzte Wache hielten. Früh befahl er den Schoschonen, ein Grabmahl zu errichten, das seines und Old Shatterhands Freundes würdig sei. Und am Nachmittag begruben wir Carpio in christlicher Weise.

Am nächsten Morgen wurde aufgebrochen. Wir waren wie Brüder untereinander und nur die Anwesenheit des alten Lachner störte uns. Dieser Mensch machte uns schwer zu schaffen. Er hatte zu nichts guten Willen und Geschick und kam in den Schneeschuhen nicht mit uns fort; wir mussten ihn schleppen und unterstützen und weil wir für unsere Mühe keine freundliche Miene, kein einziges gutes Wort bekamen, war es kein Wunder, dass die Roten schließlich nicht allzu zart mit ihm umgingen. Es konnte weder mir noch Winnetou einfallen, sie zu größerer Rücksicht zu bewegen, denn er war es nicht wert. Als wir das Winterlager der Schoschonen erreichten, befand er sich in einem solchen Schwächezustand, dass er sich nicht länger aufrecht halten konnte. Er war der erste Kranke, den Rost hier in Behandlung nahm. Die Indianer hätten ihn ohne Mitleid hinsterben lassen, wenn sie nicht durch die Rücksicht auf uns gezwungen gewesen wären, sich wenigstens notdürftig seiner anzunehmen. Im Frühjahr haben ihn, wie ich später hörte, einige weiße Jäger nach Fort Laramie geleitet. Was dann aus ihm geworden ist, das weiß ich nicht. Rost bekam von Avaht-Niah gern die Erlaubnis, so lange bei den Schoschonen zu bleiben, wie er es für seine Zwecke angemessen hielt. Er ist jetzt einer der angesehensten Naturärzte des Ostens.

Wir hatten keine Lust, bis zum Frühjahr bei den Schlangen zu bleiben, und machten uns über die Pässe hinüber, sobald das erste, durchdringende Tauwetter es uns erlaubte. Von dem Fortschaffen der für Hiller bei den Schoschonen und bei den Kikatsas liegenden Felle konnte keine Rede sein. Es wurde ausgemacht, dass sie von den Indianern im Frühjahr nach Fort Laramie gebracht und später von weißen Beamten der Händler dort abgeholt werden sollten. –

Es war Anfang März, als wir in Weston einrückten. Soll ich die Freude beschreiben, die die glückliche Rückkehr Hillers dort hervorbrachte? Wenn ich auch wollte, ich könnte es nicht. Watter wurde bald ausfindig gemacht. Ich war dabei, als er mit Welley die Hinterlegungsscheine vorzeigte und das Geld bekam. Beide traten mit Reiter und Amos Sannel zusammen, um eine großes Holzgeschäft zu gründen; das entsprach ihrem Vorleben und ihren Eigenheiten. Das Unternehmen, aus dem nur Sannel durch den Tod geschieden ist, steht noch heute in Blüte.

Winnetou gab die Pferde in zuverlässige Pflege und nun kam endlich unsere damals beabsichtige Reise nach dem Osten zur Ausführung. Nach meiner Trennung von ihm ging ich für einige Zeit nach Deutschland. Ich hielt mich in Bremen nicht auf, denn das Geld, in das ich die Nuggets Carpios umgetauscht hatte, brannte mir in den Taschen. Ich habe es ehrlich abgeliefert und Freude damit angerichtet.

Freude, ja, aber weiter nichts. Ich habe natürlich denjenigen Personen, bei denen diese Rücksicht nötig war, andere Namen gegeben und brauche daher nicht zu verschweigen, dass man sich über dieses Geld freute, aber über die Leiden und den Tod meines lieben Carpio keine große Betrübnis zeigte. Er war den Herzen der Seinen fremd geworden.

Der nächste Besuch, den ich infolge der erzählten Erlebnisse machte, war erfreulicher. Reiter hatte mich gebeten, seinem Vater persönliche Grüße zu überbringen, und ich tat es von Herzen gern. Mein alter Kantor war ein eisgraues Männchen geworden, auch die Frau Kantorin war grau, doch noch so wohlbeleibt wie früher; er sah wie eine dünne Achtelpause und sie mit ihrer breiten Haube wie eine Vierviertelnote aus mit einer großen Fermate darüber. Als sie einmal in die Küche gegangen war, teilte er mir im Vertrauen mit, seit sein Sohn das entsetzlich viele Geld aus Amerika geschickt hätte, sähe er erst ein, was für eine liebevolle Frau er besäße; früher habe er sich nicht die Zeit nehmen können, ihre rührende Verträglichkeit anzuerkennen. Übrigens freute er sich königlich darüber, dass ich mit seinem Sohn in Gemeinschaft das große Goldloch gefunden hätte, denn nun sei ich doch wohl auch so reich wie dieser. Dass Winnetou mir nicht mit beschert hatte, sagte ich ihm nicht. –

Und Hiller?

Er ist wieder alles, was er vor seiner Flucht nach Amerika war, alles und noch mehr, denn er hat seinen Gott wieder gefunden und mit ihm das einzig wahre Glück im Erdenleben. Sein Glaube wurzelt in den harten Leiden der Vergangenheit wie eine starke Wettertanne, die ihre Wurzeln tief in die Felsenritzen senkt und darum Halt für jeden Sturm besitzt. Die Frau, die einst in der verfallenen Gebirgsmühle der Verzweiflung nahe war, sie ist jetzt ein Engel der Bedürftigen, eine Retterin der Elenden, ein Trost für alle, die sich um Schutz und Hilfe an sie wenden, und besonders zur heiligen Weihnachtszeit sendet sie ihre Boten aus nach denen, die ‚mühselig und beladen sind, um sie zu erquicken'. Dann kommen sie herbei, die Greise, die Siechen, die Armen, die Leidtragenden. Jedem klingt ein freundliches Willkommen entgegen, für jeden liegt ein Geschenk unter dem strahlenden Christbaum. Die köstlichste der Gaben aber, die sie verteilt, ist die gnadenbringende Weihnachtsverkündigung, dass für alle, die sich nach Erlösung aus der Not der Seele sehnen, der rettende Erlöser gekommen sei. Und das tut sie im Rückblick auf die eigene Not und die eigene Erlösung niemals anders als mit den ihr teuren Worten:

„Ich verkünde große Freude,
die euch widerfahren ist,
denn geboren wurde heute
euer Heiland Jesus Christ!"